희망

L'ESPOIR
by André Malraux

이 도서의 국립중앙도서관 출판예정도서목록(CIP)은 서지정보유통지원시스템 홈페이지(http://seoji.nl.go.kr)와
국가자료공동목록시스템(http://www.nl.go.kr/kolisnet)에서 이용하실 수 있습니다.
(CIP제어번호: CIP2018009299)

세계문학전집
163

André Malraux : L'espoir

희망

앙드레 말로 장편소설

김웅권 옮김

문학동네

일러두기

1. 번역 대본으로는 *L'espoir*(André Malraux, Œuvres complètes II, Gallimard, Bibliothèque de la Pléiade, 1996)를 사용했다.
2. 원주 표시가 없는 본문 중의 주석은 모두 옮긴이주이다.
3. 본문 중 고딕체는 원서에서 이탤릭체로 강조한 부분이다.

차례

제1부

서정적 환상

1 서정적 환상

I

1

소총을 실은 트럭들의 소란스러운 소리가 한여름밤* 긴장에 싸인 마드리드를 뒤덮었다. 여러 날 전부터 노동단체들은 파시스트들의 봉기가 임박했음을, 병영들에 대한 침투 공작을, 무기들의 수송을 공표하고 있었다. 이제 모로코까지 점령되었다. 새벽 한시에 정부는 마침내 국민들에게 무기를 나누어주기로 결정했다. 세시에는 노동조합원증만 있으면 무장할 권리가 생겼다. 때가 되었다. 각지에서 걸려온 전화의 내용이 자정에서 새벽 두시까지는 낙관적이었으나 이제는 더이상 아니었던 것이다.

북부역 중앙전화국은 기차역에 차례차례 전화를 걸었다. 철도노조

---

* 1936년 7월 18일 토요일 저녁부터 19일 일요일까지의 밤.

서기인 라모스와 그날 밤 그를 도와주라는 지시를 받은 마누엘이 지휘를 하고 있었다. 전화가 불통인 나바라를 제외하면 대답은 둘 중 하나였다. 즉 정부가 상황을 장악하고 있다거나, 아니면 노동단체들이 도시를 통제하면서 정부의 지시를 기다리고 있다는 것이었다. 그러나 대화 내용은 조금 전부터 바뀌고 있었다.

"여보세요, 우에스카입니까?"

"어디죠?"

"마드리드 노동위원회요."

"얼마 못 갈 거다, 이 똥덩어리들아! 아리바 에스파냐!*"

벽에는 〈클라리다드광명〉지紙의 (저녁 일곱시에 나온) 특별판이 압정으로 꽂혀 있었다. 〈동지들이여, 무기를 들라〉라는 여섯 단짜리 기사였다.

"여보세요, 아빌라입니까? 여기는 북부역인데 그곳은 어떻소?"

"꺼져라, 새끼야. 그리스도 왕 만세!**"

"또 보자꾸나! 살루드!***"

라모스는 이곳에 긴급히 호출되었다.

북부지방의 노선들은 사라고사, 부르고스, 바야돌리드로 집중되고 있었다.

"여보세요, 사라고사입니까? 역 노동위원회입니까?"

---

* '스페인 만세!'라는 뜻.

** 군주제와 가톨릭의 전통을 지지하고 자유주의와 근대화를 반대하는 보수 세력의 일파인 돈 카를로스 당의 구호로, 교회와 군부 세력의 결탁을 함축한다.

*** 만나거나 헤어질 때 하는 인사.

"총살됐다. 너희들도 머지않았어. 아리바 에스파냐!"

"여보세요, 타블라다입니까? 마드리드 북부역, 노동조합 책임자요."

"감옥에나 전화해라, 창녀 새끼야! 네 귀때기를 잡으러 갈 거야."

"그럼 알칼라 가街의 왼쪽 두번째 술집에서 보자꾸나."

중앙전화국 사람들은 곱슬머리를 한 쾌활한 깡패 같은 라모스의 입을 바라보고 있었다.

"여보세요, 부르고스입니까?"

"나 군 지휘관이오."

역장은 이미 없었다. 라모스는 수화기를 내려놓았다.

전화기 한 대가 울렸다.

"여보세요, 마드리드입니까? 누구시죠?"

"철도운송조합이오."

"여긴 미란다지. 역과 도시는 우리 수중에 있느니라. 아리바 에스파냐!"

"하지만 마드리드는 우리 수중에 있다고, 살루드!"

이렇게 되었으니 이제 바야돌리드를 제외하곤 북부의 지원을 기대할 필요가 없었다. 아스투리아스 지방이 남아 있었다.

"여보세요, 오비에도입니까? 당신 누굽니까?"

라모스는 신중해지고 있었다.

"역의 노조 대표요."

"철도노조 서기 라모스요. 거기 상황은 어떻소?"

"아란다 대령이 정부에 충성하고 있소. 바야돌리드 상황이 별로 좋지 않아요. 우리 편 쪽으로 무장한 광부 3천 명을 보낼 거요."

"언제 말이오?"

주위에서 총 개머리판들이 부딪치는 소리 때문에 라모스는 들을 수 없었다.

"언제라고?"

"즉시요."

"살루드!"

"전화로 이 열차의 상황을 추적하게나." 라모스는 마누엘에게 말했다. 마누엘은 바야돌리드를 불러냈다.

"여보세요, 바야돌리드입니까? 누구죠?"

"역의 노조 대표요."

"거긴 어떻소?"

"우리 편이 병영들을 장악했소. 오비에도로부터 원군을 기다리고 있어요. 원군이 가능한 한 빨리 도착하도록 모든 힘을 기울여주시오. 하지만 괜찮을 테니 걱정은 하지 마시고. 그쪽은 어떻소?"

역 앞에서 사람들이 노래를 부르고 있었다. 라모스는 자신의 목소리조차 들을 수가 없었다.

"뭐라고요?" 바야돌리드에서 물었다.

"좋아요, 좋다고요."

"군대는 반란을 일으켰소?"

"아직은 아니오."

바야돌리드는 전화를 끊었다.

그렇게 하여 북부의 모든 원군이 방향을 바꿀 수 있었다.

사무실의 종이 서류함 냄새, 역의 철로와 연기 냄새(매우 무더운 밤이라 문이 열려 있었다) 속에서 마누엘은 잘 이해할 수 없는 선로 변경 장치 이야기를 들으며 여러 도시에서 걸려오는 전화 내용을 기록했다. 바깥에서는 노랫소리와 개머리판 부딪치는 소리. 그는 매번 되풀이하여 물어야 했다(파시스트들 쪽은 그냥 전화를 끊어버렸다). 그는 철도망 지도에 상황을 표시했다. 나바라 지역 불통. 비스카야 항만 동쪽의 빌바오, 산탄데르, 산세바스티안은 모두가 정부에 충성하지만 미란다에서 단절. 한편 아스투리아스 지방과 바야돌리드는 충성하고 있음. 전화벨이 끊임없이 울렸다.

"여보세요. 세고비아입니다. 누구시죠?"

"노조 대표요." 마누엘이 의아한 표정으로 라모스를 바라보면서 말했다. 이 친구는 대체 어느 쪽일까?

"곧 너희들 목을 베러 갈 거야!"

"쥐도 새도 모르게 해치우겠지. 살루드!"

이제는 파시스트가 장악한 역들로부터 전화가 걸려오고 있었다. 사라신, 레르마, 아란다 델 두에로, 세풀베다 그리고 부르고스에서는 재차 걸어댔다. 부르고스에서 시에라까지, 위협은 원군 열차들보다 더 빨리 내려오고 있었다.

"여기 내무부요. 북부역 중앙전화국이오? 민병자위대와 돌격대는 정부 편이라고 알리시오."

"여기는 마드리드 남부네. 북부는 어떤가, 라모스?"

"저들이 미란다를 장악하고 있는 것 같고 아래쪽은 그렇게 나쁘지 않네. 광부 3천 명이 바야돌리드로 내려가고 있어. 그렇게 원군이 지원될 걸세. 그곳은 어떤가?"

"세비야와 그라나다의 역들이 저들 수중에 있어. 나머지는 버티는 중이고."

"코르도바는?"

"모르겠네. 저들이 역들을 점령하는 동안 근교에서는 전투가 벌어지고 있어. 트리아나에서는 격전이 있었고, 페나로야도 마찬가지야. 한데 바야돌리드 이야기는 놀랍군. 저들에게 넘어간 건 아니겠지?"

라모스는 수화기를 바꾸어 전화를 걸었다.

"여보세요, 바야돌리드입니까? 누구죠?"

"역의 노조 대표요."

"오, 그래요?…… 파시스트들이 그곳을 장악하고 있다던데."

"잘못 알려진 거요. 아무 이상 없소. 그곳은 어떻소? 군인들이 들고 일어났소?"

"아니요."

"여보세요, 마드리드 북부입니까? 누구죠?"

"운송 책임자요."

"여기는 타블라다요. 그쪽에서 전화하지 않았소?"

"당신들은 총살당했거나 감옥에 갇혔다던데, 어찌된 일인지 모르겠군."

"탈출했소. 감옥에 있는 건 이제 파시스트들이지. 살루드!"

"여기는 국민회관이오. 정부가 민병들의 지원을 받아 바르셀로나, 무르시아, 발렌시아, 말라가, 에스트레마두라 지방과 동부 전체를 장악하고 있다고 정부 편에 서 있는 모든 역들에 알리시오."

"여보세요! 토르데시야스입니다. 누구죠?"

"마드리드 노동위원회요."

"너희 같은 새끼들은 총살이야. 아리바 에스파냐!"

메디나 델 캄포와도 같은 대화. 바야돌리드의 노선만이 북부와 연결되는 유일한 간선으로 남아 있었다.

"여보세요? 레온입니까? 누구죠?"

"노조 대표요. 살루드!"

"여기는 마드리드 북부역이오. 오비에도에서 광부들을 싣고 간 열차는 통과했소?"

"통과했소."

"어디쯤 가고 있는지 아시오?"

"마요르가쯤 지날 거요."

바깥 마드리드 거리에서는 여전히 노랫소리와 개머리판 부딪치는 소리.

"여보세요, 마요르가입니까? 여기는 마드리드요. 누구죠?"

"당신은 누구요?"

"마드리드 노동위원회요."

전화가 끊겼다. 그렇다면? 열차는 어디 있단 말인가?

"여보세요, 바야돌리드? 광부들이 도착할 때까지 버틸 자신이 있소?"

"물론 자신 있소."

"마요르가에서 답을 하지 않고 있소."

"전혀 상관없소."

"여보세요, 마드리드입니까? 여기 오비에도요. 아란다 대령이 조금 전 봉기했소. 지금 교전중이오."

"광부 열차는 어디에 있소?"

"레온과 마요르가 사이요."

"접촉을 유지하세요!"

마누엘이 전화를 걸고 있었다. 라모스는 기다렸다.

"여보세요, 마요르가입니까? 여기 마드리드요."

"누구라고?"

"노동위원회. 그쪽은 누구요?"

"스페인 팔랑헤당* 백인대장이다. 너희들 기차는 통과했다, 이 바보들아. 바야돌리드까지 모든 역들이 우리 수중에 들어왔다. 바야돌리드도 자정부터 우리 손에 들어와 있어. 우리가 기관총을 들고 너희 광부들을 기다리고 있지. 아란다 대령은 해치워버렸고. 또 보자!"

"되도록 빨리 보자꾸나!"

---

* 파시스트 정당.

마누엘은 마요르가와 바야돌리드 사이에 있는 모든 역들을 하나하나 불러냈다.

"여보세요, 세풀베다입니까? 여기는 마드리드 북부역, 노동위원회요."

"너희들 기차는 통과했다, 이 얼간이들아. 너희는 모두 멍청이*야. 이번주 안에 우리가 너희들 목을 베러 갈 거야."

"그건 생리적 모순인데. 살루드!"

전화벨이 계속 울렸다.

"여보세요, 마드리드. 여보세요! 여보세요! 마드리드입니까? 여기는 나발페랄 데 피나레스요. 기차역이오. 우리는 이 고장을 탈환했소. 파시스트들은 무장해제되어 감금되었소. 그쪽 진영은 도시가 그들의 수중에 있는지 확인하려고 오 분마다 전화를 하고 있소. 여보세요! 여보세요!"

"유언비어를 사방으로 퍼뜨려야 할 것 같군." 라모스가 말했다.

"저들이 확인할 텐데."

"어쨌든 혼란스러워할 거야."

"여보세요, 마드리드 북부역입니까? 여기는 U.G.T.**요. 누구죠?"

"라모스요."

---

* con. '멍청이'라는 뜻이지만, 여성의 음부를 가리키는 속어로도 사용된다.

** 노동총연맹의 약자.

“파시스트들을 태운 열차 하나가 완전무장을 한 채 이곳으로 오고 있다는 말이 돌아요. 부르고스에서 내려온다는데. 뭔가 정보가 있소?”

“여기서 알 수 있을 거요. 시에라 지방까지 모든 역이 우리 수중에 있으니까. 그래도 신중해야겠지. 잠깐만.”

“시에라 지방 불러내게, 마누엘.” 라모스가 말했다.

마누엘은 역들을 하나하나 불러냈다. 그는 손에 자를 하나 들고서 박자를 맞추듯 두드렸다. 시에라 지방 전체가 정부 편이었다. 그는 중앙우체국을 불러냈다. 같은 정보였다. 시에라 지방 이쪽은 파시스트들이 아직 아무런 시도도 하지 않았거나 아니면 격퇴되었었다.

그럼에도 그들은 북부의 절반을 장악하고 있었다. 나바라 지방에는 마드리드의 보안국장 출신인 몰라가 있었다. 통상 그렇듯이 군대의 4분의 3이 정부에 반기를 들었다. 정부 쪽에는 돌격대와 국민들, 어쩌면 민위대民衛隊 정도였다.

“여기 U.G.T.요. 라모스인가?”

“그렇소.”

“그래, 기차는 어떻게 되었소?”

라모스는 간략히 설명했다.

“전반적인 상황은 어떻소?” 이번에는 그가 물었다.

“좋아요. 아주 좋소. 국방부를 제외하면. 여섯시에 그들은 모든 게 끝장났다고 하더군. 용기가 없다고 말해주었지만, 그들은 민병들이 달아날 거라고 주장하고 있소. 그들의 이야기에는 개의치 않소. 거리에서 어찌나 시끄럽게 노래들을 불러대는지 당신 말이 들리지 않는군……”

수화기를 통해 라모스에게 들려오는 노래가 역에서 부르는 노래와 뒤섞인다.

틀림없이 모든 곳에서 동시에 공격이 시작되었을 텐데, 마치 군대 하나가 행진하며 다가오고 있는 것 같았다. 파시스트들이 장악한 기차역들이 점점 더 마드리드에 가까워지고 있었다. 그러나 몇 주 전부터 분위기는 매우 긴장된 상태였고 군중은 무기도 없이 당할 수밖에 없을 공격에 매우 불안해하고 있던 터라, 이 전투의 밤은 마치 거대한 해방 같았다.

"스키용 자동차는 아직 있지?" 라모스가 마누엘에게 물었다.

"그럼요."

라모스는 중앙전화국을 기차역 책임자 중 하나에게 맡겼다. 몇 달 전 마누엘은 시에라 지방에 스키를 타러 가기 위해 작은 중고 자동차를 샀다. 라모스는 선전을 위해 매주 일요일 이 차를 이용하고 있었다. 이날 밤 마누엘은 다시금 공산당이 차를 이용하도록 허락했고, 다시 한번 동료인 라모스와 일하고 있었다.

"1934년을 되풀이하지 않을 거야!* 테투안 데 라스 빅토리아스로 달리자고." 라모스가 말했다.

"거기가 어딘데요?"

"쿠아트로 카미노스**."

300미터를 가 그들은 첫번째 검문소에서 차를 세워야 했다.

---

* 1934년 가톨릭 우익 정당인 스페인자치우익연합(C.E.D.A.)의 세 명이 각료로 입성하자 U.G.T.가 총파업을 일으켜 봉기했으나 결국 파업위원회가 체포되고 진압되었다.

** 마드리드 북서쪽의 서민 구역.

"서류."

서류라 함은 조합원증이었다. 마누엘은 공산당원증을 잘 가지고 다니지 않았다. 영화 스튜디오에서 일하고 있어서인지(그는 음향기사였다), 그에게는 부르주아의 옷차림을 피하는 듯한 몽파르나스의 예술가적인 분위기가 있었다. 진한 갈색에 반듯하고 약간 둔해 보이는 그의 얼굴에서 짙은 눈썹만이 다소 프롤레타리아적인 면을 드러냈다. 그렇지만 민병들은 라모스에게 눈길을 던지자마자 그의 명랑한 얼굴과 곱슬머리를 알아보았다. 서로가 어깨를 툭툭 치고 주먹을 불끈 쥐어 올리면서 "살루드!" 하고 인사를 나누는 가운데 자동차는 다시 출발했다. 오로지 형제애로 충만한 밤이었다.

하지만 한편으로 우익 사회주의자들과 좌익 사회주의자들 사이의 싸움이, 다른 한편으로는 프리에토* 내각의 가능성에 대한 카발레로**의 반대가 최근 몇 주 동안 격심했다…… 두번째 검문소에서는 F.A.I.*** 소속 사람들이 지난날 그들의 적이었던 U.G.T.의 노동자들에게 용의자 한 명을 넘겨주고 있었다. '일이 잘되어가는군.' 라모스는 생각했다. 무기 배급은 아직 끝나지 않았다. 소총을 실은 트럭 한 대가 도착했다.

"마치 구두창 같은걸!" 라모스가 말했다.

아닌 게 아니라 소총의 개머리판들밖에 보이지 않았다.

"그러게, 후드창 같아요." 마누엘이 말했다.

"발음이 왜 그 모양이야?"

---

* 개혁적 사회주의자.

** 혁명적 사회주의자로서 스페인의 레닌으로 통한 인물.

*** 이베리아무정부주의연맹의 약자.

"밥 먹다가 이가 하나 부러졌거든요. 내 혀가 그쪽만 핥고 있다보니. 혓바닥은 반파시즘에 아무 관심도 없으니까."

"무얼 먹다가 그랬는데?"

"포크를 깨물었죠."

실루엣만 보이는 사람들이 방금 받은 소총을 끌어안았고, 성냥개비처럼 밀집한 다른 형체들은 어둠 속에서 기다리며 그들에게 욕을 해대고 있었다. 여자들이 총알을 가득 담은 바구니를 들고 지나갔다.

"그렇게 이른 건 아니야." 어떤 목소리가 들렸다. "우리가 저들의 공격을 기다리고 있는 시간을 생각하면 말이지!"

"난 우리가 박살나는 꼴을 정부가 지켜만 보리라 생각했지……"

"걱정 마. 이런 식으로 이제 저들은 장기전이 될지 아닐지 알게 될 거야. 더러운 놈들!"

"오늘밤 마드리드의 야경꾼은 국민들이군……"

500미터마다 검문소가 나타났다. 파시스트의 자동차들이 기관총으로 무장한 채 시내를 두루 돌아다니기 때문이다. 불끈 쥐어 올리는 똑같은 주먹과 똑같은 형제애. 그리고 한없이 소총을 매만지는 감시병들의 똑같은 어색함. 그들은 100년 동안이나 소총을 만져본 적도 없었던 것이다.

목적지에 도착하자 라모스는 피우던 담배를 내던져 발로 짓이겼다.

"금연이야."

그는 서둘러 사라졌다가 십 분 후 세 명의 동료를 데리고 돌아왔다. 모두가 신문지로 싸서 끈으로 묶은 꾸러미를 들고 있었다.

마누엘은 조용히 새 담배에 불을 붙였다.

"담배 버리게." 라모스가 차분하게 말했다. "다이너마이트거든."

동료들은 꾸러미들 가운데 반절은 앞좌석에, 반절은 뒷좌석에 놓고 다시 건물로 들어갔다. 마누엘은 담배를 던지는 대신 운전석에서 나와 발로 짓이겨 껐다. 그는 매우 난처한 얼굴로 라모스를 바라보았다.

"왜 그러나? 무슨 일이야?" 라모스가 물었다.

"라모스, 이건 좀 곤란한데요."

"그건 그렇지. 이제 가자고."

"다른 차를 구할 수 없을까? 난 다른 차도 운전할 수 있다고."

"아빌라를 필두로 교량들을 폭파시킬 거야. 우린 다이너마이트를 운반해서 페게리노스*처럼 필요한 곳에 신속하게 보내줘야 해. 자네 두 시간을 허비할 생각인 건 아니겠지? 알다시피 이 차는 적어도 굴러가긴 하잖아."

"알았어요." 마누엘이 침울한 표정으로 동의했다.

그는 자동차보다도 멋진 부속품들이 더 마음에 걸렸다. 차가 다시 출발했다. 마누엘은 앞좌석에, 라모스는 수류탄꾸러미를 배에 껴안고 뒷좌석에 앉아 있었다. 문득, 마누엘은 자신이 이 자동차에 무관심해지고 있음을 깨달았다. 자동차는 이제 없다. 막연하지만 끝없는 희망으로 가득한 이 밤, 인간 각자에게 지상에서 수행할 임무가 부여된 이 밤만이 있을 뿐이다. 라모스는 자신의 심장 고동처럼 멀리서 들리는 북소리에 귀를 기울였다.

그들은 오 분마다 검문소에서 정지당했다.

---

* 마드리드 북서쪽 아빌라의 작은 도시.

대개가 글을 읽을 줄 몰랐던 민병들은 라모스를 알아보자마자 차에 탄 두 사람의 어깨를 두드렸고, 라모스가 "담배를 피워선 안 돼!"라고 소리를 지르면 차에 실린 꾸러미들을 보고는 발을 구르며 즐거워했다. 아스투리아스 지방 사람들에게 다이너마이트란 소설에나 나오는 오래된 무기였던 것이다.

자동차는 다시 출발했다.

알칼라 가에서 마누엘은 속력을 올렸다. 오른쪽에서 무장한 노동자들을 가득 싣고 가던 F.A.I.의 트럭이 갑자기 왼쪽으로 선회했다. 오늘 밤 모든 차들이 시속 80킬로미터로 달리고 있었다. 마누엘은 트럭을 피하려 했으나, 고물 자동차가 자신을 공중으로 들어올리는 것을 느끼고는 생각했다. '끝났구나.'

그는 밤송이처럼 굴러다니는 다이너마이트 꾸러미들 사이에 배를 깔고 엎드려 죽 뻗어 있었다—다행히 인도 위였다. 얼굴에 흐르는 피가 가로등 불빛을 받아 번들거렸다. 고통은 거의 없었고 코에서 피가 흘렀다. "동지들, 담배를 피워선 안 돼"라고 고함치는 라모스의 목소리가 들렸다. 그 역시 고함을 치고는 마침내 몸을 돌려 동료를 보았다. 라모스는 두 다리를 직각으로 세우고 얼굴에는 곱슬머리 몇 가닥을 늘어뜨린 채, 손으로 수류탄들을 배에 꽉 끌어안고 있었다. 그를 둘러싸고 있는 소총을 든 사람들은 다이너마이트 꾸러미에 감히 손대지 못하고 주위에서 소란을 떨었다. 한가운데 라모스의 담배꽁초가 혼자 연기를 피워올리고 있었다(그는 뒷좌석에 혼자 앉은 김에 담배 한 대를 더 피웠던 것이다). 마누엘이 그것을 발로 밟아 껐다. 라모스는 벽을 따라 꾸러미들을 쌓아놓도록 지시했다. 스키용 자동차에 대해서는 더이상 언급하지 않는 편이 나았다.

확성기가 외치고 있었다. 반란군이 바르셀로나 중심부로 진군하고 있습니다. 정부는 상황을 장악하고 있습니다.

마누엘은 꾸러미 쌓는 일을 도왔다. 늘 적극적이었던 라모스는 움직이지 않았다.

"뭘 기다리는 거요, 도와주지 않고?"

여러분! 반란군이 바르셀로나 중심부로 진군하고 있습니다.

"팔을 움직일 수가 없어. 경련이 너무 심해. 괜찮아지겠지. 탈 수 있는 차가 오는 대로 멈춰 세워서 다시 떠나자고."

2

물을 뿌린 듯 신선한 대기를 뚫고 한여름 바르셀로나의 첫새벽이 밝아오고 있었다. 한적하고 널따란 한길 앞에 자리잡고서 밤새 문을 여는 비좁은 술집에서, 이베리아무정부주의연맹F.A.I. 및 운수노조 소속으로 엘 네구스라 불리는 실스가 동료들에게 권총을 나누어주었다.

반란군은 시 외곽에 도착하고 있었다.

저마다 한마디씩 내놓았다.

"이곳 군대는 어떻게 나올까?"

"우리를 공격하겠지, 틀림없어."

"장교들은 어제 다시 한번 콤파니스*에게 충성을 맹세했다고."

"라디오가 답을 해줄 걸세."

비좁은 홀 안쪽에 있는 작은 라디오 수신기는 이제 오 분마다 이렇게 반복했다. 반란군이 도심으로 내려오고 있습니다.

"정부는 무기를 나누어주고 있나?"

"아니."

"어제 소총을 들고 돌아다니던 F.A.I. 소속의 동료 두 명이 체포되었어. 그들을 석방시키기 위해서 두루티와 올리베르**가 나서야 했지."

"저런!"

"트란킬리다드***에선 무슨 말들이 오가던가? 소총을 갖게 되는 거야, 못 갖게 되는 거야?"

"못 갖게 되기가 십상일걸."

"그럼 권총은?"

엘 네구스는 계속해서 권총을 나누어주고 있었다.

"이건 파시스트 장교님들이 친절하게도 무정부주의자 동지들한테 자유롭게 쓰라고 주신 것이네. 내 수염이 신뢰를 준 모양이야."

두 친구 그리고 몇몇 공모자와 함께 그는 전날 밤 전함 두 척의 사관실을 급습했던 것이다. 그는 여전히 배에 침투하기 위해 입었던 해군 기관사의 푸른 작업복 차림을 하고 있었다.

"이제 우리가 가지고 있는 돈을 모으자고." 마지막 권총을 내밀면서 그가 말했다. "무기점이 나타나자마자 총알을 사야 해. 각자 가진 스물다섯 발로는 부족하거든."

---

* 카탈루냐 자치 정부 통령.

** F.A.I.와 전국노동연맹(C.N.T.)의 주요 지도자들.

*** 무정부주의자들이 모이는 카페. (원주)

반란군이 도심으로 내려오고 있습니다……

"무기점은 오늘 문을 열지 않을 텐데, 일요일이니."

"여러 말 할 것 없어. 우리가 열면 되는 거야."

"각자 동료들을 찾아와 함께 가자고."

남아 있는 사람은 여섯 명. 나머지는 떠난다.

반란군이……

엘 네구스는 지휘를 한다. 노조에서 맡은 직무 때문이 아니다. 그가 오 년 동안 감옥 생활을 했기 때문이다. 바르셀로나의 전차 회사가 파업에 대한 보복으로 400명의 노동자를 해고했을 때, 엘 네구스는 어느 날 밤 동료 10여 명의 도움을 받아 티비다보 언덕 위 차고의 전차들에 불을 지른 뒤 브레이크를 풀고선 화염에 싸인 채 바르셀로나 시내까지 내달리게 했고, 이 모습에 자동차들은 공포에 질려 경적을 울려댔었다. 이후 그가 주도한 비교적 작은 규모의 태업이 이 년이나 지속되었다.

그들은 푸르스름한 새벽에 떠나며, 각자 다음날 새벽은 어떻게 될 것인지 자문하고 있었다. 먼저 술집을 떠난 사람들이 데리고 온 무리들이 길모퉁이마다 합류했다. 그들이 디아고날 로路에 도착할 무렵, 떠오르는 해를 배경으로 군대가 나타났다.

망치질 같은 발걸음소리가 멈추더니 대로에 집중사격이 퍼부어졌다. 바르셀로나에서 가장 큰, 쭉 뻗은 대로를 따라 페드랄베스 병영의 병사들이 장교들을 앞세우고선 도심을 향해 전진하고 있었다.

무정부주의자들은 대로와 직각을 이루는 첫번째 골목으로 피신했고, 엘 네구스와 다른 두 사람은 되돌아갔다.

그들은 이 장교들을 처음 보는 게 아니었다. 아스투리아스 지방의 수감자 3만 명을 체포한 것도 이들이었고, 1933년 사라고사에 있었던 것도 이들이었으며, 농민반란을 방해하게 한 것도 이들이었다. 이들 때문에 예수회의 재산 몰수, 한 세기 전부터 여섯 번이나 반복된 그 몰수 명령이 여섯 번 모두 사문화되고 말았다. 엘 네구스의 부모를 내쫓은 것도 이들이었다. 카탈루냐의 법에 따라, 포도밭이 경작되지 않을 때 포도 경작자들은 쫓겨난다. 포도나무 뿌리 진딧병이 발생했을 때 이 병에 걸린 모든 포도밭들은 경작 불능으로 간주되었고, 포도 경작자들은 그들이 이십 년 혹은 오십 년 전부터 심어 경작했던 포도밭에서 쫓겨났다. 그들을 대신해 들어온 경작자들은 포도밭에 아무런 권리도 없었기 때문에 보상금이 싸게 먹혔다. 이것도 어쩌면 이 파시스트 장교들에 의해서였을 것이다……

이들은 인도에 호위 정찰대를 앞세운 채 부대를 지휘하면서 차도 한가운데로 전진했다. 정찰대는 모퉁이에 다다를 때마다 지나기에 앞서 길 안쪽에다 사격을 가하곤 했다. 가로등은 아직 켜진 채였고 네온사인 간판들은 새벽빛보다 강렬한 빛을 발하고 있었다. 엘 네구스는 동지들이 있는 쪽으로 되돌아왔다.

"저들이 분명 우리를 보았을 거야. 한 바퀴 돌아 보다 높은 데서 기습해야 해."

그들은 소리 없이 달렸다. 거의 모두 운동화를 신고 있었다. 그들은 디아고날 로에서 꺾인 골목길에 있는 대문들 밑에 매복했다. 깊숙이 들어간 아름다운 문들이 늘어선 부유한 주택가였다. 대로에 줄지어 선

나무들은 새들의 수풀 같았다. 각자는 길 저편에서 권총을 들고 꼼짝하지 않는 동료를 마주보고 있었다.

텅 빈 골목길은 점차 규칙적인 발걸음소리로 가득찼다. 무정부주의자 한 명이 쓰러졌다. 창문에서 총을 쏜 것이다. 어느 창문일까? 부대는 50미터 떨어진 지점에 있었다. 반대편 인도의 문들이 교차로에서는 어쩌면 그렇게 잘 보이는지! 부대의 규칙적인 군홧발소리로 가득한 텅 빈 골목길의 모든 대문 밑에서 무정부주의자들은 꼼짝도 않은 채, 마치 장터 사격장에서처럼 창문에서 날아오는 총탄에 쓰러지기만을 기다리고 있는 것 같았다.

정찰대의 일제사격. 총알들이 메뚜기 날아가듯 지나갔다. 정찰대는 다시 출발했다. 부대의 주력이 골목길 앞을 지나자마자 모든 대문에서 권총이 발사되었다.

무정부주의자들의 사격 솜씨는 나쁘지 않다.

앞으로! 장교들이 소리쳤다. 이 골목이 아니라 도심을 향해서였다. 무슨 일에나 때가 있는 법이다. 자신을 엄호하는 웅장한 입구의 장식문양 사이로 엘 네구스가 볼 수 있는 것은 병사들의 허리띠에서 발까지뿐이었다. 무기는 보이지 않았다. 그들은 모두 거총한 채 지나가며 총을 쏘아대고 있었다. 그런데 군복의 윗옷 자락 아래로 민간인 바지를 입고 뛰는 모습들이 눈에 띄었다. 파시스트 민병들이 있었던 것이다.

후위 정찰대가 지나갔고, 달리는 소리는 잦아들었다.

엘 네구스는 동지들을 불러모은 뒤 다른 골목으로 가서 멈추었다. 그들은 헛수고를 한 셈이다. 주요 전투는 아마 도심에서, 그러니까 카탈루냐 광장에서 벌어질 것이다. 부대의 배후를 공격했어야 했다. 하지만 어떻게?

첫 광장에서 부대는 분대를 남겨놓았다. 어쩌면 다소 경솔한 짓이었으리라…… 부대에는 경기관총이 하나 있었다.

한 노동자가 권총을 손에 쥐고 뛰어갔다.

"국민을 무장시키고 있어!"

"우리도 말인가?" 엘 네구스가 물었다.

"국민을 무장시키고 있다니까!"

"무정부주의자들도 말인가?"

상대방은 뒤돌아보지 않았다.

엘 네구스는 카페 하나를 찾아 무정부주의 신문사에 전화를 걸었다. 국민을 무장시키고 있다는 건 사실이었다. 그러나 무정부주의자들은 지금까지 60정의 권총만을 받았다. '직접 군함을 공격해 권총을 탈취하는 게 낫겠군!'

공장의 사이렌이 아침 일찍 울어댔다. 대수롭지 않은 존재들의 운명만이 결정되는 여느 날들처럼. 엘 네구스와 그의 동지들이 이 소리를 들으며 끝없이 이어지는 회색과 노란색의 긴 벽 앞에서 서두르던 날들처럼. 똑같은 새벽, 전차의 전선을 따라 걸린 듯 보이는, 아직도 불을 밝히고 있는 똑같은 전등들. 두번째 사이렌. 열번째, 스무번째.

100번째.

엘 네구스 일행 모두 몸이 굳은 채 차도 한가운데 멈춰 섰다. 동지들 가운데 그 누구도 다섯 번 이상의 사이렌소리를 연달아 들은 적이 없었던 것이다. 일찍이 스페인의 위협을 받은 도시들이 교회의 종소리에 동요되었듯, 바르셀로나의 프롤레타리아는 일제사격에 공장 사이렌의 숨가쁜 경종으로 응하고 있었다.

"푸취가 카탈루냐 광장에 있대." 두 사람을 이끌고 도심을 향해 달리던 한 녀석이 외쳤다. 이들은 소총을 들고 있었다.

"병원에서 아직 퇴원하지 않은 줄 알았는데." 엘 네구스의 동료 하나가 말했다.

한꺼번에 울린 이 모든 사이렌은 출항 직전에 울리는 음울한 뱃고동 소리가 아니라 반란을 일으킨 함대의 출범을 알리는 소리로 변모하기 시작했다.

"무기 배급은 우리 손으로 할 거야." 엘 네구스는 분대와 경기관총을 바라보면서 말했다.

그는 성난 미소를 지었다. 검은 콧수염과 턱수염 사이로 치아가 조금 튀어나와 있었다. 점령된 모든 공장에서 차례차례 길고 조급하게 터져나오는 사이렌소리가 집들을, 거리들을, 대기를, 그리고 산들에 이르기까지 항만 전체를 채워가고 있었다.

*

시우다델라 공원에 있는 병영의 부대들은—다른 모든 부대들처럼—도심으로 내려왔다.

검은 스웨터를 입은 푸취가 부하 300명과 함께 광장 하나를 차지하고 있었다. 그는 가장 키가 작고 가장 뚱뚱했다. 모두가 무정부주의자는 아니었다. 100명 이상이 정부로부터 배급된 무기를 받았다. 총을 잘 쏠 줄 모르는 사람들은 소총을 다루는 방법을 듣고 있었다. "이곳에서 소유권은 아무짝에도 쓸모없지"라고 말하며 푸취는 모두의 동의를 받아 가장 우수한 사격수들에게 소총을 나누어주었다.

가장 큰 대로를 통해 군인들이 다가왔다. 푸취는 부하들을 서로 마주한 골목길에 나누어 배치했다. 엘 네구스가 동지들과 함께 경기관총을 가지고 막 도착했으나 경기관총을 다룰 줄 아는 사람은 그뿐이었다. 운동화를 신은 민병들이 뛰는 소리도, 전차 소리도—심지어 군인들의 발소리도 아직은 너무 멀리 떨어져 있어—들리지 않았다. 사이렌이 멈추고부터는 매복의 침묵이 바르셀로나를 짓누르고 있었다.

군인들이 소총을 겨눈 채 호텔과 항수 회사의 거대한 광고판들 아래를 전진했다. 저 광고는 이미 과거의 것이 되어버린 걸까? 푸취는 생각했다. 무정부주의자들은 모두 소총을 겨누고 있었다.

맨 앞줄의 군인들이—민간인 바지를 입고 있었다—골목길 하나를 향해 총을 쏘고는 밝은 빛깔의 비둘기들이 날아간 자리에 전투대형으로 산개했다. 비둘기들 대부분이 다시 내려앉았다. 두번째 대열이 또 다른 골목길을 향해 총을 쏘고는 전투대형으로 산개했다. 숨어 있던 푸취의 부하들도 사격을 가했는데, 엘 네구스의 부하들처럼 골목 가장자리를 향해 쏘는 대신 집중사격을 했다. 광장은 넓지 않았다. 첫번째 대열의 군인들이 뛰어서 엘 네구스의 경기관총이 있는 쪽으로 접근했다가 격렬한 일제사격이 쏟아지는 가운데 대로 쪽으로 물러나면서, 마치 파도가 조약돌을 남기고 빠지듯 늘어지거나 웅크린 시체들을 꽃줄처럼 남겨놓았다.

한 호텔의 창문에서 셔츠 바람의 사내들이 박수를 치고 있었다(민간인들일까 군인들일까?). 올림픽경기를 위해 온 외국인 운동선수들이었다.* 공장의 사이렌이 뱃고동 같은 소리를 다시 울렸다.

노동자들은 군인들을 쫓아 돌진했다.

"제자리로!" 푸취가 짧은 팔을 흔들면서 소리쳤다. 그들에게는 들리지 않았다.

쫓아가던 노동자의 3분의 1이 순식간에 쓰러졌다. 이제는 군인들이 대로의 현관 밑에 숨었기 때문에 노동자들은 오 분 전 부대들과 같은 상황에 처했다. 광장 안쪽에는 카키색 군복을 입은 시체들과 부상자들이, 앞쪽에는 거무칙칙하거나 푸른 옷을 입은 시체들과 부상자들이 있었고, 그 사이에는 죽은 비둘기들이 널려 있었다. 이들 위로 스무 개의 사이렌이 휴가철의 태양 아래 다시 요란하게 울리기 시작했다.

광장의 부상자에도 불구하고 점점 그 수가 늘어난 푸취의 부하들은 단속적인 난사 소리와 잦아드는 사이렌소리 속에서 부대를 괴롭히고 있었다. 군인들은 구보로 후퇴하며 싸웠다. 그렇게 하지 않으면 인민전선의 전투원들이 대로와 평행한 골목길을 통해 그들의 배후로 우회하여 바리케이드 뒤에 숨은 채 그들을 기다릴 것이다.

병영의 문들이 쇳소리를 내며 닫혔다.

"푸취."

"그래, 어떻게 됐어?"

끊임없이 새로운 전투원이 도착했다. 민위대와 돌격대는 도심에서

---

* 국제올림픽위원회(IOC)는 1936년 하계올림픽 개최지로 바르셀로나와 경합한 베를린을 지명했다. 그러나 히틀러 치하에서 나치가 인종차별 정책을 스포츠에까지 적용하자 각국이 베를린 올림픽을 보이콧하기 시작했고 일부 국가들은 바르셀로나에서 '인민 올림픽'을 개최하려 했다. 수천 명의 외국 선수들이 바르셀로나에 도착하기 시작했을 때, 내전이 발발했다.

싸웠고, 바르셀로나에 공산주의자 수가 많지 않았기 때문에 무정부주의 지도자들이 전투를 지휘했다. 푸취는 상대적으로 별로 알려져 있지 않았다. 그는 『노동자 연대*Solidaridad Obrera*』지에 글을 기고하지 않기 때문이다. 그러나 그가 사라고사의 어린이들을 위한 지원을 조직했다는 사실이 알려져 있었기 때문에, 무정부주의자가 아닌 사람들은 F.A.I.의 지도자들보다 그와 함께 활동하는 것을 더 좋아했다. (1934년 봄 두루티 휘하에서 사라고사의 노동자들은 스페인 사상 최대의 파업을 오 주간 지속했다. 모든 보조금을 거부한 채 그들은 오로지 프롤레타리아 연대가 그들의 아이들을 위해 행동해줄 것만을 요구했다. 10만 명 이상이 『연대』지에 식량과 자금을 보내와 푸취가 이것들을 분배했고, 그가 즉석에서 마련한 트럭의 행렬이 사라고사 노동자의 아이들을 바르셀로나로 데려왔다.) 한편 무정부주의자들은 분담금을 내지 않았기 때문에, 두루티와 '연대자들Los Solidarios'이라는 활동 그룹 전체가 그러했듯이 푸취는 파업자들과 '무정부주의 문고'*를 돕기 위해 스페인 은행의 금괴 운반 트럭을 공격해 탈취한 일도 있었다. 그의 소설 같은 전기를 아는 모든 사람들은, 딱 바라진 작은 맹금류 같은 모습에 매부리코와 빈정대는 듯한 눈을 지니고 오늘 아침부터 끊임없이 미소를 짓고 있는 그를 보며 놀라워했다. 그의 전기를 닮은 것은 그가 입고 있는 검은 스웨터뿐이었다.

그는 점점 늘어나는 부하들 중 바리케이드를 설치하기 시작한 3분의 1과 경기관총을 이곳에 남겨놓았다. 새로 온 부하들 가운데 하나가

---

* '연대자들' 그룹이 파리에 설립한 출판사.

경기관총을 사용할 줄 알았다. 국민 편으로 넘어온 많은 군인들이 도착했는데, 헷갈리지 않도록 모두 셔츠 바람이었지만 헬멧은 쓰고 있었다. 파시스트 장교들은 그날 아침 그들에게 럼주 두 잔씩을 돌리면서 곧 공산주의자들의 음모를 진압하겠다고 말했다는 것이다.

푸취는 다른 부하들과 함께 카탈루냐 광장으로 향했다. 도심에 있는 반역자들을 진압한 다음 병영 쪽으로 돌아가자는 것이었다.

그들은 카탈루냐 광장으로 가는 산책로를 통해 도착했다. 그들 앞에는 콜론 호텔이 파인애플 모양의 탑과 기관총들로 광장을 압도하고 있었다. 페드랄베스 병영의 부대는 각기 떨어져 있는 세 개의 주요 건물을 점령하고 있었다. 중심에는 호텔, 오른쪽에는 전화국, 왼쪽에는 엘도라도 극장. 부대 병사들은 싸워본 경험이 거의 없었지만 기관총 덕분에 장교들과 허리까지만 변장한 파시스트들, 그리고 보름 전부터 '병사들이 된' 자들은 광장을 지배할 수 있었다.

30여 명의 노동자가 광장 한가운데 조금 높은 지대에 만들어진 작은 공원을 가로질러 돌진하면서 주변을 둘러싼 나무들을 방패로 삼으려 했다. 기관총들이 불을 뿜기 시작하자 그들은 줄지어 쓰러졌다. 멀리 가지는 않고 꽤나 높은 곳에서 원을 그리며 날고 있던 비둘기들의 그림자가 축 늘어진 시체들 위로, 그리고 팔을 뻗어 소총을 머리 위에 올린 채 아직도 비틀거리고 있는 한 사람 위로 지나갔다.

푸취의 주위에는 이제 모든 좌파 정당의 상징이 있었다. 이곳에 수천 명의 사람들이 있었다.

처음으로 자유주의자, U.G.T.노동총연맹와 C.N.T.전국노동연맹의 구성원,

무정부주의자, 공화주의자, 조합주의자, 사회주의자 들이 모두 함께 적의 기관총을 향해 돌진하고 있었다. 아스투리아스 지방의 수감자들을 석방시키기 위해 처음으로 무정부주의자들은 찬성표를 던졌다.* 바로 아스투리아스인들의 뒤섞인 다양한 피로부터 바르셀로나의 단결이 고취되고 있었고, 당시까지는 비밀스러운 깃발에 불과했던 적색과 흑색**의 그 깃발이 마침내 펼쳐져 계속 나부끼는 것을 보고자 했던 푸취의 희망 또한 그것으로부터 올라오고 있었다.

"공원의 병사들이 병영으로 돌아갔다!" 한 털보가 수탉을 겨드랑이에 끼고 달려가면서 외쳤다.

"고데드가 발레아레스섬에서 방금 도착했다는군." 다른 사람이 외쳤다.

고데드는 가장 뛰어난 파시스트 장군이었다.

보닛에 스페인산 분홍으로 U.H.P.***라 쓰여 있는 자동차 한 대가 지나갔다. "우리한테도 선전 문구가 있어야겠군." 작은 광장의 광고판들을 생각하면서 푸취가 혼잣말을 했다.

적어도 두 개의 기관총이 계속해서 불을 내뿜고 있는 가운데, 다른 공격자들이 벽을 따라 슬그머니 기어들어가 차양과 발코니를 방패로 삼고자 시도했다. 담배 세 갑을 연거푸 피운 양 건조하게 타는 목으로 푸취는 그들이 차례차례 쓰러지는 모습을 바라보았다.

---

* 1936년 2월의 선거에서 무정부주의자들은 수감자들의 사면을 약속한 인민전선에 찬성표를 던졌다.

** 적색과 흑색이 대각선으로 나뉜 C.N.T.-F.A.I.의 깃발.

*** '뭉쳐라, 프롤레타리아 형제들이여!'의 약자로 정치 성향을 불문한 모든 노동자와 농민의 결집을 촉구하는 구호.

적을 향해 나아가는 것이 봉기의 전통이므로 그들은 전진했다. 호텔 앞 저기, 카페의 둥근 테이블들로 막혀 있는 저 인도에서 정지한다면 그들은 내리쬐는 태양 아래서 사살될 것이다. 영웅적 행위의 모방에 불과한 영웅적 행위로는 아무것도 이룰 수 없다. 푸취는 굳센 부하들을 사랑했고, 쓰러지는 부하들을 사랑했다. 그래서 그는 망연자실했다. 국가의 금괴를 탈취하기 위해 민간 호위병 몇 명과 싸우는 것과 콜론 호텔을 공격하는 것은 다르지만, 소박한 경험만으로도 그는 공격자들에게 연계성도, 결정적 목표도 없음을 정확히 이해하고 있었다.

작은 공원을 둘러싼 아주 널따란 가로숫길 아스팔트 위로 총알들이 곤충처럼 튀어올랐다. 창문이 참으로 많기도 하구나! 푸취는 호텔의 창문을 세어보았다. 100개가 넘었다. 지붕의 COLON이라는 거대한 간판의 O자들 안에도 기관총이 있는 것 같았다.

"푸취?"

"무슨 일이야?"

그는 회색 콧수염을 짧게 기른 이 대머리에게 적개심을 드러내며 대답했다. 부하들은 그에게 명령을 내려주길 요구했지만 그의 안에 있는 신중함이 명령을 내리지 못하게 했다.

"공격할까?"

"기다려."

광장에서는 소규모 그룹들이 여전히 전진하려 애쓰고 있었다. 푸취는 부하들에게 기다리라고 말했고, 부하들은 그를 신뢰하기에 기다렸다. 무엇을?

새로운 인파가—와이셔츠 차림에 모자까지 쓴 고용원들이었다—코르테스 가에서 뛰어나왔다가 콜론 호텔 탑과 엘도라도 극장에 배치된 기관총의 사격을 받고 그라시아 산책로의 모퉁이로 흩어졌다.

늘어진 시체들과 낭자한 선혈 위로 날씨는 쾌청하기만 했다.

푸취는 첫 대포 소리를 들었다.

대포가 노동자들의 수중에 있다면 호텔은 탈취된 것이다. 하지만 군부대가 대포의 지원을 받으며 병영에서 광장으로 내려오고 있는 거라면 민중의 저항은 33년처럼, 34년처럼*……

푸취는 전화를 하러 달려갔다. 대포는 두 문뿐이었지만 파시스트들의 수중에 있었다.

그는 부하들을 집결시키고 첫번째 차고에 들어가 그들을 트럭에 밀어 태운 다음 새들이 달아나는 여름 나무들 밑으로 출발했다.

그들이 휩쓸고 가는 넓은 대로 양쪽에 75밀리 구경 대포 두 문이 포격 태세를 취하고 있었다. 그 앞에는 병사들이 있었는데 이번엔 모두 민간인 바지 차림이었고 소총들에 기관총도 하나 있었다. 뒤쪽에는 병사들이 100여 명쯤으로 더 많았지만 기관총은 없는 것 같았다. 200미터도 더 되는 대로 끝은 거기 직각으로 교차하는 다른 길에 가로막혀 있었다. T자형 길 한복판의 어느 대문 밑에서 37밀리 구경 대포 한 문이 포격을 하고 있었다.

푸취는 소규모 그룹을 보내 T자형 길 양쪽 분기점에 포병들의 엄호가 있는지 알아보도록 하고, 대로와 직각을 이루는 골목길에 부하들을 배치했다.

---

* 1933년에 아라곤과 카탈루냐 지방, 1934년에 마드리드와 바르셀로나와 아스투리아스 지방에서 일어난 봉기를 말한다.

푸취의 뒤에서는 캐딜락 두 대가 경적을 숨가쁘게 마구 울려대며 마치 갱스터영화에서처럼 지그재그로 휩쓸듯 달려오고 있었다. 짧은 콧수염을 한 대머리 사내가 운전하는 첫번째 차는 소총들과 기관총의 집중사격을 받으면서 높이 발사된 포탄들 밑을 뚫고 달려나갔다. 차는 대포 두 문 사이로 돌진하며 제설차가 눈을 날리듯 병사들을 날려버리더니, 목표로 삼았을 37밀리 대포가 있는 대문 옆쪽 벽으로 달려가 부딪쳐 박살이 났다. 얼룩진 혈흔 속 검은 파편들— 벽에 으스러진 한 마리 파리였다……

37밀리 대포는 경적을 울리며 두 문의 대포 사이로 돌진하는 두번째 차량에 계속 포격을 가했고, 차량은 시속 120킬로미터의 속력으로 대문 밑에 처박혔다.

37밀리 대포는 포격을 멈추었다. 경적소리가 사라진 침묵 속에서 모든 골목길의 노동자들이 대문의 검은 구멍을 바라보았다. 자동차를 탄 사내들의 모습이 다시 나타나기를 기다리면서. 그들은 나타나지 않았다.

사이렌이 다시 울리기 시작했다. 마치 여전히 공중에 맴돌던 경적소리가 점점 거세지며 혁명 영웅들의 첫번째 장례를 위해 도시 전체를 채우기라도 하는 것처럼. 일상의 소란에 익숙한 비둘기들이 커다란 원을 만들며 대로 위를 돌고 있었다. 푸취는 죽은 동지들이 부러웠다. 그러면서도 그는 다가올 날들이 보고 싶었다. 바르셀로나가 그의 삶의 모든 꿈을 잉태하고 있었다.

"여러 말 할 것 없어. 훌륭하긴 하지만 신중한 행동은 아니야." 엘네구스가 말했다.

푸취가 정찰을 보낸 자들이 돌아왔다. "저기 오른쪽 대포들 뒤에는 열 명 정도밖에 없어."

아마 주변의 모든 골목을 지키기에는 파시스트의 수가 너무 적었을 것이다. 바르셀로나는 바둑판 모양의 도시이기 때문이다.

"지휘하게나." 푸취가 엘 네구스에게 말했다. "난 뒤쪽으로 돌아가 반대 방향으로 통과해보겠네. 다른 이들과 함께 대포에 최대한 가까이 접근해서, 우리가 지나가자마자 달려들어 공격하게."

그는 다섯 명의 동지와 함께 떠났다.

엘 네구스와 그의 부하들은 전진했다.

겨우 십 분쯤 되었다. 얼이 빠진 병사들은 돌아섰고, 포병들은 대포를 돌리려고 했다. 조그만 초소를 돌파한 푸취의 차는 앞유리의 두 박판 사이로 경기관총을 내놓은 채 대포들을 향해 달려들었고, 차의 후미는 미쳐 날뛰는 추처럼 좌우로 흔들렸다. 더이상 방탄판의 보호를 받지 못하는 포병들이 푸취의 눈에 영화처럼 클로즈업되었다. 불을 내뿜는 파시스트의 기관총 한 대도 클로즈업되었다. 삼중 안전유리에 뚫린 둥그런 구멍 네 개. 푸취는 자신의 짧은 다리에 화를 내면서 몸을 앞으로 숙이고는 대포들 저쪽에 있는 자기 동지들에게 다다르기 위해 자동차 바닥을 부술 듯 액셀러레이터를 짓밟았다. 삼중 안전유리에는 두 개의 구멍이 더 생기고 서리가 낀 것처럼 금이 갔다. 경련하는 왼발, 운전대 위에서 떨리는 두 손, 앞유리에 덤벼드는 단총短銃들의 총신, 귀청을 찢는 경기관총의 굉음, 위아래로 흔들리는 집들과 나무들—방향과 색깔을 동시에 바꾸며 날아가는 비둘기—엘 네구스의 고함소리……

푸취는 실신 상태에서 깨어나 혁명과 노획한 대포들을 다시 확인했다. 차가 전복되었을 때 목덜미에 꽤나 강한 충격을 받았다. 동지 두 명은 피살되었다. 엘 네구스가 붕대를 감아주고 있었다.

"이러고 보니 터번을 쓴 것 같군. 아랍 사람 같아. 그러니 됐네!"

대로의 다른 쪽 끝으로 민위대원들과 돌격대원들이 지나갔다. 장교들과 민간인 바지를 입은 사람들은 경시청으로, 무장해제된 병사들은 병영으로 연행되었다. 소총을 배분받은 호위 노동자들과 병사들이 이야기를 나누면서 떠났다. 다른 모든 이들은 카탈루냐 광장으로 돌아갔다.

그곳 상황은 변하지 않았다. 다만 시체들이 더 늘어나 있을 뿐이었다. 푸취는 이번엔 그라시아 오솔길을 통해 도착했다. 콜론 호텔이 길모퉁이를 차지하고 있었다. 확성기가 외쳤다.

프라트 비행대가 민중의 자유를 지키는 수호자들과 합류했습니다.

잘됐군, 그런데 어디서?

다시 한번 호텔 반대편의 모든 골목에서 무정부주의자들, 사회주의자들, 빳빳하게 풀먹인 칼라를 단 프티부르주아들, 몇몇 농부 그룹이 나타났다. 해가 하늘 높이 솟아오르자 농부들이 도착하기 시작했다. 푸취는 부하들을 정지시켰다. 돌격의 물결은 세 대의 기관총에 격퇴되어 꽃줄처럼 쓰러진 피살자들을 남겨놓고는 물러났다.

창문에서 뿌려진 한 파시스트 단체의 삐라가 비둘기 날듯 천천히 떨어지거나 나무들 위에 내려앉았다.

처음으로 푸취는 1934년처럼—그리고 언제나와 같이—절망적인 시도가 아닌 가능한 승리에 직면해 있음을 느꼈다. 그는 바쿠닌에 대해 무언가 알고 있긴 하지만(아마 이 그룹 가운데 그는 바쿠닌의 책을 훑어본 유일한 사람일 것이다), 그가 보기에 혁명은 언제나 농민 폭동이었다. 희망 없는 세계 앞에서 그가 무정부주의로부터 기대하는 것은 오직 모범적인 저항뿐이었다. 따라서 모든 정치적 문제는 용기와 기개를 통해서 해결된다고 그는 생각하고 있었다.

그는 소비에트가 파리코뮌보다 스물네 시간 더 오래 지속되었던 날 흰 눈 위에서 춤을 추었던 레닌을 떠올렸다. 오늘 중요한 것은 모범을 보이는 게 아니라 승리자가 되는 것이었다. 그리고 그의 부하들이 다른 자들처럼 뛰어나간다면, 그들 역시 이들처럼 쓰러질 것이고 호텔은 점령하지 못할 것이다.

광장을 가로질러 V자형으로 콜론 호텔을 향해 뻗어 있는 두 개의 가로숫길로부터, 그리고 빗장처럼 앞을 지나가는 코르테스 가로부터 민위대의 세 연대가 정확히 동시에 도착했다. 푸취는 그의 옛 적들이 쓴 이각모가 햇빛에 반짝이는 것을 바라보았다. 환호성을 지르면서 전진하는 것을 보니 그들은 정부 편이었다. 비둘기의 날갯짓소리까지 들릴 정도로 광장은 고요했다.

파시스트들은 경찰이 정부 편인 것을 보고는 놀란 나머지 주저하고 있었다. 게다가 민위대원들이 훌륭한 사수임은 그들도 모르는 바가 아니었다.

히메네스 대령이 다리를 절면서 소공원의 계단을 올라가 호텔 방향으로 곧장 나아갔다. 무기는 들고 있지 않았다. 광장의 3분의 1 지점에 이를 때까지 아무도 총을 쏘지 않았다. 그러다가 세 방향에서 다시 기관총이 발사되었다. 푸취는 뒤에 있는 집의 2층으로 뛰어올라갔다. 무정부주의자들이 적들 가운데 가장 싫어하던 자들은 민위대였다. 게다가 히메네스 대령은 독실한 가톨릭 신자였다. 그런데 그들은 오늘 묘한 형제애를 나누면서 함께 싸우고 있었다.

히메네스는 뒤돌아섰다. 그가 민위대의 지휘봉을 쳐들자 세 골목길에서 이각모를 쓴 부하들이 돌진했다. 히메네스는 여전히 다리를 절며(푸취는 자기 부하들이 그를 '늙은 오리'라고 불렀던 것을 떠올렸다) 넓은 소공원 한복판에서 총알이 빗발치는 가운데 홀로 호텔을 향해 걷고 있었다. 왼쪽의 민위대원들은 중앙전화국을 따라 전진했다. 이 건물에서는 수직으로 사격을 할 수가 없었기 때문이다. 오른쪽의 민위대원들은 엘도라도 극장을 따라 전진했다. 엘도라도 극장에 있는 기관총 사수들은 왼쪽의 민위대를 쏘아야 했지만, 민위대 앞에서 각 파시스트 그룹은 자기편을 지키기보다 자신을 지키려 애썼다.

콜론 호텔의 기관총들은 오른쪽과 왼쪽을 교대로 겨누었으나 쉽지 않았다. 왜냐하면 민위대가 횡렬이 아닌 종렬을 이루어 전진했고, 나무들을 정밀하게 방패로 이용하고 있었기 때문이다. 그들 뒤로는 이제 모든 골목길에서 쏟아져나온 무정부주의자들이 따라나섰다. 동시에 코르테스 가의 민위대가 장화 소리를 내면서 돌격의 발걸음으로 푸취 앞을 지나갔다. 더이상 아무도 이들에게 사격을 가하지 않았다. 광장 한가운데서 대령은 절룩거리며 똑바로 앞으로 나아가고 있었다.

10분 후 콜론 호텔은 점령되었다.

*

민위대가 카탈루냐 광장을 점령했다. 바르셀로나의 밤은 노랫소리, 함성, 총소리로 가득했다.

무장한 시민들, 부르주아들, 노동자들, 병사들, 돌격대원들이 맥줏집의 불빛 속을 지나다녔다. 테이블마다 민위대원들이 자리잡고 앉아 마셔댔다.

히메네스 대령도 지휘소로 변한 2층의 조그만 살롱에서 마시고 있었다. 그는 거리 전체를 장악하고 있었다. 몇 시간 전부터 이런저런 그룹의 지휘자들이 그에게 지시를 받으러 오갔다.

푸취가 들어왔다. 이제 가죽 상의 차림에 성능 좋은 권총을 찼고—피로 물든 지저분한 터번을 감고 있어 낭만적인 모습도 없지 않았다. 그러다보니 더 작고 더 뚱뚱해 보이긴 했다.

"우리가 가장 요긴하게 쓰일 곳은 어디죠?" 그가 물었다. "내게 천 명가량의 부하가 있습니다."

"아무데도 없네. 현재로선 모든 게 잘돼가고 있어. 저들은 병영에서, 적어도 아타라사나스에서 탈출하려고 시도할 걸세. 자네들이 반시간쯤 기다려주는 게 제일 좋네. 현재로선 내 예비대에다 자네의 예비대까지 보유하고 있는 게 유용하지. 모로코는 물론 세비야, 부르고스, 세고비아, 팔마에서는 저들이 승리자가 된 것 같네. 하지만 여기선 패배할 거야."

"포로로 잡힌 병사들은 어떻게 할 셈인가요?"

이 무정부주의자는—명령이 아니라 조언을 구하러 왔음을 자신의 태도로 은연중 나타내면서도—마치 그들이 한 달 전부터 함께 싸워온 듯 편안함을 느꼈다. 히메네스는 인체 측정 카드를 여러 번 살펴보았기 때문에 그의 용모를 알고 있었다. 그는 땅딸막한 해적 같은 푸쥐의 작은 키에 놀랐다. 비록 이류 지도자이긴 했지만, 사라고사의 아이들을 도운 일 때문에 그 누구보다도 히메네스의 호기심을 끌었다.

"정부의 지시는 병사들을 무장해제하고 석방해주라는 것이네. 장교들은 군사법원에 회부될 걸세."

그렇게 말하더니 히메네스는 덧붙여 물었다. "캐딜락을 타고 가 대포들을 탈취하게 한 게 자네 아니었나?"

푸쥐는 골목 끝에서 돌격대의 챙 달린 납작한 모자들과 나란히 지나가던 민위대의 이각모들을 떠올렸다……

"그렇습니다."

"잘했네. 저들이 대포를 갖고 이곳에 왔더라면 아마 모든 게 바뀌었을 거야."

"당신도 광장을 가로질러갈 때 운이 좋았습니다……"

스페인을 열렬히 사랑하는 대령은 이 무정부주의자가 고마웠다. 그의 인사말 때문이 아니라 많은 스페인 사람들이 보여줄 법한 스타일을 그가 보여주었고 샤를 캥* 휘하의 장수가 했을 법한 대답을 그가 했기 때문이다. 히메네스에게 '운'이라는 말은 '용기'를 의미하는 게 분명했다.

"대포가 있는 데까지 이르지 못할까 걱정했습니다." 푸쥐가 말했다. "죽든 말든, 대포가 있는 곳까지 말입니다. 한데 당신은 무슨 생각으로

---

* 카를 5세, 또는 카를로스 1세. 신성로마제국의 황제이자 스페인 국왕이었다.

그런 행동을 한 겁니까?"

히메네스는 미소를 지었다. 그는 모자를 벗고 있었는데 짧게 깎은 흰머리가 오리의 솜털 같았다. 오리는 그의 까맣고 작은 두 눈과 주걱 같은 코 때문에 부하들이 그에게 붙여준 별명이었다.

"그런 경우에 두 다리는 이렇게 말하지. '이봐, 넌 무슨 짓을 하고 있는 거야, 바보 같으니!' 특히 절룩거리는 쪽이 말이야……"

그는 한쪽 눈을 감고 집게손가락을 쳐들었다.

"하지만 마음은 이렇게 말한다네. '자, 어서 가라……' 총알들이 소나기처럼 그렇게 쏟아져 튀는 것을 난 본 적도 없네. 위에서 내려다보면 사람과 그림자를 혼동하기 쉽지. 그래서 사격의 효율이 떨어진 걸세."

"공격도 훌륭했습니다." 푸취가 선망을 담아 말했다.

"그랬지. 자네 부하들은 온몸을 던져 투쟁할 줄 알지만 싸우는 방법은 모르고 있어."

그들 아래쪽 보도로 피로 얼룩진 빈 들것들이 지나갔다.

"그들은 온몸을 던져 투쟁할 줄은 압니다." 푸취가 말했다.

들것이 지나가자 꽃 파는 여자들은 카네이션을 던졌고, 흰 꽃들이 핏자국 옆 가죽띠에 떨어졌다.

"감옥에 있었을 때 전 이렇게 형제애가 가득해지리라고는 상상도 못 했습니다." 푸취가 말했다.

감옥이라는 말에 히메네스는 바르셀로나의 민위대 대령인 자신이 무정부주의 선동자와 술을 마시고 있다는 사실을 자각하고는 다시금 미소를 지었다. 이와 같은 극단주의자 그룹의 두목들은 모두 용감했고, 그 가운데 많은 이들이 부상을 입거나 죽었다. 푸취와 마찬가지로 히메네스에게도 용기는 또하나의 조국과 같았다. 무정부주의 전투원들이 거뭇한 뺨을 호텔 불빛에 드러내며 지나갔다. 면도를 한 자는 아무도 없었다. 전투가 일찍부터 시작되었기 때문이다. 들것이 또하나, 한쪽 손잡이에 글라디올러스를 매달고서 지나갔다.

적갈색의 희미한 빛이 광장 뒤쪽에서 솟아올랐고, 같은 빛이 또하나 멀리 언덕 위로 솟아올랐다. 이윽고 가볍게 흔들리는 붉고 투명한 불덩이들이 여기저기서 떠올랐다. 새벽에 모든 사이렌의 숨가쁜 소리로 도움을 호소했듯이, 이날 밤 바르셀로나는 모든 교회를 불태우고 있었다. 타는 냄새가 여름밤을 향해 활짝 열린 살롱 창문으로 들어왔다. 히메네스가 아래쪽에서 불빛을 받으며 카탈루냐 광장 위로 급격히 확산되는 거대한 검붉은색 연기를 바라보고는 일어서서 성호를 그었다. 보여주기 위한 행동은 아니었다. 그 동작은 마치 신앙고백을 하는 것처럼, 그 혼자 있을 때처럼 이루어졌다.

"접신론을 아십니까?" 푸취가 물었다.

그들에게는 보이지 않았지만 호텔 입구에서는 기자들이 부산을 떨며 스페인 성직자들의 중립적인 태도에 대해, 혹은 나폴레옹의 근위병들을 십자가로 때려죽인 사라고사의 수도사들에 대해 이야기하고 있었다. 멀리서 들리는 포격소리와 외침에도 불구하고 그들의 목소리는 한밤중에 아주 또렷하게 올라왔다.

"이보게! 신이란 도둑놈 주머니에 있는 성합聖盒처럼 인간들의 놀이에 끌어들이라고 만들어진 게 아닐세." 히메네스가 연기에서 눈을 떼지 않은 채 중얼거렸다.

"바르셀로나의 노동자들은 신에 대한 이야기를 누구한테 들었습니까? 아스투리아스 지방을 탄압한 게 옳은 일이었다고 신의 이름으로 설교한 사람들에게서 듣지 않았습니까?"

"이봐! 그것은 한 인간이 자신의 삶에서 진실로 귀기울이는 유일한 것들을 통해 듣게 된다네. 유년 시절, 죽음, 용기…… 그런 것들 말이야. 인간들의 설교를 통해 듣는 게 아니란 말일세! 스페인 교회가 더는 임무를 수행할 자격이 없다고 상정해보자고. 당신네 편임을 내세우는 암살자들이—그런 자들이 없지 않네—어떻게 당신들이 임무를 수행하는 것을 방해하겠나? 인간을 그 비열함에 따라 생각하는 것은 좋지 않네……"

"비열하게 살지 않을 수 없을 때, 고상하게 생각하도록 강요할 수는 없습니다. 당신들의 말을 흉내내자면, '이 영혼들을 책임지는 일'은 사백 년 전부터 누가 맡고 있나요? 증오를 그토록 잘 교육받지 않았다면, 그들은 아마 사랑을 보다 잘 배우지 않았겠습니까?"

히메네스는 멀리 보이는 불꽃들을 응시하고 있었다.

"더없이 훌륭한 명분을 옹호한 사람들의 초상이나 얼굴을 본 적이 있나? 그들은 마땅히 즐거워하거나—아니면 적어도 평온해야 할 걸세…… 하지만 그들의 첫인상은 언제나 슬픔이지……"

"사제들과 마음은 별개입니다. 이 점에 대한 제 생각을 당신에게 잘 설명할 수 없군요. 저도 말하기를 즐기고, 무식하지 않아요. 저는 인쇄공입니다. 하지만 다른 점이 있지요. 저는 인쇄소에서 종종 작가들과 이야기를 나누었습니다. 당신과 이야기하는 것과 같더군요. 제가 사제들에 대해 이야기하면, 당신들은 성녀 테레사에 대해 이야기하죠. 제가 교리문답에 대해 이야기하면, 당신들은…… 뭐더라? 토마스 아퀴나스에 대해 이야기하는 거예요."

"내게는 교리문답이 성 토마스보다 더 중요하네."

"당신의 교리문답과 저의 교리문답은 같지 않아요. 우리의 삶은 너무 다르니까요. 전 스물다섯 살 때 교리문답을 다시 읽었습니다. 이곳의 어떤 배수구에서 그걸 발견했거든요(교훈적인 이야기죠). 2천 년 전부터 줄곧 뺨을 얻어맞기만 한 자들에게 다른 쪽 뺨을 내밀라고 가르칠 순 없습니다."

푸취는 히메네스를 동요시키고 있었다. 그의 총명함과 어리석음이 히메네스가 으레 상대하는 사람들의 경우와는 다르게 안배되어 있었던 것이다.

마지막 손님은 파시스트들에게 세탁실, 화장실, 지하실, 다락방 따위에 감금당했다 구조된 자들로, 얼빠진 얼굴에 화재의 오렌지색 불빛을 반사하고 있었다. 구름 같은 연기는 점점 더 짙어졌고, 탄내 또한 마치 호텔 자체가 불타는 듯 강렬했다.

"성직자들 말인데요, 제 말씀 좀 들어보시죠. 우선 전 말만 많고 아무것도 하지 않는 사람들을 좋아하지 않습니다. 저와는 다른 종족이에요. 하지만 또한 같은 종족이기도 한데, 그래서 그들을 미워하는 겁니다. 가난한 자들, 노동자들에게 아스투리아스 지방의 탄압을 받아들이라고 가르칠 수는 없습니다. 그들은 사랑…… 사랑의 이름으로 그렇게 가르치는데, 정말이지! 가장 역겨운 짓이죠. 동지들은 이렇게 말합니다. '바보 같으니, 은행에 불을 지르는 게 나을 거야!' 그러면 전 이렇게 말합니다. '아니야. 부르주아가 저지르는 짓이야 그들다운 짓이지. 사제들은 아니야.' 3만 명을 체포하고 고문하고 다른 여러 짓거리들에 찬동한 교회들이 불타는 것은 옳은 일입니다. 예술작품들은 제외하고 말입니다. 그것들은 국민들을 위해 지켜져야죠. 그래서 대성당은 불타지 않는 겁니다."

"그럼 그리스도는?"

"그분은 성공한 무정부주의자입니다. 유일하죠. 그리고 사제들에 대해서 한말씀드리겠는데, 당신은 가난했던 적이 없어서 아마 이해하지 못할 겁니다. 저는 제가 가장 잘한 일을 가지고 그것에 대해 저를 용서하겠다는 사람을 증오합니다."

이제 거의 적이라도 대하듯, 그는 무거운 시선으로 히메네스를 바라보았다.

"저는 누군가의 용서를 원치 않아요."

확성기가 한밤의 광장에서 외치고 있었다.

마드리드의 부대는 아직 입장을 발표하지 않았습니다.

스페인은 질서가 유지되고 있습니다.

정부는 상황을 장악하고 있습니다.

프랑코 장군은 세비야에서 방금 체포되었습니다.

바르셀로나 시민은 이제 파시스트와 반란군에 대해 완벽하게 승리했습니다.

엘 네구스가 팔을 흔들며 들어와서는 푸취에게 외쳤다.

"공원에서 병사들이 또 튀어나왔어! 그들이 바리케이드를 쳤네."

"살루드!" 푸취가 히메네스에게 말했다.

"또 보세." 대령이 대답했다.

마구잡이로 징발한 자동차를 타고 푸취와 엘 네구스는 노랫소리로 가득한 적갈색 밤을 가로질러 전속력으로 떠났다. 카라콜레스 구역에서 민병들이 매음굴 창문을 통해 매트리스를 트럭에 던지면, 트럭은 곧바로 바리케이드를 향해 출발했다.

이제 한밤중 도시의 모든 곳에 바리케이드가 있었다. 매트리스, 포석, 가구들…… 어떤 바리케이드는 기묘하게도 고해대告解臺로 만들어져 있었다. 어떤 바리케이드 앞에는 말들이 쓰러져 있었는데, 헤드라이트의 쏜살같은 광선이 비치자 마치 죽은 말들의 머리가 무더기로 쌓여 있는 것처럼 보였다.

이제 병사들의 적개심 속에서 파시스트 홀로 싸우는 마당에 그들이 만들어놓은 바리케이드가 무슨 소용이 있는지 푸취는 이해할 수 없었다. 그들은 희미한 어둠 속, 다리가 비죽비죽 솟아 있는 어렴풋한 의자 무더기 뒤에서 총을 쐈다. 가로등은 총에 맞아 꺼져 있었다. 푸취와 그의 터번을 알아본 사람들의 즐거운 함성이 골목길을 가득 메웠다. 전투가 오래 이어지는 경우 늘 그렇듯이, 두목에 대한 애정이 시작되고 있었다. 여전히 엘 네구스와 함께, 푸취는 첫번째로 나타나는 차고에 가서 트럭 한 대를 잡아탔다.

대로는 길었고 가로수는 어둠 속에서 푸르스름하게 보였다. 파시스트들은 모습을 드러내지 않은 채 쏘고 있었다. 그들에게 기관총이 한 자루 있었다. 그들은 항상 기관총을 가지고 있었다.

푸취는 자동차를 탔을 때처럼 전속력을 내며 액셀러레이터를 힘껏 밟았다. 그러다가 문득 가속하는 소리가 잦아들었다. 엘 네구스는 두 번의 일제사격 사이에 별도로 울린 한 방의 소리를 들었고, 푸취가 몸을 일으키더니 테이블을 누르듯 운전대를 두 주먹으로 누르며 총알 하나가 이를 부러뜨렸다고 외치는 모습을 보았다.

바리케이드로 쓰이던 거울 달린 옷장 하나가 그것에 비친 트럭의 헤드라이트를 내려치듯 달려들었다. 엘 네구스의 경기관총이 미친듯이 발사되는 가운데, 가구 더미가 무너진 문처럼 열렸다.

그 틈새로 통과한 민병들은 가구들 사이에 처박혀 꼼짝 못하고 있는 트럭을 벌써 지나쳐버렸다. 파시스트들은 가까운 병영으로 달아나고 있었다. 엘 네구스는 끊임없이 사격을 가하며 푸취를 바라보았다. 터번으로 얼굴을 가린 채, 그는 운전대에 쓰러져 죽어 있었다.

3

7월 20일

쫓겨나도 다시 돌아오는 여자들 사이에서, 이각모의 민위대원들과 돌격대원들이 상반신을 벌거벗었거나 셔츠만 걸친 사람들을 헤치며 군중을 정리하고자 했으나 허사였다. 앞쪽에는 흩어져 있고 뒤쪽에는 엄청나게 모여 있었는데, 그들 사이로부터 준엄한 함성이 계속해서 들려왔다. 한 장교가 라몬타냐 병영에서 방금 탈출한 병사를 술집으로 데려가고 있었다. 하이메 알베아르는 그들이 술집으로 향하는 것을 보고는 그들보다 먼저 그곳에 들어갔다. 모든 창문과 현관에서 쏘아대는 작은 소총소리들을 뚫고, 마드리드에서 올라오는 뜨거운 돌과 아스팔트 냄새와 외침들을 뚫고, 대포 소리가 저 모든 민중의 심장처럼 규칙적으로 들려오고 있었다.

술을 마시던 자들의 머리가 파리처럼 병사의 주위로 모여들었다. 병사는 숨을 헐떡이고 있었다.

"대령*은 공화국을…… 구해야 한다고 말했소."

"공화국이라고?"

"그렇소. 공화국이 방금 볼셰비키들…… 유대인들 그리고 무정부주의자들의 수중에 떨어졌다고 하면서."

"병사들은 어떻게 반응했소?"

"브라보!"

"브라보?"

"그렇소. 그들에겐…… 아무래도 상관없었으니까. 반응을 나타낸 자들이 특히 신병들이었다는 점을 얘기해야겠군. 일주일 전부터…… 신병들로 가득했소."

"그럼 좌파 병사들은?" 어떤 목소리가 물었다.

움직이지 않는 술잔 속 코냑과 만사니야**가 전투의 리듬에 따라 가볍게 흔들렸다. 병사는 술을 마셨다. 그는 점차 호흡을 되찾고 있었다.

"어느 편인지 알 수 없는 자들도 있었소. 다른 놈들은 모두 보름 전부터 노선을 바꾸었소. 아마 좌파 녀석들도 아직 쉰 명쯤 있었을 거요. 하지만 그들은 사라졌지. 모두 구석진 곳에 결박되어 있다고 들었소."

반란군은 정부가 국민을 무장시키지는 않으리라 확신했고, 따라서 아직은 움직임이 없는 마드리드의 파시스트들에게 기대를 걸고 있었다.

갑자기 주변이 고요해졌다. 확성기가 소리를 질렀다. 신문은 하루

---

* 모이세스 세라 바르톨로메를 가리킨다.

** 스페인산 포도주의 일종.

한 번밖에 나오지 않았고, 스페인의 운명은 라디오를 통해서만 이렇게 알려지고 있었다.

바르셀로나 병영의 투항은 계속되고 있습니다.

아타라사나스 병영은 아스카소와 두루티가 이끄는 노동조합원들에 의해 점령되었습니다. 아스카소는 병영을 공격하다가 죽었습니다.

몬주이크 요새*는 싸우지 않고 국민에게 항복했습니다……

술집에 있는 사람들 모두가 열광하여 소리쳤다. 아스투리아스 지방에서조차도 몬주이크는 가장 의미심장하고 음산한 이름이었다.

……반란 장교들에 대한 병사들의 복종 의무가 해제되었다고 발표하는 스페인 합법 정부의 확성기 소리를 들은 병사들이 장교들의 명령을 이행하는 것을 거부했기 때문에……

"현재 병영에서는 누가 싸우고 있소?" 장교가 물었다.

"장교들과 신병들이오. 동지들은 그럴 장소만 있으면 도망치고 있소. 지하실이 그들로 꽉 차 있을 거요. 대포가 포격을 시작했을 땐 더이상 아무도 전진하지 않았소. 음모를 알아버린 거지. 무정부주의자들과 볼셰비키들에게 대포가 없다는 것은 잘 알고들 있소. 난 동료 병사들에게 이렇게 말했소. '대령의 이 연설 또한 파시스트들의 음모야. 국민에게 발포하다니, 말도 안 돼!' 그렇게 당신네들한테 도망쳐온 거요."

병사는 떨리는 어깨를 진정시킬 수 없었다. 포격은 줄곧 이어졌고 포탄의 잔향이 울리고 있었다.

하이메는 그 대포를 본 적이 있었다. 돌격대의 대위 하나가 그것을

* 무정부주의자들이 주기적으로 감금되었던 요새.

조작했는데, 발포에는 성공했지만 포병이 아니라서 조준은 제대로 하지 못했다. 그 옆에서는 하이메가 속한 사회주의 민병대의 지휘관이자 조각가인 로페스가 불안해하고 있었다. 시야가 좋지 않아 입구의 문을 조준하여 포격 태세를 취할 수가 없었다. 그래서 대위는 어림잡아 벽을 목표로 쏘아댔다. 첫번째 포탄은—너무 높아—교외로 날아가 터졌다. 벽돌로 된 벽에 맞은 두번째 포탄은 누런 먼지를 잔뜩 일으켰다. 고정되어 있지 않았던 탓에 대포는 포탄이 발사될 때마다 매번 격렬하게 뒤로 밀려났고, 로페스의 민병들은 프랑스혁명을 묘사한 판화 속 모습처럼, 걷어붙인 팔로 바퀴살을 밀어붙여 그럭저럭 대포를 다시 제자리에 갖다놓곤 했다. 그러다가 포탄 하나가 창문 하나를 통과해 병영 안에서 터졌다.

"병영으로 들어갈 때 주의하시오." 병사가 말했다. "동료 병사들은 당신들을 조준해 쏘지 않았소. 그들은 일부러 그렇게 했던 거요!"

"어떻게 신병들을 알아보지?"

"즉각적으로 말이오?…… 글쎄…… 하지만 좀 살펴보면…… 말하자면 그들은 가족이 하나도 없소……"

국민의 봉기에 맞서기 위해 군대에 들어간 파시스트들은 너무도 우아한 아내들을 숨겨놓고 있다고 그는 말하고 싶었다. 가장 가까이 있는 엄폐된 골목에는 파시스트 병사의 아내들이 가득 들어차 기다리고 있었다. 이 여자들은 군중 가운데 침묵하고 있는 유일한 무리였다.

트럭들이 덜컹거리는 소리 위로 농성군의 일제사격 소리가 갑자기 덮쳤다. 다른 돌격대원들이 도착하고 있었던 것이다. 장갑차 하나가 이미 와 있었다. 대포 소리 때문에 술잔 속 포도주가 계속 흔들렸다.

사내들이 소총을 든 채 소식을 가져오곤 했다. 마치 배우들이 촬영의 막간을 이용해 출연 의상을 입은 채 구내식당에 한잔하러 오듯이. 하지만 바둑판 모양으로 깔린 술집의 흰 타일 바닥에는 피로 얼룩진 구두 자국이 남았다.

"파성추야!"

과연 기하학적인 괴물처럼 거대한 대들보가 전진하고 있었다. 옷깃을 달거나 달지 않은, 그러나 모두가 등에 총을 멘 쉰 명의 남자가 배를 끄는 사람들처럼 몸을 앞으로 숙인 채 양쪽에서 평행으로 그 대들보를 운반하고 있었다. 그것은 인도에 널려 있는 잔해들, 회벽 부스러기와 철책 조각들을 뚫고 지나가더니 거대한 징처럼 문을 들이받고는 물러섰다. 비록 고함소리와 폭발음과 연기로 가득했지만, 병영은 높은 문 뒤에서 온전히 수도원의 울림을 내며 떨고 있었다. 대들보를 운반하던 자들 가운데 세 명이 파시스트들의 사격을 받아 쓰러졌다. 하이메가 그들 중 하나를 대신해 들어갔다. 파성추가 다시 출발하는 순간 짙은 눈썹에 키가 큰 조합운동가 한 명이 귀를 막는 듯 두 손으로 머리를 잡고는 전진하는 대들보 위로 쓰러졌다. 한쪽에는 팔이, 반대편에는 다리가 대롱거렸다. 운반자들 대다수가 이를 미처 보지 못했다. 파성추는 육중하고 더딘 움직임으로 전진을 계속했고, 대들보 위에서 사내는 여전히 둘로 접혀 있었다. 스물여섯 살인 하이메에게 인민전선은 생사를 같이하는 이 같은 형제애를 뜻했다. 여러 세기 전부터 이 나라를 지배해온 어떤 조직에도 품지 않았던 희망을 그는 노동조직에 품고 있었고, 특히 이 조직에서 온갖 것에 활용되는 무명의 '기층민 투사들'을 그는 알고 있었다. 이들은 스페인의 헌신 자체를 의미했다. 태양이 쨍쨍 내리쬐고 팔랑헤당이 총알을 퍼붓는 가운데, 병영의 문짝을 향해 죽은 동료를 싣고 가는 이 거대한 들보를 밀면서 그는 충만한 마음으로 싸우고 있었다. 파성추는 다시 문에 부딪혀 소리를 울렸고 그 바람에 죽은 자가 문 앞으로 굴러떨어졌다. 옆에 있던 두 사람이 그를 거두어 운반했는데 그중 하나가 라모스였다. 대들보는 보다 천천히 다시 뒤로 후퇴했다. 다섯 명이 또 쓰러졌다. 부상자와 죽은 자로 된 두 줄 사이, 파성추가 지나간 그곳에 텅 빈 길이 뿌옇게 나 있었다.

7월의 아침나절이 흘러가고, 사람들의 얼굴은 땀으로 번들번들했다. 공격의 모든 소리에 리듬을 맞추는 대포와 대들보의 굉음이 둔중하게 퍼지는 가운데, 병영으로 이어지는 계단 밑 골목에서는 한 무리의 사무원, 노동자, 프티부르주아 들이 노끈 달린 소총을 손에 들고(정부는 소총을 분배하면서 멜빵은 나누어주지 않았던 것이다), 띠가 너무 짧은 탄약통은 가슴 한가운데 늘어뜨리고, 두 눈을 병영 문에 고정시킨 채 공격을 기다리고 있었다.

파성추의 속도가 느려졌고, 대포는 포격을 멈추었으며, 모자를 쓰지 않은 사람들과 이각모를 쓴 사람들이 고개를 쳐들었다. 파시스트마저 총격을 멈추었다. 비행기 엔진이 요란하게 울리는 소리가 들렸다.

"저게 뭐지?"

사람들이 하이메를 곁눈질했다. 그가 지휘하는 사회주의 민병대 동지들은 검은 머리칼을 휘날리는 붉은 피부의 이 커다란 사나이가 이스파노*의 엔지니어라는 것을 알고 있었다. 비행기는 스페인 군대의 낡은

* 프랑스의 자동차 및 항공 장비 제조사.

브레게기機 중 하나였지만, 파시스트는 군대 내에도 있었다. 그것은 깊은 침묵을 지키고 있는 군중 위로 커다란 곡선을 그리며 내려왔다. 두 개의 폭탄이 병영 마당에서 터지더니 삐라들이 색종이처럼 떨어지며, 탄성이 올라오는 여름하늘을 오랫동안 떠돌았다.

아래쪽 골목에서는 군중이 계단을 올라 돌진하여 공격했다. 파성추는 필사적인 일제사격에 맞서 다시 한번 문에 부딪혀 소리를 냈다. 파성추가 물러나는 순간 정면 창문들 중 한 곳에서 시트 한 장이 튀어나왔다. 던질 수 있도록 시트 끝에다 거대한 매듭을 만들어놓았다. 파성추는 그것을 보지 못하고 다시 돌진하여 파시스트들이 막 열어젖힌 문을 단번에 부숴버렸다.

안마당은 완전히 비어 있었다.

빈 공간 저쪽, 포석이 깔린 안뜰의 닫힌 창문과 문 뒤에서 포로들이 나오기 시작했다.

*

먼저 병사들이 노동조합 수첩을 흔들면서 나왔는데 대다수가 웃통을 벗고 있었다. 첫번째로 나온 자들 가운데 하나가 비틀거렸다. 군중이 그에게 질문 공세를 퍼붓는 동안 그는 네발로 개울에 달려들어 물을 마셨다. 이어서 장교들이 두 팔을 쳐들고 나왔다. 무심하거나 무심하려고 애쓰는 장교가 있었고, 어떤 사람은 군모로 얼굴을 가렸으며, 어떤 사람은 마치 모든 게 재미있는 장난일 뿐이라는 듯 미소를 짓고 있었다. 두 손을 어깨까지만 올린 사람은 마치 민병들을 포옹하러 오는 것처럼 보였다.

그들 위쪽으로, 대포를 맞아 귀퉁이가 깨져 있던 가운데 창문의 마지막 덧문이 떨어져나갔다. 창틀 안으로 보이는 절반쯤 부서진 발코니에서 젊은 녀석 하나가 웃음을 터뜨리며 뛰어내렸다. 등에는 소총 세 자루를 짊어지고, 왼손으로는 개줄로 개를 끌듯 두 자루의 총신을 잡아끌고 있었다. 그는 소총들을 골목길에 내던지면서 소리쳤다. 살루드!

병사의 아내들, 파성추를 운반한 민병들, 민위대원들이 달려왔다. 여자들은 대포가 포격을 멈춘 이후로 기묘할 정도로 조용해져 수도원 같은 병영 복도를 달리며 이름을 불러댔다. 하이메와 그의 동지들은 소총을 거꾸로 메고 2층으로 올라갔다. 다른 민병들은 뚫린 틈새 같은 곳을 통해 들어갔다. 사무원복 상의에 탄약통을 메고 접착식 옷깃을 단 채 즐거워하는 민간인들의 호위를 받으며 장교들이 앞으로 나왔다.

민병의 수가 많아지는 것을 보니 뚫린 틈새가 매우 넓은 모양이었다. 바깥에서 들리는 엄청난 군중의 만세 소리에 벽이 진동했다. 하이메는 창문을 내다보았다. 주먹을 불끈 쥔 맨살의 수많은 팔들이 마치 체조를 하듯 셔츠 바람의 군중으로부터 갑자기 솟아올랐다. 포획한 무기들의 배분이 시작되고 있었다.

벽 앞에는 근대식 소총들과 연극에나 나오는 군도가 쌓여 있었다. 이 벽 때문에 하이메가 내려다보고 있는 커다란 마당이 골목길에서는 보이지 않았다. 마당 안쪽에는 자전거 보관소가 있었다. 민병들이 서로 다투는 사이에 보관소는 털렸고, 커다란 포장지 조각과 핸들 그리고 바퀴 들만 마당에 널려 있었다. 하이메는 몸이 꺾인 채 파성추 위에 놓여 있던 그 조합운동가를 생각했다.

첫번째 방에는 한 장교가 아직도 테이블에 피가 떨어져 흐르는 머리를 손으로 감싼 채 앉아 있었다. 다른 두 명은 땅바닥에 쓰러져 있었는데 그들의 손 가까이에 권총 한 자루가 있었다.

꽤 어두운 두번째 방에는 병사들이 누워 있었다. 그들은 "살루드! 어이, 살루드!" 하고 울부짖었지만 몸은 움직이지 않았다. 묶여 있었던 것이다. 파시스트들로부터 공화국에 충성하거나 노동운동에 공감하고 있다는 혐의를 받던 자들이었다. 밧줄로 묶여 있음에도 그들은 환희에 젖어 발뒤꿈치로 바닥을 두드렸다. 하이메와 민병들이 밧줄을 풀어주고는 스페인식으로 그들을 포옹했다.

"아래층에 아직 동지들이 있소." 그들 가운데 하나가 말했다.

하이메와 그의 동지들은 내부 계단을 통해 훨씬 더 어두운 방으로 서둘러 내려가서는 묶여 있는 동료들에게 달려가 마찬가지로 포옹했다. 이들은 전날 밤에 이미 총살된 사람들이었다.

4

7월 21일

"안녕." 셰이드가 경계하듯 자신을 바라보는 검은 고양이에게 말했다. 그는 카페 그란하의 테이블에서 나와 손을 내밀었다. 고양이는 군중과 밤 속으로 사라졌다. "혁명 이후로는 고양이들도 자유의 몸이지만 나를 싫어하는 건 여전하군. 난 언제나 압제에 시달리는 자야."

"돌아와 앉게나, 거북이 친구." 로페스가 말했다. "고양이는 인정머리없는 더러운 놈들이야. 어쩌면 파시스트일지도 모르지. 개와 말은 얼간이고. 그것들은 조각 예술에도 아무 쓸모가 없어. 인간의 친구라 할 만한 동물은 피레네산맥의 독수리가 유일하지. 맹금류를 다루던 시기에 난 피레네산맥의 독수리 한 마리를 데리고 있었는데, 그 새는 뱀만 먹고 살아. 뱀은 값이 비싼데 그렇다고 식물원에서 훔칠 수도 없으니 값싼 고기를 사서 가느다란 끈처럼 잘랐지. 그것들을 독수리 앞에서 흔들어대면 그 녀석은—친절하게도—속는 척하다가 게걸스레 먹어대는 거야."

여기는 바르셀로나 라디오방송입니다. 확성기 소리였다. 국민이 포획한 대포들은 반란군 지도자들이 피신해 있는 사령부를 조준하고 있습니다.

셰이드는 알칼라 가를 지켜보며 다음날 기사를 위해 메모를 하고 있었다. 그가 보기에 긴 매부리코를 가진 이 조각가는 두꺼운 입술과 볏 같은 머리털에도 불구하고 조지 워싱턴과 비슷해 보였다. 그렇지만 무엇보다 금강잉꼬를 닮았다. 지금 로페스가 날갯짓하는 시늉을 보니 더욱 그런 것 같았다.

"거기, 출연 준비, 촬영 시작!" 그가 외쳤다.

가로등이 휘황찬란한 가운데 혁명의 온갖 의상을 입은 마드리드가 마치 거대한 야간 촬영소 같았던 것이다.

그러나 로페스는 잠잠해졌다. 민병들이 그와 악수를 하기 위해 다가왔다. 그는 그란하를 자주 드나드는 예술가들 사이에서 인기가 있었는데, 이는 전날 그가 라몬타냐 병영의 대포를 가지고 마치 15세기식으로 포격을 했다거나 그에게 예술적 재능이 있어서가 아니라, 예전에 알바 공작부인의 흉상을 조각해달라고 부탁하러 왔던 대사관 직원에게 이렇게 대답한 일이 있기 때문이다. "공작부인이 하마 같은 포즈를 취해주기만 한다면." 세상에서 가장 진지한 대답이었다. 언제나 식물원에 틀어박혀 있고 성 프란체스코보다도 동물들을 더 잘 아는 그의 주장에 따르면, 하마는 휘파람으로 부르면 다가와 아주 조용히 머물다가 더이상 자신을 필요로 하지 않을 때 돌아간다는 것이다. 한편, 경솔한 공작부인도 간신히 위기를 모면했던 셈이다. 로페스는 으레 섬록암에 조각을 했는데, 모델은 그가 대장장이처럼 몇 시간이나 돌을 두드리는 것을 듣고도 자신의 흉상이 7밀리미터밖에 '진척'되지 않았음을 깨닫곤 했으니 말이다.

셔츠 바람의 병사들이 만세 소리에 둘러싸여 지나갔고 어린아이들이 그 뒤를 따랐다…… 알칼라 데 에나레스*의 파시스트 반란군 장교들을 등지고 국민 편으로 넘어온 부대였다.

"지나가는 저애들을 좀 보게나." 셰이드가 말했다. "자부심으로 미칠 지경인 모습이네. 이곳에서 내가 좋아하는 게 있는데, 남자들이 다소 애들 같다는 점이지. 한 남자를 바라보노라면 뜻밖에도 그의 내부에 있는 어린애가 나타나고, 그러면 마음이 끌리는 거야. 당연히 여자도 마찬가지고, 그럴 경우엔 만사 끝이지. 저들을 보라고. 모두가 평소에는 감추고 있던 어린애를 드러내잖아. 이곳 민병들은 요란한 잔치를 벌이지만 시에라에선 민병들이 죽어가고 있어. 결국 같다니까…… 미국에서는 혁명을 분노의 폭발로 상상하지. 이 순간 이곳에서 만사를

---

* 마드리드 동쪽에 위치한 도시.

지배하는 건 유쾌한 기분이야."

"유쾌한 기분만 있는 건 아니지."

로페스가 치밀해지는 건 예술에 대해 이야기할 때뿐이었다. 그는 자신이 원하는 표현을 찾아내지 못하고 단지 이렇게만 대꾸했다.

"내 말 들어봐."

노동조합의 희고 거대한 이니셜이나 U.H.P.*가 쓰여 있는 자동차들이 양방향으로 전속력을 내며 지나다녔다. 차에 탄 자들은 주먹을 쥐고 서로 인사를 나누면서 "살루드!" 하고 외쳤고, 한결같은 형제애의 합창 같은 이 외침으로 군중은 하나가 되어가는 것 같았다. 셰이드는 두 눈을 감았다.

"사람은 누구나 언젠가는 자신의 서정성을 찾아낼 필요가 있지." 그가 말했다.

"게르니코가 말하길 혁명의 가장 위대한 힘은 희망이라고 했어."

"가르시아도 그렇게 말했지. 모든 사람이 그렇게 말했어. 하지만 게르니코는 지겨워. 난 기독교도들이 지겹거든. 계속해봐."

셰이드는 브르타뉴 지방의 사제와 닮은 구석이 있었는데, 이것이 그가 반교권주의적 입장을 취하는 근본적인 원인이라고 로페스는 생각했다.

"그래도 그건 맞는 말이야, 거북이 친구! 날 보게나, 내가 십오 년 전부터 원하고 있는 게 무엇이겠나? 예술 부흥이지. 좋아, 이곳에는 모든 게 준비되어 있네. 저 앞에 있는 벽을 보게나. 저 얼간이들은 저기 그

* '뭉쳐라, 프롤레타리아 형제들이여!'라는 구호의 약자.

림자를 드리우고 지나가면서도 그걸 쳐다보는 일이 없어. 이곳에는 화가들 천지야. 길거리에서 솟아난다니까. 지난주에는 에스코리알왕궁 다락방에서 화가 하나를 발견했다네. 그는 자고 있더군. 그들에게 벽을 줘야 해. 벽이 필요하면 어떻게든 찾게 되어 있어. 더럽든, 황토색이든, 아니면 시에나의 흙이든 말이야. 그걸 흰색으로 바꾸어 화가에게 주는 거야."

셰이드는 추장 같은 손짓으로 도제陶製 파이프를 피우면서 열심히 들었다. 그는 지금 로페스가 진지하다는 것을 알고 있었다. 광인은 예술가를 모방하고 예술가는 광인을 닮는다. 셰이드는 모든 혁명을 위협하는 예술 이론을 불신했지만, 그래도 멕시코 예술가들의 작품과 로페스의 거친 대벽화는 알고 있었다. 이 벽화에 가득한 스페인 동물들의 발톱과 뿔은 진정 투쟁하는 인간의 언어였다.

소총을 가득 싣고 민병들을 태운 두 대의 버스가 톨레도로 떠나고 있었다. 그곳에서 반란은 아직 끝나지 않았다.

"우리는 화가들에게 벽을 주는 거야, 이 친구야. 아무것도 없는 벽을 주고는 이렇게 말하는 거지. 자, 어서! 소묘를 하고 색을 칠하시오. 그 앞을 지나가는 사람들에게 말을 거시오. 이야기할 게 아무것도 없을 때 대중에게 이야기하는 예술을 할 수는 없어. 하지만 우리는 함께 싸우고, 함께 다른 인생을 만들고자 하고, 서로에게 모든 것을 이야기하잖아. 대성당은 악마에 대항해 모두와 함께 모두를 위해 싸우곤 했네—더구나 지금 악마가 프랑코의 낯짝을 하고 있어. 우리는……"

"대성당은 지겹다고. 저쪽의 그 어떤 대성당보다 이곳 골목길에 더 많은 형제애가 있지. 계속해보게나."

"예술은 주제의 문제가 아니야. 위대한 혁명 예술이 없는 이유가 뭐겠나? 항상 기능이 아니라 강령에 대해서만 토론하기 때문이야. 그러니 예술가들에게 이렇게 말해야 하네. 투사들(대중 같은 추상적인 대상이 아니라 명확한 무언가)에게 이야기하고 싶습니까? 아니라고? 그렇다면 다른 일을 하시오. 그러고 싶다고? 그러면 여기 벽이 있소. 벽 말이오, 이 사람아, 벽이 전부요. 매일같이 2천 명이 그 앞을 지나갈 거요. 당신은 그들을 알고 있소. 당신은 그들에게 말하기를 원하고 있소. 이제 당신이 알아서 하시오. 당신은 벽을 이용할 자유와 필요가 있으니. 그러면 된 거요—우리는 걸작을 창조하는 게 아니네. 그건 주문한다고 만들어지는 게 아니지. 우리는 어떤 양식을 창조하는 거야."

위쪽에는 은행과 보험회사 같은 스페인식 호화 건물들이, 좀더 아래쪽에는 식민지풍의 화려한 관청들이 바람 한 점 없는 이 밤 괴상한 영구차, 클럽의 샹들리에, 분수 그리고 해군성 안마당에 걸린 채 미동도 않는 갤리선 깃발들과 함께 시간과 어둠 속에서 마치 출범 준비를 하고 있는 것 같았다.

한 늙은이가 카페를 나섰다. 지나치면서 이야기를 들은 그는 로페스의 어깨에 손을 얹었다.

"난 사라지는 노인과 몸을 씻는 녀석의 그림을 그릴 거요. 몸을 씻는 멍청이는 운동을 좋아하고 바보에 흥분한 모습인데, 그건 파시스트지……"

로페스가 고개를 들었다. 말을 건 늙은이는 스페인의 훌륭한 화가였다. 그는 이렇게 생각하고 있는 게 분명했다. '아니면 공산주의자거나.'

"……그러니까 파시스트 말이지. 사라지는 노인은 늙은 스페인이고. 로페스 씨, 그럼 이만 물러가겠소."

그는 절룩거리며 밤을 가득 채운 엄청난 환호 속으로 떠났다. 알칼라의 반란군을 무찌른 돌격대원들이 마드리드로 돌아오고 있었다. 테이블에서, 인도에서, 주먹들이 어둠 위로 올라왔다. 돌격대원들 역시 주먹을 쳐들고 지나갔다.

"말을 하고 싶어하는 사람들과 듣고 싶어하는 사람들로부터 하나의 양식이 탄생하는 것은 당연해." 로페스가 흥분해서 말을 이었다. "그들을 조용히 내버려두고, 잉크 분무기와 도료 분무기와 모든 현대적 기술과 도자기 기술을 안겨준 다음, 좀 기다리는 거야!"

"자네 계획에서 좋은 점은 자네가 바보라는 거야." 셰이드가 생각에 잠긴 채 나비넥타이의 끄트머리를 잡아당기면서 말했다. "난 바보들만 좋아해. 예전엔 순둥이라고 불렸지. 모두들 너무 잘나서 아무것도 하질 못해. 저 사내들도 전부 우리처럼 바보야……"

변속기의 삐걱거리는 소리 사이로, 〈인터내셔널〉가歌의 박자에 맞춰 발을 구르는 소리와 말소리가 거리를 가득 채우고 있었다. 한 여자가 조그만 재봉틀을 병든 짐승인 양 두 팔로 가슴에 꼭 껴안고 카페 앞을 지나갔다.

셰이드는 파이프에 손을 얹은 채 꼼짝하지 않았다. 가장자리가 들린 작고 부드러운 모자를 손가락으로 퉁겨서 뒤로 밀쳐낼 뿐이었다. 푸른 작업복에 구리로 만든 별을 단 장교 하나가 지나가다가 로페스와 악수를 나누었다.

"시에라 지방은 어떻습니까?" 로페스가 물었다.

"반란군은 통과하지 못할 겁니다. 민병들이 속속 당도하고 있어요."

"완벽하군." 로페스가 말할 때 장교는 이미 길을 재촉하고 있었다. "과거 유럽에 대성당이 있었듯이, 그리고 멕시코 전역에 혁명 벽화의 양식이 있듯이, 언젠가 이 양식이 스페인 전체를 채우게 될 거야."

"그럴 걸세. 자네가 대성당에 대해선 입을 다물고 있겠다는 약속만 한다면 말이야."

전쟁을 위해 혹은 꿈을 위해 징발되어 전속력으로 질주하는 이 도시의 모든 자동차들이 형제애를 외치면서 엇갈려 지나다녔다. 아침부터 테라스에서는 국유화된 전통적 파시스트 신문사의 카메라맨들이 라몬타냐 병영에서 찍은 사진들이 돌아다녔다. 민병들이 나와 있는 사진이었다. 셰이드는 오늘밤 로페스의 계획에 대해 기사를 쓸 것인지, 그란하의 아름다운 풍경에 대해 쓸 것인지, 혹은 거리를 가득 채우고 있는 희망에 대해 쓸 것인지 망설이고 있었다. 어쩌면 이 모든 것에 대해 쓰게 될 것이다. (그의 뒤에서는 그와 같은 나라에서 온 한 여자가 40센티미터쯤 되는 성조기를 가슴에 단 채 이런저런 몸짓을 하고 있었다. 그가 방금 들은 바에 의하면 그녀는 귀머거리요 벙어리였다.) 저 흩어진 벽들로부터, 그 앞을 지나가는 사람들—지금 이 순간 저 자유의 축제에 동요하며 지나가는 바로 저 사람들로부터 하나의 양식이 탄생할 수 있을까? 이들은 분명 과거 기독교 세계로 표현되었고 이제는 혁명으로 표현되는 은밀한 일체감을 화가들과 공유하고 있었다. 그들은 동일한 삶의 방법과 동일한 죽음의 방법을 택했던 것이다. 그렇지만……

"그건 환상에 불과한 계획인가, 아니면 자네나 혁명예술가협회나 관청이나 독수리 및 하마 협회가 조직해야 할 무엇인가? 그게 아니라면 무엇이지?" 셰이드가 물었다.

사람들이 세탁물 보따리나 접힌 시트를 변호사의 서류 가방인 양 팔에 끼고 지나갔다. 카페의 불빛을 받아 새빨개진 털이불을 가지고 가는 한 프티부르주아는 아까 재봉틀을 들고 지나간 여자처럼 그것을 가슴에 꼭 안고 있었다. 다른 사람들은 안락의자를 머리에 거꾸로 이고 갔다.

"두고 보면 알 거야." 로페스가 대답했다. "어쨌거나 지금은 내가 조직하는 게 아니야. 내 민병대는 시에라 지방으로 출발하네. 하여튼 자넨 안심해도 된다고!"

셰이드는 파이프의 연기를 훅 불어 흩뜨렸다.

"이보게 로페스, 내가 인간들을 얼마나 지긋지긋해하는지 자네가 알아주면 좋겠군!"

"지금은 그럴 때가 아니야……"

"내가 그저께 부르고스에 있었다는 걸 잊지 말게. 한데 유감스럽게도 똑같았다고! 똑같았어…… 불쌍한 바보들이 반란군과 우애를 나누고 있더라니까."

"이봐, 거북이 친구, 이곳에선 반란군이 불쌍한 바보들과 우애를 나누고 있다고."

"그리고 큰 호텔에서는 가슴이 깊이 파인 드레스를 입은 백작부인들이 베레모를 쓰고 어깨엔 모포를 짊어진 왕당파 농부들과 술을 마시지……"

"그리고 농부들은 농부를 위해 목숨을 바친 일이 없는 백작부인들을 위해 목숨을 바쳤지. 하긴 위계질서라는 게 필요하니까."

"또 그들은 공화국이라든가 노동조합 같은 말만 들어도 침을 뱉었네.

통탄할 바보들 같으니…… 소총을 짊어진 사제 한 사람을 본 적이 있는데 그는 자신이 신앙을 지킨다고 믿고 있었지. 그리고 다른 구역에선 눈먼 장님을 하나 보았네. 새로운 눈가리개를 쓰고 있었어. 눈가리개에는 보랏빛 잉크로 '그리스도 왕 만세'라고 쓰여 있더라고. 자신 역시 지원병이라고 생각했던 모양이야."

"진짜 맹인이었군!"

확성기가 복화술사의 목소리로 "여러분" 하고 외칠 때면 언제나 그렇듯이, 다시 한번 침묵이 그들 주위에 퍼졌다.

여기는 바르셀로나 라디오방송입니다. 고데드 장군의 말씀이 있겠습니다.

고데드가 바르셀로나 파시스트들의 우두머리로 반란군을 지휘하고 있다는 것은 모두가 알고 있었다. 침묵이 마드리드의 외곽 끝까지 퍼지고 있는 것 같았다.

본인은, 피곤하고 무심하면서도 위엄 있는 목소리가 말했다. 고데드 장군입니다. 본인은 운이 없어 포로가 되었음을 스페인 국민에게 알립니다. 본인이 이런 말씀을 드리는 것은, 싸움을 계속하고 싶지 않은 사람은 누구나 본인에 대한 모든 서약에서 풀려난 것으로 알아주셨으면 하기 때문입니다.

1934년에 패배한 콤파니스*의 성명 같은 것이었다. 거대한 환호성이 한밤의 도시를 뒤덮었다.

"내가 할 말을 뒷받침해주는군." 로페스가 기쁨의 표시로 단숨에 잔을 비우면서 말했다. "자네가 나의 스키타이풍 그 무엇이라 부르는 저부조低浮彫를 만들 때, 내게는 돌이 없었지. 질 좋은 돌은 매우 비싸거

* 아스투리아스 지방에서 반란을 일으켰다가 항복한 장군.

든. 다만 묘지에는 그런 돌이 가득하고, 심지어 거기에는 그것밖에 없어. 그래서 난 밤에 묘지를 약탈하곤 했지. 그 시기의 내 조각 작품은 모두 끝없는 아쉬움 속에서 새겨진 것일세. 그렇게 나는 더이상 섬록암을 쓰지 않게 된 거야. 이제는 훨씬 더 큰 규모로 넘어갈 걸세. 스페인은 돌로 가득한 묘지이니, 그것들로 조각 작품들을 만들어야지. 거북이 친구, 내 말 알겠지!"

남자들과 여자들이 검은 무명으로 싼 짐보따리들을 나르고 있었다. 늙은 여자 하나는 벽시계를, 한 어린아이는 가방을, 다른 아이는 구두 한 켤레를 들고 있었다. 모두가 노래를 불렀다. 몇 걸음 뒤로 한 남자가 골동품점의 온갖 잡동사니를 실은 마차를 손으로 끌면서 뒤늦게 그들의 노래를 따라 불렀다. 흥분한 젊은이 하나가 풍차처럼 팔을 흔들며 사진을 찍겠다고 그들을 멈춰 세웠다. 신문기자인 그는 마그네슘 플래시가 달린 사진기를 지니고 있었다.

"저 대이동은 다 뭐지?" 셰이드가 작은 모자를 앞으로 당겨 쓰며 물었다. "폭격을 당할까 두려워서 그러는 걸까?"

로페스는 두 눈을 쳐들었다. 그가 꾸미지도 않고 흥분하지도 않은 셰이드의 모습을 본 것은 처음이었다.

"자네는 스페인에 전당포가 많다는 것을 아나? 오늘 오후에 정부가 전당포 문을 열어 모든 전당물을 대가 없이 돌려주라는 명령을 내렸네. 마드리드의 빈민층이 모두 왔어. 전혀 서두르지 않고 아주 천천히 말이야. (분명 그걸 곧이곧대로 믿지 않았던 게지). 그렇게 털이불이며 시곗줄이며 재봉틀 따위를 찾아가는 거야. 이 밤은 가난한 자들의 밤이네……"

셰이드는 쉰 살이었다. 수많은 여행(그중에서도 미국에서의 비참한 생활, 그리고 오랫동안 앓던 애인의 죽음)에서 돌아온 그는 스스로 우매함이나 동물성이라 부르는 것, 다시 말해 본질적 삶을 이루는 고통, 사랑, 굴욕, 순수함 같은 것에만 가치를 부여했다. 무리를 지은 사람들이 의자 다리가 비죽비죽 솟은 짐수레를 끌며 대로를 내려왔고, 벽시계를 짊어진 행인들이 뒤따랐다. 마드리드의 모든 전당포들이 밤에 문을 열어 이번에야말로 가난한 사람들이 구제되었다는 생각이, 되찾은 전당물을 지니고 빈민가로 되돌아가는 저 흩어진 군중이, 혁명이라는 말이 사람들에게 무엇을 의미할 수 있는지를 셰이드로 하여금 처음으로 이해하게 해주었다.

경기관총을 구비하고 어두운 골목을 달리는 파시스트 자동차들에 맞서 징발된 자동차들이 질주했다. 이 차들 위에서 "살루드!"라는 끈질긴 인사말이 끊어졌다가 다시 되풀이되고, 박자에 맞춰 튀어나왔다가 사라지면서 휴전의 형제애—임박한 전투 때문에 더욱 공고해진 형제애로 밤과 인간을 하나로 결합시켰다. 파시스트들이 시에라 지방에 당도하고 있었다.

II

1

8월 초

어느새 민병의 유니폼이 된 지퍼 달린 정비공 작업복을 입은 자들을 제외하면, 국제비행대의 의용병들은 8월 스페인의 무더위에 셔츠를 열어젖힌 채 쾌활한 모습이라 마치 남프랑스의 작은 별장이나 해수욕장에서 돌아오는 사람들 같았다. 정기항로를 운항하던 조종사들과 중국이나 모로코에서 온 기관총사수들만이 전투에 참가하고 있었다. 다른 사람들은—매일 의용병들이 당도했다—도착하는 날 테스트를 받게 되어 있었다.

마드리드의 구舊 민간 비행장 한복판에는 노획된 삼발 융커기 한 대가 알루미늄 기체를 반짝이고 있었다(조종사는 마드리드가 점령당했다는 세비야 라디오방송의 소식을 그대로 믿고서 착륙했던 것이다).

적어도 담배 스무 개비에 동시에 성냥불이 붙었다. 전투비행중대의 사무장 카무치니가 방금 이렇게 말했다.

"B기에는 두 시간 십오 분 분량밖에……"

대형 전투기 B에 휘발유가 그 시간만큼의 분량밖에 들어 있지 않다는 얘기였다. 그런데 카운터 위에 원숭이처럼 앉아 있는 르클레르와 기관총이 완벽하게 작동하도록 열심히 연구하는 엄숙한 자들 모두 이 비행기와 동료들이 두 시간 오 분 전에 시에라 지방으로 떠났다는 것을 알고 있었다.

바의 사람들은 이제 담배 연기를 소용돌이 모양으로 길게 뿜어내는 대신 조급하게 뻐끔뻐끔 내뿜었다. 모두 시선을 유리창 너머 언덕 능선 위에 평행으로 고정하고 있었다.

오늘이든 내일이든—조만간—첫 비행기는 돌아오지 않을지도 몰랐다. 초조하게 불을 붙인 담배 연기 속에서 희망은 마치 질식하는 사람처럼 몸부림쳤고, 비행기를 기다리는 자들 누구나 자신의 죽음이 이 연기와 다름없음을 알고 있었다.

폴이라 불리는 폴스키와 레이몽 가르데는 바에서 나왔다—하지만 언덕에서 눈을 떼지 않았다.

"대장이 B기에 있어."

"확실해?"

"바보 같은 소리 하지 마! 자네도 떠나는 걸 봤잖아."

모두가 대장을 걱정했다. 그는 비행기에 있었다.

"두 시간 십 분."

"잠깐만! 자네 시계는 잘못됐어. 그때가 겨우 한시였으니까, 두 시간 오 분이야."

"천만에, 레이몽. 그만둬. 십 분이라니까! 저 위에 자그마한 스칼리 좀 봐, 전화기에 매달려 있군."

"스칼리가 누구야? 이탈리아 사람인가?"

"그럴 거야."

"스페인 사람일지도 모르지, 잘 보라고."

아닌 게 아니라 약간 흑백 혼혈 같은 스칼리의 얼굴은 서부 지중해 연안 모든 지역에서 흔한 모습이었다.

"봐, 펄펄 뛰고 있어!"

"뭔가 잘못되고 있어, 잘못되고 있다고…… 난 말이야, 자네한테 말하지만……"

마치 두 사람 모두 죽음을 믿지 않는 듯, 논의는 은밀한 목소리로 계속되었다.

스칼리는 스페인 전투기 두 대와 국제비행대의 대형 전투기 두 대가 피아트기 일곱 대로 구성된 편대의 공격을 받아 전투력을 상실했다는 소식을 공군성으로부터 막 들은 참이었다. 대형 전투기 하나는 공화파의 전선에 떨어졌고, 다른 하나는 타격을 입고 귀환을 시도하고 있었다. 스칼리는 곱슬머리를 산발한 채 셈브라노에게로 달려내려왔다.

'대장' 마니앵은 국제비행대를 지휘했고, 셈브라노가 민간 비행장과 전투기로 개조된 비행기들을 지휘했다. 셈브라노는 젊은 날의 선량한 볼테르를 닮았다. 정부가 사들인 스페인 민간 노선의 신형 더글러스기들은 부득이한 경우 마드리드 비행장에 있는 구식 군용 비행기의 도움을 받아 이탈리아 전투기와의 교전에 응할 수 있었다. 그것도 임시방편으로……

저 아래서 '펠리컨들*'이 웅성거리던 소리가 갑자기 잦아들었다. 하지만 엔진소리도 나지 않았고, 소집 사이렌 소리도 전혀 없었다. 펠리컨들은 팔을 뻗어 서로에게 무언가를 가리켰다. 언덕 표면 높이에 엔진 두 개가 꺼진 대형 전투기가 나타났다. 마치 모리타니처럼 황량한 오후 두시의 모랫빛 비행장 위쪽에서, 죽었는지 살았는지 모를 동료들을 가득 실은 기체가 조용히 미끄러지고 있었다.

"언덕을 봐!" 셈브라노가 말했다.

"다라스는 민간항공 조종사인데." 스칼리가 집게손가락으로 코를 밀어올리면서 대답했다.

"언덕을 보라니까, 언덕을……" 셈브라노가 되풀이했다.

비행기는 말馬처럼 언덕을 뛰어넘었다. 이제 비행장 주위를 돌기 시작했다. 아래서는 유리잔 속 얼음조각조차 소리를 내지 않았다. 모두가 동정을 살피며 소리가 나기를 기다렸다.

"곤두박질치겠어요." 스칼리가 다시 말했다. "필시 타이어가 없는 겁니다……"

그는 비행기에 도움을 주고 싶은지 짧은 두 팔을 흔들어댔다. 비행기는 땅에 부딪혀 기울고 날개 한쪽 끝이 갈라졌으나 곤두박질치지는 않았다. 펠리컨들은 고함을 지르며 문이 닫힌 동체 주위로 달려갔다.

* 비행대원들을 말함.

목구멍에 캐러멜이 걸린 폴이 비행기의 문을 바라보았지만 문은 올라가지 않았다. 비행기 안에는 여덟 명의 동지가 있었다. 앞머리가 텁수룩한 가르데가 온 힘을 다해 문손잡이를 흔들어보았으나 헛일이었다. 뒤틀린 것이 틀림없는 문에 악착같이 달라붙어 애를 쓰는 그 성난 손목으로 모든 시선이 쏠렸다. 마침내 문이 반쯤 올라갔다. 발이 먼저 나타났고 이어서 피로 얼룩진 작업복의 아랫부분이 드러났다. 움직임이 느린 것으로 보아 부상을 당한 게 틀림없었다. 순간 누구의 것인지 모를 이 피 앞에서, 동지들로 가득한 이 동체에서 다만 조심스럽게 움직이는 이 다리들 앞에서, 목구멍에 캐러멜이 걸린 폴은 연대감이 무엇을 의미하는지 모두가 몸으로 배우고 있다고 생각했다.

조종사는 발을 동체 바깥으로 조금씩 내밀었다. 발에서는 진홍색 핏방울이 눈부신 태양빛을 받으면서 뚝뚝 떨어지고 있었다. 마침내 그의 마스코트인 정원사 모자 아래 루아르강가의 포도 재배자 같은 붉은 코가 나타났다.

"비행기를 귀환시켰군!" 셈브라노가 주저하는 듯한 목소리로 외쳤다.

"마니앵은?" 스칼리가 소리쳐 물었다.

"아무렇지도 않아." 다라스가 문 가장자리를 붙잡고 빠져나오려 애쓰며 말했다.

셈브라노가 달려들어 그를 끌어안자 모자 두 개가 흔들렸다. 다라스의 머리털은 백발이었다. 펠리컨들은 초조한 듯 우스갯소리를 하고 있었다.

다라스가 빠져나오자 마니앵이 땅으로 뛰어내렸다. 그는 비행복 차림이었다. 비행모를 쓴 모습에 비늘 모양의 안경 때문인지 회색빛 도는 금발의 늘어진 콧수염이 그에게 깜짝 놀란 바이킹족 같은 인상을 주었다.

"S기는?" 그가 스칼리에게 외쳤다.

"우리 전선 안에 떨어졌습니다. 파손됐어요. 하지만 가벼운 부상자들만 나왔습니다."

"부상자들을 돌봐주게나. 난 보고를 위해 전화하러 가겠네."

무사한 자들은 뛰어내려 동료들의 질문을 받으며 분주히 움직이더니 부상자를 돕기 위해 동체로 다시 올라가려 했다. 가르데와 폴은 이미 기체에 들어가 있었다.

기체 안에는 아주 젊은 청년이 붉은 핏자국과 피 묻은 구두 자국이 어지러운 사이에 누워 있었다. 그의 이름은 하우스, '하우스 대위'였으며 비행복은 아직 받지 못한 상태였다. 총좌의 기관총사수로 최초의 출격에서 다리에 총탄 다섯 발을 맞았다. 그는 영어밖에 할 줄 몰랐다—어쩌면 그리스어와 라틴어를 알고 있을지도 몰랐다. 그리스어로 된 작은 플라톤 책이 그의 붉고 푸른 플란넬 상의의 피 묻은 주머니에서 나왔으니까. 그날 아침 스칼리에게서 슬쩍한 책인데 그것 때문에 스칼리는 거친 소리를 퍼부어댔었다. 허벅지에 두 발의 총탄을 맞은 폭격수는 관측 요원의 자리에 몸을 기댄 채 기다렸다. 브르타뉴의 선원이었고 모로코에서 폭격수였던 그는 스스로를 강인하다 여기며, 가르데가 그를 기체로부터 천천히 끌어내는 동안 이를 악물고 있었다—부상을 입었음에도 그는 눈에 띄게 불그스름한 얼굴의 명랑한 표정을 바꾸지 않았다.

"기다리게, 동지들!" 분주한 폴이 눈을 동그랗게 뜨고 외쳤다. "들것을 찾아올게. 그게 없으면 일이 제대로 되지 않고 해만 입힐 뿐이야."

늘상 얼빠진 듯한 모습을 하고 있어 '불안한 얼떨떨이'라는 별명이 붙은 동지 세뤼지에의 어깨에 기댄 채, 르클레르는 비행복에 회색 두건 모자를 쓴 야윈 원숭이 같은 모습으로 무훈시를 읊어대기 시작했다.

"이보게 친구, 고통으로 끌려가도록 기다리게나. 자네의 기분을 풀어주기 위해 이야기 하나 해주지. 이건 내가 경찰들과 겪었던 최악의 사건이었을 거야. 게다가 한 친구 때문에 일어난 일이었네. 하숙집 수위는 그를 싫어했지. 그 수위 놈은 개자식이었거든! 돈 많은 하숙인들 앞에서는 납작 엎드려 굽실거렸고 별 볼 일 없는 가난뱅이들에게는 대책 없이 고약한 놈! 친구는 밤에 귀가할 때 이름을 말하지 않는다고 욕을 먹었어. 잠깐만 기다려, 하고 내가 말했지. 새벽 두시쯤 나는 혼자 있는 늙은 말을 수레에서 풀어 친구 하숙집 입구로 끌고 가 굵은 목소리로 '말이오' 하고 알렸어. 그런 다음 '실례했습니다' 하고 슬그머니 도망쳤지……"

폭격수는 어깨조차 으쓱하지 않은 채 르클레르와 세뤼지에를 바라보더니, 위풍당당한 시선으로 펠리컨들을 둘러보며 명을 내렸다.

"〈뤼마〉지紙*를 가져다줘."

그러고 나서 들것이 올 때까지 다시 입을 다물었다.

---

* 프랑스 공산당 기관지인 〈뤼마니테*L'Humanité*〉를 말한다.

2

작고 둥근 연기가 시에라 산악 지방 꼭대기에 나타났다. 요란한 폭발 후 10분의 1초 만에 유리잔이 흔들렸고, 그 속에 있던 작은 수저들의 진동소리가 들렸다. 첫번째 폭탄이 길 끝에 떨어진 것이다. 이어서 지붕의 기왓장이 테이블로 떨어졌고, 유리잔이 굴렀고, 달리는 발소리가 정오의 태양 아래 올라왔다. 두번째 폭탄은 길 중간쯤 떨어진 게 분명했다. 무장한 농부들이 다급하게 지껄이면서도 무언가를 준비하는 눈빛으로 카페의 홀로 몰려들었다.

세번째 포탄이 (10미터 거리에) 떨어지자, 커다란 유리창이 새의 꼬리털 모양으로 부서져 탄약대를 맨 사람들의 얼굴을 향해 튀어올랐다—그들은 벽에 몸을 바싹 붙인 채 옴짝달싹할 수 없었다.

유리 파편 하나가 작은 물방울로 얼룩진 영화 광고에 박혔다.

또다른 포탄이 터졌다. 그리고 또하나가, 이번엔 좌측으로 훨씬 멀리서 터졌다. 마을은 이제 아우성으로 가득했다…… 마누엘은 손에 호두 하나를 들고 있었다. 그는 그것을 두 손가락 사이에 끼워 머리 위로 올렸다. 또하나의 포탄이, 이번엔 보다 가까운 곳에서 터졌다.

"고맙군." 마누엘은 깨진 호두를 보이면서 말했다(자신이 두 손가락으로 그것을 깼던 것이다).

"대체 어떻게 해야 하지? 포탄이 오지 않도록 하려면 말이오." 한 농부가 낮은 목소리로 물었다.

아무도 대답하지 않았다. 라모스는 장갑차에 있었다. 그들은 카페에 머문 채 벽에서 떨어졌다가 다시 되돌아갔다 하며 다음번 포탄을 기다렸다.

"여기서 이러고 있는 건 좋지 않아." 바르카 영감이 다급한 목소리로 말했다. "이곳에 있다간…… 미쳐버리고 말 거요…… 저놈들에게 덤벼들어야 해."

마누엘은 그를 찬찬히 살펴보았다. 영감은 자신 없는 말투였다.

"저기 트럭들이 있습니다." 그가 말했다.

"운전할 줄 아시오?"

"그럼요."

"대형 트럭을?"

"그럼요."

"동지들!" 바르카가 소리쳤다.

포탄 하나가 터졌기 때문에 모두 바닥에 엎드렸다. 다시 일어섰을 때 카페 맞은편에 있는 집의 정면은 날아가고 없었다. 대들보가 뒤늦게 빈터로 굴러떨어졌다. 전화벨이 울리고 있었다.

"트럭이 있소. 트럭을 타고 가서 저놈들을 부숴버립시다!" 바르카가 다시 외쳤다.

곧장 모두가 한꺼번에 말했다.

"옳소."

"모두 죽여버릴 거야."

"명령이 없어!"

"빌어먹을 갈보 자식들 같으니!"

"자, 내가 명령을 내리지. 그만 떠들고 트럭들이 있는 곳으로 가라!"

마누엘과 바르카가 달려나갔다. 대부분이 그들의 뒤를 쫓아 달려갔다. 어찌되었든 거기 머물러 있는 것보다는 나왔던 것이다. 다시 포탄들이 떨어졌다. 신중한 자들만이 조금 떨어진 곳에서 늑장을 부리고 있었다.

서른 명가량이 트럭으로 기어올랐다. 포탄은 마을 주변에 떨어지고 있었다. 바르카는 파시스트 포병들이 마을을 보고 있긴 하지만 마을에서 무슨 일이 벌어지는지는 모르고 있음을(지금은 하늘에 비행기가 없었다) 깨달았다. 소총을 흔들면서 요란한 시동소리보다 더 크게 〈인터내셔널〉을 노래하는 민간인들을 태우고 트럭은 출발했다.

라모스가 시에라 지방에서 선전활동을 한 이후로 농부들은 마누엘도 알게 되었다. 그들은 그에게 깊은 호감을 느꼈고, 이는 새까만 눈썹 아래 밝은 녹색의 두 눈을 지닌 다소 과묵한 로마인 같던 그의 얼굴이 면도를 하지 않아 지중해 뱃사공의 얼굴 같아짐에 따라 강화되었다.

햇빛이 쨍쨍 내리쬐는 가운데 트럭은 도로를 달렸다. 트럭 위로는 포탄들이 비둘기의 날갯짓 같은 소리를 내며 마을을 향해 날아갔다. 마누엘은 긴장한 채 운전을 하고 있었다. 그는 그래도 목이 터져라 〈마농〉을 노래했다.

잘 있거라, 우리의 정다운 식탁이여……*

다른 사람들 역시 긴장한 채 〈인터내셔널〉로 응답했다. 그들은 죽어 있는 민간인 두 명을 바라보며 그들 위를 전속력으로, 전장에 나가는

* 1884년 파리에서 초연된, 쥘 마세네의 희가극 「마농」 제2막에서 여주인공이 부르는 노래의 구절이다.

자들이 첫 전사자에 대해 가질 법한 희미한 우정을 느끼며 돌진했다. 바르카는 대포들이 어디 있을지 생각하고 있었다.

"연기만으론 확실치 않아."

"한 녀석이 트럭에서 떨어졌어!"

"멈춰!"

"전진해, 대포를 향해 전진하라고!" 바르카가 외쳤다.

멈추라고 외친 자는 입을 다물었다. 지휘하는 것은 바르카였다. 속도를 바꿀 때마다 트럭이 파손된 기계음을 내며 폭발에 응답하는 것 같았다. 이미 죽은 자들 앞을 지나가고 있었다.

"트럭 세 대가 우리를 따르고 있어!"

모든 민병들이 돌아다보았고 운전을 하고 있던 마누엘까지 "만세!" 하고 외쳤다.

이번엔 모두가 일제히 함성을 지르고 발을 구르면서 스페인어로 외쳐댔다.

잘 있거라! 우리의 정다운 식탁이여!

*

장갑열차의 기관차가 코처럼 튀어나와 있는 터널 입구에서 라모스는 파라솔 같은 소나무로부터 400미터쯤 떨어진 곳을 달리는 트럭들을 굽어보고 있었다.

"이봐, 십중팔구 저놈들은 끝장난 거야." 그가 살라사르에게 말했다.

장갑열차의 지휘자는 파시스트 쪽으로 혹은 마드리드의 술집으로 도망친 터라 라모스가 그를 대신하고 있었다.

거대한 산악 풍경 속에서 트럭들은 자그마해 보였다. 보닛 위에서 햇빛이 반짝였다. 파시스트들도 틀림없이 그것을 보았을 것이다.

"왜 저들을 엄호하지 않지?" 아름다운 콧수염을 반대 방향으로 돌돌 말고 있던 살라사르가 물었다. 그는 모로코의 중사였다.

"사격을 가하지 말라는 명령이야. 다른 명령을 받는 건 불가능해. 자네의 유선전화는 잘 작동하지만 저쪽에는 아무도 없으니!"

기관차로부터 몇 미터 떨어진 곳에서는 작업복을 입은 민병 셋이 시체 두 구에 가로막힌 담청색 아스팔트 도로를 달려오는 트럭에서 시선을 떼지 않은 채, 제의祭衣 두 벌과 영대領帶 하나를 선로 위에 배열하고 있었다.

"움직여볼까?" 그들 가운데 하나가 외쳤다.

"안 돼." 라모스가 대꾸했다. "움직이지 말라는 명령이야."

트럭은 여전히 전진하고 있었다. 대장간의 망치 소리 같은 포성을 뚫고 트럭들이 움직이는 소리가 선명하게 들렸다. 한 민병이 탄수차炭水車에서 내려 다가가서는 제의들을 주워 접었다.

그는 카스티야의 농민으로, 좁은 얼굴이 그 지방의 말馬을 닮아 있었다. 라모스가 그에게 다가갔다.

"리카르도, 자네 뭘 하는 거지?"

"동지들과 얘기가 되었는데……"

그는 당황한 모습으로 영대를 약간 펼쳤다. 화려한 비단이 빛을 받아 반짝였다.

트럭들은 계속해서 올라오고 있었다. 기관사는 기관차 밖으로 비스듬히 고개를 내민 채 검은 터널을 배경 삼아 햇빛을 받으며 농담을 하는 중이었다. 트럭들이 포대砲臺로 접근했다.

"신중할 필요가 있으니까. 이런 비열한 짓으로 우리 쪽이 탈선하거나 트럭의 동지들에게 불행을 초래할지도 모른단 말이네!" 리카르도가 말했다.

"그것들을 자네 마누라에게 주게나." 라모스가 말했다. "무엇에라도 쓸모가 있겠지."

농부들은 마을에서 꽤 인기 있는 이 명랑하고 커다란 곱슬머리 사내를 신뢰하고 있었다. 그러나 그들은 그가 농담을 하는 건지 아닌지 잘 파악하지 못했다.

"이걸, 내 여편네한테?"

농부는 금빛 꾸러미를 계곡에 힘껏 내던져버렸다.

적의 기관총이 선명한 소리를 내면서 사격을 가하기 시작했다.

첫번째 트럭은 바퀴가 헛돌아 그 자리에서 90도쯤 회전한 뒤, 타고 있는 사람들을 마치 바구니에서 쏟아내듯 내동댕이치고는 주저앉았다. 죽거나 부상을 당하지 않은 자들은 트럭 뒤로 피신해 사격했다. 열차에 있는 자들은 라모스의 커다란 쌍안경과 곱슬머리만 보고 있었다. 라디오에서 누군가 안달루시아의 노래를 불렀고, 뽑힌 소나무들에서 풍기는 관 같은 송진냄새가 마치 기관총소리에 전율하듯 대기를 가득 채웠다.

뒤집힌 트럭의 양쪽에는 올리브나무가 있었다. 한 명, 두 명…… 다섯 명의 민병이 뒤집힌 트럭에서 나와 나무를 향해 달려가다가 차례차례 쓰러졌다. 트럭이 도로를 가로막은 터라 따라가던 자들도 멈췄다.

"저 친구들이 엎드리기만 하면, 지형을 이용할 수 있는데……" 살라사르가 말했다.

"명령이고 뭐고 할 수 없군. 열차로 달려가 사격을 가하라고 해."

살라사르는 용감하게 달려갔지만 발에 신은 멋진 장화가 걸리적거렸다.

이제 민병들은 더이상 전진할 수 없었으므로 라모스가 실수로 그들을 쏠 위험은 사라졌다. 하지만 적의 기관총이 어디 있는지 몰랐기 때문에 그것들을 명중시킬 확률은 100분의 1밖에 되지 않았다……

열차 대피선 위에 있는 화물차량들에는 아직도 '파업 만세'라는 문구가 쓰여 있었다. 장갑열차가 위협적이고 맹목적인 모습으로 터널에서 나왔다. 장갑열차라는 것이 대포 하나와 기관총 몇 자루에 불과하다는 사실을 라모스는 다시 한번 깨달았다.

*

트럭 뒤에서는 민병들이 대포 소리가 나는 쪽으로 사격을 가하고 있었다. 그들은 전쟁에서 싸우는 것보다 접근하는 것이 더 중요하며 더 어렵다는 것을 이해하기 시작했다. 전쟁은 힘겨루기가 아니라 살육이었다.

오늘 살육당하는 쪽은 그들이었다.

"아무것도 보이지 않는 한 쏘지 마!" 바르카가 외쳤다. "안 그러면 저놈들이 우리를 습격할 때 탄약이 바닥난단 말이야!"

다들 파시스트들이 공격해 오는 것을 얼마나 보고 싶어했는지! 환자들처럼 이렇게 기다리기보다는 싸우고 싶은 것이다! 민병 하나가 포대를 향해 앞으로 달려갔다. 일곱 걸음을 갔을 때 그는 올리브나무 뒤에 숨으려 했던 자들처럼 쓰러졌다.

"저놈들의 대포가 우리 쪽을 향해 쏜다면……" 마누엘이 바르카에게 말했다.

아마 어떤 이유에서건 쏘는 게 불가능했을 것이다. 그게 아니라면 이미 쏘았을 테니까.

"동지들!" 여자의 목소리가 외쳤다.

거의 모두가 깜짝 놀라 돌아보았다. 여자 민병 하나가 당도해 있었다.

"네가 올 곳이 아니야." 바르카는 말했지만 확신 있는 말투는 아니었다. 그녀가 온 것에 대해 모두가 고맙게 여기고 있었기 때문이다.

그녀는 통통하고 짧은 자루 하나를 끌고 왔다. 자루는 통조림들로 들어차 울퉁불퉁했다.

"한데, 대체 어떻게 왔지?" 그가 물었다.

그녀는 이곳 지형을 알고 있었고 그녀의 부모는 마을의 농부였다. 바르카가 주의깊게 살펴보았지만 40미터 안에는 엄폐물이 없었다.

"여길 통과할 수 있다는 거야?" 한 민병이 물었다.

"그럼요." 소녀가 대답했다. 그녀는 열일곱 살이었고 눈부시게 아름다웠다.

"안 돼." 바르카가 말했다. "보게, 노출된 곳이 너무 넓어. 저곳에 들어가면 모두 쓰러질 거야."

"저 아가씨는 무사히 왔는데 우리는 왜 안 된단 말이죠?"

"조심해. 아가씨가 오도록 일부러 놓아두었을 가능성이 있네. 난처하게 되었으니 더더욱 나아가서는 안 돼."

"내 생각으론 마을까진 갈 수 있을 것 같은데."

"저더러 다시 내려가라는 건 아니겠죠!" 소녀가 소리치며 주저앉았다. "국민의 군대는 모두가 자기 위치를 지켜야 한다고 한 시간 전에 라디오방송에서 그랬다고요!"

그녀는 스페인 여자들이 곧잘 그러듯이 연극적인 목소리를 냈지만 그러면서 자기도 모르게 두 손을 합장하고 있었다.

"원하는 게 있으면 우리가 뭐든 갖다드릴게요……"

마치 어린애들을 달래기 위해 장난감을 주겠다고 하는 것 같았다. 바르카는 숙고했다.

"동지들, 문제는 그게 아니야. 저애가 말하는 것은……"

"난 애가 아니에요."

"좋아. 저 여성 동지는 우리가 떠날 수도 있지만 남아 있는 거라고 말하고 있어. 하지만 내 생각은 떠나야 하지만 떠날 수 없다는 거네. 혼동하지 말자고."

"아름다운 머릿결을 가졌네." 마누엘이 여자 민병에게 나지막이 말했다. "머리칼 한 올만 줄래?"

"동지, 전 허튼소리를 들으러 여기 온 게 아니에요."

"알았어. 머리칼을 잘 간직하게나, 노랑이 같으니!"

그는 그다지 열의 없이 그녀에게 말하면서 주변에 귀를 기울이는 것을 멈추지 않았다.

"들어봐." 그가 외쳤다. "들어보라고……"

모두가 새소리도 들리지 않는 깊은 침묵에 귀를 기울인다. 적의 기관총이 무리를 지어 차례로 쏘고 있다. 기관총 하나가 멈춘다. 아니다, 고장이 난 것이다. 다시 쏘기 시작한다. 하지만 트럭 주변으로는 한 발도 당도하지 않는다.

"저 아래를 봐!" 한 민병이 손가락을 내밀어 가리키면서 외쳤다.

"엎드려, 바보 같으니!"

그는 엎드렸다. 그가 가리켰던 방향에서 푸른 점들이 파시스트 포대를 향해 도로와 평행하게 올라가고 있었다. 그들은 지형을 이용해 보호를 받고 있었다. 돌격대원들이었다.

"과연 그렇군. 우리도 저렇게 했더라면……" 바르카가 말했다.

올라감에 따라 그들의 수는 점점 줄어들었다.

"저거야!" 한 민병이 말했다. "자, 전우들, 가볼까?"

"조심해!" 마누엘이 외쳤다. "다시는 혼란스럽게 시작하지 말자고. 열 명씩 조를 만들어보게. 각 조의 선두가 책임자야. 최소한 10미터씩 간격을 두고 전진하게나. 네 그룹으로 출발해서 모두가 동시에 당도하도록 해야 해. 맨 먼저 출발하는 동지들이 앞서가겠지만 보다 멀리까지 산개해야 하니까 상관없어."

"이거, 명료하지가 않은데." 바르카가 말했다.

하지만 모두가 마치 부상자의 응급치료에 대한 설명을 듣는 듯 잔뜩 귀를 기울이고 있었다.

"좋아, 열 명씩 조를 만들자고."

그들은 조를 만들었다. 선두의 책임자들이 마누엘에게 다가왔다. 저 위에서는 대포들이 여전히 마을에 포격을 가했으나 기관총은 줄곧 올라가는 돌격대만 쏘고 있었다. 마누엘은 당원들을 지휘하는 데 익숙했지만 지금 그의 당원 수는 너무 적었다.

"자네, 자네는 첫번째 열 명을 지휘하게나. 우린 모두 도로 오른쪽으로 산개할 거야. 그러니 저놈들이 장갑차든 뭐든 타고 내려오더라도 위태롭게 둘로 갈라질 필요가 없는 거지. 그렇게 돌격대에 접근하게 될 걸세. 100미터에 동지 열 명이야. 자네가 맨 먼저 열 명을 데리고 어서 출발하게. 300미터 지점에서 10미터마다 한 명씩 배치하게. 왼쪽에 있는 그룹이 전진하는 게 보이면 자네도 전진하게. 뭔가 잘 안 되거든 옆 동지에게 지휘를 맡기고 돌아오게. 후위에서 자네가 만나게 되는 자는……"

후위에 누구를 둘 것인가? 바르카는 다른 트럭의 동지들을 조직하는 데 보내고 싶었다. 그렇다면 그 자신이? 이와 같은 분위기에선 그가 최전선에 있어야만 했다. 할 수 없었다……

"후위에는 바르카가 있을 걸세."

다른 트럭의 민병들을 조직하기 위해서는 다른 사람을 보낼 것이다.

"내가 휘파람을 불면 모두 바르카가 있는 쪽으로 돌아오게. 알겠나?"

"알았네."

"설명해보게."

모든 게 잘 진행된다.

"책임자들은 노동조합원인가 정당원인가?……"

"이보게들, 장갑열차가 사격을 하고 있어!"

모두들 서로 얼싸안고 싶었다. 장갑열차는 포대와 기관총이 있으리라 여겨지는 곳에 마구잡이로 사격을 가하고 있었다. 그래도 민병들은 파시스트의 대포들에 응전하는 그들 편의 대포 소리를 듣자 쫓기고 있다는 느낌에서 벗어났다. 두번째 포성에 모두 큰 소리로 환호했다.

마누엘은 공산당원 한 명은 라모스에게, U.G.T.노동총연맹 소속 한 명은 돌격대에, 가장 나이가 많은 무정부주의자는 다른 트럭의 동지들에게 보내 방금 이루어진 일을 설명하게 했다.

"먹을 것을 가져가세요. 그편이 더 신중한 일이에요." 여자 민병이 말했다.

"자, 친구들, 서두르자고!"

"제가 도시락을 들고 가겠어요." 그녀가 책임감 있는 표정으로 말했다.

그들이 떠나자마자 바르카는 트럭으로 달려갔다. 트럭에 사격이 가해지고 있었지만 소총 사격이었다. 두번째 그룹이 출발했고, 세번째 그룹, 이어서 마누엘이 지휘하는 마지막 그룹이 출발했다.

줄지어 선 올리브나무들이 아주 뚜렷하게 보였다. 움직이지 않는 대로들 중 하나에서 민병 한 명이 열 명이 되고, 이어서 긴 대열을 이루어 전진하는 것을 바르카는 지켜보았다. 500미터 너머는 보이지 않았다. 대열은 그의 시야를 가득 채웠고, 망치 소리 같은 대포의 리듬에 따라 전진하면서 눈에 보이는 모든 숲을 채웠다. 나무들 아래 자리잡고부터는 더이상 보이지 않는 건너편 경사면에서는 돌격대가 사격을 가하고 있었다. 아마 돌격대는 경기관총을 갖고 있을 것이다. 소총 사격 소리 틈으로 기계적인 소리가 파시스트들의 끈질긴 기관총소리를 향해 올라오고 있었으니 말이다. 민병들의 전열이 전진했다. 파시스트의 소총들이 사격을 해댔지만 별 효과는 없었다. 마누엘은 뛰었다. 대열 전체가 물속의 밧줄처럼 곡선을 그리며 뒤따랐다. 바르카도 그가 인민이라 부르는 열정적인 혼돈—폭격 맞은 마을, 한없는 무질서, 뒤집힌 트럭들, 장갑열차의 대포로 이루어진—속에 빠진 채 흥분하여 내달렸다. 이제 이 혼돈은 한덩어리가 되어 파시스트의 대포를 공격하러 올라가고 있었다.

그들은 잘린 나뭇가지들을 짓밟으며 달렸다. 돌격대가 도착하기 전 기관총들이 올리브밭에 사격을 했던 터였다. 여름의 메마른 흙냄새가 송진냄새로 바뀌었다. 사격을 잘못 받은 나뭇잎들이 하릴없이 가지에서 떨어져나와 가을 낙엽처럼 쏟아졌다. 여전히 대포 소리에 박자를 맞추고 있는 듯 보이는 민병들의 모습이 햇빛을 받아 차례로 번뜩이더니 올리브나무 그늘에선 보이지 않게 되었다. 바르카는 전조와도 같은 경기관총 소리와 장갑열차의 대포 소리에 귀를 기울였다. 포도나무를 심은 농부들이 다시 포도밭을 빼앗기는 일은 없을 것이다.

그들은 20미터쯤 되는 공터를 통과해야 할 참이었다. 올리브밭을 나오려는 순간 파시스트들이 한 기관총의 방향을 돌렸다. 총탄이 바르카의 주위에서 말벌 같은 소리를 내며 대기를 뚫었다. 그는 윙윙거리는 날카로운 소리에 둘러싸인 채, 끄떡도 않고 총들을 향해 질주했다. 그가 뒹굴었다. 두 다리가 잘린 채였다. 고통스러웠지만 계속해서 앞을 바라보았다. 민병의 절반이 쓰러져 일어서지 못하고 있었다. 나머지 절반은 통과한 것이다. 그의 옆에는 마을 잡화상이 죽어 있었다. 나비의 그림자가 그의 얼굴에서 춤을 추었다. 다른 트럭에 탄 민병들의 제일선은 올리브밭 가장자리에서 주저하고 있었다. 바르카의 귀에 비행기 엔진 소리가 들리기 시작했다—우리 편일까, 저놈들 편일까? 경기관총이 사격을 퍼붓는 곳 바로 가까이서 불꽃 하나가 장엄한 하늘로 치솟았다. 장갑열차는 포격을 멈추었다.

*

"돌격대가 포대에 도착했나?" 살라사르가 물었다.

장갑열차에 전령을 보냈었기에 묻는 것이었다. '그들이 포대에 당도할 때' 불꽃을 쏘아올리기로 했다. 아마 포대에 매우 인접해 있었던 모양이다. 그래서 라모스가 포격을 멈추었던 것이다.

"그렇겠지." 그가 말했다.

"민병들은 어찌되고 있는 거야?"

"그들은 보이지가 않아…… 통과하지 못한 게지. 대포와 기관총을 쏘아대니."

"내가 가볼까?"

"마누엘은 바르카와 함께 잘 헤쳐나가고 있는 것 같아. 사람을 보냈더군."

저 고요한 바위와 소나무와 올리브나무의 풍경이 쌍안경을 통해 상처투성이의 모습으로 라모스에게 다가왔다. 아무것도 알 수가 없었다. 다만 귀를 기울일 뿐이었다.

"꼴불견은 맞은편에 있는 저놈들은 전쟁을 하는데 우리는 못하고 있다는 걸세."

파시스트들은 포격하고, 쓸어버린 뒤, 이어서 준비된 곳에 병사들을 배치하고 있었다. 국민은 지휘관도 없고 무기도 없다시피 한 상태에서 몸부림치듯 싸웠다……

"저 아래 불쌍한 녀석들은 틀림없이 몰살을 당하고 있겠지……"

"하지만 돌격대가 공격을 했으니 아마 포대를 점령할지도……"

라모스는 초조하게 말했다. 육감적인 그의 입술이 얇아지고 미소는 사라졌으며 부드러운 머리털은 가발같아졌다.

"어쨌든 파시스트들은 통과하지 못하고 있지!"

"왼쪽 포대가 이제 포격을 하지 않는군."

두 사람 모두 귀를 기울이다보니 관자놀이가 욱신거렸다.

빛나는 하늘에서 황금색 비행기 한 대가 접근해 왔다. 상당히 빠른 여객기였다. 그것이 장갑열차에서 500미터가량 떨어진 곳에 폭탄을 투하했다. 조준기도 투하장치도 없으니 아마 창문을 통해 투하했을 것이다. 라모스의 지시를 받았던 장갑열차 기관사는 가까운 터널 아래로 조용히 출발했다. 비행기는 소나무들 사이로 폭탄을 모두 투하하고는 만족한 듯 되돌아갔다. 송진냄새는 점점 더 진해졌다.

열차에선 이제 아무것도 보이지 않았다. 75밀리 포를 쏠 때마다 객차 전체를 들썩이게 하는 모루 같은 진동 속에서 아스투리아스 지방 출신 페페가 웃통을 벗은 채 땀을 흘리는 동지들에게 설명하고 있었다.

"여기선 장갑 철판이 시멘트로 대체되어 있는 거야. 못마땅하긴 해도 견고하고 튼튼해. 종이를 이어 붙여 만든 것 같지만 열차가 스스로를 잘 방어하고 있어. 1934년 아스투리아스 지방에서 객차들을 훌륭하게 장갑했었는데. 썩 잘된 작업이었지! 다만 방심한 게 있었어. 혁명이란 방심하는 거니까. 그때 녀석들이 기관차를 장갑하는 걸 잊어버린 거야.

이해가 돼? 일반 기관차를 달고 보병 연대의 전열을 전속력으로 공격하는 장갑열차라니! 50킬로미터도 못 가서 얼마나 총탄을 맞았는지 몰라. 그 이야기는 그만하자고—기관사에 대해서도 말이야. 우린 밤에 다른 열차와 기관차—이번엔 장갑을 했지—를 몰래 타고 와서, 그 보병 연대가 포병대를 끌고 오기 전에 동지들을 통과시킬 수 있었지."

"페페?"

"뭔가?"

"저놈들 포대에선 여전히 쏘지 않는군!"

터널에서 다시 나온 라모스는 반란군 진지에서 무슨 일이 벌어지는지 보기 위해 쌍안경을 이리저리 돌려댔다. 마치 맹인이 손으로 더듬어 이해하려는 듯한 모습이었다.

"우리 편이 마을로 뛰어내려오고 있어." 그가 말했다.

민병들은 후퇴하면서 총을 쏘고 있었는데—솜씨가 형편없었다. 그들은 참호 속으로 사라졌다. 그들을 쫓기 위해 파시스트들은 300미터 가량의 빈터를 가로질러야 했다.

라모스는 기관차로 뛰어올라 나무가 없는 그 공간이 내려다보이는 지점까지 열차를 전진시켰다. 여전히 포격을 가하고 있는 파시스트들의 포대에서는 보이지 않는 곳이었다.

파시스트들은 무질서한 민병들을 쫓아 기계적으로 전진했다.

장갑열차의 기관총들이 작동하기 시작했다.

좌에서부터 우로, 파시스트들은 팔을 공중으로 쳐들거나 주먹으로 배를 움켜쥔 채 힘없이 쓰러지기 시작했다.

맨 끝쪽 나무들 가장자리에서 망설이던 그들의 두번째 공격조가 결심을 하고는 내달렸고, 이번에는 우에서부터 좌로 쓰러졌다. 장갑열차의 기관총사수들은 변변치 못한 졸병일지언정 훌륭한 밀렵꾼이었던 것이다. 마치 죽음을 움켜잡으려는 듯 팔은 공중에 쳐들고 두 다리는 잘린 채 이상한 몸짓을 거듭하는 광경을, 라모스는 그날 처음 보았다. 총탄을 맞지 않은 자들은 숲으로 되돌아가려고 시도했다. 숲에서는 장갑열차의 기관총 사격을 모면한 파시스트들이 총을 쏘고 있었다.

오른쪽에서 소총 사격 소리가 다가왔다. 다른 민병들이었다. 파시스트들은 숲 사이로 난사하면서 후퇴했다.

'저놈들에게는 지휘관이 있고 무기도 있군.' 라모스는 손을 자신의 곱슬머리에 넣고는 생각했다. '하지만 놈들은 돌파하지 못하지. 이건 사실이야. 놈들은 돌파하지 못해.'

3

비행기 조종사들의 테스트는 계속되고 있었다.

더운 날씨에도 스웨터를 입은 한 자원자가 여름의 조용한 열기 속에서 마니앵에게 다가왔다.

"슈라이너 대위입니다."

코가 뾰족하고 두 눈은 냉혹해 보이는 신경질적인 작은 사나이로, 지난날 리히트호펜 비행 중대의 부지휘관이었다. 마니앵은 콧수염 너머로 그를 친근하게 바라보았다.

"조종을 하지 않은 지가 얼마나 되었소?"

"전쟁이 끝나고부터입니다."

"맙소사! 원상태로 돌아가려면 시간이 얼마나 필요하겠소?"

"몇 시간이면 될 겁니다."

마니앵은 말없이 그를 바라보았다.

"몇 시간이면 될 거예요." 슈라이너가 되풀이했다.

"오기 전에 항공사에서 일했소?"

"아니요. 알레스의 광산에서 일했습니다."

슈라이너는 대답을 하면서도 마니앵을 바라보는 대신 프로펠러가 돌고 있는 시험용 비행기에 시선을 던졌다. 그의 오른손 손가락들이 떨고 있었다.

"통지서가 너무 늦게 도착했어요. 툴루즈까지 트럭을 타고 왔습니다."

그는 가느다란 두 눈을 감고 엔진소리에 귀를 기울였다. 계속해서 떨리는 손가락들이 스웨터의 옆구리에 와 달라붙었다. 비행기에 강한 열정을 지닌 마니앵은 이 사나이가 발작적으로 만지작거리는 스웨터를 통해 그와 자신이 연결되어 있음을 느꼈다. 슈라이너는 눈을 뜨지 않은 채 소음으로 들끓는 공기를 들이마셨다. 마니앵은 아마 사람들이 감옥에서 나오면서 저런 식으로 숨을 들이쉴 거라고 생각했다. 이자라면 지휘를 할 수 있을 것 같았다(마니앵은 자신의 보좌관이 될 사람을 찾는 중이었다). 그의 목소리에는 많은 공산당 책임자들과 군인들에게 공통적인 명료함이 있었던 것이다.

제1지도교관 시비르스키가 햇빛으로 출렁이는 비행장을 가로질러 오고 있었다. 제2지도교관이 슈라이너의 이름을 부르자, 슈라이너는 차분하게 시험용 비행기 쪽으로 향했지만 손가락은 여전히 떨었다.

바와 활주로의 모든 조종사들이 그를 바라보았다.

이들 가운데 여러 명이 전쟁 경험이 있었는데도 마니앵은 불안감이 없지 않았다. 하지만 연합군 비행기 스물두 대를 격추한 바 있는 이 사나이를 마주하자, 외국인 용병들조차 눈으로 비행기를 순간순간 좇으며 단 하나의 감정만을 느낄 뿐이었다. 직업적 경쟁심이었다.

바 옆에서는 스칼리, 마르첼리노 그리고 하이메 알베아르가 쌍안경을 서로 주고받았다. 프랑스에서 공부한 하이메는 국제비행대에 종군 통역관으로 배속되었다. 검고 울퉁불퉁하고 노상 머리 타래를 얼굴에 늘어뜨린 이 커다란 아메리칸인디언 옆에는 자그마한 아메리칸인디언 베가스, 일명 성 안토니오가 있었다. U.G.T.의 이름으로 펠리컨들에게 담배와 레코드판을 듬뿍 선사하는 친절한 자였다. 두 사람 사이에서 하이메의 검은 개 라플라티가 긴 코를 내밀었다. 이 개는 이미 마스코트가 되어 있었다. 하이메의 아버지는 스칼리와 마찬가지로 미술사가였다.

카를리치가 기관총사수들을 테스트하고 있는 비행장 저 끝에서 일제사격 소리가 들려왔다. 비행기는 그럭저럭 이륙했다.

"자원자들을 다루기가 어려울 겁니다……" 시비르스키가 마니앵에게 말했다.

게다가 자원자들이 용병들보다 직업적인 면에서 열등한 경우, 그들에게 용병의 통제를 맡기는 일이 쉽지 않으리라는 점을 마니앵은 알고 있었다.

"저를 믿고 지도교관으로 선발해주셔서 감사합니다, 마니앵 씨……"

그들은 서로 쳐다보지 않은 채 몇 걸음 더 걸어갔다. 둘 다 시선은 공중을 향했다. 비행기가 높이 날고 있었다.

"당신은 나를 아시오?"

"그렇다고 생각합니다……"

난 아무것도 모르는데, 마니앵은 축 늘어진 콧수염을 씹으며 웅얼거렸다. 그는 시비르스키에게 호감을 가지고 있었다. 곱슬곱슬한 금발머리와 짧은 콧수염에도 불구하고 시비르스키의 슬픈 목소리는 그의 지성을, 아니면 최소한 그의 경험을 믿게 만들었다. 마니앵이 그에 대해 실제로 알고 있었던 것은 이론의 여지가 없는 그의 기술적 가치뿐이었다.

"마니앵 씨, 드릴 말씀이 있습니다. 이곳에선 저더러 적색분자라고 합니다…… 결국 그것이 더 나을지도 모르죠…… 상관없습니다…… 전 또한 백군白軍도 아니라는 점을 당신이 아셨으면 합니다. 저 모든 비행사들, 나이든 자들조차 인생에 대해 별로 아는 게 없지요……"

시비르스키는 거북한 마음에 자신의 발을 내려다보았다. 그러다가 시선을 비행기로 돌리고는 거의 일 분 가까이 눈으로 그것을 좇았다.

"마침내 비행기가 날았다, 이것밖에 할말이 없군요……"

빈정거리는 말투는 아니었지만 불안이 묻어났다. 슈라이너는 가장 나이 많은 조종사 가운데 하나였다. 마흔여섯이라는 나이가—그나마도 십 년은 공장 근무였다—한 위대한 비행사를 어떻게 만들어버리는지를 불안감 없이 기다릴 수 있는 조종사는 이 비행장에 단 한 사람도 없었다.

"내일 시에라 지방으로 출격할 비행기가 최소 다섯 대는 필요한데." 마니앵이 불안한 표정으로 말했다.

"저는 시베리아의 숙부 집에서 보낸 삶이 싫었습니다. 만날 싸움에 대해 이야기하는 걸 들으며 고등학교에 다녔지요…… 그래서 백군이 왔을 때 그들과 함께 떠났습니다…… 그런 다음에는 파리로 갔죠. 운전수, 다음엔 기관사, 그다음에 다시 조종사였어요. 저는 프랑스 군대의 중위입니다."

"알고 있소. 당신은 러시아로 돌아가고 싶지 않소?"

예전에 백군이었던 많은 러시아인들이 충성심을 입증하기 위해 스페인에서 복무하면서도 언젠가 조국으로 돌아가기를 희망하고 있었다.

기관총의 일제사격 소리가 비행장 끝에서 햇빛을 뚫고 다시 들려왔다.

"그렇습니다. 하지만 공산주의자로서가 아니라 무당파無黨派로서 돌아가고 싶습니다. 내가 여기 있는 것은 계약 때문이지만 설령 두 배로 준다 해도 저쪽 편으로 가지는 않을 겁니다. 나는 당신들이 자유주의자라 부르는 사람입니다. 카를리치는 질서를 좋아했습니다. 그도 백군이었죠. 이제 우리는 질서와 힘을 지니고 있고 그는 적색분자입니다. 나로 말하면, 내가 좋아하는 것은 민주주의이고 미국, 프랑스, 영국입니다…… 다만 러시아는 내 조국이죠……"

그는 다시 비행기를 쳐다보았다. 이번에는 마니앵의 시선과 마주치지 않기 위해서였다.

"한 가지 부탁드리고 싶습니다…… 저는 그 어떤 경우에도 도시에 있는 목표물을 폭격하고 싶지 않습니다. 전투기를 타기엔 아마 제 나이가 좀 많을지 모릅니다…… 하지만 정찰이나 편대 폭격은……"

"도시 폭격은 스페인 정부에서 금지하고 있습니다."

"왜냐하면 옛날에 참모부를 폭격하는 임무를 받았는데—폭탄이 어떤 학교에 떨어지고 말았거든요……"

참모부가—그리고 학교가—독일에 속한 것이었는지 볼셰비키에 속한 것이었는지 마니앵은 감히 물어볼 엄두가 나지 않았다. 슈라이너의 비행기는 착륙 지점을 잡고 있었다.

"너무 멀군!" 마니앵이 두 손을 안경다리에 대고는 중얼거렸다.

"괜한 짓을 하려는 모양인데……"

아닌 게 아니라 슈라이너는 다시 고도를 높이고 있었다. 마니앵과 시비르스키는 걸음을 멈춘 채 비행기에서 눈길을 떼지 않았다. 비행장은 매우 넓다. 그런데도 첫번째 착륙이 실패했다면…… 마니앵은 시험비행에 익숙했다. 그는 프랑스 항공 회사의 기장이었기 때문이다.

비행기는 되돌아와 다소 짧게 착륙거리를 잡았다. 비행사가 조종간을 잡아당겼다. 기체는 물수제비뜨는 돌멩이처럼 튀다가 온 무게로 떨어져 부서져버렸다.

다행히도 시험용 비행기는 전쟁에서 사용할 수 없는 것이라고, 마니앵은 생각했다.

시비르스키가 비행기로 달려갔다가 슈라이너와 제2지도교관을 데리고 돌아왔다.

"죄송합니다." 슈라이너가 말했다.

그 목소리의 어조가 너무 좋지 않아 마니앵은 그의 얼굴을 쳐다보지 않았다.

"제가 두 시간이면 된다고 말씀드렸지요…… 두 시간이 아니라 이틀이라도 안 되겠습니다. 광산에서 너무 오래 일했나봅니다. 반사능력을 상실했어요."

시비르스키와 제2지도교관이 자리를 떠났다.

"이따가 이야기합시다." 마니앵이 말했다.

"그럴 필요 없습니다. 감사합니다. 이제 비행기는 쳐다보지도 않겠습니다. 민병대에 편입시켜주십시오. 부탁입니다."

기관총의 일제사격 소리가 점점 가까워지는 가운데 민병들은 곧바로 두번째 시험용 비행기를 밀고 있었다. 세뇨리토*들의 관광용 비행기였다……

슈라이너는 허공을 바라보며 떠났다. 비행사들은 임종의 순간에 놓인 어린아이로부터 멀어지듯, 보잘것없는 인간의 언어로는 표현할 수 없는 모든 재앙에서 멀어지듯, 슈라이너로부터 비켜섰다. 전쟁은 소설 같은 몽상적인 세계 속에서 용병들과 자원병들을 결합시켰다. 하지만 비행기는 모성애가 여자들을 결합시키듯 그들을 결합시켰다. 르클레르와 세뤼지에는 이미 잡담을 중단한 상태였다. 각자는 언젠가 자신의 운명이 될 상황을 방금 목격했음을 알고 있었다. 그래서 그 어떤 시선도 독일인의 시선과 감히 마주칠 수 없었고—독일인은 그들 모두를 피했다.

그러나 하나의 시선이 마니앵에게 고정되어 있었다. 슈라이너에 이어서 테스트를 받게 되어 있는 비행사 마르첼리노였다.

"내일 시에라 지방으로 출격할 비행기가 다섯 대 필요한데." 마니앵이 콧수염 밑으로 되풀이해 말했다.

---

* 아버지의 후광을 입은 부잣집 아들.

기관총은 일곱 발, 열 발을 쏘더니 사격을 멈추었다. 기관총부대장 카를리치는 마니앵이 오는 것을 보고 다가가 인사한 뒤 그를 한쪽으로 끌고 가서는 말없이 주머니에서 총알 세 발을 꺼냈다. 뇌관에 공이치기 자국이 있었지만 불발된 것들이었다.

"톨레도에서 만든 것입니다." 카를리치는 손톱으로 상표를 가리키며 말했다.

"태업 때문이오?"

"아닙니다. 불량품입니다. 전투중에 공중에서 이런 것을 수리하기에는……"

카를리치는 쇠약해진 몸과 굴욕적인 마음으로 영국에 당도했었다. 비참한 경험이 그가 그때까지 자신의 신념이라 믿었던 것을 파괴해버렸다. 브란겔 장군* 군대의 기관총 명사수였던 그는 여러 해의 유랑 생활 끝에, 이민자들 사이에서 전개된 소련 옹호 운동인 '고국으로의 귀환'에 가담했었다. 아마 그는 적은 적일 뿐이라는 단순한 사실 때문에 적을 증오하는 유일한 자원병이었을 것이다.

"지상용 기관총들은?" 마니앵이 물었다. "시에라 지방을 위한 기관총들이 가능한 한 빨리 필요한데."

민병들은 기관총이라면 그 어떤 것도 사용할 줄 몰랐고 특히 수리할 줄은 더더욱 몰랐다. 마니앵은 휘하의 우수한 기관총사수들을 지도교관으로 만들어 카를리치에게 지휘하게 했다. 지상용 기관총사수들에게 공중사격을 가르침과 동시에, 선별된 민병들에게는 지상용 기관총

* 러시아의 백군 장군.

사격과 수리를 가르치고 있었다. 마니앵은 오토바이 기관총부대를 편성하고 싶었다.

"민병들은 훌륭합니다." 카를리치가 말했다. "선발이 잘되었어요. 그들은 규율을 준수하고 진지하며 주의력이 좋습니다. 다 잘되어가고 있습니다. 마니앵 동지, 부르츠가 문제입니다. 항상 당에만 신경쓰고 일은 하지 않아요. 저를 도와주는 사람은 가르데뿐입니다. 우리 부하들도 이제는 비행기 기관총을 다룰 줄 압니다. 그들의 경험에 대해선 할말이 없지만요. 공중에서 훈련을 시킬 수가 없습니다. 항공연료도, 훈련용 줌 기관총도, 견인 표적도 없고, 있는 거라곤 고작 탄환뿐입니다. 그것도 좋은 탄환이 아니에요. 표적이야 부득이한 경우 제가 만들 수 있습니다. 하지만 휘발유는 만들 수 없죠. 그들은 이제 총좌도 다룰 줄 알아요. 후위 총좌에는 비행대 출신만을 배치하여 후미를 쏘지 않도록 할 것입니다. 훈련은 적과 마주하면서 해야겠죠."

그러더니 카를리치는 눈썹과 앞머리를 공중으로 쳐들고 콧구멍을 즐겁게 드러낸 채 약간 아이 같으면서도 날카로운 웃음을 터뜨렸다. 자신의 비행기와 다시 만나고 싶어했던 슈라이너처럼, 그는 자신의 기관총을 다시 만난 것이다. 대화가 끝날 무렵 끼어든 스칼리는 전쟁 또한 생리적인 것이라는 사실을 깨닫기 시작했다.

*

평화주의 때문에 군사훈련을 단념했던 모든 혁명파 비행사들은 재훈련을 시키거나 아니면 제외시킬 수밖에 없었다. 내년에 프랑코를 체포하자는 것과는 별개의 문제였다. 마니앵은 민간항공 조종사들과 교육 기간을 끝마친 자들밖에 믿을 수가 없었다.

그는 모로코전쟁에 참가했던 몇몇 조종사를 잘라버렸다. 낡은 비행기와 무방비 상태의 적에 익숙해 있는 그들은 최초의 부상자들이 돌아왔을 때 흥분해서는 이렇게 말했던 것이다. "이해하시겠어요? 우리한테 아무 짓도 하지 않은 저놈들과 싸우러 간다는 건, 결국……" 하지만 그들은 계약을 완전히 포기하지도 않았다. 모조리 프랑스로 돌려보내는 수밖에!

뒤게의 차례였다. 그는 마니앵과 따로 얘기하고 싶다고 요청한 첫번째 자원자였다. 그는 쉰 살이었다. 흰 콧수염이 그의 얼굴빛보다 더 밝았다.

"마니앵 동지, 저를 프랑스로 되돌려보내면 안 됩니다." 그가 말했다. "믿어줘요, 날 송환해서는 안 됩니다. 난 전쟁 동안 지도교관이었습니다. 물론 다시 비행사가 되기에는 내 나이가 너무 많습니다. 그래요, 그게 사실이죠. 저한테 걸레라도 쥐여주고 정비사 조수로 일하게 해주세요. 원하는 대로 써주십시오. 하지만 비행기와 함께 있게 해줘요. 비행기와 함께."

셈브라노가 오른팔을 흔들며 전속력으로 자전거를 몰아 도착했다.

"저기 말이야, 마니앵…… 산베니토로 보낼 비행기 한 대가 즉시 필요하네…… 놈들이 바다호스로 진격하고 있어……"

"그래, 알았네…… 자네도 알다시피 전투기는 출격했어. 전투기가 없어도 되겠나?"

"명령을 받았네. 세 대를 보내라는데 내게는 더글러스기 두 대밖에 없어……"

"알았네, 알았어. 적군은 기계화부대인가?"

"그렇다네."

"알았네."

그는 전화를 걸었다. 셈브라노는 아랫입술을 내밀고는 떠나갔다.

"마니앵 동지, 그럼 나는 어떻게 하나요?" 뒤게가 물었다.

"음…… 알았소, 남도록 하시오. 근데 내가 무얼 잊은 게 있나?"

그는 아무것도 잊은 게 없었다. '정신을 못 차리는' 듯한 모습은 방금 한 말과 마찬가지로 일종의 습관이었다. 하지만 그의 행동은 명확했다.

뒤게가 나가고 대신 불청객 몇 명이 들어왔다. '관광기 면허증이 있는 우리는 훈련을 받을 준비가 되어 있다'는 얘기였다. 뒤이어 몇몇 인색한 프티부르주아들이 왔는데, 이들은 용병의 봉급을 받기 위해 합류했지만 게으름을 피울 심산이었다. 모두 제대로 혼쭐이 나서는 피레네 방향으로 되돌아갔다.

하이메가 들어왔다. 가랑이 사이에 라플라티가 있었다. 마니앵은 그를 기다리고 있지 않았다.

"마니앵 동지, 할 얘기가 있습니다…… 난 통역관으로 온 게 아니었지만…… 결국은 마르첼리노의 테스트 때문에 온 셈이 되었지요, 물론 그래요. 다만, 마니앵 동지, 당신이 마르첼리노가 파시즘하에서 2년 동안 옥살이를 했다는 사실을 아마 모르지 않을까 해서……"

몸에 꽉 끼는 작업복 차림에 이마와 턱이 튀어나오고 심한 매부리코에 키가 훤칠한 이 사나이의 말을 들으며 마니앵은 친밀감을 느꼈다.

하이메의 우정은 울퉁불퉁하고 단단한 그의 용모에는 영향을 미치지 않고 눈빛만을 변화시키는 것 같았다.

"그는 수상비행기 민간 조종사였습니다. 라우로 데 보시스*가 죽은 후에 밀라노에 전단을 뿌리러 갔지요. 물론 발보**가 보낸 비행기들에 격추됐습니다. 그의 비행기는 관광기였지요. 그는 육 년형을 선고받았는데 리파리에서 탈옥했습니다. 재판을 받은 후로는 큰 비행기를 조종한 적도 없고, 이탈리아 군대를 이탈하고부터는 전투기를 몰아본 적도 없습니다. 그는…… 낙담해 있습니다. 마니앵 동지, 말씀드리고 싶은 것은—당신의 결정에 전혀 개입하고 싶지 않고 또 그를 조종사로 복귀시켜달라는 것도 당연히 아닙니다만—그를 위해 뭔가를 해줄 수 있다면 여기 있는 스페인 동지들이 기뻐하리라는 점입니다."

"나 역시 기쁠 것이오." 마니앵이 말했다.

하이메가 방을 나가자 메르스리 대위가 들어왔다. 그 역시 거의 쉰 살쯤 되었다. 작대기로 그린 듯한 모양의 희끗한 콧수염과 늙은 해적처럼 그을린 얼굴(스스로는 만족스러워하는 모습이었다)에, 사무원 복장을 하고 장화를 신고 있었다.

"아, 마니앵 씨, 이건 기술의 문제인데 어쩌라는 겁니까? 그러니까 기술이란……"

"당신은 프랑스로 돌아가나요?"

메르스리는 두 팔을 쳐들었다.

---

* 이탈리아 시인이자 비행사로, 마르세유에서 비행기를 몰고 이탈리아로 가 무솔리니 파시즘에 대항하는 전단지를 돌리고 돌아오던 중 사고를 당해 사망했다.

** 이탈리아 파시즘의 주요 인물로 공군성 장관이었다.

"마니앵 씨, 내 아내가 16일 이곳에 있었습니다. 우표수집가 회의에 참석했지요. 20일에 이렇게 편지를 썼더군요. '남자라면 이곳에서 벌어지고 있는 비열한 짓을 용인할 수 없을 거예요.' 마니앵 씨, 한 여자가 이럴 정도입니다! 일개 여자가 말입니다! 어쨌든 나는 이미 시작했어요. 나는 스페인에 봉사하러 왔습니다! 어떤 직무라도 좋습니다, 스페인을 위한 것이라면요. 파시즘을 끝장내야 합니다. 내가 누와지르세크에서 '보수주의자들'에게 이렇게 말했어요. '신사 여러분, 미라가 이집트를 보존시키는 게 아니라, 이집트가 미라를 보존시키는 겁니다!'"

"알았어요, 알았습니다…… 당신은 대위이니, 육군성에 배치해드리면 어떻겠습니까?"

"좋아요, 그러니까…… 난 대위이지 않습니까…… 예비역 장교가 될 수도 있었습니다만 난 신념 때문에 예비역 교육 기간을 거절하고 말았죠……"

마니앵은 메르스리가 특무상사로 제1차세계대전에 참여했었고 소방대장이었다는 것을 들은 일이 있었다. 마니앵은 그것을 농담으로 생각했었다.

"그렇군요. 음…… 틀림없이 말이죠."

"잠깐만요! 전 참호라는 게 어떤 건지 알고 있습니다. 전쟁을 해봤으니까요."

이런 엉뚱한 말 속에는 분명 고결함이 있다…… 어찌되었든, 착실한 특무상사라면 대위만큼 쓸모가 있다고 마니앵은 생각했다……

마르첼리노의 차례가 되었다. 그는 혁대가 없는 작업복을 입고 들어와서는, 마치 얼간이처럼 자신의 발을 바라보고 있었다. 그가 두 눈을 우울하게 쳐들었다.

"아시겠지만, 감옥이라는 게…… 반사능력에는 좋지 않아서요……"

기관총의 일제사격 소리에 그는 말을 중단했다. 카를리치가 비행장 저쪽 끝에 있었다.

"저는 폭격에는 정통했습니다." 마르첼리노가 다시 말했다. "그거라면 틀림없이 아직 잘할 수 있어요."

보름 전 마니앵은 자원병을 모으기 위해 호소하고 용병들을 모집하던 중 유럽의 시장에서 발견할 수 있는 것이라면 무엇이든 스페인 정부를 위해 구입하려 시도하고 있었는데, 그때—늘어진 콧수염에 모자는 뒤로 젖히고 흐릿한 안경을 걸친 채—집으로 들어오다가 아파트 두 문 사이에 서 있던 이 사나이를 발견했다. 전화란 전화는 모두 울리고, 열에 들뜬 낯선 방문객들이 이 방 저 방을 성큼성큼 돌아다녔기 때문에 그는 마르첼리노를 자기 아이의 침대에 앉히고 열린 옷장에 등을 기대게 한 채 그를 잊어버리고 말았다. 오후 두시경에 돌아왔을 때 마르첼리노를 다시 발견했는데, 이 이탈리아 비행사는 옷장에서 꺼낸 온갖 마리오네트에 둘러싸인 채 그것들과 이야기를 나누고 있었다.

"제가 폭격수로서 탑승한다면, 아마 부조종사의 역할도 좀 할 수 있을 거예요…… 곧 옛 컨디션을 되찾으리라 확신합니다……"

마니앵은 베네치아의 메달에서나 볼 법한 이 곱슬머리 얼굴과 자루 같은 작업복을 살펴보았다.

"내일 시멘트 폭탄으로 시험 폭격을 해보죠."

셈브라노의 더글러스기 두 대와 마니앵의 대형기 한 대가 비행장 끄트머리에 도착하고 있었다.

알제리에서 이탈리아의 무장 군용기들이 추락한 뒤 여러 나라 정부가 무장이 안 된 구식 모델 군용기의 매각을 승인한 터였다. 하지만 이탈리아 비행사들이 마음만 먹으면, 활주로 끝을 향해 굴러가고 있는 저 비행기들로는 현대적인 사보이아기에 맞서 오래 견디지 못할 것이다.

마니앵은 마르첼리노에 이어 들어온 슈라이너를 향해 몸을 돌렸다. 그의 침묵은 젊은 이탈리아인이 보인 소심한 고집도, 뒤게가 드러낸 혼란도 아닌, 동물의 침묵이었다.

"마니앵 동지, 곰곰이 생각해보았습니다. 비행기는 쳐다보지도 않겠다고 제가 말씀드렸지요. 비행기를 쳐다보지도 않는다는 건 너무 힘들군요. 하지만 저는 우수한 사수입니다. 그 능력은 잃지 않았어요. 마을 축제 덕분이죠—권총을 쏴봤거든요."

그의 얼굴은 변하지 않았지만 끊기는 듯한 목소리에 증오가 없지 않았다. 그는 먹이를 노리는 맹금류처럼 머리를 어깨 사이에 처박은 채 가느다란 두 눈을 마니앵에게 고정시키고 있었다. 마니앵은 격납고 앞을 지나치는 무정부주의자의 자동차를 바라보았다. 검은 깃발을 보는 것은 처음이었다.

"비행기가 저를 더이상 원하지 않으니, 좋습니다. 저를 대공방어반에 넣어주십시오."

다시 서너 번의 일제사격 소리.

"제발 부탁입니다." 슈라이너가 말했다.

혁명의 스타일이라는 게 있는 걸까? 저녁녘, 멕시코혁명의 민병과 파리코뮌의 민병을 동시에 닮은 민병들이 르코르뷔지에가 설계한 비행장 건물 뒤편을 통과한다. 모든 비행기들이 매여 있다. 마니앵, 셈브라노 그리고 셈브라노의 친구 바야도는 미지근한 맥주를 마신다. 전쟁이 터진 뒤로 비행장엔 얼음이 없다.

"군 비행장이 제대로 굴러가지 못하고 있어." 셈브라노가 말한다. "혁명군이 처음부터 끝까지 만들어야 할 판이야…… 안 그러면 프랑코가 혁명을 묘지로 보내 질서를 잡겠지. 러시아에선 어떻게 했는지 알고 있나?"

바의 불빛을 받은 그의 얇은 아랫입술이 옆모습에서 튀어나오니, 그는 더욱더 볼테르를 닮았다. 흰 비행복을 입은 선량한 볼테르.

"그들은 소총을 가지고 있었네. 사 년의 훈련과 전선 경험도. 그리고 공산주의자들은 바로 규율 자체였지."

"마니앵, 당신은 왜 혁명가가 되었소?" 바야도가 묻는다.

"글쎄, 많은 공장들을 감독하다보니 그렇게 되었소. 우리같이 늘 자기 일에만 관심이 있는 사람들은 하루 여덟 시간의 노동으로 인생 전체를 허비하는 걸 납득하지 못하지…… 난 인간들이 자기가 왜 일하는지 그 이유를 알았으면 합니다."

셈브라노는 스페인의 가진 자 모두에게 그들의 기업을 경영할 능력이 없다고 생각한다. 그들의 기업은 기술자들의 수중에 있다. 또한 기술자는 공장의 소유주가 아니라 공장의 공동체를 위해 일하려 한다. (하이메 알베아르와 좌파 기술자들 역시 이렇게 생각하고 있다.)

스페인의 재탄생을 바라는 바야도는 스페인 우파에 아무런 기대도 하지 않는다. 바야도는 대단한 부르주아다. 라몬타냐 병영에다 전단을 뿌린 것은 그였다. 반란 후 면도한 짧은 콧수염만 아니라면 그의 얼굴은 바로 세뇨리토의 얼굴이다.

마니앵은 지성을 통해 열정을 정당화하는 인간의 행위에 감탄한다.

"그리고 또 뭐랄까, 난 좌파였기 때문에 좌파요……" 그는 말한다. "그러고 나서 좌파와 나 사이에는 온갖 종류의 인연과 충실함이 맺어졌지. 나는 그들이 원하는 게 무엇인지 이해해서 그들이 그걸 하도록 도와주었고, 그들이 방해를 받을 때마다 그들과 점점 더 가까워졌던 거요……"

"단지 어떤 정치와 결혼한다는 것, 그건 중요치 않아." 셈브라노가 말한다. "하지만 그 정치와의 사이에 아이가 생기면……"

"그런데 자네는 무엇이었나? 공산당원?"

"아니, 우파 사회주의자였지. 자네는 공산당원인가?"

"아니." 마니앵은 콧수염을 조금씩 잡아당기면서 말한다. "나 역시 사회주의자야. 하지만 혁명좌파지."

"난 특히 평화주의였네." 셈브라노가 다가오는 밤과 어울리는 슬픈 미소를 띠고 대답한다……

"사상은 변하는 거야……" 바야도가 말한다.

"내가 방어하는 사람들은 변하지 않았네. 중요한 건 그뿐이야."

모기들이 그들 주위를 맴돈다. 그들은 이야기한다. 밤이 광대한 땅에 내려앉듯이 엄숙하게 비행장에 자리잡는다. 여느 여름밤과 같은 무더운 밤이다.

4

8월

작업복을 입은 민병들 20여 명이 점심을 먹기 위해 시에라 지방에서 내려왔다. 장교는 없었다. 아마 식사 시간중 언덕의 경비가 불안해 직접 경비를 서고 있었을 것이다. 저쪽 상황도 대략 비슷할 테니 다행이라고, 마누엘은 생각했다.

도착한 민병들 가운데 다섯 명은 1935년에 유행했던 부인용 모자를 쓰고 있었는데 꼭 연초록색 피스타치오 접시 같았고, 수염은 사흘 동안 깎지 않은 채 그대로였다. 모자에는 시에라 지방의 마지막 들장미가 꽂혀 있었다.

"지금부터" 하고 마누엘은 라모스가 지휘할 때 쓰는 어조를 흉내내며 말했다. "노동자 및 농민 조합에서 파견한 동지들은 이 부인 모자들이 어떻게 된 일인지 설명해보시게. 적어도 두 조합이 보증하는 나이 지긋한 동지들이 말이야. 이러면 눈에 띄지 않을 수 없을 텐데."

"우리가 놈들을 공격했을 때 해가 쨍쨍 내리쬐고 있었네. 놈들은 보이지 않았지. 부인 모자점이 하나 있더군. 닫혀 있었지만 해결했지. 그렇게 해서 모자를 쓰게 된 걸세."

그날 그들의 기지와 장갑열차의 기지가 있는 마을은 600미터 떨어진 지점에 있었다. 농가 안마당처럼 나무 발코니가 놓인 광장, 에스코리알왕궁풍의 뾰족한 지붕이 있는 탑, 휴가철에도 문을 여는 오렌지색 혹은 진홍색 가게들 몇몇이 있었는데, 그중 하나는 커다란 거울로 장식되어 있었다.

"이거 우리한테 제법 어울리잖아!" 민병이 다시 말했다. "아주 근사하다고!"

소총을 등에 메고 머리에는 부인모를 쓴 채 그들은 술집 테이블에 앉았다. 뒤쪽으로 30킬로미터에 걸친 경사면에는 두 달 전만 해도 시에라 지방의 바위들을 뒤덮었던 히아신스의 마지막 흔적이 밀밭 위에서 다갈색으로 변해가고 있었다. 전속력으로 질주하는 자동차 소리가 가까워지더니 갑자기 입구에서 카키색 포드 한 대가 튀어나왔다. 차에서는 평행을 이룬 세 개의 팔이 파시스트식 경례를 붙이고 있었다. 햇빛이 쏟아지는 가운데 들어올린 손 아래쪽으로 나폴레옹식 이각모와 푸르스름한 제복의 노란 선이 보였다. 문 왼쪽에서 식사하고 있던 민병들이 보이지 않았기에 그들은 자기들이 파시스트 마을에 도착했다고 생각한 것이다. 두번째 술집에서 무장한 농부들이 천천히 일어났다.

"친구 여러분!" 갑자기 차의 브레이크를 밟으면서 민위대가 외쳤다. "우리는 당신들 편입니다!"

농부들이 총을 겨누었다. 민병들은 이미 사격을 가하고 있었다. 많은 이들이 적의 전선으로 넘어간 것은 사실이었지만 파시스트식 경례를 붙이지는 않았었다. 적어도 서른 발이 발사되었다. 타이어가 터지는, 보다 부드러운 소리를 마누엘은 분간해낼 수 있었다. 거의 모든 농부들이 자동차를 겨냥한 것이다. 그래도 민위대원 한 명이 부상을 입었다. 바람이 불어 광장은 불에 탄 꽃 냄새로 가득했다.

마누엘은 민위대를 무장해제하고 몸을 샅샅이 수색하게 한 다음 민병들의 호위 속에(농부들은 민위대를 증오하고 있었기 때문이다) 면사무소 홀로 이동시킨 뒤 만가다 대령의 사령부에 전화를 걸었다.

"위협이나 긴급사태가 있소?" 당직 장교가 물었다.

"아닙니다."

"그렇다면 특히 즉결처분은 안 됩니다. 법무관을 보내겠소. 그들은 한 시간 후에 재판을 받을 거요."

"물론입니다. 또 한 가지 말씀드리지요. 그들이 당도한 것으로 보아 파시스트 마을에서 이곳까지 올 수 있는 듯합니다. 마을 입구와 도로에 보초 하나씩을 세웠습니다. 하지만 이것만으로는 충분하지 않습니다……"

군법회의는 면사무소에서 열렸다. 석회를 칠한 커다란 홀. 피고들 뒤에는 회색과 검은색 작업복을 입은 농부들과 민병들—모두들 선 채로 말이 없었다. 첫 줄에는 파시스트에게 피살된 농부들의 아내. 이슬람 전사의 엄숙함 같은 것이 감돌고 있었다.

민위대 두 명이 발언했다. 물론 그들은 로마식으로 경례했다. 그렇지만 그들은 마을에 도착했을 때 이 마을이 파시스트 마을이라 여겨서 그랬던 것이고, 마을을 통과하면 공화파 전선에 합류하려 했다고 말했다. 모든 명백한 거짓말이 그렇듯, 말하기도 힘들고 듣기도 힘든 내용이었다. 민위대원들은 거짓말 속에서 몸부림치는 것 같았고, 제복을 입은 채 교수형에 처해지는 사람들처럼 뻣뻣한 옷 속에서 숨을 헐떡이고 있었다. 한 농부의 아내가 재판석 가까이 다가왔다. 그녀의 마을—상당히 가까이 있는 마을—은 파시스트에게 점령당했다가 공화파에 의해 탈환되었다. 그녀는 민위대가 자동차를 타고 왔을 때 그들을 본 적이 있다고 했다.

"저들이 내 자식 일로 나를 소환했을 때…… 저들이 날 오라고 했을 때, 난 내 아들을 매장하기 위해서인 줄 알았어요…… 하지만 그게 아니라, 나를 심문하기 위해서였어요, 나쁜 놈들……"

그녀는 보다 확실히 보려는 듯 뒤로 한 발 물러섰다.

"저놈이 거기 있었어요, 저놈이 거기 있었다고요…… 저놈의 아들을 죽인다면, 저놈은 뭐라 말할까요? 뭐라 말할까요, 응? 불쌍한 놈 같으니, 넌 뭐라 말할 거야?"

부상당한 사내는 물 밖에 난 고기처럼 발작을 하고 점점 더 헐떡이면서 자기변호를 하고 있었다. 어쩌면 그에겐 죄가 없을지도 모른다고 마누엘은 생각했다. 아들은 어머니가 심문을 받기 전에 총살당했고, 그녀는 도처에서 아들의 살인자들만을 보고 있었다. 민위대원은 공화국에 대한 자신의 충성을 이야기했다. 그 옆에 있는 자의 면도한 두 뺨에서 조금씩 땀이 배어나왔다. 기름칠한 콧수염 양쪽으로도 땀방울이 흘러내렸는데, 부동자세로 땀을 흘리는 이 생명체는 마치 공포의 자율적인 생명 그 자체 같았다.

"당신들은 우리와 합류하러 이쪽으로 왔다고 하는데, 우리한테 줄 정보는 없소?" 재판장이 물었다.

재판장은 아무 말도 하지 않은 세번째 민위대원을 향해 몸을 돌렸다. 민위대원은 그를 집요하게 바라보면서 자신은 오직 재판장만을 상대한다는 점을 분명히 드러냈다.

"내 말 좀 들어보시오. 비록 이 사람들과 함께 있긴 하지만 당신은 장교요. 나는 다 알아들었소. 나는 세고비아 팔랑헤당의 17번 당원증을 가지고 있소. 좋소, 당신은 나를 총살해야 하고 그건 오늘이 되겠지. 하지만 죽기 전에 내 앞에서 이 더러운 두 놈이 총살당하는 것을 보면 기쁘겠소. 이놈들 당원 번호는 6번과 11번이오. 구역질나는 놈들이지. 이제 저 졸병들을 입다물게 하든지 아니면 나를 끌어내시오."

"애들을 죽인 놈치고는 매우 용감하군!……" 늙은 여자가 말했다.

"전 당신들 편입니다!" 부상당한 민위대원이 재판장에게 외쳤다.

재판장은 조금 전 이야기한 장교를 관찰했다. 아주 납작한 코와 두꺼운 입술, 짧은 콧수염에 곱슬머리로 멕시코 영화에 나오는 얼굴을 하고 있었다. 재판장은 한순간 그가 부상당한 민위대원의 뺨을 갈기지 않을까 싶었지만 그는 잠자코 있었다. 그의 두 손은 헌병의 손이 아니니까. 파시스트들은 라몬타냐 병영처럼 민위대를 세포조직화했던 것인가?

"당신은 언제 민위대에 들어갔소?"

사내는 이제 군사재판이야 아무래도 좋다는 듯 대답하지 않았다.

"나는 당신들 편입니다!" 부상당한 자가 처음으로 진정 어린 어조로 다시 외쳤다. "난 당신들 편이란 말입니다!"

마누엘은 사격반의 일제사격 소리가 들린 후에야 광장에 도착했다. 세 사람은 옆쪽 작은 골목에서 총살되었다. 머리는 해를 향하고 다리는 그늘 속에 늘어뜨린 채 시체들은 앞으로 쓰러져 있었다. 털이 보송보송한 새끼 고양이가 납작코 사내에게서 나온 피 웅덩이에 수염을 기울였다. 한 소년이 다가오더니 고양이를 쫓아버린 뒤 집게손가락에 피를 묻혀 벽에다 뭐라고 쓰기 시작했다. 마누엘은 목이 죄어오는 것을 느끼며 그 손의 움직임을 따라갔다. '파시즘을 타도하라'. 어린 농부는 소매를 걷어올리고 손을 씻으러 샘으로 갔다.

마누엘은 피살된 시체를, 몇 걸음 떨어진 곳에 나뒹구는 이각모를, 샘물에 몸을 기울인 농부를, 그리고 아직 물기가 남아 있는 붉은 표어를 바라보았다. '이 양쪽과 맞서서 새로운 스페인을 만들어야 한다.' 그는 생각했다. '양쪽 다 어렵기는 마찬가지지.'

노란 벽 위로 태양빛이 타는 듯 강렬하게 내리쬐고 있었다.

5

라모스와 마누엘은 평지보다 높이 쌓아올린 길을 따라 걷는다. 이날 저녁은 포성 없는 저녁과 비슷하다. 말 탄 모습을 그린 초상화 같은 데 나오는 황혼을 배경으로 소나무와 자갈풀 냄새가 올라오는 가운데, 시에라 지방은 마드리드의 평원에 이르기까지 장식처럼 비스듬히 경사를 이루고 있다. 평원 위로는 밤이 마치 바다로 내리듯 내려앉는다. 터널 안에 괴상한 모습으로 웅크린 장갑열차는 태양과 함께 자취를 감춘 전쟁으로부터 잊힌 듯하다.

"방금 난 순진한 사람처럼 동지들과 반시간이나 욕설을 퍼부으며 싸웠네." 라모스가 말한다. "집에 가서 저녁을 먹겠다는 자들이 열 명이 넘고 세 명은 마드리드에 가겠다는 거야!"

"사냥철이라 다들 혼란스러운 게지요. 그래, 설전을 벌인 결과는?"

"다섯 명은 남고 일곱 명은 간다더군. 공산당원이라면 모두 남을 텐데 말이야."

고독한 몇몇 총격소리와 멀리서 들리는 대포 소리에 산악 지대의 평화는 더욱 깊어진다. 밤은 아름다울 것이다.

"왜 당신은 공산당원이 되었소, 라모스?"

라모스는 생각에 잠겼다.

"늙었기 때문이지……

마흔두 살이면 그렇게 늙은 건 아니야. 나는 그래도 무정부주의자였을 때 사람들을 훨씬 더 좋아했어. 나에게 무정부주의는 노동조합이기도 했지만 특히 인간과 인간의 관계였네. 한 노동자의 정치적 형성은 나중에 가서야 비로소 그만의 것이 되지. 처음에는 영향의 문제야……

이봐, 마누엘, 나에게 설명해주게나—무언가 이해되는 게 있다면 말이야. 우리 앞에 있는 것은 스페인 군대네. 특히 장교들이라고 해두자고. 필리핀에서 그들은 순진하게 굴다가 혼쭐이 났지. 쿠바에서도 마찬가지였고. 미국인들 때문일까? 우수한 생산력과 첫째가는 산업 때문이라 해도 좋아. 모로코에서도 그들은 혼쭐이 났어. 아브드 엘 크림*은 미국인이 아니지. 붓꼬리 같은 콧수염을 단 우리 나리들은 크림 앞에서는 꽁무니를 빼면서 지금은 왜 도망치지 않는 거지? 사람들은 늘 스페인 군대가 오합지졸이라고 말했지. 왜 그들은 멜리야**에서는 뺑소니를 쳐놓고 여기서는 안 치느냔 말이야."

마누엘과 라모스의 관계는 변화하기 시작했다. 여태까지는 경험 있는 조합주의자와 농담을 좋아하면서도 성실한 30세 사나이의 관계였

---

* 스페인 보호령 모로코의 독립운동 지도자.

** 모로코의 리프산맥 북서쪽에 있는 항구도시.

다. 이 젊은이는 자신이 희망을 품은 세계를 알고자 애썼고, 자신이 장악했던 것과 꿈꾸는 것을 혼동하지 않으려고 노력했지만—정치적 경험은 없었다. 이 경험을 그는 얻기 시작했고, 라모스도 그의 지식이 자신의 것보다 훨씬 더 폭넓다는 것을 알고 있었다. 중앙전화국에서 자를 흔들곤 했던 것처럼 마누엘은 오늘 저녁엔 소나무 가지 하나를 깃털처럼 흔들었는데, 가지 끝에는 바늘 같은 솔잎 뭉치가 그대로 남아 있었다. 오른손이 비어 있는 것을 그는 견딜 수가 없었다.

"오합지졸 군대는 없소, 라모스 형. 다만 군대에 오합지졸 같은 존재들이 있는 거요. 소위 오합지졸 군대는 내란의 군대를 말하는 겁니다. 우리 군대—그러니까 스페인 군대—는 사병 여섯 명에 장교 하나씩입니다. 전쟁에 할당된 예산은 깨끗하다고 생각하나요? 물어볼 것도 없소. 왜냐하면 그것은 장교들—지주이거나 지주의 고용인—의 급여와 자동병기 구입에 할당되는데, 뇌물 때문에 전쟁을 하기엔 턱없이 부족하니까. 경찰이 쓰기에나 충분하겠죠. 예를 들어 1913년 모델인 우리 기관총이나 10년 이상 된 비행기들만 봐도, 이것들은 반란군과 싸우기에는 결정적인 것이지만 하나의 국가와 싸울 때는 없는 거나 마찬가지죠. 이걸 가지고는 외국과 전쟁을 하는 것은 고사하고 식민지를 상대로 한 전쟁조차 할 수 없어요. 스페인 군대에 대해 들리는 말이라곤 패배 아니면 공금횡령뿐입니다. 그리고 탄압뿐이죠. 하지만 그것은 오합지졸이 아니라 무능한 라이히스베어* 같은 겁니다."

---

* '독일 국가방위군'을 뜻하는 독일어. 1919년 체결된 베르사유조약에 따라 독일군은 총참모부를 해체하고 국방의 의무를 폐지하며 무장 병력을 10만 명으로 축소하는 등 현저히 약화되었다.

멀리서 터지는 폭탄 소리가 계곡을 타고 올라온다. 부상당한 민병들이 네 귀퉁이를 잡은 담요에 실려 운반되고 있다.

"국민이 매일같이 마드리드를 구하고 있습니다." 저 너머 세고비아의 파시스트들이 숨은 산등성이를 바라보며 마누엘이 말한다.

"그렇지. 그러고 나서 국민은 잠을 자러 갈 거야."

"하지만 다음날 다시 시작하죠."

"마누엘, 자넨 틀이 잡혀가고 있군…… 잘된 일이야. 포대에 대한 공격을 훌륭하게 지휘했네……"

"아마 내 안에서 뭔가 변했고, 이것은 내 인생의 나머지 시간 동안 남아 있을 겁니다. 하지만 엊그제의 포대 공격으로 생긴 변화는 아닙니다. 오늘 피살된 파시스트의 피로 한 녀석이 벽에다 구호를 쓰는 것을 보았을 때 생긴 변화죠. 올리브밭에서 지시를 내릴 때는, 트럭을 운전하거나 예전에 스키용 고물 자동차를 운전할 때와 마찬가지로 별로 책임감을 못 느꼈거든요."

"예전이라." 라모스가 되풀이했다.

한 달도 안 된 일이었다.

"과거는 시간의 문제가 아닙니다. 어쨌든 벽에다 구호를 쓰던 그 험악한 녀석 앞에서 난 우리에게 책임이 있다고 느꼈습니다. 라모스 형, 첫 지휘는……"

멀리 정부 관할구역에서 목동 아니면 농부가 피우는 불이 연기도 없이 타고 있다.

깊어가는 밤의 커다란 안개 장막이 이 불을 향해 모인다. 대지는 사라지고 불꽃만이 비탈에 유일하게 밝은 얼룩을 만든다. 산에서 쫓겨난 평화가 터널 속 장갑열차처럼 대지에 웅크리고 있다가 이 활기찬 불꽃을 통해 솟아오르는 것 같다. 오른쪽 끄트머리, 훨씬 더 먼 곳에 또하나의 불이 있다.

"부상자들은 누가 돌보나요?" 마누엘이 묻는다.

"요양소의 주임 의사. 매우 인내심이 강한 사내지."

"좌파 공화주의자인가요?"

"우파 사회주의자일 걸세. 여자 민병들 또한 아주 훌륭하게 도와주고 있어."

마누엘은 소녀가 트럭들 뒤를 쫓아왔던 일을 이야기한다. 라모스는 곱슬머리 속에 손을 넣고는 미소를 짓는다.

"마누엘, 여자 민병들에 대해 어떻게 생각하나?"

"격렬한 전투에서는 빵점입니다. 요컨대 사내들의 기운을 빼는 데나 좋을 뿐이죠. 그러나 소극적인 전투에서는 아주 그만입니다. 변덕스러운 용기라는 게—사내들의 경우도 자주 그렇지만—때로는 대단하다니까요."

"이봐, 마음에 드는 얘기가 있는데 들어보게. 프랑코가 점령한 모든 마을에서 모두가 점점 더 압제받고 있네. 물론 우리 편 사람들만이 아니네. 사제한테 맡겨진 어린애들도, 부엌으로 되돌아간 여자들도 그렇단 말이야. 그 압제받는 모두가 어떻게 해서든지 우리와 함께 싸우러 왔단 말일세……"

불의 이상한 힘. 대장간의 리듬에 맞춰 오르내리는 불은 낮에 죽은 모든 사람들 위에서 타오르며 인간의 광기 위에 깊어가는 밤을 확장시키는 듯하다.

라모스는 자신의 미소가 사라지는 것을 느낀다. 그는 다른 불을 관찰한다. 쌍안경을 다시 든다.

목동들의 불이 아니다. 그것은 신호다.

그도 민병들처럼 도처에서 신호를 보게 될까? 그는 불을 통한 신호에 익숙하다. 게다가(그는 세어본다) 이 멍청이들은 모스부호로 전달하는 중인데 언어가 명확치 않다.

다른 불 또한 신호의 불이다. 파시스트들은 작업을 제대로 준비해둔 것이다. 이 시간 공화파 전선의 후방에서 저 비슷한 불들이 얼마나 많이 타고 있을까? 저멀리 라모스의 시선이 닿는 모든 비탈에서 매미들이 울어대는 가운데 민병들이 누워 잠을 자고 있다. 그들의 고함소리도 잠잠해졌다. 낮에 죽은 자들은 이미 도로의 아스팔트 혹은 비탈의 덤불을 온 무게로 짓누르면서 대지에 달라붙은 채, 사자死者로서의 첫 밤을 보내기 시작했다. 시에라 지방에 내려앉은 투명한 고요 속에서 어둠이 깊어지고, 오직 배신의 소리 없는 언어만이 어둠을 가득 채워 가고 있다.

III

1

전쟁이란 철조각들을 살아 있는 인간의 육체 속에 처박기 위해 물불을 가리지 않는 것임을 마누엘은 자각하고 있었다.

남자인지 여자인지 모를 숨가쁜 비명소리가(고통이 극에 달하면 음색을 구별할 수 없게 된다) 산카를로스 병원의 병실을 훑고 사라졌다.

병실은 천장이 매우 높았고, 활엽수로 완전히 막혀 있다시피 한 위쪽 채광 환기창을 통해 한여름의 광선이 들어오고 있었다. 이 푸르스름한 빛, 고개를 쳐들지 않으면 구멍 하나 보이지 않는 거대한 이 벽들, 병원의 불안한 평화 속에서 목발을 짚고 뻣뻣한 몸뚱이를 미끄러지듯 움직이는 파자마 바람의 이 사람들, 사순절에 입는 의상처럼 붕대를 감은 이 그림자들. 모든 것이 시간과 세계의 바깥에 세워진, 부상의 영원한 왕국 같았다.

어항 같은 이 병실은 중상자들의 방과 연결되었는데 비명소리는 그 곳에서 들려오고 있었다. 그 방의 천장은 보통 높이에, 침대가 여덟 개 놓여 있고 창문다운 창문들이 있었다. 마누엘이 이곳에 들어갔을 때 눈에 띄는 것이라곤 모슬린으로 만든 커다란 정방형 모기장들과 문 옆에 앉아 있는 여자 간호사뿐이었다. 되찾은 광선 속에서 고적하게 느껴지는 방, 이 밝은 병실은 붕대를 감은 유령들이 미끄러지듯 지나가곤 하던 종교재판소의 지하실과는 딴판이었다. 그러나 그런 소음이야말로 진정한 삶을 드러내는 것이었다.

중앙의 한 침대에서 신음소리가 끊임없이 흘러나오고 있었다. 신음 속에서 고통은 인간의 그 어떤 표현보다 더 강렬해지고, 소리는 더이상 인간과 동물의 구분이 없는 보편적인 고통의 울부짖음일 뿐이다. 그것은 호흡의 리듬을 따라 나오는 강아지의 낑낑대는 소리이며, 귀를 기울이다보면 이 소리가 조만간 숨결과 함께 멈추리라는 느낌이 든다. 실제로 이 소리가 멈추자, 임산부의 비명처럼 끔찍하면서도 자기만족적인 이 가는 소리가 흘러나왔다. 호흡을 되찾음에 따라 비명이 다시 시작될 것이라고 마누엘은 생각했다.

"저 사람은 어떻게 된 겁니까?" 그가 여자 간호사에게 낮은 목소리로 물었다.

"비행기 사고예요. 폭탄을 실은 채 격추되었죠. 폭탄이 떨어지면서 폭발했어요. 기관총 총알 다섯 개와 폭탄 파편이 스물일곱 개나 박혔습니다."

누군가 부상자를 침대에 앉히기라도 했는지 안에서 모기장이 밀려 움직였다.

"그의 어머니예요." 간호사가 말했다. "그는 스물두 살이고요."

"당신들은 익숙하군요." 마누엘은 씁쓸하게 말했다.

"여긴 간호사가 부족해요. 전 외과의사예요."

비명이 다시 시작되더니 마치 부상자가 고통을 억지로 가중하여 기절이라도 하려는 듯 더욱더 높아졌다. 그러다가 갑자기 뚝 끊겼다. 이 가는 소리조차 들리지 않았다. 하지만 마누엘은 감히 앞으로 내딛지 못했다.

무엇 때문에 그는 부상자가 시트를 손가락으로 쥐어뜯고 있다고 느꼈을까? 새로운 소리가 시작되었다. 처음에는 매우 낮은 소리여서 마누엘은 그게 무엇일까 의문이 들었는데—마침내 분명해졌다. 입술이 내는 소리였다. 갈가리 찢긴 육체 앞에서 말이 무슨 가치가 있는가? 청년의 고통이 극에 달해 잠잠해지자, 어머니는 그녀가 할 수 있는 유일한 일을 하는 것이다. 그녀는 그를 포옹해 입을 맞추고 있었다.

점점 더 조급해지는 입맞춤 소리가 마누엘에게 분명하게 들렸다. 이 정지된 고통이 곧 다시 시작되리라 느낀 여인이 애무를 통해 그것을 멈춰보려는 것 같았다. 손 하나가 모기장을 잡더니 한 움큼 쥐어 비틀었다. 허공에 걸린 이 고통이 마치 마누엘의 팔에 달라붙기라도 한 것 같았다. 손이 펴지고 비명이 다시 시작되었다.

"저런 지가…… 얼마나 되었죠?" 마누엘이 물었다.

"그저께부터예요."

그는 마침내 간호사를 바라보았다. 키가 작고 매우 젊었다. 머릿수건은 쓰지 않았는데 그녀의 머리칼은 검고 윤기가 흘렀다.

그녀는 망설이고 있었다.

"저희들 역시……" 그녀가 마침내 말했다. "부상자의 비명엔 익숙해져요. 하지만 그들 가족들의 고함소리에는 익숙해지지가 않아요. 가족들을 밖으로 내보내지 않으면 수술을 할 수가 없지요."

"바르카는 아직 여기 있습니까?" 마누엘은 고함소리가 잦아드는 순간을 이용해 물었다. 이 고함소리는 병실에 영원히 자리잡은 것 같았다.

"아닙니다, 옆방에 있어요."

마누엘은 마음이 놓였다. 고통에 민감하지만 연민을 어떻게 표현해야 할지 모르는 그는 스스로의 서투름을 느꼈고, 이것을 견딜 수가 없었다.

바르카가 있는 방은 마누엘이 방금 떠나온 방, 그리고 어항 같은 병실과도 이어져 있었다. 마누엘은 문을 열었지만, 문을 다시 닫는 것이 마치 부상자에게는 관뚜껑을 덮는 행위나 되는 듯 여겨져 잠시 머뭇거렸다. 결국 그는 문을 살짝 열어놓았다.

바르카는 침대 위에 앉아 있었다. 아니다, 그는 더이상 아무것도 바라지 않았다. 그에게는 오렌지도 있고 삽화가 든 신문들도 있었다. 그리고 우정도 있었다. 견디기 힘든 일은 그에게 모르핀 주사를 놓아주려 하지 않는다는 것이었다. 모르핀중독자가 되지 않을까 염려된다 해도, 그의 나이로 보아 조용히 뜻대로 해주는 편이 나을 것이다. 다리 끝에는 움직이지 못하도록 추를 달아놓은데다, 두 군데가 부러졌기 때문에 그는 잠을 잘 수가 없었다. 그를 잠들게 할 수만 있다면 좋겠는데.

"잘 수 있겠습니까? 저렇게……"

마누엘은 살짝 열린 문을 통해 둔하게 들려오는 부상자의 고함소리를 넌지시 암시했다.

"같은 병실에 있을 수가 없소. 설명해도 모를 거요. 다른 병실에서라면 잘 수 있소. 하지만 조용한 환자들끼리만 있게 해야지. 문을 닫아요. 이 방에선 아무도 소리를 지르지 않으니……"

"그는 어떻게 된 거죠?" 마누엘은 부상자에 대해 말하는 것이 마치 닫혔던 문을 그 부상자에게 다시 열어주는 행동인 듯 느끼며 물었다.

"기관사였지. 민병대에 있다가 나중에 비행대로 와 폭격수가 되었소."

"왜 우리 편이 된 겁니까?"

"기관사인 그가 어느 편이면 좋았겠다는 거요? 파시스트들?"

"아무 편에도 서지 않을 수 있었을 테니까."

"오! 그건……"

바르카는 눈을 크게 뜨고 머리를 다시 쳐들었다. 고통이 그를 엄습했다. 그가 머리를 베개에 올려놓자 늙은 얼굴에 다시금 집요한 고통의 표정이 떠올랐다—두 눈은 더욱 퀭해졌고 이목구비는 금세라도 변할 것 같았다—상처받기 쉬우면서도 동시에 근엄한, 유년 시절 같은 이 표정에서 고통은 저마다의 얼굴이 감추고 있는 고귀함을 끌어내고 있는 것이다. 시에라 지방에서 마누엘은 바르카의 두 눈을 눈여겨본 적이 있었다. 평범한 용모에, 머리털이나 작고 흰 콧수염보다 더 짙은, 맑은 눈보다 더 짙은 안색을 지닌 이 얼굴의 모든 표정은 쓰라리지만 포기라곤 없는 경험을 담은 두텁고 묵직한 눈꺼풀에서 나왔으며, 금이 간 도자기만큼이나 많은 잔주름이 그 얼굴을 농민의 해학이 깃든 표정으로 변모시켰다. 눈을 감으면 그는 미소를 짓는 것 같았다.

"장갑열차 일은 어떻게 되어가고 있소?"

"별일 없을 겁니다. 하지만 모르겠어요. 이제 난 거기에 있지 않으니까. 제5연대 중대장으로 임명됐거든요."

"만족하나요?"

"배울 게 많지요……"

문이 닫혀 있음에도 불구하고 고함소리가 다시 그들에게까지 들려왔다.

"저 청년은 우리 편이었기 때문에 우리와 함께 있었던 거요……"

"그럼 바르카 당신은요?"

"많은 이유가 있지요……"

그는 찌푸린 얼굴로 움직이려 애쓰더니 마치 마누엘이 설명해주기를 기대하는 듯 그를 향해 몸을 돌렸다.

"강요에 의해서는 아니었겠죠." 마누엘이 다시 말했다.

"이래 봬도 나는 조합원이었소."

"그러셨겠죠. 하지만 투사는 아니었고, 직접적으로 위협을 받은 것도 아니었습니다."

"글쎄 이봐요! 포도나무 뿌리 진딧병이 생긴 거요. 이 정도면 만족스러운 대답이 되겠소?"

예전에 바르카는 그의 아버지와 할아버지가 그랬듯이 카탈루냐에서 송로松露를 따는 농군이었다. 포도나무 뿌리 진딧병이 발생하여 그 역시 오십 년 넘게 하던 일을 지주들에게 빼앗겼던 것이다.

"당신의 삶은 회복되었고, 그렇게 계속 살아갈 수도 있었습니다……"

그 어조를 통해, 바르카는 마누엘이 논쟁을 하려는 게 아니라 보다 잘 이해하고자 그러는 것임을 알 수 있었다.

"그러니까, 내가 왜 중립을 지키지 않았느냐는 얘기군요?"

"그렇습니다."

바르카는 미소를 지었다. 고통으로 인해 기묘한 경험을 얻은 듯한 미소였다.

"중립적이지 않은 자들은 늘 같은 사람들이지. 어디에서 내가 단 한 번이라도 중립을 지킨 적이 있었겠소?"

어항 같은 병실에서 목발을 짚은 사람들이 열린 문턱을 넘어 차례차례 미끄러져 들어왔다.

"하여튼 즐거운 질문은 아니지만 중요한 질문이군요. 지독하게 악랄한 파시즘조차도 죽는 것보다는 나쁘지 않거든!……"

그는 두 눈을 감았다.

"파시스트 때문에 기분이 상하는 것보다 이 다리 아픈 게 더 괴롭다고…… 글쎄 난……"

고통에 앞서 무기력함 때문에 그는 동작을 멈추었다.

"글쎄 아니오. 어찌되었든 아니야. 어찌되었든, 나는 다시 시작할 거요. 그러면?"

부상자의 고함소리가 다시 그들에게까지 들려왔다. 그도 다시 시작할까? 바르카는 그것을 생각하고 있었다. "당신의 질문은 그리 놀라운 게 아니오. 잘 들어봐요. 소나무 아래서 이 길이 아마 맞을 거라고 생각했을 때, 난 심사숙고했단 말이오. 모든 사람이 그렇듯이. 아마 당신만큼은 아니었겠지만 곰곰이 생각했소. 모르는 것을 배우는 일은 참아가면서 몇 번이고 할 수 있소. 하지만 나 자신을 이해한다는 것, 그건!…… 그건 말뿐이지. 내 말 알아듣겠소?"

"알고말고요."

"당신은 똑똑하니까. 요컨대 난 멸시받고 싶지 않소. 내 말 귀담아들어요, 젊은 친구."

그는 목소리를 높이지 않은 채 마치 테이블에 앉아 집게손가락을 들어올리며 말하듯, 다만 그보다는 천천히 이야기하고 있었다.

"이것이 중요한 거요. 나머진 부수적인 거고. 돈에 대해서 말하자면, 당신이 옳소. 어쩌면 난 그들과 타협할 수도 있었겠지. 하지만 그들은 존경받고 싶어하는데 난 그들을 존경하고 싶지 않소. 왜냐하면 그들은 존경할 만하지 않거든. 나도 누군가를 존경하고 싶지만 그들은 아니지. 난 학자인 가르시아 씨를 존경하고 싶소. 하지만 그들은 안 돼."

가르시아는 스페인의 훌륭한 민족학자였다. 그는 산라파엘*에서 여름을 보내고 있었는데, 마누엘은 시에라 지방의 이 지역 투사들이 그를 얼마나 좋아하는지 이미 확인한 바 있었다.

"그리고 또 한 가지 중요한 게 있소. 추억 하나를 말하리다. 당신은 별것 아니라고 생각할 수도 있지만 그렇지 않을 수도 있지. 아직 농부였을 때 일인데, 내가 페르피냥에 가기 전에 후작이 우리집에 왔소. 그는 자기 하인들과 이야기하고 있었소. 우리 가족에 대해 이야기하더군. 그러고는 이렇게 말했소. 내 그대로 말하리다. '이 사람들이 어떤지 좀 보게나. 이들은 자기 가족보다 인류를 더 좋아한단 말이야!' 그는 멸시하고 있었소. 그 즉시 논쟁을 벌일 수는 없었지만 난 그때도 곰곰이 생각했소. 내가 깨달은 건 이런 것이었소. 그러니까 사람들이 인

* 과다라마산맥에 있는 마을.

류를 위해 무언가를 하고자 한다면, 그건 또한 우리의 가족을 위한 것이기도 하다. 한데 그들은 둘 가운데 어느 한쪽만을 선택하는 거요. 내 말 알겠소? 그들은 선택을 한단 말이오."

한순간 그가 입을 다물었다.

"가르시아 씨가 나를 만나러 왔었소. 우리는 오래전부터 서로 아는 사이거든. 그분은 세상사에 늘 관심을 가졌던 분이오. 지금 군사정보 관련 일을 하고 있기 때문에 마을에서 무슨 일이 일어나고 있는지 알고 싶어하지. 그런데 그분이 이렇게 묻는 거요. 평등은? 마누엘, 내 말 잘 들으시오. 당신들이 모르는 좋은 이야기를 하나 해주겠소. 왜냐하면 당신들은 둘 다 너무…… 그러니까 이를테면 너무도 운이 좋았던 거요. 그분, 가르시아 같은 사람은 모욕받는다는 것이 무엇인지 잘 몰라요. 내가 말하고 싶은 것은 이거요. 그러니까 그것, 곧 모욕의 반대는 그가 말하는 평등이 아니라는 거요. 프랑스인들, 그들은 시청에다 바보 같은 문구를 새겨놓고 있지만 그래도 이것을 통해 무언가를 이해한 셈이지. 왜냐하면 모욕의 반대는 형제애이기 때문이오."

커다란 병실의 열린 문 너머로 팔에 깁스를 한 부상자들이 그랑드 콩파니*처럼 절름거리며 걷고 있었다. 팔을 리넨으로 감아 묶고 부목을 대서 몸에서 떨어뜨려 놓은 모습이 마치 목에 바이올린을 갖다댄 연주자 같았다. 그들은 모든 부상자들 가운데 가장 마음을 어지럽게 하는 자들이었다. 깁스한 팔은 어떤 몸짓을 취하는 듯했고, 희미하게 윙윙대는 파리 소리로 인해 어항 같은 병실의 침묵이 더욱 두드러지는 가운데 유

* 백년전쟁 동안 프랑스 왕들의 용병으로 활약했으나 평화를 회복하자 왕국을 유랑하며 약탈과 방화를 시작했던 무리.

령 같은 이 바이올리니스트들은 움직이지 않는 둥그스름한 팔을 앞으로 내민 채 마치 떠밀린 조각상들처럼 나아가고 있었다.

2

8월 14일

무더위가 기승을 부리고 모두가 흥분한 가운데, 신형 비행기 여섯 대가 이륙 태세를 취하고 있었다. 에스트레마두라 지방에서 공격중이던 무어족 부대가 메리다에서 메델린 쪽으로 전진하고 있었다. 강력한 기계화부대이며, 아마 파시스트의 정예부대일 것이다. 작전지휘부로부터 방금 셈브라노와 마니앵에게 전화가 걸려 왔다. 프랑코가 이 부대를 직접 지휘한다는 얘기였다.

에스트레마두라 지방의 민병들은 지휘관도 무기도 없이 저항을 시도하고 있었다. 마구상과 술집 주인, 여인숙 주인, 품팔이 농사꾼 들 그리고 스페인에서 가장 가난한 수천 명의 사내들이 무어족 보병의 경기관총에 대항하기 위해 엽총을 메고 메델린으로부터 출발한 터였다.

1913년제製 기관총을 갖춘 더글러스기 세 대와 대형 전투기 세 대가 세로로 늘어선 채 비행장의 절반을 차지하고 있었다. 전투기는 모두 이미 시에라로 출동하고 없었다. 셈브라노와 그의 친구 바야도, 스페인 민간항공 조종사들, 마니앵, 시비르스키, 다라스, 카를리치, 가르데, 하이메, 스칼리 그리고 신입들—다리 짧은 개 라플라티와 함께 격납고 가장자리에 자리잡은 뒤게 영감과 정비사들—까지 비행대 전체가 출동에 임했다.

하이메는 플라멩코 노래를 부르고 있었다.

두 삼각편대는 남서쪽으로 출발했다.

비행기 안은 서늘했지만, 굴뚝 위에서 뜨거운 공기가 떨리는 모습처럼 지표에는 열기가 어른거렸다. 몇몇 농부들이 쓴 커다란 밀짚모자들이 밀밭 여기저기서 나타났다. 톨레도의 산에서부터 에스트레마두라의 산에 이르기까지, 전쟁의 참화가 미치지 않은 추수철의 황금빛 대지가 지평선 끝에서 끝까지 평화로 뒤덮인 채 오후의 낮잠을 자고 있었다. 작열하는 태양을 향해 올라가는 먼지 속에서 급경사들과 언덕들이 평평한 윤곽을 드러냈다. 그 너머로 바다호스와 메리다와—메리다는 8일 파시스트들에게 점령되었다—메델린은 열기에 떠는 광막한 평원에서 아직 보이지도 않는, 자그마한 점들에 지나지 않았다.

돌멩이들이 점점 더 많아졌다. 마침내 바위투성이 대지처럼 우둘투둘한 형상, 나무 없는 지붕들, 햇빛을 받아 잿빛으로 보이는 낡은 기왓장들, 아프리카 땅의 깡마른 베르베르인 같은 모습이 나타났다. 바다호스와 이 도시의 궁전, 그리고 텅 빈 원형경기장이었다. 조종사들은 지도를, 폭격수들은 조준기를, 기관총사수들은 기체 밖에서 전속력으로 돌아가는 조준점의 조그만 회전장치를 들여다보고 있었다. 저 아래 부식된 스페인의 옛 도시에는 검은 옷을 입은 창가의 여자들, 우물물을 길어올린 양동이 속에서 차가워진 올리브와 아니스, 어린아이들이 한 손가락으로 치는 피아노, 열기 속에 하나하나 사라지는 음정에 귀를 기울이며 지켜보는 마른 고양이들이 있었다…… 가뭄이 너무도 심해 기왓장과 돌멩이, 집과 길은 첫 폭탄이 터지는 순간 뼈와 자갈이 부딪는 요란한 소리를 내면서 갈라져 가루가 될 것만 같았다. 광장에서 카를리치와 하이메가 손수건을 흔들었다. 스페인인 폭격수들은 공화국 국기에 스카프를 던졌다.

이제 파시스트 도시 하나가 나타났다. 정찰 요원들이 메리다의 고대 극장과 폐허를 정찰했다. 바다호스와 비슷하며 에스트레마두라 지방의 모든 도시와 비슷했다. 드디어 메델린이다.

기계화부대는 어느 길로 오고 있을까? 나무도 없는 도로들은 태양 아래서 대지보다 조금 밝은 노란색을 띤 채 끝없이 텅 비어 있었다.

비행 중대는 네모난 광장—메델린이었다—위를 날아 적의 전선과 태양을 향해 하나의 길을 따라 올라가기 시작했다. 오후 다섯시의 태양이 모두를 눈부시게 했다. 그들에게 길은 백열하는 끈으로밖에 보이지 않았다. 셈브라노가 탄 더글러스기 뒤에 있던 다른 두 대가 속도를 늦추기 시작하더니 종렬을 이루었다. 적의 부대가 나타나고 있었다.

다라스는 제1조종사에게 막 조종간을 넘겨주고는 기체 안 통로에서 몸을 반쯤 숙인 채 온몸으로 내려다보았다. 제1차세계대전중에 그는 독일군 여단만을 추적했었다. 이제 그는 줄기차게 만들어졌다 해체되고 다시 만들어지던 노동단체에서, 또 자신이 속한 시청에서 여러 해 전부터 수많은 형태로 싸워온 대상, 즉 파시즘을 추적하고 있었다. 러시아에서부터 이탈리아, 중국, 독일…… 이곳 스페인에서마저, 다라스가 세상에 걸었던 희망이 가능성을 보이자마자 파시즘이 그의 비행기 아래 나타난 것이다. 그에게 보이는 것이라곤 방향을 바꾸는 동료들의 비행기들뿐이었다.

그가 타고 있는 비행기(국제비행대의 선두인 마니앵의 비행기)가 종렬을 짓기 위해 선회했다. 그들 앞에 1킬로미터에 걸쳐 일직선으로 뻗어 있는 도로는 일정한 간격을 두고 붉은 점들로 얼룩져 있었다. 비행기가 그 위에 자리를 잡았다. 태양이 다시 나타나자 다라스에게는 하얀 도로밖에 보이지 않았다.

이어서 도로가 비스듬히 돌아가고 태양도 옆으로 서서히 옮겨갔다. 붉은 점들이 다시 나타났다. 자동차라 하기에는 너무 작았고 인간이라 하기에는 너무도 기계적으로 움직였다. 도로가 움직이고 있었다.

문득 다라스는 알아차렸다. 두 눈이 아니라 마음으로 보기 시작한 것처럼, 그는 형태들을 구분했다. 도로는 먼지투성이의 흰 방수포를 씌운 트럭들로 뒤덮여 있었다. 붉은 점들은 녹 방지용 산화연을 칠한 엔진 덮개들로, 위장이 되어 있지 않았던 것이다.

평화롭고 조용하게 뻗은 들판의 광대한 지평선까지 세 도시를 둘러싼 도로들은 거대한 새의 발자국처럼 별 모양을 이루고 있었다. 움직이지 않는 도로들 가운데 이 도로가 있었다. 다라스에게 파시즘은 바로 떨고 있는 이 도로였다.

도로 양쪽에서 폭탄이 터졌다. 10킬로그램짜리 폭탄이었다. 창끝 모양으로 붉게 터지자 들판에 연기가 피어올랐다. 파시스트 부대의 움직임이 빨라졌음을 암시하는 것은 전혀 없었지만 도로는 더욱 떨고 있었다.

트럭들과 비행기들은 서로를 마주하고 달렸다. 태양빛 때문에 다라스는 폭탄이 떨어지는 모습을 볼 수 없었으나, 들판에서 그것들이 염주처럼 연속적으로 터지는 모습은 똑똑히 보였다. 붕대를 감은 발이

다시 아파오기 시작했다. 더글러스기 가운데 하나는 폭탄 투하 장치가 없어 화장실의 구멍을 넓혀 폭격하고 있다는 것을 그는 알고 있었다. 갑자기 도로의 일부가 움직이지 않았다. 부대가 멈춘 것이다. 폭탄을 맞은 트럭이 길을 막으며 넘어졌지만 다라스는 보지 못했다.

몸이 잘린 채 홀로 자신의 길을 가는 지렁이처럼, 3분의 1이 동강난 부대의 선두가 메델린을 향해 질주했다. 폭탄이 계속해서 떨어졌고, 다라스의 비행기는 이 동강난 선두 부분의 상공에 다다랐다.

제2조종사에게는 아래쪽이 보이지 않았다.

국제비행대 세번째 비행기의 폭격수인 스칼리는 폭탄이 도로에 접근하는 것을 내려다보고 있었다. 이민 올 때까지 이탈리아 군대에서 매년 예비역 소집 훈련을 성실히 받아온 그는 시에라 지방 출격 임무 세 번 만에 정확도를 되찾았다. 오늘은 시비르스키가 조종하고 있는 가운데 십오 초 전부터 폭탄이 도로와 수직을 이룬 채 트럭과 점점 더 가까워지며 터지는 것을 보고 있었다. 동강난 선두 부분을 조준하기에는 너무 늦었다. 다른 트럭들은 도로(파괴된 것이 틀림없는)를 막고 넘어진 트럭의 좌우로 통과하려 했다. 비행기에서 보면 트럭들은 마치 스티커에 붙은 파리들처럼 도로에 고정되어 있었다. 비행기 안에 있어서인지 스칼리는 트럭들이 날아가거나 벌판을 가로질러 출발하기를 기대하고 있는 듯한 기분이었다. 그러나 도로 가장자리는 분명 높게 돋워져 있을 것이다. 조금 전만 해도 그렇게 정연했던 부대는 강줄기가 바위 양쪽으로 갈라지듯 쓰러진 트럭 양쪽으로 나누어지려 하고 있었다. 스칼리는 무어족의 터번들이 이룬 흰 점들을 똑똑히 보았다. 그는 메델린의 불쌍한 녀석들이 지닌 엽총을 생각하며, 뒤죽박죽된 트럭들이 조준기 안에 들어오자 단번에 경폭탄 두 상자를 투하했다. 이어서 투하구에 몸을 구부리고는 폭탄들이 도달하기를 기다렸다. 저 인간들과 스칼리 사이에는 운명의 구 초가 있었다.

이 초, 삼 초…… 투하구를 통해서는 뒤쪽 멀리까지 볼 수가 없었다. 옆문의 구멍을 통해 보니 땅에서 몇몇 녀석이 두 팔을 쳐든 채 달려가고 있었다—분명 돈워진 쪽 아래로 급히 뛰어내려가는 것이리라. 오 초, 육 초…… 포격 태세를 갖춘 기관총들이 비행기를 쏘아댔다. 칠 초, 팔 초—저 아래선 정말 잘도 달음질치는군!—구 초. 한꺼번에 터지는 스무 개의 붉은 얼룩 아래 달음질이 멈췄다. 비행기는 이 모든 것과 아무 상관도 없다는 듯 계속 나아갔다.

비행기들은 둥그렇게 선회하여 다시 도로에 이르렀다. 스칼리가 던진 폭탄이 터졌을 때 마니앵의 비행기는 되돌아오는 중이었고, 따라서 다라스는 뒤죽박죽으로 뒤집힌 트럭들 위로 연기가 걷히는 모습을 선명하게 볼 수 있었다. 폭탄이 붉게 터지는 순간을 제외하면 죽음은 이 전투에서 아무런 역할도 하지 않는 것 같았다. 그에게 보이는 것이라곤 터번들의 하얀 점들 밑으로 도로를 내달리는 카키색 얼룩뿐이었다. 마치 알을 짊어진 채 정신없이 달아나는 개미떼 같았다.

상황을 가장 잘 볼 수 있었던 자는 셈브라노였다. 첫번째 더글러스기가 국제비행대의 마지막 비행기 뒤를 따라 되돌아오면서 둥그런 원을 완성했다. 스칼리와 달리 그는 에스트레마두라의 민병들의 싸움이 어떻게 되어가는지 파악하고 있었다. 민병들은 할 수 있는 게 아무것도 없었고, 오직 비행대만이 그들을 도울 수 있었다. 경폭탄을 지닌 폭격수들이 다시 한번 트럭들을 파괴할 수 있도록 그는 도로 위로 되돌아갔다. 기동력機動力이야말로 파시스트 군대의 첫째가는 요소였기 때문이다. 하지만 적의 비행대가 도착하기 전에 메델린을 향해 질주한 부대를 따라잡아야 했다.

다시 몇몇 트럭들이 들판으로 튀어올라 뒤집혔다. 도로에서 벗어난 트럭들이 태양을 등지자 내리쬐는 빛이 그 뒤로 긴 그림자를 드리웠다. 그렇게 그것들은 파괴되고 나서야 모습을 드러냈다. 마치 다이너마이트가 터진 뒤에야 수면에 떠오르는 죽은 물고기들처럼.

조종사들은 도로 위 자신들의 위치를 확인할 여유가 있었다. 파괴된 트럭의 그림자들이 이제 부대의 선두와 후미에 방책처럼 늘어졌다.

'프랑코가 저걸 치우려면 오 분은 걸리겠지.' 셈브라노는 아랫입술을 앞으로 내민 채 생각했다. 차례가 되자 그는 메델린으로 날아갔다.

마음으로는 언제나 평화주의자이지만 폭격에서는 그는 어떤 스페인 조종사보다도 유능했다. 다만 혼자일 때면 불안을 잠재우기 위해 저공으로 폭격하곤 했다. 그가 겪는 위험, 그가 일부러 겪고자 하는 위험이 윤리적인 문제들을 해결해주었던 것이다. 물론 마르첼리노처럼, 또한 많은 소심한 동료들과 마찬가지로 그에게는 용기가 있었다. 그는 트럭들이 시내에 있을지 모른다고 생각했다. 그렇다면 그것들을 모조리 날려버려야 한다. 시외에 있을지도 모른다. 그럴 경우에도 민병들이 학살당하지 않도록 그것들을 모두 날려버려야 한다. 그는 메델린을 향해 시속 280킬로미터의 속도로 기수를 돌렸다.

부대의 선두를 이루었던 트럭들이 광장의 그늘 속에 집결했다. 도시가 적의 수중에 있었기에 트럭들은 감히 흩어질 수 없었다. 다른 다섯 대의 비행기가 뒤따르는 가운데 셈브라노는 최대한 낮게 내려갔다.

태양이 이제 골목을 그늘로 채웠다. 하지만 300미터 상공에서는 집들의 색깔—분홍색, 담청색, 연초록색—과 트럭들의 형태를 분간할 수 있었다. 몇몇 트럭들이 광장과 이웃한 골목에 숨어 있었다.

더글러스기 한 대가 셈브라노를 뒤따르지 않고 그를 향해 다가왔다. 아마 조종사가 대열에서 벗어난 모양이었다.

비행기들은 광장 가까이에서 첫번째 원을 그리기 시작했다. 셈브라노는 이제는 작전 주임이 된 바르가스와 함께 수행했던 그의 첫 폭격과 페냐로야의 노동자들을 떠올렸다. 파시스트들에 포위되어 있던 노동자들은 창문과 안마당에서 커튼과 침대 커버—그들이 지니고 있는 가장 좋은 천—를 펼쳐 보이며 공화파 비행사들을 환영했었다.

투하된 폭탄들은 햇살 속에 빛을 발했다가 사라지더니 어뢰처럼 독자적으로 나아갔다. 연기가 가득한 광장에 오렌지색 거대한 불꽃들이 지뢰처럼 터지기 시작했다. 커다란 소용돌이 속에서 가장 높이 솟은 불꽃 위로 흰 연기가 갈색 연기의 복판을 향해 퍼져나갔다. 한 트럭의 조그맣고 검은 실루엣이 그 위에서 빙글빙글 돌다가 대리석 무늬의 구름 속으로 떨어졌다. 이 모든 연기가 흩어지기를 기다리던 셈브라노가 앞으로 시선을 던지자 대열에서 벗어났던 더글러스기와 다른 두 대가 다시 보였다. 하지만 전투에 참여한 더글러스기는 그의 것을 포함해 세 대뿐이었다. 그의 앞에 세 대가 있다는 것은 말이 안 되었다.

그는 기체를 좌우로 흔들어 전투대형을 갖추도록 명령했다.

지상에서 벌어지는 일에 신경을 쓰느라 제대로 살피지 못했던 것이다. 비행기들은 더글러스기가 아니라 융커기였다.

그 순간 스칼리는 항공기가 혐오스러운 무기라고 생각하고 있었다. 무어족이 달아날 때부터 그곳을 떠나고 싶었다. 그럼에도 여전히 그는 광장이 조준기 안에 들어오기를 고양이처럼 기다렸다(50킬로그램짜리 폭탄 두 개가 남아 있었다). 지상의 기관총에는 무심한 채, 그는 자신이 심판자이자 동시에 살인자라고 느끼면서도 스스로 살인자보다는 심판자로 간주하는 것에 더욱 역겨움을 느꼈다. 정면의 세 대(셈브라노가 본 것들)와 그 아래 세 대, 모두 여섯 대의 융커기가 그를 자기 성찰에서 꺼내주었다.

더글러스기들은 달아날 생각이었다. 조종사 옆에 놓인 딱한 기관총을 가지고, 기관총사수 자리에 현대적인 기관총으로 무장한 독일 비행기 세 대와 전투를 치른다는 것은 말도 안 되는 일이었기 때문이다. 셈브라노는 언제나 폭격기의 최고 방어 수단은 속도라고 생각해왔다. 정말이지 더글러스기들은 전속력으로 달아났고, 국제비행대의 대형기들이 아래의 융커기 세 대를 공격했다. 여섯 대에 대항한 세 대. 다행히 전투기가 없는 여섯 대였다. 목표가 달성되었으면, 중요한 것은 싸우는 게 아니라 빠져나가는 것이다. 그래서 마니앵은 가장 아래 있는 비행기들을 밑에서 공격하기로 마음먹었다. 이 비행기들은 하늘에 모습을 뚜렷이 드러내고 있는 데 반해 위장한 그의 비행기는 이 시간 들판에서는 거의 보이지 않을 것이다. 다른 융커기 세 대는 전열을 가다듬을 시간이 없을 터였다. 따라서 그 역시 속력을 최고조로 올렸다.

아래의 비행기들은 착륙장치의 흙받이 사이로 총좌를 추처럼 드러낸 채 잠수함처럼 밀폐된 모습으로 다가오고 있었다. 그중 한 대가 다시 선회하자 무선전신용 안테나와 기체 위로 나온 기관총의 뒤쪽 옆모습이 국제비행대의 비행기들을 향해 분명하게 드러났다. 가르데는 앞쪽 총좌에서 어린애 장난감 같은 소총을 등에 멘 채 기다리고 있었다. 너무 떨어져 있어 소리가 들리지 않을 거라고 생각해 그는 손가락으로 융커기들을 가리키면서 왼팔을 흔들었다. 마니앵은 다라스 옆에서 마치 바람을 넣어 부풀리기라도 한 듯 점점 커지는 융커기들을 바라보고 있었다.

비행기 하나쯤은 추락할지도 모른다는 생각이 모두의 머릿속을 스쳤다.

가르데가 총좌를 회전시켰다. 모든 기관총이 기체에 망치질을 하듯 엄청나게 빠른 소리를 내는 가운데 비행기들이 서로 교차했다. 국제비행대 비행기들은 적의 기관총에서 발사된 총알만 몇 발 맞았을 뿐이었다. 융커기들은 뒤로 처졌고 그중 한 대는 하강하고 있었지만 추락하지는 않았다. 거리가 점점 더 벌어지고 있었음에도 갑자기 열 발가량의 총탄이 마니앵의 비행기를 관통했다. 거리는 더욱 벌어졌다. 국제비행대 후면 기관총의 포화를 받아 다섯 대의 융커기는 그들 전선 쪽으로 되돌아가고, 여섯번째는 들판 위를 서투르게 헤엄치고 있었다.

비행장으로 돌아오자마자 마니앵은 전화로 보고를 마친 후 가르데를 불러오게 했다.

"마드리드가 점령당한 걸로 알고 이곳에 착륙한 융커기가 있는데,

가르데는 지금 그 안에 있습니다." 카무치니가 말했다.

"그러니 더욱 그를 불러주게나."

놀랍게도 경찰청 파견 요원이 그를 기다리고 있었다.

"마니앵 동지," 그가 흰 사무실을 구석구석 샅샅이 훑어본 후 말했다. "경찰청장이 저를 보내 당신한테 알리라고 한 것이 있는데, 당신 휘하의 독일 출신 자원병 세 명이……"

그는 주머니에서 서류를 하나 꺼냈다.

"크레……펠트, 부르츠 그리고 슈라이……너, 바로 이들이 히틀러의 스파이라고 합니다."

틀렸소, 마니앵은 그렇게 대답하고 싶었다. 하지만 이런 경우, 사람들은 항상 틀린 것을 믿는다. 크레펠트가 끊임없이 사진을 찍고 있다고 카를리치가 귀띔한 적이 있었고(그런데 스파이라면 사진을 그렇게 찍고 있었을까?), 언젠가 그가 프랑스군 정보 당국 관리 한 명의 이름을 대는 것을 듣고는 깜짝 놀란 적도 있었다.

"좋아요. 크레펠트가…… 그렇단 말이죠? 결국 당신들이 알아서 할 일이오. 하지만 슈라이너라니 놀랍군. 부르츠와 슈라이너는 상당히 오래된 공산주의자들이라고 알고 있소. 당에서도 보증하는 자들인데."

"마니앵 동지, 정당도 사람과 같아요. 그들은 그들의 친구를 믿고, 우리는 우리의 정보를 믿습니다."

"경찰청장이 원하는 게 뭐요?"

"이들 세 명이 비행장에 발을 들여놓아서는 안 된다는 거죠."

"그다음은?"

"그다음은 청장이 책임질 겁니다."

마니앵은 콧수염을 잡아당기면서 생각에 잠겼다.

"슈라이너의 경우는 정말 몹시 불쾌하군요. 그리고…… 요컨대, 그렇소! 그는 아무 죄가 없다고 난 생각하오! 추가 조사를 할 수 있소?"

"오! 서두를 건 전혀 없습니다…… 이따가 청장이 전화를 드릴 겁니다. 저의 신분을 확인해주기 위해서지만요."

소총을 부속물 창고에 갖다놓은 가르데가 앞으로 뻗친 옷솔 같은 머리칼에 쾌활한 눈을 하고서 다가왔다. 경관은 물러갔다.

옷솔 같은 기다란 머리칼과 광대뼈 때문에 그는 어린애들이 키우는 고양이 같은 인상을 풍겼다. 그러나 미소를 지을 때면 벌어진 작은 치아들이 그의 세모꼴 얼굴에 강렬한 에너지를 부여했다.

"그 안에 무엇하러 갔었나? 기관총좌에 앉아보려고?"

"제가 좀 약삭빠르거든요. 가보니까요, 제 말 좀 들어보세요, 전 무언가 이해가 안 가는 게 있다는 느낌이었어요. 제가 생각보다 머리가 잘 돌아가거든요. 그들이 우리한테 쏜 걸 보니 이제 확실히 알겠어요. 기체에서 앞쪽은 거의 장님이나 마찬가지예요. 따라서 그들은 첫 집중포화 때 우리를 맞히지 못했고, 우리가 뒤에 있을 때에야 맞혔던 겁니다."

"나도 그런 인상을 받았지."

마니앵도 과학기술 잡지를 보고 융커기를 연구했다. 융커기의 세번째 엔진은 쌍발기 앞쪽 총좌 자리에 있기 때문에 그는 바퀴들 사이로 쏘는 기관총과 뒤쪽 기관총으로 비행기의 앞쪽을 방어할 수 있을지 의심했고, 그랬기 때문에 1 대 2의 상황에서도 돌진했던 것이다.

"그들이 우리를 뒤쫓았을 때 전속력을 냈다고 생각하십니까?"

"물론."

"그렇다면 독일 녀석들은 2년 전부터 우리를 우롱하고 있었던 겁니다! 우리의 낡은 비행기들보다 적어도 30킬로미터는 느리니까요. 이게 괴링의 그 유명한 비행대라는 건가요?

잠깐만요, 단지 그들의 기관총이 우리 스페인제와 다를 뿐이에요! 단 한 번도 고장을 일으키지 않았죠. 내가 귀를 기울여보았거든요.

러시아인들이나 바보 같은 프랑스 동포들이 그런 기관총을 우리한테 주기만 한다면……"

마니앵은 곤혹스러운 모습으로 작전지휘부로 떠났다.

그는 우선 병원에 들러보고 싶었다.

브르타뉴 출신 폭격수가 무심한 듯 경직된 모습으로 옆자리의 스페인 무정부주의자와 토론을 하고 있었다. 그의 침대는 〈뤼마니테〉와 쿠르틀린*의 작품들로 뒤덮여 있었다. 하우스는 위층 방에 혼자 있었다. 좋은 징조가 아니었다.

마니앵이 문을 열었다. 영국인은 미소를 지으며 주먹을 들어올려 인사했지만 눈은 웃지 않았다.

"어떤가?"

"잘 모르겠습니다. 아무도 영어를 할 줄 모르니까요……"

'대위'는 질문이 아니라 그 자신의 강박관념에 답한 것이었다. 자신이 절단 수술을 받게 될지 아닐지 그는 모르고 있었다.

---

* 프랑스 소설가이자 극작가.

뾰족한 코 밑에 멋진 금빛 수염을 기른 그는 단정한 중학생 같은 모습이었다. 들어올린 그 주먹이 어쩌면 그렇게 우연하고도 돌발적인 일 같은지! 진짜 모습은 시트 위에 얌전하게 놓인 저 손이어야 하지 않겠는가. 또 하우스 부인이 어느 우아한 별장에서 생각하고 있을 얼굴은 아마도 이렇게 베개와 시트 사이에서 쉬고 있는 얼굴이어야 하지 않겠는가. 하지만 하우스 부인이 모르는 또다른 진실이 있으니, 조심스럽게 잡아당긴 시트 밑에 있는 두 다리, 총알 다섯 발을 맞은 두 다리가 그것이었다. 이 청년은 스물다섯 살도 안 되었어, 마니앵은 생각했다. 무슨 말을 할 수 있을까? 절단해야 할 두 다리 앞에서 생각이란 하찮은 것이다.

"글쎄…… 그래, 그렇겠지," 마니앵은 수염을 잡아당기면서 말했다. "내가 무얼 잊은 게…… 밑에 오렌지를 두고 왔군……"

그는 방을 나갔다. 불구가 죽음보다 더 그의 마음을 뒤흔들어놓았다. 거짓말을 좋아하지 않는 그는 뭐라 대답해야 할지 몰랐다. 무엇보다도 그는 알고 싶었기에 주임 의사한테 올라갔다.

"아닙니다," 주임 의사가 말했다. "영국 조종사는 운이 좋았습니다. 뼈는 다치지 않았어요. 절단은 없을 겁니다."

마니앵은 뛰어내려갔다. 스푼이 부딪치는 맑은 소리가 계단을 가득 채우고 그의 마음속에서도 울렸다.

"뼈는 다치지 않았네." 그는 들어서면서 말했다. 오렌지 이야기는 잊어버렸다.

하우스는 주먹을 들어올려 다시 그에게 인사했다. 병원에는 그의 언어를 이해하는 사람이 아무도 없었기에 자신의 형제애를 나타내는 유일한 형식인 이 동작이 습관이 된 것이다.

"절단…… 문제는…… 제기되지도 않네." 마니앵은 의사가 방금 스페인어로 말한 것을 영어로 옮기는 데 어려움을 느낀 나머지 더듬더듬 말했다.

하우스는 우정 어린 거짓말이 아닌가 하는 두려움과 희망에 사로잡혀 두 눈을 아래로 깐 채 호흡을 가다듬고는 물었다.

"언제 걸을 수 있을까요?"

"가서 주임 의사에게 물어보겠네."

'주임 의사가 날 멍청이로 생각하겠지.' 마니앵은 다시 하얀 계단을 오르며 생각했다.

"미안합니다만," 그가 의사에게 말했다. "이 젊은이가 언제쯤 걸을 수 있을지 묻는데 거짓말하는 것이 저한텐 괴로운 일이고 해서요."

"두 달 후면 될 겁니다."

마니앵은 다시 내려갔다. 그가 '두 달'이라는 말을 하자마자 석방된 죄수의 도취감 같은 것이 침대에서 올라왔다. 그 무엇으로도 표현할 수 없다는 점에서 신비로운 것이었다. 하우스는 두 다리를 움직일 수 없었다. 그의 두 팔은 침대 위에 있었고 머리는 베개 위에 있었다. 손가락들만이 움직이지 않는 팔 끝에서 경련했고, 도드라져 보이는 목울대가 오르락내리락했다. 한없는 기쁨을 나타내는 이 몸짓은 곧 두려움의 몸짓이기도 했다……

마드리드 교외에서는 자동차를 타고 소총을 흔들어대는 민병들이 줄어들었고, 슬로건을 단 자동차의 수도 적어지고 있었다. 톨레도 성문 쪽에서 젊은이들이 도보 행진 연습을 하고 있었다. 마니앵은 프랑스에 대해 생각했다. 이 전쟁이 시작되기 전까지 융커기들은 독일 폭격대의 핵심을 이루고 있었다. 그것들은 개조한 상용기였는데, 독일 기술에 대한 유럽의 신뢰로 인해 이들 비행기는 전투비행대로 간주되었다. 그것들의 무장은 훌륭했지만 효율성은 떨어졌다. 융커기는 미국 상용기인 더글러스기를 추격할 능력이 없었다. 물론 마니앵이 유럽 시장에서 구입한 여객기 정도의 가치는 있었다. 하지만 프랑스의 신형기나 소련의 공군기에는 대항하지 못했다. 모든 것이 변화하려 하고 있었다. 세계의 대규모 유혈 작전은 이미 시작되었다. 이 년 동안 유럽은, 히틀러로서는 시도할 만한 기술적인 능력이 없는 것으로 여겨지는 전쟁의 한결같은 위협 앞에서 뒷걸음치고 있었던 것이다……

3

마니앵이 육군성에 도착했을 때 작전 주임 바르가스는 가르시아가 읽는 보고서의 내용에 귀를 기울이고 있었다.

"안녕한가, 마니앵!"

바르가스는 일어섰으나 긴 의자의 가장자리에 그대로 서 있었다. 더위 때문에 벗어놓은 작업복이 발목에만 그대로 걸려 있는 터라(게을러서인지, 아니면 곧바로 입을 수 있도록 하기 위해서인지), 마치 발 부분에만 가죽이 남아 있는 토끼처럼, 걸을 수가 없었던 것이다. 그는 기다란 다리를 작업복 속에 꿰어 넣고, 다시 자리에 앉았다. 수염이 사라진 돈키호테처럼 좁고 뼈만 앙상한 얼굴에는 우정이 넘쳤다. 바르가스는 반란이 일어나기 전 마니앵과 함께 스페인의 항공 노선을 준비했던 장교들 가운데 한 명이었다. 바르가스, 셈브라노와 함께 마니앵은 세비야-코르도바 철도 노선을 폭파하기도 했다. 바르가스는 가르시아와 마니앵을 서로 인사시킨 다음 마실 것과 담배를 가져오게 했다.

"축하합니다." 가르시아가 말했다. "당신이 이번 전쟁에서 첫 승리를 가져다주었습니다……"

"아, 그렇습니까? 그렇다면 잘됐군요. 축하의 말씀을 전하겠습니다. 셈브라노가 대장이었으니까요."

두 사람은 다정하게 서로를 살펴보았다. 마니앵이 정보부의 수장 가운데 한 명과 직접 만난 것은 이번이 처음이었다. 한편 가르시아는 매일같이 마니앵에 대한 이야기를 듣고 있었다.

가르시아의 모든 것이 마니앵을 놀라게 했다. 이 스페인 사람은 영국이나 노르망디의 대지주 같은 체격과 얼굴에, 커다란 들창코를 달고 있었던 것이다. 또 이 인텔리는 귀가 쫑긋하니 익살스럽고 다정한 모습이기도 했다. 게다가 이 민족학자는 페루와 필리핀에서 오랫동안 생활했는데도 얼굴이 구릿빛으로 그을리지 않았다. 더구나 마니앵은 가르시아가 안경을 썼을 거라 상상했다.

"아시다시피, 그 모든 것은 작은 식민지 원정 같은 것이지요." 마니앵이 다시 입을 열었다. "비행기 여섯 대…… 우리는 도로 위에 있는 트럭 몇 개를 폭파한 거고요……"

"가장 효과적이었던 것은 도로가 아니라 메델린에 떨어진 폭탄들이었습니다." 가르시아가 말했다. "대형 폭탄 몇 개가 광장에 떨어졌지요. 무어족이 처음으로 본격적인 폭격을 당했다는 사실을 생각해보십시오. 적의 부대는 출발점으로 되돌아갔습니다. 이건 우리의 첫 승리입니다.

다만 바다호스가 점령당했습니다. 따라서 프랑코 군대는 지금 몰라*의 군대와 합류하고 있어요."

마니앵은 질문하듯 그를 바라보았다.

가르시아의 태도 또한 그를 놀라게 했다. 마니앵이 생각했던 것은 이와 같이 다정하게 털어놓는 모습이 아니라 비밀스러운 태도였으니 말이다.

"바다호스는 포르투갈의 국경 옆에 있어요." 가르시아가 말했다.

"6일에 몬테사르미엔토호가 리스본으로 열네 대의 독일제 비행기와 150명의 전문 기술자를 운반해 왔네." 바르가스가 말했다. "8일에는 열여덟 대의 폭격기가 이탈리아를 떠났고. 그저께는 스무 대가 세비야에 도착했지."

"사보이아기인가?"

"모르겠어. 또다른 이탈리아기 스무 대도 떠났네."

"그중 열여덟이라는 건가?"

"아니. 보름 안에 우리는 현대식 비행기 100여 대를 상대해야 할 걸세."

융커기는 성능이 좋지 않지만, 사보이아기는 공화국이 소유하고 있는 모든 것보다 더 우수한 폭격기였다.

---

* 스페인 장군으로 북서쪽을 장악하고 있었다.

열린 창문을 통해, 스무 대의 라디오에서 내보내는 공화국 국가가 낙엽 타는 냄새와 함께 들어왔다.

“계속하지요.” 가르시아는 보고서를 다시 집어들고는 마니앵에게 말했다. “오늘 아침 바다호스입니다.”

5시. 폭격으로 이미 거의 파괴된 산크리스토발 요새에 무어족이 들어감.

7시. 산크리스토발 요새에 배치된 적의 포병이 쉬지 않고 도시를 폭격. 민병들이 버티고 있음. 이 지방 병원의 의무실이 공중폭격으로 파괴됨.

9시. 동쪽 성벽이 무너짐. 남쪽 병영은 화염에 싸여 있음. 우리에게 남은 것은 기관총 두 자루뿐임. 산크리스토발의 포병대가 포격하고 있음. 민병들이 버티고 있음.

11시. 적의 탱크들.

그는 타이핑한 종이를 내려놓고 다른 종이를 집어들었다.

“두번째 보고서는 짧습니다.” 씁쓸한 목소리였다.

12시. 탱크들이 성당에 당도함. 보병대가 뒤따름. 보병은 격퇴되고 있음.

“무얼로 격퇴한단 말인가.” 그가 말했다. “그래, 바다호스에는 네 자루의 기관총이 있었지!”

16시. 적이 입성함.

16시 10분. 집집마다 교전중.

“네시라고요?” 마니앵이 물었다. “하지만 잠깐, 다섯시에 바다호스가 우리 수중에 있는 것으로 보고됐는데요?”

“이 정보들은 방금 도착한 것입니다.”

마니앵은 이 자갈투성이 도시의 조용한 골목에 길게 내리쬐는 다섯시의 태양을 생각하고 있었다. 그는 1914년의 전쟁 초기에 포병으로 싸웠었다. 그것으로 자신이 전투에 대해 아무것도 모른다는 사실을 깨달았다. 정말이지 그는 전투에 대해 아무것도 상상하지 못하고 있었다. 피가 넘쳐흘렀던 이 도시를 그는 줄곧 조용하고 다정한 곳으로 상상했던 것이다…… 너무 높은 곳에서, 마치 하느님처럼. ‘탱크들이 성당에 당도함……’ 성당과 그 옆에 드리운 커다란 그림자, 좁은 길들, 투우장들……

“전투는 몇시에 끝났습니까?”

“자네가 통과하기 한 시간 전에.” 바르가스가 말했다. “건물 안에서의 전투는 별도로 하고……”

“이것이 마지막 보고서입니다.” 가르시아가 말했다. “여덟시경의 보고죠. 어쩌면 그보다 이를 수도 있고요. 우리 전선에서 온 겁니다—전선이라는 게 있다면 말이지만……”

파시스트 정치범들은 무사히 석방됨. 체포된 민병들과 용의자들은 군법회의를 거쳐 총살당함. 약 1200명이 이미 총살됨. 죄목은 무장 저항. 두 명의 민병이 성당 중앙 제단의 계단에서 총살됨. 무어족은 수도사와 수녀가 어깨에 걸치는 옷과 성심상을 가져감. 오후 내내 총살. 총살은 계속되고 있음.

마니앵은 총살당한 자들 위로 카를리치와 하이메가 정답게 흔들어 대던 손수건들에 대해 생각했다.

마드리드 밤의 삶, 모든 라디오에서 공화국의 국가가, 온갖 종류의 노래가, 피아노 소리처럼 뒤섞인 채 원근에 따라 높고 낮게 들리는 살루드가, 웅성거리는 희망의 소리가, 밤을 이루었던 열광이 이제 다시 침묵을 가득 채우고 있었다. 바르가스가 고개를 끄덕였다.

"노래하는 건 좋은 거지……" 그러더니 보다 낮은 목소리로 말을 이었다. "전쟁은 길어질 거야…… 국민은 낙천적이야…… 정치 지도자들도 낙천적이지…… 가르시아 소령과 나도 기질적으로 낙천적일 거고……"

그는 불안한 듯 눈썹을 치올렸다. 눈썹을 치올릴 때면 바르가스는 천진한 모습을 띠며 갑자기 젊어지는 것 같았다. 돈키호테에게도 젊은 시절이 있었다는 것을 한 번도 생각해보지 못했음을 마니앵은 깨달았다.

"마니앵, 그날을 떠올려보게. 비행기 여섯 대, 그러니까 자네 말마따나 작은 식민지 원정대를 이끌고 자네는 적의 부대를 막았지. 그 부대가 기관총들로 민병들을 공격하고 바다호스를 점령했어. 민병들이 겁쟁이들이 아니었다는 점을 기억하게. 이 전쟁은 곧 기술전이 될 텐데 우리는 감정에 대해서만 이야기하면서 전쟁을 수행하고 있네."

"하지만 시에라 지방을 지킨 것은 바로 국민이야!"

가르시아는 마니앵을 주의깊게 관찰하고 있었다. 바르가스와 마찬가지로 그 역시 전쟁이 기술전이 될 것이라 생각했고, 노동자 지도자들이 견학을 통해 전문가가 되리라고는 믿지 않았다. 그는 인민전선의 운명이 부분적으로는 전문 기술자들의 손에 달리게 될 것이라고 추측했는데, 마니앵의 모든 것이 그의 관심을 끌었다. 그의 무뚝뚝함, 외관상의 방심, '과로한' 듯한 표정, 상급 감독 같은 모습(실제로 그는 발전소의 엔지니어였다), 어리둥절해 보이는 둥그런 안경 안쪽에서 질서정연하고 분명하게 굽이치는 에너지, 이 모든 것이 말이다. 마니앵한테는—콧수염 때문이지만—포부르 생앙투안의 고급 전통 가구 세공인 같은 면모가 있었다. 또한 나이를 드러내는, 바다표범같이 축 늘어진 그의 입술에서, 안경을 벗을 때 나타나는 그의 시선에서, 그의 몸짓에서, 그의 미소에서 지식인의 복잡한 특성도 드러났다. 마니앵은 프랑스의 가장 큰 민간항공사를 감독한 적도 있었다. 하지만 가르시아는 직무가 지닌 위엄으로 개인을 미화하지 않으려 노력했기 때문에, 마니앵에게서도 그라는 인간 자체에 속하는 것을 분간해내려고 애썼다.

"국민은 훌륭하네, 마니앵, 훌륭하다고!" 바르가스는 말했다. "하지만 국민은 무력해."

"내가 시에라 지방에 있었습니다." 가르시아가 자신의 파이프로 마니앵 쪽을 가리키면서 말했다. "차근차근 이야기해봅시다. 시에라 지방은 파시스트들을 기습했습니다. 진지들이 게릴라 활동을 하기에 매우 유리했지요. 국민은 충격력衝擊力을 가지고 있는데 이건 대단히 엄청나면서도 일시적인 것입니다.

마니앵 씨, 우리는 상당히 위험한 두세 가지 신화에 의해 지탱되며 동시에 중독되어 있습니다. 우선, 프랑스인들을 봅시다. 국민—대문자로 쓴 국민—은 프랑스혁명을 이루었습니다. 좋아요. 하지만 100개의 창이 성능이 좋지 않은 화승총을 이길 수 있다고 해서 100자루의 엽총이 성능이 우수한 비행기를 이길 수 있는 것은 아닙니다. 러시아혁명이 다시 사태를 복잡하게 했습니다. 정치적으로 보면 그것은 20세기 최초의 혁명입니다. 그러나 주목할 것은, 군사적으로 보면 19세기의 마지막 혁명이었다는 거죠. 제정러시아 지지자들은 비행기도 탱크도 없었지만 혁명가들에겐 바리케이드가 있었어요. 바리케이드는 어떻게 생겨났죠? 기병대를 절대 지닐 수 없었던 국민이 황제의 기병대와 싸우기 위해서였죠. 스페인은 지금—프랑코의 비행기들과 싸우기 위해—바리케이드로 뒤덮여 있습니다.

우리의 친애하는 수상은 실각하자마자 소총을 들고 시에라 지방으로 떠났고요…… 마니앵 씨, 당신은 아마 스페인을 잘 모르시겠죠? 우리 나라의 유일한 항공기 제작자인 힐은 보병으로서 방금 전선에서 피살되었습니다."

"잠깐만. 혁명은……"

"우리는 혁명이 아닙니다. 차라리 바르가스에게 물어보세요. 우리는, 그래요, 국민입니다. 우리가 혁명에 대해서만 이야기하고 있긴 하지만 우리는 혁명이 아니에요. 내가 혁명이라 부르는 것은 투쟁을 통해 형성된 간부들(정치적 간부든, 기술적 간부든 그 어떤 것이 되었든)이 지휘하는 봉기의 결과를 말하며, 이들은 이들이 파괴하는 자들을 신속하게 대체할 수 있지요."

"그리고 특히, 마니앵." 바르가스가 작업복을 다시 올려 입으면서 말했다. "자네도 모르지 않겠지만, 주도권을 쥔 것은 우리가 아니야. 우리는 우리의 간부들을 양성해야 하네. 군인들을 제외하면 프랑코에게는 간부들이 전혀 없으나 그는 자네도 알고 있는 두 나라를 거느리고 있지. 민병들은 결코 신식 군대를 쳐부수지 못할 걸세. 브란겔 장군의 군대는 붉은 군대에게 패배한 것이지 빨치산들에게 패배한 게 아니야……"

가르시아는 파이프로 자신의 말에 장단을 맞추었다.

"이제부터 전쟁 없이는 사회적 변혁도 없으며, 하물며 혁명은 더더욱 없습니다. 또 기술이 없는 전쟁도 없지요. 그런데……"

가르시아가 파이프를 기울일 때마다 바르가스도 고개를 끄덕이면서 동의를 표했다.

"사람은 기술과 규율 때문에 죽는 게 아닙니다." 마니앵이 말했다.

"이런 상황에서 내가 관심을 갖는 것은 사람들이 죽는 이유보다는 그들이 적을 죽이는 수단입니다. 또 한편, 잘 들어보세요. 내가 말하는 규율이라는 게 당신 나라에서 말하는 이중 턱밑 끈*을 의미하지 않는다는 것을 유념해주십시오. 내가 말하는 것은 투쟁하는 집단에 가장 큰 효율을 부여하는 수단의 총체입니다. (가르시아는 정의를 내리는 취미가 있었다.) 그것은 하나의 기술입니다. 내가 군대식 인사에 관심이 없다는 것은 말할 필요도 없겠지요!"

"이 순간 창문을 통해서 우리에게 들려오는 이것은 무언가 건설적인 것입니다. 이것이 제대로 이용되지 못하고 있다는 건 나와 마찬가지로 당신도 알고 있겠죠…… 우리는 혁명이 아니라고 당신은 말합니다. 그럼 혁명이 되어봅시다! 어쨌든 민주국가들이 당신들을 도우리라 생각하지 않습니까?"

---

* 융통성 없이 엄격하고 제한된 규율을 의미한다.

"마니앵, 너무 긍정적이군!" 바르가스가 말했다.

가르시아는 자신의 파이프를 마치 권총의 총신처럼 두 사람에게 겨누었다.

"난 민주국가들이 파시즘에 대항하는 것을 빼고는 거의 모든 일에 개입하는 것을 보았습니다. 멕시코를 제외하면 조만간 우리를 도와줄 수 있는 나라는 러시아가 유일하죠. 한데 러시아는 우리를 도와주지 않을 겁니다. 너무 멀리 있으니까요. 마니앵 씨, 우리가 창문을 통해 듣고 있는 것은 형제애의 묵시록입니다. 당신은 그것에 감동했고요. 그것은 지상에 있는 가장 감동적인 것들 가운데 하나이고 자주 목격되는 게 아니죠. 하지만 그것은 변모되어야 합니다. 그렇지 않으면 죽음입니다."

"그럴지도 모르죠…… 다만, 잠깐만요. 나로서는 혁명의 규율을 대표하는 사람과 아직 이 규율의 필요성을 이해하지 못하는 사람들 사이의 그 어떤 갈등도 받아들이지 않으며, 받아들이고 싶지도 않습니다. 완전한 자유에의 꿈, 가장 고귀한 자에게 권력을 주는 것 등 이 모든 것이 내가 이곳에 있는 목적에 속한다고 봅니다. 나는 모든 개인이 남에게 강경하게 요구하는 것에 의해 규정되지 않는 삶을 살기를 원합니다. 내가 말하고자 하는 게 무엇인지 아시겠죠?"

"당신에게 상황 설명이 완벽하게 되지 않은 것 같군요. 마니앵 씨, 우리는 두 개의 쿠데타를 상대하고 있습니다. 하나는 명문가들의 무조건적인 프로눈시아미엔토(쿠데타)로, 오래전부터 알려진 것이죠. 부르고스, 바야돌리드, 팜플로나—시에라 지방에서 일어난 일입니다. 첫날 파시스트들은 스페인에 주둔하는 모든 부대를 장악하고 있었습니다.

이제 그들은 3분의 1밖에 장악하지 못하고 있죠. 결국 이 쿠데타는 실패한 겁니다. 그것도 묵시록에 의해 패배했죠.

그러나 파시스트 국가들은 바보가 아니기 때문에 이 쿠데타의 실패를 정확히 예상했습니다. 그리고 바로 여기서부터 남부의 문제가 시작됩니다. 이 점을 유의하세요. 이건 같은 성질의 것이 아닙니다.

우리가 무엇에 대해 말하고 있는지 이해하기 위해 파시즘이라는 낱말은 제쳐놓읍시다. 첫째로 프랑코는 파시즘에는 신경쓰지 않습니다. 그는 베네수엘라식 견습 독재자니까요. 두번째로 무솔리니는 스페인에 파시즘이 수립되느냐 안 되느냐 따위에는 애초부터 관심이 없어요. 도덕적인 문제와 대외정책은 별개입니다. 무솔리니가 이곳에서 원하는 것은 그가 영향력을 행사할 수 있는 정부입니다. 그러기 위해 그는 모로코를 공격기지로 만들었죠. 그곳에서 현대식으로 무장한 현대식 군대가 출발합니다. 그들은 스페인 병사들을 믿을 수 없기 때문에(마드리드와 바르셀로나에서 깨달았죠), 그 수는 많지 않아도 기술적 가치가 있는 부대들에 의지하고 있습니다. 무어족, 외인부대 따위 말입니다."

"가르시아, 모로코에는 무어족이 1만 2천 명밖에 없는데요." 바르가스가 말했다.

"4만 명임을 알려드리죠. 이곳에 이슬람의 정신적 지도자들과 무솔리니의 관계를 조금이라도 연구한 사람은 아무도 없습니다. 조금 기다려보시지요! 프랑스와 영국은 놀라운 일을 경험하게 될 겁니다. 무어족으로 충분하지 않다면 이탈리아인들을 보내겠죠."

"이탈리아가 원하는 게 무엇이라고 생각합니까?" 마니앵이 물었다.

"난 아무것도 모릅니다. 내 생각에는 지브롤터를 장악할 가능성, 다시 말해 영국과 이탈리아의 전쟁을 유럽의 전쟁으로 변모시킬 수 있는 가능성이 있지요. 영국은 이 전쟁을 치르기 위해 동맹국을 끌어들일 수밖에 없으니까요. 영국의 무장 상태가 상대적으로 약했기 때문에 무솔리니는 영국만을 상대하기를 원했죠. 영국의 재무장은 근본적으로 이탈리아의 정책을 바꿔놓을 것입니다. 하지만 이 모든 것은 가정이고, 카페 뒤 코메르스의 객담 같은 겁니다. 중요한 것은 이겁니다. 즉 프랑코의 군대는 포르투갈에 지극히 구체적으로 의지하고 두 파시스트 국가의 도움—기계화부대, 경기관총, 이탈리아-독일 조직, 이탈리아-독일 공군—을 받아 곧 마드리드 입성을 시도하리라는 거죠. 뒤를 치기 위해 프랑코 군대는 집단적 테러라는 수단을 쓸 겁니다. 바다호스에서 시작하고 있듯이 말이에요. 시에라 지방에서 수행된 전쟁과는 아무런 관련이 없는 이와 같은 두번째 전쟁에 우리는 실제로 어떤 대응을 할 것인가, 이것이 문제입니다."

가르시아는 소파에서 일어나더니 책상 위에 켜진 전등을 등지고 뾰족한 두 귀의 실루엣을 드러낸 채 마니앵에게 가까이 다가왔다.

"마니앵 씨, 나에게 문제는 단순합니다. 즉 우리가 보는 바와 같은 민중의 행동이—혹은 혁명이—혹은 봉기라 해도 됩니다—승리를 유지하기 위해서는, 이 승리를 가져다준 수단과는 반대되는 기술에 의지해야 한다는 것입니다. 때로는 감정과도 상반되는 기술에 말입니다. 당신 자신의 경험에 비추어 잘 생각해보십시오. 사실 난 당신이 비행대의 토대를 오로지 형제애에만 두고 있는 게 아닌가 싶습니다.

묵시록은 당장에 모든 것을 원합니다. 결단만으로는 얻는 게 거의 없고—있다 해도 서서히 그리고 힘겹게 얻어지지요. 위험한 것은 모든 인간이 자신 안에 묵시록에 대한 욕망을 지니고 있다는 점입니다. 그리고 투쟁에서 이 욕망은 얼마간의 짧은 시간이 지나면 분명한 패배가 되어버린다는 거죠. 이유는 매우 단순합니다. 즉 미래가 없다는 것, 그것이 묵시록이라는 것의 본질 그 자체니까요.

묵시록이 미래가 있다고 주장할 때조차도 말입니다."

그는 파이프를 다시 주머니에 넣고는 슬프게 말했다.

"마니앵 씨, 우리의 겸손한 직무는 묵시록을 조직하는 일입니다……"

2 묵시록의 실천

I

1

가르시아는 코와 파이프를 앞으로 내민 채 전에 가게였던 곳으로 들어가려는 참이었다. 지금 이곳은 톨레도의 지휘소 가운데 하나였다.

문 오른쪽에는 삽화가 들어 있는 신문에서 오려낸 커다란 사진이 한 장 붙어 있었다. 파시스트들이 알카사르 요새로 끌고 간 인질들로, 공화파 부대가 지하실을 공격할 경우 보호되어야 할 사람들이었다. '모씨의 부인, 모씨의 딸, 모씨의 아이……' 마치 전투원들이 싸우는 중에도 이 얼굴들을 기억할 수 있기나 한 것처럼. 가르시아가 들어갔다. 벌거벗은 상반신과 멕시코 모자로 가득찬 뙤약볕을 벗어나 안으로 들어가자 완전한 암흑이었다.

"포병대가 우리를 쏘고 있어." 안쪽에서 누군가 큰 소리로 외치고 있었다.

"어느 포병댄가, 네구스?"

"우리 쪽이야."

"내가 전화해서 너무 가깝게 쏘지 말라고 했지! 장교가 이렇게 대답하더군. '우리 편에다 쏘는 건 진절머리가 나는군! 이제 방향을 바꿀 거야.'"

"문명의 가장 신성한 원칙에 대한 도전이야." 누군가 프랑스 억양을 뚜렷하게 드러내며 어색하게 말했다.

"배반자의 얼굴이 하나 더 늘었군." 대위가 거칠고 지친 목소리로 보다 낮게 말했다. 가르시아의 눈에 대위의 얼굴이 들어오기 시작했다. 그는 한 중위에게 "병사 스무 명과 기관총 한 자루를 가지고 저쪽으로 뛰어가게"라고, 끝으로 비서에게는 "이 사실을 대령에게 보고하게"라고 명령했다.

"포병대의 그 녀석." 엘 네구스가 말했다. "내 그놈을 처치하도록 세 명의 동지를 보냈지."

"사실 그놈을 파면했던 건 나였어. 어쩔 수 없었네. F.A.I.이베리아무정부주의연맹가 그를 다시 복직시키지만 않았어도……"

가르시아에게는 마지막 말이 들리지 않았다. 그래도 이곳이 바깥보다는 훨씬 덜 소란스러웠다. 때때로 땅에서 폭발음이 올라와 광장의 라디오에서 나오는 〈발키리의 기행騎行〉*에 망치로 두드리듯 장단을 맞추었다. 어스레한 빛에 익숙해진 가르시아는 이제 에르난데스 대위를 알아보았다. 그는 유명한 초상화 속 스페인의 왕들, 하나같이 젊은 샤

* 바그너의 가곡.

를 캥카를 5세과 닮은 그 왕들과 비슷해 보였다. 그의 작업복에 붙은 금도금한 별들이 어둠 속에서 희미하게 빛났다. 마치 스페인 성인 조각상을 비추는 짧은 배광背光처럼 그를 둘러싸고 있던 뒤쪽 벽의 규칙적인 얼룩이 조금씩 분간되었다. 그것들은 구둣방의 구두창과 틀이었다. 주인이 가게에 두고 간 것이다. 대위 옆에는 바르셀로나에서 온 무정부주의자 책임자인 실스가 있었다.

마침내 에르난데스의 시선이 입가에 파이프를 문 채 미소 짓는 가르시아와 마주쳤다.

"가르시아 소령인가요? 군사정보국에서 전화를 받았습니다."

그는 가르시아와 악수를 하고는 길 쪽으로 그를 끌고 갔다.

"무얼 하고자 하십니까?"

"괜찮다면 당신을 몇 시간 동안 따라다니고 싶군요. 그런 다음 생각해봅시다……"

"저는 산타크루스로 갑니다. 군사정부의 건물들을 다이너마이트로 폭파할 거예요."

"갑시다."

그들을 따라온 엘 네구스는 가르시아를 다정하게 바라보고 있었다. 이번만은 마드리드에서 파견된 사람의 인상이 좋았다. 귀는 우스꽝스럽게 생겼고 덩치가 크면서도 그렇게 부르주아로 보이지 않았다. 가르시아는 가죽 상의를 입고 있었다. 엘 네구스 옆에는 알파카 윗옷을 입고 승마용 바지에 장화를 신은 한 사내가 힘줄은 툭 불거지고 회색빛 머리칼이 무질서하게 물결치는 모습으로 손짓을 해가며 이야기하고 있었다. 그는 마니앵이 육군성에 파견한 메르스리 대위로, 톨레도의 군사령관 휘하에 있었다.

"에르난데스 동지." 가게에서 어떤 목소리가 외쳤다. "포병대 장교가 도망갔다고 라레타 중위가 전화했습니다."

"라레타 중위더러 그를 대신하라고 하게."

에르난데스는 불쾌한 듯 어깨를 으쓱하더니 길을 막고 떨어져 있는 재봉틀을 뛰어넘었다. 호위대가 그들을 따랐다.

"이곳에선 누가 지휘하고 있나요?" 가르시아가 빈정거리는 기색 없이 물었다.

"누가 지휘하면 좋겠습니까? 모두가 지휘하고 있고…… 아무도 지휘하지 않습니다. 웃고 계시는군요……"

"난 항상 웃습니다. 기분좋은 습관이죠. 명령은 누가 내리죠?"

"장교들, 미치광이 같은 자들, 정치단체의 대표들, 생각이 안 나는 여타 다른 사람들이죠……"

말투에 적의는 없었지만 에르난데스는 낙담하여 입을 삐죽거렸고, 그러자 얇은 입술 위의 작대기 같은 검은 콧수염이 구부러졌다.

"직업 장교와 정치단체의 관계는 어떻습니까?" 가르시아가 물었다.

에르난데스는 아무런 몸짓도 말도 하지 않은 채 그를 바라보았다. 그 어떤 말로도 이 관계가 얼마나 파국적인지 표현할 수 없다는 듯. 뙤약볕이 내리쬐는 가운데 수탉들이 울고 있었다.

"왜 그런가요?" 가르시아가 물었다. "아무 바보나 자신이 위임을 받았다고 주장하기 때문인가요? 혁명이란 처음에는 언제나 권력을 향한 거대한 무임승차죠."

"처음에는 그렇죠. 그다음엔 어쩌겠습니까, 기술적인 문제에 대해 논의하러 오는 사람들이 완전히 무지한데요. 아마 저 민병들은 자신의 직무를 잘 알고 있는 2천 명의 병사들에 의해 궤멸될 것입니다. 요컨대 진짜 정치 지도자들조차 국민을 군사력으로 믿고 있단 말입니다!"

"난 그렇지 않아요. 적어도 당장에는 그렇게 믿지 않지요. 자, 그다음은요?"

그늘 때문에 둘로 나뉜 길에선 토마토들 사이사이로 엽총들이 보이는 가운데 삶이 계속되고 있었다. 광장의 라디오에서 흘러나오던 〈발키리의 기행〉이 그치고 플라멩코 노래가 시작되었다. 목구멍에서 나오는 강렬한 그 노래에는 장송곡과 대상隊商 짐승 몰이꾼의 절규 같은 것이 깃들어 있었다. 피살된 자들의 손이 땅 위에서 경련하듯, 그것은 도시와 시체 냄새 위에서 경련했다.

"소령님, 우선 말이죠, 사회주의자나 공산주의자 아니면 자유주의 정당들의 당원이 되기 위해서는 최소한의 보증이 필요합니다. 그러나 마치 방앗간에 들어가듯 C.N.T.전국노동연맹에 가입하지요. 이 사실을 가르치려는 게 아닙니다. 하지만 어쩌겠습니까, 우리에겐 이것이 나머지 모든 것보다 더 중대합니다. 우리가 팔랑헤당원을 체포할 때마다 그는 C.N.T. 당원증을 가지고 있단 말입니다! 훌륭한 무정부주의자들이 있습니다. 예컨대 우리 뒤에 있는 저 동지가 그렇지요. 하지만 개방이라는 원칙이 존속하는 한, 모든 재앙이 그 문을 통해 들어올 것입니다! 방금 포병대 중위 때문에 벌어진 일을 소령님도 보셨잖습니까."

"우리 편인 직업 장교들은 무슨 이유로 우리의 편을 들고 있죠?"

"프랑코가 당장 성공하지 못했기 때문에 그가 패배하리라 생각하는 자들이 있습니다. 프랑코, 케이포, 몰라 혹은 다른 사람과 적대적인 관계에 있는 이런저런 고급장교와 연결된 자들도 있죠. 또 망설임 때문이든 무기력 때문이든 꼼짝하지 않는 자들이 있습니다. 요컨대 이들은 우리 편에 있다가 그저 그대로 남은 거죠…… 정치위원회로부터 질책을 받은 뒤로는 그들도 떠나지 않은 것을 후회하고 있습니다……"

시에라 지방에서 가르시아는 자신을 공화파라 주장하던 장교들이 지극히 터무니없는 짓을 저지른 민병들을 칭찬하다가 그들이 자리를 뜨자 침을 뱉는 모습을 본 적이 있었다. 또한 시원찮게 차려입은 외국 자원자들이 도착했을 때 군 비행장의 장교들이 그들의 식당에서 테이블과 의자를 빼내는 것도 보았다. 그리고 직업 장교들이 지칠 줄 모르는 인내심을 발휘하면서 민병들의 잘못을 교정하고 가르치며 조직하는 모습도…… 그는 발렌시아의 반란 연대 가운데 하나인 제13창기병 연대장에 임명된 공화파 장교의 운명도 알고 있었다. 그 장교는 지휘를 하기 위해 반란을 일으킨 병영으로 향했다. 그는—자신이 감수하는 위험을 분명히 알고 있으면서도—병영으로 들어갔고, 문이 닫히자 일제사격 소리가 들렸다.

"무정부주의자와 뜻이 맞는 자가 당신네 장교들 가운데 아무도 없습니까?"

"있습니다. 질이 지극히 나쁜 장교들은 매우 잘 맞지요…… 무정부주의자들, 보다 정확히 말하자면 무정부주의자를 자칭하는 자들이 어느 정도 복종하는 장교는 단 한 사람, 바로 저 프랑스 대위뿐이죠. 그를 그렇게 대단하게 생각하는 건 아니지만 좋아하기는 합니다."

가르시아는 질문을 하듯 파이프를 들어올렸다.

"그는 나에게 터무니없는 기술적 조언을 합니다." 에르난데스가 말을 이었다. "뛰어나고 실질적인 조언도 하지만요……"

모든 길들이 광장으로 집중되고 있었다. 광장은 포위군을 알카사르 요새와 갈라놓았다. 따라서 광장을 가로지를 수 없었기에 가르시아와 에르난데스는 우회했다. 샤를 캥 거리에서 가르시아의 발걸음은 바닥에 부딪혀 소리를 울렸고 에르난데스의 발걸음은 질질 끌렸다. 매트리스로 막아놓은 길을 내다보고, 모래주머니로 너무 낮게 바리케이드를 친 골목을 내다볼 때마다 그 끝에는 계속 광장만 보였다. 민병들은 엎드려 총을 쏘았는데, 엉성하게 집결해 있어 기관총 사격을 너무 쉽게 받을 것 같았다.

"저 바리케이드들을 어떻게 생각합니까?" 가르시아가 곁눈질을 하면서 물었다.

"소령님과 같은 생각입니다. 하지만 보십시오."

에르난데스는 바리케이드를 지휘하는 자에게 가까이 다가갔다. 마부 같은 착한 얼굴에 콧수염, 오! 콧수염을 길렀고, 일류 멕시코 모자를 쓰고 문신까지 했다. 왼팔에는 알루미늄 해골이 고무줄로 매달려 있었다.

"바리케이드를 50센티미터 더 높이고, 사격수들을 분산시켜 창문에 V자형으로 배치해야 할 거요."

"신…… 증명…… 서는?" 상당히 가까이서 소란스러운 소총소리가 들리는 가운데 멕시코인이 투덜거렸다.

"뭐라고?"

"신분증명서요, 이봐요, 서류 말이오!"

"에르난데스 대위요. 소코도베르 지부의 지휘관이오."

"그렇다면 C.N.T. 당원이 아니군. 그런데 바리케이드가 당신과 무슨 상관이지?"

가르시아는 그 기막힌 모자를 살펴보았다. 조화로 된 장미들이 모자 윗부분을 왕관처럼 둘러싸고 있었다. 아랫부분에는 헝겊으로 된 띠를 감아놓았는데 잉크로 판초 비야*의 공포라고 쓰여 있었다.

"판초 비야의 공포가 무슨 말이오?" 그가 물었다.

"말 그대로요." 상대방이 대답했다.

"물론 그렇겠지." 가르시아가 대꾸했다.

에르난데스가 그를 조용히 바라보았다. 그들은 다시 출발했다. 라디오에서는 그 대단한 노래가 그쳤다. 어떤 골목의 우유 가게 앞에는 우유 단지들이 줄지어 늘어서 있었는데 각각의 단지 옆에 놓인 마분지에 이름이 적혀 있었다. 줄을 서는 것은 여자들에게 지루한 일이었다. 여자들이 단지를 두고 가면 가게 주인은 그것들을 채우고, 그러면 그들이 그것을 찾으러 왔다—살아 있으면……

총격이 멈추었다. 한순간 호위대의 발소리가 망치로 두드리듯 침묵을 깼다. 가르시아에게 이런 말이 들려왔다. "메르스리 씨 부인이 내게 편지를 썼는데, 동지 여러분, 이 부인은 매우 교양 있는 분이오. 저들이 아프리카에서의 패배라는 오점을 노동자들의 피로 씻을 것이라 생각한다면, 그들은 잘못 생각하고 있다는 것이오!" 이 말과 함께, 방어 태세를 취한 거리에서 외발 스케이트 소리가 들려와 겹쳤다.

다시 포격이 시작되었다. 여전히 그늘로 양분되어 알카사르 요새의

---

* 농장노동자 출신의 멕시코 혁명가.

포격으로부터 비껴나 있는 어두운 쪽에는 사람들이 문 앞에 모여 이야기를 나누고 있었다. 몇몇은 엽총에 기대선 채, 다른 사람들은 앉아서. 좁은 골목길 모퉁이에서 펠트 모자를 쓴 한 사나이가 더위에도 불구하고 윗옷 차림으로 등을 보인 채 혼자서 사격을 하고 있었다.

이 골목길은 알카사르 요새 부속 건물의 아주 높은 벽까지 뻗어 있었다. 총안도 없고, 창문도 없으며, 적병 하나 없었다. 사나이는 파리떼에 둘러싸인 채 벽에다 한 발 한 발 침착하게 쐈다. 탄창이 비자 다른 탄창을 끼워 넣었다. 그는 뒤에서 발걸음이 멈추는 소리를 듣고는 돌아섰다. 진지한 얼굴로, 마흔 살쯤 되어 보였다.

"사격하는 중이오."

"벽에다 말이오?"

"할 수 있는 곳에다."

그는 엄숙하게 가르시아를 쳐다보았다.

"당신, 저 안에 자제분은 없겠죠?"

가르시아는 대답하지 않고 그를 바라보았다.

"당신은 이해 못해요."

사나이는 돌아서더니 재차 거대한 석벽을 향해 사격을 시작했다.

그들은 다시 걸음을 옮겼다.

"왜 아직까지 알카사르 요새를 점령하지 못한 거죠?" 가르시아가 왼쪽 손등을 파이프로 가볍게 두드리면서 에르난데스에게 물었다.

"어떻게 점령할 수 있겠습니까?"

그들은 걸었다.

"창문을 사격해서 성채를 점령한 일은 없습니다…… 포위는 있어도 공격은 없지요. 그런데 어떻게……"

그들은 탑을 바라보았다.

"소령님, 이 화약냄새 속에서 놀라운 일을 하나 말씀드리죠. 알카사르 요새는 하나의 놀이입니다. 이젠 적이라는 느낌도 없어요. 처음에는 적이라는 감정을 느꼈습니다만 지금은 끝났습니다. 어쩌겠습니까…… 그러니 만일 결정적인 조치를 취한다면 우리는 스스로를 살인자라고 느끼게 될 겁니다…… 사라고사의 전선에 가보셨나요?"

"아직 못 가보았소만 우에스카는 알고 있지요."

"사라고사 상공을 비행하면, 그 주변이 비행기 폭탄에 맞아 구멍투성이가 된 것을 볼 수 있습니다. 병영 같은 전략 지점은 공지보다 열 배나 공격을 덜 받지요. 이건 서툴러서도 겁이 많아서도 아닙니다. 하지만 내란은 끊임없는 증오보다 더 빨리, 즉석에서 이루어집니다. 물론 해야 할 일은 해야겠죠. 그런데 난 사라고사 주변의 그 거품 뜨는 국자 같은 폭탄 구멍들이 마음에 안 들어요. 다만 난 스페인 사람이고 내가 이해하는 건……"

햇볕 속으로 사라지는 요란한 박수 소리 때문에 에르난데스는 말을 멈추었다. 그들은 게시물로 뒤덮인 초라한 뮤직홀 앞을 지나고 있었다. 에르난데스는 계속 그랬던 것처럼 지친 듯 어깨를 으쓱하고는 보다 천천히 말을 이었다.

"톨레도 민병들만 알카사르 요새를 공격하는 것은 아닙니다. 하지만 공격하는 자들 가운데 많은 사람이 톨레도 출신이죠. 파시스트들이 감금한 어린아이들이 톨레도 민병의 아이들이니 어쩌겠습니까……"

"인질은 몇 명이나 됩니까?"

"알 수가 없어요…… 이곳에서 모든 조사는 모래 속으로 사라집니다…… 상당히 많은데 그중에는 부인들과 아이들도 적지 않습니다. 처음에 저들은 할 수 있는 한 모두를 데려갔으니까요. 우리를 꼼짝 못하게 만드는 건 인질들이 아니라 인질들에 대한 풍설입니다…… 어쩌면 우리 모두가 염려하는 만큼 그 수가 많지 않을지도 모르죠……"

"확인이 전혀 불가능한 겁니까?"

대위와 마찬가지로 가르시아 역시 경찰청에 전시해놓은 사진들을 본 일이 있다. 부인들과 어린아이들(적어도 이들은 확실한 인질이었다), 그리고 버려진 장난감이 놓인 빈방들의 사진이었다.

"우리도 네 번이나 시도해보았습니다……"

몽골족을 닮은 일단의 농부 기병들이 피워대는 먼지를 뚫고 그들은 산타크루스에 도착했다. 저쪽 건너편에는 적진 군사정부의 창문이 있고, 그 위쪽에 알카사르 요새가 있었다.

"다이너마이트로 폭파하려는 곳이 여기인가요?"

"그렇습니다."

그들은 불에 타 무질서해진 정원, 시원한 방과 층계를 지나 미술관의 홀까지 갔다. 창문은 모래주머니와 부서진 조각상들로 막아놓았다. 보일러실 같은 분위기 속에서 총을 쏘는 민병들의 상반신은 표범의 흑점 같은 광선의 반점들로 얼룩져 있었다. 적의 총탄이 벽돌 위쪽에 여과기처럼 구멍을 내놓았던 것이다. 가르시아 뒤에 있는 사도상使徒像의 길쭉한 팔에서는 기관총 탄띠들이 세탁물처럼 말라가고 있었다. 그는 자신의 가죽 상의를 사도상이 앞으로 내민 집게손가락 끝에 걸었다.

메르스리가 처음으로 그에게 다가왔다.

"소령님," 그는 자세를 바로잡고 말했다. "훌륭한 조각상들은 안전한 곳에 있다는 점을 말씀드리고 싶습니다."

'그러기를 바라자고.' 가르시아는 성인의 손을 잡으면서 생각했다.

그들은 복도들과 어두운 방들을 지나 지붕 위에 도착했다. 빛을 받아 창백한 기와 너머 수확물로 뒤덮인 카스티야 지방이 하얀 지평선까지 다갈색 꽃들과 함께 타오르고 있었다. 이 모든 반사광에 사로잡혀 눈부심과 열기로 구토가 날 지경에 이른 가르시아의 눈에 묘지가 들어왔다. 황갈색 공간 속 무척이나 하얀 저 돌들과 영묘들이 이 모든 전투를 조롱하기라도 하는 듯 그는 모멸감을 느꼈다. 총탄이 말벌 같은 희미한 소리를 내며 지나갔고, 또다른 총탄은 동시에 더없이 거슬리는 소리를 내며 기왓장들을 부수었다. 에르난데스가 권총을 손에 들고 몸을 숙인 채 전진하자, 가르시아와 메르스리 그리고 다이너마이트를 짊어진 민병들이 그 뒤를 따랐다. 등으로 햇볕을 받고 배는 달아오른 기왓장들의 열기를 받아 그들 모두 불에 타는 것 같은 기분이었다. 파시스트들은 10미터 떨어진 곳에서 총을 쏘고 있었다. 민병 하나가 던진 폭발물이 지붕에서 터졌다. 기왓장들이 다이너마이트를 짊어진 민병들과 에르난데스와 가르시아를 보호하고 있던 벽까지 튀어올랐다. 총탄 줄기가 그들 위로 비스듬히 쳐졌다.

"솜씨가 시원찮군." 메르스리가 말했다.

기관총 하나가 끼어들어 가세했다. 수류탄 단 한 발이라도 이 다이너마이트에 날아온다면…… 가르시아는 생각했다. 메르스리가 일어서서 상반신 전체를 벽 위로 드러냈다. 파시스트들에게는 그의 복부까지밖에 보이지 않았다. 그들은 알파카 윗옷에 붉은 넥타이를 맨 이 민을 수 없는 상반신을 향해 앞다투어 사격을 퍼부었고, 메르스리는 귀를 솜으로 틀어막은 채 원반던지기 선수 같은 동작으로 한 묶음의 다이너마이트를 던졌다.

거친 굉음과 함께 지붕 전체가 날아갔다. 높이 튀어오른 기왓장들이 고함소리 사이로 다시 떨어지는 동안 메르스리는 벽 뒤의 에르난데스 옆에 몸을 웅크렸다.

"이렇게 하는 거야!" 다이너마이트 묶음을 든 채 벽 뒤로 슬며시 다가오는 민병들에게 그가 말했다.

그의 얼굴은 대위의 얼굴과 20센티미터쯤 떨어져 있었다.

"1914년의 전쟁은 어땠습니까?" 대위가 물었다.

"사느냐…… 죽느냐…… 기다리는 것…… 무언가를 위해 거기 있는 것…… 공포를 느끼는 것……"

실제로 움직임을 멈추자 메르스리는 공포가 밀려오는 것을 느꼈다. 그는 권총을 쥐고 얼굴 전체를 드러낸 채 겨누어 쏘았다. 다시 그는 움직이고 있었다. 공포는 사라졌다. 세번째 다이너마이트 묶음이 터졌다.

에르난데스의 군모에 달린 장식 끈이 벽의 갈라진 틈 바로 앞에 있었다. 바람이 그 끈을 손가락으로 튕기듯 옆얼굴의 반대쪽으로 날렸다. 그리하여 군모가 바닥에 떨어졌다. 에르난데스는 대머리였다. 군모를 집어서 다시 쓰자 그가 젊어졌다.

총알 몇 발이 가르시아 앞의 벽과 총안을 뚫고 지나가자 마침내 그는 담뱃불을 끄고 파이프를 주머니에 넣었다. 폭약장치를 해놓은 듯, 파시스트 건물의 정면 돌출부가 폭파되었다. 가르시아의 오른쪽에 쓰러진 민병의 머리에서 피가 흐르고 있는 것 같았다. 다이너마이트를 던진 손을 아직도 쳐든 채였다. 피가 치솟는 이 목덜미로 가로막힌 시야의 빈 공간에 멀리 떨어진 묘지 앞 화염에 휩싸인 알카사르 요새의 경사면이 보였다. 이곳에는 외관이 멀쩡한 자동차 한 대가 따가운 햇볕 속에 멈춰 있었다. 앞좌석에 두 사람, 뒷좌석에 세 사람이 꼼짝 않고 앉아 있었다. 그 아래 10미터쯤 떨어진 곳에는 한 여자가 한쪽 팔로 곱슬머리 얼굴을 감싸고 다른 팔은 쭉 뻗은 채(그러나 머리는 계곡의 아래쪽을 향하고 있었다) 쓰러져 있었는데, 장식 없는 드레스를 입은 그 몸이 살아 있는 그 누구보다 더 납작하게 시체처럼 땅바닥에 붙어 있지 않았다면 그저 잠들어 있는 듯 보일 정도였다. 타오르는 태양빛을 받아 유령 같아 보이는 이 존재들이 시체임을 드러내는 것은 그 냄새밖에 없었다.

"마드리드에 소령님이 아시는 폭발 전문가가 없을까요?" 에르난데스가 그에게 물었다.

"없습니다."

가르시아는 여전히 묘지를 바라보고 있었다. 저 실편백들과 저 돌들 속에 있는 흐릿하고 영원한 것이 뱃속으로 스며들고, 썩은 육신의 집요한 냄새가 고동치는 심장까지 파고드는 것을 느끼면서 그는 눈부신 햇빛이 죽은 자들과 전사자들을 똑같은 불길에 뒤섞는 모습을 바라보았다. 마지막 다이너마이트 묶음이 파시스트 건물의 마지막 남아 있는 부분에서 폭발했다.

미술관 홀의 뜨거운 열기는 여전했고 소란도 비슷했다. 다이너마이트를 던지는 자들, 지하실의 민병들 그리고 미술관의 민병들이 서로에게 축하를 건넸다.

가르시아는 성인상의 집게손가락에서 자신의 상의를 집어들었다. 성인이 놓아주기를 거부하는 듯 안감이 걸렸다. 어딘가 지하실로 통하는 층계에서 상반신을 벗은 민병들이 사제복을 들고 올라왔다. 푸르스름한 금장식과 연한 장밋빛 비단이 희미하게 빛났다. 한쪽 팔에 문신을 한 또다른 민병이 16세기식 모자를 머리 뒤로 젖혀 쓰고는 등록 장부에 사제복들을 기록하고 있었다.

"우리가 방금 한 일에는 어떤 의미가 있소?" 가르시아가 물었다.

"이 건물이 파괴됨으로써 반란자들은 어떤 탈출구도 사용할 수 없게 됩니다. 그뿐이죠. 어쩌겠습니까, 이게 가장 합리적인 조치인걸요…… 지금까지는 안에 황산과 기름을 넣고 염소산칼륨과 설탕에 적신 솜으로 겉을 싼 폭탄을 썼습니다…… 그래서, 어쨌든……"

"사관생도들은 아직도 탈출하려고 합니까?"

그의 옆에 있던 메르스리가 두 팔을 들어올렸다.

"당신은 역사상 가장 큰 기만을 목도하고 있는 겁니다!"

가르시아는 묻는 듯한 눈초리로 그를 쳐다보았다.

"소령님, 보고서에 쓰시려면 무엇이든 물어보십시오."

하지만 에르난데스가 가르시아의 팔에 손을 얹자 메르스리는 계급을 존중하여 물러났다. 에르난데스는 장교와 무정부주의 조직의 관계에 대해 얘기할 때처럼 '모든 것을 꿰뚫고 있는' 표정으로—게다가 놀라움을 드러내면서—소령을 쳐다보고 있었다. 비행기 소리가 들려왔다.

"당신도 역시! 군정보부인가!……"

가르시아는 코를 쳐들고 커다란 다람쥐처럼 주의깊은 눈을 하고선 기다리고 있었다.

"알카사르 요새에 사관생도들이 있다는 것은 선전을 위한 기막힌 술책입니다. 그 안에는 스무 명도 없어요. 반란이 일어난 날 사관학교의 모든 생도들은 휴가중이었으니까요. 알카사르 요새를 지키던 자들은 모스카르도와 기타 육군대학 장교들이 지휘하는 민위대입니다……"

열 명가량의 민병들이 엘 네구스와 함께 달려왔다.

"저놈들이 화염방사기를 가지고 다시 왔습니다!"

에르난데스, 가르시아, 엘 네구스, 메르스리 그리고 민병들은 복도에서 계단을 거쳐 천장이 높은 지하실로 들어갔다. 연기와 폭발음이 가득했고 그들의 정면에 열린 넓은 지하 통로에서는 연기가 붉어지고 있었다. 물이 가득한 양동이를 손에 들거나 두 팔로 안은 민병들이 뛰어 지나갔다. 바깥쪽 전투의 소란스러운 소리는 가까스로 들릴 뿐이었고 휘발유 냄새는 죽은 개 냄새로 완전히 바뀌어 있었다. 파시스트들은 복도에 있었다.

어둠 속에서 인광을 발하는 화염방사기의 분화噴火가 거기까지 도달해서는 천장과 정면 벽과 마루에 천천히 불을 뿜어댔다. 마치 파시스트가 화염방사기를 들고 긴 휘발유 기둥을 끊임없이 밀어올리는 것 같았다. 문틀에 가로막혀 무기력한 불기둥은 방의 오른쪽에도 왼쪽에도 미칠 수 없었다. 민병들이 양동이의 물을 벽과 타닥거리는 휘발유에 맹렬히 부어대고 있었음에도, 에르난데스에게는 민병들이 문 입구에 파시스트들이 나타나는 순간을 기다리는 듯 느껴졌다. 벽에 달라붙은 몇몇의 모습을 보고는 이들이 도망가려 한다고 생각하기도 했다. 인간과 불이라는 원소의 싸움은 전쟁과는 아무 관계도 없는 것이었다. 전진하며 휘발유가 뿌려졌고 민병들은 모두 물이 벽에 부딪히는 소리, 수증기가 지글거리는 소리, 끔찍한 석유냄새에 목 막힌 이들의 지독한 기침소리 그리고 부드럽게 쉭쉭거리는 화염방사기의 지긋지긋한 소리 속에서 광분하고 있었다. 다발 같은 휘발유가 타닥거리며 조금씩 전진했고, 민병들의 광기는 경련하는 푸르스름한 불꽃으로 더해갔다. 불꽃들이 미친 듯 날뛰는 그림자들의 무리를 벽 위에서 춤추게 했는데, 이것이야말로 살아 있는 자들의 광기 주위에 흩어진 유령들의 움직임이었다. 인간의 수는 이 미친 듯한 그림자보다 적었고, 모든 것을 실루엣으로 변화시키는 이 질식할 듯한 연무보다 적었으며, 불꽃과 물이 잔인하게 지글거리는 이 소리보다도, 화상을 입은 어떤 사람이 질러대는 작은 신음소리보다도 적었다.

"아무것도 보이지 않아!" 그 사람이 땅바닥에 주저앉아 울부짖었다. "아무것도 안 보인다고! 날 좀 끌어내달라고!"

에르난데스와 메르스리가 그의 어깨를 잡고 끌었지만 그는 계속해서 외쳐댔다. "나를 좀 끌어내줘!"

화염방사기가 방 입구에 다다랐다. 엘 네구스는 오른손에 권총을 들고 문 옆 벽에 몸을 바싹 붙였다. 화염방사기의 구리 주둥이가 벽 귀퉁이로 다가오는 순간, 그는 흐릿한 머리칼이 휘발유의 불빛을 받아 푸른 후광을 두른 듯한 모습으로 방사기를 왼손 가득 잡았다가 곧바로 놓았다. 방사기에는 그의 피부가 달라붙어 있었다. 총알이 사방에서 날아와 두들겨댔다. 파시스트는 화염을 엘 네구스에게 분사하기 위해 옆으로 뛰었는데, 이미 그의 가슴에 닿을 듯했다. 엘 네구스는 총을 쏘았다. 불붙은 방사기가 소리를 내면서 타일 바닥에 떨어지더니 모든 그림자들을 천장으로 쏘아올렸다. 떨어진 방사기가 내뿜는 불빛 위에서 파시스트가 비틀거렸다. 휘발유의 인광이 아래서부터 환하게 그의 얼굴을 비추었다—그는 상당히 나이든 장교였다. 마침내 그는 영화의 슬로모션처럼 엘 네구스 쪽으로 천천히 미끄러져 머리를 화염 속에 처박았고, 화염은 거품을 내며 부글거리더니 그의 머리를 발길질하듯 내던졌다. 엘 네구스가 방사기의 방향을 바꾸었다. 그러자 방 전체가 완전한 어둠 속으로 사라지면서 연기로 가득한 지하실이 나타났고, 그 연기를 뚫고 달아나는 그림자들이 보였다.

휘발유의 푸른 분사가 이제 그 방향을 바꾸었기 때문에 네모난 복도에 있던 민병들은 고함소리와 총소리로 가득찬 일대 혼란 속에서 달음질쳤다. 갑자기—바람이 불어도 꺼지지 않는 안전등과 전등을 제외하곤—모든 불빛이 꺼졌다.

"우리가 화염방사기를 빼앗은 것을 보고 저놈들이 휘발유를 차단했군." 방안에서 어떤 목소리가 말했다. 그러더니 곧 같은 목소리가 이어서 말했다. "난 알지, 소방관들을 지휘한 적이 있거든."

"정지!" 복도에서 에르난데스가 외쳤다. "저들이 끝에 바리케이드를 쳐놓고 있어."

엘 네구스가 복도에서 돌아왔다. 민병들이 다시 불을 밝히기 시작했다.

"야만인이 되고자 하는 사람은 없지요." 그가 에르난데스에게 말했다. "4분의 1초 차이였습니다. 내가 총을 쏘기 전에 그도 내게 화염방사기를 돌릴 시간이 있었거든요.

나는 그를 쳐다보고 있었죠. 삶이란 이상한 겁니다……

자기를 쳐다보고 있는 사람을 산 채로 태워 죽인다는 것은 틀림없이 어려운 일이겠죠……"

출구가 있는 복도는 끄트머리 문에서 나오는 네모난 미광을 제외하곤 캄캄했다. 엘 네구스가 담배에 불을 붙이자 뒤따르던 모두가 동시에 담배에 불을 붙였다. 삶으로의 회귀였다. 각자가 한순간 성냥이나 라이터의 짧은 섬광 속에 나타났다. 그러고는 모든 게 희미한 빛으로 되돌아갔다. 그들은 산타크루스 미술관의 홀을 향해 걸었다.

"구름 위에 비행기가 있다." 홀에서 외치는 목소리들이 들려왔다.

"분명 어려운 일이에요." 엘 네구스가 말을 이었다. "주저하지 않는다는 것 말입니다. 몇 초의 문제예요. 이틀 전에 한 프랑스인도 그런 식으로 화염방사기의 방향을 돌렸다더군요. 같은 상황이었겠죠…… 자신도 불에 타지 않았지만 상대를 죽이지도 않았대요. 그 프랑스인도 문제를 알았던 겁니다. 자기를 쳐다보는 누군가에게 화염방사기를 도저히 사용할 수 없다고 했어요. 감히 할 수가 없는 거죠…… 어쨌든 할 수가 없는 거예요……"

2

매일같이 국제비행대 장교들 가운데 한 명이 작전사령부에, 때로는 경찰청에 들렀다. 마니앵은 거의 언제나 스칼리를 보내곤 했다. 그의 교양은 대다수가 지난 군대의 장교들로 이루어진 공군 참모부와의 관계를 수월하게 해주었다(셈브라노와 휘하 조종사들이 특별한 그룹을 형성하고 있었다). 아직은 땅딸막한 정도지만 늙으면 뚱뚱해질지 모를 이 사내의 세련미 넘치는 다정함은 경찰청뿐 아니라 모두와의 관계를 수월하게 했다. 그는 자신을 비행대의 대표자로 뽑아준 이탈리아인들은 물론 그 밖의 다른 사람들과도 어느 정도 친구 같은 사이가 되었다. 끝으로 그는 스페인어를 매우 유창하게 구사했다.

그는 방금 경찰의 긴급 호출을 받았다.

기관총들이 경찰청 입구를 지키고 있었다. 위압적이지만 비어 있는, 금색 조가비 장식의 안락의자 주위에는 전쟁의 모든 불행을 머금은 보잘것없는 얼굴들이 서 있었다. 조그만 식당(경찰청의 군사 담당 별관으로 막 징착된 이 호텔에서는 아직 아무것도 반출된 게 없었다)에서는 두 명의 감시병 틈에서 르클레르의 단짝인 세뤼지에가 그 어느 때보다 더 불안하고 얼빠진 모습으로 소란을 떨고 있었다.

"아! 스칼리, 자네로군, 스칼리! 여, 이보게나!"

스칼리는 그가 잠잠해지기를 기다렸다.

"죽는 줄 알았네! 이보게, 죽는 줄로만 알았어!"

경찰청의 서기 하나가 스칼리와 동행하고 있었기에 세뤼지에를 둘러싸고 있던 민병들이 조금 물러났지만, 세뤼지에는 자유스럽지 못한 것 같았다.

"그런 창녀들을, 이보게, 자넨 모를 거야!……"

그는 앉아 있었지만 눈썹 없는 얼굴에서 안절부절못하는 어릿광대처럼 검은 두 눈이, 마치 닫힌 방 안에서 발광하는 나비 같았다.

"잠깐만." 스칼리는 집게손가락을 쳐들고 말했다. "처음부터 차근차근 말해보게."

"알겠네, 이야기는 이렇다네. 창녀가 그란 비아 로路에서 나에게 달라붙는 거야. 무슨 말을 하는지 알 수 없었지만 그녀는 별별 짓거리를 다 할 줄 아는 것 같더군. 그래서 내가 그랬지. '넌 이탈리아식으로 할 수 있나?' '그럼요.' 그녀가 대답하더군.

난 그녀의 방에 올라갔어. 그런데 내가 위로 올라타려니까 그녀는 통상적으로 하자는 거야. 아! 천만에! 이탈리아식으로 하기로 했으니 다르게 해서는 안 된다고 내가 말했지. 그녀에겐 이 말이 먹혀들지 않더군. 난 사기라고 말했지. 옷을 입으러 가는데, 그녀가 스페인어로 전화를 하는 거야. 그러더니 한 뚱뚱한 창녀가 나타났는데, 말이 통하지가 않았어. 작은 창녀는 계속 옷을 벗고 있었고, 사실 괜찮은 편이긴 했는데, 뚱뚱보는 그녀를 계속 가리키면서 '자, 어서 해'라고 말하는 것 같았어. 하지만 난 그녀에게 별 볼 일이 없다는 걸 알고 있었지. 그래서 뚱뚱보에게 그게 아니라고 설명했지만 그녀는 나를 나쁜 놈 취급하더군. 나도 이탈리아식을 그렇게 좋아하는 건 아니야, 그렇게 생각하지 말라고. 전혀 아니야! 내가 조롱거리가 되는 걸 원치 않을 뿐이지, 절대로. 자네도 동의하지 않나?"

"그런데 자넨 여기서 뭘 하고 있나? 어쨌든 음란 행위로 체포된 것은 아니겠지?"

"그러니까 내가 말을 듣지 않는 것을 보고는 그 뚱뚱보 역시 전화를 한 거야. 난 생각하길……"

"……훨씬 더 덩치 큰 여자가 나타나겠지, 하고 말이지……"

이제 세뤼지에는 안정을 찾았다. 스칼리가 우스갯소리를 하고, 일은 잘되어가고 있었다. 미소를 지을 때 스칼리는 즐거워 보였고, 쾌활하게 작아지는 눈으로 인해 그의 얼굴이 지닌 혼혈인의 특징이 두드러졌다.

"그런데 누가 나타난 줄 아나? F.A.I. 녀석들 여섯 명이 소총을 들고 오더군!

저 녀석들은 또 뭘 원하는 거지? 난 내가 한 행동을 다시 설명하기 시작했어. 그걸 요구한 건 내가 아니고 그녀가 나에게 제안했다고 말이야. 한편으로 나는 그들이 매음 제도에 반대하고, 따라서 그녀에게 반감을 가지고 있다는 것을 알고 있었지. 다른 한편으로 그들은 고결해서 적어도 원칙적으로는 이탈리아식에 반감을 갖고 있는 게 틀림없어, 이놈의 채식주의자들! 가장 고약했던 것은 스페인 말을 알아들을 수 없다는 것이었지. 그것만 아니었다면, 이런 경우, 자네도 알다시피 사내들끼리는 서로 다 이해했을 테니까 말이야. 하지만 내가 설명을 하면 할수록 그 녀석들은 더욱 인상을 찌푸리는 거야! 이보게, 한 녀석이 권총을 꺼내지 뭔가. 내가 이탈리아식으로 하지 않았다고 외치면 외칠수록, 제기랄, 사태는 더욱 악화되었어. 그리고 두 창녀는 '이탈리아노, 이탈리아노' 하고 외쳐대는 거야. 그 소리밖에 들리지 않았어. 결국 나는 난처한 상황에 처하고 말았네, 이보게 농담이 아니야. 나는 F.A.I. 녀석들에게 스페인어로 된 비행대 신분증을 보여줄 생각을 했지. 그래서 그들이 나를 이곳으로 데려온 걸세. 내가 비행장에 전화해 달라고 했거든."

"혐의가 뭐지요?" 스칼리가 스페인어로 비서에게 물었다.

상대방은 카드를 들여다보았다.

"별로 대단치 않습니다. 창녀들이 그를 고발했어요. 당신도 아시다시피…… 잠깐만. 여기 있군요. 이탈리아를 위한 스파이 조직이라는 겁니다."

오 분 후 우스갯소리가 오가는 가운데 세뤼지에는 석방되었다.

"보다 중요한 일이 있습니다." 비서가 말했다. "이탈리아인 파시스트 조종사 두 명이 톨레도 남쪽 우리 진영에 추락했습니다. 한 사람은 사망했고 다른 한 사람은 여기 있어요. 군사정보부는 당신이 서류를 검토해주길 요청하고 있습니다."

스칼리는 거북한 듯 지갑에서 나온 편지, 명함, 사진, 영수증, 회원증—그리고 기체에서 발견된 지도들을 작고 짧은 손가락으로 훑어보았다. 처음으로 그는 친밀한 환상 속에서 이탈리아인 적을 만난 것이다. 게다가 그가 만난 이탈리아인은 죽은 사람이었다.

종이 한 장이 수상쩍었다.

그것은 접힌 항공지도처럼 길쭉했다. 아마도 조종사의 지도에 붙어 있었을 것이다. 비행 기록으로 사용된 것 같았다. 두줄로 된 '……부터 ……까지' 그리고 날짜들. 7월 16일(그러니까 프랑코의 봉기 이전) 라스페치아와 멜리야. 18일, 19일, 20일 세비야, 살라망카. 여백에는 목적, 즉 폭격, 관찰, 수행, 보호…… 마지막으로 전날, '세고비아로부터 ……까지'. 공란의 이유는 죽음이었다.

하지만 그 아래, 그보다 며칠 전 다른 만년필로 두 줄에 걸쳐 톨레도라고 쓴 굵은 글씨가 있었다. 날짜는 모레. 따라서 중요한 비행 임무가 톨레도에 임박해 있는 것이었다.

다른 방에서 전화에 대고 이렇게 외치는 목소리가 들려왔다.

"각하, 우리 조직의 취약함을 모르는 바는 아닙니다! 하지만 저는 어떤 경우에도, 그 어떤 경우에도, 아시겠습니까, 어떤 정당 조직도 보증하지 않는 사람들을 돌격대에 편입시키지는 않을 것입니다!"

"……"

"그럼 우리가 세포조직화된 돌격대로 파시스트 반란군을 진압해야 할 날에는요? 제 책임하에서는 보증 없는 사람은 안 됩니다. 라몬타냐 병영에는 팔랑헤당원들이 많았습니다만, 경찰청에는 없을 것입니다!"

처음부터 스칼리는 이것이 경찰청장의 격분한 목소리임을 알고 있었다.

"그분의 손녀는 카디스에 감금되어 있지요." 한 비서가 말했다.

문이 쾅 닫히고 더이상 아무것도 들리지 않았다. 이어서 식당 문이 열리더니 비서가 돌아왔다.

"정보부에도 서류들이 있습니다. 가르시아 소령 말로는 중요한 것들이라고 하더군요. 가지고 계시는 서류를 추려달라고 부탁하셨습니다—죽은 조종사의 서류와 관측 요원의 서류는 분리해주시고요. 모든 것을 저한테 주시면 제가 그것을 곧바로 그쪽으로 가지고 가겠습니다. 마니앵 대령에게는 직접 보고해주십시오."

"서류들 대부분이 인쇄물 혹은 명함인데 이것들이 누구 것인지 아는 건 불가능하고……"

"관측 요원이 여기 있으니 그에게 물어보시지요."

"그럽시다." 스칼리는 열의 없이 말했다.

포로에 대한 그의 감정 또한 그가 서류 앞에서 느꼈던 감정처럼 모순적이었다. 호기심이 없는 것은 아니었다. 그저께 시에라 지방 참모부의 아주 가까운 곳에 추락했던 독일 비행사 한 명이(참모부에는 두 명의 장관이 시찰차 방문중이었다) 심문을 받기 위해 이곳에 끌려와 있었다. '빨갱이들'에게는 장군이 없다고 생각했던 이 비행사가 장군들을 보고 놀라자 통역사는 그에게 거기 있는 장군들의 이름을 대주었다고 한다. 그러자 독일인은 "맙소사! 내가 이 빌어먹을 집 위를 다섯 번이나 비행하면서도 폭격을 하지 않았다니!" 하고 글자 그대로 외쳤다는 것이었다.

"잠깐만요." 스칼리가 비서에게 말했다. "내가 본 것 가운데 중요할지도 모르는 서류가 있다고 소령에게 전해주십시오." 이탈리아에서 출발한 날짜 때문에 그는 프랑코가 봉기하기 이전의 비행 기록에 대해 생각하고 있었다.

그는 관측 요원이 붙잡혀 있는 사무실로 갔다. 포로는 스칼리가 들어오는 문을 등진 채 녹색 보를 깐 테이블에 팔꿈치를 괴고 앉아 있었다. 처음에는 실루엣밖에 보이지 않았다. 가죽 상의에 푸른 바지 차림이라 민간인으로도, 군인으로도 보였다. 문소리를 듣자마자 파시스트 조종사는 몸을 돌리면서 일어섰다. 그의 다리와 길고 야윈 팔, 그리고 구부정한 등짝의 움직임은 신경질적인 폐병 환자의 그것이었다.

"부상을 입었소?" 스칼리가 중립적인 어조로 물었다.

"아니, 타박상이오."

테이블에 권총과 서류를 내려놓고 앉은 다음 스칼리는 두 감시병에게 나가달라는 신호를 보냈다. 파시스트가 지금 눈앞에 있다. 그의 얼굴은 참새 같았다. 조종사들에게 매우 흔한 작은 눈에 들창코. 코뼈와 스포츠형 머리 때문에 강한 인상을 풍겼다. 하우스를 닮은 것은 아니지만 같은 부류였다. 왜 그는 이처럼 놀란 듯 보일까? 스칼리는 돌아섰다. 뒤에는 아사냐*의 초상화 밑에 은그릇이 1미터 높이로 쌓여 있었다. 징발중에 압류한 쟁반, 접시, 차 끓이는 그릇, 회교도식 물병 및 쟁반, 벽시계, 스푼, 나이프, 포크, 꽃병 따위였다.

"당신을 놀라게 하는 게 이것이오?"

상대방은 망설였다.

"이것이라니, 뭐 말이오?……"

그는 손가락으로 신드바드의 보물들을 가리켰다.

"오! 아니요!……"

그는 쫓기는 사람 같았다.

그를 놀라게 한 것은 아마 스칼리 자신, 즉 미국 희극배우 같은 스칼리의 모습이었던 모양이다. 두터운 입술에 대모테 안경에도 불구하고 반듯한 이목구비를 지닌 얼굴 때문이라기보다는, 상반신에 비해 너무도 짧아 채플린처럼 걷지 않을 수 없게 만드는 두 다리, 별로 '빨갱이'처럼 보이지 않는 사슴 가죽 윗옷 그리고 귀에 꽂은 샤프펜슬 때문이었다.

"잠깐만." 스칼리가 이탈리아어로 말했다. "난 경찰이 아니오. 난 자원한 조종사로, 기술적인 문제 때문에 이곳에 호출받았지. 난 당신의 서류와 당신의…… 죽은 동료의 서류를 분리해달라는 요청을 받았소. 그뿐이오."

"오, 아무래도 상관없소!"

"당신 것은 오른쪽에, 나머지는 왼쪽에 놓아보시오."

---

* 스페인공화국 대통령.

관측 요원은 거의 쳐다보지도 않고 서류 무더기 두 개를 만들기 시작했다. 그의 시선은 쌓여 있는 은그릇이 천장의 전등에 반사되어 만든 반짝거리는 점들에 가 있었다.

"당신들은 고장으로 추락했소, 아니면 전투중 추락했소?" 스칼리가 물었다.

"우린 정찰중이었소. 러시아 비행기에 격추당했소."

스칼리는 어깨를 으쓱했다.

"러시아 비행기가 없어서 유감이군. 상관없소. 러시아 비행기들이 오길 기대해야지."

비행사의 기록에는 정찰이 아니라 폭격으로 기입되어 있었다. 스칼리는 상대가 거짓말을 하고 있음을 알게 됨으로써 생기는 우월감을 강렬하게 느끼고 있었다. 그렇지만 스페인 전선에 있는 2인승 이탈리아 폭격기에 대해서는 그도 아는 것이 없었다. 경관들은 참으로 일을 잘도 해결하는군! 그가 메모 하나를 집어들었다. 관측 요원은 오른쪽 무더기에 영수증 한 장, 스페인 지폐 몇 장, 작은 사진 하나를 올려놓았다. 스칼리는 이 사진을 살펴보려고 안경을 살짝 내렸다(그는 근시가 아니라 원시였다). 사진은 피에로 델라 프란체스카*가 그린 어떤 벽화의 세부도였다.

"이건 당신 것이오, 그의 것이오?"

"당신이 말했잖소, 오른쪽에 내 것을 놓으라고."

"좋아, 그럼 계속하시오."

---

* 초기 르네상스 시기의 이탈리아 화가.

피에로 델라 프란체스카라니. 스칼리는 여권을 들여다보았다. 피렌체의 대학생. 파시즘이 아니었다면 이 사내는 어쩌면 그의 제자가 되었을지도 모른다. 잠시나마 스칼리는 사진이 그가 막연하게나마 연대감을 느꼈던 죽은 자의 것이라고 생각했었다…… 스칼리는 피에로의 벽화에 대한 더없이 중요한 분석을 책으로 펴내기도 했다……

(지난주에 경찰청이 아니라 한 스페인 비행사가 수행한 심문이 있었는데, 이것은 기록에 대한 토론으로 끝난 바 있었다.)

"뛰어내렸소?"

"비행기는 불타지 않았소. 우리는 들판에 착륙했소. 그뿐이오."

"전복되었소?"

"그렇소."

"그다음엔?"

관측 요원이 대답을 망설였다. 스칼리는 보고서를 들여다보았다. 조종사가 먼저 나왔고 관측 요원—그가 심문하는 사람—은 비행기의 잔해 속에서 다리를 빼낼 수가 없었다. 농부 하나가 다가가자 조종사는 권총을 꺼내들었다. 농부는 계속 다가왔다. 그가 세 걸음 거리까지 왔을 때, 조종사는 왼쪽 주머니에서 희고 큰 1000페세타짜리 지폐를 한 움큼 꺼냈다. 그러고서 또 한 움큼의 달러—아마 만약의 경우에 대비했던 것이리라—를 추가하는 사이에 농부는 더욱 가까이 다가왔다. 조종사는 이 모든 지폐를 왼손에 쥔 채 오른손에는 여전히 권총을 들고 있었다. 조종사와 거의 닿을 정도로 가까워지자, 농부는 엽총을 낮추어 그를 사살했다.

"당신의 동료는 먼저 쏘지 않았군. 왜 그랬지?"

"모르겠소……"

스칼리는 비행 기록의 두 줄, 즉 왕복 비행에 대해 생각했다. 돌아가는 길에 농부에게 당했던 것이다.

"좋아, 그러면 당신은 어떻게 했소?"

"난 기다리고 있었소……

농부들 여럿이 돌아와서는 나를 시청으로 끌고 갔고, 다시 시청에서 이곳으로 끌고 온 거요.

내가 재판을 받도록 되어 있소?"

"무엇 때문에 재판을 하지?"

"재판도 없단 말인가!" 관측 요원이 외쳤다. "당신들은 재판도 하지 않고 총살하는군!"

이것은 불안의 외침이라기보다는 명백한 사실을 향한 고함소리였다. 추락한 이후로 이 청년은 자신이 잘해야 재판 없이 총살되리라 생각하고 있었으니까. 그는 일어서더니 마치 자신을 끌어내지 못하게 하려는 듯 의자 등을 손으로 꽉 붙들었다.

스칼리는 가볍게 안경을 밀어올리고는 한없는 슬픔을 느끼며 어깨를 으쓱했다. 파시스트의 적은 당연히 열등한 족속이며 멸시받아 마땅하다는 것이 그들의 공통적인 생각이었고, 그토록 많은 바보들이 지닌 경멸적 성향이야말로 그가 조국을 떠나게 된 중요한 이유 가운데 하나였다.

"당신이 총살당하는 일은 결코 없을 거요." 문득 그는 제자를 꾸짖는 교수의 말투를 되찾으며 말했다.

관측 요원은 믿지 않았다. 그리고 이로 인해 괴로워하는 그의 모습이 마치 씁쓸한 정의처럼 스칼리를 만족시켰다.

"잠깐만." 그가 말했다. 그는 문을 열었다. "바야도 대위의 사진을 갖다주세요." 그는 비서에게 요청했다. 비서가 사진을 가져오자 스칼리는 그것을 관측 요원에게 내밀었다.

"당신은 비행사지? 그러니 비행기 내부를 보면 당신네 것인지 우리 것인지 알겠군, 그렇지 않소?"

셈브라노의 친구이자 피아트기 두 대를 격추시킨 바야도 대위는 대형 비행기를 탄 채 시에라 지방의 한 마을 근처에서 격추되었다. 그로부터 이틀 후 마을을 탈환할 때 민병들은 기체에 있던 사람들이 눈이 뽑힌 채 그들의 자리에 그대로 있는 것을 발견했다. 폭격수는 조준할 줄도 모르면서 라몬타냐 병영을 향해 포진을 쳤던 돌격대장이었다.

관측 요원은 눈이 뽑힌 얼굴들을 들여다보았다. 그는 이를 악물었지만 두 볼이 떨리고 있었다.

"난…… 포로가 된 극좌파 조종사들을 본 적이 있소…… 그들은 결코 고문을 당하지 않았소……"

"당신도 나도 전쟁에 대해선 별로 아는 게 없다는 것을 알아야 하지…… 우리는 전쟁을 하지만, 같은 건 아니오……"

관측 요원의 시선이 홀린 듯 사진으로 되돌아갔다. 그 시선에는 불쑥 튀어나온 작은 귀와 어울리는 어린아이의 면모가 있었다. 사진 속 얼굴들에 시선이라고는 더이상 없었다.

"이 사진이 위조되어…… 당신한테 보내진 게 아니라는 것을 무엇이…… 입증합니까?" 그가 물었다.

"좋소, 그럼 위조되었다고 하자고. 우리는 사진을 찍기 위해 공화파 조종사들의 눈을 뽑는다는 거지. 우리는 이를 위해 중국 공산주의자 망나니들을 데리고 있다는 거지."

이른바 '무정부주의자들의 범죄'라는 사진들이 돌았을 때, 스칼리 또한 처음엔 위조를 상정했었다. 함께 싸우는 자들이 비열한 짓을 했다는 것을 믿기란 고통스러운 법이다.

관측 요원은 마치 서류 분류 작업으로 피신이라도 하듯 그 일을 다시 시작했다.

"당신은 확신할 수 있겠소?" 스칼리는 물었다. "내가 지금 당신의 입장이라면 당신들은 나를……"

그는 말을 멈추었다. 무더기로 쌓인 은식기들에서 마치 생쥐처럼 한 번, 두 번, 세 번, 네 번의 소리가 울렸다. 이 비극적인 골동품들 속에 파묻힌 어떤 벽시계로부터 나온 게 아니라 알라딘의 보물로부터 나온 듯 울리는 가벼운 은 소리였다. 벽시계는—얼마나 갈 만큼 태엽이 감겨 있을까?—그것을 소유했던 자들로부터 매우 멀리 떨어져 이 대화 한가운데서 시간을 알리며 스칼리에게 무관심과 영원성에 대한 매우 강렬한 인상을 심어주고 있었다. 그가 말하는 모든 것, 그가 말할 수 있는 모든 것이 너무도 허무하게 느껴져 그만 입을 다물고 싶을 뿐이었다. 이 사나이도 그도, 이미 선택을 했던 것이다.

스칼리는 죽은 자의 지도를 무심히 바라보며 귀에 꽂고 있던 샤프펜슬로 지도의 선들을 따라갔다. 옆에서 관측 요원은 바야도의 사진을 뒤집어놓았다. 스칼리는 문득 안경을 다시 한번 내려 관측 요원을 바라본 뒤 다시 지도로 시선을 옮겼다.

비행 기록에 따르면 조종사는 톨레도 동남쪽에 있는 카세레스에서 출발했다. 그런데 공화파 비행기들이 매일같이 정찰했던 카세레스 비행장은 분명 늘 비어 있었다. 지도는 각 비행장이 조그만 보랏빛 네모로 표시된 훌륭한 스페인 항공지도였다. 카세레스로부터 40킬로미터 떨어진 곳에 또다른 네모가 있는데, 이것은 색이 칠해지지 않아 거의 보이지 않았다. 연필로 그려놓았는데 연필의 검정이 니스를 칠한 지도 표면에 먹히지 않아 연필 끝의 빈 자국만 남아 있었다. 살라망카 쪽으로 또다른 네모가 있었고, 에스트레마두라 지방 남쪽과 시에라 지방에도 다른 네모들이…… 모두가 파시스트들의 비밀 비행장들이었다. 그리고 타호강 지역에도. 비행기들은 톨레도의 전선을 향해 이륙했던 것이다.

스칼리는 얼굴이 긴장되는 것을 느꼈다. 그는 적의 시선과 마주쳤다. 각자는 서로가 알아차렸음을 깨달았다. 파시스트는 움직임도 한마디 말도 없었다. 그의 머리는 두 어깨 사이로 처박혔고 두 볼은 바야도의 사진을 볼 때처럼 떨고 있었다.

스칼리는 지도를 접었다.

스페인의 여름 오후 하늘이, 저 아래서 반쯤 부서진 다라스의 비행기가 총탄에 찢겨 바람 빠진 바퀴를 짓누르듯 비행장을 짓눌렀다. 올리브나무들 뒤편에서 농부 하나가 안달루시아 지방의 애가哀歌를 부르고 있었다.

방금 공군성에서 돌아온 마니앵이 대원들을 바에 집합시켰다.

"톨레도의 알카사르 요새 공격에 자원할 팀은 신청하시오."

상당히 긴 침묵이 이어지는 가운데 파리들만이 윙윙거렸다. 이제 비행기들은 매일같이 저녁에 혹은 대낮에, 부상자들과 함께 유류 탱크에 불이 붙은 채 돌아오거나 엔진이 꺼진 채 소리 없이 비틀거리며 돌아왔으며—아니면 전혀 돌아오지 않았다. 바르가스가 예상했던 대로 파시스트 진영에는 비행기 100대가 도착해 있었다. 공화파 진영에는 단 한 대의 신형 전투기도 남아 있지 않았는데 적의 모든 전투기는 타호강 지역에 있었다.

"알카사르 요새 공격에 자원할 팀은 신청하시오." 마니앵은 되풀이해 말했다.

3

마니앵과 마찬가지로 마르첼리노는 전투기가 없는 경우 구름을 방패로 삼아야 한다고 생각했다. 종종 그는 타호강 남쪽 전선의 전투에 나갔다가 해질녘이 되어서야 돌아오곤 했다. 수확이 한창인 가운데 톨레도는 커다란 장식물 같아 보였고, 알카사르 요새는 강의 만곡부에 솟아 있었다. 노란 돌 위 대각선으로 길게 뻗은 집들이 불타고 있었는데, 그 마지막 연기의 소용돌이는 그림자를 관통하는 일광처럼 빛의 원자로 가득했다. 전쟁의 죽은 시간이 만든 절대적인 고요 속에서 집들은 석양에 물든 마을의 조용한 굴뚝과 함께 지면에서 불탔다. 동승자들의 행동을 예측할 수 있을 정도로 조종술과 항공술을 잘 알고 있는 마르첼리노는 다시 조종사가 되지는 못했어도 국제비행대에서 가장 훌륭한 폭격수이자 뛰어난 기장이었다. 오늘, 이 구름 아래 어딘가에서 톨레도는 전투중이고, 전투기들도 아주 가까이 있었다.

구름 위의 하늘은 비상하게 맑았다. 저 위쪽에 도시를 순찰하는 적의 비행기는 하나도 없었다. 우주의 평화가 하얀 시야를 지배했다. 계산상으로 보면 비행기는 톨레도에 근접해 있었다. 그는 속력을 최고로 올렸다. 하이메는 노래를 불렀고, 다른 탑승자들은 마치 방심한 자의 시선처럼 눈을 고정한 채 온 힘을 다해 내려다보았다. 멀리 눈 덮인 평원 위로 산들이 솟아 있었다. 이따금 구름 사이로 밀밭 한 뙈기가 나타나곤 했다.

비행기는 도시 상공에 있는 것이 분명했다. 하지만 그 어떤 기체도 진행 방향과 직각으로 부는 바람이 강요하는 방향타를 나타내지 않았다. 구름을 뚫고 하강한다면 분명 톨레도가 눈에 들어올 것이다. 만약 비행기가 도시로부터 너무 멀리 있다면 폭격하기 전에 적의 전투기들이 도착할 것이다.

비행기는 급강하했다.

대지, 알카사르 요새의 대포들과 적의 전투기를 기대하면서 조종사와 마르첼리노는 그 어떤 인간의 얼굴을 바라볼 때보다도 강한 열정으로 고도계를 들여다봤다. 800-600-400…… 여전히 구름이다. 다시 상승하여 그들 아래 갈라진 틈이 나타나기를 기다려야 했다.

그들은 지상의 움직임을 쫓는 듯한 구름 위에서 꼼짝 않는 하늘을 다시 만났다. 바람이 구름을 동쪽에서 서쪽으로 밀어내고 있었다. 틈은 비교적 많았다. 그들은 광대한 공간 속에서 홀로, 별처럼 정확하게 회전하기 시작했다.

앞쪽의 기관총사수 하이메가 마르첼리노에게 신호를 보냈다. 처음으로 두 사람 모두 대지의 움직임을 그들의 몸으로 의식하고 있었다. 비행기는 우주의 무심한 중력에 잠긴 채 미세한 유성처럼 회전하며, 톨레도와 반란의 알카사르 요새와 포위군이 지상의 부조리한 리듬에 이끌려 나타나기를 기다리고 있었다.

첫번째 틈—너무 작았다—에서부터 벌써 맹금류의 본능이 모든 탑승원의 마음속을 스쳐갔다. 원을 그리는 새매처럼, 비행기는 보다 큰 틈을 기다리며 선회했고 탑승원들의 시선은 아래로 향해 지상을 지켜보고 있었다. 꼼짝 않는 비행기 주위를 구름의 모든 풍경이 유성처럼 느리게 돌고 있는 것 같았다.

구름의 틈새 가장자리에 갑자기 다시 나타난 지상으로부터, 비행기에서 200미터가량 떨어진 곳으로 아주 작은 뭉게구름 하나가 솟아올랐다. 알카사르 요새에서 쏘아올린 것이었다.

비행기는 다시 급강하했다.

공간이 수축되었다. 하늘은 더이상 보이지 않았고 비행기는 이제 구름 아래 있었다. 방대한 공간은 사라지고 알카사르 요새가 나타났다.

톨레도는 왼쪽에 있었는데 하강하는 각도에서는 타호강을 향해 굽어 있는 협곡이 도시 전체보다, 심지어 계속해서 사격을 가하고 있는 알카사르 요새보다 더 뚜렷해 보였다. 조준사들은 포병학교 장교들이었다. 그러나 탑승자들의 실제적인 적은 상대의 전투기였다.

비스듬히 보였던 톨레도가 점차 수평을 찾아갔다. 도시는 여전히 장식물 같은 모습이었지만 이 순간에는 매우 기묘하게 보였다. 다시 한번 화염의 긴 연기가 도시에 가로줄을 그었다. 비행기가 선회하기 시작했다. 알카사르 요새가 거의 닿을 듯 가까웠다.

정확한 폭격을 위해서는 새매의 원이 필요했다—포위군은 아주 가까이 있었다—하지만 원을 그릴 때마다 적의 전투기는 더 많은 시간을 얻었다. 비행기는 300미터 고도에 있었다. 아래 알카사르 요새 앞으로 새하얗고 둥근 모자를 쓴 개미떼 같은 군중이 보였다.

마르첼리노는 투하구를 살짝 열어 조준하면서도 폭탄은 투하하지 않은 채 이동했다. 계산상으로 조준은 정확했다. 알카사르 요새는 작았기 때문에 마르첼리노는 경폭탄이 분산될 것이 염려되어 중폭탄만 투하하고자 했다. 그가 아무런 신호도 하지 않자 탑승원들은 기다렸다. 두번째로 지시판이 조종사에게 선회를 명령했다. 조그만 포탄 구름이 다가오고 있었다.

"교전!" 마르첼리노가 외쳤다.

허리띠도 없는 비행복 차림으로 기체 안에 서 있는 그의 모습이 이상하게 얼빠진 듯 보였다. 하지만 그는 알카사르 요새에서 눈을 떼지 않았다. 이번에는 투하구를 잡아당겨 활짝 열고는 몸을 웅크렸다. 비행기 안으로 들이치는 차가운 공기에 탑승원들 모두 전투가 시작되고 있음을 실감했다.

스페인 전쟁에서 처음으로 느끼는 차가운 공기였다.

알카사르 요새는 회전했다가 다가왔다. 마르첼리노는 이제 배를 깔고 엎드린 채 주먹을 쳐들어 초를 세고 있었다. 모자들이 비행기 아래로 지나갔다. 마르첼리노의 팔은 마치 커튼을 찢는 것 같았다. 위성처럼 터지는 어설픈 포탄들 아래 알카사르 요새가 지나갔고, 선회하다가는 오른쪽으로 사라졌다. 중앙 안마당 한가운데서 솟아오르는 희미한 연기가 보였다. 폭탄일까?

조종사는 계속해서 선회하며 알카사르 요새에 바싹 다가갔다. 폭탄은 안마당 한가운데 떨어졌다. 요새에서 발사되는 포탄들에 쫓겼던 비행기는 다시 다가가 두번째 커다란 폭탄을 투하하고는 멀어졌다가 또 한번 다가갔다. 마르첼리노는 다시 쳐든 손을 내리지 않았다. 마당에 흰 천들이 황급히 펼쳐졌던 것이다. 알카사르 요새는 항복했다.

하이메와 폴은 환희에 젖어 서로 주먹을 부딪쳤다. 탑승원 모두가 기체 안에서 발을 구르고 있었다.

구름과 나란히, 적의 전투기가 나타났다.

4

옛 중학교를 병영으로 개조한 지방경찰청에서, 다정한 매부리코 로페스는 알카사르 요새의 탈주자들에 대한 심문을 마치고 있었다. 한 여자는 인질로 잡혀 있다가 함께 나온 병기계장兵器係長이 건네준 가짜 통행증 덕분에 탈주했다. 그리고 첫날 포로가 된 열 명의 병사는 협곡으로 뛰어내려 탈출할 수 있었다.

여자는 코가 둥글고 매우 생기 있는 눈에 피부가 검은 마흔 살가량의 건장한 아낙네였지만 눈에 띄게 쇠약해져 있었다.

"모두 몇 사람이었나요?" 로페스가 물었다.

"말할 수 없습니다, 소령님. 왜냐하면 우리가 모두 함께 있는 게 아니었으니까요. 포로들은 여기저기 나뉘어 있었어요. 우리가 갇혀 있던 지하실에는 스물다섯 명 정도 있었지만 한방에 있었던 사람들만이에요, 말하자면……"

"먹을 것은 있었나요?"

여자는 로페스를 쳐다보았다.

"아직도 너무 많을 정도였어요……"

농부들이 왼쪽 어깨에 큰 촛대 같은 거대한 나무 쇠스랑을 얹고 오른쪽 옆구리에는 소총을 낀 채 경찰청 앞을 지나갔다. 그들 뒤에는 뿔에 금작화를 꽂은 황소들이 수확물로 가득찬 수레를 끌며 톨레도에 들어서고 있었다.

"이곳의 몇몇 사람들은 알카사르 요새에 먹을 것이 없다고 말하죠. 그 말을 믿지 마세요, 소령님. 말고기와 질이 좋지 않은 빵이지만 먹을 것은 있어요. 제가 두 눈으로 본 것은 본 것이니까요. 전 남자들보다 음식을 더 잘 알아요. 여인숙 주인이거든요! 먹을 것은 있습니다."

"그리고 그들의 비행기가 햄과 정어리를 떨어뜨려준다니까요!" 한 탈출병이 외쳤다. "햄은 언제나 장교들 것이고, 우리에겐 단 한 번도 주지 않았지만요. 그런 식으로 몇 주가 지났습니다! 정말 불행한 일 아닌가요! 게다가 민위대는 여전히 그 녀석들 편이고!"

"그럼 민위대가 어떻게 해야 한다는 거지?" 여자가 물었다.

"우리처럼 해야지요!"

"그렇군. 하지만 이보게." 그녀는 천천히 물었다. "당신은 아마 톨레도에서 사람을 죽인 적이 없겠지, 당신은……"

바로 로페스가 하고 있던 생각이었다. 민위대는 우파가 정권을 잡았던 시절 톨레도 지역에서 탄압의 앞잡이였다. 그래서 그들은 자신들을 개인적으로 알아볼 수 있는 사람들한테는 항복의 조건이 별 의미가 없을지 모른다고 염려하고 있었던 것이다.

"그럼 파시스트의 아내들은?"

"그년들 말이죠!……" 여자가 말했다.

공손했던 그녀의 얼굴이 갑자기 바뀌었다.

"도대체 당신네 남자들은 그년들에게 손대기를 너무도 두려워한단 말이에요! 그년들이 모두 다 당신들 어머니는 아닌데도! 남자들보다 더 독하게 우리를 다룰 줄 알았어요, 그년들은! 그년들이 그렇게 두렵다면 우리한테 폭탄을 달란 말이에요!"

"당신은 폭탄을 던질 줄 몰라요." 로페스가 곤란한 듯 미소를 지으며 대답했다.

그러고서 그는 메모지 묶음을 손에 든 채, 방금 도착한 두 기자에게 말했다.

"우리는 모든 비전투원들의 철수를 제안했습니다. 하지만 반란군이 거절했어요. 아내들이 그들과 함께 있기를 원한다고 하더군요."

"아, 그런가요?" 여자가 다시 말했다. "저 안에서 방금 아이를 낳은 여자도 남아 있고 싶어한다던가요? 권총으로 남편을 쏘아죽이려 했던 여자, 그 여자도? 그러면 아마 다시 쏘아죽이기 위해서겠죠! 한 시간마다 달을 보며 울부짖는 그 실성한 여자까지 남아 있고 싶어한대요?"

"듣기 싫어도 그 울부짖는 소리가 들린다고요!" 병사들 가운데 하나가 말했다. 그는 주먹으로 귀를 막고는 발작적으로 계속 소리쳤다.

"들린다고요! 들린다니까요!"

"로페스 동지, 마드리드에서 전화가 왔습니다!" 바깥에서 누군가 소리쳤다.

로페스는 불안을 느끼며 내려갔다. 그는 그림 같은 풍경은 좋아했으나 고통은 싫어했다. 마당에서 총살이 행해지는가 하면 한쪽에서는 어린아이들이 태어나는 알카사르, 증오로 가득한 저 위의 알카사르 요새를 바라보고 있노라면 분노가 일곤 했다. 어느 날 아침 그는 단 한 사람의 얼굴도 보이지 않는 알카사르 요새에서 이렇게 외치는 소리를 들은 적이 있었다. "우리는 항복하고 싶소! 우리가 원하는 건……" 그러더니 총격소리가 났고 더이상 아무 일도 없었다.

전화로 그는 방금 인질들에게서 알아낸 것을 요약해 말했다. 대수로운 내용은 없었다.

"요컨대, 틀림없습니다. 우리가 그 사람들을 구해내야 합니다!" 그는 말했다.

"스페인 어디에서나 파시스트들은 인질을 잡고 있어요."

로페스에게는 잘 들리지 않았다. 한 장교가 마당 포석에 놓인 피아노를 치고 있었기 때문이다. 오래된 룸바곡이 축음기 위에서 돌고 있었고 가까이 있는 확성기는 가짜 뉴스를 외쳤다.

마드리드의 목소리는 톤을 높여 다시 말했다.

"그들을 구하기 위해 최선을 다해야 한다는 말에는 찬성합니다. 하지만 알카사르 요새를 처리하고 민병들을 탈라베라로 보내야 해요. 어쨌거나 그곳의 개자식들에게 기회는 주어야겠죠. 가능한 한 빨리 중재를 준비하십시오. 섭외 기관을 통해서 우리가 직접 그 일을 처리할 수도 있습니다."

"그들은 사제司祭를 요청했습니다. 마드리드에는 사제들이 있지요."

"종교적인 중재, 좋습니다. 이쪽에서 광장의 사령관에게 직접 전화하지요. 고맙습니다."

로페스는 다시 올라갔다.

"여자들은 지하실에 있습니다." 한 병사가 얘기하고 있었다. "비행기 때문에요. 그런데 말입니다, 우리 쪽 여자들은 우리가 갇혀 있던 마구간 근처에 있고요, 그들의 여자는 거기 없어요. 그곳은 냄새 때문에 끔찍합니다. 조마장調馬場에는 시체가 30여 구 있는데 간신히 흙으로 덮어놓은데다가 고기를 제대로 발라내지 않은 죽은 말들까지 있어요. 정말 끔찍해요. 시체들은 항복하고자 했던 자들이죠. 그래서, 아시겠지만 비행기가 왔을 때 우린 발밑의 시체들과 마구간 앞마당에 하얀 천을 깔던 자들 사이에 있었는데…… 비행기 때문에 우리는 좀 난처했죠. 왜냐하면 위에서 무조건 우리를 쐈으니까요. 동시에 기쁘기도 했지만요…… 그래, 그러니까 그들은 하얀 천을 깔았지요."

"그게 누구였소? 민위대요?"

"아니요. 몇몇 군인들이었어요. 다른 군인들도 하얀 천을 깔도록 내버려두었고요. 그런데 비행기가 떠나자 기관총들이 돌아가기 시작했죠. 여기저기 도처에서 하얀 천 위로 동료들이 쓰러져 구르는 것이 보였어요. 나중에 민위대가 천을 걷으러 왔습니다. 천은 더이상 하얗지 않았어요!…… 그들은 손수건인 양 천의 귀퉁이를 잡아끌며 가지고 갔습니다. 우린 우리한테도 그런 일이 기다리고 있다고 생각했고, 그래서 모든 위험을 무릅쓰고 뛰어내렸습니다……"

"모랄레스라는 하사가 총살됐는지 아시오?" 어떤 목소리가 물었다. "내 동생이거든요. 성향은 매우 사회주의적이었는데……"

병사는 대답하지 않았다.

"아시다시피, 저들은 모두 다 죽여요……" 여자가 체념한 듯 말했다.

로페스가 경찰청에서 나왔을 때, 어린애들이 겨드랑이에 책가방을 끼고 학교에서 돌아오고 있었다. 그는 풍차의 날개처럼 팔을 휘저으며 멍한 시선으로 걷다가 시커먼 웅덩이에 빠질 뻔했다. 마치 로페스가 부상당한 동물을 짓밟을 뻔하기라도 한 듯, 한 무정부주의자가 그를 밀쳐냈다.

"조심해요." 그러더니 그는 공손하게 덧붙였다. "좌익의 피요."

5

펠리컨들 절반이 바의 긴 의자에서 졸고 있었다. 나머지 절반은…… 기술자들은 각자의 자리에 있었다. 조종사와 기관총사수의 4분의 1은 어디에 있는지 아무도 몰랐다. 마니앵은 어떻게 하면 강제적인 수단을 쓰지 않고도 규율을 확립할 수 있을까 고민하고 있었다. 펠리컨들이 불성실하고 뒤죽박죽이며 규율이 없고 속임수를 쓰기도 하는 건 사실이지만, 그들은 7 대 1로 싸우고 있었다. 셈브라노의 스페인기機도 마찬가지였다. 쿠아트로스 비엔토스와 헤타페의 브레게기도. 모두가 정원의 절반을 잃었다. 시비르스키를 포함하여 용병 여럿은 두 달 중 한 달은 봉급을 받지 않고 싸우겠다고 했다. 돈도 형제애도 잃고 싶지 않았던 것이다. 성 안토니오는 매일같이 담배와 쌍안경과 레코드판을 짊어진 채 돌아오곤 했는데, 점점 더 슬픈 모습이었다. 전투기 없이 떠난 비행기들(어떤 전투기와 함께 떠날 수 있었겠는가?)은 새벽을 틈타거나 신중을 기해서, 혹은 전투가 다른 곳에서 전개된 덕분에 시에라 지방을 통과하곤 했지만 두 번 중 한 번은 벌집이 되어 되돌아왔다. 바에서 술의 소비가 증가했다.

의자에 누워 있던 자들, 그리고 라플라티를 대동한 스칼리가 죄수 같은 태도로 바의 테라스를 성큼성큼 거닐기 시작했다. 시한폭탄 담당자가 시간을 전해주지 않았어도, 마르첼리노의 비행기가 아직 돌아오지 않았다는 것을 모두가 알고 있었다. 그에게는 기껏해야 15분 분량의 휘발유밖에 남아 있지 않았다.

멕시코인이라고 자칭하는, 아마 멕시코인이 분명한 제5연대*의 위원인 엔리케는 마니앵과 함께 비행장을 거닐었다. 태양이 그들 등뒤로 저물고 있었다. 토템 같은 엔리케 위원의 옆얼굴 앞쪽으로 튀어나온 마니앵의 콧수염이 마지막 석양 속에서 펠리컨들의 눈에 희미하게 들어왔다.

"남아 있는 비행기가 정확히 몇 대입니까?" 엔리케가 물었다.

"그건 이야기하지 않는 게 좋겠습니다. 정규 비행대로서 우린 이제 존재하지 않습니다…… 그리고 우리는 적당한 기관총들이 도착하기를 학수고대하고 있지요. 러시아인들은 뭘 하고 있는 겁니까?"

"프랑스인들은 뭘 했나요?"

"그 얘긴 그만둡시다. 그래요, 우리가 할 수 있는 것에 관심을 두어야겠죠. 요행수가 없으면, 난 야간 폭격을 하거나 구름을 이용합니다. 다행히 곧 가을이……"

---

* 조속한 정규군 구성을 목표로 한 공산주의자 민병들을 말한다.

그는 눈을 쳐들었다. 밤은 아름다울 것이다.

"지금은 무엇보다 날씨가 걱정입니다. 우리는 게릴라 비행대니까요.

비행기가 외국에서 와주든지, 아니면 가장 훌륭하게 죽는 수밖에 없을 겁니다.

내가 무얼 잊은 게 있나? 아! 그렇군요, 이봐요, 러시아 비행기들이 바르셀로나에 도착했다는 그 바보 같은 이야기는 대체 어떻게 된 겁니까?"

"나는 그저께 바르셀로나에 있었습니다. 문을 열어놓은 격납고에서 훌륭한 비행기를 하나 봤어요. 사방에 붉은 별들이 그려지고, 후미에는 낫과 망치가, 양옆에는 슬로건이 새겨져 있었지요. 앞쪽에는 레닌이란 이름이 쓰여 있었고요. 하지만 러시아어 I가…… (그는 손가락으로 그것을 그렸다) 스페인어의 N자처럼 거꾸로 되어 있었어요. 결국 가까이 가서 보니 그것은 당신네 엘 네구스의 비행기더군요……"

마니앵은 영국 시장에서 하일레 셀라시에 황제의 전용기를 발견했다. 상당히 빠르고 강력한 보조용 기름 탱크도 갖추었으나 조종하기가 어려웠다. 어떤 조종사가 고장을 내는 바람에 수리를 위해 바르셀로나로 보내진 비행기였다.

"딱한 일이죠. 무엇 때문에 그런 위장을 했을까요?"

"유치한 장난일까요, 아니면 진짜 러시아 비행기들을 끌어들이기 위한 마법 같은 걸까요? 어쩌면 결국 도발일지도……"

"딱한 일입니다. 음…… 그래요. 당신네 쪽은 어떤가요?"

"잘돼가고 있어요. 하지만 더딥니다."

엔리케는 걸음을 멈추더니 주머니에서 조직도를 꺼내어 손전등으로 비추었다. 밤이 오고 있었다.

"이제부터 이 모든 것이 구체적으로 실현됩니다."

그것은 대략 돌격대대의 도면에 가까웠다. 마니앵은 탄알도 없이 떠난 사라고사의 민병들을, 아라곤의 모든 전선에 전화기가 없음을, 알코올이 앰뷸런스를 대신하는 상황을, 혹은 여자 민병들이 사용하는 요오드팅크를, 톨레도를 생각했다……

"규율은 다시 확립됐습니까?"

"그렇습니다."

"강제적인 수단을 썼나요?"

"아니요."

"그럼 어떻게 했습니까?"

"공산주의자들은 규율이 잡혀 있습니다. 그들은 세포 책임자에게 복종하고 군사위원에게 복종합니다. 둘은 종종 같은 사람이죠. 싸우기를 원하는 사람 대부분은 확고한 조직력이 좋아서 우리에게 옵니다. 예전에 우리 쪽에 규율이 섰던 것은 그들이 공산주의자였기 때문이죠. 지금은 규율이 서 있기 때문에 많이들 공산주의자가 되고 있습니다. 각각의 단위에 상당히 많은 공산주의자들이 있는데, 이들은 규율을 준수하고 남들이 규율을 지키도록 하는 데도 열심이죠. 그들이 견실한 핵심을 이루고 있으며, 이 핵심을 중심으로 신참들이 조직되고, 다시 이 신참들이 차례로 핵심을 형성합니다. 우리한테 오면 파시즘에 대항해 유익한 일을 할 수 있음을 알고 있는 사람이 열 배쯤은 더 있습니다만, 우리가 이들을 아직 조직하질 못하고 있죠."

"그건 그렇고, 난 독일인들에 대해서도 이야기하고 싶었는데……"

마니앵을 힘들게 하는 주제였다. 이미 여러 번의 교섭이 시도된 터였다.

엔리케는 마니앵의 팔짱을 꼈다. 이 덩치 큰 인물의 이러한 행동이 그를 놀라게 했다. 마니앵은 공산주의자 지도자들을 군인 유형과 사제 유형으로 분류하곤 했다. 다섯 번의 내란을 치른데다 가르시아만큼이나 커다랗고 강력한 이 사내를 사제 유형으로 분류해야 한다는 것이 마니앵에게는 꺼림칙했다. 그럼에도 마니앵은 멕시코의 조각상 같은 그의 입술이 순간순간 마치 카펫장수의 입처럼 튀어나오는 것을 보았다.

경찰청은 무엇을 요구했던가? 세 명의 독일인이 더이상 비행장에 발을 들여놓지 못하게 하라는 것이었다. 마니앵이 생각하기에 크레펠트는 수상쩍을 뿐 아니라 무능했다. 지도교관을 자청했던 기관총사수는 기관총을 사용할 줄 몰랐고, 카를리치가 그를 필요로 할 땐 언제나 공산당에 가 있었다. 그래서 카를리치는 모든 일을 혼자 해야 했다. 슈라이너의 이야기는 비극적이었고, 그에겐 아무런 혐의가 없었다. 그러나 어쨌든 그는 대공방위대로 떠나야 했다.

“엔리케, 아시겠지만, 이 모든 것은 인간적으로 괴로운 일입니다. 하지만 내게는 경찰청이 요구하는—또 강경하게 요청할 수 있는—것을 거부할 타당하고 합리적인 이유가 없어요. 난 공산주의자가 아니니 이 경우 내가 속한 당이 요구하는 규율에 복종한다고 주장할 수도 없습니다. 도움을 받아야만 행동할 수 있는 이 시점에서 비행대, 경찰청 그리고 정보부 사이의 우호적인 관계는 우리한테 실제로 너무도 중요하기 때문에 내가 이 이야기로 그 관계를 위태롭게 만들 수 없습니다. 그렇게 한다면 고집불통으로 보일 거예요. 내가 말하고자 하는 바를 이해하시겠죠."

"그들을 잡아두어야 합니다." 엔리케가 말했다. "당이 그들을 책임집니다…… 그들이 이처럼 쫓겨나면, 동지들이 보기에는 혐의를 인정하는 꼴이 된다는 것을 당신도 잘 알 겁니다. 요컨대 여러 해 전부터 훌륭한 투사였던 사람들에게 그런 조치를 강제할 수는 없는 겁니다."

기관총사수는 공산당원이었지만 마니앵은 아니었다.

"난 슈라이너는 혐의가 없다고 확신합니다. 그러나 문제는 그게 아닙니다. 당신은 파리에 있는 독일 정당의 정보를 가지고 있지요. 그 정보를 믿고요. 그러니 정부 쪽에 대해서는 책임을 져주십시오. 난 조사자료가 전혀 없습니다. 그리고 이처럼 중대한 결과를 초래할 수 있는 문제를 내 감정에 따라 가볍게 해결하지 않을 겁니다. 더욱이 당신도 아시다시피, 그들은 비행사로는 전적으로 무능합니다."

"만찬을 마련할 수 있지 않을까요. 그러면 거기서 나는 당신한테 스페인 동지들의 인사를 전하고, 당신은 독일 동지들에게 인사를 할 수 있을 겁니다…… 들은 바로는 비행대에 독일인들에 대한 적대감이 있고 약간의 민족주의도 있다던데……"

"난 당신한테 이런 식으로 정보를 제공하는 사람들에게 건배를 제안할 마음이 전혀 없습니다."

엔리케라는 개인(그는 이 인물을 거의 알지 못했다)에 대해서는 아니라 할지라도 적어도 그동안 그의 업적에 대해 가지고 있었던 경의 때문에 마니앵의 분노는 커지고 있었다. 마니앵은 제5연대 대대들이 형성되는 것을 지켜보았다. 그들 전체는 민병들로 이루어진 가장 훌륭한 대대였다. 인민전선의 군대 모두가 같은 방법으로 형성될 수 있을 지도 몰랐다. 그들은 혁명 규율의—결정적인—문제를 해결했던 것이다. 따라서 마니앵은 엔리케를 스페인 인민군의 뛰어난 조직자들 중 한 사람으로 인정하고 있었던 것이다. 그러나 한편으로 그는 성실하고 신중하며 열성적인 이 사나이 역시 그의 입장이었다면 조금 전의 부탁을 들어주지 않았으리라 확신했다.

"당은 이 문제를 심사숙고한 끝에, 그들을 붙들어둬야 한다고 생각하게 되었습니다." 엔리케가 말했다.

마니앵은 사회주의자들과 공산주의자들이 싸웠던 시절 느꼈던 자신의 불만을 다시 마주하고 있었다.

"잠깐만. 나에게 혁명은 공산당보다 우선합니다."

"나도 광적인 당원은 아닙니다, 마니앵 동지. 예전에는 트로츠키파였지요. 오늘날 파시즘은 수출 품목이 되었습니다. 군대나 군용기 같은 완제품을 수출하고 있어요. 내 말은, 이런 조건에서 우리가 지키고자 하는 것의 실질적인 방어는 첫째로 더이상 세계의 프롤레타리아가 아닌 소련과 공산당에 의지하고 있다는 겁니다. 100대의 러시아 비행기는 전쟁을 알지 못하는 5만 명의 민병들보다 더 많은 일을 할 겁니다. 지금 당과 함께 행동한다는 것은, 무조건 그렇게 한다는 뜻입니다. 당은 한덩어리니까요."

"그렇겠죠. 그러나 러시아 비행기들은 여기에 와 있지 않아요. 당신의 세…… 친구에 관해서는, 공산당이 그들을 책임진다면 경찰청에서 그들을 맡도록 지시하거나 아니면 당에서 그들이 당을 위해 일하도록 조치하십시오. 그렇게 한다면 난 전혀 반대하지 않겠습니다."

"그렇다면, 결국 당신은 그들이 떠나주길 원하는 겁니까?"

"그렇습니다."

엔리케는 마니앵의 팔을 놓았다.

그들은 이제 건물들의 불빛을 받고 있었다. 그때까지 그늘 속에 있던 위원의 인디언 같은 얼굴이 불빛 속에 다시 나타났다. 게다가 팔을 놓았기 때문에 조금 떨어져서 그를 더욱 잘 볼 수 있었다. 마니앵은 누군가 그의 앞에서 인용했지만 한동안 잊고 있었던 엔리케의 말을 떠올렸다. '나에게는 당의 동지 하나가 세상의 모든 마니앵들과 모든 가르시아들보다 더 중요합니다.'

"그래요, 난 정당이라는 게 어떤 것인지 알고 있습니다." 마니앵이 다시 말했다. "나는 사회주의혁명좌파라는, 힘이 약한 당에 소속되어 있습니다. 스위치를 누르면 모든 전구들에 일제히 불이 켜져야 합니다. 일부 전구들이 완전하지 못하면 낭패지요. 게다가 큰 전구들은 불이 잘 켜지지 않습니다. 따라서 우선 당이……"

"그들을 붙잡아두겠습니까?" 엔리케가 중립적인 목소리로 물었다. 무관심을 위장하기 위해서라기보다는 마니앵에게 영향을 끼치고자 하지 않음을 드러내기 위해서였다.

"아니요."

위원은 심리心理보다는 결정에 더 관심이 있었다.

"살루드!" 그가 말했다.

어쩔 수 없었다. 마니앵은 이 비행대를 조직했고, 부하들을 찾아냈으며, 끊임없이 위험을 무릅썼고, 자신이 지휘하는 중대의 책임을 아무런 권한도 없이 열 번이나 떠안았던 것이다. 하지만 결국 그는 그들 편이 아니었다. 그는 공산당에 속하지 않았다. 그의 말은 기관총을 분해할 줄 모르는 기관총사수의 말보다도 영향력이 없었다. 그리고 그 업적과 가치를 보고 그가 존중했던 한 사람은 그리 순수하지 못한 자기 당 동지를 만족시키기 위해 마니앵에게 어린애 같은 태도를 요구하고 있었다. 그리고 이 모든 것은 옹호될 수 있을지도 몰랐다. '각각의 방에는 전구들이 필요하다.' 그리고 어쨌든 스페인의 가장 훌륭한 부대를 조직하고 있는 것은 엔리케였다. 마니앵 자신은 슈라이너의 해고를 받아들이고 있었다. 행동은 행동이지 정의正義가 아니다.

어둠은 이제 거의 완전해졌다.

그가 스페인에 온 것은 불의不義를 위해서가 아니었다.

멀리서 몇 번의 발포가 비행장 위를 지나갔다.

불타는 마을 앞에서 나귀를 끌고 달아나는 수많은 농부들에 견주어 보면, 이 모든 것은 얼마나 가소로운가!

처음으로 뼛속까지 전쟁의 고독을 느끼며, 마니앵은 비행장의 마른 풀에 서둘러 발을 끌었다. 부하들이 격납고에 모여 비행기들을 수선하고 있었다.

완전한 어둠이 마르첼리노보다 먼저 도착했다. 부상당한 조종사들에게 야간 착륙은 권고사항이 아니다. 정비사들은 땅거미를 바라보고 있는 것 같았다. 황혼의 불안한 평화 속에 그들이 긴장한 채 바라보는 것은 비행기와 밤 사이에 벌어진 보이지 않는 경주였다.

아티니에스가 언덕 등성이 쪽에 시선을 둔 채 오고 있었다.

"이보게, 지크프리트, 난 공산주의자들이 지겹군." 마니앵이 말했다.

스페인인들과 아티니에스를 좋아하는 자들은 그를 지크프리트라 부르곤 했다. 금발에 미남이었으니까. 그가 면전에서 그렇게 불린 것은 처음이었다. 그는 개의치 않았다.

"우리가 원하는 바를 해주고자 하는 사람과 당 사이에 마찰이 생길 때마다 나는 커다란 슬픔을 느낍니다." 그는 말했다.

비행대의 공산주의자들 가운데 아티니에스는 마니앵이 가장 존중하는 사람이었다. 마니앵은 그가 크레펠트와 퀴르츠에게 적의를 품고 있음을 알고 있었다. 그는 이야기를 하고 싶었다. 그리고 아티니에스 역시 그와 마찬가지로 자신이 좋아하는 마르첼리노를 기다리느라 신경이 곤두서 있음을 알았다.

"이번 일은 당에 많은 잘못이 있다고 생각합니다." 아티니에스가 말했다. "그런데 당신 자신은 잘못이 없다고 확신합니까?"

"충동적인 사람은 항상 잘못을 저지르지, 이보게……"

그의 어조는 보호자가 아니라 심지어 아버지 같았다.

"결산을 해봐야 해……"

마니앵은 불평을 늘어놓고 싶지 않았으나 그럼에도 이렇게 말을 이었다.

"퀴르츠가 당에서 더러운 스파이 노릇을 한 뒤로 내가 공산주의자들한테 얼마나 공격을 받고 있는지 나라고 모르겠나?"

"그는 스파이가 아닙니다. 그는 히틀러 치하의 독일에서 싸웠습니다. 히틀러가 있는 곳에서 싸우는 우리 당 동지들이 어쩌면 최고일지도 모릅니다. 이번 사태 전체는 터무니없는 일이지만 어쩔 수가 없습니다. 그런데 혁명가이자 경험 많은 분인 당신이 어째서 이번 일을 그냥 넘기지 못하십니까?"

마니앵은 심사숙고했다.

"이보게, 내가 함께 싸워야 하는 사람들이, 내가 함께 싸우고 싶은 사람들이 나를 신뢰하지 않는데 왜 싸워야 한단 말인가? 차라리 죽어버리는 게……"

"만약 자제분이 잘못을 저지르면 그를 원망하시겠습니까?"

가장 우수한 공산주의자들을 당과 결합시키는 이 깊은 생리학적 유대에 직면한 것은, 마니앵으로서는 이번이 처음이었다.

"하이메가 비행기에 타고 있지 않나요?" 아티니에스가 물었다.

"그렇다네, 앞쪽 기관총사수지."

밤은 점점 빨리 내리고 있었다.

"우리의 감성 그리고 우리의 삶조차 이 전쟁에서는 다 하찮은 것입니다……" 젊은이가 다시 말했다.

"그렇지. 하지만 자네 아버지가 잘못을 저지른다면……"

"난 아버지라고 하지 않았어요. 자제분이라 말했지요."

"아이가 있나, 아티니에스?"

"없습니다. 당신은 있지요, 그렇지 않나요?"

"있지."

그들은 눈을 하늘로 쳐든 채 몇 걸음 나아가며 마르첼리노의 비행기가 돌아오는지 살펴보았다. 마니앵은 아티니에스가 무언가 말하려 한다는 것을 눈치챘다.

"마니앵 동지, 우리 아버지가 누군지 아시죠?"

"그렇다네. 그렇기 때문에……"

아티니에스(이것은 가명이었다)는 비밀이라 믿었지만 그 사실은 이미 비행대에 알려져 있었다. 그의 아버지는 그의 나라 파시스트의 우두머리 가운데 하나였다.

"우정이란 친구들이 옳을 때 함께하는 게 아니라 그들이 틀릴 때조차 함께하는 것이지요……" 그가 말했다.

그들은 셈브라노에게 올라갔다.

탐조등이 준비되었고, 동원할 수 있는 자동차들은 모두 첫번째 신호가 떨어지자마자 헤드라이트를 켜라는 명령을 받고서 활주로 주변에 배치되어 있었다.

"자, 즉시 불을 켜게!" 마니앵이 말했다.

"그래야 할지도 모르지." 셈브라노가 말했다. "하지만 난 기다리고 싶어. 파시스트들이 온다면 그들에게 착륙지를 비춰줄 필요는 없으니까. 그러니 기다리는 게 좋겠네."

셈브라노가 불을 켜지 않으려는 것은 미신 때문임을 마니앵은 알고 있었다. 이제 비행사들은 거의 모두가 미신을 믿었다.

창문이 열려 있었다. 전쟁이 터지기 전, 비행장 책임자는 이 시간이면 위스키를 들곤 했다. 늦여름의 밤기운이 대지 전체에서 올라왔다.

"불을 켜!" 세 사람이 일제히 외쳤다.

비행기의 비상 사이렌 소리가 들렸다.

자동차 헤드라이트의 짧은 선들 사이로 항공용 서치라이트 빛줄기가 텅 빈 비행장을 가로질러 뻗어나갔다. 마니앵은 콧수염을 앞으로 내밀고는 층계를 급히 뛰어내려갔고 아티니에스가 뒤를 따랐다.

아래에서는 나란히 자리잡은 머리들이 비행기를 향하고 있었다.

비행기가 오는 것을 본 사람은 아무도 없었다. 하지만 소리로 알고는 이제 모두가 착륙을 위해 선회하는 비행기를 주시하고 있었다. 청회색으로 신속하게 짙어져가는 하늘에서 비행기의 윤곽이 미끄러져 내려왔다. 연푸른빛 한가운데서 도려낸 종이처럼 분명했고 수은등 불빛을 배경으로 서 있는 기념물처럼 뚜렷했다.

"외부 엔진이 불타고 있어." 어떤 목소리가 말했다.

비행기가 커졌다. 이제 선회를 멈추고는 전면의 활주로로 들어서고 있었다. 직선을 이룬 양날개가 비행장의 어둠 속으로 사라지더니 표면 가까운 곳에서 짙어져갔다. 시선들은 희미한 얼룩 같은 기체를 좇을 수밖에 없었다. 맹금류에 들볶이듯, 거대한 산수소취관에서 나오는 푸르스름한 불꽃에 들볶이는 그 기체는 결코 땅에 착륙하지 못할 것만 같았다. 죽은 자들을 실은 비행기는 천천히 내려오는 법이다.

"폭탄들이!" 마니앵이 안경다리를 두 손으로 붙잡고 신음했다.

비행기가 땅에 닿는 순간 기체와 화염이 격렬한 난투를 벌이듯 서로 접근했다. 기체가 화염 속에 튀어올랐고, 비틀린 화염은 웅크렸다가 소리를 내면서 다시 솟아올랐다. 비행기는 곤두박질쳤다.

앰뷸런스가 덜거덕거리면서 주검처럼 주의깊게 지나가고 있었다. 마니앵은 앰뷸런스로 뛰어올랐다. 비행기가 착륙하는 모습을 보자마자 전속력으로 뛰쳐나온 펠리컨들은(조종사들은 나무라면서도 그들을 따라갔다) 이제 주변에 바큇살 같은 그림자들을 던지며 수직의 커다란 화염으로 달려가고 있었다. 화염은 더이상 기체에 접근하지 못한 채 창백하고 떨리는 빛으로 그것을 비추었다. 호두 껍데기처럼 두동강난 기체에 사람들이 피로 달라붙어 있기라도 한 듯, 펠리컨들은 위협적인 휘발유 냄새에 경련을 일으키면서도 참을성을 발휘하며 상처에서 붕대를 떼어낼 때처럼 조심스러운 동작으로 그들을 기체에서 떼어냈다. 소화기들이 불길을 잡는 동안 부상자들과 죽은 자들이 기체에서 꺼내졌고, 그들 주위에는 동지들이 그림자를 뒤죽박죽 드리운 채 모여들었다. 시체같이 창백한 이 불빛 아래, 꼼짝하지 않는 사자死者들이 흥분한 사자들에 의해 보호받는 것 같았다.

부상자가 셋이고, 사망자도 셋인데 사망자 가운데 하나가 마르첼리노였다. 전부 여섯 명이니 기관총사수 한 사람이 모자랐다. 제일 나중에 내려온 그는 하이메였다. 동지 하나가 그를 인도했는데, 앞으로 내민 그의 두 손이 떨리고 있었다. 포탄이 눈높이에서 터져 눈이 멀어버린 것이다.

비행사들은 죽은 자들의 팔다리를 들어 술집으로 옮겼다. 화물 운송차는 조금 후에 올 것이다. 마르첼리노는 목에 총탄을 맞아 죽었기 때문에 피를 별로 흘리지 않았다. 아무도 감겨주지 않아 시선은 비극적으로 고정되어 있었지만, 음산한 불빛에도 불구하고 그의 마스크는 아름다웠다.

한 술집 여종업원이 그를 바라보았다.

"영혼이 보이기 시작하려면 적어도 한 시간은 지나야 한대요." 그녀가 말했다.

마니앵은 사람이 죽는 모습을 많이 보았기 때문에 죽음이 얼굴에 가져다주는 평정을 알고 있었다. 주름과 잔주름은 불안과 사유와 함께 사라져버렸다. 생명은 씻겨갔지만 크게 뜬 두 눈과 가죽 비행모에 의해 아직도 의지가 붙들려 있는 이 얼굴을 바라보며 마니앵은 방금 들은, 그리고 스페인에서 그토록 다양한 방식으로 들었던 이야기에 대해 생각하고 있었다. 사자들의 마스크에서 그들의 진짜 얼굴이 나타나기 시작하려면 적어도 한 시간은 지나야 한다.

Ⅱ

1

농가 셋—누런 바위들, 같은 빛깔의 우묵한 기왓장들—을 점령한 파시스트들을 우선 몰아내야 했다.

작전은 단순했다. 탈라베라와 톨레도 사이에 있는 타호강 유역의 자갈밭 덕분에 민병들은 질서 있고 신중하게만 움직이면 안전하게 농가에 접근할 수 있었다. 히메네스는 밤에 유탄을 요청해두었다. 무기 배분을 책임지는 장교는 독일인 망명자였다. 새벽에 트럭들이 도착하는 모습을 보고 히메네스는 그 신속하고 능란한 솜씨에 놀라움을 금치 못했지만—거기엔 석류*가 가득 실려 있었다.

마침내 정식으로 요청한 결과 진짜 유탄들이 도착했다.

---

* grenade는 '유탄(榴彈)'과 '석류'를 뜻한다.

히메네스가 지휘하는 중대 가운데 하나는 며칠 전에 도착한 민병들로 이루어져 있었다. 이들은 아직 전투 경험이 없었다. 히메네스는 매우 우수한 하사관들로 하여금 이들을 지도하게 했다가 오늘은 직접 지휘하고 있었다.

그는 유탄을 투척하는 연습을 시작하게 했다.

새로운 민병들로 편성된 제3중대에 주저하는 자들이 있었다. 한 민병은 유탄이 점화되었는데도 던지지 못했다. "던져!" 중사가 외쳤다. 그것이 곧 그의 손에서 터지면 불쌍한 녀석은 산산조각날 것이다. 히메네스는 그의 팔꿈치 아래를 주먹으로 힘껏 때렸다. 유탄은 공중에서 터지고, 민병은 쓰러지고, 히메네스의 얼굴에서는 피가 흘렀다.

민병은 어깨에 부상을 입었다. 그는 가까스로 목숨을 건졌다. 그가 붕대로 응급치료를 받고 후송되자마자 히메네스를 감싸기 위한 붕대가 펼쳐졌다. "터번 같은 것은 무어족에게나 주고 나한텐 영국제 반창고를 붙여주게나." 그가 말했다. 반창고를 붙이니 용사 같은 면모가 거의 사라져버렸다. 그는 이제 우표로 땜질을 한 것 같은 모습이었다.

히메네스는 마누엘에게 지형 정찰을 지시했다. 가장 배울 것이 많은 장교 곁에 마누엘을 배치한 정당의 처사는 현명했다. 히메네스는 그에게 호감을 가지고 있었다. 마누엘에게 규율이 잡혀 있는 것은 복종이나 지휘에 대한 취향이 있어서가 아니라 천성과 효율에 대한 감각 때문이었다. 게다가 그에게는 교양이 있었다. 히메네스는 이 점에 예민했다. 훌륭한 음악가이기도 한 이 음향기사가 타고난 장교라는 사실에 그는 놀랐다. 히메네스는 터무니없는 이야기들을 통해서만 공산주의자들을 알고 있었기에 어느 정도 중요한 공산당 투사라면 행정관인 동시에 준엄한 집행관이자 선전원을 겸하며, 직책상 엄격한 규율과 설득의 불가피성을 따르지 않을 수 없으므로 우수한 장교가 될 가능성이 많다는 것을 깨닫지 못했던 것이다.

첫번째 농가에 대한 공격이 시작되었다. 조용한 아침이었고 나뭇잎들은 돌멩이처럼 미동도 없었으며, 벌써 가을을 예고라도 하듯 때때로 선선하다 할 만한 미풍이 불어오고 있었다. 민병들이 돌무더기와 저격병들의 보호를 받으며 유탄으로 질서 있게 공격했기 때문에 파시스트들의 진지는 버틸 수 없었다. 갑자기 서른 명쯤 되는 민병들이 바위 위로 튀어올라 흑인처럼 소리를 지르면서 엄폐물도 없이 공격했다.

"됐다!" 히메네스는 주먹으로 자동차 문짝을 치면서 으르렁대듯 내뱉었다.

민병 스무 병이 이미 바위 위에 쓰러져 있었다. 어떤 자들은 공처럼 나뒹굴었고, 어떤 자들은 두 팔을 십자가 형태로 뻗었으며, 또 어떤 자들은 스스로를 보호하듯 얼굴에 주먹을 댄 모습이었다. 시체 하나에서 흘러나온 피가 햇살에 반짝이며 설탕처럼 새하얗고 납작한 돌을 조금씩 덮고 있었다.

다행히도 농가 양쪽에서 다른 민병들이 마지막 바위에 도착했다. 그들은 동료들이 쓰러지는 것을 보지 못했다. 유탄을 맞은 기왓장들이 간헐온천처럼 튀어오르기 시작했다. 십오 분 뒤 농가는 점령되었다.

두번째 농가를 공격하는 임무는 신참 민병들의 몫이었다. 그들은 이미 전투의 모든 것을 보았다.

"여러분," 히메네스는 포드 자동차의 덮개 위에 올라서서 그들에게 말했다. "농가는 점령되었다. 명령을 어기고 바위에서 튀어나간 자들은 농가에 첫번째로 들어갔든 아니든 종대에서 제외된다. 우리를 지켜보는 자, 그러니까 우리를 심판하고 앞으로 심판하게 될 역사에 필요한 건 승리하는 용기이지 위안을 주는 용기가 아니라는 점을 명심해야 한다.

지정된 길을 따라가면 적으로부터 200미터 떨어진 곳까지는 아무런 위험이 없다. 그 증거로 내가 이 차를 타고 여러분과 함께 갈 것이다. 그때까지 한 사람의 부상자도 있어서는 안 된다.

그다음에 우리는 싸워서 농가를 점령할 것이다. 하느님의 섭리…… 행운이 우리와 함께하길! 모든 것을 보고 계시는 그분이, 그러니까…… 스페인 국민이 우리와 함께하고, 여러분, 옳다고 믿는 것을 위해 싸우는 우리와 함께하길……"

유탄을 지닌 신참 민병들 뒤에, 그는 뛰어난 병사들을 저격병으로 세워놓았다.

농가에 도착하기도 전에 그들은 파시스트들이 농가를 포기하고 달아나는 모습을 보았다.

지난주에 파시스트 병사들이 전선을 넘어왔다. 열댓 명이 마누엘의 중대에 배속되었다. 그들의 두목은, 비록 뽑힌 것은 아니었지만 알바가 분명했다. 그는 매우 용감한 민병이었으나 거의 언제나 적의에 찬 모습이라 여러 사람으로부터 첩자라는 의심을 받고 있었다.

마누엘은 그를 불러오게 했다.

그들은 자갈밭을 가로질러 걷기 시작했다. 마누엘은 파시스트 전선 쪽으로 가고 있었다. 최전선은 아니었지만 이 방향으로 가면, 농가들을 포기했다고는 해도 적이 3킬로미터도 안 되는 곳에 있었다.

"권총이 있나?" 마누엘이 물었다.

"아니요."

알바는 거짓말을 하고 있었다. 그의 바지가 허리띠 있는 곳에서 얼마나 무겁게 눌려 있는지만 봐도 알 수 있었다.

"이것을 받게."

그는 주머니에 있는 권총을 꺼내 알바에게 건넸다. 그는 총집에 넣은 긴 자동권총을 허리띠에 차고 있었다.

"자넨 왜 F.A.I.에 들지 않지?"

"내키지 않소."

마누엘은 그를 관찰했다. 사내답다기보다는 굵직한 용모였다. 코는 동그랗고 입은 두툼했으며 물결치는 듯한 머리칼이 낮은 이마에 무성했다…… 그의 어머니는 예전에 얼마나 '그를 사랑스럽다고 생각'할 수밖에 없었을까, 마누엘은 상상해보았다.

"자넨 불평이 많더군." 마누엘이 말했다.

"불평할 게 많으니까요."

"무엇보다 할일이 많지. 자네가 히메네스의 입장에 있다 해도, 혹은 내가 그의 위치에 있다 해도 사정은 나아지지 않네. 오히려 더 나빠지겠지. 그러니 그가 하는 일을 할 수 있도록 도와주어야 해. 그러고서 두고 보면 되는 거네."

"사태는 좀더 나빠질 거요. 하지만 지휘하는 자가 계급의 적은 아니죠. 나는 그것도 좋다고 보고 있소."

"난 사람들의 직위보다는 그들이 하는 일에 관심이 있네. 레닌도 결국 노동자가 아니었지. 내가 자네에게 하고자 하는 말은 이것이네. 자네는 가치 있는 사람이고 이 가치는 사용되어야 한다는 걸세. 가급적 빨리, 불평보다는 다른 것에 말이야. 곰곰이 생각해보게. 그러고 나서 자네가 어디와 잘 맞는지 말해보게. F.A.I.든 C.N.T.든 P.O.U.M.*이든 자네가 원하는 게 어떤 것인지를 말이야. 자네 조직의 녀석들이 곧 모이면 자네가 책임자가 되게. 부관들이 필요하네. 자네, 부상을 당한 적이 있나?"

"없소."

"난 있네. 바보 같은 다이너마이트 사고였지. 이걸 받게. 허리가 아프군." 그가 혁대를 풀었다. "각자에게 즐거운 일이 있지. 나에게 즐거운 일은 나뭇가지로 바보 같은 짓을 하는 거야."

그는 길가에서 나뭇가지 하나를 꺾어서는 알바 곁으로 돌아왔다. 무장을 해제한 상태였다. 어쩌면 파시스트들이 1킬로미터 떨어진 곳에 있을지도 몰랐다. 어쨌든 알바는 그의 곁에 있었다.

"내가 보건대 이곳에서는 자네 뜻대로 되지 않을 걸세. 아마 절대 안 될 거야. 하지만 각자에게 기회를 줘야지."

"당에서 축출된 자들에게도 말이오?"

마누엘은 당황하여 걸음을 멈추었다. 그가 전혀 생각해보지 못한 문제였다.

"이런 문제에 대해 당의 공식적인 지시가 있다면, 그게 어떤 것이든 난 그대로 실행하겠지. 지시가 없는 한은 제명된 자들한테도 기회를

* 마르크스주의통일노동당.

줘야 한다고 말하겠네. 능력 있는 사람이라면 누구나 이 시점에서 공화국이 승리하도록 도와야 하네."

"당신도 당에 끝까지 남지는 못할 거요!"

"남을 거야."

마누엘은 알바를 쳐다보고 미소를 지었다. 그는 웃을 때면 어린애 같았다. 하지만 입가가 아래로 처지는 미소였기에 무거워 보이는 그의 턱이 씁쓸한 모양새를 드러냈다. "사람들이 자네에 대해 뭐라고 말하는지 아나?" 그는 자신의 질문이 그리 중요한 것은 아님을 미리 알리기라도 하듯 계속해 걸으면서 물었다.

"알 것 같소……" 알바는 마누엘의 혁대를 손에 들고 있었다. 혁대에 달린 권총집이 그의 장딴지를 때렸다. 자갈밭은 완전한 고독 속에 있었다. "그럼 당신은 사람들이 나에 대해 말하는 것을 어떻게 생각하고 있소?" 그가 반쯤 빈정대는 투로 물었다.

"사람을 신뢰하지 않고 지휘를 할 수는 없네."

마누엘은 걸으면서 자신이 들고 있는 나뭇가지로 길에 있는 작은 돌멩이들을 톡톡 건드렸다.

"파시스트들은 그럴지 모르지만 우리는 아니야. 그게 아니라면 더이상 지휘를 할 필요가 없지. 능동적이면서 동시에 비관적인 사람은 지금 파시스트이거나 장차 파시스트가 될 걸세. 그의 뒤에 충성심이 있는 경우를 제외하곤 말이야."

"공산주의자들은 그들의 적에 대해 늘 파시스트들이라고 말하죠."

"난 공산주의자야."

"그래서요?"

"난 내 권총을 파시스트에게 건네진 않아."

"확신합니까?"

알바는 상당히 혼란스러운 표정으로 마누엘을 쳐다보았다.

"그렇고말고."

상대가 거북스러워하는 것이 분명해지면서, 아무 위험도 감수할 게 없다는 마누엘의 확신도 사라져가고 있었다. 곧 총을 쏠 대상과 이야기한다는 것은 암살자에게 분명 거북한 일일 거야, 마누엘은 아이로니컬하게 생각했다. 그러나 그때 그가 느끼고 있던 것은, 어쩌면 자신의 죽음이 바로 곁에, 어린애 같은 커다란 얼굴을 한 이 고집불통 청년의 형태로 존재할지 모른다는 점이었다.

"나는 지휘하고자 하는 사람들을 믿지 않소." 알바가 말했다.

"그렇군. 하지만 지휘하기를 원하지 않는 사람들도 마찬가지겠지."

그들은 마을 쪽으로 되돌아오는 중이었다. 비록 근육은 경계하고 있었지만, 마누엘은 때때로 자신과 정부情婦 사이에서 관능의 숨결을 느꼈듯이, 이 사나이와 자신 사이에서 어렴풋한 신뢰를 느끼고 있었다. 여자 스파이와 동침을 한다면 아마 틀림없이 이런 느낌이겠지, 그는 생각했다.

"알바, 권위 자체를 증오하는 것은 하나의 병이네. 어린 시절의 추억이지. 그걸 넘어서야 해."

"그렇다면 당신은 우리와 파시스트 사이에 어떤 차이가 있다고 생각합니까?"

"우선 스페인 파시스트들 4분의 3이 꿈꾸고 있는 것은 권위가 아니라 쾌락이네. 그리고 사실 파시스트들은 지휘하는 종족을 언제나 믿지. 독일인들이 파시스트인 것은 그들이 인종차별주의자이기 때문이 아니야. 그들이 인종차별주의자인 것은 그들이 파시스트이기 때문이지. 모든 파시스트는 신권으로 명령을 내리네. 그렇기 때문에 우리와 달리 그들에게는 신뢰의 문제가 제기되지 않는 걸세."

알바는 허리에 혁대를 감고 있었다.

"그러면 말이오, 만약 녀석들에 대한 견해를 바꾸지 않을 수 없는 상황에 처한다면 어찌하겠소?" 그가 물었다.

"요즘 스페인은 죽을 기회가 많은 나라지……"

알바는 권총집에 손을 얹더니 자신의 행동을 숨기며 천천히 권총을 반쯤 꺼냈다. 삼 분 후면 그들은 다시 마을이 보이는 곳에 이를 것이다. 어처구니없는 상황에 빠졌구나, 마누엘은 생각했다. 동시에 이렇게 죽는 것도 나쁘지 않다고도. 알바는 무기를 도로 밀어넣었다.

"죽을 기회가 많은 나라라는 것은 맞는 말이오……"

알바가 권총을 꺼내려던 것은 자살하기 위해서가 아니었을까, 마누엘은 자문했다. 어쩌면 이 모든 일에는 어떤 희극적인 면이 있는지도 모른다.

"잘 생각해보게나." 그는 다시 말했다. "사흘을 주겠네. 마음에 드는 조직에 들어가게나. 아니면 지지자 없이 지휘하면서 무당파들을 붙잡거나. 틀림없이 즐거움이 있을 거네만 어쨌든 자네가 할 일이지."

"이유는?"

"전혀 다른 자들을 지휘하기 위해선 어떤 토대가 필요한지를 알아야 하니까. 나도 아직 대단한 것을 알지는 못해. 하지만 알기 시작하고 있지. 요컨대 자네가 할 일이네. 내가 할 일은, 자네로 하여금 여기서 일종의 도덕적 책임을 지도록 만드는 거야. 자네는 구체적인 책임을 져야 하네. 당연히 내가 감독할 걸세."

알바가 부정적으로 대답했다면 마누엘은 당장 그를 제외시켰을 것이다. 알바는 그러지 않았다. 만족한 걸까? 그러나 그는 적의에 찬 것 같았다.

마을에 도착하자 마누엘은 자신의 혁대를 돌려받았다. 그는 그것을 다시 매고 알바의 팔에 손을 얹은 뒤 그를 똑바로 쳐다보았다.

"내 말 알아들었나?"

"그런 것 같소." 상대방이 말했다.

그는 싫은 표정을 하고는 물러갔다.

해가 지고 있었다.

점령된 세 농가의 경비를 가능한 범위 내에서 강화하고, 엄폐물 없이 첫 농가를 공격했던 민병들은 톨레도로 보내고, 장교들에게 지시를 내린 다음, 히메네스는 짧게 깎은 정수리 왼쪽에 영국제 반창고를 멋진 십자형으로 붙인 모습으로 마누엘과 함께 산이시드로 쪽으로 걷고 있었다. 이곳에 부대의 병영들이 편성되는 중이었다. 타일과 색깔이 같은 도로는 자갈로 뒤덮여 있었다. 멀리 지평선까지 돌멩이 아닌 게 없었고 여기저기 솟아오른 가시 돋친 관목들은 갈고리 같은 형상을 한 노란 바위에 뾰족한 가지를 걸쳤다.

마누엘은 히메네스가 방금 부대의 장교들에게 한 몇 마디 말을 곱씹고 있었다. '일반적으로 지휘관의 개인적인 용기는 지휘관으로서 양심의 가책을 느낄수록 더욱 큰 법이오. 우리에게는 모범보다 결과가 훨씬 더 필요하다는 것을 잊지 마시오.' 마누엘은 한쪽 다리를 저는 대령보다 앞서가지 않기 위해 천천히 걷고 있었다. 절뚝거림 또한 '오리'라는 별명을 이루는 요소였다.

"신참들도 잘 싸우지 않았나요?" 마누엘이 물었다.

"꽤 괜찮은 편이었지."

"파시스트들은 싸우지도 않고 달아났어요."

"되돌아올 거야."

반쯤 귀머거리였기 때문에 히메네스는 걸으면서 말하고 혼자 중얼거리기를 좋아했다.

"이보게나, 탈라베라에서는 패주했어. 저들이 이탈리아제 탱크로 공격하고 있거든……

용기라는 것은 유기적으로 조직되어 생명처럼 살고 죽는 것이니 소총과 마찬가지로 잘 관리하고 유지해야 하는 걸세…… 개인적인 용기는 부대의 용기를 위한 좋은 원료나 마찬가지지…… 스무 명 가운데 진짜 겁쟁이는 한 명도 없어. 스무 명 가운데 두 명은 체질적으로 용감하지. 부대를 편성할 때는 첫번째로 겁쟁이를 제외하고 용감한 둘을 최상으로 활용하여 열일곱을 조직해야 해……"

마누엘은 부대의 전설이 된 한 모험담을 떠올렸다. 히메네스는 자신의 포드 덮개에 올라가서, 차 주위를 네모나게 둘러싼 연대 민병들에게 비행기 폭격에 대비한 지시 사항을 반복하고 있었다. 이탈리아에서 갓 도착한 적군 비행대가 그날 아침 탈라베라에서 톨레도로 떠났기 때문이다. "비행기의 폭탄은 호스 꼭지에서 물이 뿌려지듯 작렬한단 말이야." 부하들은 어리둥절한 표정을 짓고 있었다. 적의 폭격기 일곱 대가 전투기의 호위를 받으며 광장 위를 통과하기 위해 대열을 짓는 중이었다. 대령은 귀가 먹었지만 헌병대에게는 비행기 모터 소리가 들렸다. "이런 경우 공포와 무모함은 똑같이 쓸모가 없다는 것을 기억하라. 1미터 밖에 있는 것은 무엇도 맞지 않는다. 부대가 엎드려 있을 때 폭탄이 부상을 입힐 수 있는 것은 폭탄이 떨어지는 바로 그 지점에 있는 자들뿐이다." 눈초리를 하늘로 향한 채 차츰차츰 커지는 모터의 진동 소리를 듣고 있던 자들은 '그거야 늘 그렇지'라고 생각했다. 민병들이 배를 바닥에 깔고 엎드리지 않게 하기 위해서는 히메네스의 모든 권위가 필요했다. 히메네스가 어떻게 콜론 호텔을 점령했는지 다들 알고 있었다. 얼굴들이 보란듯이 위로 쳐들려 있었다. 마누엘이 움직이지 않은 채 엄지손가락으로 하늘을 가리켰던 것이다. "모두 엎드려!" 히메네스가 외쳤다. 이미 훈련이 되어 있었기에 사각형으로 모인 병사들은 몇 초 만에 자취를 감추었다. 모여 있던 이들이 조준기에서 사라지자 적의 첫번째 폭격기는 마을 위로 폭탄을 마구잡이로 투하했고 다른 폭격기들은 톨레도에서 쓰기 위해 폭탄을 아꼈다. 부상자는 단 한 명뿐이었다. 그때부터 히메네스가 지휘하는 민병들은 비행기에 대한 공포를 느끼지 않았다.

"전쟁이란 이상한 것이지. 지극히 난폭한 지휘관에게도 사람을 죽인다는 것은 경제의 문제거든. 최소의 생명을 소비하기 위해 최대의 철과 폭발물을 소비하고 있으니 말이네. 우리에게는 철이 많지 않아……"

스페인 보병대의 (복잡한) 규칙에서부터 클라우제비츠와 프랑스 전문 잡지의 내용에 이르기까지, 마누엘은 자신이 끊임없이 문법을 통해 전쟁을 배운다는 사실을 깨달았다. 히메네스는 살아 있는 언어였다.

마을 뒤에서 민병들의 첫번째 화톳불이 타올랐다. 히메네스는 서글픈 애정을 느끼며 그것을 바라보았다.

"그들의 약점에 대해 논의하는 것은 그저 부질없는 짓이야. 사람들이 싸우고자 하는 순간부터 군대의 모든 위기는 지휘의 위기지. 난 모로코에서 복무했네. 무어족이 입대할 때부터 대단했다고 생각하나? 군율로 군대를 만드는 게 보다 쉬워! 물론 우리는 우리의 모든 부대들을 위해 공화파 규율을 확립하지 않을 수 없을 것이고, 그러지 않으면 죽어야 할 거야. 오해는 말게, 지금도 우리의 심각한 위기는 지휘의 위기야. 우리의 임무는 경쟁자들의 임무보다 더 어렵네. 그뿐이지……

자네의 친구들인 공산주의자들이 조직하고 있는 것—일 년 전만 하더라도 내가 볼셰비키 한 사람과 이렇게 사이좋게 산책을 하리라고 누가 말할 수 있었겠나!—자네의 친구들이 조직하고 있는 것, 그러니까 그 제5연대는 라이히스베어독일 국방군라고까지는 못하더라도 믿음직한 것이지. 하지만 그것이 군단이 될 때, 그들은 이 군단을 어떻게 무장시킬 것인가?"

"멕시코의 배가 바르셀로나에 도착했습니다."

"소총 2만 자루…… 비행기는 거의 없고…… 대포도 거의 없고…… 기관총은…… 자네도 보았겠지, 오른편의 세 개 중대에 기관총은 하나뿐이야. 공격할 때 중대들은 그것을 서로 빌려다 쓰는 거지. 싸움은 프랑코의 무어족과 우리 군대—더이상 존재하지 않는—사이에 있는 게 아니라 프랑코와 새로운 군대 조직 사이에 있네. 유감스럽게도 민병들은 시간을 벌기 위해 피살되는 것밖에 할 수 있는 게 없어. 하지만 이 새로운 군대는 어디서 소총과 대포와 비행기를 구한단 말인가? 우리는 하나의 산업보다 더 빨리 하나의 군대를 급조해낼 텐데."

"조만간 소련의 도움을 받을 것입니다." 마누엘이 단호하게 말했다.

히메네스는 머리를 설레설레 흔들고는 조용히 몇 걸음 옮겼다. 볼셰비키 한 명과 산책하게 된 것만이 중요한 게 아니었다. 그는 모든 것을 기대했던 프랑스로부터도 더이상 아무것도 기대하지 않게 되었다. 그의 나라는 러시아인들에 의해 구제될 것인가, 아니면 파멸할 것인가……

커다란 십자 모양의 영국제 반창고에 눌린 그의 짧은 머리칼 주위에서 불빛의 마지막 흔적이 장난치듯 일렁였다. 마누엘은 민병들의 화톳불이 퍼지는 모습을 바라보았다. 저물어가는 저녁이, 대지의 그림자와 무관심에 조금씩 뒤덮이는 인간의 영원한 노력에 무한한 허무감을 부여하고 있었다.

"러시아는 멀어……" 대령이 말했다.

도로 주변은 파시스트 비행기들에 의해 엄청나게 폭격을 받았었다. 불발된 폭탄들이 좌우에 있었다. 마누엘은 두 손으로 폭탄 하나를 주워서 공이치기를 빼내다가 타자기로 친 종이를 한 장 발견하고는 그것을 히메네스에게 내밀었다. 히메네스가 포르투갈어로 쓰인 내용을 읽었다. 동지들, 이 폭탄은 터지지 않을 거요. 지금은 그게 전부요.

처음 있는 일은 아니었다.

"그래도 혹시!" 마누엘이 말했다.

히메네스는 감정을 드러내지 않으려 했다.

"알바는 어떻게 했나?" 그가 물었다.

마누엘은 알바와의 면담을 그에게 전했다.

돌멩이들은 불빛 덕분에 벗어난 듯했던 어떤 빈약한 생명력으로 되돌아가는 것 같았다. 바위의 형상들에 의해 유년기로 이끌려 갈 때마다 대령은 자신의 젊은 시절을 생각했다.

"머지않아 자네도 스스로 젊은 장교들을 양성해야만 할 걸세. 그들은 사랑받기를 원하지. 이것은 인간의 본성이야. 그리고 그보다 더 좋은 것도 없지. 다만 그 조건으로 그들에게 이 점을 이해시키도록 하게. 그러니까 장교는 그의 지휘 수준—보다 정의롭고 보다 효율적이며 보다 훌륭한—에 따라서 사랑받아야지 그 사람 개인의 특성 때문에 사랑받아서는 안 된다는 거야. 이보게나, 내가 장교란 결코 유혹해서는 안 된다고 말한다면, 내 말 이해하겠나?"

마누엘은 혁명 지도자에 대해 생각하며 그의 말에 귀를 기울였다. 유혹하지 않고 사랑받는다는 것이야말로 인간의 아름다운 운명 가운데 하나라고 생각하면서.

그들은 마을 가까이 다가갔다. 마을의 희끄무레하고 납작한 집들은 마치 빈대가 나무 구멍에 붙어 있듯이 바위의 구멍난 자리에 붙어 있었다.

"사랑받고자 하는 것은 언제나 위험하지." 히메네스가 말했다. 반은 진담으로 반은 농담으로…… 그의 부상당한 발뒤꿈치가 돌멩이에 걸려 규칙적으로 소리를 내는 가운데 그들은 잠시 말없이 걸었다. 곤충 소리는 이제 전혀 들리지 않았다.

"……한 사람의 개인이 되는 것보다 한 사람의 지휘자가 되는 게 훨씬 더 고귀하다네." 대령이 말을 이었다. "그게 보다 어려운 일이거든……"

그들은 마을에 도착했다.

"안녕, 내 아들들아!" 히메네스가 환호성에 화답했다. 민병들은 마을의 동쪽에 있었다. 아직 점령하지 않고 거의 방치해둔 상태였다. 두 장교는 그곳을 지나갔다. 교회 앞에 총안이 있는 성이 하나 있었다.

"대령님, 어째서 저들을 '내 아들들'이라 부릅니까?"

"동지들이라 부르라는 건가? 그렇겐 할 수 없네. 내 나이가 예순이야. 그렇게는 못 부르겠네. 코미디를 하는 것 같거든. 그래서 난 그들을 아이들이나 내 아들들이라 부르는 거지. 그래도 괜찮은 거야."

그들은 교회 앞을 지났다. 교회에는 화재가 났었다. 열린 현관문을 통해 지하실 냄새와 꺼진 불 냄새가 밀려왔다. 대령이 안으로 들어갔다. 마누엘은 건물의 정면을 바라보고 있었다.

이탈리아 화장 회반죽 대신에 돌을 사용함으로써 고딕적인 특색을 부여한, 바로크적이면서도 서민적인 스페인 교회들 가운데 하나였다. 화염이 내부로부터 뿜어져나온 터였다. 경련을 일으킨 거대한 검은 혀 같은 것들이 각각의 창문 위로 새어나오는가 하면, 빈터의 높은 조각상들 발치를 뒤덮었다.

마누엘은 안으로 들어갔다. 교회 내부 전체가 시커멓게 탔다. 찌그러진 철책의 파편 아래 파헤쳐진 땅은 검댕 무더기에 불과했다. 불길이 할퀴어 백묵같이 하얗게 된 성당 안의 석고들이 숯처럼 타버린 기둥 아래 커다랗고 창백한 얼룩을 만들었고, 착란을 일으킨 듯한 성자들의 몸짓은 부서진 현관을 통해 들어오는 타호강 저녁의 푸르스름한 평화를 반사했다. 마누엘은 경탄에 사로잡혀 자신이 예술가임을 새삼 실감했다. 꺼진 불 속에서 야만적인 위대함을 발견하고 있었던 것이다. 뒤틀린 조각상들의 춤은 이곳의 화염에서 탄생하기라도 한 듯했고, 이와 같은 양식은 갑자기 화재 자체의 양식이 된 것 같았다.

대령이 보이지 않았다. 마누엘이 그를 너무 높은 곳에서 찾고 있었던 것이다. 그는 잔해 한가운데 무릎을 꿇은 채 기도를 올리고 있었다.

히메네스가 매우 독실한 가톨릭 신자임을 알고 있었음에도 마누엘은 이 광경에 당혹스러움을 느꼈다. 그는 밖으로 나와 그를 기다렸다. 그들은 잠시 조용히 걸었다.

"대령님, 질문 하나 해도 될까요? 어떻게 해서 우리와 함께하게 된 겁니까?"

"자네도 알다시피 나는 바르셀로나에 있었네. 반란에 가담하라고 호소하는 고데드 장군의 편지를 받았지. 오 분쯤 깊이 생각했네. 정부에 충성을 맹세한 적은 없지만 마음속으로 정부에 봉사하기로 했다는 것을 난 스스로 잘 알고 있었어. 물론 결심이 섰지만, 이 나이에 나중에 가서 경솔하게 행동했다는 허튼 생각을 하고 싶진 않았던 거지…… 오 분 뒤 나는 콤파니스를 만나러 가 이렇게 말했지. '각하, 제3연대와 연대장은 각하의 뜻에 따르겠습니다'라고 말이네."

그는 다시 교회를 바라보았다. 갈라진 정면과 검게 탄 조각상들이 하늘을 배경으로 두드러졌고, 건초 냄새가 진동하는 저녁의 평화 속에서 교회는 환상적인 모습을 하고 있었다.

"어째서 사람들은 늘 혼동하는 걸까? 이 순간 자신들을 보고 있는 분의 신성한 대의와 비열한 사제들의 대의를 말일세." 그는 낮은 목소리로 말했다. "그분의 사제들 가운데 비열한 자들 말이야……"

"하지만 대령님, 그 사제들이 아니라면 사람들은 누구한테 그분에 대한 이야기를 들었겠습니까?"

히메네스는 느릿한 손짓으로 전원의 평화를 가리킨 채 아무 말도 하지 않았다.

"대령님, 하나의 사례를 들어보지요. 저는 지금까지 단 한 번 사랑을 했습니다. 진지했죠. 정말 진지하게 사랑했습니다. 마치 벙어리가 된 것 같았어요. 제가 그 여자의 애인이 될 수도 있었을지 모르지만 그런다고 변하는 건 아무것도 없었을 겁니다. 그녀와 나 사이에는 벽이 있었어요. 스페인 교회 말입니다. 저는 그녀를 사랑했는데, 지금 깊이 생각해보면 제가 마치 미친 여자, 다정하고 어린애 같은 미친 여자를 사랑한 것 같다는 기분이 듭니다. 결국 대령님, 이 나라를 좀 보십시오! 이 나라를 이를테면 끔찍하게 유치한 나라로 만든 것 외에 교회가 한 일이 무엇입니까? 교회가 여자들을 어떻게 만들어버렸습니까? 또 우리의 국민은 어떻게 만들어버렸습니까? 교회가 그들에게 가르친 것은 두 가지, 즉 복종하고 잠자는 것이었습니다……"

히메네스는 부상당한 다리를 뻗어 멈춰 서서는 마누엘의 팔을 붙잡고 눈살을 찌푸렸다.

"이보게나, 자네가 그 여자의 애인이 되었다면 그 여자는 어쩌면 귀머거리와 미친 여자 짓을 그만두었을 거야.

나머지에 대해 말하자면, 어떤 대의가 위대하면 위대할수록 그것은 위선과 거짓에 커다란 피난처를 제공한다는 것이지……"

마누엘은 어둠 속에서 아직도 하얗게 보이는 벽을 등진 채 똑바로 시커멓게 서 있는 일단의 농부들에게 다가갔다.

"이봐, 동지들, 학교가 형편없군." 그가 다정하게 말했다. "교회를 불태우기보다는 무르시아 지방에서처럼 학교로 개조하지 그랬소."

농부들은 대답하지 않았다. 거의 밤이 되자 교회의 조각상들은 모습을 감추기 시작했다. 두 장교는 벽에 등을 기댄 채 움직이지 않는 실루엣들을, 검은 작업복들을, 넓은 모자들을 보았다. 하지만 얼굴은 하나도 보이지 않았다.

"대령님께서는 어째서 교회를 불태웠는지 알고 싶어하시오. 이곳의 사제들은 어떤 비난을 받고 있소? 구체적으로 말이오."

"왜 사제들이 우리를 미워하느냐고요?"

"아니요. 그 반대를 묻는 거요."

마누엘이 어둠을 통해 알 수 있는 게 있다면, 무엇보다도 농부들이 거북해하고 있다는 사실이었다. 이들 장교들은 믿을 만한 사람들일까? 이 모든 것이 어쩌면 미술품 보호와 관련이 있는지도 몰라.

"이곳에서 국민을 위해 일하며 사제의 감시를 받지 않은 동지는 단 한 사람도 없습니다. 그러니 어쩌란 말입니까?"

농부들이 교회를 비난하는 것은, 교회가 언제나 귀족들 편이었고 아스투리아스 지방의 반란 이후 탄압에 찬성했을 뿐 아니라 카탈루냐 사람들을 강탈하는 것에 찬성했으며 가난한 자들한테 불의 앞에서 복종하라고 끊임없이 가르치더니, 이제는 가난한 자들을 탄압하는 성전聖戰을 설파하고 있기 때문이라는 것이었다. 농부 한 사람은 사제들이 '인간의 목소리가 아닌' 목소리를 내고 있다고 비난했다. 농부들 대부분은 그들이 마을에서 의지했던 사제들이 직위에 따라 드러낸 위선과 냉혹함을 비난했다. 정복당한 마을에서 파시스트들한테 '사상이 불순한' 사람들의 이름을 대면 이들이 총살당할 것을 알면서도 사제들이 이들의 이름을 일러바쳤다는 사실에 농민 모두가 비난을 퍼부었다. 다들 사제들이 부자라고 비난했다.

"말하자면, 이 모든 것이 이유입니다." 농부들 가운데 하나가 다시 말했다. "조금 전에 당신은 교회에 대해 물었지요? 왜 학교로 개조하지 않았느냐고요? 제 자식들은 어디까지나 제 자식들이니까요. 겨울에 이곳은 항상 춥습니다. 제 아이들이 학교에서 생활하는 것을 보느니 차라리, 아시겠어요? 차라리 얼어죽는 게 낫단 말입니다."

마누엘은 담배 한 대를 내밀고는 라이터를 켰다. 방금 말한 사람은 말끔히 면도한 마흔 살가량의 평범한 농부였다. 잠깐의 불빛으로 그의 오른쪽에 있던 농부의 강낭콩 같은 얼굴이 드러나면서 튀어나온 이마와 턱 사이의 코와 입이 희미하게 보였다. 농부들은 의견을 요구받았고, 그래서 의견을 말했다. 하지만 그들 마음의 소리는, 제일 마지막 사람의 말 속에 있었다. 밤이 이슥해졌다.

"그자들은 모두 사기꾼이에요." 어두워진 가운데 한 농부의 목소리가 다시 말했다.

"그들이 돈을 원하는 거요?" 히메네스가 물었다.

"모두가 제각기 자신의 이익만 좇고 있지요. 그들은 그렇지 않다고 말한다는 것을 나도 압니다…… 하지만 아니에요. 난 본질을 말하는 겁니다. 이건 설명이 되지 않지만, 그들은 사기꾼입니다."

"사제들은 도시 사람이 이해할 수 없는 문제라니까……"

멀리서 개들이 짖어댔다. 농부들 중 누가 말하고 있는 거지?

"구스타보는 파시스트들에게 사형선고까지 받았었다고." 또다른 목소리가 '두 번 다시 그래서는 안 된다'는 어조로, 그리고 마치 구스타보가 자기 의견을 말해주기를 모두가 원하기라도 하듯 말했다.

"혼동하지 말자고." 다른 목소리가 말했다. 아마 구스타보의 목소리 같았다. "코야도와 나는 신자야. 우린 사제들에게 적대적이고, 적대적이지. 하지만 난 다만 신자야."

"이 녀석은 필라르의 성모마리아를 콤포스텔라의 성 야고보와 결혼시키려는 친구라고요!"

"콤포스텔라의 성 야고보라고? 그전에 내가 필라르의 성모마리아를 창녀로 만들 거야, 그렇고말고!"

그러고서 보다 낮은 목소리로, 또한 상당히 느린 어조로 농부가 자신의 생각을 밝힌다.

"파시스트들은 점잖게 문을 열곤 합니다. 그들이 한 사람을 데리고 나가려 하면 그 사람은 무슨 일이냐고 묻습니다. 잠시 후에 그 짓거리가 반복되죠. 총살 집행반의 소리가 들리는 일은 없습니다. 대신 사제의 종소리가 들리지요. 그 자식이 종을 울리기 시작하면, 그건 우리 가운데 한 사람이 곧 죽는다는 것을 의미합니다. 그는 우리의 고해를 듣고자 애씁니다. 그 창녀 자식 같은 놈이 이따금 오곤 하지요. 그는 우리를 용서하러 왔다고 말합니다. 우리를 용서하겠다고…… 우리가 장군들에게 저항한 것을 말입니다! 나는 그놈의 종소리를 보름 내내 들었습니다. 그래서 내가 그랬죠. 그놈들은 용서의 도둑놈들이라고요. 내 말이 무얼 의미하는지는 나도 잘 압니다. 단지 돈 문제만이 아니에요…… 내 말 잘 들으세요. 고해를 듣는 사제가 무슨 말을 하는지 아십니까? 뉘우치라는 겁니다. 우리들 가운데 단 한 사람이라도 저항한 것을 뉘우치게 한다면, 그는 그 한 사람으로 만족하지 않을 겁니다. 왜냐하면 인간 안에는 뉘우침보다 좋은 게 없기 때문이죠. 이상이 내 생각입니다."

히메네스는 푸취를 떠올렸다.

"코야도가 뭔가 생각하고 있군!"

"말해보게!" 구스타보가 말했다.

농부는 아무 말도 하지 않았다.

"자, 뭐야, 결심을 하라고!"

"이런 식으로는 말할 수 없어." 지금까지 말이 없던 농부가 말했다.

"어제 했던 그 비장의 얘기 좀 해봐. 설교를 해보라고."

"비장의 얘기가 아니야……"

어둠 속에서 개머리판 부딪치는 소리를 내며 민병들이 도착했다. 이제는 완전히 캄캄해져 있었다.

"라스 우르데스*에 왕이 들렀다는 이야기일 뿐이야." 마침내 그가 빈정대듯 말문을 열었다. "사냥 때였지. 이곳 사람들은 거의 모두가 갑상선종에 걸려 있는 바보들에 병자들이었어…… 그들이 얼마나 가난했는지 왕은 사람이 이렇게나 가난할 수 있다는 것을 믿을 수 없을 지경이었지. 그들은 난쟁이들이었어. 그래서 왕은 '이 사람들을 위해 뭔가 해야 한다'고 말했지. 그러자 신하들은—늘 그렇듯이—'어명을 받들겠나이다'라고 아뢰었어. 그러고는 늘 그렇듯이 아무 일도 하지 않았지. 그런 뒤 이 지방이 너무 비참해서 땅을 활용했는데, 바로 감옥으로 만든 거야. 늘 그렇듯이 말이야. 그래서……"

말하고 있는 자는 누굴까? 민중의 말투였지만 발음이 매우 명확한

* 에스트레마두라 지방의 지극히 가난한 고장. 살라망카에서 남서쪽으로 약 80킬로미터 떨어진 곳이다.

이 목소리의 품새로 보아 연설에 익숙한 사람임이 분명했다. 큰 목소리가 아닌데도 히메네스에게까지 또렷이 들렸다.

"예수그리스도는 이거 안 되겠다고 생각했어. '내가 그곳에 가겠다'고 하셨지. 천사가 이 고장에서 가장 훌륭한 여자를 수소문하고는 자신의 모습을 나타내기 시작했어. 그 여자는 이렇게 말했지. '오! 그러실 필요 없습니다. 먹을 게 없어서 아이는 달이 차기도 전에 태어날 거예요. 제가 사는 거리에서 농부 단 한 사람만이 넉 달 만에 고기를 먹었어요. 자기가 키우는 고양이를 잡아먹었거든요.'"

빈정거림은 이미 침통한 쓰라림으로 바뀌어 있었다. 일부 지방에서 낭송 이야기꾼들이 죽은 자들을 지키며 밤샘할 때 즉흥적으로 이야기를 꾸며낸다는 것은 히메네스도 알고 있었지만 이들의 이야기를 들은 적은 한 번도 없었다.

"그리스도는 다른 여자한테로 오셨지. 요람 주위에는 쥐들밖에 없었어. 어린애를 따뜻하게 해주기엔 너무나 열악했고 우정을 나누기엔 너무나 음산했지. 그래서 예수는 스페인은 언제나 좋지 않은 나라라고 생각하게 된 거야."

멀리서 개 짖는 소리와 소총소리가, 마을 중심부에서는 트럭과 브레이크 소리가 들려왔다. 검게 탄 교회의 돌과 연기 냄새가 바람에 실려왔다. 한순간 트럭들의 소리가 너무도 커져 두 장교에게 말소리가 들리지 않았다.

"……지주들은 농부들에게 땅을 빌려주지 않으면 안 되었지. 소를 가진 자들은 쥐를 가진 자들이 착취한다고 외쳐댔어. 그러고서 그들은 로마 병사들을 불렀지.

그때 주님은 마드리드에 갔는데, 세상의 왕들은 주님의 말문을 틀어막기 위해 마드리드의 어린애들을 죽이기 시작했어.

그래서 그리스도는 인간들과는 별로 할 일이 없다고 생각했어. 너무도 혐오스러워 그들을 위해 밤낮으로 영원히 피를 흘린다 해도 그 죄를 결코 씻어내지 못하리라 생각한 거야."

여전히 트럭들의 소리. 경리부에서 히메네스를 기다리고 있었다. 마누엘은 망연함과 분노를 동시에 느꼈다.

"동방박사의 후예들은 방랑자가 되었거나 관리가 되었기 때문에 그가 태어날 때 오지 못했지. 그래서 세상 처음으로 모든 나라에서, 아주 가까이 있는 자들도 아주 멀리 있는 자들도, 더운 나라에 사는 자들도 얼어붙은 나라에 사는 자들도, 용감하면서도 비참한 사람들이 소총을 들고 전진하기 시작했던 거야."

이 목소리에 너무도 고독한 확신이 있었기에, 어둠 속에서도 히메네스는 말하는 자가 눈을 감고 있다는 걸 알 수 있었다.

"그리고 그들은 그리스도가 우리 나라의 가난한 자들과 모욕받은 자들의 공동체 속에 살아 있다는 것을 마음으로 이해했어. 가난을 쳐부수기 위해 죽을 수도 있을 만큼 가난을 잘 아는 사람들은 총이 있으면 총을 들고, 총이 없으면 총을 들 손을 가지고, 모든 나라에서, 스페인의 대지 위에 차례차례 눕기 위해 줄을 지어 왔어……

그들은 온갖 언어로 말했고 심지어 그들 중에는 중국의 구두끈장수들도 있었지."

목소리는 다시 더욱 희미해졌다. 그 사나이는 방금 복부에 부상을 당한 사람처럼 어둠 속에 웅크리고 앉은 채 입속말로 중얼거렸고, 그의 머리는 다른 사람들의 머리에—그리고 히메네스의 십자 모양 영국제 반창고에—둘러싸여 있었다.

"그리고 모든 인간들이 너무 많이 죽었을 때—그리고 가난한 자들의 마지막 행렬이 전진하기 시작했을 때……"

그는 마법사의 속삭임 같은 힘을 실어, 낮은 목소리로 낱말 하나하나를 또렷하게 발음했다.

"……결코 본 적 없는 별 하나가 그들 머리 위에 나타났어……"

마누엘은 감히 라이터에 불을 붙이지 못하고 있었다. 트럭들의 경적소리가 마치 교통 체증 때처럼 어둠 속에서 격하게 울려댔다.

"어제 이야기한 건 이런 게 아니었는데." 어떤 목소리가 아주 낮게 말했다.

그러자 구스타보가 보다 높은 목소리로 말했다.

"난 이따위 이야기에 찬성하지 않아. 우리는 무엇을 해야 할지 전혀 모른다고. 우리가 원하는 게 무엇인지 알아야 해, 그뿐이야."

"그럴 필요 없네." 세번째 목소리가 느리게, 그리고 지친 듯 말했다. "사제들 문제는 도시 사람이 이해할 수 없으니까……"

"그들은 그게 종교라고 믿지."

"도시 사람은 이해 못한다니까."

"저 친구는 반란이 있기 전에 무얼 했나?" 히메네스가 물었다.

"저 사람 말입니까?"

잠시 거북함이 흘렀다.

"……그는 수도사였지요." 어떤 목소리가 말했다.

마누엘은 지옥같이 요란하게 울리는 경적소리 쪽으로 대령을 끌고 갔다.

“담배에 불을 붙였을 때 자네 구스타보의 배지를 보았나?” 다시 걷기 시작하며 히메네스가 물었다. “F.A.I. 아니야?”

“다른 배지라 해도 뭐가 달라지겠습니까. 저는 무정부주의자가 아닙니다, 대령님. 하지만 우리 모두가 그렇듯이 사제들한테 교육을 받았지요. 그리고, 아시겠지만, 제 안에 무언가 있습니다(공산주의자로서 그 어떠한 파괴에도 반대하지만요). 저 사람을 이해하는 무언가가 제 안에 있어요.”

“다른 사람보다 더?”

“그렇습니다.”

“자네는 바르셀로나에 가봤지.” 히메네스가 말했다. “어떤 교회의 게시판에는 통상 쓰여 있어야 할 국민 관리 재산이라는 말 대신 국민 보복 재산이라 쓰여 있네. 단지…… 첫날 카탈루냐 광장에서 죽은 자들의 시체는 상당히 오랫동안 남아 있었네. 총격이 멈추고 두 시간이 지나자 광장의 비둘기들이 되돌아왔지. 보도와 죽은 시체들 위로 말이야…… 인간의 증오라는 것도 무뎌지는 법이네……”

그러고서 마치 여러 해 동안의 불안을 요약이라도 하듯, 그는 보다 천천히 말했다.

“그분, 하느님은 기다려줄 시간이 있는데……”

마르고 단단한 땅 위에서 그들의 장화가 소리를 냈다. 히메네스의 부상당한 다리는 마누엘의 다리보다 조금 느리게.

“하지만 대체 무엇 때문에 그분의 기다림이 이런 식이 되어야 한단 말인가?” 대령이 다시 말했다.

2

새로운 중재를 위한 시도가 임박했다. 사제 한 사람이 밤중에 톨레도에 도착해서 그다음날에는 틀림없이 알카사르 요새로 들어가게 되어 있었다.

작은 광장의 가스등들은 꺼져 있었다. 유일한 불빛은 '엘 가토고양이'라는 술집 앞에 야트막이 걸린 보안등뿐이었다. 고양이 그림이 셰이드의 마음을 사로잡았다. 그는 문 옆 테이블에 앉아 톨레도의 성당 벽에 드리운 담배 파이프의 그림자를 갖가지 모양으로 만드느라 여념이 없었다.

새벽 두시까지 신문사에 전보로 기사를 보내야 했다. 그때까지는 로페스가 마드리드에서 돌아올 것이다. 바로 그가 사제를 데리고 오는 것이다. 좋은 기삿거리였다. 아직 열시가 안 되었다. 완전한 적막이 적갈색 나뭇잎들 아래 계단과 작은 궁전들이 있는 이 광장을 하나의 무대 배경으로 만들었고, 알카사르 요새에서 들려오는 마지막 총소리가 이 배경에 신비롭고 비현실적인 성격을 부여했다. 셰이드는 야자나무들로 뒤덮인 인도의 검붉은 궁전들과 누군가 놓아두고 간 커다란 라디오 수신기 생각에 빠져 있었다. 공작새와 원숭이의 민족에게 전쟁의 모든 풍문을 전달해주던 물건이었다. 톨레도의 시체 냄새는 아시아의 늪 냄새와 똑같았다. '달에도 라디오가 있을까?…… 전파가 전투의 이 희미한 소란을 죽은 천체에도 전달해준다면 좋을 텐데……' 피해는 입지 않고 용도만 달라진 성당은 이 시각 아마 민병들로 가득차 있을 것이다. 성당은 가톨릭교회에 대한 그의 적개심과 예술에 대한 사랑을 만족시켜주었다. 술집 안에서 이야기하는 소리가 들려왔다.

"우리 비행기들은 폭격에 실패했단 말이야. 파시스트들의 기관총이 바다호스 투우장에 있긴 했는데, 중앙이 아니라 지붕 밑이었거든."

"병영을 공격할 땐 주의해야 해. 거기 우리 편 포로들도 있으니까."

보다 젊고 빈정대는 듯한 또다른 목소리였다. 앵글로색슨 억양을 띠고 있었다.

"전투 후에 광장은 매우 혼잡했지. 내가 봤거든. 난 500미터 상공에 있었어. 여자는 모두 젊고 예뻤는데 저마다 '대체 저 위에 있는 귀여운 스코틀랜드 미남은 누구일까?' 말하고 있었다고."

셰이드가 메모를 하고 있자니 마침내 로페스가 팔을 공중에 쳐든 채 머리를 가볍게 흔들면서 위풍당당한 모습으로 도착했다. 그는 무겁게 주저앉더니 다시 팔을 쳐들었다 내리며 광장의 침묵 속에서 두 손으로 허벅지를 철썩 때렸다. 몇 발의 총성이 메아리처럼 울려왔다. 셰이드는 작은 모자를 머리 뒤로 젖힌 채 기다렸다.

"저들이 사제를 요구했어. 좋아, 사제를 보내야 하고말고! 하지만 제기랄!"

"저들이 사제를 요구하는 건가, 아니면 당신들이 당신네 인질들을 요구하는 건가?"

로페스는 하루 사이에 정말 너무나 많은 것을 본 사람의 모습이었다.

"어떻게 되었든 마찬가지야, 거북이 친구! 자네도 알겠지만, 저들은 사제를 요구했지. 그건 그들의 일이야. 한데 그러면서도 그들은 여자들과 아이들을 내보내지 않으려 한단 말이야. 우리 쪽 사람이든 그쪽 사람이든 가릴 것 없이 말이야. 그렇게 하는 것이 자기들한테는 최선임을 잘 아는 거지. 결국, 좋아, 난 사제 둘을 알고 있었거든. 마드리드에 전화를 해서 이 두 사람을 동원해달라고 부탁하고 세시쯤 도착하겠다고 말했지.

달아나지 않은 사제들이 사방에 있으리라 믿었다니까! 난 마드리드에 도착했지. 우선 게르니코를 찾으려 했는데 방법이 없는 거야. 그는 이동 야전병원을 조직중이라더군. 마침내! 첫번째 사제의 주소를 손에 넣었어. 용감한 사람이었지. 그는 우리가 1934년 감옥에 있었을 때 자주 들르곤 했어. 네 명의 민병과 함께 그의 집에 갔지(우리는 민병 작업복을 입고 있었어). 집도 가톨릭이었고, 수위도 가톨릭이었고, 세든 사람들도 가톨릭이었고, 창문도 가톨릭, 벽들까지 가톨릭이었어. 층계 구석구석 정말 형편없는 석고 성모상들이 있더군. 자동차가 멈추기도 전에 그것들이 모든 층에서 아우성치기 시작하는 거야. 이 바보들은 우리가 자신들을 총살하러 왔다고 생각한 거지. 수위에게 설명했지만 아무 효과도 없더군. 그 지독한 대학살이구나! 하고 생각한 거지.* 자동차가 도착하는 것을 본 사제는 정원을 통해 도망쳐버렸어. 이자가 내가 알고 있던 두 사제 가운데 한 명이었네."

광장에서 황량함이 사라졌다. 다른 모든 장소에서처럼, 로페스는 이곳 또한 자신의 일로 가득 채웠다.

"다른 한 사제에 대해선, 난 그가 민병 총사령부와 관계가 있다는 것을 알고 있었지. 사령부에 도착해보니 장교들은 모두 식사를 하고 있더라고. 한 친구를 불러 용건을 설명했더니 그는 '네시에 그 사제와 만

---

* 스페인혁명 초기에 몇 주 동안 성직자들이 대거 즉결처분되었다. 내전중 처형된 성직자는 7천여 명에 이른다.

나게 해주겠소'라고 하더군. 나한테는 지독하게 곤란한 다른 일거리도 하나 있었지. 탄약을 얻기 위해 온갖 사람들을 성가시게 하며 돌아다니다가 네시에 돌아왔어.

근데 그 장교 친구가 나에게 이러는 거야. '실은 아까 당신이 왔을 때 사제는 여기서 우리와 함께 식사를 하고 있었소. 그에게 미리 알려주고 싶었소. 그를 데리고 가는 건 어려울 것 같소. 겁을 집어먹고 있으니.' 뭐야, 겁을 먹어? 더러운 자식들 같으니, 자신들의 일조차 할 수 없다니! 결국 그가 대성당의 참사원이라는 설명을 들었네. 자네, 교계 제도에서 그의 서열을 알겠지! 시골 사제였더라면 그렇게 소란을 떨지 않았을 텐데. 어쨌거나 시골 사제 중에는 아는 사람이 없었어. 왜냐면 시골 사제들은 조각에 관심이 없거든! 난 말했지. '좋소, 내가 그 사제와 직접 이야기하고 싶소. 이 더러운 전쟁에서 어린애들을 구해낼 수 있는 가능성이 있다면, 그들을 구해내야 합니다.' 난 목이 말라 죽을 지경이었지. 그들 냉장고에 맥주가 있더군. 부엌으로 달려가 자물쇠를 열려는데, 칼라도 없는 더러운 셔츠에다가 풀어헤친 조끼에 줄무늬 바지를 입은 한 사내가 맥주 꼭지를 억지로 돌리고 있는 거야. (날씨가 더웠다는 것을 말하지 않을 수 없군.) 그런데 그가 바로 그 예하였어."

"젊었나, 늙었나?"

"면도를 제대로 하지 않았는데 수염이 허옇게 나 있었어. 얼굴이 상당히 동그랬지. 보기 싫은 얼굴이었지만 손만은 그림 같더군. 나는 그에게 용건을 설명했지(내가 말이야, 알겠나!). 그는 십 분 동안이나 대답을 했네. 삼십 초면 될 것을 가지고 십오 분이나 답변하면 이 바닥에선 돌팔이라고 부르지. 이자는 돌팔이였던 거야. 내가 그에게 무슨 말을 했는지 모르겠는데 그는 이렇게 답하더군. '당신 말투는 영락없는 병사 같군.' 내가 책임자라는 것을 먼저 말해야 했는데 그러질 못한 거야. 작업복 차림에 배지도 달지 않았거든. '당신 같은 사람이 장교라니!'라고 하더라니까. 초라한 조각가인 나에게 말이야. 결국 나는 이렇게 답했지. '장교든 아니든 어떤 장소에 가서 싸우라고 부름받으면, 나는 그곳에 갈 거요. 당신, 당신은 성직자요. 그곳에 당신을 부르는 사람들이 있고 나는 어린애들을 구하고 싶소. 가겠소, 안 가겠소?' 그는 생각에 잠겼다가 심각하게 묻는 거야. '내 생명의 안전을 보장하겠소?' 이 말이 나를 극도로 자극하더군. 나는 이렇게 대답했어. '내가 이곳에 처음 왔을 때, 당신은 민병들과 함께 식사중이었소. 대체 뭘 생각하는 거요? 톨레도의 민병들이 당신을 저녁식사로 잡아먹기라도 한단 말이오?' 우리는 둘 다 테이블에 앉아 있었지. 그가 일어나더니 손을 조끼 위로 얹고는 고상하게 말하더군. '당신이 생각하기에 내가 단 한 명의 생명이라도 구할 수 있다면, 가겠소.' '좋소. 당신은 선량한 사람인 것 같군. 하지만 생명을 구하려면 당장 구해야지. 자동차가 아래 있소.' '칼라와 윗옷을 걸치고 가는 게 더 낫지 않겠소?' '나야 아무래도 상관없지만 다른 사람들은 아마 당신이 수단을 입으면 더 기뻐하겠지.' '여기엔 수단이 없소.' 이 말이 사실인지 아니면 그가 신중한 건지 난 알 수 없었지. 아마 사실이었을 거야. 그는 사라졌어…… 내려가서 몇 분 후 자동차 앞에서 그를 다시 만났는데, 칼라를 붙이고 검은 넥타이에 알파카 상의를 입었더군. 자, 어서 갑시다! 했지."

부드러운 바람이 불자 강렬한 탄내가 광장으로 밀려왔다. 알카사르 병영의 연기가 이곳까지 풍겨왔다. 썩은 냄새에서 벗어나자 도시는 단번에 달라진 것 같았다.

"계속해서 우린 멈춰 검문을 받곤 했지. '마드리드를 벗어나는 것이 정말 어려울지도 모르겠소.' 그가 곰곰이 생각한 사람의 표정으로 말하더군.

길을 오는 동안 내내 그가 관심을 가졌던 것은 적군赤軍도 백군白軍만큼 옳으며 '어쩌면 더 옳을지도' 모른다는 점을 나에게 설명하는 것이었어. 또 대담이 어떤 식으로 이루어질 것인가 하는 것이었지. '매우 간단해요—나는 이 말을 15분마다 되풀이했어—로호 대위 때처럼 진행될 거요. 우리는 그들에게 당신이 여기 와 있다고 미리 알린 다음 그들이 보낸 사람들한테 당신을 데리고 가는 거요. 그러면 그들은 당신의 눈에 가리개를 씌우고서 알카사르 요새를 지휘하는 모스카르도 대령의 사무실로 안내하겠지. 거기서부턴 당신이 알아서 해결하시오.' '모스카르도 대령의 사무실이라고?' '그렇소, 모스카르도 대령의 사무실 말이오.' 이렇게 얘기가 잘된 거야. 모스카르도가 여자들과 아이들을 석방하지 않으면 사면이고 세례고 전부 거부하는 것이 그의 임무라고 설명했네."

"그가 약속했나?" 셰이드가 물었다.

"아무래도 상관없네. 그가 의무를 이행하고 싶다면 이행할 거고, 그게 아니라면 약속했다고 해도 변하는 건 전혀 없을 테니. 난 그에게 최선을 다해 설명했으니까. 별로 신통치 않을 것 같긴 했지만. 우리는 톨레도에 도착했지. 포병대에 내려서 중대장과 얘기하려고 했어. '젠장맞을' 하고 중대장은 고함을 치면서 자동차 발판에 뛰어오르더니 나에겐 말 한마디 할 기회도 주지 않더군. '포탄은 어디 있소? 포탄을 가져오겠다고 약속했단 말이오! 내일 저녁이면 포탄이 다 떨어질 판이오!' 난 그가 주둥이를 다물도록 풍차같이 팔을 내저었지. 사제가 아는 게 아무리 적다 할지라도, 이곳에선 언제나 너무 많은 것을 알고 있거든. 가서 보시오! 그러니까 마침내 그 머저리는 이해하더군. 그렇게 난 '사제 동지요' 하고 소개를 했네. 중대장은 무너지기 시작하는 알카사르 요새의 탑을 가리켰어. 자신의 넓적다리를 치면서 말이지. '모스카르도의 사무실 꼬락서니 좀 보시오!' 그가 제법 큰 삼각형 모양의 구멍을 가리키며 말하더군. '하지만 친애하는 소령님(우리는 이 정도로 친해져 있었지)' 하고 사제는 수업을 빼먹기로 결심한 아이처럼 고집불통에 못마땅한 얼굴을 하고는 말했어. '당신은 저렇게 파괴된 장소에서 모스카르도 대령과 나의 대담을 생각하고 있는 거요? 어떻게 저곳에 간단 말이오?' '당신이 알아서 하시오.' 중대장이 단호하게 소리치더군. '하지만 하느님도 저곳에는 들어가지 못할 것 같구려!'

사정은 점점 나아져갔네. 마침내 우리가 모스카르도와 교섭할 거라고 설명하고 세 명의 호위병을 붙여주었더니 그는 지금 한숨 자고 있어."

"결국 가겠다는 거야, 안 가겠다는 거야?"

"내일 아홉시에 갈 거야. 정오까지는 휴전이네."

"어린애들에 대해선 뭔가 아는 게 있나?"

"전혀. 책임자들이 사제에게 사정을 설명해야 해. 책임자를 자처하는 자들이 그에게 너무 겁을 주지 않길 바라야지. 무정부주의자 가운데 문신을 매우 멋지게 한 자가 한 명 있거든."

"저 위쪽에는 무슨 일이 있는지 보러 가자고."

그들은 조용히 소코도베르 광장을 향해 올라갔다. 도중에 밤이 되어 더욱 아름답게 보이는 모자를 쓴 '판초 비야의 공포'라는 자를 보고 그들은 감탄했다. 올라갈수록 길거리는 사람들로 가득찼다. 집들의 꼭대기 층에서 소총과 기관총 몇 대가 이따금 사격을 퍼부었다. 석 달 전 같은 시간 이곳에서 셰이드는 보이지 않는 당나귀의 발굽소리와, 세레나데를 연주하고 돌아오는 기타리스트들이 어둠 속에서 가볍게 〈인터내셔널〉을 연주하는 소리를 들었다. 탐조등이 비추는 두 개의 지붕 사이에 알카사르 요새가 나타났다.

"광장까지 가자고. 난 탱크에서 기사를 쓸 거야." 그가 말했다.

기자들은 통상 촛불을 가지고 사용되지 않는 탱크로 피신해 들어가 자리잡고 기사를 쓰곤 했다.

그들은 마침내 바리케이드가 있는 곳에 도착했다. 왼쪽에서는 민병들이 총을 쏘고 있었다. 오른쪽에서는 또다른 민병들이 매트리스에 누워 카드놀이를 하고 있었다. 어떤 민병들은 등나무 소파에 안락하게 자리잡고 있었다. 한가운데 있는 라디오 수신기에서는 안달루시아의 노래가 흘러나왔다. 위쪽 3층에서는 기관총이 사격을 가하고 있었다. 셰이드는 바리케이드에 나 있는 구멍 가까이 다가갔다.

그 옛날 카스티야 왕들이 말을 타고 투우와 싸우곤 했던 광장은 이제 텅 빈 채 강렬한 아크등 불빛을 받아 성당의 광장보다 더 비현실적으로 보였고—타는 냄새와 밤의 냉기가 뒤섞인 불안 속에서 세상의 다른 어떤 곳보다도 죽은 천체와 닮아 있었다. 아치형 문 하나, 총알자국들로 뒤덮인 채 닫히고 버려진 가게들, 한쪽에 흩어지거나 뒤얽히거나 외떨어진 술집 철제 의자 따위가 조명을 받아 아시아의 잔해 같은 모습을 드러냈다. 집들 위로는 Z자로 비죽이 솟은 거대한 베르무트 광고판이 보였다. 희미한 불빛이 닿는 어두운 쪽에는 관측 요원들의 방이 있었다. 정면에는 탐조등이 극장 조명 같은 불빛을 오르막 골목길에 꽂아 넣고 있었다. 골목 끝 역시 환하게 불빛을 받았지만 관광객보다는 죽음을 위한 것이었고, 그 끝에서 밤하늘을 배경으로 묘하게 납작해 보이는 알카사르 요새가 연기를 내뿜고 있었다.

이따금 파시스트 하나가 총을 쏘곤 했다. 셰이드는 반격을 하는 민병들과 카드놀이를 하는 민병들을 쳐다보고는, 저 위에 처자가 인질로 잡혀 있다는 자들은 이들 가운데 누구일까 자문했다.

밤을 보내기 위해 내놓은 농부들의 모포에는 바리케이드로 세워놓은 매트리스와 마찬가지로 줄무늬가 쳐져 있어 도시 전체가 줄무늬 일색의 기묘한 통일성을 띠었다. 노새 한 마리가 대로로 접어들었다. "자정이 되면, 노새들이 얼룩말들로 교체되어 줄무늬로 통일을 이룰지도 몰라." 셰이드가 말했다. 좁고 어두운 대로에는 선사시대의 것 같은 탱크 앞에 늘어선 장갑차의 포탑들이 불빛을 밝혀 빛나는 작은 반점들을 만들었다. 광장 바로 가까이에 있는 모자점 진열창은 불빛으로 환했다. 깃털 모자를 쓴 늙은 여인 하나가 시골 모자들에 정신이 팔려 꼼짝 않고 서 있었다. 연기를 내뿜는 알카사르 요새를 비춘 아크등 램프의 반사광을 받아 모자들이 또렷이 보였다.

때때로 적의 총알이 자동 기관총의 장갑판에 맞아 소리를 냈다. 로페스는 참모부 쪽으로 올라갔다. 셰이드가 탱크로 들어가자 기관총사수가 그에게 자리를 내주었다. 그가 수첩을 꺼내들자마자 기관총사수는 쏘기 시작했다. 장갑차와 민병들도 쏘고 있었다. 포탑 안에서 들리는 기관총소리는 상당히 요란하다. 밖에서는 길거리 전체가 흥분 상태에 빠져들고 있었다. 셰이드는 탱크에서 뛰어내렸다. 알카사르 요새가 역공을 하는 걸까?

파시스트들이 조명탄 한 발을 막 발사했고, 시가지 전체는 그 조명탄에 사격을 가하고 있었다.

3

사제가 들어간 지 반시간이 되었다. 기자들과 온갖 종류의 '책임자들'이 바리케이드 뒤를 종종걸음으로 거닐면서, 휴전을 준수하기 위해 광장으로 내려올 최초의 적군들을 기다렸다. 셔츠 바람에 모자를 뒤로 젖혀 쓴 셰이드는 공산당 관료인 프라다스, 러시아인 기자 골로브킨 그리고 일본인 기자 한 명과 거닐며 세 걸음마다 바리케이드 구멍 쪽을 곁눈질했다. 하지만 광장을 차지하고 있는 건 다리를 공중으로 쳐든 카페 의자들뿐이었다. 시체와 포화 냄새가 바람 따라 번갈아가며 밀려오곤 했다.

광장 구석, 알카사르 요새로 통하는 한 골목에 파시스트 장교 한 명이 나타났다. 그러더니 사라졌다. 광장은 다시 텅 비었다. 매일 밤 탐조등이 비추던 황량한 광장이 아니라 버림받은 광장이었다. 햇빛이 광장에 생기를 되돌려주었다. 파시스트들과 민병들처럼, 생기 또한 길거리 모퉁이에 매복한 채 돌아올 준비를 하고 있었다.

휴전이 시작되었다. 하지만 너무 오랫동안 그 어떤 전투원도 적의 기관총 사격을 받지 않고는 지나갈 수 없는 곳이었기 때문에, 광장은 불행을 안고 있는 것 같았다.

마침내 민병 세 명이 바리케이드를 벗어나자고 결심했다. 알카사르 요새의 점령된 구역의 정자 밑에는 매트리스와 카드—바리케이드의 민병들이 가지고 있는 것과 똑같은—가 있다는 이야기가 돌았다. 여러 구역을 탈환하긴 했어도, 적진이다보니 알카사르 요새는 신비스러운 장소가 되어 있었다. 휴전중에는 이곳에 들어가지 못한다는 것을 알고 있었지만 민병들은 가까이 접근해보고 싶은 마음이 들었다. 그러나 그들은 바리케이드에서 떨어지지 않은 채 무리를 지어 그 가장자리만 따라갔다.

'이들 모두 돌격할 마음을 더욱 굳혔군.' 모래주머니 사이에 난 구멍에 눈을 붙인 셰이드는 이미 뜨거워진 모래주머니의 천에다 이마를 대고, 모자는 여느 때보다 뒤로 젖힌 채 생각했다. '마치 고양이들 같아.'

한 무리의 파시스트 장교들이 반대쪽, 그러니까 최초의 장교가 나타났다가 사라졌던 쪽에서 막 모습을 드러내더니 텅 빈 광장 앞에서 망설였다. 민병들과 파시스트들은 걸음을 멈추고 서로를 쳐다보았다. 몇몇 새로운 민병들이 바리케이드를 넘었다. 셰이드는 쌍안경을 꺼내들었다.

간신히 구별되는 파시스트들의 얼굴에서 셰이드는 증오를 기대하고 있었다. 그러나 그가 본 것은 어설픈 걸음걸이, 특히 어설프게 흔드는 두 팔로 인해 두드러지는 거북함이었다. 산뜻한 장교복을 입은 이 사내들한테서 나타나는 거북함은 매우 인상적이었다. 민병들이 가까이 다가갔다.

"당신은 어떻게 생각하시오?" 그는 옆에 난 구멍으로 쳐다보고 있는 이에게 물었다.

"우리 민병들은 거북해서 말을 못하는군……"

두 달 전부터 서로를 죽이려고 애쓰던 사람들이 대화를 시작한다는 것은 쉬운 일이 아니다. 이들을 떼어놓고 한쪽은 주랑을 따라, 다른 한쪽은 바리케이드를 따라 배회하도록 한 것은 광장의 터부 때문이라기보다는 양측이 접근하게 되면 서로에게 말을 걸게 되리라는 생각에서였다.

다른 파시스트들이 알카사르 요새에서 내려오고, 다른 민병들이 바리케이드를 넘고 있었다.

"수비대의 5분의 4가 민위대 아닙니까?" 골로브킨이 물었다.

"그렇죠." 셰이드가 말했다.

"복장을 좀 봐요. 장교들만 내보내고 있어요."

그것도 이제는 사실이 아니었다. 민위대원들이 가죽을 삶아 만든 이각모를 쓰고 노란 선이 둘러쳐진 제복 차림에 흰 운동화를 신고서 나타나고 있었다.

"구두를 신은 자들은 민병들이 모두 죽여버렸군." 셰이드가 말했다.

하지만 저기서 대화가 시작되고 있었다—비록 양쪽 무리가 10미터는 떨어져 있었지만 말이다. 셰이드는 두 개의 모래주머니 사이에서 파이프에 불을 붙이고는 밀담 장소를 향해 걸어갔다. 그 뒤를 골로브킨과 프라다스가 따랐다.

양쪽 무리는 서로에게 욕을 퍼붓고 있었다.

마치 성역이라도 되는 듯 10미터의 간격을 둔 채 나아가지 않으려는 바람에, 그만큼 더 이상해 보이는 몸짓을 해 보이면서 두 팔로 서로에게 논지를 내던지고 있었다.

"……우리는 적어도 이상을 위해 싸운단 말이야, 이 오쟁이 진 놈들아!" 셰이드가 도착할 때 파시스트들은 그렇게 말하고 있었다.

"그럼 우리는? 우리는 아마 금고를 위해 싸우는 모양이지, 이 창녀 자식들아! 우리의 이상이 제일 위대하다는 증거는 그게 세상 모든 사람을 위한다는 거야!"

"모든 사람의 이상이라니, 웃기고 앉았네. 이상에서 중요한 것은 그것이 가장 훌륭해야 한다는 거야, 이 무식한 놈아!"

두 달 동안 서로를 겨누어온 만큼 그들의 전투 관계는 지속되고 있었다. 그들은 다른 관계를 발견하지 못했으니까. 하지만……

"그럼, 아비시니아 사람들에게 가스를 사용한 것도 이상이냐? 강제수용소에 있는 독일 노동자들도 이상이냐? 하루에 1페세타를 받는 농업노동자들도 이상이냐? 바다호스의 살육도 이상이고? 이 살인마의 종놈들아!"

"러시아가 이상이냐?"

"그게 어때서?"

"러시아에 가보지 못한 사람들한테나 그렇겠지! 노동자들의 공화국이라니! 거기선 노동자 따위는 아랑곳하지 않는다고!"

"그래서 너희네 고용주들은 러시아를 싫어하냐? 네가 성의 있는 놈이라면 내 말해주지. 세상의 구역질나는 모든 것은 너희 쪽에 있느니라. 그리고 정의가 필요한 모든 것은 우리 편에 있느니라. 여자들까지도 말이다. 여자 민병들이 너희 편인 경우가 어디에 있더냐? 너희는 민위대원이지 왕자가 아니야! 여자들이 왜 우리 편일까?"

"여자들은 우선 입부터 닫아야 해, 오쟁이 진 놈아! 교회에 불이나 지르는 방화범들의 이상이라면, 잘 간직하라지."

"교회가 적었더라면 태울 필요도 없겠지."

"금으로 된 교회도 너무 많고 빵이 없는 마을도 너무 많다는 거겠지!"

셰이드는 파리의 운전사나 이탈리아의 마부들이 해대는 무의미한 욕지거리를 들을 때와 같은 감정을 느끼며 불안한 마음으로 민병들 곁에 도착했다.

"저 친구는 뭐지?" 한 민병이 골로브킨을 가리키며 물었다. 전날 밤 셰이드가 로페스와 함께 있는 것은 목격되었다. 민병은 그 방면의 전문가였다.

"소련 일간지 특파원이오."

골로브킨은 광대뼈가 툭 튀어나왔고, 고딕 양식 조각에 나오는 농부처럼 얼굴 전체가 울퉁불퉁했다. 셰이드는 탐방 기사를 쓰러 모스크바에 갔을 때 러시아인들이 농부의 혈통을 거의 그대로 간직한 까닭에 중세 서양인들을 닮은 경우가 많다는 점에 주목한 바 있었다. '난 인도인 같고, 저 러시아인은 농부 같고, 스페인인들은 말馬 같군……'

첫번째로 바리케이드를 벗어났던 민병 셋은 광장으로 전진하지 않은 채 옆에 남아 있었다.

이상理想의 비교가 계속되었다.

"그래도 말이야," 파시스트 장교 하나가 외쳤다. "집에서 잠이나 자면서 이상을 위해 싸우는 것과 지하실에서 지내며 이상을 위해 싸우는 것은 다르지! 너희들 꼬락서니를 봐라, 이 염소떼들아! 우리는 담배를 피워야 하는데, 우린?"

"뭐라고, 뭐가 어째?"

민병 하나가 터부 구역을 통과했다. C.N.T.전국노동연맹 소속의 사내로 셔츠 바람이었는데 시퍼렇게 문신을 한 한쪽 팔을 걷어올린 모습이었다. 거의 수직으로 비치는 태양이 그가 쓴 멕시코 모자의 그림자를 발 아래 드리우는 가운데 그는 검은 받침돌 위를 나아갔다. 그는 담배 한 갑을 손에 들고는 마치 드잡이라도 하려는 듯 파시스트들 쪽으로 향했다. 스페인에서는 담배를 갑째 내밀지 않는다는 것을 알고 있는 셰이드는 이 무정부주의자의 행동을 기다렸다. 무정부주의자는 담배를 하나하나 꺼내더니 그것을 나누어주면서도 분노의 기색을 지우지 못했다. 그는 증거라도 제시하는 양 그것들을 파시스트들에게 내밀었다. 마치 이렇게 말하는 것 같았다. '담배를 줄 테니 마음껏 욕해라! 너희들한테 담배가 없는 건 전쟁이 복잡하게 꼬였기 때문이야, 치사한 놈들아. 하지만 담배를 사양할 건 전혀 없어, 이 고약한 무리들아!' 그는 창문으로 내다보는 사람들을 증인 삼아 담배를 계속 나누어주었다. 담뱃갑이 바닥나자 그와 합류한 다른 민병들이 분배를 계속했다.

"저 바보 같은 배분을 어떻게 생각하나요?" 프라다스가 물었다.

그의 얼굴은 염소수염을 짧게 다듬었다면 레닌과 비슷했을 마자랭을 닮았다.

"벨기에 국회의 가장 격렬했던 회기중에 난 모든 정당이 형제처럼 하나가 되어 통신용 비둘기에 대한 징세를 거부하는 것을 본 일이 있어요. 의원들의 80퍼센트가 비둘기 애호가였죠. 이곳엔 애연가 비밀결사가 있군요……"

"그보다 더 심오한 일이죠, 보세요!"

한 파시스트가 방금 이렇게 외쳤다. "그래도 너희들은 면도를 했구먼!" 민병들이 거의 면도를 하지 않은 상태였기 때문에 더욱 이상한 말이었다. 하지만 이들 민병들 중 하나로 역시 무정부주의자인 자가 코메르스 가로 뛰어갔다. 두 기자는 그를 눈으로 좇았다. 그가 막 멈추어 바리케이드 옆에 있는 한 민병에게 말을 건넨 것이다. 이 민병은 파시스트들 쪽으로 자신의 권총을 꺼내들더니 격분한 듯 총을 흔들어댔다. 무정부주의자는 다시 뛰어갔다.

"당신 나라에서도 이랬나요?" 셰이드가 골로브킨에게 물었다.

"나중에 이야기합시다. 이건 이해할 수가 없군요……"

민병은 손에 질레트 면도날 한 갑을 들고 돌아왔다. 달리면서 그것을 열었다. 파시스트 장교들이 적어도 열두 명은 되었다. 그는 걸음을 멈추었다. 면도날을 어떻게 나누어주어야 할지 모르는 기색이었다. 면도날이 열두 개가 못 되었던 것이다. 그는 아이들에게 과자를 주듯 면도날을 내던질 듯한 몸짓을 하다가 머뭇거리더니 결국 적의에 찬 표정을 지으며 가장 가까이 있는 파시스트에게 갑을 통째로 주었다. 다른 장교들은 방금 갑을 받은 자한테 몰려들었지만 민병들이 웃음을 터뜨리자 한 사람이 호령을 했다. 장교들이 흩어지는 바로 그 순간 또다른 파시스트 하나가 알카사르 요새에서 나타났다. 광장 한쪽에서는 면도날을 나누어준 자가 지나갈 때 권총을 꺼내들었던 민병이 나와 무리 쪽으로 다가가고 있었다.

"가관이군……" 그는 파시스트들을 하나하나 쳐다보면서 말했다.

그의 목소리가 중단되었기 때문에 저마다 다음 말을 기다렸다.

"……그래, 인질들을 어떻게 할 거야? 내 누이동생이 저 위에 있단 말이다!"

이번엔 증오의 목소리였다. 이상을 비교하는 것은 더이상 문제가 아니었다.

"스페인 장교라면 상관이 결정한 것에 대해 왈가왈부할 수 없는 거야." 한 파시스트가 대답했다.

민병들에게는 그 말이 거의 들리지 않았다. 왜냐하면 그와 동시에 맨 마지막으로 도착한 파시스트가 이렇게 말했기 때문이다.

"모스카르도 대령의 지시를 받고 왔는데, 사령관을 만나고 싶소."

"따라와요." 한 민병이 말했다.

장교는 그를 따라갔다. 셰이드와 프라다스도 점점 더 밀려드는 군중 사이를 뚫고 따라갔다. 키가 큰 골로브킨의 양옆에 서는 바람에 그들은 작아 보였다. 광장을 향해 되오르는 사람들 모두의 시선이 알카사르 요새에 집요하게 고정되어 있지 않았다면 그들의 걸음걸이는 마치 일요일의 산책쯤으로 보였을 것이다.

파시스트 장교가 노점으로 들어가려 할 때 에르난데스가 엘 네구스와 메르스리 그리고 두 명의 중위를 대동한 채 그곳에서 나왔다. 파시스트 장교는 경례를 하고는 편지를 내밀었다.

"모스카르도 대령이 그분 아내에게 보내는 것입니다."

문득 셰이드는 톨레도에서 전날부터, 그리고 마드리드에서 여러 날 전부터 목격한 모든 것이 이 두 사람으로 수렴되고 있다는 인상을 받았다. 누더기가 된 깃발 자락처럼 바람 따라 연기를 도시로 뿜어대는 알카사르 요새의 탄내 속에서, 두 사람은 닳아빠진 증오를 드러내며 서로를 응시하고 있었다. 나누어준 담배와 면도날이 마침내 편지에 이르렀다. 인질이며, 우스꽝스러운 바리케이드며, 돌격이며, 탈주며, 포화의 냄새가 흩어진 한순간 대지 자체의 냄새가 된 죽은 말 냄새며, 이 모든 것도 마찬가지였다. 에르난데스는 습관적으로 오른쪽 어깨를 으쓱하더니 한 중위에게 편지를 건네며 긴 턱으로 어느 방향을 가리켰다.

"한심한 바보 같으니." 엘 네구스는 그렇게 말했지만 다정한 목소리였다.

에르난데스는 언제나처럼 피로감을 느끼며 이번엔 두 어깨를 으쓱했고 중위에게 떠나라는 신호를 보냈다.

"모스카르도의 아내는 톨레도에 있나요?" 프라다스가 코안경을 바로잡으면서 물었다.

"마드리드에 있소." 에르난데스가 대답했다.

"자유로운 몸인가요?" 셰이드가 깜짝 놀라 물었다.

"입원중이오."

이번엔 엘 네구스가 어깨를 으쓱했는데 거기엔 분노가 담겨 있었다.

에르난데스는 노점 집무실로 다시 올라갔다. 그곳에서 흘러나오는 타자기 소리가 휴전 후의 조용한 거리를 통해 셰이드에게까지 들렸다. 개들은 총격소리가 멈추자 놀랐는지 교차하는 골목을 가로질러 모험을 시작했다. 사격이 그치고부터 다시 들려오는 발걸음소리와 목소리가 마치 평화처럼 도시를 차지하고 있었다. 프라다스는 대위를 따라잡아서는 염소수염을 매만지며 나란히 몇 걸음 걸었다.

"편지를 전달해준다니, 이게 무슨 일입니까? 예의 때문인가요?"

그는 눈살을 찌푸린 채, 빈정댄다기보다는 당황한 표정으로 장교 옆에서 걷고 있었다. 장교는 멕시코 모자의 그림자가 거대한 색종이 조각들을 던지는 듯한 포장도로를 바라보았다.

"관용 때문이오." 마침내 에르난데스가 등을 돌리면서 대답했다.

*

"당신은 저 대위를 잘 압니까?" 프라다스가 찌푸린 눈살을 아직도 펴지 않은 채 물었다.

"에르난데스 말인가요?" 셰이드가 되물었다. "잘 모릅니다."

"무엇 때문에 그런 일을 해주어야 하는 거죠?"

"무엇 때문에 그런 일을 해주지 말아야 하는 거죠?"

"저것 때문이죠." 골로브킨이 이른바 장갑을 했다는 자동차 한 대를 가리키며 말했다. 자동차 지붕 위에는 민병의 시체 한 구가 있었는데, 묶인 방식으로 보아 그것을 운반하는 자들의 친구인 모양이었다. 기자가 넥타이 양끝을 잡아당겼다. 그의 나라에서 이런 행동은 의심스럽다는 의미였다.

"자주 일어나는 일입니까?" 골로브킨이 물었다.

"상당히 자주 있을 거요. 광장 사령관은 이미 그런 종류의 편지를 전달하게 한 적이 있지요."

"그는 직업군인인가요?"

"물론. 에르난데스도 마찬가지죠."

"그 여자는 어떤 여자입니까?"

"문제삼을 것 없잖소, 별난 사람 같으니. 난 잘 알지 못하지만 젊은 여자는 아니에요."

"그럼 뭐란 말입니까?" 골로브킨이 말했다. "스페인 사람 특유의 기질 때문인가요?"

"그런 종류의 대답이면 만족하겠어요? 그는 산타크루스에서 점심을 먹으니 그리로 가보시죠. 당신은 초대받는 데 문제가 없을 겁니다. 공산주의자들이 있으니까."

온갖 민병들 사이에서 '판초 비야의 공포'라는 자가 돌아다니고 있었다. 셰이드는 톨레도가 평화로울 때나 마찬가지로 전쟁 때도 똑같이 작은 도시라는 사실을 깨달았다. 그리고 예전에 매일 똑같은 안내원들과 똑같은 퇴직자들을 만났듯이 매일 똑같은 괴짜들을 만나게 되리라는 것도.

"파시스트들은 낮잠을 자느라 두시에서 네시 사이에는 공격을 하지 않아요." 그는 말했다. "여기서 일어나는 일에 대해 너무 성급한 견해를 갖지 말도록 해요."

알카사르 요새 쪽에서 보면 바리케이드의 모래주머니와 줄무늬 매트리스는 벌레 먹은 나무처럼 구멍이 숭숭 나 있지만 시가지 쪽에서 보면 거의 멀쩡해 보였다. 연기가 모든 것을 그늘로 덮었다. 화재는 그 나름의 무심한 삶을 이어가고 있었다. 전투가 멈춘 이 이상한 고요 속에서 알카사르 요새 쪽의 또다른 새로운 집 한 채가 막 불타오르기 시작했다.

4

두 개의 직각 테이블이 산타크루스 미술관의 귀퉁이 하나를 차지하고 있었다. 분위기를 띄우는 몇 사람이 희미한 빛 속에서 소란을 떨고 있었다. 여전히 벽돌 구멍들로 들어오는 빛의 점들이 등을 맞대놓은 소총들로 떨어졌다. 과일과 나뭇잎이 쌓여 있는 가운데 스페인 천연 올리브기름 특유의 냄새 속에서 땀에 젖은 반점 같은 얼굴들이 희미하게 빛났다. '판초 비야의 공포'가 땅바닥에 앉아 소총을 수리하고 있었다.

에르난데스의 구부정한 허리는 군인다운 자세에 별로 어울리지 않았기에 그만큼 자연스러워 보였다. 호위대는 다른 테이블에서 경계를 서고 있었다. 부상자 중 어느 누구도 붕대를 갈지 않았다. "피를 흘려 너무 행복한 거지." 프라다스가 낮은 목소리로 말했다. 골로브킨과 프라다스는 다른 장교와 이야기를 나누는 에르난데스의 맞은편에 막 앉은 참이었다. 그의 이마에도, 코르테스*의 수행자들이 신던 나막신 같은 그의 턱에도 태양빛이 만든 반점이 생겨서, 에르난데스 대위는 시대는 달라도 러시아 기자와 같은 민족처럼 보였다. 모든 민병들이 태양빛을 받아 점점이 반짝였다.

"프라다스 동지는 당의 기술위원회 소속입니다." 마누엘이 말했다.

에르난데스가 고개를 쳐들었다.

"알고 있소." 그가 대답했다.

---

* 16세기 스페인의 아스테카왕국 정복자.

"그러니까, 정확히 무슨 이유로 편지를 전하게 한 거죠?" 마누엘이 시작된 대화를 이어갔다.

"무슨 이유로 민병들은 담배를 나누어준 겁니까?"

"나도 그게 궁금하다고." 프라다스가 손을 귀 뒤에 대고선 염소수염을 햇빛에 반짝이며 당황스러운 표정으로 투덜거렸다.

잘 들리지 않아서 손을 올리고 있는 걸까? 그는 손을 귀에 댔다기보다 마치 고양이가 세수를 할 때처럼 귀 뒤쪽으로 뻗치고 있었다. 에르난데스는 긴 손가락을 무심히 움직이며 마누엘에게 대답했다. 바깥의 눈부신 햇빛 깊숙이 스며든 라디오의 소음이 총알 구멍을 통해 들어와, 괴상한 모자를 쓴 채 이젠 소총들 한가운데서 잠들어 있는 '판초비야의 공포' 주변을 감싸는 것 같았다.

"소련의 동지가(프라다스는 한 손을 머리에 얹고 통역했다) 묻는군요. 자기네 나라 같으면 모스카르도의 부인은 당장에 체포되었을 거라고. 왜 당신의 의견이 다른지 알고 싶다고요."

골로브킨은 프랑스어는 알았지만 스페인어는 조금밖에 몰랐다.

"당신은 감옥에 가본 적이 있나요?" 엘 네구스가 그에게 물었다.

에르난데스는 입을 다물고 있었다.

"제정러시아 때 난 너무 어렸소."

"러시아 내전엔 참가했나요?"

"기술자로서 참가했소."

"자식들이 있습니까?"

"없소."

"그럼 당신, 당신은 애들이 있나요?" 셰이드가 물었다.

"있었는데……"

셰이드는 더이상 묻지 않았다.

"관용은 위대한 혁명들이 지닌 명예요." 메르스리가 위엄 있는 태도로 말했다.

"하지만 우리 편 아이들이 알카사르 요새에 있소." 프라다스가 다시 말했다.

민병 하나가 올리브기름에 익혀 토마토를 얹은 기막힌 햄을 가져왔는데, 셰이드는 그걸 아주 싫어했다. 엘 네구스도 먹지 않았다.

"당신은 스페인 사람인데 올리브기름을 싫어하나요?" 음식에 관한 한 모든 것에 흥미를 지닌 셰이드가 물었다.

"난 고기를 먹지 않아요. 채식주의자거든."

셰이드는 포크를 집어들었다. 포크에는 대주교의 문장이 새겨져 있었다.

모두가 먹고 있었다. 미술관의 현대식 진열창 안에서 유리, 강철, 알루미늄은 모두 질서정연했다. 총알을 맞아 그 즉시 가루가 된 작은 물건들과 그것들 앞에 선명한 구멍이 뚫려 주위에 금이 간 유리창을 제외하곤 말이다.

"내 말 잘 들어봐요." 엘 네구스가 프라다스에게 말했다. "출옥을 할 때 열 명 가운데 아홉은 시선이 제대로 잡히지 않소. 그들은 남들처럼 보지를 못해요. 프롤레타리아계급에도 시선을 제대로 고정하지 못하는 자들이 많소. 따라서 우선 이런 것부터 바꾸어야 한다는 거요. 내 말 알겠소?"

그는 프라다스를 향해서만큼이나 골로브킨을 향해서도 말하고 있었지만 프라다스에게 통역을 시키는 게 마음에 들지 않았다.

"그렇게 거드름 피우는 것 같지는 않군." 셰이드는 만족스러운 듯 낮은 목소리로 말했다.

민병 하나가 추기경 모자를 거추장스럽게 들고서 그에게 다가갔다.

"이 물건을 방금 발견했어요. 그런데 우리 집단엔 소용이 없기 때문에 당신한테 주기로 했지."

"고맙소." 셰이드는 차분하게 말했다. "대체로 난 순수한 사람들, 털이 긴 개들, 어린아이들에게 호감을 언곤 합니다. 유감스럽게도 고양이한테는 아니지만! 고맙소."

그는 모자를 머리에 쓰고는 거기 달린 술을 만지작거리며 계속해서 햄을 먹었다.

"아이오와에 사는 할머니 집에도 이런 술이 있는데. 안락의자의 아래쪽에 말이죠. 고마워요."

엘 네구스가 짧은 검지손가락으로 보나*풍의 그리스도 수난도를 가리켰다. 암갈색 바탕의 이 창백한 그림은 며칠 전부터 맞은편 적들한테 총격 세례를 받았다. 총알이 집중되어 생긴 구멍 때문에 오른팔은 거의 떨어져나갈 지경이었다. 왼팔은 분명 벽의 돌이 지켜준 듯 여기저기 관통되어 있을 뿐이었다. 창백한 육체에는 어깨에서 허리로 비스듬히, 마치 재봉틀 바느질 자리처럼 규칙적이고 선명하게 지나간 기관총의 일제사격 자국이 있었다.

"우리가 이곳과 마드리드에서 분쇄된다 해도, 사람들은 하루라도 마

---

* 레옹 보나. 프랑스 화가.

음껏 살게 될 거요. 내 말 알겠소? 증오에도 불구하고 말이죠. 그들은 자유라는 거요. 여태 자유로운 적이 없었지. 내가 말하는 건 정치적 자유가 아니오. 난 다른 것을 말하는 것이오! 내 말 알겠소?"

"물론." 메르스리가 말했다. "내 아내 메르스리가 말했듯이, 마음이야말로 본질적인 것이지."

"마드리드에서는 더 심각해요." 셰이드가 빨간 모자를 쓴 채 침착하게 말했다. "하지만 나도 동감입니다. 혁명은 삶의 바캉스니까요…… 오늘 제 기사 제목은 휴가입니다."

프라다스는 배 모양으로 생긴 머리꼭지를 손으로 조심스럽게 쓰다듬었다. 의자들의 소란스러운 소리 때문에 그는 셰이드가 한 말의 마지막 부분을 듣지 못했다. 가르시아가 미소 띤 입가에 파이프를 물고 막 도착한 터라 그에게 자리를 내주었던 것이다.

"인간들이 함께 산다는 것은 쉬운 게 아니오." 엘 네구스가 다시 말했다. "세상에는 그럴 만한 용기가 없소. 용기가 있으면 뭔가 할 수 있을 텐데! 여러 말 맙시다. 죽기로 결심한 인간이 스쳐가기만 해도 우리는 결국 그걸 느낄 수밖에 없어요. 하지만 '변증법'은 필요 없소. 대표자 자리에 관료가 앉을 필요도 없습니다. 군대를 끝장내기 위한 무기도 필요 없고, 불평등을 끝장내기 위한 불평등도 필요 없으며, 부르주아들에 대한 계략도 필요 없소. 이제부터 삶을 제대로 살든지, 아니면 죽는 것이오. 실패하면 빨리 꺼지는 거지. 이리저리 왕복할 필요 없소."

망보는 다람쥐 같은 가르시아의 눈이 번쩍였다.

"이보게, 네구스." 그는 다정하게 말했다. "혁명이 혁명 그 자체를 위해 사는 방법이기를 원한다면, 그것은 거의 언제나 죽는 방법이 되네. 이보게 친구, 그런 경우 결국은 승리에 대해서만큼이나 순교에 대해서도 만족하게 되는 거야."

엘 네구스는 설교하는 그리스도 같은 몸짓으로 오른손을 쳐들었다.

"죽음을 두려워하는 자는 마음이 편치 않지요."

"하지만 그동안 파시스트들은 탈라베라에 와 있소. 그리고 이게 계속되면 톨레도를 잃을 겁니다." 마누엘이 포크를 들어올린 채 말했다.

"요컨대 당신들은 기독교도요." 프라다스가 교수처럼 말했다. "그리고……"

'잠자코 있을 수가 없군.' 가르시아는 속으로 생각했다.

"성직자를 타도하라!" 엘 네구스가 경련하듯 말했다. "하지만 접신론엔 좋은 점이 있어요."

"천만에." 셰이드가 모자의 술을 만지작거리며 말했다. "어쨌든 계속해보시죠."

"우리는 결코 기독교도가 아니오! 당신네들, 당신들은 사제가 되었지. 공산주의가 종교가 되었다는 뜻이 아니오. 공산주의자들이 사제가 되어가고 있다는 말이지. 당신들한테 혁명가가 된다는 것은 간사해진다는 거요. 바쿠닌이나 크로포트킨에겐 아니었지. 전혀 그렇지 않았소. 당신들은 당에 먹히고 있소. 규율에 먹히고 있소. 공모에 먹히고 있소. 당신네 편이 아닌 사람에게 당신들은 정직도 의무도 아무것도 없소. 당신들은 더이상 성실하지도 않아요. 우리는 1934년부터—물질적인 목표는 단 한 번도 없이—다만 연대를 통해 여섯 번의 파업을 했소."

엘 네구스는 분노 때문에 말이 빨랐다. 그는 두 손을 헝클어진 머리카락 주위로 휘두르며, 몸짓을 해가며 말했다. 골로브킨은 이해하지 못했지만 군데군데 알아들은 단어들 때문에 불안했다. 가르시아가 그에게 러시아어로 몇 마디 했다.

"구체적으로 말하자면, 무능한 것보다는 불성실한 게 낫소." 프라다스가 말했다.

엘 네구스는 자신의 권총을 꺼내 테이블 위에 놓았다. 가르시아가 자신의 파이프를 똑같이 테이블 위에 놓았다.

접시들과 증류기 같은 목을 가진 물병들이 벽돌에 난 구멍으로 들어온 수많은 광선을 거대한 정물화 너머로 반딧불이처럼 반사했다. 그림 속 나뭇가지를 따라 과일들이, 권총 총신의 푸르스름한 짧은 선들이 반짝였다.

"모든 무기들은 전선으로." 마누엘이 말했다.

"병사가 되어야 했을 때 우리는 병사가 되었소." 프라다스가 말했다. "그다음에 건설자가 되어야 했을 때는 건설자가 되었지. 다시 행정관, 기술자 따위가 되어야 했을 때? 우리는 그렇게 했소. 결국 우리가 사제가 되어야 한다면, 우린 사제가 될 거요! 하지만 우리는 혁명 국가를 만들었고, 여기선 군대를 만들 거요. 우리의 장단점을 가지고 말이오. 그리고 공화국과 프롤레타리아계급을 구하는 것은 군대가 될 거요."

"난 상관없어요." 셰이드가 두 손을 모자의 술에 대고는 기분좋게 말했다. "당신들 모두가 하는 일은 당신들이 말하는 것보다 단순하고 더 낫습니다. 당신들 전부 너무 우쭐해하고 있어요. 게다가 골로브킨, 당신 나라에선 모든 사람이 우쭐해하기 시작했죠. 그래서 난 공산주의자가 아니라는 겁니다. 엘 네구스는 다소 둔한 것 같지만 그래서 내 마음에 들어요."

분위기가 누그러지고 있었다.

에르난데스는 다시 손목시계를 쳐다보더니 미소를 지었다. 그의 치아는 두 손과 얼굴처럼 길었다.

"혁명 때마다 매한가지죠." 프라다스가 염소수염을 한 손에 쥐고는 말을 이었다. "1919년 사회주의혁명가이자 법사위원이었던 스타인버그는 페트로파블롭스크 요새*의 결정적 폐쇄를 요청했습니다. 이에 레닌은 백군 포로들을 그곳에 수용하겠다는 다수표를 얻어냈죠. 우리 배후에는 그런 적들이 상당히 많았으니까. 결국 고귀함이란 사회가 나중에 가서야 그 대가를 지불해야 하는 사치인 겁니다."

"하지만 최대한 이른 게 최상이죠." 메르스리가 단호하게 말했다.

"시시한 이야기로 지루하게 해봤자 내일이면 아무 소용 없을 거요." 엘 네구스가 다시 말했다. "여러 말 할 필요도 없는 겁니다. 정당은 인간을 위해 만들어진 것이지 인간이 정당을 위해 만들어진 게 아니오. 우리는 국가도 교회도 군대도 만들고 싶지 않소. 인간을 만들고 싶은 거요."

"고귀하게 행동할 수 있는 기회가 있을 때 그것부터 시작하면 되는 거지." 에르난데스가 길고 마디가 굵은 손가락들을 턱 앞으로 내밀고는 말했다. "이미 상당히 많은 더러운 자들과 살인자들이 우리 편이라고 주장하고 있소……"

"잠깐만, 동지들." 메르스리가 손을 테이블 위에, 마음은 손 위에 올려놓고 말했다. "둘 중 하나요. 우리가 승리자가 되면 맞은편 적들은

* 17세기 상트페테르부르크에 건축된 요새로 그 안에 성당이 있다.

인질을 데리고 역사 앞에 설 것이고, 우리는 모스카르도 부인의 자유와 함께 역사 앞에 설 것이오. 무슨 일이 있든, 에르난데스 당신은 고귀하고 위대한 모범을 보이고 있는 거요. 난 영광스럽게도 '평화와 정의'라는 운동에 소속되어 있는데, 이 운동의 이름으로 당신에게…… 군모를 벗어 경의를 표합니다."

화염방사기가 등장했던 날, 그들이 처음 만났던 때부터 메르스리는 가르시아를 당혹스럽게 했다. 소령은 이상주의가 코미디와 떨어질 수 없는 관계인지 자문하고 있었던 것이다. 동시에 그는 메르스리 안에 반反파시즘이 고려하지 않으면 안 될, 무언가 진실한 것이 있음을 느꼈다.

"그래서 무정부주의자들을 미친놈 집단으로 취급하는 척하는 데 시간을 허비하지 않았으면 좋겠다는 거요!" 엘 네구스가 말했다. "스페인의 조합주의는 여러 해 전부터 진지한 일을 해오고 있소. 어느 누구와도 타협하지 않고 말이오. 우리는 당신네들처럼 1억 7천만 명이나 되지 않지. 하지만 어떤 사상의 가치가 사람 숫자로 평가된다면, 세상에는 채식주의자들이 모든 러시아인들을 포함한 공산주의자들보다 더 많소. 총파업이라는 것이 존재하는가, 존재하지 않는가? 당신들은 그것을 여러 해 동안 공격해왔소. 엥겔스를 다시 읽어봐요, 가르침을 받을 테니. 총파업은 바쿠닌이오. 난 공산주의자들이 무정부주의자를 연기하는 공산주의 연극을 본 적이 있소. 이들이 누구를 닮았는지 아시오? 부르주아들이 본 공산주의자들을 닮아 있더군."

그늘 속 성인의 조각상들이 흥분된 몸짓으로 그를 격려하는 것 같았다.

"일반화에 대해선 좀 조심합시다." 마누엘이 말했다. "엘 네구스는 그러니까…… 불행한 경험을 했는지 모르겠군요. 공산주의자들 모두가 완벽하지는 않소. 미안한데 이름을 잊어버린 러시아 동지와 프라다스를 제외하면 내가 이 테이블에서 유일한 공산당원인 것 같군요. 에르난데스, 내가 사제 같다고 생각합니까? 그리고 당신, 네구스도?"

"아니. 당신은 정직한 사람이오. 당신은 싸우고 있어요. 당신들 중에는 정직한 사람이 많소. 하지만 그들만 있는 것은 아니오."

"이건 다른 얘기요. 그러니까 당신은 마치 정직을 독점하고 있는 것처럼 말하고, 당신과 의견이 맞지 않는 사람들을 관료 취급하고 있소. 하지만 디미트로프*가 관료가 아니라는 사실은 당신도 잘 알겠지! 결국, 두루티** 대對 디미트로프는 도덕 대 도덕의 대립인 것이지 도덕 대 책략의 대립이 아니라는 거요! 우리는 동지이니 솔직합시다."

"'우리는 승리를 제외한 모든 것을 포기한다'고 쓴 사람은 당신네 두루티요." 프라다스가 엘 네구스에게 말했다.

"그랬지." 엘 네구스는 튀어나온 치아 사이로 투덜거렸다. "하지만 당신을 만난다면 두루티는 당신 엉덩이를 장홧발로 차버릴 겁니다."

"유감스럽지만 구체적인 상황에선 당신네 도덕을 가지고 정치를 할 수 없다는 것을 곧 깨달을 거요." 프라다스는 말을 이었다. "그렇기 때문에……"

"다른 도덕도 마찬가지지요." 어떤 목소리가 말했다.

"혁명의 복잡함, 그리고 어쩌면 혁명의 드라마는 도덕 없이는 혁명

---

* 불가리아의 혁명운동가.

** 스페인의 무정부주의 혁명가.

도 할 수 없다는 데 있소." 가르시아는 말했다.

에르난데스가 다시 고개를 들었다.

한 점 빛이 마누엘의 나이프에서 번득였다. 나이프가 햇빛을 삼키는 듯했다.

"자본주의자들에게도 좋은 점이 하나 있소." 엘 네구스가 말했다. "중요한 것이죠. 더구나 그들이 그것을 발견했다는 것이 놀랍소. 전쟁이 끝나면 우리는 여기서 각각의 조합을 위해 그와 같은 일을 해야 하오. 내가 그들에게서 존경하는 유일한 것은 무명인이오. 그들에겐 무명의 용사죠. 하지만 우리는 보다 잘할 수 있소. 아라곤 전선에서 나는 이름 없는 무덤을 수없이 보았소. 돌이나 나뭇조각 위에는 다만 F.A.I. 혹은 C.N.T.가 쓰여 있었지. 이게 나를…… 어쨌든 좋았소. 바르셀로나에서는 부대들이 전선으로 떠나며 아스카소*의 무덤 앞을 행진합니다. 모두가 입을 다물고 말이오. 이것 또한 좋소. 허튼소리보다는 그게 나으니까."

한 민병이 에르난데스를 찾으러 왔다.

"기독교도들이…… " 프라다스가 염소수염 사이로 투덜거렸다.

"사제가 나온 거요?" 마누엘이 이미 일어서서 물었다.

"아직 안 나왔습니다. 사령관이 모시고 오라고 해서요."

에르난데스는 메르스리와 엘 네구스를 대동하고 나갔다. 엘 네구스는 모자를 쓰고 있었는데, 전날 밤의 멕시코 모자가 아니라 무정부주의연맹의 붉고 검은 군모였다. 잠시 침묵이 흐르는 가운데 식사를 마

* 스페인의 무정부주의적 조합주의 지도자.

친 군대의 산만한 소리만이 가득했다.

"무엇 때문에 그는 편지를 전달해준 겁니까?" 골로브킨이 가르시아에게 물었다.

그는 가르시아만이 모든 사람에게, 심지어 엘 네구스에게도 존경받고 있음을 느꼈다. 또 가르시아는 러시아어를 할 수 있었다.

"정리해서 이야기해봅시다…… 우선 거절하지 않기 위해서요. 그는 아버지의 결정에 따라 장교가 되었소. 자유주의로 인해 몇 해 전부터 공화파가 되었고 상당히 지성적이지…… 두번째로 그가 직업군인이라는 점에 주목하시오(그만 그런 것은 아니오). 그가 맞은편의 적에 대해 무슨 생각을 하든, 그 사실이 그 나름의 역할을 한다는 거요. 세번째로 우린 톨레도에 있소. 당신도 잘 알다시피, 모든 혁명의 초기에는 적지 않은 연극이 있지. 지금 이곳에서 스페인은 멕시코 식민지나 같단 말이오……"

"그럼 저쪽 적의 편에서는?"

"우리 사령부와 알카사르 요새 사이의 전화선은 끊어지지 않았고 포위가 시작된 때부터 양 진영에서 이용해왔소. 마지막 협상 때, 우리 쪽 협상자는 로호 소령이 되기로 합의가 되었지. 로호는 바로 이곳의 생도였소. 어떤 문 앞에서 저들이 그의 눈을 가린 붕대를 떼었는데 바로 모스카르도의 사무실이었소. 바깥에서 왼쪽 벽을 보았소? 구멍이 하나 있지. 사무실은 천장이 뚫려 있고. 모스카르도는 군복을 갖춰 입은 채 안락의자에 앉아 있었고 로호는 예전의 의자에 앉았소. 한편 부서지지 않은 안쪽 벽 모스카르도의 머리 위에는 저들이 잊어버리고 떼어내지 않은 아사냐의 초상화가 걸려 있었소."

"그럼 용기에 대해선?" 골로브킨은 좀더 낮은 소리로 물었다.

"나보다 가까이서 그걸 관찰할 기회가 있는 사람한테 물어야 할 거요. 지금 우리 최상의 부대는 돌격대요. 마누엘?"

그는 골로브킨의 질문을 스페인어로 옮겼다.

마누엘은 두 손가락으로 아랫입술을 잡았다.

"그 어떤 집단적 용기도 비행기나 기관총에 대항할 수 없습니다. 요컨대 잘 조직되고 무장한 민병들은 용감하지만 다른 민병들은 도망가지요. 민병과 부대는 충분합니다. 하나의 군대라 할 수 있어요. 용기는 조직화의 문제입니다. 어떤 자들이 조직되기를 원하는지 아는 일이 남아 있지요……"

"에르난데스 대위가 직업 장교로서 사관생도들에 대해 일종의 호의를 간직할 수 있다고 생각하십니까?" 프라다스가 가르시아에게 물었다.

"우리는 그것에 대해 이야기했소. 알카사르 요새에는 사관생도가 쉰 명도 안 된다고 그는 말하는데, 사실입니다. 알카사르 요새는 민위대원들과 장교들이 방어하고 있소. 분노에 휩싸인 하층민에 맞서 자신들의 이상을 방어하는 우월한 족속인 이들 젊은 영웅들은 스페인의 헌병들이오. 아멘."

"요컨대 가르시아, 광장의 사건은 어떻게 설명하시겠습니까?" 마누엘이 물었다.

"내 생각에 담배를 나누어준 자와 면도날을 갖다준 익살꾼, 그리고 그들을 따라간 자들과 편지를 전해주게 한 에르난데스, 이들 모두는 자기 자신도 잘 깨닫지 못한 채 동일한 감정을 따랐소. 저기 위에 있는 적들에게 자신들이 그들을 경멸할 권리가 없음을 입증하고자 한 것이지. 지금 여기서 내가 하는 말은 농담 같지만 매우 중대한 것이오. 스페인 우파와 좌파는 모욕에 대한 취향과 혐오에 따라 갈라져 있소. 인민전선은 무엇보다도 모욕을 혐오하는 자들의 집결체요. 봉기가 일어나기 전에 어떤 마을에서 가난한 두 소시민을 잡아서 물어보면, 하나는 우리 편이고 다른 하나는 저쪽 편이었소. 우리 편에 있는 자는 진심을 원했고 다른 하나는 오만함을 원했지. 형제애에 대한 욕구 대 계급 질서에 대한 열망, 이것은 이 나라에서…… 그리고 어쩌면 다른 몇몇 나라들에서 매우 심각한 대립이오."

이 영역에서 마누엘은 심리적인 것을 경계했다. 하지만 그는 바르카 영감의 말을 상기했다. '모욕의 반대는 평등이 아니라 형제애요.'

"구체적으로, 공화국은 급여를 세 배나 올렸습니다." 프라다스가 대꾸했다. "따라서 농부들은 마침내 셔츠를 살 수 있었죠. 그런데 파시스트 정부는 봉급을 예전 수준으로 되돌려버렸어요. 그리하여 수많은 셔츠장수들이 문을 닫아야 했죠. 이러한 사실을 구체적으로 알게 되었을 때 나는 스페인의 프티부르주아들이 어찌하여 프롤레타리아계급과 연결되어 있는지 이해할 수 있었습니다. 모욕으로는 200명의 인간도 무장시킬 수 없을 겁니다."

가르시아는 각 정당의 전형적인 상투어를 알아채기 시작했다. 공산주의자의 경우는 '구체적으로'라는 낱말이었다. 게다가 그는 프라다스가, 그리고 심지어 마누엘마저 심리적인 것을 경계하고 있음을 알게 되었다. 그는 반파시스트 투쟁의 미래가 경제를 토대로 정립되어야 한다고 생각했고, 한편 경제적으로는 무정부주의자(혹은 이들의 친구들), 사회주의적 성향의 대중 그리고 공산주의 그룹들 사이에 아무런 차이가 없다고 생각했다.

"동감이오. 하지만 우리의 가장 우수한 부대도, 그 수가 가장 많은 부대도 도토리를 먹고 사는 에스트레마두라 지방에서 나오는 게 아니오. 정말이지, 제발 모욕을 통해 나에게 혁명 이론을 펼치지 마시오! 난 지금 스페인 전체의 상황이 아니라 오늘 아침에 일어난 일을 이해하려 애쓰고 있소. 요컨대—당신도 그렇게 말하겠지만—에르난데스는 상징적인 차원에서도 셔츠장수가 아니오.

대위는 매우 용감한 사람이며 그에게 혁명은 자신의 윤리적 욕망을 실현시키는 방식이오. 우리가 겪고 있는 드라마는 그에게 개인적인 묵시록이오. 절반쯤 기독교도인 이들에게서 가장 위험한 것은 자기희생에 대한 취향이지. 그들은 목숨을 내놓고 하기 때문에 최악의 오류까지도 저지를 준비가 되어 있는 거요."

듣는 이들 중 일부는 가르시아의 말을 이해했다기보다 짐작했고, 그래서 그들에게 그는 더 지성적으로 보였다.

"물론 엘 네구스는 에르난데스가 아니오." 그가 말을 이었다. "하지만 자유주의자와 자유방임주의자 사이에는 용어와 기질의 차이밖에 없소. 엘 네구스는 자기 부하들이 언제나 죽을 준비가 되어 있다고 말했지. 가장 우수한 자들한테는 맞는 말이오. 가장 우수한 자들이라는 말에 유의하시오. 이들은 형제애에 취해 있지만 이 형제애가 이처럼 지속될 수 없다는 것을 알고 있소. 그래서 그들은 자신들의 꿈에 따라 살게 될 며칠 동안 열광하다가—아니면 경우에 따라 복수를 하다가—죽을 준비가 되어 있는 거요. 그가 우리에게 한 '마음으로'라는 말을 생각해보시오…… 그들에게는 이와 같은 죽음만이 모든 것을 정당화하는 거요."

"난 권총을 앞으로 들이밀고서 사진을 찍는 사람들을 좋아하지 않아요." 프라다스가 말했다.

"때때로 그들은 7월 18일에 주먹을 주머니에 넣어 권총이 들어 있는 척하고 부자들에게서 무기를 탈취했던 자들과 다르지 않아요."

"무정부주의자들은……"

"무정부주의자라는 말이 특히 혼란을 야기하고 있소." 마누엘이 말했다. "엘 네구스는 F.A.I. 소속이지, 좋소. 하지만 중요한 것은, 요컨대 그의 동료들이 무엇을 생각하고 있는가가 아니라 무정부주의자가 아닌 수백만 사람들이 무정부주의자들과 함께 무엇을 생각하는가요."

"그들이 공산주의자들에 대해 무엇을 생각하는가는 중요하지 않소?" 프라다스가 불평하듯 물었다.

"전혀." 가르시아는 말했다. "그들이 투쟁과 삶에 대해 무엇을 생각하는가, 그것이 중요하죠. 그들이…… 그러니까 프랑스인 대위와 공통적으로 무엇을 생각하는가, 그것이 중요하다는 거요. 내가 1917년 러시아에서, 그리고 여섯 달 전 프랑스에서 그와 같은 태도를 알게 되었다는 사실을 유념하시오. 이런 상황은 혁명의 청년기에 해당하지. 어쨌든 대중과 정당은 별개라는 점을 인식해야 할 때요. 왜냐하면 우리는 7월 18일 이후부터 이것을 보아왔으니까!"

그가 파이프를 들어올렸다.

"사람들로 하여금 그들이 하려고 하는 것에 대해 생각해보도록 하는 것보다 어려운 것은 없소."

"하지만 중요한 것도 그것뿐이죠." 프라다스가 말했다.

"변화하느냐 아니면 죽느냐, 그것밖에 없군요." 골로브킨이 우울하게 말했다.

이제 가르시아는 입을 다문 채 생각에 잠겨 있었다. 그가 볼 때, 무정부주의적 조합주의에는 무정부주의자가 있고 조합주의가 있었다. 무정부주의자들의 조합주의적 경험은 그들의 긍정적 요소이고 이데올로기는 그들의 부정적 요소였다. 스페인 무정부상태의 한계(초월적으로 아름다운 상태)는 조합주의 자체의 한계가 되었고, 무정부주의자들 가운데 가장 지적인 자들은 접신론이 아니라 소렐*을 원용했다. 하지만 이 모든 대화는 마치 무정부주의자들이 특별한 족속인 양, 마치 그들이 무엇보다 그들의 성격에 의해 규정되는 양, 마치 가르시아가 정치인으로서가 아니라 민족학자로서 그들을 연구하지 않으면 안 되는 양 전개되고 있었다.

'이 점심시간에 스페인 전국에서 모든 사람들이 이런 식으로 이야기하고 있다고 보면……' 가르시아는 생각했다. '이른바 C.N.T. 혹은 F.A.I. 혹은 공산당 혹은 U.G.T. 같은 조직들로 하여금 공동 행동을 통해 정부의 결정을 실행토록 해주는 토대가 무엇일까를 이해하는 것이 훨씬 더 중요하겠군. 삶이 자신의 행동에 달려 있는 바로 그 순간 자신의 행동 조건과는 다른 것에 대해 토론하다니, 인간들이란 참으로 이상하지. 이 사나이들 하나하나와 함께 별도로 할 수 있는 일이 무엇인지 알아야 할 필요가 있겠어.'

좀전에 마누엘에게 질문을 던졌던 민병이 가까이 다가왔다.

---

* 프랑스의 사회주의 사상가로 생디칼리슴과 윤리에 기초한 폭력론을 주장했다.

"가르시아 동지입니까? 지방경찰청에서 찾고 있습니다. 마드리드에서 전화가 왔습니다."

가르시아는 마드리드에 전화를 걸었다.

"그래, 중재는 어떻게 되었습니까?" 마드리드 쪽에서 물었다.

"사제는 아직 나오지 않았습니다. 10분 뒤면 합의된 시간이 끝납니다."

"무언가 알게 되면 즉시 전화주세요. 상황은 어떤 것 같습니까?"

"나쁩니다."

"매우 나쁩니까?"

"나쁩니다."

5

에르난데스는 가르시아가 전화를 받고 있다는 것을 알고선 함께 미술관으로 돌아가려고 기다리고 있었다.

"당신은 놀라운 말 한마디를 했습니다. 도덕을 가지고는 정치를 할 수 없지만 마찬가지로 도덕 없이도 정치를 할 수 없다고 말입니다. 당신 같으면 편지를 전달해주도록 했겠습니까?"

"안 했을 겁니다."

쉬고 있는 무기들의 소음, 정오의 태양빛을 받는 군용 냄비들, 총장 냄새, 이 모든 것이 전날 밤의 소란을 생생히 상기시켰기에 휴전이라는 건 있을 수도 없는 일 같았다. 휴전이 끝나기까지는 십오 분도 채 남지 않았다. 이미 평화는 그림 속 세계와 과거의 것이었다. 에르난데스의 길고 조용한 발걸음은 가르시아의 확고한 발걸음 옆에서 미끄러지듯 나아가고 있었다.

"어째서요?"

"첫째로 저들은 인질들을 돌려보내지 않았기 때문입니다. 둘째로 당신이 책임을 받아들인 순간부터 당신은 승리자가 되어야 하기 때문이지요. 그뿐입니다."

"잠깐만, 책임은 제가 선택한 게 아닙니다. 저는 장교였고, 장교로서 근무하고 있습니다."

"당신은 책임을 받아들였습니다."

"내가 어떻게 그것을 거부하겠습니까? 당신도 잘 아시다시피, 우리에겐 장교들이 없습니다……"

처음으로 총성 없는 낮잠 시간이 도시에 내려앉아 불안한 수면 속에서 연장되고 있었다.

"인간을 보다 낫게 만들지 못한다면 혁명이 무슨 소용이겠습니까? 소령님, 저는 무산자가 아닙니다. 프롤레타리아를 위한 프롤레타리아는 부르주아지를 위한 부르주아지와 마찬가지로 제게는 관심의 대상이 아닙니다. 그래도 저는 최선을 다해 싸우고 있습니다, 어쩌겠습니까……"

"혁명이 프롤레타리아나…… 금욕주의자들에 의해 이루어질 수 있을까요?"

"왜 혁명이 가장 인간적인 사람들에 의해 이루어질 수 없나요?"

"왜냐하면 가장 인간적인 사람들은 혁명을 하지 않기 때문이죠. 그들은 도서관을 짓거나 묘지를 만듭니다. 불행하게도……"

"묘지라고 해서 하나의 모범이 모범이 되는 것을 막지는 못합니다. 그 반대죠."

"그러는 사이에 프랑코는……"

에르난데스는 여인 같은 동작으로 가르시아의 팔을 잡았다.

"가르시아, 제 말 좀 들어보세요. 누가 옳은지 진실게임 같은 건 하지 맙시다. 제가 말을 건넬 수 있는 사람은 당신밖에 없습니다. 마누엘은 성실한 사람이지만 자신의 당을 통해서만 상황을 바라봅니다. 다른…… 사람들이 일주일 안에 이곳에 올 겁니다. 이건 저보다 당신이 더 잘 알고 있겠죠. 그런데, 그렇지 않나요, 옳다는 것은……"

"그렇지 않습니다."

"그렇습니다……"

에르난데스는 알카사르 요새를 쳐다보았다. 새로운 건 없었다.

"다만, 제가 여기서 죽어야 한다면, 이런 식으로 죽고 싶지는 않을 겁니다……

지난주에 저의…… 그러니까…… 막연한 동지들 가운데 무정부주의자이거나 자칭 무정부주의자인 사람 하나가 금고의 돈을 훔쳤다고 고발당했습니다. 그는 아무 죄가 없었어요. 그는 저를 증인으로 불렀습니다. 당연히 저는 그를 변호했죠. 그는 자신이 책임진 마을에서 의무적 공유화를 이루었고 그의 부하들이 공유화를 이웃 마을들로 확대하기 시작한 참이었습니다. 저는 이런 조치가 바람직하지 않다는 것에, 낫 한 자루를 얻기 위해 열 개의 서류를 제출해야 하는 농부의 분노에 공감합니다. 반대로 이 문제에 대한 공산주의자들의 프로그램이 훌륭하다는 것에도 공감합니다.

증인으로 나선 후부터 저는 공산주의자들과 사이가 좋지 않습니다…… 어쩔 수 없죠. 어쩌겠습니까, 어떤 인간에게 죄가 없다는 것을 알고 있는 상황에서 나를 증인으로 부르는데 그가 도둑놈 취급을 당하도록 내버려둘 수는 없습니다."

"공산주의자들—그리고 현재 무언가를 조직하려 시도하는 자들은 당신 친구의 마음이 아무리 순수하다 할지라도 결국 농민들의 반발을 사게 된다면 객관적으로 프랑코를 도와주는 꼴이 된다고 생각하는 겁니다……

공산주의자들은 무언가를 하고자 합니다. 당신과 무정부주의자들은 이유야 다르지만 무언가 되고자 하지요. 이것이 이번 혁명과 같은 모든 혁명의 드라마예요. 우리가 의지하며 사는 신화들은 모순적이죠. 평화주의와 방어의 필요성, 조직화와 기독교 신화, 효율성과 정의 따위 말입니다. 우리는 이것들에 질서를 부여해야 하고 우리의 묵시록을 군대로 변모시켜야 합니다, 아니면 죽어야 하죠. 그뿐입니다."

"그렇다면 어쩌면 그와 같은 모순들을 내부에 지니고 있는 사람들 역시 죽어야겠군요…… 당신이 말하듯 그뿐이군요."

가르시아는 골로브킨이 한 말을 생각했다. '변화하느냐 아니면 죽느냐, 그것밖에 없군요……'

"많은 사람들이 묵시록으로 자기 자신의 문제를 해결하길 기대하고 있습니다. 하지만 혁명은 혁명을 내세워 발행된 수많은 어음들을 무시하고 계속됩니다……"

"제가 죗값을 치러야 한다고 생각하시겠죠?" 에르난데스는 미소를 지으며 물었다.

냉소적인 미소는 아니었다.

"자살에는 휴식이 있지요……" 그는 그들이 걷는 곳 위쪽의 낡은 베르무트와 영화 광고 포스터들을 손가락으로 가리키더니 슬픈 말馬처럼, 긴 치아를 드러내면서 더욱 미소를 지었다. "과거는……" 그러고서 잠시 후에, "하지만 모스카르도에 관해서 말하자면, 저 또한 아내가 있었습니다."

"그렇군요…… 하지만 우리는 인질이 된 적이 없지요…… 모스카르도의 편지, 당신이 증인으로서 한 증언…… 당신이 제기하는 문제들 각각은 도덕적인 문제입니다." 가르시아가 말했다. "하나의 도덕에 따라 산다는 것은 언제나 하나의 드라마입니다. 다른 상황에서와 마찬가지로 혁명에서도 그렇습니다."

"그런데 혁명이 일어나지 않는 한 사람들은 그 반대로 생각하는 경우가 아주 많지요." 엉망으로 망가진 정원에서 장미나무와 회양목 또한 휴전에 참여하고 있는 것 같았다.

"당신은 현재 당신의…… 운명과 마주치고 있는지도 모르겠습니다. 자기가 사랑했던 것, 자기 삶의 목적이 되었던 것을 단념한다는 것은 결코 쉬운 일이 아니지요…… 당신을 도와주고 싶어요, 에르난데스. 당신이 하는 승부는 처음부터 진 겁니다. 왜냐하면 매 순간 정치와 연결되는 군사적 지휘 속에서는 정치적으로—정치적 행동으로—살아가야 하는데, 당신의 승부는 정치적이지 않기 때문입니다. 그 승부는 당신이 목격하는 것과 당신이 꿈꾸던 것의 비교입니다. 행동은 행동이라는 표현으로서만 사유되는 것입니다. 정치적인 사유라는 것은 하나의 구체적인 사태와 다른 하나의 구체적인 사태, 하나의 가능한 일과 다른 하나의 가능한 일 사이의 비교 속에서만 존재하는 것입니다. 우리 편이냐 아니면 프랑코냐—즉 하나의 조직이냐 아니면 다른 하나의 조직이냐—하는 것이지, 하나의 욕망이나 꿈 혹은 묵시록에 대항하는 하나의 조직이라는 구도가 아니에요."

"인간들은 존재하지 않는 것을 위해서만 죽습니다."

"에르난데스, 설령 자신이 할 수 있는 게 보잘것없다 할지라도, 할 수 있는 것에 대해 생각하지 않고 자신이 마땅히 되어야 할 존재에 대해서만 생각하는 것은 독약과 같습니다. 고야가 말했듯이 치유책이 없는 독약이지요. 이와 같은 승부에서는 누구나 처음부터 패배자입니다. 절망적인 승부죠. 도덕적인 완성과 고귀함은 혁명이 직접적으로 개입할 수 없는 개인적인 문제들입니다. 당신의 경우, 둘 사이의 유일한 다리는 유감스럽게도—당신의 희생이라는 관념입니다."

"베르길리우스의 말을 아실 겁니다. 그대와 함께도 안 되고 그대 없이도 안 되고…… 이제 저는 이 상황을 벗어나지 못할 겁니다……"

155밀리 대포의 요란한 소리, 포탄들이 윙윙거리는 날카로운 소리, 기왓장과 석고 덩어리가 떨어지는 맑은 소리.

"사제가 실패했군." 가르시아가 말했다.

6

야게 중령이 지휘하는 군대가 탈라베라에서 톨레도로 진군하고 있었다.

시민 르클레르는 이제 완전히 더러워진 흰 작업복 차림에 회색 운동모를 쓰고 겨드랑이에는 보온병을 낀 채 문이 열려 있는 자신의 비행기로 다가갔다.

"제기랄, 누가 내 오리온호에 또 손을 댔군!" 마치 누군가와 서로 욕지거리를 하면서 싸우기라도 하듯, 그는 후두염을 앓았던 쉰 목소리로 말했다.

"괜찮아요, 괜찮다고요." 스웨터를 걸쳐 입은 아티니에스가 조용히 말했다. "제가 조준기를 설치했습니다."

"그래, 훌륭하군." 그는 거만하게 대꾸했다.

르클레르는 아티니에스를 좋아하지 않았다. 아티니에스의 다정한 태도에도 불구하고, 그의 건실한 젊음도 그의 매너도 대大부르주아의 것 같았고, 그의 지식도(아티니에스는 사관학교 출신이었다) 그의 엄격한 공산주의도 싫었다. 아티니에스는 엄격함을 내비치지도 않았는데 말이다. 자원자들은 기술자들에게 고마움을 느끼고 있었으나, 르클레르 같은 용병들은 질투를 느꼈다. 그리고 르클레르는 여자 생각에서 벗어나지 못하고 있었다.

그가 모터에 시동을 걸었다.

펠리컨들과 부상자들이 비행기 주위를 돌았고 라플라티는 스칼리의 뒤를 따라다니고 있었다. 하이메는 장님이 된 이후로도 붕대를 감아 둘로 나뉜 얼굴을 하고는 예전처럼 비행장에 나타나곤 했다. 의사의 말에 따르면 그는 시력을 되찾을 것이다. 하지만 그는 자기 옆에 개가 있는 것을 견딜 수가 없었다. 하우스 역시 두 개의 지팡이에 의지한 채 오만한 모습으로 설교나 명령을 내뱉으며 비행장에서 지냈다—부상이 그에게 권위를 부여하고부터, 그는 견딜 수 없는 존재가 되어 있었다. 시비르스키는 이미 스페인을 떠나버렸다.

펠리컨들이 전투를 계속하기 위해 야간 비행으로 전환한 이후 비행장의 분위기는 달라졌다. 이로 인해 적의 전투기는 제거되고 있었다. 밤에 들판으로 착륙하는 것은 즐거운 일이 아니었지만 낮에 적의 전선으로 착륙하는 것은 더더욱 즐겁지 않았다. 운명이 전투의 자리를 차지하고 있었다. 기병들 또한 전쟁에서 그들의 말馬에 얽매여 있다 할지라도, 적어도 말은 장님이 아니고 매일같이 마비의 위협을 받지도 않는다. 이제부터 적은 파시스트 군대라기보다도 낡은 바지 같은 부품들로 뒤덮인 이들 비행기의 모터였다. 이제부터 전쟁은 끝없이 수선을 거듭한 후 밤에 출동하는 비행기들에 달려 있었다.

비행기는 이륙하여 구름을 통과했다.

"이보게."

"무슨 일이오?"

"날 좀 보게나. 난 언제나 바보짓을 하지. 하지만 나도 한 사람의 인간이라고!"

그는 아티니에스를 좋아하지 않았지만, 모든 전투비행사들은 용기를 존중했고 아티니에스의 용기에는 이론의 여지가 없었다.

그들은 다시 구름 아래로 내려왔다.

제1차세계대전 때처럼, 그리고 중국에서처럼 르클레르는 그를 보호하는, 하지만 너무나 취약한 모터 소리에 둘러싸인 채 머리에는 회색빛 운동모를 쓰고 수면睡眠과 전쟁을, 고통과 정열을 초월하여 신적인 자유와도 같은 해방감을 느끼고 있었다.

잠시 시간이 흘렀다. 이윽고 르클레르는 결심이 무르익었다는 듯한 어조로 말했다.

"물론 자네 역시 한 사람의 인간이지."

아티니에스는 조종사의 감정을 상하게 하고 싶지 않았지만 이런 식의 대화가 그의 신경을 건드렸다. 그는 아래쪽으로 은하수처럼 밝혀진 도로에서 눈을 떼지 않은 채 투덜거리는 소리로 대답을 대신했다. 그들 앞 도로는 아마 지면에서 불고 있을 바람에 따라 흔들거리며 밤 깊은 곳으로 이어졌고 아티니에스는 적군 같은 어둠 속에서, 위협적인 고독 속에서 자신이 불안을 통해 인간의 이 유일한 흔적에 연결되어 있음을 느꼈다. 불빛 하나 없었기 때문에 추락은 곧 죽음이었다. 그리고 마치 의식보다 더 예민한 본능이 먼저 알아차리듯, 아티니에스는 문득 자기 불안의 원인을 이해했다. 모터가 털털거리고 있었던 것이다.

"밸브예요!" 그는 르클레르에게 소리쳤다.

"상관없어." 르클레르가 외쳤다. "시도해볼 수 있어."

아티니에스는 비행모의 죔쇠를 죄었다. 그 또한 항상 시도할 준비가 되어 있었다.

탈라베라가 고독과 어둠 속에서 거대해진 모습을 지평선 가까이 드러냈다. 언덕 높이에서 별빛 속으로 사라진 탈라베라의 불빛이 비행기로 다가오고 있는 것 같았다. 의족義足이 절뚝거리는 듯한 모터 소리가 도시를 살아 있는 듯 위협적으로 만들었다. 시골의 불빛과 전쟁의 열기를 띠고 움직이는 미광 사이에서 마치 검은 반점처럼 보이는 어두운 가스 공장이 잠자는 야생동물의 불안한 고요를 드러내고 있었다. 비행기는 이제 아스팔트 도로 위를 날았다. 막 내린 비에 젖은 도로가 가스등의 불빛을 반사했다. 비행기가 탈라베라에 접근함에 따라 불빛덩어리는 커졌다. 갑자기 아티니에스는 급강하하는 낡은 비행기의 날개 양쪽에서 이 불빛들을 보았는데, 그것은 마치 상승하는 비행기 주위에 있는 별빛들 같았다.

그는 임시 뚜껑문을 열었다. 밤의 차가운 공기가 기체 안으로 밀려들었다. 그는 무릎을 꿇고 도시를 내려다보며 기다렸다. 조준기가 말의 눈가리개처럼 그의 시야를 가리고 있었다. 르클레르는 시커먼 네모꼴 공장을 향해 기수를 돌리고 귀를 기울이며, 빛나는 골격을 드러내는 탈라베라 상공을 전진했다.

검은 반점을 지나치자 그는 격분하여 아티니에스 쪽을 돌아보았지만 기체의 미광 속에서 빛을 발하는 그의 금발밖에 보이지 않았다.

"뭐하고 있는 거야, 제기랄!"

"입 닥쳐요!"

르클레르는 기체를 기울였다. 그들이 던진 폭탄들이 아직 비행기 속도의 영향을 받아 조금 더 낮게, 조금 더 느리게 마치 달빛을 받은 물고기처럼 반짝이며 그들을 따라왔다. 날아가는 비둘기떼가 방향을 바꾸어 가느다란 윤곽을 남기면서 사라지듯, 폭탄들은 갑자기 사라졌다. 떨어지는 각도가 수직이 되었다. 공장 가장자리에서 술 장식처럼 붉은 폭발이 솟아올랐다.

실패였다.

르클레르는 다시 하강하면서 급선회하여 공장 위로 되돌아왔다. "고도!" 아티니에스가 외쳤다. 이와 같은 움직임 때문에 조준 시간이 바뀌었다. 그는 고도계를 확인하고는 다시 뚜껑문으로 돌아왔다. 이제 반대 방향에서 보이는 탈라베라는 뒤돌아서는 사람처럼 막 변모하는 참이었다. 군사 건물에서 인도로 투사된 흐릿한 불빛이 사방에서 네모꼴 창문의 불빛들로 바뀌었다. 공장을 나타내는 반점은 보다 희미해졌다. 아래에서 기관총이 발사되었지만 기관총사수들이 비행기를 정확히 겨눌 가능성은 별로 없었다. 도시 전체의 불이 꺼지고 별들 가득한 밤에 남아 있는 거라곤 반짝이는 날개 가장자리의 금속판, 그리고 고도계의 문자판에 드리워진 르클레르의 모자 그림자뿐이었다.

도시의 생기는 사방으로 퍼진 불빛들 속에 감춰져 있었는데, 비행기가 선회하자 이 불빛들은 그 생명력을 분명하게 드러냈고 이제 불 꺼진 도시는 훨씬 더 살아 있었다. 기관총의 짧은 불꽃들이 부싯돌의 섬광처럼 나타났다가 사라졌다. 적의에 찬 도시는 망을 보고 있다가 비행기가 되돌아올 때마다 움직이는 것 같았다. 르클레르는 둘로 나뉜 머리 타래 뒤로 회색빛 운동모를 젖힌 채 두 눈을 고정시켰고, 아티니에스는 배를 깔고서 코를 조준기에다 대고 있었다. 달빛 속에 푸르스름해 보이는 강의 작은 물굽이가 조준기를 통해 들어왔다. 공장은 거기 있었다. 그는 2차 폭탄을 투하했다.

이번에 그들은 아래에 있는 폭탄을 볼 수가 없었다. 그리고 비행기는 화약 색깔로 둥그렇게 피어오르는 형체 위에서 끝없는 굉음을 내며 코를 처박듯 급강하했다. 그들을 삼키는 이 푸른 불기둥을 피하고자 르클레르는 조종간을 격렬하게 잡아당겼다. 비행기가 별들의 무심한 고요에 이를 듯 튀어올랐다. 아래서는 이미 붉게 퍼져나가는 화재의 불길이 타오르고 있었다. 공장은 날아가버렸다.

총탄들이 기체를 뚫고 지나갔다. 아마 폭발 때문에 비행기가 보였을 것이다. 기관총 하나가 달무리 속으로 막 들어간 비행기의 실루엣을 추적했다. 르클레르는 우회하기 시작했다. 아티니에스는 돌아선 채 화염의 붉은 그물이 번지는 모습을 바라보았다. 묵주처럼 끝없이 투하되는 폭탄은 공장에서 아주 가까이 있는 병영에도 떨어졌던 것이다.

밀집한 구름떼가 그들을 지상으로부터 떼어놓았다.

르클레르는 옆에 있는 보온병을 집어들고는 컵을 들어올린 채 어리둥절한 듯 멈추었다가 아티니에스에게 신호를 했다. 비행기가 푸르스름한 불빛을 받아 인광을 발하고 있었던 것이다. 아티니에스는 하늘을 가리켰다. 그때까지 그들은 전투에 정신을 기울이느라 지상만 바라볼 뿐 비행기는 살펴보지도 않았다. 그들 뒤 위쪽에서 그들에게는 보이지 않는 달빛이 양날개의 알루미늄을 비추고 있었다. 르클레르는 보온병을 내려놓았다. 인간의 그 어떤 동작도 더이상 사물들과 상응하지 않았다. 모든 전투 뒤에 오는 도취감은 사방 수십 리에 걸쳐 홀로 빛나는 이 전쟁 계기판으로부터 아주 멀리 벗어나, 마치 죽은 천체에서 수천 년 동안 빛나는 돌들과도 같은 이 창백한 금속체와 달의 화합 속에서 지질시대의 고요로 사라지고 있었다. 그들 아래 있는 구름에서 비행기의 그림자는 끈기 있게 전진했다. 르클레르는 집게손가락을 들고 평가하듯 뾰로통한 표정을 짓더니 "기억해두게!……" 하고 근엄하게 고함을 치고는 보온병을 다시 집어들었다. 그는 모터가 계속해 털털거리고 있음을 깨달았다.

마침내 그들은 구름을 넘어섰다. 다시 나타난 대지의 몇몇 도로들이 움직이고 있었다. 시커먼 도로들에서 이처럼 구불구불 흔들리는 게 무엇인지 이제 아티니에스는 알고 있었다. 파시스트 트럭들이 톨레도로 전진하고 있었다.

7

밤까지 마누엘은 통역을 했다. 마드리드에서 편성되는 국제여단의 한 장군인 하인리히가 타호강의 (말하자면) 전선을 시찰하고 있었기 때문이다. 히메네스와 두세 사람을 제외하면 탈라베라에서 톨레도까지 경계를 서는 전선도 없었고, 청음을 통해 탐지하는 전선도 없었으며, 조직도 보호도 없는 예비군뿐이었다. 기관총들은 성능이 좋지 않을뿐더러 제대로 배치되지도 않았다.

제복을 입은 하인리히는 손에 군모를 든 채, 이마—백발이 보이지 않도록 머리를 짧게 깎았다—에 땀을 흘리고 늦여름의 갈라진 대지에 장화 소리를 내면서 공산주의자의 단호한 낙관주의로 전선을 바로잡고 재정비했다.

마누엘은 히메네스한테서 지휘하는 법을 배웠고, 이제는 통솔하는 법을 배우고 있었다. 그는 전쟁을 배웠고, 두 달 전부터는 신중함, 조직, 집요함, 엄격함을 배운다고 생각했다. 특히 그는 이 모든 것을 이해하기보다 몸으로 숙지하는 것을 배우고 있었다. 그리고 불덩어리가 빛을 뿜는 해파리처럼 물결치듯 움직이는 알카사르 요새를 향해 밤을 뚫고 올라가면서, 그는 하인리히가 열한 시간에 걸쳐 개선해준 이후로 전투 여단이라는 것이 어떤 것인지 자신이 몸으로 느끼기 시작했음을 깨달았다. 피로 속에 묻힌 군 지휘관들의 말이 그의 머릿속에서 총성과 뒤섞여 윙윙거렸다. '용기는 위선을 용납하지 않는다.' '귀기울이는 것을 듣고 눈으로 보는 것을 흉내내는 것이다.' 전자는 나폴레옹의 말이고 후자는 키로가*의 말이었다. 히메네스가 그에게 클라우제비츠를 발견하게 해주었다. 그의 기억은 군사 도서관으로 돌아가고 있었다. 도서관은 나쁘지 않았다. 알카사르의 맹화는 마치 타오르는 배가 바닷물에 비치듯 낮은 구름 속에 비쳤다. 중포重砲 하나가 이 분마다 화염덩어리에 포격을 가하고 있었다.

하인리히가 원하는 것은 스페인 참모부의 가장 적극적인 이들이 원하는 것과 같았다. 즉 돌격대를 게릴라 부대로 보존하고, 국제의용군의 행동 개시를 기다리면서 제5연대를 최대한 확대하는 것. 이어서 이 제5연대의 단위부대가 충분해지면 이들을 정규군에 배속시켜 핵심을 이루면서 혁명의 규율을 도입하도록 하는 것이다. 마치 최초의 공산주의 구성원들이 제5연대를 만들었듯이 말이다. 엔리케의 대대들은 군단이 되어갔다. 마누엘은 기계화 중대로 시작하여 히메네스의 명령을 받으며 대대 하나를 지휘했다. 그는 이제 마드리드에서 연대 하나를 지휘할 참이었다. 그러나 '승진'하는 것은 마누엘이 아니라 스페인 군대였다.

마누엘은 알카사르 요새의 성난 짧은 불꽃에 오렌지색이 된 얼굴로 손에는 회향풀 줄기를 들고서 지뢰 설치 상태를 보기 위해 바람을 맞으며 산타크루스로 올라갔다. 독일 장교처럼 목덜미를 면도해 이마와

* 스페인 장군.

마찬가지로 주름살을 드러낸 하인리히는 시내에서 마드리드의 전화를 기다리고 있었다.

대포와 소총 소리가 바람과 함께 잦아들자, 다시 약하면서도 폐부를 찌르는 또다른 소음이 이어졌다. 알카사르 요새의 지붕에서 불꽃들이 타닥거리는 무딘 소리였다. 이 소리는 대포를, 멀리서 들리는 고함소리를, 인간들의 소요에서 비롯된 모든 것을 하찮게 만드는 냄새와 뒤섞였다. 화염과 시체가 뒤섞인 이 냄새는 알카사르 요새만으로는 부족하다는 듯 너무나 강렬했다. 어쩌면 바람과 밤 그 자체의 냄새인지도 모른다.

톨레도의 민병들을 타호강 전투에 투입하는 것이 불가피해졌다. 밤에 지하실을 제외하고 알카사르 요새 전체를 폭파하기로 했기 때문에 도시 주민들은 피란을 떠나고 있었다. 붉게 물든 어둠 속에서 농부들이 돼지들과 염소들을 데리고 조용한 행렬을 이루며 지나갔다. 행렬을 비추는 것은 알카사르 요새가 아니라 구름의 불타는 광채였다.

마누엘이 산타크루스 홀에 도착해 보니 톨레도의 지휘관 한 사람이 있었다. 마흔 살 정도였고 군모를 머리 뒤로 젖혀 쓰고 있었다.

"그래, 그래! 무슨 일이오? 무슨 일이냐고?"

그가 두 손을 주머니에 넣은 채 다정하고 보호하는 듯하면서도 무뚝뚝한 표정으로 마누엘을 향해 다가왔다.

"지뢰는 언제 준비되겠습니까?" 마누엘이 물었다.

지휘관이 그를 바라보았다.

"그들이 끝내고 나면…… 내일……"

그러고는 이렇게 말하는 것 같았다. '그 멍청이들에게 맡겼으니 언제 끝낼지 알게 뭐야?' 그러더니 또 익살맞은 눈초리를 하고는 이 모든 것이 아주 우스꽝스럽다는 듯한 표정을 지었다. 에르난데스의 슬픔에 공감하지 않는 것은 아니었지만 이와 같은 무심하고 오만한 빈정거림에 마누엘은 동요를 느꼈다. 게다가 라모스와 함께 겪었던 실패 이후로 다이너마이트는 그에게 비현실적인, 따라서 의심스러운 무기로만 보였다.

한순간 전쟁의 소음이 멈췄다. 침묵 속에서 금속성의 둔탁한 타격소리가 규칙적으로 들려왔는데, 마룻바닥과 벽에서 나오는 것 같았다.

"지뢰인가?" 마누엘이 물었다.

민병들이 그렇다는 신호를 보냈다. 마누엘은 같은 순간 알카사르 요새의 파시스트들도 똑같이 그 소리를 듣고 있으리라 생각했다.

지뢰반장이 도착했다.

"몇시에 끝날 것 같소? 이르면, 그리고 늦어도 말이오."

"이르면 세시에, 늦어도 네시면 될 겁니다."

"확실한가?"

지뢰반장은 생각에 잠겼다.

"확실합니다."

"무엇이 폭파된 거요?"

"그건, 음, 단정할 수 없습니다……"

"당신 의견으로는 말이오."

"튀어나온 부분 전체일 겁니다."

"그것뿐이오?"

지뢰반장은 다시 생각에 잠겼다.

"그들은 그 이상이라고 말하지만 저는 그렇게 생각하지 않습니다. 지하실들은 겹겹이 포개져 있는 게 아니라 층층으로 되어 있고 바위의 형태로 만들어져 있으니까요."

"고맙소."

지뢰반장은 떠났다. 마누엘은 왼손에 회향풀 줄기를 든 채 지휘관의 팔목을 잡았다.

"내일 전투가 있다면 조심하십시오, 동지. 당신네 기관총 진지들이 너무 낮아요. 하나도 은폐되어 있지 않습니다. 포화의 희미한 빛으로도 보인단 말입니다."

그는 다갈색으로 물든 어둠 속으로 나갔다. 시체 냄새와 뜨거운 돌 냄새가 그를 에워쌌다가 한순간 바람 속으로 사라지더니 다시 올라와 외투들로 가득한 정원을 뒤덮었다.

그는 한심한 초소들을 하나하나 시찰하고 알카사르 요새의 공화파 점령 구역까지 점검했다. 그곳에서는 모든 것이 변하고 있었다. 돌격대, 민위대 그리고 조직된 민병들이 있었다. 그러나 그는 여전히 불안했다. 폭발 다음에 이어져야 할 공격 준비에 군사전문가가 전혀 참여하지 않았기 때문이다.

절굿공이를 찧는 듯한 포성 사이로 다시 발파 소리가 들려왔다. 발파 소리는 이제 땅으로부터 그의 사지를 통해 올라왔다. 지하실의 적들은 이 소리를 훨씬 더 선명하게 듣고 있을 것이다……

하인리히는 마드리드 방어에 대한 회답을 전화로 기다리고 있었다. 그는 톨레도를 방어하고 싶었다. 하지만 톨레도가 저항하든 무너지든, 그가 요구하고 있는 것은 작은 단위부대 시스템을 포기하고 제5연대가 지원하는 강력한 예비군을 편성하자는 것이었다. 입성용 백마들을 구하기 시작한 프랑코는 마드리드 파시스트의 봉기에 많은 기대를 걸고 있었고, 그의 부대들은 너무도 빨리 진군하고 있었다.

에르난데스는 근무를 마치고 친구인 모레노와 함께 톨레도에서 미지근한 맥주를 마실 수 있는 유일한 장소인 민병 당직실 테이블에 앉아 있었다. 모레노는 반란 봉기가 있던 바로 그날 파시스트들에 의해 투옥되었다가 사형선고를 받은 후 감옥을 옮길 때 요행으로 석방되어 사흘 전 마드리드로 돌아올 수 있었다. 이제 정보를 제공하기 위해 호출을 받은 참이었다. 그는 에르난데스와 마찬가지로 톨레도의 사관학교 출신이었다. 활짝 열린 창문들 앞에서 민병들은 마치 화재 밑바닥의 푸른 불꽃 심지처럼 분주히 움직이고 있었다.

"모두 미쳤어." 모레노가 흘러내린 머리카락 사이로 말했다. 가운데 가르마를 탄 검고 무거운 머리털이 흘러내려 그의 얼굴을 가렸다. 에르난데스는 묻는 듯한 표정으로 그를 바라보았다. 십오 년 전부터, 그들은 감상적인 속내 이야기와 추억으로 이루어진 담담한 우정으로 결합되어 있었다.

"과거에 믿었던 것을 난 이제 조금도 믿지 않아, 조금도 말이야." 모레노가 말했다. "하지만 내일 저녁에 최전선으로 떠날 거야."

그는 머리를 쓸어 올렸다. 그의 잘생긴 얼굴은 톨레도에서 유명했다. 매부리코와 커다란 두 눈, 라틴민족의 아름다움을 지닌 전형적인 얼굴—오늘밤 이 얼굴은 석방되기 전의 감옥 생활을 증언하기라도 하듯 매우 길게 자란 머리칼로 인해 야릇해 보였다. 그는 면도를 제대로 하지 않았고 수염도 회색빛이었다.

집들이 알카사르 요새를 가로막고 있었지만 요새에서 나오는 반사광은 가려지지 않았다. 규칙적인 대포 소리 속에서, 검은 포도의 온갖 색조를 차례로 띠며 구름을 뚫고 나와 포장도로 위에 그림자를 던지는 이 불빛 아래 민병들이 지나가고 있었다.

"투옥되어 있는 동안 가장 힘든 게 무엇이었나?"

"무기력해지는 걸 배우는 것이었지……"

오래전부터 에르난데스는 모레노가 비극에 대해 이상한 자기만족을 느끼고 있는 건 아닌지 생각해왔다. 그러나 대위가 그 성격을 간파하지 못하고 있는 그의 불안은 분명한 것이었다.

그들은 한순간 입을 다물고 포성을 기다렸다. 눈에 보이지는 않았지만 집단 탈출은 수레들이 삐걱거리는 소리로 밤을 가득 채우고 있었다.

"이보게, 투옥은 사형선고에 비하면 별로 대단하지도 않았네. 변한 것은…… 난 내가 인간에 대해 무언가를 생각한다고 믿고 있었지. 난 마르크스주의자였고 최초의 마르크스주의자 장교였다고 생각해. 그 반대라고는 생각하지 않네. 이제 난 더이상 아무것도 생각하지 않아."

에르난데스는 마르크스주의에 대해 논쟁하고 싶은 생각이 추호도 없었다. 민병들이 소총소리를 내면서 달려가고 있었다.

"내 말 잘 듣게나." 모레노는 다시 말했다. "사형선고를 받았을 때 안뜰에 내려가도 좋다는 허락을 받았네. 거기 있던 모든 사람들은 정치적인 이유로 단죄되었지. 누구도 정치 이야기는 하지 않았어. 절대로. 누군가 정치 이야기를 시작했다 하면 그 즉시 주변에는 아무도 얼씬거리지 않게 되었지."

곱사등이 여자 민병이 에르난데스에게 봉투를 가져왔다. 모레노는 신경질적으로 웃음을 터뜨렸다.

"혁명의 관점에서 자넨 이 코미디를 어떻게 하겠나?" 그가 말했다.

"코미디만은 아니야."

에르난데스는 떠나가는 곱사등이를 눈으로 좇았다. 하지만 모레노와는 반대로 오직 그녀의 생동감만을 보고 있었기에 우정 어린 시선이었다. 그가 가짓빛 밤을 통해 판단하는 한에서는 민병들도 마찬가지였다. 그녀는 자신의 삶을 걸고 내기를 하는 중이었다. 지금까지는 아마 고독 속에 있었을 것이다. 대위는 근시안으로 모레노를 올려다보았다. 불신을 갖기 시작한 것이다.

"내일 저녁에 전선으로 떠난다고?……"

모레노는 망설이다가 컵을 떨어뜨렸지만 신경쓰지 않았다. 에르난데스에게서 시선을 떼지 않고 있었다.

"난 오늘밤 프랑스로 떠날 거야." 마침내 그가 말했다.

대위는 입을 다물었다. 한 외국인 민병이 돈을 지불하지 않아도 된다는 것을 모르고 은화로 술잔을 두드렸다. 모레노는 주머니에서 동전 하나를 꺼내 마치 앞면이 나오느냐 뒷면이 나오느냐에 따라 결정하겠다는 듯 던지고는 어느 쪽으로 떨어졌는지 보지도 않고 그것을 손으로 덮어버리더니 꽤 혼란스러운 미소를 지었다. 그 모든 깊은 감정이 완벽하게 균형 잡힌 이 얼굴에 어린 시절의 표정을 떠오르게 했다.

"이보게, 처음에는 감옥에 들어가지 않았네. 우리는 오래된 수도원에 갇혔어. 물론 좋은 장소였지. 그전에 있던 감옥에서는 아무것도 보이지 않았고 아무것도 들리지 않았거든(언제나 그랬지). 수도원에선 운이 좋았던 거지. 모든 게 들렸으니까. 밤이면 일제사격 소리가 들렸네."

그는 불안한 눈으로 에르난데스를 올려다보았다. 그 어린 시절의 표정에는 일종의 천진난만함이 있었으나 무언가 흉측한 것도 있었다.

"탐조등을 켜고 총살을 한다고 생각하나?"

그는 대답도 기다리지 않고 이렇게 말했다.

"탐조등이 비치는 가운데 총살되는 것은…… 거기엔 일제사격뿐 아니라 또다른 소리도 있었네. 우리의 돈을 압수했는데 동전들은 그대로 두더군. 그래서 거의 모든 녀석들이 동전 던지기로 운명을 점쳤지. 예컨대 내일 우리가 안뜰로 가게 될 것인지 아니면 총살 집행반으로 갈 것인지 말이야. 한 번으로 점을 치는 게 아니라 열 번, 스무 번 던지곤 했네. 멀리서 일제사격 소리가 들려왔지만 벽들과 공기 매트들 때문에 둔탁했지. 밤이면 그 일제사격 소리와 나 사이에, 온통 주변에서 들리는 그 작은 구리 동전 소리가 있었네. 이보게, 난 동전들 소리가 얼마나 멀리서 들리느냐에 따라 감옥의 크기를 가늠하곤 했지."

"그래, 간수들은?"

"한번은 간수 하나가 땡그랑거리는 동전소리를 들었지. 내 감방 문을 열고는 '넌 끝장이야!' 고함을 지르더니 문을 닫더군. 비열한 간수들이었지. 정말 비열했다고. 하지만 그게 문제가 아니야. 자네, 포크들이 내는 작은 소리를 들어본 적 있나? 소리의 강도가 그 정도였어. 어쩌면 존재하지도 않는 소리를 들었던 건지도 몰라. 신경을 곤두서게 만들지. 마치 눈보라 속에 있는 것처럼 동전소리 속에 있었던 적이 여러 번이네. 그들도 나처럼 첫날 체포된 게 아니야. 전투원들이었지. 폐부를 찌르는 바보짓이었어. 결국 그들은 죽음을 점치고 있었으니까. 이봐, 그 속에서 영웅적 행동이 무슨 의미가 있었겠나?"

그는 손에서 동전을 꺼내 던졌다.

"앞쪽이군." 그가 놀라서 말했다.

그는 동전을 주머니에 다시 집어넣었다. 에르난데스는 예전에 모레노가 아브드 엘크림* 부대와 싸우는 것을 본 적이 있고 그가 용감하다는 것도 알고 있었다. 대포는 여전히 알카사르 요새에 포격을 가하고 있었다. 요새에서 들려오는 지글거리는 소리가 수레 차축의 날카로운 소리로 인해 끊기곤 했다.

"이보게, 들어보게. 청중 없이는 영웅도 없어. 혼자 있게 되자마자 이걸 이해하게 되네. 맹인이 되는 것도 하나의 세계이고, 혼자 있다는 것도 하나의 세계라고 하지. 내 말 믿어도 돼. 그 속에서는 자기 자신에 대한 생각이 곧 다른 세계에 대한 생각이라는 것을 깨닫게 돼. 떠나온 세계 말이야. 바보들의 강안江岸 말이지. 그 세계 속에서도 자기 자신에 대해 무언가를 생각할 수 있지만, 미쳤다는 단순한 느낌만 가질 뿐이야. 자네 바쿠닌의 고백 기억나나? 바로 이것이지. 두 세계는 소통하지 않아. 인간들이 노래하면서, 이를 악물면서 원하는 방식대로 함께 죽는 세계가 있는데—그 뒤에는 그 수도원이 있고 거기엔……"

그는 주머니에서 다시 동전을 꺼내 소리 나게 던지더니 몸을 떨었다. 그러고는 어느 쪽으로 떨어졌는지 보지도 않고 그것을 주워 들었다. 시선은 길거리에 고정되어 있었다.

---

* 북아프리카에서 프랑스와 스페인 지배에 맞서 저항군을 이끈 지도자.

"저들을 보게나. 아니, 하여튼 저들을 좀 보라고! 한 사람 한 사람 차례로 말이야. 그들은 서로 껴안고, 찬양하고, 영웅적이며, 생각을 하지! 이 모든 것이 감옥에서는 운명을 결정하기 위해 동전을 던지면서……

어쨌거나 내가 살아 있는 동안 지상에 파시스트가 없는 나라들이 있을 것이네. 석방되었을 때 난 귀환에 도취되어 군무에 다시 종사하겠다고 지원했네. 하지만 지금은 명확히 보여. 기억하게나, 인간은 저마다 자기 진실로부터 위협받고 있다는 것을. 그 진실은 죽음도 아니고, 고통도 아니네. 이보게, 그건 한 닢 동전이야. 한 닢 동전이라고……"

"자네 같은 무신론자가 볼 때, 말하자면 삶에 대한 판단과 관련해서 죽음의 순간이 다른 모든 순간보다 더 가치 있고 더 중요한 이유는 어디에 있다고 생각하나?"

"모든 걸 견딜 수 있으니까. 심지어 삶의 몇 시간을 잃고 있는 것을, 내일이면 총살당한다는 것을 알면서도 잠들 수 있으니까. 사랑하는 사람들의 사진을 찢어버릴 수도 있지. 왜냐하면 사진을 바라보면서 자신이 나약해지는 것을 견딜 수 없거든. 소용없는 일인 줄 알면서도 총안을 통해 바깥을 내다보려고 자신이 아직도 개처럼 뛰어오르고 있다는 사실조차 즐겁기 때문이야—그리고 나머지는…… 모든 걸 참을 수 있다는 거야. 참을 수 없는 건, 따귀를 맞거나 몽둥이로 맞은 다음에야 살해되리라는 것이 확실하다는 점이겠지. 그리고 그 외엔 다른 아무것도 존재하지 않으리라는 것이 말이야."

보이지 않는 맹화가 황갈색과 보랏빛 불빛을 번갈아 비추는 가운데 영화배우 같은 그의 얼굴은 완전한 아름다움을 막 되찾았지만 흥분으로 긴장되어 있었다.

"하지만 천만에, 이 친구야. 이해해주게! 팔마섬에서 난 이 주 동안 독방에 갇혀 있었네. 이 주 동안 말이야. 생쥐 한 마리가 매일 같은 시간에 나타나곤 했지. 시계나 마찬가지였어. 누구나 알고 있듯이, 인간은 사랑을 분비하는 동물이기 때문에 나는 이 생쥐를 사랑하기 시작했네. 열나흘째 되던 마지막 날 안뜰로 나갈 수 있는 권리가 주어져 다른 죄수들과 이야기를 나누었지. 그런데 그날 저녁때 감방으로 돌아오니 생쥐는 나에게 귀찮은 존재가 돼버리는 거야."

"자네와 같은 시련을 겪으면 거기서 벗어난다 해도 그 시련의 무언가를 간직할 수밖에 없겠지. 자네는 우선 먹고 마시고 자야 할 거고—가능한 한 적게 생각해야 할 거야……"

"말이야 쉽지. 이보게, 인간에게는 죽는 습관이 없어. 이걸 명심하게나. 죽는 습관이 전혀 없단 말일세. 그래서 죽음이 다가오면 줄곧 그것만 상기하게 되는 거야."

"사형선고를 받지 않았다 해도 마찬가지네. 알겠나, 여기선 어쩌면 인간이 태생적으로 배우는 데 적합하지 않을지도 모를 많은 것들을 배우지…… 난 단순한 것을 배웠네. 사람들은 자유로부터 당장 모든 것을 기대한다는 것이고, 인간을 1센티미터 전진시키기 위해선 많은 사람의 죽음이 필요하다는 것이야…… 이 거리도 샤를 캥 치하의 어느 날 밤과 거의 같았을 거야…… 어쨌거나 샤를 캥 이후 세상은 변했지. 왜냐하면 동전 던지기에도 불구하고—그리고 어딘가에 동전 던지기가 존재함을 모르지 않으면서도—인간들은 세상이 변하기를 원했기 때문이지…… 여기서 싸우는 것보다 더 실망스러운 것은 없을 거야.

그럼에도 세상에서 자네의 추억만큼…… 무게 있는 유일한 것은, 아무 말 없이 우리 앞을 지나가고 있는 저 사람들에게 우리가 가져다줄 수 있는 도움이야."

"감방에서 아침이면 그런 종류의 것들을 생각하곤 했어. 해질 무렵엔 진리가 다가오곤 했지. 밤이 가장 고약하네. 자네 알겠나, 사방 3미터를 너무 많이 걸어 사면의 벽들이 서로 다가오기 시작하면 머리가 텅 비어 멍하게 되는 거야! 혁명의 묘지도 다른 묘지와 같지……"

"모든 씨알은 우선 썩지만 싹을 틔우는 것들이 있어…… 희망 없는 세계는 숨을 쉴 수가 없네. 그게 아니면, 곧 육체적 세계지. 그렇기 때문에 그토록 많은 장교들이 그런 세계에 그토록 잘 적응하는 거야. 삶이란 거의 모든 사람에게 언제나 육체적이었네. 하지만 우리한테는 아니야. 자넨 몸조리를 하기 위해 이 주의 휴가를 요청해야 할 걸세. 그런 다음 민병들을 조용히 관찰하면서, 여전히 그들에게서 코미디밖에 보지 못하고 자네 안의 어느 것도 그들 안에 있는 희망과 연결되지 않는다면, 그때 프랑스로 가게나. 여기서 뭘 하고 싶겠나?……"

말없는 무리 뒤로 바구니와 자루로 불룩한 수레들이 지나갔다. 한순간 수레들에서 진홍빛 병 하나가 반짝였다. 나귀에 탄 농부 아낙네들의 얼굴은 보이지 않았지만 시선이 고정되어 있음을 짐작할 수 있었다. 이집트로의 탈주*라는 아주 오래된 비탄을 드러내는 시선이었다. 집단 탈출의 행렬은 저 포화 냄새 속에서 모포들 속에 묻힌 채, 리듬 있게 깊이 울리는 대포 소리에 박자를 맞춰 흘러가고 있었다.

---

* 요셉과 임신한 마리아가 이집트로 탈주한 것을 말한다.

조용한 별빛을 받으며 모든 언덕이 적의 탱크들이 나타나게 될 경사면을 향해 기울어 있다. 군데군데 농가에서, 작은 숲에서, 바위 뒤에서 다이너마이트 폭파병 무리들이 기다린다.

톨레도의 공화군 전선은 후방 2킬로미터 지점에 있다.

몇 그루 올리브나무 아래 열 명가량의 다이너마이트 폭파병들이 누워 있다. 한 사람은 배를 깔고 엎드린 채 턱을 두 손으로 괴고서 감시병이 있는 꼭대기에서 시선을 떼지 않는다. 다른 사람들은 거의 모두 입에 담배를 물고 있었지만 불은 아직 붙이지 않았다.

시에라 지방도, 아라곤의 전선도, 코르도바의 전선도, 말라가 지방도, 아스투리아스 지방도 버티고 있다. 그러나 프랑코의 트럭은 타호 강을 따라 전속력으로 전진한다. 그리고 톨레도 상황이 좋지 않다. 상황이 좋지 않을 때 언제나 그렇듯이 다이너마이트 폭파병들은 1934년의 아스투리아스 지방에 대해 이야기한다. 페페는 카탈루냐 지방에서 방금 도착한 원병들에게 오비에도에 대해 이야기한다. 그때의 패배로 인민전선이 생겼던 것이다.

"병기창을 점령했었지. 구조되었고, 난국을 벗어났다고 생각했어. 그런데 그 안에 있는 모든 게 아무짝에도 쓸모가 없더군. 뇌관 없는 탄피에 신관 없는 포탄들 따위였거든…… 포탄은 쇠공으로 이용했지. 그런 식으로 그것들을 사용한 거야. 소리가 났지. 어쨌거나 그게 자신감을 줬네. 무용지물은 아니었던 셈이야."

페페는 몸을 뒤집는다. 올리브나무들 위에서 달빛이 은빛 잎사귀의 미세한 먼지처럼 빛나고 있다.

"그게 자신감을 주었다니까. 자신감이 우리를 밀어붙였지. 심지어 감옥으로까지 밀어붙였어."

달빛이 다감한 말馬 같은 그의 머리를 비추고 있다.

"저들이 톨레도에 들어올까?"

"그나저나 자네 누이는 잘 있나?"

"들뜨지 마, 페페! 난, 톨레도는…… 뒤죽박죽이야…… 내가 믿는 것은 마드리드네."

"우린 뒤죽박죽이 아니었나?"

"다이너마이트가 없어서 사흘 만에 소탕되었지." 다른 목소리가 말했다. "병기창에서 장전을 할 줄 아는 동료들과 궁지를 벗어나려고 애써보았지만 될 리가 없었어! 결국 각자 다섯 발씩 가지고 전선으로 떠났지. 알겠나, 다섯 발씩 말이야! 참, 페페, 자네 생각나나? 샐러드 바구니와 자루를 가지고 있었던 여자들 말이야. 여자들이 이삭을 줍는 것은 본 적이 있지만 탄피를 줍는 것을 본 건 처음이었어! 그녀들은 탄피밖에 생각하지 않았어. 그렇게 빨리 총알이 날아올 줄은 몰랐던 거야! 불행하게도!"

아무도 고개를 돌리지 않았다. 목소리의 주인공은 곤살레스였다. 뚱뚱한 사람들만이 지닌 명랑한 톤이 있는 걸까? 모두가 귀기울이며, 동시에 망을 보며, 멀리서 들려올 전차 소리를 기다리고 있다.

"다이너마이트로 소란도 피우고 일도 했지." 페페가 다시 말했다. "메르카데르의 투석기 생각나나?"

그러나 그는 카탈루냐 사람들 쪽으로 몸을 돌린다. 그들은 메르카데르가 누군지 모르기 때문이다.

"그는 대량의 다이너마이트를 던질 수 있는 기계를 만들었지. 통찰력 있는 친구야. 요컨대 폭탄투척기인데, 옛날의 전쟁에서 쓰던 것처럼 줄로 잡아당겨야 했어. 세 사람이 필요했지. 처음에 200미터 거리에서 제대로 된 공격을 받은 무어족은 정말이지 깜짝 놀라 얼이 빠져버리더군. 방패도 만들었는데 그건 썩 좋지 않았고 오히려 표적이 되었지."

멀리서 일련의 기관총 사격이 시작되었다가 멈추고 다시 시작되더니 재봉틀소리처럼 거대한 어둠 속에 잠긴다. 하지만 여전히 탱크들은 보이지 않는다.

"저들은 비행기들을 만들었어." 어떤 목소리가 씁쓸하게 말한다.

전차들이 나란히 줄지어 공격할 기회를 살피고 있는 이 계곡에서 흘러나오는 서사적이면서도 우스꽝스러운 이야기들. 아마 다이너마이트 폭파병들은 인간이 기계에 대항해 의지할 수 있는 마지막 집단일 것이다. 카탈루냐 출신들은 다른 데 있으나 여기 있으나 마찬가지이지만, 아스투리아스 출신들은 과거에 집착한다. 그 집착은 계속된다. 그들은 마침내 조직화된, 스페인에서 가장 오래된 농민반란을 표상한다. 아마 그들은 혁명의 황금빛 전설이 전쟁이라는 경험에 의해 분쇄되기는커녕 오히려 커져간다고 생각하는 유일한 존재들일 것이다.

"이제 무어족의 기병대는 경기관총을 가지고 있대……"

"하찮은 녀석들이야!"

"세비야에는 독일인들이 가득하다더군. 모두가 전문가들이래."

"그리고 교도소장들도."

"이탈리아군 2개 사단이 출발했다는군……"

"동지들이 탱크들에 그렇게 잘 버티지는 못하겠지?"

"익숙하지가 않으니까……"

다시 그들은 과거의 도움을 받아 위협과 싸운다.

"우리 지방에서 가장 엉망이었던 것은 마지막 판이었어." 페페가 말을 잇는다. "농민중앙위원회 녀석들은 괜찮았지. 도움이 없어서 힘에 부치긴 했지만 말이야. 무어족이 진격해오고 있었지. 사흘이면 포위망이 완전히 좁혀들게 되어 있었고. 우리에겐 아직 사람과 다이너마이트가 있었지만 다이너마이트를 설치할 방법이 전혀 없었어. 신문지와 나사못으로 일종의 폭죽 같은 것을 만들었지. 무기에 대해선 말을 않는 게 나아. 무기는 모두 처리되어 없어졌거든. 전날 밤 병기창에 파견된 동료가 신문지 쪼가리를 가지고 왔는데, 병기창 책임자가 거기 이렇게 연필로 써놓았더군. '탄약 때문이라면 다시는 사람을 보낼 필요 없습니다. 단 하나의 탄약통도 남아 있지 않으니까요.' 마지막 탄약은 이미 전투에 참여하고 있던 자들끼리 나누어 가졌지. 각자 다섯 발씩 말이야. 그들은 소총을 들고 전선으로 떠났던 거야. 결론적으로 말하면, 알겠나, 일이 참 잘도 돌아갔다고. 농민중앙위원회 녀석들은 테이블 주위에서 못마땅한 표정만 짓고 있었지. 그게 그들이 할 수 있는 전부였으니까. 주위에는 많은 동료들이 있었네. 아무 말 없이 입을 다물고 있었지. 그때 무어족의 기관총들이 지금처럼 접근해오기 시작하는 거야. 그러고는 일종의 소동이…… 뭐랄까, 마치 억눌린 것처럼 소리 없는 소동이 일어났어. 테이블 위에 있는 금속 잔들과 나이프들, 그리고 벽에 걸린 초상화가 떨기 시작하는 거야. 무슨 일이었을까? 방울소리 때문이라는 걸 알게 되었어. 무턱대고 쏘아대는 무어족에 겁을 집어먹은 가축떼들 때문이었지. 녀석들이 길거리로 밀려들어왔던 거야. 마침내 꾀가 많고 판단력이 좋은 위원회의 한 녀석이 고함을 치더군. '바리케이드를 만들고 소들에게서 방울을 떼어내야 해(방울은 납작한 게 아니라 산에서 사용되는 두툼한 것이었지).' 모든 가축에게서 방울을 떼어내 그걸로 수류탄을 만들었네. 그렇게 해서 세 시간을 버티며, 철수시키고 돌려보내야 할 모든 것을 철수시키고 돌려보낸 거야. 그러자 결국 탱크들이 나타났지만 상관없었지. 어쨌거나 이제 방어 수단이 생겼으니 말이야."

페페는 또한 장갑차를 회상한다. 여전히 맨손으로 하는 전쟁이다. 그들은 조직된 이후 대對전차 소총도 없이 전차들의 전진을 막고 있다.

멀리서 개 한 마리가 짖고 있다.

"그리고 당나귀, 당나귀 말이야, 곤살레스!"

"회상해보면 전쟁은 언제나 이상한 순간들이야…… 비극이지!"

많은 다이너마이트 폭파병들은 침묵을 지키고 있거나 혹은 이야기할 줄을 모른다. 페페와 곤살레스, 그리고 몇몇은 이야기를 하고 활기를 불어넣는 데 명수들이다. 아마 기갑부대도 밤에는 감히 공격하지 못할 것이다. 그들은 지형을 모를 뿐 아니라 구덩이를 두려워한다. 하지만 곧 날이 샐 것이다. 당나귀 이야기가 안성맞춤이다.

"작은 당나귀를 보낸다는 생각은 정말 훌륭했어. 당나귀에 다이너마이트를 싣고서 심지에 불을 붙이고는 '자, 어서 무어족한테 가라!' 하고 보냈지. 어찌된 일인지 당나귀는 별로 경계도 하지 않고 귀를 쫑긋 세운 채 달려가더군. 적군 녀석들이 당나귀의 낯짝에다 총을 쏘기 시작했지. 첫 총알들이 날아오자, 당나귀는 마치 그것들이 파리들인 양

귀를 흔들다가는 멈춰 서서 의문을 품는 거야. 아마 이건 아니다 싶었는지 돌아오더군. 아! 안 돼! 우리 역시 총을 쏘기 시작했어. 다만 녀석이 아는 사람들은 우리 쪽 무리였던 거야. 양쪽에서 총알이 날아오니 심사숙고 끝에 그놈은 우리한테 돌아오는 것이 더 낫다고 본 거지."

대지 어디선가 깊이 갈라지는 듯한 폭발이 일어나 마른잎과 가지를 우수수 떨어뜨린다.

톨레도에서 솟아오르는 거대한 붉은 벼락 속에서, 어둠에 묻혀 보랏빛이 된 얼굴로, 입을 벌리고 공허한 눈을 한 채, 모두는 죽을 때 자신들에게 떠오를 표정을 본다.

담배들이 전부 땅에 떨어졌다.

그들은 폭발소리를 알고 있다. 지뢰가 아니다. 다이너마이트도 아니다. 화약고도 아니다.

"공뢰空雷인가?"

게다가 그들 가운데 어느 누구도 그것을 들은 적도 본 적도 없다. 그들은 귀를 기울인다. 저 높은 곳에서 비행기 소리가 들려오는 것 같다. 하지만 아마 무어족의 트럭 소리일 것이다.

"톨레도에 가스 공장이 있나?" 곤살레스가 묻는다.

아무도 모른다. 하지만 모두가 알카사르 요새를 떠올린다.

분명한 것은 그곳 파시스트들의 상황이 불리해지고 있다는 사실이다. 경련을 일으키는 듯한 불꽃 다발이 꺼진 곳에 하늘은 여전히 붉다. 화재일까, 아니면 새벽일까?

아니다. 새벽은 반대쪽에서 솟아오르고 있다. 새벽이 시작되자 올리브나무에서 나뭇잎의 서늘함이 떨어지는 것 같다.

이제 추억에 내줄 자리가 없다. 다이너마이트가 설치된 곳곳에서 그들은 기다리고 있다. 적과 태양을.

그들은 담배를 다시 꺼내들지만 여전히 불은 붙이지 않는다. 스페인 시골의 침묵은 최초의 무어족이 도착할 때와 같은 침묵이고, 수많은 평화의 나날이나 숱한 비참의 나날과 같은 침묵이다. 이른새벽의 하얀 가로줄이 지평선 위로 길게 드리워지기 시작한다. 누워 있는 사람들의 머리 위에서 밤은 조금씩 해체되고 있다. 조금 있으면 낮의 힘찬 부름이 있을 것이다. 하지만 지금은 다만 새벽의 비참한 슬픔뿐이며, 창백한 시간뿐이다. 농가에서 수탉들의 비통한 외침이 시작되고 있다.

"리카르도가 돌아오는군!" 페페가 외친다.

감시병은 뛰어서 돌아오고 있다. 똑같은 황량한 풍경 속에서 적의 첫 전차들이 나타나, 마치 대지가 아니라 창백한 하늘을 위협하듯 우뚝 솟은 모습으로 산꼭대기를 통과한다.

곤살레스가, 이어서 페페가, 그다음에는 다른 사람들이 저마다 담배에 불을 붙인다. 도처에서 검은 반점 같은 인간들이 탱크를 마중하기 위해 미끄러지듯 움직이기 시작한다.

전차병들은 그들이 여기 있는 것을 알고 있을 테지만 아마 그들을 보지는 못하는 것 같다. 다이너마이트 폭파병들이 계곡 바닥에 몸을 구부리거나 누워 있는 반면에 전차들은 하늘을 등진 채 뒷발로 선 말 같은 모양새를 하고 있기 때문이다.

곤살레스의 오른쪽에는 카탈루냐 출신의 한 젊은이가 있는데 거기 있고부터 거의 아무 말도 하지 않았다. 왼쪽에는 페페가 있다. 곤살레스에게는 이들의 모습이 간신히 보인다. 새벽 속에서 그는 이들의 민첩한 걸음을—사나이들의 걸음을—느낀다. 전투가 시작될 때마다 한 순간 그에게 동지들은 등껍질을 벗어던진 연체동물처럼, 물렁물렁하고 유연하며 무방비 상태에 있는 그런 연체동물처럼 느껴진다. 그는 몸집이 가장 크기 때문에 그들을 허약하다 여긴다. 장갑을 하지 않은 전차들이 소란스럽게 변하는 소리를 내며 전진해오고 있다. 정면에서는 다이너마이트 폭파병들의 흔들리는 대열이 비상한 침묵 속에서 미끄러지듯 나아가고 있다.

탱크들은 두 줄로 오고 있으나 서로 멀리 떨어져 있기 때문에 다이너마이트 폭파병들은 둘 모두 고려할 필요가 없을 것이다. 각 그룹은 마치 탱크들이 한 줄로 오는 것처럼 각자가 맡은 탱크만 책임지면 된다. 몇몇 카탈루냐 출신들은 담배를 손으로 제대로 가리지 못한다. 멍텅구리들 같으니! 곤살레스는 그렇게 생각할 수밖에 없으리라. 그는 미미한 그 점들을 바라본다. 그는 약간 뒤쪽에 있고, 어쩌면 앞쪽에서는 그것들이 잘 보이지 않을지도 모른다. 그는 같은 물결에 휩쓸리고 단단한 형제애의 열정에 고양되어 그들과 함께 전진한다. 그를 향해 다가오는 탱크에서 시선을 떼지 않은 채 마음으로 아스투리아스 지방의 열렬한 노래를 부른다. 하나의 인간이 된다는 게 무엇인지, 그는 결코 이보다 더 잘 알 수 없을 것이다.

그는 엄폐물이 없는 곳으로 간다. 해가 솟아오르고 있다. 페페는 막 숨은 참이다. 곤살레스는 몸을 쭉 펴고 눕는다. 탱크는 4미터 떨어진 곳에 있고 그는 눈앞에 실루엣으로만 보이는 풀밭 속에 있기 때문에 탱크에서는 그를 볼 수 없다. 화본과禾本科 식물들, 어렸을 적에 그가 친구들의 옷소매 속을 타고 올라가게 했던 그 풀 이삭들, 줄기가 위로 솟은 일종의 야생귀리와 데이지 따위. 이미 개미들이 그 속을 돌아다니고 있다. 작은 거미도 있다. 생명체들이 삶과 전쟁으로부터 멀리 떨어져 지표면에서, 이 풀밭 속에서 이렇게 살고 있다. 분주한 개미 두 마리 뒤로 요란하게 흔들거리는 탱크의 검고 기울어진 얼룩이 나타난다. 탱크는 평지에 있는 것이 아니다. 다이너마이트를 잘 던지기만 하면 그것은 나자빠질 것이다. 곤살레스는 몸을 옆으로 튼다.

탱크를 오른쪽으로 통과하게 해야 한다. 얄팍한 흙둔덕이—탱크가 곤살레스와 같은 높이에 도달할 때까지—포탑으로부터 그를 보호해주고 있다. 탱크와 곤살레스 중 빠른 것이 상대를 죽이게 될 것이다. 전차병은 떠오르는 태양에 눈이 부실 것이다. 곤살레스는 자신의 오른팔을 방해하는 것이 없는지 확인한다.

카탈루냐 출신이 무슨 짓을 한 건가? 오른쪽 탱크가 사격을 가하고 있다. 곤살레스와 마주한 탱크는 여전히 기울어진 모습으로 그의 눈에서 10센티미터 떨어진 커다란 개미들을 향해 전속력으로 다가오고 있다. 곤살레스는 힘차게 일어나 요란한 기계와 기관총들에 다이너마이트를 던지고는 그 자신 또한 폭발 속에 뛰어들기라도 하듯 같은 동작으로 땅바닥에 몸을 던진다.

그는 땅으로 떨어지는 돌멩이들 소리 속에서 고개를 쳐든다. 배가 하늘을 향하고 포탑이 처박힌 채 탱크는 뒤집혀 있다. 출입구는 포탑 꼭대기다. 계속해서 돌고 있는 한쪽의 무한궤도 위로 태양이 떠오르고 있다.

곤살레스는 땅에 누웠지만 어떤 은폐물도 없다. 포탑의 대포는 뒤집힌 채 움직이지 않는다. 손에 폭탄을 들고 곤살레스는 동정을 살핀다.

비스듬히 비치는 태양빛 속에서 무한궤도는 복권추첨기의 바퀴처럼 차츰차츰 느려진다.

곤살레스는 담배를 쥔 채 마지막 폭탄 옆에 있다. 덮개의 기관총은 움직이지 않는다. 두 사람은 죽었거나 부상당했을 것이다. 그게 아니라면 이 뒤집힌 탱크 안에서 머리를 아래로 처박고 있을 텐데, 포탑이 탱크의 전체 무게를 지탱하고 있기 때문에 빠져나올 수 없는 것이리라. 기름통이 뒤집히면 오 분 안에 그들은 불타버릴 것이다. 이것이 내전이다.

여전히 아무 기척도 없다. 무한궤도는 멈추었다.

곤살레스는 뒤돌아본다. 공화군 포병대는 사격을 가하지 않고 있다. 저기 공화군 포병대가 있기나 한 것일까? 그는 무릎을 꿇고 일어선다. 배가 바다에 항적을 남기듯 무한궤도들이 홈을 파놓은 계곡에는 그가 맡은 탱크와 둘, 셋, 넷, 다섯 대의 탱크가 완파된 채 무너지거나 뒤집혀 선사시대 전차들의 유물 같은 형상을 하고 있다. (뒤집힌 첫번째 탱크를 보았을 때 그는 신형 모델과 마주하고 있다고 생각했다.) 두 대가 불타고 있다. 저멀리서, 이제 모든 것을 비추고 있는 햇빛 속에서 마지막 탱크들이 지형의 둔덕에 조금씩 가려진 채 공화군의 전선—톨레도 앞에 있는 마지막 전선—으로 전진하고 있다.

탱크들은 지나갔다.

"카탈루냐 출신은?" 곤살레스가 묻는다.

"죽었어." 페페가 말한다.

이제 해가 훤한데도 풀밭 속 죽은 자들은 보이지 않는다. 두 다이너마이트 폭파병 주위로 총알이 날아온다. 페페는 총알의 바보 같은 휙

획 소리를 흉내내더니 다시 숨는다.

산꼭대기 위에서 무어족이 쓴 터번의 흰 얼룩들이 나타나고 있다.

*

폭발 후 입구가 쩍 벌어진 알카사르 요새를 여전히 둘러싼 연기가, 새벽의 서늘한 공기 속에서 시체 냄새와 뒤섞인 축축하고 무거운 냄새를 뿜어내고 있었다. 바람이 불자 지면에 붙어 있던 연기는 마치 바다가 암반을 덮듯 남아 있는 벽들을 뒤덮었다. 보다 세찬 바람이 불어와 고여 있던 연기의 표면이 안쪽으로 휘어들어갔다. 비죽비죽한 바위들이 나타났다. 연기는 급작스럽게 떠밀린 덩어리가 아니라 흐르는 물처럼 오른쪽 아래를 향해 전진하면서 구멍과 틈 속에 괴어들었다. 알카사르 요새는 마치 저수지처럼 새는구나, 마누엘은 생각했다.

연기는 그 자체가 전쟁을 치르듯 잔해 가득한 각각의 골목길을 점령하면서 공화군의 진지들에 1미터씩 침투했다. 공격자들은 이제 서로 멀리 떨어져 있었다. 지뢰는 파시스트의 가장 앞에 있는 전진기지를 폭파시켰지만 지하실은 폭파시키지 못했다.

한순간 모든 소리가 잦아들더니 뒤에서 돌을 차는 누군가의 발소리가 마누엘에게 들려왔다. 이마처럼 주름이 잡힌 두터운 목덜미에 새벽빛을 받으며 하인리히가 서 있었다.

"마드리드는요?" 마누엘은 손에 회향풀을 들고서 물었다.

"안 됐네." 장군은 그를 쳐다보지 않은 채 말했다. 그의 시선은 썰물에서 빠져나오듯 연기 속에서 조금씩 드러나는 가장 높은 바위들에 고정되어 있다.

"이유가 뭐죠?" 마누엘이 물었다.

"안 됐어. 우리 편이 정면에 있지 않았나?"

"폭발 전에 퇴각시켰습니다."

"방금 폭파시킨 부분에 접근하는 통로는 알카사르 요새 말고는 없나?……"

폴란드 농민의 아내처럼 반질반질한 늙은 얼굴에 쌍안경을 댄 채 그는 갑岬처럼 튀어나온 톱니 모양 암석을 바라보았다. 연기가 그 아래로 내려앉고 있었다. 그는 쌍안경을 마누엘에게 내밀었다.

"우리는 양쪽에 기관총들을 배치했나?" 그가 물었다.

"아니요."

"배치되어 있다면 저들을 멈추게는 못해도 늦출 수는 있을 텐데!"

점들이 암석 측면에 파리처럼 붙어 지나가고 있었다. 하나의 점이 모서리를 통과할 때마다 그것은 사라졌다가 좀더 아래쪽에 다시 나타나곤 했다. 이제 연기는 공화군 돌격대가 폭파를 위해 포기한 옛 전진기지들을 넘어서고 있었다. 파시스트들은 연기 뒤에서 전진했다.

"우리는 양쪽에 기관총들을 배치했나?"

열흘 전에 정복한 기지들을 모두 다시 빼앗기고 있었다.

"도시를 방어 체제로 돌려야 해." 하인리히가 말했다.

경찰청은 더이상 전화를 받지 않았다. 산타크루스에서는 무어족이 10킬로미터 지점까지 와 있다고 했다.

그들은 에르난데스가 있는 그 노점을 향해 갔다.

여름방학의 기차역처럼 혼잡한 거리에서 한 민병이 마누엘에게 모제르총을 내밀었다.

"소령님, 총 필요하시나요?"

"머잖아 자네도 필요하게 될 걸세." 하인리히가 독일어로 대답했다.

"전 이걸 버릴 겁니다. 그러니 소령님이 가지시면……"

하인리히의 흰 눈썹이 그의 푸른 눈에 놀라움의 표정을 부여했다. 정수리까지 배코를 친 얼굴 속에 고정된 그의 시선은, 눈썹이 보이지 않는 탓에 극도로 잔인한 인상을 풍기고 있었다. 하지만 20여 명의 사람이 이미 그를 민병과 갈라놓았다.

덧문이 닫힌 집들에서 문 밑에 버려진 총으로 민병들에게 사격을 가하기 시작했다.

마누엘은 밀폐된 곳에 있을 때 느끼는 불편함을 처음으로 길거리에서 느끼고 있었다. 엄지발가락으로 더듬지 않고는 더이상 발을 디딜 수도 없었다. 지금까지 톨레도의 군중도, 예전 성체절 때의 군중도, 역사적인 기념일의 마드리드 군중도 지금 같은 군중에는 미치지 못했다. 민병들은 마치 곡마단의 훌라후프처럼 팔 끝에 수직으로 멕시코 모자를 들고 있었다. 2만 명이 광란 속에 밀집해 있었다. 문 구석마다 소총이 버려져 있었다.

에르난데스가 있는 노점은 활짝 열려 있었다. 검붉은 군모를 쓴 남자가 이야기를 하는 중이었다.

"이곳 책임자는 누굽니까?"

"나, 에르난데스 대위요."

"아, 그래요, '대위님', 우린 코메르스 가 25번지에 있었습니다. 폭격을 당해서 45번지로 옮겨갔습니다. 다시 폭격을 당했지요. 저쪽 '대위들'이 우리를 보다 잘 죽이도록 우리가 위치를 바꿀 때마다 그들에게 알려주는 게 당신인가요?"

에르난데스는 혐오스럽게 남자를 바라보았다.

"계속해봐요." 그가 말했다.

"이제 지긋지긋합니다. 우리의 공군은 어디 있죠?"

"어디 있길 바라오? 공중에 있지."

이탈리아와 독일의 비행기들에 맞서 싸울 수 있을 만한 신형 비행기가 정부에는 열 대도 남아 있지 않았다.

"우리, 우리의 비행대가 반시간 안에 오지 않는다면, 도망쳐야 하거든요! 우리는 부르주아들과 공산주의자들을 위해 육탄 노릇을 하려고 여기 있는 게 아닙니다. 우린 도망칠 겁니다. 알아들었습니까?"

그는 대위 뒤에 있는 마누엘의 커다란 붉은 별을 바라보았다. 하인리히의 시선은 다시 고정되었다.

에르난데스는 두 손으로 사내의 멱살을 잡고서 언성은 높이지 않은 채 말했다.

"당장 도망가시오." 그러고서 그를 밖으로 던지듯 내쫓자 상대방은 한마디도 하지 않았다. 에르난데스는 몸을 돌려 하인리히에게 경례를 한 뒤 마누엘과 악수했다.

"저자는 멍청이 아니면 불량배입니다. 어쩌면 둘 다겠죠. 그들은 배신에 사로잡혀 있습니다. 이유가 없진 않지만…… 이런 식이라면 속수무책일 겁니다……"

"늘 무언가 할일은 있는 법이지."

마누엘은 신경질적으로 손을 움직이며 통역했다. 회향풀은 군중 속에 두고 왔다. 에르난데스는 어깨를 으쓱했다.

"명령에 따르겠습니다."

"저 친구가 자신의 근무지를 버린다면 총살시켜야 해."

"누가 말입니까?"

"필요하다면 당신이 해야지. 아직 기대할 만한 사람이 있나?"

"없습니다. 광장에서는 할 게 아무것도 없습니다. 그런데도!…… 결국은!…… 이곳에 우수한 부대를 투입하지 마십시오. 한 시간도 못 되어 썩어버릴 테니까요. 이곳은 도망자들의 소굴입니다. 할 수만 있다면 다른 부대와 함께 밖에서 싸우도록 하시지요. 인원을 얼마나 확보하고 있습니까?"

"이 수천 명의 사람들과 소총들이 다 사용할 수 없는 건 아니겠지. 진지를 이용해야 해."

"병사는 하나도 없습니다. 죽음을 각오하는 민병 300명뿐입니다. 그리고 아스투리아스 출신 몇몇이 있을 겁니다. 나머지는 모든 것을 비판하면서 탈주를 정당화하려는 도망자들입니다. 그들이 문 밑에 버리고 간 총으로 파시스트들이 우리를 쏘기 시작했습니다. 여자들도 이제 창문을 열고 우리에게 욕설을 퍼붓는 것을 두려워하지 않아요."

"다섯시나 여섯시까지 시간을 벌도록 해야겠군."

"비사그라 문은 방어할 만합니다만 그들은 방어하지 않을 겁니다."

"방어는 우리의 몫이네. 자, 그곳으로 가보지." 하인리히가 말했다.

골목길을 통해 상당히 멀리 우회하여 그들은 문에 다다랐다. 소총 시장 같았다.

열 명 남짓한 민병들이 땅바닥에 앉아 카드놀이를 하고 있었다. 하인리히는 지나가면서 몸을 숙이더니 노름꾼들을 쳐다보며 순식간에 카드를 휩쓸어 자신의 주머니에 집어넣었다. 그러고는 다시 걷기 시작하더니 문을 지나 바깥에서 진지를 살펴보았다. 마누엘은 반듯한 나뭇가지 하나를 발견하고 회향풀을 대신해 들었다. 자신의 신경과민을 진정시키고 싶었다. 버려진 소총들이 그를 격분시켰던 것이다.

"완전히 미친 짓이군." 하인리히가 말했다. "적어도 포병대를 끌고 올 때까지는 지붕과 테라스를 이용해 여기서 버틸 수 있단 말이야!"

그들은 시내로 돌아왔다. 장군은 여전히 지붕을 바라보고 있었다.

"제기랄, 스페인어를 할 줄 모르니 이런 불행이 있나!"

"제가 할 수 있습니다." 마누엘이 말했다.

에르난데스와 그는 한 사람 한 사람 붙잡아서 배치하고, 탄약을 구하러 보내고, 버려진 좋은 무기들은 모두 이미 배치된 사격수들에게 보내기 시작했다. 경기관총 세 자루를 되찾았다. 한 시간이 지나자 비사그라 문은 방어 태세를 갖추었다.

"자네가 나를 바보 같다고 생각할지 모르겠지만," 하인리히가 마누엘에게 말했다. "지금은 그들에게 〈인터내셔널〉을 부르게 해야 돼. 모두가 엄폐물에 보호되고 있기 때문에 서로를 보지 못하고 있어. 서로의 존재를 느낄 필요가 있는 거야."

하인리히는 공산주의자식으로 말을 놓았지만 그렇다고 그의 권위가 줄어드는 것은 아니었다.

"동지들!" 마누엘이 고함쳤다.

모든 구석에서, 모든 모퉁이에서, 모든 창문에서, 얼굴들을 내밀었다. 마누엘은 〈인터내셔널〉을 노래하기 시작했다. 나뭇가지가 거추장스러웠다. 그는 그것을 버릴 생각이 없었고, 그것으로 박자를 맞추고 싶기도 했다. 소리는 매우 우렁찼다. 알카사르 요새에 대한 사격이 거의 멈춘 터라 소리는 잘 들렸다. 하지만 민병들은 〈인터내셔널〉의 가사를 몰랐다.

하인리히는 당황스러워했다. 마누엘은 후렴으로 만족했다.

"언제나 이런 식이지." 하인리히가 씁쓸한 표정으로 말했다. "네시 전에 우리는 마드리드에 들어가 있을 거네. 그때까지 버틸 거야."

에르난데스는 슬프게 미소 지었다.

마누엘이 책임자들을 명명하자 세 사람 모두 푸에르타 델 솔을 향해 떠났다.

사십오 분 만에 문은 방어 태세를 갖추었다.

"비사그라로 돌아가지." 하인리히가 말했다.

살짝 열린 창문을 통해 퍼붓는 파시스트들의 소총 사격이 점점 잦아지고 있었다. 그러나 이제 혼잡한 군중은 없었다. 한 시간 만에 만 명 이상이 떠난 것이다. 온몸에서 피가 빠져나간 듯, 시내는 비워졌다.

그들의 자동차는 차고에 있었다.

"당장 차를 타시죠." 에르난데스가 말했다. "조금 뒤에는……"

문 앞에서 조그만 콧수염을 기른 장교 하나가 기다리고 있었다.

"마드리드에 가신다고 들었습니다. 저도 급하게 그곳에 가야 합니다. 저를 데려다줄 수 있으신지요?"

그는 사령장을 내보였다. 세 사람 모두 우선 비사그라로 향했다. 마누엘이 운전했다. 집 문턱마다 버려진 총들이 있었다. 자동차가 방향을 틀기 위해 서행하는데 문 하나가 열리더니 안에서 손 하나가 나와 소총을 향해 다가왔다. 하인리히가 쏘았다. 손은 다시 들어갔다.

"스페인 국민은 자신의 사명을 수행할 능력이 없었군요……" 장교가 말했다.

세번째로, 장군의 시선은 마누엘이 이미 관찰한 바와 같이 잔인하게 굳어 있었다.

"이와 같은 경우, 위기는 언제나 지휘의 위기지." 하인리히가 말했다.

마누엘은 히메네스의 말을 떠올렸다. 그리고 마드리드의 모든 거리에서 열심히 마음을 쓰며 마치 글 읽는 법을 배우듯 도보 행진을 배우는 민병들의 모습을 생각했다.

비사그라에 돌아와 마누엘은 사람을 불렀다. 대답이 없었다. 다시 불렀다. 역시 대답은 없었다. 그는 지붕을 보기 위해 첫번째 집의 꼭대기 층으로 올라갔다. 그가 한 사람씩 배치해놓았던 각각의 모퉁이 뒤에는 버려진 총밖에 없었다. 경기관총 세 자루도 마찬가지였다. 비사그라는 아직 방어되고 있었다. 주인 없는 무기들에 의해서.

말라가와 코르도바와 아라곤의 전선에는 소총이 부족한 상태였다. 마드리드에도 소총이 부족했다.

그리 멀지 않은 타작마당에서 밀을 타작하고 있었다……

마침내 마누엘은 나뭇가지를 내던지고는 맥빠진 다리로 다시 내려왔다. 문들이 모두 열려 있었다. 창문 옆에서는 커튼에 기대놓은 소총들이 톨레도를 감시하고 있었다.

열린 창문을 통해 지붕 위마다, 굴뚝 뒤마다 한 자루 소총과 탄약꾸러미가 나란히 보였다.

마누엘은 이 사실을 하인리히에게 알렸다. 에르난데스는 이미 예상하고 있었다.

"여기에는 젊은이들을 투입해야 해." 하인리히가 말했다. "마드리드로 가세. 지금 시간이라면 톨레도를 철수시키는 데 어려움은 없을 거야."

"시간이 없습니다." 에르난데스가 말했다.

"시도해보세."

"그럼 당신은 어떻게 할 생각입니까?" 마누엘이 물었다.

"내가 어떻게 했으면 좋겠나?" 에르난데스는 한쪽 어깨를 으쓱하더니 노랗고 긴 치아를 드러내며 씁쓸하게 웃었다. "기관총을 잘 다루는 사람이 스무 명쯤 있네……"

그는 무심하게 묘지를 가리켰다.

"저기 아니면 이곳에……"

"아니. 우리는 늦지 않게 돌아올 겁니다."

에르난데스는 다시 한쪽 어깨를 으쓱했다.

"우리는 늦지 않게 돌아올 겁니다." 마누엘은 나뭇가지로 구두를 두드리면서 단호하게 되풀이했다.

에르난데스는 어찌할 바를 모르는 표정으로 그를 쳐다보았다.

문득 마누엘은 자신이 에르난데스에게 이와 같은 어조로 말해본 적이 없다는 것을 깨달았다. 명령을 중립적인 목소리로 통역할 수는 없는 노릇이라 그는 몇 시간 전부터 하인리히와 같은 어조로 통역하고 있었다. 그리고 반복을 통해 그는 언어를 배우듯 권위를 배운 것이다.

"당신에게 스무 명의 부하가 있다면 어쨌든 이 문을 방어하도록 해보시지요." 그가 다시 말했다.

"떠나기 전에 다른 사람들을 본래의 자리에 재배치하도록 하게." 하인리히가 말했다.

"명령대로 하겠습니다." 에르난데스는 아까와 같이 절망적인 무심함을 드러내며 대답했다.

부하들을 배치하고, 그들은 노점으로 되돌아왔다. 길거리의 창문에서 욕설이 튀어나왔고 파시스트들의 총소리는 잦아졌다.

"저놈들은," 마누엘이 말했다. "펠리페 2세*의 복권을 원하고 있겠지. 우선 에르난데스, 문턱에 있는 것들을 제외하곤 무기를 모두 모으도록 해요. 내가 곧 돌격대와 함께 트럭들을 보내지요."

"무기를 사용하게 하는 것이 모으게 하는 것보다 더 어렵지……"

도시의 최후가 빨라지고 있었다.

"낮 동안만이라도 버텨줘야 할 텐데." 하인리히가 말했다. "다이너마이트 폭파병들이 밤은 버텨줄 거야. 이곳의 젊은이들이 모이고 제5연대의 병력이 오면 여드레까지는 버틸 수 있겠지. 그러면 지금부터 그때까지는……"

8

다른 모든 최후의 전투원들과 마찬가지로 민간복 차림이 된 에르난

* 샤를 캥(카를 5세)의 아들. 스페인의 황금기를 이끈 왕.

데스는—그는 군복을 벗어던져버렸다—한순간 망설였다. 총성으로 미루어 공화군은 오른쪽에 있었다. 그는 무엇을 원하고 있는가? 구출되기를 원하는가? 그보다 두 시간 전이었다면 기차를 타고 떠날 수도 있었을 것이다. 마지막 순간까지 싸울 것인가? 일단은 무엇보다 혼자가 되지 않는 것, 더이상 혼자가 되지 않는 것이다. 그는 스페인 외인부대의 첫 공격 때 부하들과 헤어졌다. 무엇보다 부하들을 되찾아야 한다.

골목길(왼쪽에서 스페인 외인부대의 기관총 소리가 가까워지고 있었다)의 벽을 따라 달려가다가 그는 어떤 길에 도착했다. 공화군의 총알이 희끄무레한 고층 건물 정면을 할퀴어 석고에서 짙은 연기가 작게 피어오르고 있었다. 적의 기관총 소리는 점점 더 가까워졌다. 아마 외인부대는 에르난데스가 조금 전에 통과했던 구석에 막 도착했을 것이다. 이제 총알들은 앞뒤에서 날아오고 있었다.

10미터 앞에 가로등 하나가 켜져 있었다. 그는 그 아래 도착하여 자신을 알아보도록 권총을 머리 위로 흔들었다. 총알 한 발이 날아와 모제르총 앞부분을 맞혀 권총이 땅에 떨어졌다. 에르난데스는 문의 벽에 난 구멍으로 몸을 던졌다. 길거리의 모퉁이들이 외인부대로부터, 두꺼운 벽이 공화군으로부터 그를 보호하고 있었다. 양쪽에서 서로를 잘 보지도 못한 채 신경질적으로 기관총을 쏘아댔다. 일제사격은 결국 유리가 깨지는 한심한 소리와 함께 가로등을 부수었다. 그리하여 기관총 사수들은 길의 양끝에서 짧고 푸르스름한 불꽃들이 타닥거리는 것을 제외하곤 아무것도 보지 못한 채 사격을 퍼부었다.

에르난데스는 누운 채 수평 그물망처럼 쏟아지는 총알들 밑으로 기어가 권총을 손에 넣고는 벽에 난 구멍으로 되돌아왔다.

십 분쯤 지났을까, 손 하나가 그의 팔을 잡는 바람에 그는 소스라쳤다.

"에르난데스, 에르난데스……"

"아…… 그래."

그와 합류한 민병(역시 민간복 차림이었다)이 일 초 간격으로 세 발을 쏜 다음 둘은 질주했다. 공화군의 기관총은 멈추었다.

그들이 기관총이 있는 곳에 다다른 순간 또다른 민병 하나가 뒤에서 도착했다.

"무어족들이야!"

"투우장으로!" 그룹을 지휘하고 있는 듯한 사내가 기관총을 장전하며 말했다.

모두가 골목들을 급히 내려갔다. 기관총사수는 부속품이 비죽비죽 튀어나온 호치키스 기관총을 짊어지고 있었다.

에르난데스는 혼자서 죽고 싶지 않았다.

기관총사수는 돌아서서 기관총을 내리고 50발의 연속 사격을 퍼부은 뒤 다시 출발했다. 잘 쏘지는 못했다. 무어족은 멈추었다가 이번엔 그들이 뛰기 시작했다.

멀찌감치 가냘픈 총성이 울렸다. 그러더니 갑자기 공화군이 달려가는 쪽과는 반대 방향에서 바람을 타고 금관악기와 큰북의 음악이, 곡마단과 공진회와 군악대의 음악이 들려왔다. 아직도 회전목마가 돌고 있는 걸까? 에르난데스는 생각해보았다. 마침내 그는 그것이 파시스트의 군가임을 알아차렸다. 스페인 외인부대의 음악이 소코도베르 광장에서 연주되고 있었던 것이다.

기관총사수는 다시 멈추어 총을 쏘기 시작했다. 십 초, 십오 초. "달아나, 멍청아!" 탄약수가 외쳤다. 그는 기관총사수의 엉덩이를 힘껏 걷어찼다. "달아나란 말이야!" 발길질이 총알과 무어족의 전진보다 효과적이었다. 사수는 다시 기관총을 들고 달렸다.

그들은 투우장에 도착했다.

그곳엔 30여 명의 민병이 있었다. 내부에서 보면 투우장은 요새 같은 모습이었다. 마분지로 만든 요새라고 에르난데스는 생각했다. 그는 바깥쪽을 쳐다보았다. 무어족이 문들을 지키기 시작했다. "저놈들의 첫 포격에 우린 꼴좋게 되겠지!" 역시 민간인 복장을 한 기관총사수 하나가 말했다.

"파시스트 편 시민들은 벌써 흰 완장을 차고 있군." 한 민병이 말했다.

"저들은 성당에서 〈테데움*〉을 올리고 있어요. 사제가 있는 겁니다. 여기 계속 숨어 있었던 거죠."

'우리는 집단 처형이겠군.' 에르난데스는 생각했다.

그는 여전히 바깥을 내다보고 있었다. 왼쪽 방향으로 난 시가지는 포위되지 않은 채였다.

"무어족 기병이다!" 한 사내가 외쳤다.

"자네 돌았구먼!"

그렇다고 더 나아지는 건 아니었다.

---

* 감사와 찬미의 노래.

"여기 남아 있는 것은 어리석은 짓이오." 에르난데스가 말했다. "저들은 점점 더 수가 많아질 거요. 모두 개죽음을 당하겠지. 왼쪽 들판이 아직 비어 있소. 문은 감시하고 있으니 포기합시다. 내가 기관총으로 길 끝을 터보겠소. 첫 사격을 가하자마자 달려나가되 다치지 않도록 하시오. 총에 안 맞고 막아서는 무어족을 해치우시오. 그런 자들은 많지 않을 거요. 왼쪽으로 달아나시오. 당신들은 총살을 당하는 것보다는 더 나은 일에 도움이 될 수 있어. 저들의 원군이 온다면, 당신들이 피할 때까지 내가 저지하겠소."

그는 기관총을 위치에 놓고는 소사掃射하면서 길게 왔다갔다 두 번 연속 사격을 가했다. 무어족은 쓰러지거나 달아났다. 투우장의 민병들이 달려나가 마지막 남은 무어족을 힘들이지 않고 격퇴했다. 오른쪽에서 파시스트들이 나타났다. 기관총은 그들에게 집중사격을 가해 문의 우묵한 안쪽에서 저지시켰다. 마지막 공화군 민병들이 발을 삔 전우들을 등에 업은 채 흔들거리면서 사라지고 있었다. 에르난데스는 아무것도 생각하지 않은 채 기관총을 어깨에 끌어당기며 충만한 행복감에 젖었다.

투우장에는 아무도 없었다. 그는 마침내 달려나가다가 눈가에 이상한 채찍 같은 것을 한 대 맞고 피가 흘러 앞이 보이지 않게 되는 것을 느꼈다. 이번엔 목덜미에 굵고 넓적하게 한 대를 맞았는데 아마 개머리판으로 일격을 가한 듯했다. 그는 두 팔을 앞으로 뻗은 채 뒤로 나자빠졌다.

9

톨레도의 감옥 안뜰에서 한 사나이가 고함을 치기 시작했다. 매우 드문 일이었다. 혁명가들은 혁명가들이었기 때문에 침묵을 지켰다. 그 외의 다른 사람들—이들은 주변 사람들이 혁명가들이었기 때문에 자신들도 혁명가라고 생각해왔지만, 죽음 앞에 이르자 어떤 삶이 되었든 삶은 삶 자체에만 집착한다는 것을 깨달아가고 있었다—은 침묵이 포로의 유일한 지혜라고 생각했다. 위협을 느낀 벌레는 자신을 나뭇잎과 혼동하게 하려고 애쓰는 법이다.

그리고 외치고 싶은 마음조차 더이상 없는 사람들이 있었다.

"오쟁이 진 놈들이 무더기군, 바보 같은 놈들!" 사나이가 소리를 쳤다. "난 전차 차장이야!"

그러고는 더이상 지를 수 없을 정도로 고함을 질렀다.

"차장이라고! 차장이란 말이야! 멍청이들아!"

감방 창살 때문에 보이지 않았지만 에르난데스는 기다렸다. 사나이가 그의 시야에 들어왔다. 왼손에 든 비단 상의를 온 힘을 다해 두드리고 있었다. 마치 먼지를 떨어내려는 것처럼. 여러 도시에서 파시스트들은 어깨 부분이 번들거리는 상의를 입은 모든 노동자들을 이미 사형에 처했다. 총을 멘 자국이라 간주한 것이다. 하지만 어깨끈이 달린 가방을 메고 다녔던 자들의 어깨에도 가죽끈자국은 똑같이 남았다.

"창녀 새끼들 같은 너희들 정치는 알 바 아니라고!"

그러고서 그는 다시 말했다.

"하지만 적어도 어깨를 보란 말이야! 소총은 푸른색을 남긴다고, 빌어먹을! 내게 푸른색 자국이 있어? 난 전차 차장이라고 하잖아!"

간수 두 명이 그를 데리러 왔다. 석방하려는 게 아니라 독방에 넣으려고 왔겠지, 에르난데스는 생각했다. 질서가 필요하니까.

포로들은 저마다 지긋지긋한 운명을 짊어진 채 안뜰을 서성거리고 있었다. 도심에서 신문팔이들이 외치는 소리가 들려왔다.

새로 온 자들도 있었다. 매일같이 말이다. 매일같이 에르난데스는 그들을 바라보았다. 그리고 매일같이 그들은 그의 시선과 마주치지 않으려고 얼굴을 돌렸다. 사형선고를 받은 자들은 전염병 환자와 같다는 것을 에르난데스는 알아가기 시작했다.

그의 감방의 빗장 소리—이제 그것은 가장 중요한 소리였다.

에르난데스는 처형되기만을 기다렸다. 그는 지겨웠다. 신물이 날 지경이었다. 그가 함께 살고 싶었던 사람들은 죽는 데밖에 쓸모가 없었고, 다른 사람들과는 더이상 함께 살고 싶은 생각이 없었다. 감옥의 제도 자체로는 잔인한 면이 전혀 없었다. 행정적이었다. 간수들은 세비야에서 데려온 전문가들이었다. 감옥의 생활과는 달랐다. 이따금 한 번에 20~30명의 포로들을 연행해가곤 했다. 그런 다음엔 일제사격 소리가 들렸고 나중에는 보다 약하게 최후의 일격 소리가 들려왔다. 때때로 밤이면 빗장소리, 사람소리—그리고 상황이 어떠하든, '뭐요?' 하는 거의 언제나 똑같은 말소리가 들렸다. 그런 다음 사제의 방울 소리. 그러고는 아무것도. 하지만 지루함 때문에 그는 생각하지 않을 수 없었다. 사형수들이란 죽음밖에 생각하지 않는다.

한 간수가 에르난데스를 특수 경찰의 사무실로 데려가 함께 머물렀다. 장교는 없었다. 아직 창문 하나가 안뜰 쪽으로 열려 있어 똑같은 포로들이 똑같이 서성거리는 모습이 보였다.

아직 '판결'을 받지 않은 자들은 안뜰에, 사형수들은 감방에 있었다. 에르난데스는 마당을 가로질러 창문 맞은편의 쇠창살 감방을 보고 싶었다. 너무 멀었다. 쇠창살을 꽉 쥔 손들의 일부밖에 구분할 수가 없었다. 그 부분만 빛을 받고 있었던 것이다.

쇠창살 뒤로는 아무것도 보이지 않았다. 그곳은 그늘져 있었다. 하긴 바라보는 것도 별생각이 있어서는 아니었다. 그는 삶과 시선을 주고받고 싶었지 죽음과는 아니었다.

목이 매우 길고 머리는 작으며 케이포 데 야노* 같은 콧수염을 기른 쉰 살가량의 경찰 관리가 에르난데스의 지갑을 들고 들어왔다.

"이거 당신 지갑이오?"

"그렇소."

경찰관은 그 속에서 한 묶음의 지폐를 꺼냈다.

"이것도 당신 지폐요?"

"모르겠소. 내 지갑에 지폐들이 있었던 것은 맞소만……"

"얼마나 있었소?"

"모르겠소."

경찰관은 공산주의자들의 난맥상을 알겠다는 듯 두 눈을 하늘로 향했지만 아무 말도 하지 않았다.

"700 내지 800페세타쯤 있었을 거요." 에르난데스가 오른쪽 어깨를 으쓱하며 말했다.

---

* 프랑코측 장군.

"이 지폐를 알아보겠소?"

가느다란 핀 꼭지처럼 생긴 경찰관은 무언가 단서가 될 만한 기호가 있을 거라고 생각하며 에르난데스를 관찰했다. 무관심에 이른 에르난데스는 지폐를 살펴보고는 씁쓸하게 미소 지었다.

특수부가 수상하게 여긴 것은 한 장의 지폐였다. 지폐에는 별 의미 없어 보이는 모호한 흔적들 한가운데 위아래로 그려놓은 깨진 선—횡선이 빠진 A자 같은 것—이 있어 어떤 기호를 나타내는 듯했다.

그것은 모레노가 그린 것이었다. 어쨌거나 그는 프랑스로 떠나는 대신 타호강 전선으로 떠났다. 모레노는 이렇게 되풀이하곤 했었다. "이보게, 형무소 안뜰에서 녀석들은 모든 것에 대해 이야기했지. 하지만 누구도 정치 이야기는 하지 않았어. 절대로. '난 내가 옳다고 생각한 것을 수호했지만 실패했네, 값을 치러야지'라고 말하는 자가 있었다면 마당은 텅 비었을 거야. 사람은 혼자 죽는 것이네, 에르난데스. 이 말을 기억하게나."

이 창문 너머에서 걷고 있는 자들은 정치에 대해 생각할까, 아니면 자신을 겨냥한 총신을 생각할까? 아니면 아무것도 생각하지 않을까?

에르난데스가 "난 죽음을 중요하게 생각하지 않네. 고문은 다르지……"라고 말했을 때 모레노는 이렇게 대꾸했었다. "내가 있던 감옥에서 고문을 당했던 사람들에게 고문당하는 동안 무슨 생각을 했느냐고 물었네. 그들은 거의 모두가 이렇게 대답하더군. '그다음에 대해 생각했소.' 고문조차도 죽음의 확신에 비하면 별거 아닌 거지. 죽음에서 가장 중요한 것은 그것이 그전에 있었던 것을 돌이킬 수 없게, 영원히 돌이킬 수 없게 만든다는 것이네. 고문과 강간에 이은 죽음, 이건 정말 끔찍해. 알겠나……" 모레노는 지폐의 여백에 그림을 그리기 시작했다. "모든 감각은 이 선과 같지—더할 나위 없이 극도로 끔찍한 거야. 하지만 그다음은……"

"지폐를 알아보겠소?" 경찰관이 다시 물었다.

에르난데스의 미소가 그를 당황케 했다.

"물론이오."

그때 에르난데스가 지폐를 테이블에 놓았던 것은 실수였다. 민병들의 상설 연락소에서는 밥값을 내지 않는데도 말이다.

"이 기호는 무슨 의미요?"

에르난데스는 대답하지 않았다.

"그게 무슨 뜻이냐고 묻지 않소."

그러니까 이처럼 사람들은 자기 자신을 매우 중요하게 생각하는 것이다. 에르난데스는 그 조그만 머리를, 그 목을 바라보았다. 사람이 죽으면 목은 더 길어진다지. 그리고 그는 다른 사람처럼 평범하게 죽을 것이다. 어쩌면 총살 집행반에게 죽는 것보다 더 고통스럽게. 불쌍한 바보 같으니!

창문 앞에서 포로들이 눈길을 돌린 채 지나갔다. 에르난데스는 마침내 똑같이 씁쓸한 미소를 띠며 말했다.

"우리 편 가운데 하나가 한 달도 더 전에 사형선고를 받았다가 당신네 감옥에서 탈출했소. 그가 설명하길, 인생에서 모든 것은 보상받을 수 있다고 했소. 그는 말을 하면서 이 두 개의 선을 그었는데 하나는 말하자면 불행을 나타냈고 다른 하나는 불행의 보상을 나타낸다는 것이었소. 하지만…… 죽음의 비극은 죽음이 삶을 운명으로 변모시킨다는 점에, 죽음으로부터는 아무것도 보상받을 수 없다는 점에 있다더군. 그리고—무신론자한테도—바로 그러한 점에 죽음의 순간이 지닌 극도의 심각성이 있다고 말이오."

에르난데스는 "하지만 그의 생각은 틀렸소"라고 보다 천천히 덧붙였다. 강연을 하고 있는 기분이었다.

이번에는 경찰관이 곧바로 대답하지 않았다. 이해한 것일까? 이해했다면 그는 운이 좋은 것이다. 바보들은 언제나 무언가를 이해한다. 살아 있는 자들은 어쩌면 그토록 부조리한 것들에 자신들의 시간을 사용한단 말인가! 그가 보충 설명을 듣고 싶어했다면 고약하게 되었을 것이다.

왜냐하면 에르난데스에게는 용기가 있었음에도 아직 입 밖에 내지 않은 날말, 즉 고문이라는 말이 남았으니까.

경찰관은 여전히 생각하고 있었다.

"개인적인 질문인데." 그는 마침내 말했다.

포로들이 다시 지나갔다.

"장교치고는 이상한 생각이군." 경찰관이 다시 말했다. "그는 교리문답을 들으러 가는 게 나았을 것 같소."

"그는 복무중이 아니었소."

에르난데스는 미소를 거둔 채였다.

"그럼 작은 선들은?"

"작은 선들은 아무 의미도 없소. 그 주제가 내 대화 상대를 과민하게 만들었을 뿐이오."

에르난데스는 공격조가 아니라 건성으로 말하고 있었다.

초인종소리. 간수 하나가 들어왔다.

"물러가도 좋소." 경찰관이 말했다.

에르난데스는 여전히 모레노에 대해 생각하고 있었다. 지난봄(그 봄이 엘시드*의 시대보다 더 멀게 느껴졌다) 톨레도의 같은 테이블에서 그는 라몬 고메스 데라세르나**가 이렇게 말하는 것을 들었다. "인간이 땅콩 껍질을 까서 먹는 걸 보면 인간이 원숭이의 후손이라는 것을 받아들이게 돼요……" 유머의 시대는 어디에 있는가? 에르난데스는 나가려고 경례를 하고서 문 쪽으로 한 걸음 내디뎠다.

"멈춰!" 경찰관이 증오에 찬 표정으로 소리쳤다.

"당신과 관련해 특별히 호의적인 명령이 하달되었지만……"

에르난데스는 추억 속에 빠져 있다가 "물러가도 좋소"라는 군대식 어조에 정신이 들어 두 달 전부터 톨레도에서 그토록 자주 했듯이 주먹을 쥐고 경례를 했던 것이다. 지금 그것을 가지고 트집을 잡으려는 것일까?

"사형수의 독방에 '관대한 처분'이라……" 그가 말했다.

"게다가 무엇 때문에 특별명령까지?"

경찰관은 당황한, 혹은 격분한 표정으로 그를 쳐다보았다.

"그 이유가 무엇이라 생각하고 싶소? 당신의 아름다운 눈 때문에?"

---

* 스페인의 국민적 영웅으로 중세 기사도를 상징한다.

** 스페인 작가.

이어서 갑자기 어떤 생각이 떠올랐는지 그는 집게손가락으로 부정을 뜻하는 표시를 했는데 마치 이렇게 말하려는 것 같았다. '아니, 나한테는 조심해봤자 헛수고요.' 그는 미소를 짓더니 말했다.

"난 알고 있소……"

"뭘 말이오?" 에르난데스는 침착하게 물었다.

파시스트는 그가 약간 돌았다고 생각하기 시작했다. 저 빨갱이.

"물론 알카사르 요새 지휘관들에 대한 당신의 태도 때문이지."

혐오 때문에 미치지는 않는 법이다. 에르난데스는 나흘이나 자라 자신을 따뜻하게 해주는 수염이 갑자기 더럽게 느껴졌다. 그는 더이상 미소를 짓지 않았고 그의 얼굴도 별로 길어 보이지 않았다. 테이블에 놓인 그의 손이 주먹을 쥐었다.

"그런 일이 또 일어나지 않기를 기도해주시오." 그가 주먹으로 테이블을 누르며 말했다. 어깨가 떨리고 있었다.

"그럴 기회가 당신한테 다시 오는 일은 없을 거요."

에르난데스는 다만 이렇게 대답할 뿐이었다.

"잘됐군……"

"개인적인 질문인데…… 무엇 때문에 이 지폐를 간직하고 있었소?"

"지폐라는 것은 쓸 때까지 간직하는 게 보통이지……"

다른 장교가 들어왔다. 경찰관은 그에게 지폐를 돌려주었다. 그리고 간수가 에르난데스를 그의 감방으로 다시 데려갔다.

10

에르난데스는 다시 한번 톨레도의 길을 걷는다. 죄수들은 둘씩 묶여 있다.

자동차 한 대가 지나간다. 두 소녀가 함께 지나간다. 항아리를 이고 가는 늙은 여자 하나. 파시스트 장교들을 태운 자동차가 또하나. 결국 나는 '군사 반란'이라는 죄목으로 사형선고를 받았군, 에르난데스는 생각한다. 식료품 보따리를 짊어진 여자가 또하나, 물동이를 짊어진 여자가 또하나. 아무것도 지니지 않은 남자 하나.

살아 있는 자들.

모두가 죽을 것이다. 그는 자신의 여자친구 하나가 전신에 암이 퍼져 죽는 것을 지켜본 일이 있다. 그녀의 몸은 머리색처럼 밤색이었다. 그녀는 의사였다. 민병 하나는 톨레도에서 탱크에 압사되었다. 그리고 요독증에 의한 단말마…… 모두가 죽게 될 것이다. 사형선고를 받은 자들을 끌고 가는 이 무어족을 빼고는 말이다. 살인자들은 생과 사에서 벗어나 있기 때문이다.

포로 무리가 다리로 접어드는 순간 에르난데스 옆에 있던 동지가 낮은 소리로 말한다.

"질레트 면도날이 있어. 내게 바싹 붙게."

에르난데스는 바싹 붙는다. 한 가족이 지나간다. (어, 그렇군, 가족들이 있군그래.) 소년이 그들을 쳐다본다. "저 사람들은 늙었네!" 소년이 말한다. '들으라는 듯 크게 말하는군. 나를 조롱하는 건 죽음일까?' 에르난데스는 생각한다. 검은 옷을 입은 여자가 나귀를 타고 지나간다. 자신이 우리 편이라는 것을 드러내고 싶지 않다면 그런 식으로 이쪽을 쳐다보지 않는 게 좋을 텐데. 에르난데스가 자신의 기다란 몸에서 느끼는 것은 이제 손목을 묶은 밧줄뿐이었다. 면도날이 밧줄을 갈고 있다.

"이제 됐어……"

에르난데스는 가만히 손을 움직여본다. 정말이다. 동지를 쳐다본다. 그에게는 아주 뻣뻣하고 조그마한 수염이 있다.

"우리 편은 아직 저 꼭대기에 있네. 첫번째 네거리에서 뛰어내리는 거야." 동지가 말한다.

다리를 통과한다. 첫번째 흙둔덕에서 사내는 뛰어내린다.

에르난데스는 뛰어내리지 않는다.

그는 지쳤다. 삶에도 마찬가지다. 달리고, 또 달리는 것…… 흙둔덕 저쪽에 무엇이 있을까, 숲이 있을까? 보이지 않는다. 그는 모스카르도의 편지를 떠올린다. 무어족도 뛰어내리더니 사격을 가한다. 하지만 죄수의 대열을 남겨두고 가기에는 무어족의 수가 너무 적다. 그 동지가 성공했는지 에르난데스는 결코 알지 못하리라. 아마 살아남았을 것이다. 흙둔덕으로부터 되돌아오는 무어족의 얼굴에 웃음기라고는 없으니까.

죄수 무리는 걷고 있다.

이제 지대가 약간 높아진다. 에르난데스에게는 그 깊이가 보이지 않는 기다란 구멍 앞에 열 명의 팔랑헤당원과 장교 한 명이 총을 발밑에 내려놓고 서 있다. 오른쪽에는 포로들이 있다. 지금 도착하는 자들까지 합쳐 쉰 명쯤 될 것이다. 무어족의 카키색 군복이 톨레도를 물들이는 이 빛나는 아침에 그들의 민간인 복장만이 유일하게 어두운 색채를 띤다.

이제 드디어 이따금 그의 마음을 사로잡았던 것, 즉 한 인간이 자신을 방어할 수 없이 곧 죽게 되리라는 것을 실감하는 순간이 왔다.

겉으로 보기에 포로들은 죽는다는 사실에 대해 거북해하지 않는다. 이들을 죽여야 한다는 사실에 대해 무어족과 팔랑헤당원들이 거북해하지 않듯이. 전차 차장은 이제 다른 포로들과 같은 모습으로 함께 있다. 피로가 극심한 까닭에 모두 얼이 빠져 있다. 총살 집행반이 할 일이라고는 장전한 채 쏘기를 기다리는 것밖에 없지만 그래도 분주하다.

"준비!"

그 명령소리는 보통 때보다 두 배나 더 크다. 구령에 따라 열 명의 부하들이 복종이라는 명예로운 코미디 속에서 긴장한다. 에르난데스 주위에서 쉰 명의 다른 포로는 이미 모든 코미디를 넘어선 채 허공을 쳐다보고 있다.

파시스트 세 명이 포로 세 명을 데리러 온다. 그들은 포로들을 구덩이 앞으로 끌어낸 뒤 물러선다.

"거총!"

왼쪽의 포로는 머리털을 동그랗게 잘랐다. 평소보다 더 길어 보이는 세 육체는 그들을 쳐다보는 자들 위로 불쑥 솟아, 타호강변 산악 지대의 그 유명한 지평선에 뚜렷한 그림자를 던지고 있다. 역사란 살아 있는—아직은 살아 있는……—육신 앞에서는 참으로 대수롭지 않은 것이리라.

그들은 위험스럽게 뒤로 나가떨어진다. 총살 집행반이 총을 쏘지만 그들은 이미 구덩이 안에 있다. 어떻게 그들이 구덩이에서 빠져나가기를 기대할 수 있겠는가? 포로들은 신경질적으로 웃는다.

그들이 구덩이에서 빠져나가서는 안 되는 것이다. 포로들은 나가떨어지는 모습을 먼저 보았지만 총살 집행반의 발포가 그보다 빨랐다. 신경 때문이다.

세 명의 다른 포로가 공급된다. 이 쉰 명을 차례차례 구덩이 속으로 나가떨어지게 한다는 것은 불가능하다. 무슨 수를 써야 한다.

구덩이 앞으로 끌려온 포로 하나가 뒤돌아서서 구덩이를 바라본다. 본능적으로 그는 한 걸음 내디뎌 물러선다. 눈길을 들지 않고 돌아서면서 그는 자신을 향해 뻗은 총살 집행반의 발 쪽으로 나아갔음을 깨닫고는 멈춘다. 오른쪽 포로가 뭐라고 외치려는 순간 세 사람 모두 두 손을 배에 대고 고꾸라져 떨어진다. 총살 집행반이 이번엔 보다 낮게 쏘았던 것이다.

포로들 무리는 꼼짝하지 않는다. 그 어떤 반향도 외침도 없다. 당나귀의 구슬픈 울음과 물 식히는 질그릇 장수의 목소리가 시가지 쪽에서 들려오더니 햇빛 속으로 사라진다.

총살 집행반 앞으로 포로들을 데려오는 자들 중 하나가 권총을 앞으로 내민 채 구덩이로 몸을 숙인다. 살아 있는 자가 있는지 살펴본다. 하늘이 햇빛으로 떨린다. 에르난데스는 수의壽衣의 청결함에 대해 생각하고 있다. 유럽은 더이상 대단한 것을 좋아하지 않지만 죽은 자들은 여전히 좋아한다. 구덩이 가장자리에 쭈그린 사내는 움직이는 무언가를 좇아 권총을 들이대더니 쏜다. 마비된 머리에 가하는 최후의 일격을 상상하는 것은 죽어가는 머리에 가하는 일격을 상상하는 것과 별

차이가 없다. 이 시간 스페인 땅의 절반에서 똑같이 가증스러운 코미디에 사로잡힌 청년들이 똑같이 눈부신 아침에 총을 쏘고, 똑같은 농부들이 똑같은 머리털을 앞으로 내밀고는 구덩이 속으로 쓰러지거나 나가떨어진다. 서커스를 빼면 에르난데스는 남자가 뒤로 나가떨어지는 것을 본 적이 없다.

세 명의 또다른 포로가 같은 장소에 서 있다. 곧 이들도 나가떨어질 것이다.

내가 모스카르도의 편지를 전달하도록 조치하지 않았다면—내가 고귀하게 행동하려 하지 않았다면—이 세 사람은 여기에 없을까? 이들 가운데 두 사람은 제대로 서지도 못한다. 너무 앞으로 나와 있고 앞을 보지도 않는다. 한 사람은 앞을 보고 서야 하는지 뒤를 보고 서야 하는지조차 모른다. 기차가 떠날 때 어떤 자세를 취해야 하는지 전혀 모르는 거지…… 에르난데스는 신경질적으로 생각한다. 요컨대, 내가 다르게 행동했다 해도 달라질 게 뭐였단 말인가? 다르게 행동하는 녀석들은 얼마든지 있었다!

장례 주관자들이 어설픈 세 사람 쪽으로 되돌아와 그들의 어깨를 잡더니 난폭하지 않게 그들을 바로 세운다. 그리고 포로들도 그들을 돕고 있다—자신들한테 바라는 바를 이해하고자 애쓰고 거기에 맞춰주려는 듯하다. '매장식에 가고 있는 것 같군.' 그들은 자신의 매장식에 가고 있는 것이다.

"열일곱, 열여덟, 열아홉, 스물……" 포로들은 세 줄로 서 있다. 수를 세는 자는 자기보다 먼저 총살될 자들을 세고 있다. "아니, 열일곱, 열여덟, 열아홉."

그는 수를 다 세지 못할 것이다. 에르난데스는 그에게 정확한 수를 말해주기 위해 돌아서려 한다. 열아홉도 스물도 아니다. 열일곱이다. 에르난데스는 입을 다문다. 또다른 포로 하나가 뭐라고 말했다. 아마 죽는다고 말했을 것이다. 다른 목소리가 대꾸했다. "아! 됐으니 조용히 좀 해. 더 지독한 게 있는 거야……"

이게 꿈이 아니라면, 다시 시작할 필요가 없다면 좋으련만!……

마치 결혼사진이라도 찍기 위한 것처럼, 이 포로들을 수평의 총구멍 앞에 제대로 세우는 일이 곧 끝나기는 하는 걸까?

톨레도는 타호강변 산악 지대의 떨고 있는 대기 한가운데서 반짝인다. 에르난데스는 역사가 무엇으로 이루어지는지를 배우는 중이다. 상복을 입은 여자들의 나라에, 다시 한번 과부라는 아주 오래된 민중이 생기는 것이다.

이러한 투쟁에서 성격의 고귀함은 무얼 의미하는가? 관용?

누가 그 대가를 치르는가?

에르난데스는 열정적으로 점토질을 바라본다. 오, 무기력하고도 비옥한 토지여! 혐오와 불안은 살아 있는 자들의 세계에만 존재한다.

죄수들에게서 가장 소름 끼치는 면은 그들의 용기다. 그들은 고분고분하다. 그들은 수동적이지 않다. 도살장의 비유는 얼마나 바보 같은가. 인간은 도살할 수 없다—그들을 죽이는 수고를 해야 하는 것이다. 에르난데스는 프라다스와 관용에 대해 생각한다. 세 명의 포로는 마침내 앞을 보고 정면으로 선다. 사진 찍을 준비는 확실하게 되어 있다. 관용, 그것은 승리자가 되는 것이다.

발포. 두 명이 구덩이 속으로 떨어지고 한 명은 앞으로 고꾸라진다.

죽음의 주관자 한 명이 다가온다. 발로 시체를 밀어 떨어뜨리려는 걸까? 아니다. 그는 몸을 숙이더니 팔과 다리를 끌어당긴다. 시체는 무겁다(지면도 경사져 있다). 이 죽은 자는 끝까지 귀찮은 존재다. 구덩이로 넣는다. 이런 일이 이어지는 걸까?

오른쪽에서 쏘아죽이고 왼쪽에서 피살되는 모습에 사람들은 익숙해진다. 새로운 세 개의 실루엣이 그곳, 다른 모든 실루엣들이 있었던 곳에 서 있고, 폐쇄된 공장과 폐허가 된 성으로 이루어진 이 황색 풍경은 묘지의 영원성을 띤다. 영원히, 이곳에서는 서 있는 세 사람이 끊임없이 새롭게 나타나 총살되기를 기다릴 것이다.

"너희들은 땅을 욕심냈지, 땅 말야! 자, 가져라!" 파시스트 하나가 외친다.

셋 중 하나는 전차 차장이다. 번들거리는 오른쪽 어깨에, 그가 사형 선고를 받게 한 윗옷 위에서 태양빛이 번쩍이고 있다. 그는 이제 항의하지 않는다. 그는 기다린다. 다른 포로들처럼 그는 아무 말도 하지 않고 시키는 대로 자기 자리에 선다. "창녀 새끼들 같은 너희들 정치는 내 알 바 아니라고." 거총과 동시에 그는 주먹을 들어올려 인민전선의 경례를 한다. 조그맣고 허약한 이 남자는 검은 올리브나무를 닮았다.

에르난데스는 이 손을 바라본다. 일 분도 지나지 않아 그 손가락들은 흙속에서 경련을 일으킬 것이다.

총살 집행반은 주저한다. 깊은 인상을 받아서가 아니라 이 포로가 질서로—죽은 자들의 질서로, 패자들의 질서로—돌아오기를 기다리는 것이다. 세 명의 주관자가 다가간다. 차장은 그들을 쳐다본다. 그는 땅속에 박힌 말뚝처럼 자신의 무고함에 빠진 채, 이미 저세상의 것인

무겁고 절대적인 증오를 드러내며 그들을 쳐다본다.

이자가 죽음에서 벗어난다면…… 에르난데스는 생각한다. 그는 벗어나지 못할 것이다. 장교가 방금 발포 명령을 내렸다.

다음 세 명은 스스로 구덩이 앞으로 가 자리를 잡는다.

주먹이 올라간다.

"두 손을 몸에 붙여!" 장교가 소리친다.

세 명의 포로는 주먹을 공중으로 쳐든 채 어깨를 으쓱한다. 장교가 몸을 숙이더니 구두끈을 고쳐 맨다. 세 사람은 기다린다. 장교는 다시 일어서더니 이번엔 그가 어깨를 으쓱하고는 발포를 명령한다.

에르난데스를 포함한 다른 세 명이 뜨거운 강철 냄새와 파헤쳐진 흙냄새 속에서 올라간다.

제2부

만사나레스강

1 존재와 행위

I

1

톨레도에서 도망친 미친 듯한 군중이, 타호강변에서 온 소총도 없는 민병들이, 에스트레마두라 지방 농민 부대의 패잔병들이 아란후에스 역驛으로 몰려들고 있었다. 무리 지어 달려온 그들은 마치 회오리바람에 모였다가 뿔뿔이 흩어지는 나뭇잎들처럼 아직 검붉은 장미가 가득한 마로니에 공원으로 흩어지거나, 자기 정원을 오락가락하는 미치광이처럼 위풍당당한 플라타너스 가로숫길을 활보했다.

무적의 부대, 붉은 독수리, 자유의 독수리와 같은 역사적 이름을 단 민병대들의 패잔병들이 다른 곳의 낙엽만큼이나 수북이 쌓인 꽃잎 융단 위에서 떨리는 팔로 소총을 붙잡고 마치 개를 끌듯 총신을 잡아 끌며 분주히 움직이다가 걸음을 멈추고는 강 저편에서 다가오는 대포 소리에 귀를 기울이곤 했다. 땅에서 올라오는 대포 소리는 두텁게 쌓인 썩은 마로니에 꽃들에 막혀 둔탁해졌고, 그 사이사이 오래된 종이 울리는 소리가 들리곤 했다.

"지금, 교회 소리인가?" 마누엘이 물었다.

"그보단 정원사의 종소리 같은데." 로페스가 대답했다.

"역 쪽에서 들려오는군."

다른 종소리와 방울소리, 자전거의 차임벨, 자동차의 경적, 심지어 냄비 소리까지 이제 그 종소리와 함께 울렸다. 혁명의 꿈이 남긴 잔해, 군도軍刀, 줄무늬 모포, 커튼으로 만든 옷, 엽총—그리고 마지막 남은 멕시코 모자들—까지 공원 안쪽에서 나와 부족들을 집결시키는 듯한 이 떠들썩한 소리를 향해 되돌아오고 있었다.

"적어도 절반은 용감하단 말이지……" 마누엘이 말했다.

"어쨌든 이보게, 거북이 친구, 믿기 어려운 일이지만 그들은 단 하나의 흉상도 망가뜨리지 않았단 말일세!"

공원을 따라 유명한 석고상들이 낡은 벽돌의 반영으로 인해 장밋빛으로 물든 채, 콩트에 나오는 것 같은 플라타너스 아래 아무런 손상 없이 그대로 서 있었다. 마누엘은 그것들을 바라보지 않았다. 괴상한 복장을 한 사람들이, 마치 왕자들이 아란후에스 정원을 장식하려고 아메리카에서 가져왔던 새장처럼 빙글빙글 돌며 장밋빛의 장엄한 경관 속에서 벽돌 아케이드를 통과해 역 쪽으로 급히 달려갔다.

마누엘과 로페스 역시 종소리를 향해 감에 따라 '기관차'라는 단어가 분명히 들려왔다. 어떤 대가를 치르더라도 그들이 마드리드로 가게 두어서는 안 된다! 마누엘은 생각했다. 톨레도가 함락되자마자 터무니없는 유언비어에 좌우될 정도로 사기가 떨어진 1만 명의 군사가 도착하면—마드리드가 필사적으로 조직되고 있는 상황에서—어떻게 될지 어렵지 않게 상상할 수 있었다.

그들은 지금 역 가까이 있다. 드리드-마드리드-드리드-드리드 소리가 매미의 성마른 울음처럼 사방에서 울려오고 있었다.

"그들은 도망쳐왔으니, 무어족은 당해낼 수 없다고 전할 거야." 로페스가 말했다. "자기들이 도망칠 수밖에 없었다고 정당화하려면 무어족이 월등하게 무장하고 있다고 해야겠지!"

"그들이 도망친 것은 지휘를 받지 못했기 때문이야. 전에는 그들도 우리만큼 잘 싸웠다고."

마누엘은 바르카를, 라모스를, 장갑열차의 동지들을, 타호강의 동지들을 생각했다. 또한 그보다 몇 년 전에 있었던 데모에서 깃발을 들었던 늙은 조합주의자를 떠올렸다. 데모는 엄청난 경찰력에 의해 저지되었는데, 깃발들을 둘둘 말아서 행진한다는 조건으로 계속할 수 있는 권리를 얻었다. 따라서 책임자들은 외쳤다. "깃발들을 말아라!" 마누엘의 목소리는 매우 컸다. 그가 되풀이해 외쳤을 때 그 늙은 조합주의자는 아무 말 없이 그를 바라보았고, 그의 얼굴은 이런 의미를 너무 강하게 담고 있어 잊을 수가 없었다. '그래, 어차피 해야 하는 것이니 최대한 늑장부리는 게 최선이겠지…… 젊은이, 자네는 아직 배울 게 있군.' 늘 같은 사람들만 잘못을 저지르는 것은 아니었다. 마누엘과 프롤레타리아의 인연은 너무도 많은 추억과 충성으로 이루어져 있기에, 그 어떠한 광기도—설령 지금의 광기처럼 심각하다 할지라도—그것을 끊을 수는 없었다.

"어려운 것은 친구들이 옳을 때 그들과 함께하는 게 아니라 그들이 틀릴 때……"

"어쨌든 해봐야지!"

길쭉한 거울에 비친 엘 네구스를 닮은 수염 기른 자 하나가 역 정문 앞에 있는 리무진의 지붕에 올라갔다. 역 내부도, 복도도, 대합실도 만원이었다. 플랫폼에는 어린애 하나 더 들어갈 틈도 없었다. 그 위로 광장의 거대한 나무들이 보였다.

"누가 기관차를 운전할 줄 아는가?" 수염 기른 자가 외쳤다. "열차가 있다고. 기관차가 있단 말이야. 모든 게 다 있다고!"

갑작스러운 침묵. 모두 구원자를 기다리고 있었다.

"……기차 운전…… 기차 운전……"

"뭐라고?"

"……기차 운전……"

모습을 드러내지 않은 채 말했던 자는 열광적인 함성을 받으며 떼밀려 자동차 지붕 위에 나타났다.

"……운전할 줄, 난 운전할 줄 압니다……"

교활하면서도 부드러워 보이는 사람으로, 안경을 썼고 약간 대머리였다.

"미리 알려드리는데, 신중히만 하면 내가 기차를 운전할 수 있습니다."

열기는 식어버렸다. 마누엘과 로페스는 한 걸음 한 걸음 자동차로 다가갔다.

"속도를 늦출 줄 아시오?" 어떤 목소리가 외쳤다.

"음…… 할 수 있을 거예요."

"다들 승강 계단으로 뛰어오르자고!"

마누엘이 자동차의 지붕으로 올라갔다.

"그럼 부상자들도 뛰어오르란 말인가?" 그가 소리쳤다.

많은 사람들이 동지의 어깨 위로 기어오르려 애쓰고 있었다. 무얼 원하고 있는 것인가? 마드리드로 행군하자는 걸까? 아니면 무엇일까? 다시 한 장교가 외쳤다……

"동지 여러분, 주목해보시오! 난 엔……"

그의 말소리가 더이상 들리지 않았다. 사방에서 튀어나온 함성이 그의 말을 잘라냈다. 그는 두 팔을 들어 삼 초가량 모두를 침묵하게 한 뒤 소리쳤다.

"난 엔지니어요. 여러분은 이 기관차를 다룰 수 없습니다."

"기계화부대의 옛 지휘관이군." 군중 속에서 누군가 중얼거렸다.

"운전해보라고!"

"난 운전할 줄 모르오. 하지만 통제되지 않는 기계라는 게 어떤 것인지는 알고 있소. 출발하는 자들은 2천 명 동지의 목숨을 책임져야 하는 겁니다. 그리고 부상자들은 어떻게 할 거요?"

다행히 자원한 기관사는 신뢰를 얻지 못하고 있었다.

"그럼 어쩌란 말인가?" 누군가 군중 속에서 소리쳤다.

"제안해보라고!"

"속시원히 말해보라고!"

"걸어서 갈 건가?"

"그러다가 만약 저지되면?"

"나발카르네로가 점령되었다는 게 사실이오?"

"대체……"

"여기 남아 있도록 합시다!" 마누엘이 고함쳤다.

맥빠진 군중은 음울한 분노를 드러내면서 웅크렸다. 100여 개의 손이 군중 속에서 나와 바람에 휘몰리는 나뭇잎들처럼 흔들거리다가 뒤섞인 육체들 속으로 사라졌다.

"벌써 이틀 동안이나……"

"무어족이 몰려오고 있다고!"

마누엘은 경리국이 없다는 것을 알고 있었다.

"누가 우리를 먹여주지?"

"내가."

"누가 우릴 재워주지?"

"내가."

이 말이 방파제가 되었지만 파도가 거세지지 않으리라는 보장은 없었다.

"무어족과 싸우는 것보다 고장난 기차로 마드리드에 도착하는 게 더 어렵단 말이오." 그는 외쳤다.

다시—움켜쥔—손들이 군중 속에서 나왔다. 주먹이었다. 경례를 위한 것은 아니었다.

"십오 분 후면 우리는 총살당할 걸세." 이번엔 로페스가 자동차 지붕 위로 올라와 낮은 목소리로 말했다.

"상관없어. 저놈들이 마드리드에 발을 들여놓지 못하게 해야 해."

그는 하인리히의 말을 떠올렸다. '모든 상황에는 적어도 하나의 긍정적 요소가 있는 법이지. 그걸 찾아서 궁리해야 해.' 그는 다시 외치기 시작했다.

"공산당은 군사적 권위에 대한 절대적 규율 엄수라는 행동 지침을 내렸소. 공산당원들은 손을 들어보시오!"

그들은 얼른 자신들을 알리지 않았다. 마누엘은 옆에 있는 대머리 기관사가 당의 별 모양 표지를 달고 있는 것을 보았다.

"당신 총은?" 그가 물었다. "공산당원이라면 결코 자신의 총을 버리지 않는데."

상대방은 그를 쳐다보더니 대답했다. 빈정거리는 투는 아니었다.

"버릴 수도 있지, 당신도 보다시피……"

"그런 자는 스스로 탈당하는 셈이야. 자네의 휘장은?"

"그래, 알았어. 하지만 이보게, 그렇게 큰 소리 치지 말게, 자 여기 있으니. 그래, 뭘 어쩌자는 거지?……"

군중 속에서 던져진 일고여덟 개의 별 모양 표지가 초라한 소리를 내면서 자동차 지붕 위로 힘없이 떨어졌다.

"오 분 후면 우리는 총살당할 거야." 로페스가 말했다.

"사기가 너무 떨어졌어."

마누엘은 확실히 들리도록 목청껏, 그러나 천천히 다시 외치기 시작했다.

"우리는 파시즘에 대항해 무기를 들었다. 우리 모두가 죽을 수도 있다는 것을 우리는 알고 있다. 만약 소모시에라에서 죽었다면 우린 그것을 당연하게 여겼을 것이다.

왜 이렇게 변했나? 무질서 때문이다.

당과 정부는 우선 군기가 먼저라고 말했다. 우리 두 사람이 이곳 지휘관이다. 우리는 책임을 다할 것이다.

무질서는 끝났다.

오늘밤 여러분은 식사를 하게 될 것이다.

여러분은 한데서 자지 않을 것이다.

여러분에게는 무기와 탄약이 있다.

우리는 소모시에라에서 승리자였다. 이곳에서도 승리자가 될 것이다. 같은 방법으로 싸우자, 그뿐이다!

강은 방어하기 쉬우며 탱크들은 통과할 수 없다."

"…… 기…… 기는……"

"비행기는?" 열 명 남짓한 목소리가 함께 외쳤다.

"내일 아침 참호를 판다.

그 안에 지하대피소를 만든다.

그리고 언덕을 이용한다.

마드리드로, 바르셀로나로, 북극으로 싸우러 갈 필요는 없다.

프랑코의 승리를 용인해서는 안 된다. 프랑코가 이기면 창녀나 이웃이나 사제의 고발에 운명이 좌지우지되고 이십 년 동안 공포에 떨며 살게 될 것이다. 아스투리아스 지방 사람들을 상기해보라.

며칠 후면 우리 편의 새로운 공군이 준비될 것이다.

나라 전체가 우리 편이다. 나라는 우리들이다.

우리는 버텨야 한다. 이곳에서 버텨야 한다. 다른 곳이 아니다.

마드리드로 오합지졸 군대를 데려가서는 안 된다. 이곳에 부상자들과 함께 남아야 한다!"

"그만하면 됐소."

"당신들은 아직도 기만당하고 있어." 어떤 목소리가 소리쳤다. 낙엽에서 나오는 듯한 소리였다.

"누가 우리를 기만한다는 건가? 우선 네 모습부터 보여라!"

소리친 자는 움직이지 않았다. 스페인 사람들이 개인적인 약속을 중시한다는 것을 마누엘은 알고 있었다.

"기만하는 자는 없다. 여기 있는 우리 두 사람은 첫날부터 싸워왔고, 우리의 책임을 다하고 있다. 단언하건대 여러분은 잠을 잘 것이고 식사도 할 것이다. 알다시피, 여러분에게 말하고 있는 나는 여러분의 동지다. 우리는 7월 18일에 함께 있었다. 여러분은 사기가 떨어졌고 무장도 제대로 되어 있지 않으며 먹지도 못했다. 하지만 여러분 중에는 자동차로 대포를 공격했고, 파성추로 라몬타냐 병영을 공격했으며, 단도로 트리아나의 파시스트들을 공격했고, 투석기로 코르도바의 파시스트들을 공격한 사람들이 있다. 그러니 말해보라, 고작 지금 도망치려고 그런 일을 했단 말인가? 인간 대 인간으로 말하겠다. 여러분의 아우성에도 불구하고 나는 여러분을 신뢰한다.

내가 약속한 것을 내일 얻지 못한다면 나에게 총을 쏴라. 그때까지는 내가 여러분에게 말하는 대로 하라."

"당신의 주소를 대시오!"

"아란후에스는 크지 않지. 그리고 난 호위병도 없다."

"주소를 말하시……"

"그만! 난 책임지고 여러분을 조직할 테니, 여러분은 책임지고 공화국을 방어하는 것이다. 동의하는 자들은?"

플라타너스 꼭대기까지 소용돌이치는 낙엽들 아래서, 군중은 마치 길을 찾는 듯 물결쳤다. 그들은 토인의 춤에서처럼 양어깨를 좁히며 꽉 편 손을 위로 내민 채 숙인 머리를 좌우로 흔들었다. 연사의 권위란 그 밑바닥에 무엇이 깔렸느냐에 따라 가치가 생긴다는 것을 로페스는 깨닫고 있었다. 마누엘이 "나는 여러분을 신뢰한다"고 말했을 때, 모두가 그 말이 진실임을 느꼈다. 그래서 그들은 자신 안에 있는 가장 훌륭한 부분을 선택하기 시작했던 것이다. 그가 자신들을 도와주겠다고 결심했음을 모두가 느꼈고 그가 훌륭한 조직자임을 많은 사람이 알고 있었다.

"공산당원들은 오른쪽 트럭 가까이 오라. 당신들은 다른 사람들보다 더 많은 권리는 가지지 못했으나 더 많은 의무를 졌다. 됐군.

자원한 민병들은 왼쪽으로 오라."

"즉시 참호를 파자고." 웅성거림 속에서 어떤 목소리가 외쳤다.

"자네는 책임자의 말이 떨어지면 참호를 파러 가게나."

이제 그들 모두가 무언가를 하고자 했다. 앞서 기차로 몰려가려 했을 때처럼 그들은 질서 속으로 뛰어들기 위해 서두르고 있었다.

"민병이나 정당의 책임자들은 대합실에서 사람들을 철수시키고 그곳을 차지하라. 내가 침구와 양식을 얻기 위한 지시를 내릴 것이다. 다른 동지들은 그대로 남아 있으라. 각자 자신의 침구와 짚을 넣은 매트를 받게 될 것이다."

그는 자동차에서 뛰어내렸고 로페스가 그 뒤를 따랐다.

"오 분 후면 다시 시작되지 않을까?" 로페스가 물었다.

"아냐. 잠자리에 들 때까지 이들에겐 무언가 할일이 있어야 해. 잘될 거야. 자네는 이곳에 남아 있게."

"난 무얼 해야 하는 거지?"

로페스에게는 자신의 지휘관 자질에 대한 환상 같은 것이 거의 없었다.

"인원을 파악하게. 그게 적절할 거야, 저들을 재워야 하니까. 각각의 책임자가 자신의 민병대나 조직에 속한 자들을 규합하여 자네에게 그 수를 알리도록 조치하게나. 그들은 재편성될 것이고 그러면 한 시간은 벌 수 있을 거네. 적어도 1500명은 되니까."

"좋아, 그렇게 하지."

로페스는 무능했으나 용기와 굳은 의지를 지니고 있었다.

수도원장의 독방에 들어간 마누엘은 고딕식 의자에 주저앉아 몽롱한 정신으로 페르시아식 정원 같은 어둠 속에서 희미하게 빛을 발하는 공원의 석고 흉상들을 바라보았다. 로페스는 흉상들을 마드리드로 가져가서 승리 후에 그것들을 '의미 있는' 동물들로 바꾸자고 제안했다. 하지만 마누엘은 귀담아듣지 않았다. 앞서 그는 로페스와 헤어지자마자 인민전선위원회로 달려갔다. 거기서 시가지를 잘 알고 있는 약삭빠른 자들을 찾아낸 것이다. 그들은 그에게 이 수도원을 찾아주고 600개의 밀짚 매트, 침대 혹은 매트리스를 모아주었다. 둘씩 자는 고아원의 어린 소녀들이 자신들 침구의 절반을 제공해주었다. 수도원, 병영, 수비대에서 쓸 만한 것들은 모두 옮겨왔다. 다른 사람들한테는 밀짚과 담요를 제공받았다.

한창 일하는 중에 대표단이 왔다. 병사들과 지휘부 사이의 관계를 위해 병사들이 선출한 자들이다. 이제 모두가 잠자리에 들었다. 밤 열시였다. 마누엘은 한 시간 십오 분이나 전화통에 매달린 끝에 공산당, 제5연대 그리고 육군성으로부터 사흘 치의 식량 보급을 약속받았다. 이 시간 동안 그는 경리국을 조직할 것이다. 트럭들은 새벽이 되어서야 도착할 것이다. 하지만 몇 대는 이미 출발했다. 200명을 먹일 식량을 싣고. 마누엘은 열한시에 식사를 하게 될 거라고 공표한 터였다.

그는 또한 제5연대로부터 제대로 훈련된 병사들을 기다리고 있었다. 이번에는 이들이 교관이 되길, 혹은 새로운 연대의 토대를 만들어주길 바랐다.

누군가 문을 두드렸다. 대표단이 되돌아왔다.

"무슨 일이오!" 성모상과 성심상의 후광에 둘러싸인 채 마누엘이 물었다. "또 뭐가 잘 안 되는 건가!"

"그게 아닙니다. 오히려 그 반대죠. 당신과 당신의 친구는 지휘관이긴 하지만 직업군인은 아닙니다. 그건 그냥 눈에 보여요. 우리한테는 차라리 잘되었습니다. 당신은 옳은 말을 했지요. 결국 이처럼 끝나기 위해 우리가 이 모든 일들을 해온 것은 아니라고 말입니다. 당신은 지금까지 약속한 것을 지켰습니다. 그게 쉽지 않다는 것을 잘 알고 있어요. 그래서 우리 대표단—그리고 동지들—도 깊이 생각해보았습니다. 이해하겠습니까? 열차 문제에 대해 당신이 틀리지 않았다고 생각했다는 겁니다."

대변인은 회색빛 콧수염을 늘어뜨린 소목장이였다. 공원 안쪽에서는 그 유명한 밤꾀꼬리들이 낮은 소리로 노래하고 있었다.

"그래서 결론은 이렇습니다. 역을 지키기 위해 검문을 하면 오늘과 같은 일은 일어날 위험이 없을 겁니다. 사람들은 있습니다. 그래서 당신한테 검문을 제안하러 온 것입니다."

대변인 뒤에는 작업복을 입은 그의 동료 셋이 수도원장 독방의 흰 벽을 등진 채 똑바로 서 있었다. 한 사람은 앞에, 세 사람은 뒤에. 과거 노동자 대표단은 이런 식으로 형성되어 있었던 것이다. 자신들이 동지들의 생명과 취약점과 책임을 대표하고 있다는 그들의 의식, 그러니까 자기의 동지 한 사람 앞에서 다른 동지들을 대표하고 있다는 그들의 의식이 매우 뚜렷했기에 그들에게는 혁명의 가장 단순한 부분과 가장 중대한 부분이 함께 있는 셈이었다. 말을 하고 있는 이 대변자에게 혁명이란 이처럼 말할 수 있는 권리였다. 마누엘은 스페인식으로 그를 포옹하고는 아무 말도 하지 않았다.

처음으로 그는 행동의 형태를 띤 형제애와 마주하고 있었다.

"이제 식사합시다!" 그가 말했다.

모두가 함께 내려갔다. 마누엘이 희망한 것처럼, 공동 침실과 천장이 둥근 홀에서는 거기 남아 있는 담청색과 황금빛 성상들(호전적인 성자들의 창에는 붉은 깃발이 걸려 있었다) 아래 탈진한 사람들이 전쟁의 잠을 자고 있었다. "식사하고 싶은 사람?" 마누엘은 — 별로 크지 않은 소리로 — 물었다. 기진맥진한 무리의 신음이 대답으로 돌아왔다. 먹여야 할 사람의 수는 100명도 안 되는 것 같았다. 마드리드에서 오는 트럭들이면 충분할 것이다. 그의 장화 뒤축이 교회의 타일 바닥에 울리며 반향음을 냈기 때문에 그는 부끄러움을 느껴 농담을 하고 싶었다.

식사를마친 그는 인민전선위원회로 다시 떠났다. 오늘밤 무기고를 조직하고 비누를 찾아내고, 새벽부터는 새로운 간부들을 지정해야 했다. "우스운 일이군, 비누와 전쟁을 하다니." 밤이라 나무들이 보이진 않았지만 지금 그는 머리 위 높은 곳에서 밤바람을 따라 떨어지는 수북한 나뭇잎을 느끼고 있었다. 회양목과 플라타너스의 거친 냄새에 파묻혀 아련한 향기가 장미밭에서부터 풍겨왔다. 마치 강 저편에서 징소리처럼 울리는 둔중한 대포 소리에 실려오는 것 같았다. 트럭들은 아직 도착하지 않았다.

위원회의 사람들도 밤을 새우고 있었다.

마누엘이 돌아왔을 때 수도원 입구에서 누군가 그를 멈춰 세웠다.

"여기서 무얼 하고 있소?" 그가 자신의 신분을 알린 뒤 물었다.

"보초입니다."

보초가 없었기 때문에 얼마나 많은 파시스트의 습격이 성공했던가! 수도원의 희미한 불빛 속에서 마누엘은 흐릿한 외투들 위로 솟은 총신을 바라보았다. 스페인 내전 최초의 자발적인 보초였다.

2

11월 6일 밤

세 대의 대형 비행기가 수리되었다. 이제 조레스*기機로 명명된 마니앵의 비행기는 밤의 어둠에 잠긴 발레아레스제도 상공에 다다르고 있

* 장 조레스. 프랑스 정치가로 사회주의 운동의 지도자였다.

다. 한 시간 전부터 그것은 바다 위에 홀로 있다. 아티니에스가 조종을 맡았다. 등화관제가 제대로 되지 않은 팔마의 불빛 주변에서 보이지 않는 비행기를 겨냥한 대공사격이 사방으로 퍼부어진다. 저 아래서 도시는 아우성치는 맹인처럼 스스로를 방어하고 있다. 마니앵은 항구에서 민족주의적인 적군의 순양함과 무기수송선들을 찾는다. 비행기 앞뒤로 커다란 탐조등의 불빛이 밤의 어둠을 가르며 교차한다. 젓가락으로 파리를 잡는 것 같군, 마니앵은 긴장한 채 생각한다. 조종석을 제외하고 기체 안은 완전히 어둠에 잠겨 있다.

적과 싸우고 있는 것인가, 추위와 싸우고 있는 것인가? 영하 10도 이하다. 기관총사수들은 장갑을 낀 채 사격하는 것을 싫어하지만 추위 때문에 기관총의 강철이 얼얼하다. 폭탄들은 간헐온천 같은 밤의 세계를 오렌지색으로 비춘다. 배들이 폭격을 당했는지는 육군성을 통해서만 알 수 있을 것이다……

몸은 모피를 댄 따뜻한 비행복 속에 있으나 얼굴은 얼어붙은 채—또한 바닷속 저 깊은 어둠에 이르기까지 고독을 느끼면서—모두가 주변에서 작렬하는 대공포의 포탄을 바라본다.

갑자기 비행기에 불이 켜진다. "불 꺼, 빌어먹을!" 마니앵이 소리친다. 하지만 곧 아티니에스의 얼굴과 비행모에서 비행기 창문의 그림자를 본다. 불빛은 바깥에서 들어온 것이다.

고사포 진지의 탐조등이 되돌아와 다시 비행기를 비춘다. 마니앵은 폴의 보기 좋은 두상과 작은 소총을 멘 가르데의 등을 바라본다. 이들은 어둠 속에서 선박들을 폭격했고, 폭탄의 푸른 섬광이 가로지르는 폭풍 같은 어둠 속에서 대공사격을 피했다. 전우애가 이 위협적인 불빛과 함께 기체를 가득 채우고 있다. 출격 이후 처음으로, 이 사나이들은 서로의 눈길을 마주한다.

빛줄기로 그들을 묶어놓은—또한 그들을 조준하는—눈부신 탐조등을 향해 다들 몸을 구부린다. 불빛을 보내는 광원 아래 대포가 있다는 것을 모두가 알고 있다.

저 아래서 불빛은 꺼지고, 아마 전투기들이 이륙하고 있을 것이다—밤은 수평선까지 뻗어 있다. 그리고 이 모든 어둠의 중심에서 회전하며 하강하는 비행기는 탐조등에서 벗어나지 못한 채, 마그네슘의 섬광을 받은 기체 안의 일곱 명을 곡식 부스러기처럼 흔들어댄다.

마니앵은 이 격렬한 불빛을 피하고자 조종간을 잡아당기는 아티니에스의 옆으로 뛰어든다. 삼 초 안에 대공포들이 사격을 가할 것이다.

기체 안에 있는 모두가 왼손을 낙하산 버클에 올려놓는다.

아티니에스는 이를 악문 채 발가락으로 조종장치를 잡고는, 전투기 안에서 살아남기를 희망하며 발가락 하나하나까지 온몸의 힘을 다해 방향을 바꾼다. 대형기가 트럭처럼 선회한다. 그리고 불빛은 여전히 그곳에 있다.

첫번째 포탄. 30미터 떨어진 지점이다. 비행기가 튀어오른다. 대공포가 곧 조준을 고쳐 잡을 것이다. 마니앵은 아티니에스의 비행모에서 귀덮개를 떼어낸다.

"뇌우!" 조종사가 손짓을 보여주면서 소리친다.

조종장치가 더이상 말을 듣지 않을 때 폭풍에서 벗어나기 위해 사용되는 조작법이다. 기체의 온 무게로 급강하하는 것이다.

마니앵은 요란한 엔진소리와 흰 불빛 속에서 콧수염을 떨며 격렬하게 반대한다. 탐조등이 급강하를 쫓아올 것이기 때문이다. 그 역시 손짓으로, 횡전橫轉한 다음 선회할 것을 지시한다.

마치 추락하는 듯, 기체 안을 구르는 탄약통과 고철 소리와 함께 아티니에스는 옆으로 미끄러지는 것만 같다. 그는 깊은 어둠 속으로 떨어져 회전하여 S자로 질주한다. 위아래에서 탐조등은 맹인이 막대를 휘두르며 길을 찾듯 허공을 가르고 또 가른다.

비행기는—다시 밤의 보호 속으로 사라져—이제 탐조등의 모든 추적으로부터 벗어나 있다. 각자 자신의 자리로 돌아온 탑승자들은 마치 잠에 빠지듯 모든 전투 후에 따르는 이완 속으로 빠져들고, 탐조등 없는 얼음장 같은 바다 위의 어둠에 잠긴다. 하지만 각자의 마음속에는 한순간 나타났던 형제애 가득한 얼굴들이 자리잡고 있다.

오렌지나무숲에 있는 발렌시아 비행장에 잠시 머물렀다가 마니앵은 알바세테에서 조레스기를 떠났다. 이제 조레스기는 알칼라 데 에나레스를 향해 비행을 계속했다. 알칼라 데 에나레스는 공화군이 마드리드 근처에 확보하고 있는 마지막 비행장이었다. 비행대의 일부는 수리된 비행기들의 시험비행을 위해 알바세테에 남아 있고 나머지는 알칼라에서 싸우는 중이었다.

알바세테에서 국제여단이 편성되고 있었다. 겨울을 예고하는 차가운 아침에 장밋빛과 크림색을 띤 이 작은 도시에서 수천 명의 사람들이 마치 자선 바자처럼 칼, 컵, 팬츠, 멜빵, 구두, 빗, 휘장을 거래하는 시장에 활기를 불어넣었다. 구둣방과 양품점마다 병사들이 줄을 이루었다. 한 중국인 행상이 등을 돌리고 선 보초에게 싸구려 상품을 권하고 있었다. 보초가 돌아서자 행상은 사라졌다. 둘 다 중국인이었다.

여단 본부에 도착한 마니앵은, 그가 찾는 대표가 훈련장에 나가 있어 한 시간 안에는 돌아오지 못할 거라는 얘기를 들었다. 마니앵은 아침도 먹지 못했다. 그는 맨 먼저 나타나는 술집에 들어갔다.

혼잡한 가운데 한 주정뱅이가 소리를 지르고 있었다. 선별에 신중을 기한다고 해도, 별별 종류의 인간이 여단에 들어오는 것이다. 탈락되어 정오 열차로 돌아갈 그들 모두 아침나절 내내 속이 상해 있었다. 어느 날은 리옹의 모든 부랑자들이 여단으로 파견되었다가 국경에서 저지당해 출발했던 역으로 보내지기도 했다. 여단을 구성하는 것은 투사들이지, 영화의 엑스트라들이 아니었다.

"난 지긋지긋하다고!" 주정뱅이가 소리를 지르고 있었다. "지긋지긋해! 난 말이야, 모나코 왕을 태우고 대서양을 횡단한 적도 있었어. 옛날에는 외인부대의 일원이었다고! 너절한 놈들, 멍청이들, 하찮은 혁명가들 같으니!"

그는 땅바닥에 내던져 깨진 술잔 조각들을 짓밟았다.

한 사회주의자가 일어섰지만 다른 엉뚱한 자가 손으로 그를 저지했다.

"놔두게. 내 친구야. 내가 보여주지. 그는 취해 있으니 간단해."

그 친구는 술잔을 깬 사내 뒤로 가더니 명령했다.

"정렬, 주목!

차렷!"

그러자 주정뱅이는 곧바로 동작을 실행했다.

"우향우!

앞으로 갓!"

주정뱅이는 문 쪽으로 걸어가더니 나가버렸다.

"식은 죽 먹기지." 그 친구는 그렇게 말하고는 자신의 코냑 잔으로 돌아갔다.

마니앵은 아는 얼굴이 있는지 살펴보았지만 찾지 못했다. 그는 2층으로 올라갔다. 술집 주인의 초상화 아래, 비행대 소속 용병 셋이 바닥에 앉아 오슬레 놀이*를 하고 있었다.

수많은 용병들이 이미 프랑스로 되돌아갔다. 놀이를 하는 자들은 마니앵에게 등을 돌린 채 아침의 차가운 공기 속에서 집중했다. 창문은 열려 있었다. 커다란 스페인식 오슬레가 구르는 소리에 맞춰 망치질하는 듯한 소리가 말굽쇠처럼 선명하면서도 빨랫방망이와 대장간의 울림처럼 질서정연하게 들려왔다. 군대가 내는 둔탁한 제자리걸음이었다. 막 오슬레를 던진 용병이 손을 공중으로 쳐들고 있었다. 오슬레는 계속해서 흔들렸다. 장화들이 내는 망치질소리는 이제 창문 아래서 울리며 진흙으로 만든 집을 흔들었다. 놀이까지도 전쟁의 리듬에 따라 떨리고 있었다.

마니앵은 창가로 갔다. 아직 민간인 차림이지만 발에는 군화를 신은, 공산주의자의 완고한 표정을 짓거나 지식인의 머리 모양을 한 자원병들이 보였다. 니체처럼 콧수염을 기른 늙은 폴란드인과 소련 영화에나 나올 것처럼 생긴 젊은이, 배코를 친 독일인, 알제리인, 국제의용

* 양의 발목뼈로 만든 것(오슬레)을 던지고, 잡고, 흐트러뜨리는 놀이.

군 사이에 잘못 끼어든 스페인 사람 같은 표정을 하고 있는 이탈리아인, 다른 누구보다 시선을 사로잡는 영국인, 모리스 토레스*나 모리스 슈발리에**를 닮은 프랑스인, 이들 국제여단의 모든 병사들은 마드리드 청년들이 지닌 열의보다는 군대 혹은 서로가 적대적으로 싸웠던 전쟁에 대한 추억에 사로잡혀 잔뜩 긴장한 모습으로, 복도처럼 울리는 좁은 길을 망치로 두드리듯 힘차게 나아가고 있었다. 병영으로 가까이 다가가면서 그들은 노래하기 시작했다. 세상 처음으로, 온갖 나라에서 온 병사들이 전투대형으로 뒤섞인 채 〈인터내셔널〉을 부르고 있었다.

마니앵은 돌아섰다. 조금 전의 세 용병은 오슬레 놀이를 다시 시작했다. 노래도 그들을 어쩌지는 못했다.

이제 마니앵은 외국인 비행대를 재편성할 수 있기를 희망하고 있었다. 그가 수리 공장을 세우기 위해 바르셀로나에서 보름 넘게 머물며 자리를 비운 동안 펠리컨들의 혼란이 커졌던 것이다. 그래도 수리된 여섯 대의 대형기는 일주일 안에 출격할 수 있을 것이다.

그와 볼일이 있는 대표가 유리창 밑을 지나갔던 병사들과 함께 돌아오고 있었다. 마니앵은 미간을 찡그린 채 마음속 생각을 되새기면서 다시 국제여단 참모부로 향했다.

---

* 프랑스 공산당 서기장.

** 프랑스 가수이자 배우.

3

"미안한 말이지만, 이게 오래 지속될까?"

로마인의 풍모를 풍기는 비행복과 비행모 차림의 르클레르가 알칼라의 비행장에서 그의 탑승원들에게 둘러싸인 채 소리를 지르며 풍차처럼 팔을 휘젓고 있었다. 30미터쯤 떨어져 그 목소리가 닿지 않는 곳에서, 셈브라노의 친구이자 편대장인 카르네로는 쌍안경으로 마드리드의 하늘을 관찰하고 있었다. 매우 고약한 날씨였다.

"서두르질 못하는군! 독일 애들 말이야, 후딱 천사장天使長으로 변장하고 싶을 텐데도."

르클레르에게 독일인이나 이탈리아인은 구분 없이 모두 독일 애들이었다.

카르네로가 조종석에 올랐고 그의 비행기는 이륙선으로 갔다. 비행기의 카뷰레터가 고장난 터라 그는 스페인 탑승원들을 데리고 조레스기를 지휘하고 있었다. 르클레르의 비행기와 스페인군의 대형기 하나가 그 뒤를 따랐다. 공화군의 초라한 전투기는 벌써 알칼라 상공을 선회하고 있었다. 몇몇 비행기가 미국에서 도착했지만—신형 기관총을 갖추지 못한 것은 여전했다. 정부 공군은 여전히 1913년형 스페인산 루이스 기관총으로 싸우고 있었다.

오리온기가 부서져 다른 비행기 두 대의 부품으로 만든 펠리컨 1호를 조종하고부터 르클레르는 회색빛 모자를 포기하고 가죽 비행모를 썼는데, 그 모습이 마치 집정관 같았다.

"그런데 보온병은?" 르클레르의 좌석 옆에 있던 보온병이 보이지 않자 펠리컨 1호의 앞쪽 기관총사수가 물었다.

"안됐지만 오늘은 제왕절개수술이야. 너무 중대한 전투라고."

몇 분 뒤 세 대의 비행기와 전투기 편대는 마드리드 상공을 날고 있었다. 바라하스를 제외하면, 펠리컨들이 생활했던 비행장들은 모두 적군에게 점령당했다. 모든 도로들이 빠져나올 수 없이 붐볐다. 헤파테 앞쪽의 목장 하나는 트럭 주차장으로 바뀌었다. 이 모든 것이 방어조차 되지 않았기에 적이라고 생각할 수도 없을 정도였다. 대형의 맨 오른쪽에서 날고 있는 르클레르는 낮게 깔린 구름 속으로 끊임없이 사라지곤 하는 다른 두 대의 비행기를 주의깊게 쳐다보았다. 위에서는 전투기 편대가 호위하고 있었다. 한순간 구름이 지상에 가까워져 구름 위를 날지 않을 수 없었다. 두 개의 회색빛 구름층 사이에서 전투대형을 갖춘 비행기들의 실루엣이 커다랗고 어슴푸레한 허공을 전쟁으로 채웠다. 트럭 주차장 위에서 편대는 구름을 빠져나왔다. 좌우 양쪽 도로에는 온통 다닥다닥 붙어 있는 프랑코의 자동차들뿐이었다. 타호강의 기갑부대가 마드리드의 관문에 이르고 있었다.

보다 높은 구름에서 파시스트 전투기가 내려왔다. 정면에서 날아오는 일곱 대의 피아트기는 날개들이 W자로 연결되어 분명히 알아볼 수 있었다. 가장 높이 날고 있던 정부군 전투기 편대 무리가 적의 비행기들을 맞이하기 위해 전속력으로 날아갔다.

적의 탄막 사격이 시작되었다.

독일제 대공포들이 마드리드에 대량으로 도착해 있었다. 50미터 간격으로 속사 기관총의 포탄이 터졌다. 르클레르는 자기 비행기의 날개폭이 26미터임을 떠올렸다. 1918년에도 이와 같은 탄막은 본 일이 없었다. 독일 조준수들이 대형기를 조준하는 대신 수백 미터 앞에 정확한 고도로 포격을 가하고 있었기 때문에 비행기들은 스스로 탄막 속에 뛰어드는 꼴이었다. 그보다 높은 곳에서는 두 전투기 편대가 전투를 시작했다. 르클레르는 급강하했다. 그러자 탄막이 아래로 향했다.

"저놈들에게 거리측정계가 있군!" 폭격수가 말했다.

르클레르에게는 전투기들의 싸움이 거의 보이지 않았다. 뒤얽힌 궤도로 인해 전투기들은 추락하는 듯한 인상을 주는가 하면 곡예를 하는 것 같기도 했다.

기관총사수들은 이 싸움을 지켜보고 폭격수는 땅을 살폈다. 르클레르는 위아래로 오르내리고 옆으로 왔다갔다하면서도 끊임없이 앞에서 다가오는 탄막을 만나는 카르네로의 비행기를 계속 주시했다. 마치 맹인이 안내인에게 붙어 있듯이, 르클레르는 총체적인 흥분에 휩싸인 편대장의 비행기에 바싹 붙은 채 이제는 그와 한몸이라는 감정에 사로잡혀 탱크의 숙명처럼 탄막 속으로 뛰어들었다.

탄막이 100미터 지점까지 다가왔다.

포탄과 비행기들은 단번에 가까워졌다. 르클레르의 비행기가 10미터쯤 튀어올랐다. 조레스기는 기체 중간이 파괴되어 여덟 명의 탑승원을 곡식 낟알들처럼 잿빛 하늘에 내던졌다. 몸을 지탱하던 팔걸이 하나가 떨어져나간 듯한 기분이었다. 단 하나밖에 펼쳐지지 않은 낙하산 주위로 떨어지는 사람들의 검은 점들 앞에서 그에게 보이는 것은 폭격수와 앞쪽 기관총사수의 공포에 질린 얼굴이었다. 그는 급격하게 진로를 바꾸어 알칼라를 향해 전속력으로 날았다.

"1차대전 중에도 그런 것은 본 적이 없어." 착륙을 위해 휘발유 공급을 끊은 뒤로 르클레르는 줄곧 되풀이하고 있었다. 비행장에 내려 그의 주위에 모여든 탑승원들은 아무 말도 하지 않았다. 르클레르는 가련한 입과 지옥에 온 사람의 눈을 하고서 외인부대 병사의 걸음걸이로 사령실을 향해 갔다.

바르가스는 사령실의 안락의자에 다리를 쭉 뻗고 앉아 창문을 가득 채운 낮게 깔린 하늘로 좁은 얼굴을 돌린 채 그를 기다리고 있었다. 이제 바르가스는 제복 차림이었다.

르클레르는 영웅적인 모습으로 자신의 임무를 보고하기 시작했다. 카르네로의 비행기가 추락한 이야기에 이르자 바르가스가 물었다.

"당신이 받은 지시 사항은 무엇이었나요?"

"헤타페에 있는 부대에 대한 폭격입니다."

"트럭들은 주차장에서 이미 전진해 나와 전열을 갖추어 올라오고 있었을 텐데요?"

"그렇습니다. 그러나 탄막 때문에 통과할 수가 없었습니다. 카르네로가 그 증거입니다!"

자신만의 독특한 말투로 대담하게 말하지 못하게 되자, 르클레르는 부자연스럽고 관리적으로 변했다.

"탄막은 주차장 높이에 펼쳐졌죠?" 바르가스가 되풀이했다.

"그렇습니다……"

"그러나 트럭들은 당신을 향해 전진해오고 있었죠?"

"……예."

"말해보세요, 왜 당신은 폭탄을 그대로 갖고 돌아왔는지?"

르클레르는 자신이 도망쳤음을 비로소 깨닫고 있었다.

“적의 전투 편대가 있었습니다……”

전투기들이 2킬로미터 떨어진 지점에서 교전중이었다는 것은 두 사람 모두 알고 있었다. 전투기의 공격을 받았다 할지라도, 르클레르는 탄막에 대응해 폭격했어야 했다. 교전은 전투기들한테 맡기고 말이다. 마니앵은 치열하게 벌어지는 공중전에서도 전선의 폭격을 여러 번 지휘했었던 것이다.

“당신은 폭탄을 그대로 가지고 돌아왔군요?” 바르가스가 물었다.

“그렇습니다만 무턱대고 투하할 이유가 없었습니다. 아군 편에 떨어질지도…… 게다가 엔진도 털털거리고 있었습니다.”

평소 르클레르가 겁쟁이라고는 절대 생각하지 않았던 만큼, 그가 담장을 뛰어넘은 어린애처럼 대답하는 것을 들으려니 바르가스는 더욱 괴로웠다.

그는 기다리고 있던 기관총사수장, 폭격수, 정비사를 들여보내라고 명령을 내렸다.

“엔진은 어떤가?” 그가 물었다.

기관총사수장과 르클레르는 정비사 쪽으로 몸을 돌렸다.

“완전하지는 않습니다……” 정비사가 대답했다.

“뭐라고?”

“사방 여러 군데가 좀……”

바르가스는 일어났다.

“됐습니다, 고맙소.”

“폭격을 할 수가 없었습니다.” 르클레르가 말했다.

"고맙소." 바르가스가 되풀이했다.

4

마니앵이 알바세테에 가 있었기 때문에 스칼리는 처음으로 제복을 입고 육군성의 지시에 따라 비행장을 지휘하는 입장이 되었다. 기지를 지휘해야 할 사람들 중 하나는 병원에 있었고, 다른 한 사람 카를리치는 기관총사수반을 긴급히 조직하기 위해 마드리드에 가 있었던 것이다. 스페인 군대의 절반이 그러하듯 국제비행대에도 통제 수단이 전혀 없었기 때문에 지휘는 오로지 지휘관의 개인적 권위에 맡겨졌다. 이 비행장에서는 두 사람에게 복종했다. 마니앵과 조종사 수장이었는데, 후자는 매우 젊은 사나이로 모두의 친구였으며 네 대의 파시스트 비행기를 격추한 바 있었다. 그러나 그는 전날 밤부터 자신의 신열과 잘린 팔을 다스리느라 여념이 없었다.

한 펠리컨이 라플라티를 잃어버리지 않도록 개의 불그스름한 배에다 비행대의 스탬프를 찍어놓은 것을 보며 스칼리가 우스갯소리를 하고 있는데 그를 찾는 전화가 왔다.

"당신네 조종사 한 명을 돌려보내겠소."

셈브라노였다.

아마 그 조종사는 꽤나 오래전에 출발한 모양이었다. 몇 분이 지나자 소시지처럼 묶인 르클레르가 총검을 꽂은 네 명의 민병에게 둘러싸여 트럭을 타고 도착했던 것이다. 펠리컨 1호의 기관총사수장과 정비사도 함께 왔으나 이들은 덜 취해 있었다. 민병들은 돌아갔다.

바르가스와 만난 뒤 르클레르는 죽도록 취하기로 결심하고는 두 친구를 데리고 갔다. 그는 한마디 말도 없이 무단으로 비행장에 있는 자동차 한 대를 잡아타고 바라하스로 질주했다. 거기 술집이 있다는 것을 알고 있었던 것이다. 계속 침묵을 지킨 채, 그는 페르노 여섯 잔을 마셨다.

그런 다음 지껄여대기 시작했다.

결과는 트럭으로 호송된 것이었다.

이제 서서히 술이 깨는 중이었다. 스칼리는 개를 겨드랑이에 낀 채 르클레르가 노발대발하면 어떻게 할 것인지 생각하고 있었다. 어릿광대 같은 머리털에 손이 너무도 긴, 커다란 원숭이 같은 이 사나이는 틀림없이 매우 강할 터였다. 스칼리는 극단적인 경우에만 민병들을 부르기로 결심했다. 그 자리에 함께 있던 펠리컨들은 적개심을 품은 자와 재미를 느끼는 자로 나뉜 채 다소 멀리 떨어져 르클레르를 바라보았다. 아티니에스는 처음엔 모습을 감추었다가 되돌아와 침묵을 지키고 있었다. 필요할 경우 협조하기 위한 것임을 스칼리는 알아차렸다. 마침내 그는 개를 땅에 내려놓았다.

포박을 풀어주는 동안 르클레르는 벌써 일장 연설을 시작했다.

"물론이지! 난 불평꾼인데다 난폭한 놈이라고. 이것은 혁명을 하는 민족의 유별난 특성이지. 내 말 알아듣겠나? 그리고 미안한 말이지만, 너희 같은 견습 선원 같은 자들, 시청의 은퇴한 반고관半高官 같은 자들은 난 거들떠보지도 않아. 단순한 것들. 이래 봬도 난 늙은 공산주의자야. 계급줄을 주렁주렁 매단 놈도, 끈에 묶인 소시지도 아니란 말이야.

한데 자네가 그것을 나에게 설명하겠다고? 내분비선이 자넬 부추기기라도 한 건가?

브란겔*의 군대와 모든 낙오자들이 우리 나라에 와 택시 운전을 하려고 우리랑 경합할 때부터 난 프랑코에게 붙은 녀석들이 어떤 자들인지 알고 있었지. 프랑코에 앞서 나는 그것을 알았단 말이야! 난 말이야, 1차대전 이전의 공산주의자라고."

"분열** 이전이겠지." 다라스가 부드럽게 말했다. "자, 이보게, 괜찮아. 자네가 당과는 아무 관계가 없다는 걸 우린 알고 있다고. 그렇다고 용감한 사나이가 아니라는 것은 아니야. 다만 당과는 아무 관계가 없을 뿐이야."

다라스의 발에 난 상처는 아물었고, 그래서 전날 그는 스칼리와 함께 르클레르가 조금 전 실패한 것과 유사한 임무를 수행한 터였다.

르클레르는 그들 두 사람을 쳐다보았다. 스칼리는 둥그런 안경을 썼고, 지나치게 긴 그의 바지는 불룩했다. 표정은 항공 영화에 나오는 미국의 희극배우 같았다. 다라스는 납작하고 붉은 얼굴에 백발이었고 가슴근육은 격투사 같았다. 그는 조용히 미소 짓고 있었다. 르클레르가 조종한 비행기의 기관총사수와 정비사는 한마디도 하지 않았다.

"그래서, 지금 당이 문제라는 건가? 자네, 탈라베라의 가스 공장을 폭파시키려고 할 때 내 당원증을 보자고 했었나? 나는 고독한 놈이야. 고독한 공산주의자라고. 그뿐이야. 다만 내가 원하는 것은 날 좀 혼자 있게 내버려두라는 거야. 난 내 옆구리를 물어뜯으러 오려는 악어들의

---

* 백러시아 장군.

** 프랑스 사회당이 분열하여 사회당과 공산당으로 갈라진 것을 말한다.

적이라고. 내 말 알아들었나? 탈라베라는 자네가 해냈나? 말해보게, 자네였냐고?"

"그게 자네였다는 것은 모두가 알고 있어." 스칼리가 그의 팔짱을 끼면서 말했다. "걱정하지 말게. 잠이나 자러 가세나."

마니앵과 마찬가지로 스칼리에게도 르클레르의 도주는 비겁함이라기보다는 일종의 사고에 속하는 것이었다. 그래서 지금 탈라베라의 기억에 매달리는 그의 모습이 스칼리의 마음을 울렸다. 하지만 분노에는 언제나 흉측한 무엇이 있기 마련이다. 술에 취한 상태에서 나오는 분노라면 더욱 그렇다. 분노 때문에 콧구멍이 벌름거리고 입술이 부풀어 올라 르클레르의 희극적인 얼굴은 마치 짐승처럼 보였다.

"잠이나 자러 가자고." 스칼리가 다시 말했다.

르클레르는 눈꺼풀을 구기고는 곁눈질로 그를 쳐다보았다. 주정뱅이의 가면 아래 농민 조상으로부터 물려받은 교활함이 다시 드러났다.

"내가 취한 것 같나, 응?"

그는 여전히 곁눈질로 그를 쳐다보고 있었다.

"자네 말이 맞네. 자러 가세나."

스칼리가 그에게 팔을 내밀었다. 계단 중간쯤에서 르클레르는 돌아섰다.

"모두가 별 볼 일 없는 것들이야! 하찮은 것들이라고!"

2층에서 그는 스칼리를 껴안았다.

"난 겁쟁이가 아니야. 자네, 내 말 듣게나. 난 겁쟁이가 아니라고……"

그는 울고 있었다.

"끝난 게 아니야. 이 모든 게 끝난 게 아니라고……"

나달은 파리 주재 스페인 대사관의 보증을 받아, 어떤 부르주아 주간신문을 위해 펠리컨들에 대한 탐방 기사를 쓰러 와 있었다. 몇몇 펠리컨들이 거만한 표정을 지으면서도 탐욕을 감춘 채 취재에 응했다. 다라스, 아티니에스, 가르데 등 마라기의 탑승원들은 성명서를 작성하는 중이었다. 안대 대신 검은 안경을 쓰고 스칼리와 함께 호텔 식당 안쪽에 앉아 있는 하이메 알베아르는 이 모든 인터뷰가 쓸모없다고 생각했다. 알칼라의 밤을 향해 닫힌 창문 옆에 앉아서 그는 라디오방송을 듣고 있었다. 하우스는 3단 분량의 기사를 구술한 참이었다.

엷은 보랏빛에 가까운 눈에 곱슬머리를 한 땅딸막한 나달은, 모든 것을 둥글둥글하게 생각하는 성품이 아니었다면 아마 놈팡이가 되었을 것이다. 얼굴과 코, 심지어 너무도 굽은 몸짓까지 곱슬곱슬한 그의 머리와 유치할 정도로 어울렸다. 누군가 그에게 펠리컨들 중에서 르클레르가 가장 이색적인 인물이라고 말한 적이 있었다. 하지만 르클레르에게 기자란 날파리들이나 웃게 해줄 작자들이었다. 기자 하나가 "실례합니다" 하고 그에게 말을 건다면 그는 그의 주둥이를 깨부술 것이다. 그는 다른 곳에서 자고 있었다.

아티니에스가 마라기 탑승원의 성명서를 가지고 돌아왔다. 우리는 결코 모험을 하러 온 것이 아니다. 무당파의 혁명가들로서 스페인을 방어하기로 결심한 사회주의자 혹은 공산주의자인 우리는 그 어떤 조건이든 가장 효과적인 조건하에서 싸울 것이다. 스페인 국민의 자유 만세!

나달이 원하는 것은 아니었다. 그의 신문은 100만 명 이상의 무산자들이 읽고 있었다. 따라서 사장을 위해 그에게 필요한 것은 자유주의와 이들 호감 가는 (특히 프랑스인) 비행사들에 대한 찬사이고, 용병들에 대한 특이한 이야기이며, 다른 사람들에 대한 기분이고, 죽은 자들과 중상자들(유감스럽게도 하이메는…… 결국 그는 스페인 사람에 불과했다)에 대한 감동적인 눈물이지—공산주의가 아니었고 정치적 신념 같은 것도 가능한 한 최소화해야 했다.

그리고 그 자신을 위해서는 특히 몇몇 성적인 이야기를 몰래 주워 모아야 했다. 소설 같은 보도에서 가장 흥미로운 것은 귀환이다.

지금 그는 거짓말쟁이들과 관계하고 있다. 그는 속아넘어가지 않았다. 표절 같은 게 반복되고 있었기 때문이다. 각각의 바보들 안에는 소설가가 들어앉아 있기 때문에 선별을 해야 한다고 그는 생각했다. "내 부하들은" 하고 말하는(그래도 소리는 그다지 높지 않게) 사람부터 시작했다. 메모가 끝나면 나달은 키플링의 문장을 떠올렸다. "이제 반대편으로 가서 다시 허풍을 들어보자." 그는 이 말을 따랐다.

그때 프랑스 군대나 영국 군대를 탈영해 스페인으로 온 자들이 왔다. 스페인에서 결혼한 사람이 여럿이라 나달은 그들에게 아내의 사진을 꺼내달라고 했다. "저희 신문은 여성 독자가 많거든요." 다음은 '에이스'급 용병들, 그러니까 공식적으로 파시스트 비행기를 세 대 이상 격추시킨 자들이었다. 이들은 지원병들을 '정치인들' 혹은 '전사들'이라 부르면서 이야기했다. 하지만 허세를 부리지는 않았다. 그들은 그에게 자신들의 비행 수첩을 조심스레 보여주었다.

다음은 불량 청년으로 가장한 몇 사람과 남아 있는 농땡이 병사들이었다. 별 특별한 게 없고 거짓말도 할 줄 모르는 지원병들은 그냥 제쳐버렸다.

그는 비행 수첩에다 메모를 했다. 그가 부주의하게도 보여주고 만 은단의 절반은 이미 폴의 주머니로 넘어갔다. 주위에서 비교적 긴 침묵과 강렬한 시선이 느껴져 그는 고개를 들었다.

입은 한쪽으로 내밀고, 허리는 구부리고, 다시 쓴 회색 모자 가장자리로 비죽 나온 머리 다발에 코밑에는 매우 불안한 미소를 띠고, 그 어느 때보다 길게 팔을 늘어뜨린 채 르클레르가 계단을 내려오고 있었다. 펠리컨 1호의 한 기관총사수가 그를 부르며 나달을 가리켰다. "작가 동지야. 이리 와서 자네 동지와 한잔 마시게나." 르클레르는 앉았다.

"그래, 당신도 작가란 말이지, 무당벌레 같은 조그만 머리를 하고선 말이야. 무엇을 쓰시오?"

"단편소설을 쓰지. 그럼 당신은?"

"대하소설을 쓰지. 난 시인이기도 해. 조종간을 잡은 채로도 자신의 시집을 전부 팔아먹은 유일한 시인이오. 야행성 인간들은 신선한 낮 공기를 풍기거나 술 취한 관광객을 만나면 돈을 훔치지. 하지만 나는 그들에게 시집을 떠안기곤 했소. 왜냐하면 그건 노동의 결과니까. 겨우 15프랑이었지. 난 시집을 절판시켜버렸소. 시집의 제목은 '조종간을 쥔 이카로스'였소. 시와 비행 때문에 이카로스를 넣었던 거지. 내 말 알아듣겠소?"

"지금도 글을 쓰고 있소?"

"포기해버렸소. 유감스럽게도 기관총으로 글을 쓰고 있지."

"기관총은 어떤 것들을 갖고 있소?"

아티니에스와 다라스는 성명서에 서명을 하고는 하이메의 라디오를 듣기 위해 스칼리 옆으로 왔다. 눈이 보이지 않게 된 후로 하이메는 일상의 절반을 라디오와 보내고 있었다. 다라스는 곧 라디오 곁을 떠나 버렸다. 나달의 마지막 질문이 마음에 들지 않았던 것이다.

천만에. 희극은 계속되고 있었고, 그뿐이었다. 르클레르는 전투기 조종사가 아니었고 그가 이곳에 온 이후로 기관총을 사용할 일은 없었다. 한편 늙은 전문가 같은 모습을 하고선 파이프를 깨물며 대화를 이어가는 나달은 스페인 비행기의 루이스 기관총이 삽탄식揷彈式인 줄은 모르고 탄대식彈帶式이라고 생각했기 때문에 상대방의 이야기를 전혀 이해하지 못하고 있었다.

"이곳에서는 잘 지내고 있소?" 그가 물었다.

"진정한 삶이지…… 당신 같으면 파리에서 무얼 하고 싶겠소? 민간 항공의 조종사, 말하자면 외발 스케이트의 운전사? 아직은 아니라고? 좌익에게는 기회가 없을 거요…… 빵 부스러기를 긁어모으는 거지 짓? 아니야. 이곳에선 인간은 인간이오. 그래서 난, 미안하지만, 탈라베라에 갔었소. 아무나 붙잡고 물어보라고. 가스 공장이 불에 탄 오믈렛 같았지! 프랑코에겐 그만큼 타격이었고. 나, 르클레르가, 미안하지만, 프랑코를 저지시킨 거야. 내 말 알아들었소? 주변의 녀석들을 좀 보시오. 어쨌거나 패배자들에게 주는 메달이나 배달할 낯짝들 아니오?"

홀 안쪽 혁명 포스터들 아래 설치된 거대한 화덕 주위에서는 요리사의 가족들이 평소처럼 분주히 움직였고 펠리컨들은 약간의 추가 요금을 협상하고 있었다.

아티니에스는 계속 라디오에 주의를 기울이면서도 대화를 귀담아들었다. 그리고 두 사람의 관계를 호기심을 가지고 관찰했다. 몇 분 전부터 르클레르는 조그만 빵조각을 손가락으로 부스러뜨려 나달의 얼굴에 닿을 정도로 던지고 있었다. 목소리 또한 그 내용과 마찬가지로 다감한 것과는 거리가 멀었다.

"탈라베라, 난 오리온기를 타고 그것을 해치웠다고, 알겠나? 이곳은 투우 경기가 벌어지는 나라야. 우리에겐 많은 송아지들이 있지. 오로지 이 송아지들을 가지고 버틴 거야. 내 말 알아들었나?"

나달의 코에 빵조각이 날아왔다. 아티니에스는 점점 더 당황하면서 이 게임을 지켜보았다. 나달은 인터뷰에서 복수하기로 결심하고 웃어넘기는 체했다.

"탈라베라에서 무기는 어떤 걸 가지고 있었소?" 그는 물었다.

"쓸 만한 게 별로 없었지. 창가에 기관총 하나, 그리고 변소 구멍을 크게 만들어 폭탄 투하구로 사용했소."

"그리고 비행기용 삼각 호치키스 기관총을 사용했지." 가르데가 의미심장한 눈빛으로 덧붙였다.

"우리도 빌라쿠블레에서 똑같은 기관총들을 가지고 있었지." 고통스러운 멸시의 몸짓을 드러내며 나달이 대꾸했다. 그런 화기들을 가지고 사람들끼리 싸우게 하는 것은 분명 수치스러운 일이었다. 그런 기관총은 존재하지 않았기 때문에 펠리컨들은 낮은 소리로 농담을 주고받았다.

"조용히!" 아티니에스가 소리쳤다.

그가 듣고 있었던 반란군 라디오(세비야 방송국의 중계일까?)의 아나운서가 공군 뉴스입니다라고 외친 참이었다. 하이메는 라디오의 볼륨을 높였다.

우리 비행기들은 적군의 전선을 폭격하여 대성공을 거두었으며 카라반첼의 민병들을 물리쳐 마드리드로 몰아냈습니다.

세시와 다섯시에 시가지를 폭격했으나 적의 비행기는 나타나지 않았습니다.

오늘 정부군 비행기 다섯 대가 우리의 전선에서 격추되었습니다.

저는 이 마이크를 통해 유명한 탈주병이자 스탈린의 스파이 마니앵의 소련 비행기가 가까운 시일 내에 제거되리라 예고한 바 있습니다. 이 비행기는 오늘 우리 전선에서 격추되었습니다. 추락중에 탑승원 전원이 사망했습니다. 흉악한 마니앵의 시체는 헤타페에서 확인되었습니다. 그의 추종자들에게 고하는 바입니다!

안녕히 주무십시오.

펠리컨들은 서로 바라보았다.

"걱정할 것 없어. 저들이 잘못 알고 있는 거니까." 스칼리가 외쳤다.

나달은 질문을 시작했으나 밀어붙여서는 안 된다는 것을 재빨리 간파했다. 이 방송에 귀가 얇은 펠리컨들은—심지어 불평분자들까지도—분노했다. 거의 모두가 그것은 조레스기와 카르네로의 탑승원들 얘기일 거라고 생각했다. 하지만 마니앵이 알바세테에서 내렸기 때문에, 그가 오늘 오후 마드리드 전선에서 싸우지 않았다고 말할 수 있는 증거는 아무것도 없었다.

"당신이 무얼 안다고, 바보 같으니!" 르클레르가 중얼거렸다.

스칼리는 상황을 정확하게 파악하고 있었다. 오후부터 그는 이미 사태가 악화되어감을 느끼고 마니앵에게 전화를 해 오늘밤 알칼라로 돌아오라고 요청했던 것이다.

하지만 마니앵은 이미 스칼리보다 더 잘 알고 있었다. 셈브라노가 직접 그에게 전화를 해 스칼리에게 설명했던 것보다 더 자세히 설명했으니까. 발렌시아에 편한 보직의 병사들이 있긴 해도 스페인 조종사들이 보잘것없는 비행기들을 가지고 르클레르 자신이 탈라베라에서 한 번 수행해보고는 그토록 자랑스럽게 여기는 일을 매일같이 수행하고 있음을 알고 있으면서도, 죽도록 취한 르클레르는 스페인인 조종사들을 비난하며 욕설을 퍼부어댔다. 게다가 주변을 둘러싸고 있던 스페인 정비사들을 향해, 전쟁은 졌으며 수리된 비행기들은 추락할 것이라고—더불어 치욕에 대한 집념이 불러일으킬 수 있는 모든 것을—설명하기도 했다. 한편 돌아온 르클레르가 외출을 해서는, 그 활기와 종종 보여주는 너그러움(이 또한 사랑받고 싶다는 커다란 욕망에서 비롯된 것이다)으로 인해 자신에게 호감을 가졌던 펠리컨들을 하나하나 붙잡고서 동일한 말을 했었다는 것을 스칼리 또한 모르는 바 아니었다. 그와 함께 탑승했던 펠리컨들 역시 그 일에 말려들었다는 사실도 알고 있었다.

스칼리는 우선 그들의 화합에 놀랐다. 그 천성을 잘 알고 있는 사람들—즉 지식인들—을 판단할 경우 매우 예리함을 드러내는 스칼리로서도, 르클레르라는 인물만큼은 잘 이해되지 않았다. 언젠가 가르데는 부상자 하나가 병원으로 떠날 때마다 새롭게 편성되던 탑승 팀들이 이제는 서로 친한 사람들끼리만 이루어져 있다고 지적했다. 그는 르클레르와 함께한 동료들은 그가 선회했을 때 두터운 구름 때문에 상황을 제대로 알 수 없었다는 것과, 따라서 그들 자신 또한 지금 감당하기 힘든 드라마 속에서 몸부림치고 있다는 점도 지적했다. 르클레르는 자신이 도망쳤다는 사실을 스스로 용서할 수 없었다. 그래서 페르노에서 찾아낸 것처럼, 혐오 속에서 찾아내고자 했던 막연한 해방감으로 그가 접촉하는 모든 사람들을 끌어들이려는 것이었다.

"마니앵은 일곱시에 여기로 전화했어." 스칼리가 외쳤다.

그러나 그 말이 진실인지 아니면 그들을 안심시키고자 하는 말인지, 모두가 의문을 품었다.

상당히 긴 침묵이 이어진 끝에 마침내 나달이 입을 열었다.

"당신은 무슨 목적으로 이곳에 온 거요?" 그는 손에 연필을 쥔 채 르클레르에게 물었다. "혁명을 위해서?"

르클레르는 곁눈질로 그를 쳐다보았다. 이번엔 사나운 표정이었다.

"그게 당신과 무슨 상관이지? 난 좌익 용병이고 이건 모두가 아는 사실이오. 이곳에 있는 것은 내가 강인한 사람이기 때문이지. 난 조종간에 중독된 자요. 나머지는 유순하고 의기소침한 신문기자 같은 바보들을 위한 것이지. 미안하지만 각자의 역할이 있는 법이니까. 내 말 알아들었소?"

여느 때보다 더 수척한 모습에 벌름거리는 콧구멍, 주름이 파인 이마에 흐트러진 머리털, 적포도주 병을 거머쥔 원숭이 같은 손, 한껏 뒤로 젖힌 상반신. 르클레르는 테이블 전체를 장악했다. 불편함이 족제비처럼 신속하게 테이블 위를 훑었다. 하이메 곁으로 다가간 가르데는 자신의 스포츠형 머리를 뒤에서 앞으로 문지르며 미소 짓고 있었다.

"무력해서든 비겁해서든, 마니앵이 저자들을 해고하지 않는다면 저들은 비행대를 부패시킬 거야." 아티니에스가 가르데에게 말했다. "이게 대체 뭐지? 술이 오르는 건가?"

"어쨌든 잠깐 기다리자고! 나도 저 친구 때문에 짜증나지만 변덕쟁이들과 싸우고 싶지는 않아. 지금 그는 자기를 과시하면서 영웅 행세를 하고 있단 말이네! 정말 웃기는군."

"자기가 벌이는 코미디의 상대방을 탓하고 있어. 좀 보게나. 상대를 미워하는 거야."

"또한 상대에게 고마움을 표하기도 하는데."

"미움보단 덜하겠지. 그의 주둥이를 좀 보게나."

나달은 사태가 심상치 않게 돌아갈 수도 있음을 눈치챘다. 테이블에 앉아 있는 사람들 모두에게 한 잔씩 돌리라고 주문한 뒤, 그 작고 교활한 자는 간사한 미소를 띠고 군대식 파이프를 문 채 메모를 들고서 달아났다.

"난 취하지 않았어." 르클레르는 다시 입을 열었다. "혁명은……"

그는 틀림없이 "내가 알 바 아냐"라고 말하려 했을 것이다. 하지만 감히 말하지 못했다. 그가 어쩌면 기꺼이 자극하고 싶었을 동지들 때문이 아니라 덧문 없는 두 창문 뒤에 마드리드가 있기 때문이었다.

라디오 수신기는 이 창문 옆에 있었다. 아티니에스가 돌아섰다. 알칼라 데 에나레스 광장은 주랑들에 가려져 거의 보이지 않는, 달팽이를 파는 작은 술집들 그리고 기념물들과 함께 잠들어 있었다. (몇몇 펠리컨들이 아마 저 근방에서 페르노를 찔끔찔끔 마시고 있을 것이다.) 그리고 작은 시가지 전체에 늘어선 주랑들의 풍경이며, 사제의 정원이며, 뾰족한 종루가 있는 교회며, 화려하게 장식한 궁전이며, 성벽이며, 기타가 놓인 발코니며 이 모든 것들과 함께, 폭격으로 그 주변이 파괴된 이 역사적인 카스티야 지방, 스페인 극의 중심이었던 이 오래된 카스티야 지방 전체가 전쟁의 위협적인 소리에 귀를 기울이면서 한쪽 눈만 감은 채 잠들어 있었다.

"마니앵이 돌아오면 마라기와 자네, 그리고 다른 적지 않은 사람들로 언제든지 특공대를 만들 수 있다고 말해주게나……" 스칼리가 가르데에게 말했다.

"오늘밤 마드리드에 가나?" 동시에 하이메가 그에게 물었다.

"가지. 가르시아가 특별 호출했네."

"자네가 내 아버지를 찾아가주었으면 하네. 이곳으로 모시고 와주면 좋겠는데."

스칼리는 하이메의 아버지가 노인임을 알고 있었다. 하이메는 이유를 대지 않았다. 그는 자신의 부상을 특권으로 삼은 적이 없었다.

"좋아, 가보지."

"이봐, 스칼리, 이제 좀 괜찮은 식사를 하게 되는 건가?" 르클레르가 공격적으로 물었다.

"겁을 먹더니 식도락가가 되었나?" 가르데가 식탁 반대쪽 끝에서 물었다.

르클레르는 적대적인 미소를 띠며 고양이 같은 작은 치아를 드러낸 가르데를 바라보았지만 아무 말도 하지 않았다.

"그럼 계약은?" 펠리컨 1호기의 폭격수가 물었다.

"경찰청에서 반송되지 않았네." 스칼리가 대답했다.

"난 수다쟁이는 아니라고…… 그러나 어쨌든. 가정이지만, 내가 오늘 죽었다면 내 계약은 어떻게 되었을까?"

폭격수는 항의자이자 동시에 피해자였다. 그는 조그만 두 눈을 크게 뜨고 있었다. 결혼식 다음날 바르셀로나에서 연푸른색 가죽 상의 양쪽에 꿰매어 단 중위의 별표 휘장들 옆에 놓인 그의 두 손이 비장해 보였다. '불빛에 보니 낮에 보는 것보다 더 닮았군. 만화에 나오는 찻주전자 같아.' 가르데는 혼자 생각했다.

스칼리는 이 사내들의 모든 말을 중요하게 여길 필요는 없다고 공언했고, 늘 그렇듯이 만족스러워 보였다. 오늘은……

"음, 계약금은 자네 부인에게 지불되었을 걸세. 그러니 이제 좀 조용히 해주게."

"그러기 전에 프랑코가 마드리드에 들어오지 못할 거라고 누가 장담하나?"

"이런 경우라면, 차라리 그가 자넬 총살시켜버렸으면 좋겠군." 가르데가 자신의 스포츠형 머리를 매만지면서 말했다. "돈도 계약도 없이 말이야."

함께 겪는 위험은 보통 '계약'이 갈라놓은 지원병과 용병의 사이를 가깝게 만들곤 했다. 하지만 오늘밤 지원병들은 용병들이 지긋지긋해지기 시작했다.

"무엇 때문에 우리에게 충분한 전투기를 보내주지 않는 거지?" 펠리컨 1호기의 정비사가 물었다.

"부상자들한테도 마땅히 해야 할 일을 해주지 않고 있다고." 하우스가 말했다.

설령 영국 왕이 그를 찾아 마드리드에 왔다 해도 그에겐 충분치 않았을 것이다.

"이건 일이라고 할 수 없어." 르클레르의 기관총사수장이 말했다. "전투기도 충분치 않고, 비행기도 충분치 않고, 장비는 구역질나고 기관총들은 조잡하단 말이야!"

스페인인들은 낡은 브레게기로 대공포와 맞서고 있었다.

아티니에스는 르클레르의 테이블로 되돌아오며 귀를 기울였다.

"어쨌든 오늘 아침부터 마니앵이 보이지 않는다고."

"……그들은 쾅! 하고 한줌이 되어 공중에 뿌려졌나봐."

"……1차대전중에도 이런 일은 본 적이 없는데."

"……최악은 조레스기가 둘로 쪼개지는 경우지."

"……저 고약한 놈들이 기관총으로 카르네로를 쫓았던 것 같아."

"……낙하산은 카르네로였나?"

"……마니앵의 낙하산이었고, 그 아래 카르네로가 있었지."

"……전 같으면 나아갈 수도 있었겠지만, 거리측정계가 있는 탄막에 어떻게 당해내겠어? 이건 전투 이상이야!"

"……최악은 비행기가 둘로 쪼개지는 거라니까……"

"……무엇보다 조직이 엉망이야. 저녁에는 모두 내일 할 일에 대해 토론해야 할 거야."

"……이봐, 그들을 한줌으로, 비행기가 한줌으로 토해냈다고…… 그리고 나는……"

"마니앵이 대담한 건 좋다 이거야. 하지만 그렇게 자살이라도 하려는 거라면, 그건 납득할 만한 이유가 못 돼……"

치욕이 부패시키는군, 아티니에스는 생각했다. 체계적으로 사고하는 그에게 이 모든 것은 가소롭고 동시에 매우 슬픈 일이었다. 이 사람들 앞에서 공화국의 불쌍한 용병들 100명을 생각하면, 수천 명의 이탈리아인과 독일인의 모습이, 각자 성심을 안고 싸우는 무어족의 긴 전선이 그의 뇌리에서 떠나지 않는 것이다. 약간의 일당을 받는 4만 명의 무어족—그들 뒤에는 군법회의가 있다. 대체 어느 정도까지나 인간들을 신뢰할 수 있단 말인가? 죽음에 이르기까지 사람들을 신뢰하기 위해, 이미 죽어버린 것이나 다름없는 썩어빠진 이들 '전문가들'을 선택해야만 했는가? 알바세테든 마드리드든 어디선가는 최초의 국제여단이 편성되고 있다……

가르데의 목소리가 둔하게 웅성거리는 소리를 뒤덮었다.

"잠깐만!" 테이블에 걸터앉아 스포츠형 머리와 턱을 앞으로 내민 채 그가 말했다. "입에 파이프나 물고 이곳에 와서는 단 한 번도 전선에 올라가지도 않다가 파리로 돌아가서는 어려움도 모른 채 마니앵의 일을—우리의 일은 말할 것도 없고—헐뜯은 약삭빠른 놈들에게 자네들 모두는 욕설을 퍼부었지. 그런데 오늘밤 자네들이 이들 얼간이들과 같은 생각을 한단 말인가? 모든 것이 부당하다는 건가? 이봐, 친구들, 만약 자네들이 프랑코 편에 있다면—어쩌면 죽음 때문이라 할지라도—주둥이를 닫을 시간조차도 없다고 생각하겠나?"

"바로 그래서 내가 프랑코 편이 아니라 여기에 있는 거지." 정비사가 말했다.

거구에 곱슬머리 폴이 벌게진 얼굴로 집게손가락을 미친듯이 흔들어대면서 펄쩍 뛰었다.

"아니, 레비 씨! 난 동의하지 않아. 자네는 우리 커미션에 대해 속임수를 쓰려 하고 있어! 우선 베르트랑 자네가 마니앵의 일을 평가하다니, 자네는 좋은 친구지만 무척 화가 나는군……"

"그럼 평가할 권리가 없다는 거야? 우리가 자격이 없다는 건가?"

"평가하는 게 아니라 험담을 늘어놓고 있잖나. 험담하는 것은 겁을 집어먹고 있기 때문이지. 그렇기 때문에 난 아무 말도 하지 않는단 말일세. 난 사고를 냈다고 해서 전우에게 돌을 던지는 사람이 아니야! 사고는 일어날 수 있는 거지. 다들 각자 맡은 일을 했다는 것을 모두 알고 있네. 하지만 지금 내 말은, 자네들이 스스로에 대해 만족하지 않기 때문에 모든 것이 부패하기를 원하고 있다는 거야. 아니! 난 찬성하지 않아! 자네 불만인가? 마니앵을 대신할 만한 사람이 있으면 이름을 대봐, 하나라도 있으면 대보란 말이야. 방송국에서 더러운 상대방 녀석이 큰소리로 지껄이는 것이 사실이라고 조금이라도 가정해보라고…… 그가…… 그가 돌아오지 않는다고 말이야. 그럼 어떻게 되느냐고?

좋아. 커미션의 10퍼센트는 내 몫이 되는 거지.

교훈인즉슨 자네들이 꼴좋은 얼간이처럼 행동하고 있다는 거네."

모두의 침묵 속에서 르클레르는 증오에 찬 눈으로 두 주먹을 가까운 의자 등받이에 눌러가며 스칼리에게 다가갔다.

"혁명이란, 내가 자네에게 말했지, 각자 자신의 일을 수행하는 거라고. 한데 미안하지만, 조직이란 너절한 거야! 우리는 이곳에 싸우러 왔지만 이틀 전부터 방치되고 있네. 면도를 하지 않은 지가 마흔여덟 시간이나 되었어! 참을 만큼 참았다고! 내 말 알아들었나!"

안경 속에서 혐오감을 느끼며, 스칼리는 아무 대답도 하지 않았다.

"진정이야?" 홀 끝에서 누군가 말하자 사람들이 뒤돌아보았다.

마지막 비행에서 돌아온 이후 하이메는 구석의 한 테이블 주위에 고립된 동지들하고만 말을 했었다. 노래 부르는 듯한 그의 옛 목소리가 방금 돌아온 것 같았지만, 그 속의 무엇 또한 맹인이 되기라도 한 듯 약해진 소리였다. 그들 모두는 비행기에 오를 때마다 하이메와 같은 부상의 위협을 받고 있음을 상기했다. 하이메는 그들의 동지이자, 동시에 그들 운명의 가장 위협적인 이미지였다. 그가 검은 안경 사이로 커다란 코를 내밀고는 사람들이 보지 못하도록 손으로 테이블 밑을 더듬어가며 빈 접시들을 하나하나 지나쳐 나아가는 동안, 펠리컨들은 마치 그와의 접촉이 공포를 자아내기라도 하듯 모두 옆으로 비켜섰다.

"참호 속에 있는 자들은 면도를 하는가?" 그는 보다 낮은 목소리로 말했다.

"자네는 국제여단의 기사騎士야, 다만 우릴 무시하지 말라고!" 르클레르가 입속말로 중얼거렸다.

스칼리는 왼쪽으로 4, 5미터 떨어진 벽 옆에 서서는 르클레르에게서 시선을 떼지 않은 채 아무리 보아도 너무 긴 자신의 제복 바지를 걷어올리고 있었다. 르클레르는 테이블에 의지해 계속 전진하는 하이메를 내버려두고는 스칼리 쪽으로 갔다.

"장터 사격장에서나 보는 것 같은 기관총들은 지긋지긋하단 말이야." 그가 다시 말했다. "난 불알 달린 놈이라 투우 노릇을 하고 싶지 비둘기 노릇은 하고 싶지 않아. 내 말 알아들었나?"

실망한 나머지 스칼리는 어깨만 으쓱했다.

격분한 르클레르는 이를 악물고는 그를 흉내내어 어깨를 으쓱했다.

"자네 같은 건 넌덜머리가 나, 내 말 들리나? 넌덜머리가 난다고."

그는 더할 나위 없이 험상궂은 얼굴을 하고는 마침내 정면으로 스칼리를 마주보았다.

"나도 마찬가지야." 스칼리가 어설프게 대꾸했다. 욕설도 지휘도 그의 강점은 아니었다. 훌륭한 지식인인 그는 설명하고 싶었을 뿐 아니라 설득하고도 싶었다. 주먹다짐 같은 것은 체질적으로 싫었다. 이런 혐오를 동물적으로 감지한 르클레르는 그것을 두려움으로 간주해버렸다.

"아니야. 나, 내가 자네를 넌덜머리내는 거야. 자네가 나를 넌덜머리내는 게 아니지. 내 말 알아들었나?"

폴은 부상자들을 싣고 오는 첫 비행기를 모두 함께 기다리던 날을 생각하고 있었다.

"살루드!" 마니앵이 문턱에 서서 외쳤다. 손수건을 흔들듯 주먹을 허공에 휘두르는 그의 콧수염은 문가에서 부는 바람에 축 늘어져 있었다.

안도의 표정, 혹은 무관심을 가장한 적의의 표정이 떠오른 얼굴들 사이를 지나 그는 르클레르 앞까지 나아갔다.

"자네, 보온병을 가지고 있었지?"

"아니! 아무것도 가지고 있지 않았어!"

르클레르는 강탈이라도 당한 사람처럼 분개하여 고함을 질렀다. 도망친 것에 대한 비난이 부당하다는 인식이 무척이나 필요한 이 순간, 술 취한 것에 대한 부당한 비난을 예상하니 그로서는 반가웠다.

"아무것도 가지고 있지 않았다고? 자네가 잘못했군." 마니앵이 말했다.

마니앵은 의기소침한 조종사보다는 차라리 술에 취한 조종사가 더 마음에 들었다.

르클레르는 어리둥절하여 길을 찾는 사람처럼 머뭇거렸다.

"펠리컨호의 탑승자들은 당장 알바세테로 돌아가시오!" 마니앵이 소리쳤다. "트럭이 문 앞에 있소."

"뭐라고, 트럭이라고? 웬 트럭? 왜? 아예 손수레를 가져오시지? 난 자동차를 원해." 르클레르가 증오에 찬 표정을 다시 드러내며 말했다.

"짐 꾸릴 시간조차 주지 않는군!"

폭격수가 항의했다. 무슨 짐을 말하는 걸까? 탑승원들이 칫솔도 없이 비행기를 탔다는 것은 모두가 알고 있었다. 마니앵은 어깨를 으쓱했다.

그는 르클레르와, 이제 흩어져 있는 동지들을 바라보았다. 만약 이들이 오늘 아침에 죽었더라면 우리는 이들의 가장 좋은 모습만을 기억할 텐데, 마니앵은 생각했다. 그리고 내일 저들이 죽을지라도…… 마르첼리노에 대한 추억이 눈앞에 있는 르클레르의 존재보다 훨씬 강렬했다. 마치 이들이 말하고 있는 것과 이들이 행하고 있는 것과 이들이 그들 자신에 대해 생각하고 있는 것 모두 일시적인 광기에 불과하다는 듯, 조만간 비행모를 쓰고 비행복을 입은 군건한 모습으로 죽음의 현실 속에서 깨어나지 않을 수 없는 꿈에 불과하다는 듯 그는 이들 지원병들과 용병들을 바라보았다.

르클레르는 조금 전에 스칼리에게 접근했던 것처럼 마니앵에게 다가갔다. 그의 얼굴에는 거의 변화가 없었지만 강렬한 증오의 표정만은 여전했다.

"마니앵, 난 당신 같은 건 진절머리가 나."

털투성이 두 손이 원숭이 같은 팔 끝에서 떨렸다. 마니앵의 눈썹과 콧수염은 앞으로 툭 튀어나왔고, 두 눈동자는 이상하게 고정되어 있었다.

"자네는 계약을 청산하고 내일 프랑스로 떠나는 거야. 그리고 다시는 스페인 땅에 발을 들여놓지 못할 걸세. 그뿐이야."

"내가 원할 때 다시 돌아올 거야! 계약 같은 것 없더라도! 끈 달린 순대 같으니, 암소 낯짝 같으니…… 난 말이야, 난 외인부대에 있었다고, 응? 날 부엌 걸레 취급해선 안 돼……"

마니앵 옆에는 이제 스칼리, 아티니에스, 가르데가 있었다. 검은 안경을 낀 하이메는 테이블 맞은편에 기대 있었다.

"난 자동차를 원한다고." 르클레르가 두 손을 점점 더 떨면서 다시 말했다. "내 말 알아들었나?"

마니앵은 무심히 허리를 구부리고는 신속하게 문 쪽으로 걸어갔다. 홀 안쪽에서는 요리사의 포크 소리만이 들려왔다. 모두의 시선이 마니앵을 좇고 있었다. 그는 문을 열더니, 마치 알칼라의 커다란 광장을 격렬하게 휩쓸고 있는 바람에게 말을 걸듯 뭐라고 말했다.

돌격대원 여섯 명이 무장을 하고 들어왔다.

"탑승자들 앞으로!" 마니앵이 불렀다.

끝까지 가장 중요한 인물로 남기로 결심한 르클레르는 앞장서서 이동했다.

트럭의 클러치 소리와 엔진소리에 파묻힌 채 침묵은 멎어 있었다. 곧 엔진소리가 작아져 바람소리와 분간할 수 없게 되었다. 마니앵은 문턱에 그대로 서 있었다. 그가 돌아서자 유리컵이 부딪치는 소리며 감탄사와 재채기, 접시 소리가 뒤죽박죽되어 마치 극장의 막간에 객석의 고요가 깨지듯 올라왔다. 마니앵은 테이블로 돌아와 이 이완된 분위기를 깨뜨리기라도 하려는 듯 칼로 유리잔 하나를 두드려 주목시켰다.

"동지들," 그는 대화하는 투로 말했다. "여러분은 이 문을 바라보고 있소. 여기서 15킬로미터 지점에 무어족이 있소. 마드리드에서는 2킬로미터 지점이지. 고작 2킬로미터. 파시스트들이 카라반첼에 있는 상황에서 방금 이곳을 떠난 자들처럼 행동하는 자들이 있다면, 그들은 반혁명분자로서 행동하는 것이오. 그런 자들은 모두 내일 프랑스로 보내겠소. 오늘부터 우리 모두는 스페인 공군에 흡수될 거요. 각자는 월요일에 제복을 받게 되지. 모든 계약은 폐기될 거요. 다라스는 정비반장, 가르데는 기관총사수장, 아티니에스는 정치위원이오. 찬성하지 않는 자들은 내일 아침 떠나도록 하시오. 펠리컨호 문제는 해결되었소. 따라서 우리는 그들 각자가 그…… 무엇보다 잘했던 것만을 기억하면 되는 거요. 펠리컨호의 탑승자들을 위해 건배합시다."

그 어조로 보아 건배는 결별을 의미했고, 이전 상태로 되돌아간다는 그 어떤 환상도 배제하고 있었다.

"책임자들은 내 방으로 모이시오." 유리잔들이 테이블에 다시 놓이자 그가 말했다.

마니앵은 자신이 비행대를 어떻게 재조직하고자 하는지를 그들에게 설명했다.

"어떻게 충분한 인원을 확보하는 겁니까?" 다라스가 물었다.

"국제여단이오. 내가 알바세테에 있었던 것은 그 때문이었소. 우리는 합의를 보았소. 그들에게는 공군에서 근무한 몇몇 사람들과 비행기 공장에서 일한 적지 않은 노동자들이 있소. 공군과 다소라도 관련이 있는 자는 내일부터 모두 우리한테 보내질 거요. 여러분은 이들 모두를 각자의 전문 영역에 따라 시험해보시오. 이제 우리에게는 필요 이상의 사람들이 있소. 규율에 관해서 말하자면, 우리가 받게 될 인원 가운데 적어도 30퍼센트는 공산당원들이오. 여러분 책임자들 가운데 두 분은 공산당원이니 알아서 하도록 맡기겠소."

마니앵은 말하며 엔리케를 떠올렸다.

"그럼 전투기는요?" 아티니에스가 물었다.

"전투기는 곧 올 거요."

"충분히?"

"충분히."

그가 기대할 수 있는 것은 소련 비행기들뿐이었다.

"입당할 생각이신가요?" 다라스가 물었다.

"아니, 난 공산당과 견해가 다르니까."

"당원 모집은 오 분 뒤로 미뤄두게, 다라스!" 가르데가 말했다.

가르데는 우선 확실히 해둘 게 있었다. "기관총사수들이 요령 있게 일을 처리하지 못할 때 난 그들에게 도움을 주죠. 그러면 모든 게 잘 풀립니다. 그들은 나를 신뢰하거든요. 하지만 지휘하는 것은 내키지 않아요." "동지들한테 신뢰를 받는 사람들이 규율을 확립하지 않는다면 누가 규율을 확립하겠나?" 다라스가 물었다. 결국 가르데는 손을 들고 말았다.

"마드리드를 경유해 오셨나요?" 아티니에스가 물었다.

"아니. 하지만 조금 전에 전화를 받았소. 입구에서 교전중이라더군."

5

육군성은 텅 비어 있었다—정부는 이미 마드리드를 떠나 발렌시아로 옮겨간 것이다. 도움을 주러 온 한 프랑스인 소령이 기다리라는 말을 듣고서 금빛 안락의자에 앉아 있었다. 열한시였다. 계단에 놓인 촛불들이 커다란 꽃무늬 양탄자가 깔린 흰 대리석 층계에 빛을 비추었고, 흘러내리는 스테아르산酸이 이 초들을 받치고 있었다. 촛불들이 스스로 쏟아놓은 작은 액체 속에서 꺼지고 나면, 기념비적인 층계엔 어둠만이 남게 될 것이다.

천장 아래 여전히 불이 켜진 곳은 미아하 장군* 휘하의 장교들과 군사정보국의 집무실뿐이었다.

스칼리가 앉자 가르시아는 제목 없는 서류철을 열었다. 파시스트들은 카라반첼을 통과하지 못하고 있었다.

"스칼리, 당신은 마드리드를 잘 알죠?"

"잘 압니다."

"프로그레소 광장을 아시오?"

"예."

"루나 가, 톨레도 문 광장, 푸엔카랄 가, 카야오 광장도?"

* 수도방위위원회 의장으로 마드리드 방어의 책임을 맡았다.

"카야오 광장에 살았습니다."

"델 눈시오 가, 보르다도레스 가, 세고비아 가는?"

"두번째는 모르겠는데요."

"좋소. 잘 생각해서 대답해주시오. 특출한 비행사라면 처음에 말한 다섯 개의 지점(그는 이름을 되풀이했다)에 타격을 입힐 수 있겠소?"

"타격을 입힌다는 것은 무엇을 뜻하는 겁니까? 가옥들을 명중시킨다는 건가요?"

"가옥들 가까이 있는 광장들을 명중시키되 단 하나의 지붕도 건드려서는 안 되오. 언제나 차도 위에 있는 거리들을. 언제나 사람들이 줄지어 있는 곳을. 카야오 광장에 있는 전차 한 대를."

"전차, 우연을 기대해야겠군요."

"좋소, 그럼 나머지는?"

스칼리는 한 손을 머리털 사이에 집어넣은 채 안경 뒤에서 생각에 잠겼다.

"폭탄은 몇 개입니까?"

"열두 개."

"그렇다면 놀라운 우연일 겁니다. 다른 폭탄들은요?"

"다른 폭탄은 없소. 열두 개가 목표에 명중했지. 식료품점 앞에 있는 여자들, 톨레도 문의 작은 공원에 있는 어린애들에게 말이오."

"답변을 해보도록 하겠습니다만 제 첫 반응은, 글쎄 이 모든 것을 하나도 믿을 수 없다는 겁니다. 매우 낮게 비행하는 비행기라 해도 말입니다."

"비행기는 분명 매우 높이 있었소. 소리가 들리지 않았으니까."

질문이 터무니없어질수록 스칼리는 더욱 불안해졌다. 그는 가르시아의 정확성을 알기 때문이었다.

"저, 농담하시는 것 같은데……"

"특출하게 노련한 폭격수라는 가정도 고려한 거요? 가령 우수한 군대의 직업 장교들을 대상으로 한 폭격 시험에서 에이스로 뽑힌 자들 말이오."

"에이스로 뽑힌 곳이 어떤 곳이든 그건 문제가 안 됩니다. 비행기는 보인 겁니까?"

"지금은 보았다고들 하지. 하지만 첫날에는 아니었소. 소리도 듣지 못했다는군."

"그건 비행기가 아닙니다. 파시스트들은 우리가 알고 있는 것보다 사정거리가 더 긴 대포를 가지고 있습니다. 독일의 베르타포 이야기도 다시 나오고요."

"만약 그게 비행기라면, 사격의 그 정밀성을 어떻게 설명하겠소?"

"그 어떤 경우에도 설명 불가능합니다. 마음에 걸리신다면 명령을 내려서 저와 함께 내일 비행기에 오르시지요. 원하시는 고도로 루나가 상공을 날아보겠습니다. 그런 일은 말이 안 된다는 것을 아시게 될 겁니다. 자동차에 치이는 사람이 자동차를 보듯이 모두가 우리의 비행기를 보게 된다는 것도 아시게 될 거고요. 바람이 불면 조종사는 방향을 바꾸지 않고는 길을 따라가는 일조차 할 수 없습니다."

"조종사가 라몬 프랑코*라 해도?"

---

* 프랑코 장군의 둘째 동생으로, 유명한 조종사였다.

"린드버그라고 해도 그렇습니다!"

"좋소. 다른 이야기를 하지. 이게 마드리드 지도요. 낙하지점이 보이지요. 붉은색 동그라미들 말이오. 이런 표시들이 당신에겐 익숙하겠지만…… 이 지도를 보니 어떤 생각이 떠오르오?"

"지도는 제가 말씀드린 것을 확인해주고 있습니다. 그러니까 모든 길이 같은 방향으로 나 있지 않다는 겁니다. 따라서 폭격수는 어느 순간 기체의 진행 방향과 직각으로 교차하는 바람을 받았을 겁니다. 이런 조건하에 상당한 고도에서 첫 발로 단번에 길을 명중시킨다는 것은……"

스칼리는 말도 안 된다는 것을 의미하기 위해 자신의 이마에 손을 갖다댔다.

친애하는 스칼리, 가르시아는 생각했다. 사정거리가 긴 대포의 포탄들이 매우 예리한 각을 이루며 떨어질 텐데, 어떻게 서로 다른 방향으로 나 있는 길들을 벽 하나 손상시키지 않고 명중시킬 수 있느냐는 뜻이겠지?

"마지막으로 확인할 점은—여전히 매우 우수한 조종사라고 가정할 때—상당한 시간 동안 고도 20미터 이하로 마드리드 상공을 비행할 수 있을까요? 더구나 날씨도 나쁜데 말이오."

"불가능합니다!"

"스페인인 조종사들도 당신의 견해와 전적으로 일치합니다……"

라몬 프랑코라는 이름 때문에 10월 30일에 있었던 적의 폭격과 관련되어 있지 않나 스칼리는 의심했었다.

가르시아는 홀로 남았다. 그는 포병 장교들한테도 의견을 구했었다. 대포로 이런 폭격을 한다는 것은 입사각으로 인해 불가능하다는 것이었다. 게다가 발견된 폭발물 조각은 포탄이 아니라 폭탄의 파편이었다. 가르시아는 육군성의 여러 부서가 메모를 달아놓은 낙하지점의 사진들을 불안하게 쳐다보았다. 정확하게 귀퉁이가 떨어져나간 보도들…… 그리고 메모에는 이렇게 적혀 있었다(그는 정비사들에게 무슨 일인지는 묻지 말고 자신의 질문에 대답하도록 해달라고 요청했던 것이다). '이 발사물은 20미터를 넘지 않는 높이에서 발사되었음.'

가르시아에게 이 문제는 해결된 것이나 다름없었다. 비행기도 대포도 아니었다. '제5열'*이 개입하고 있었던 것이다. 같은 시간에 열두 명이…… 그는 유령 자동차들, 그러니까 기관총으로 무장하고 한밤중에 마드리드를 질주하는 파시스트 자동차들에 대항하여 성공적으로 싸워야 했다. 새벽에 덧문을 넘어 민병들을 저격했던 자들, 또 내전이 빚어내는 모든 것에 대항해서도. 이 모든 것이 여전히 전쟁이었고, 맹인이 모르는 사람에게 사격을 가하는 꼴이었다. 이번에 적들은 폭탄을 던지기 전에 식료품점 앞에 줄을 서고 있던 여자들을, 작은 공원에 있는 노인들과 어린아이들을 살펴보았던 것이다. 여자들을 살육하고도 적은 동요하지 않았다. 폭탄은 다른 여자들더러 던지라고 하면 되었을 테니까. 여자들에 대한 연민은 남자의 감정이니 말이다. 하지만 어린아이들은…… 모두가 그러했듯이 가르시아는 사진들을 보았다.

러시아에서 돌아온 동료 하나가 그에게 사보타주에 대해 이야기한

---

* 마드리드 내부에서 국가(민족)주의 추종자들로 편성된 비밀 부대를 가리킨다.

일이 있었다. "기계에 대한 증오는 새로운 감정이야. 하지만 한 나라의 모든 열정과 희망을 노동에 쏟을 때, 바로 그 때문에 내부에서는 이 노동에 대한 생리적인 증오가 생겨나게 되지……" 지금 마드리드에서 파시스트들은, 일 년 전만 해도 그 존재를 믿지 않았던 국민을 증오하고 있었다. 그러다보니 공원에서 놀고 있는 어린아이들의 몸짓에서도 보이는 거라곤 국민뿐이었던 것이다.

아마 이 시간에도 열두 명의 살인자는 승리를 기대하고 있을 것이다. 오늘 오후 모범 형무소에서 죄수들이 파시스트 찬가를 불렀던 것도 그 때문이리라.

그럼에도 그는 입을 다물고 있을 수밖에 없었다. 인간 안에 있는 야수성을 부추겨서는 안 된다는 것을 그는 알고 있었다. 고문이 전쟁에서 자주 나타나는 것은 그것이 또한 배신과 잔학함에 대한 유일한 대응으로 여겨지기 때문이라는 사실도 그는 알고 있었다. 입을 연다는 것은 멀리서 일어나는 바람과 함께 아우성치며 그에게 다가오는 이 서사적인 군중으로 하여금 잔악성으로 내려가는 첫걸음을 내딛도록 하는 것이었다. 바리케이드로 가득한 마드리드는 이것이 라몬 프랑코의 위업이라 계속 믿고 있을 것이다. 잔혹한 짓에 대한 복수는 병사들만큼이나 군중을 미치광이로 만드는 법이다.

군사정보부와 치안국만이—늘 그렇듯이—움직일 것이다…… 가르시아는 예전의 그란 비아, 그러니까 4월의 화창한 아침 속에 진열창들과 카페들이 있고, 죽임을 당하지 않은 여자들이 있으며, 계피가 든 초콜릿 옆 유리잔 속에서 설탕조각이 서리처럼 녹았던 그 그란 비아를 생각했다. 그런데 그는 이제 이 버려진 궁전* 속에서, 숨도 쉴 수 없는 세계와 마주하고 있었다.

전쟁이 어떻게 끝나든, 이처럼 증오가 절정에 이른 이곳에 어떤 평화가 가능하단 말인가? 그리고 이 전쟁은 나를 무엇으로 만들 것인가?

그는 인간들에게 제기된 도덕적인 문제를 상기하고는 고개를 내저은 뒤 파이프를 물고서 무겁게 일어나 치안국 별관으로 향했다.

6

구부정하고 여윈 실루엣이 거대한 층계 한가운데에서 홀로 올라오고 있었다. 게르니코는 그가 개편하고자 애쓰는 이동 야전병원 업무를 위해 도움을 청하러 오는 길이었다. 톨레도 시절에 조직했던 이동 야전병원은 전쟁이 마드리드로 접근하고부터 보잘것없는 것이 되어버렸다. 벌써 거의 어두워진 육군성 1층에는 갑옷들이 있었다. 벨라스케스의 초상화에서 종종 볼 수 있는 인물처럼 키 크고 연한 금발인 이 가톨릭 작가가 그 커다란 흰 대리석 계단들 한가운데 홀로 있는 모습이, 마치 이 역사적인 갑옷 하나에서 나왔다가 해가 뜰 때 다시 갑옷 속으로 돌아가야 하는 운명에 처한 듯 보였다. 가르시아가 그를 만난 것은 삼 주 만이었다. 가르시아는 자신의 친구들 가운데 그가 유일하게 자비의 형태를 띤 지성을 가졌다고 말하곤 했다. 두 사람을 갈라놓는 모든 것에도 불구하고, 아마 게르니코야말로 가르시아가 진정으로 사랑하는

* 육군성이 자리하고 있던 궁전.

유일한 사람이었을 것이다.

두 사람은 함께 마요르 광장으로 향했다.

벽과 닫힌 진열창 덧문 위로, 마치 배를 끄는 사람들처럼 몸을 앞으로 숙인 그림자들이 줄지어 나아가고 있었다. 위에서는 교외에서 불어온 커다란 적갈색 연기가 무겁게 떠돌았다. 집단 탈출인가, 가르시아는 생각했다.

아니다. 이들 행인들 가운데 보따리를 짊어진 이는 하나도 없었다. 모두 같은 방향으로 매우 신속하게 걷고 있었다.

"시가지가 흥분에 휩싸여 있군." 그는 말했다.

한 맹인이 동냥 그릇을 앞에 놓고 손풍금으로 〈인터내셔널〉을 연주했다. 불 꺼진 집들에서는 파시스트들이 10만 명의 사람들을 노리면서 다음날을 기다리고 있었다.

"아무 소리도 들리지 않는데." 게르니코가 말했다.

발걸음소리뿐이었다. 거리는 혈관처럼 떨고 있었다. 무어족이 남문과 서문에 와 있었으나 바람은 시가지에서 불어왔다. 총소리도 대포소리도 들리지 않았다. 땅속 설치동물이 긁어대는 것 같은 군중의 소리가 침묵 속에서 퍼졌다. 그리고 손풍금소리.

그들은 푸에르타 델 솔 광장 쪽으로, 하늘에 떠도는 적갈색 연기의 방향으로, 마치 그쪽에 카라반첼의 바리케이드가 세워져 있기라도 한 듯 불필요하게 군중을 광장으로 나르는 보이지 않는 강의 흐름을 따라 걸었다.

"우리가 그들을 여기서 저지한다면……"

한 여자가 게르니코의 팔을 잡더니 프랑스어로 말했다.

"떠나야 할까요?"

"독일인 여자 동지야." 게르니코는 여자에겐 대답하지 않고 가르시아를 향해 말했다.

"그분은 내가 떠나야 한대요." 그녀가 다시 말했다. "내가 여기 있으면 자기가 싸울 수 없다는 거예요."

"그분의 말이 틀림없이 옳습니다." 가르시아가 말했다.

"하지만 그분이 여기서 싸운다는 것을 아는 한 저는 살아갈 수 없어요…… 여기서 어떤 일이 벌어지는지조차 모른다면……"

또다시 손풍금으로 연주하는 〈인터내셔널〉이 대화를 반주하듯 은은하게 들려왔다. 새로운 맹인이 동냥 그릇을 앞에 두고서 먼젓번 맹인이 중단했던 곳에서부터 연주를 이어가고 있었다.

'모든 여자들이 마찬가지야.' 가르시아는 생각했다. '만약 떠난다면, 많은 동요를 느끼긴 하겠지만 어쨌든 그녀는 견뎌내겠지. 그리고 여자가 남는다 해도 그는 피살될 것이다.'

그는 여자의 얼굴을 보지 않았다. 지나가는 행인들의 어렴풋한 형체 속에 파묻힌 여자는 그보다 훨씬 키가 작았다.

"왜 당신은 여기 남고 싶은 겁니까?" 게르니코가 친절하게 물었다.

"전 죽어도 상관없어요…… 안타까운 건, 제가 잘 먹어야 하는데 여기서는 어떻게 할 수가 없어요. 제가 임신을 했거든요……"

가르시아에게는 게르니코의 대답이 들리지 않았다. 여자는 또다른 흐름을 이룬 어렴풋한 형체들과 합류했다.

"무엇을 할 수 있단 말인가……" 게르니코가 말했다.

작업복을 입은 민병들이 그들을 앞질렀다. 파헤쳐진 거리에서 어렴

푹한 형체들이 바리케이드를 치고 있었다.

"자네 몇시에 떠나는가?" 가르시아가 물었다.

"난 떠나지 않을 거야."

파시스트들이 마드리드에 들어오면 게르니코는 가장 먼저 피살될 사람들 가운데 하나가 될 것이다. 친구를 쳐다보지는 않았지만, 가르시아의 눈에는 작은 금빛 콧수염, 헝클어진 머리카락 그리고 길고 가느다란 두 팔을 드러낸 채 옆에서 걸어가고 있는 그의 모습이 그려졌다. 무방비 상태의 이 육체는 어린아이들이 그러하듯 그를 감동시켰다. 게르니코는 전투에 대한 모든 관념을 배제하고 있었기 때문이다. 그는 싸우지 않을 것이다. 그는 피살될 것이다.

두 사람은 마드리드의 이동 야전병원에 대해서는 언급하지 않았다. 그런 것은 존재하지 않으리라 확신하고 있었기 때문이다.

"혁명을 도울 수만 있다면 도와야지. 하지만 피살당하는 것은 아무 소용이 없네, 이 친구야. 공화국은 지리적인 문제가 아니야. 하나의 도시를 점령해서 해결되는 게 아니지."

"모든 창문에서 군중을 향해 총을 쏘았던 날, 라몬타냐를 습격하던 그날, 나는 푸에르타 델 솔 광장에 있었네. 거리에 있던 자들은 엎드렸지. 광장 전체가 납작 엎드린 자들로 가득했고, 이들에게 상대방 녀석들은 사격을 퍼부었네. 그 다음다음 날 육군성에 갔더니 문 앞에 긴 줄이 늘어서 있더군. 수혈을 위해 피를 제공하러 온 여자들이었어. 두 번에 걸쳐 나는 스페인 국민을 보았네. 어떤 일이 일어나든 이 전쟁은 스페인 국민의 전쟁이야. 그러니 나는 그들이 있는 곳에 그들과 함께 남을 걸세…… 이곳엔 발렌시아에 가고 싶어도 자동차가 없는 20만 명의 노동자가 있네……"

게르니코의 아내와 아이들의 목숨은 분명 가르시아가 말할 수 있는 모든 것과는 다른 무게로 그의 결정을 짓눌렀을 터였다. 그들이 다시는 서로를 볼 수 없게 되었다면 그들의 마지막 대화는 일종의 격론이었으리라는 것을, 가르시아는 고통 없이는 상상할 수 없었다.

게르니코는 자신의 길고 섬세한 손을 앞으로 내미는 시늉을 했다.

"마지막 순간엔 어쩌면 나도 떠날지 모르지." 그가 말했다.

하지만 가르시아는 그가 거짓말을 하고 있음을 확신했다.

불빛을 통과한 부대를 앞지른 듯 어렴풋한 발소리가 올라왔다. "토목공들이야." 가르시아가 말했다. 그들은 참호를 파거나 지뢰 작업을 하기 위해 카라반첼 앞 마지막 지점을 향해 올라가고 있었다. 가르시아와 게르니코의 앞에는 안개로 뿌옇게 보이는 형체들이 또하나의 바리케이드를 설치하고 있었다.

"저들은 용케 남았군." 게르니코가 말했다.

"저들은 과달라하라의 도로를 통해 퇴각할 수 있을 거야. 하지만 자네 아파트와 협회*의 자리는 덫이나 마찬가지지."

게르니코는 막연한 숙명 같은 동일한 몸짓을 다시 했다. 다시 한 맹인이 여전히 〈인터내셔널〉을 연주하고 있었다. 이제 맹인들은 다른 것은 연주하지 않았다. 각 거리마다 서로 다른 어렴풋한 형체들이 똑같이 바리케이드를 치고 있었다.

"우리 기독교 작가들은 아마 다른 작가들보다 더 많은 의무를 지고

---

* 문화 보호를 위한 국제작가협회를 말한다고 알려짐.

있겠지." 게르니코가 다시 말했다.

그들은 알칼라 가의 교회 앞을 지나고 있었다. 게르니코는 손으로 막연하게 교회를 가리켰다. 그의 목소리로 미루어, 가르시아는 그가 씁쓸하게 미소 짓고 있음을 알아차렸다.

"프랑스령 카탈루냐에서 어떤 파시스트 사제의 설교가 끝난 뒤(주제는 이거였어. 주여, 우리를 믿음 없는 자들과 같은 멍에에 매지 마소서), 나는 사라솔라 신부가 그 설교자에게 다가가는 것을 보았네. 그러자 설교자는 떠나버렸지. 사라솔라는 나에게 이렇게 말하더군. '그리스도를 경험한 것 같은 그 기분이 언제나 남아 있습니다. 내가 여기에서 본 모든 사람들 가운데 저 사람이 수치스러움을 느낀 최초의 인물입니다……'

트럭 한 대가 어수선하게 웅크리고 앉은 민병들을 싣고 지나갔는데, 낡은 기관총들의 총신이 밖으로 비죽 나와 있었다. 게르니코는 보다 낮은 소리로 다시 말했다.

"다만 말이야, 알겠나, 저들이 하는 짓을 보면 내가 수치스러움을 느낀다는 거네……"

족제비 같은 머리를 가진 작은 민병 하나가 대답하려는 가르시아를 가로막았다.

"그놈들이 내일 여기까지 들이닥칠 겁니다!"

"저 사람은 누구지?" 게르니코가 낮은 소리로 물었다.

"마니앵 비행 중대의 옛 비서였네."

"이 정부와는 아무것도 할 게 없어요." 족제비가 말했다. "내가 그들에게 몰타열균의 대량생산을 위한 모든 정보를 가져다준 지가 열흘도

넘었습니다. 십오 년 동안 연구한 것인데 나는 한푼도 요구하지 않았어요. 오로지 파시즘을 타도하기 위해서였죠! 그들은 그 정보를 가지고 아무것도 하지 않았어요. 내가 만든 폭탄에 대해서도 마찬가지였고요. 그놈들이 내일 이곳에 들이닥칠 겁니다."

"정말 지겹구먼!" 가르시아가 말했다.

그의 등장과 퇴장을 손풍금이 〈인터내셔널〉로 반주하는 가운데, 카무치니는 뚜껑문으로 들어가듯 이미 검은 군중 속으로 사라져버렸다.

"마니앵 밑에는 저런 녀석들이 많은가?" 게르니코가 물었다.

"처음엔…… 최초의 지원병들은 모두가 약간 상궤를 벗어났거나 약간 영웅적이었지. 때로는 둘 다였고……"

역사적인 밤의 분위기가 좁은 길들을, 알칼라 가를 채우고 있었다. 여전히 대포는 없었고, 손풍금들뿐이었다. 갑자기 한 골목 안쪽에서 기관총 띠가 나타났다. 민병 하나가 허깨비를 향해 사격을 가하고 있었다.

그리고 바리케이드들은 여전히 구축되고 있었다. 바리케이드의 효용에 대해서 가르시아는 적당히 믿고 있었다. 하지만 이 바리케이드들은 방어진지 같았다. 여전히 안개 속에서 어렴풋한 형체들이 분주히 움직였다. 여전히 부동의 어렴풋한 형체 하나가 한순간 움직였다가 다시 부동의 모습으로 돌아가면서 그들을 지휘하고 있었다. 시시각각 짙어지는 이 비현실적인 안개 속에서, 남자들과 여자들이 재료들을 운반했다. 제5병단*의 전문가들에 의해 이틀 만에 편성된 기술반장들의 지

* 공산주의자 민병들로 구성된 제5연대가 민중 군대로 확대 조직되었음을 의미한다.

도하에, 건설노조의 노동자들이 작업을 조직화하고 있었다. 고색창연한 마드리드가 죽어가는 이 고요하고 환상적인 풍경 속에서, 개인의 비극과 광기와 꿈 아래서, 불안이나 희망을 안고 거리로 진격한 이 어렴풋한 형체들 밑에서, 처음으로 도시 전체의 어떤 의지가 거의 포위된 마드리드의 안개를 뚫고 솟아오르고 있었다.

대로의 불빛은 비틀린 듯 보이는 마천루의 아주 오래된 그림자 아래에서 희미하고 비참한 성운 모양으로 사라져갔다. 가르시아는 친구의 말을 생각했다. '우리 기독교 작가들은 아마 다른 작가들보다 더 많은 의무를 지고 있겠지……'

"대체 자네는 저들로부터 무엇을 기대하는 건가?" 그는 파이프를 약간 휘둘러 두번째 교회를 가리키며 물었다.

그들은 전등 밑을 지나가고 있었다. 게르니코는 미소를 지었다. 그를 병든 아이처럼 보이게 하는 우울한 미소였다.

"내가 영원을 믿는다는 걸 잊지 말게나……"

그는 가르시아의 팔을 잡았다.

"가르시아, 난 우리 교회를 위해 지난 백 년의 스페인 가톨릭에 기대하는 것보다 지금 여기서 일어나고 있는 사태에, 나아가 카탈루냐의 불에 탄 성소들에 더 많은 것을 기대하고 있네. 난 이십 년 전부터 이곳과 안달루시아에서 성직을 수행하는 사제들을 봐왔어. 한데 그 이십 년 동안 스페인 가톨릭을 본 적은 없네. 나는 의례를 보았고 시골에서나 영혼에서나 사막을 보았네……"

푸에르타 델 솔 광장에 있는 외무성의 모든 문들은 열려 있었다. 쿠데타 봉기가 있기 전, 전시회의 조각품들은 홀로 안전하게 옮겨져 있었다. 멀리서 들려오던 타자기 소리마저 사라져버린 커다랗고 텅 빈 홀에서 군상群像, 나체상, 동물 따위의 온갖 조각상들이 무어족을 기다리고 있었다. 외무성도 완전히 버려진 것은 아니었다……

그러나 광장 주위 방사형으로 뻗은 모든 길에서는 어렴풋한 동일한 형체들이 안개처럼 충실한 모습으로 동일한 바리케이드 작업을 하고 있다.

"카바예로*가 교회 문을 다시 여는 것에 대해 자네와 상의했다는 게 사실인가?"

"사실이네."

"무어라 대답했나?"

"물론 안 된다고 했지."

"문을 다시 열어서는 안 된다는 건가?"

"물론이지. 자네 놀라는군. 하지만 가톨릭교도들은 놀라지 않아. 만약 내가 내일 총살된다면, 모두가 그렇듯이 나도 많이 두려울 걸세. 하지만 이 문제에 대해서는 조금도 겁나지 않아. 난 프로테스탄트도 이단도 아니네. 난 스페인 가톨릭교도야. 자네가 신학자라면 난 교회의 육체에 대항해 교회의 영혼에 호소한다고 말할 걸세. 하지만 그건 그냥 넘어가자고. 신앙이란 사랑의 부재가 아니네! 소망이란 이른바 부자들의 그리스도라는 세비야의 그 십자가를 물신처럼 숭배토록 하는 데서 자신의 존재 이유를 찾는 그런 사람들의 세계가 아니야(우리의 교회는 이단이 아니라 성직매매의 죄를 짓고 있지). 소망은 세계의 의미를 스

* 스페인 정치인이자 조합주의자이며 노동사회당원으로, 내전 당시 정부 수반이자 육군성 장관에 지명되었다.

페인 제국에 두지도 않고, 고통받는 사람들이 숨어서 우느라 아무 소리도 들리지 않는 그런 질서 속에 두지도 않지! 감옥에도 질서는 있으니까…… 파시스트들 사이에서 가장 뛰어난 자들의 희망 가운데 오만에 토대하지 않는 건 단 하나도 없네. 어쨌든, 그리스도가 이것과 무슨 상관인가?"

가르시아는 커다란 개와 부딪쳐 넘어질 뻔했다. 마드리드는 주인들이 도망치며 버리고 간 멋진 개들로 가득했다. 녀석들은 공화군과 무어족 사이에서 맹인들과 함께 도시를 차지하고 있었다.

"자비는 성모의 이름으로 살인을 묵인하는 나바라 지역의 사제들이 아니라, 파시스트들에게 피살될 때까지 자신들의 교회를 불태운 무정부주의자들을 이룬의 지하실에서 축복해준 바스크 지방의 사제들이야. 가르시아, 난 불안하지 않아. 스페인 교회에 대항해 나는 내 신앙 전체에 의지하고 있네…… 나는 세 가지 대신덕大神德의 이름으로, 그러니까 신앙과 소망과 자비 속에서 교회와 대항하고 있는 걸세."

"자네의 신앙에 맞는 교회를 어디서 찾겠나?"

게르니코는 이마로 흘러내리는 머리칼을 손으로 쓸어올렸다. 군중은 말없이 마요르 광장 거의 전체를 가로막은 방책들과 회랑들 사이로 미끄러지듯 지나갔다. 중지된 토목공사로 인해 사방에 포석들과 돌덩이들이 버려져 있었고, 어렴풋한 형체들의 무리가 에스코리알궁전의 그것을 닮은 작은 첨탑들 아래서 밤의 비극적인 발레를 연출하며 튀어 올랐다. 마치 마드리드가 너무도 많은 바리케이드로 뒤덮여 있어, 건드리지 않은 광장이 단 하나도 없는 것처럼.

"좀 보게나." 게르니코가 말했다. "지금 이 순간에도 이 비참한 집들이나 저 병원들에서는 파리 카페의 보이들 같은 조끼 차림에 칼라도 달지 않은 사제들이 고해성사를 듣거나 종부성사를 베풀고, 어쩌면 세례를 행하고 있을지 모르지. 내 말했지, 스페인에서 그리스도의 말씀을 듣지 못한 지가 이십 년이나 되었다고. 저들 사제들의 소리가 들리는 것이지. 저들, 저들의 소리가 들린다고. 그리고 내일이면 다시 사제복을 찾아 입고 나와 프랑코를 축복할 자들의 소리는 결코 들리지 않을 걸세. 지금 이 순간 얼마나 많은 사제들이 성직을 수행하고 있을까? 50명, 어쩌면 100명…… 나폴레옹이 이 아치형 통로에 온 적이 있지. 스페인 교회가 자신의 신자들을 보호했던 그 시기 이래로 최근까지, 그리스도의 말씀이 이곳에서 되살아난 밤은 사실상 단 한 번도 없었네. 하지만 지금은 그 말씀이 살아 있지."

그는 파헤쳐진 광장의 포석에 부딪혀 머리칼이 앞으로 흘러내렸다.

"그리스도의 말씀은 살아 있네." 그는 말을 이었다. "이 세상엔 그 말씀이 존재했다고 말할 수 있는 곳이 많지 않아. 요사이 이곳의 밤에 그 말씀이 들렸다는 것을 사람들은 곧 알게 될 걸세. 이 나라에서 나의 교회를 위해 무언가 시작되고 있네. 어쩌면 교회의 재탄생일지도 모르는 무엇이 말이야. 나는 어제 산카를로스 병원에서 벨기에인 민병 한 명에게 세례를 베푸는 것을 보았네. 자네 알고 있나?"

"장갑열차 시절에 그곳에서 부상자들을 보았지……"

가르시아는 곰팡이가 슨 커다란 방들을, 나무들로 뒤덮인 창문들을 생각했다. 그 모든 것이 얼마나 멀리 있는가……

"팔을 부상당한 자들이 있는 방이었지. 사제가 '레퀴엠 아에테르남 도나 에이 도미네(주여 그에게 영원한 안식을 주소서)'라고 말했을 때 여러 목소리가 '에트 룩스 페르페투아 루세아트(언제나 빛이 그의 눈앞에 환하게 하소서)'라고 응답했네…… 네다섯 개의 목소리가 내 뒤에서 들려왔어……"

"자네 마누엘의 〈탄툼 에르고〉*를 기억하나?"

마누엘과 게르니코를 포함한 가르시아의 여러 친구들은 다섯 달 전 그가 어디론가 출발하기 전날 밤을 그와 함께 보내고, 해가 뜨는 새벽에 마드리드가 굽어보이는 언덕으로 그를 데리고 갔다. 붉은 보랏빛 백악의 기념물들이 에스코리알궁전의 어둠덩어리 같은 숲과 밤으로부터 드러나는 동안 마누엘이 아스투리아스 지방의 노래들을 부르면 그들이 따라 불렀고, 이어서 그는 "게르니코를 위해 〈탄툼 에르고〉를 부르겠소"라고 말했다.

그리고 사제들에게 교육받은 그들 모두는 라틴어로 합창하며 그 노래를 마쳤었다. 그의 친구들이 우호적으로 이 얄궂은 라틴어를 재발견했듯이, 혁명의 부상자들은 마치 바이올린 연주를 준비하듯 깁스를 댄 굽은 팔을 하고서 죽음의 라틴어를 재발견하고 있었던 것이다……

"사제는 나에게 이렇게 말했네." 게르니코가 다시 말했다. "'내가 도착했을 때 그들 모두 모자를 벗었습니다. 내가 임종의 위안을 가지고 갔으니까요.' 천만의 말씀! 그들이 모자를 벗은 것은 들어오고 있던 사제가 적일지도 모른다고 생각했기 때문이야."

그는 또다시 돌에 부딪혔다. 광장은 폭격을 맞은 듯 포석투성이였

* Tantum ergo. '오로지 찬양할지어다'라는 뜻. 성 토마스 아퀴나스가 13세기에 작곡한 「팡즈 린구아*Pange Lingua*(나의 입이여 구세주를 노래하라)」의 다섯번째 및 여섯번째 절을 구성하는 소절로 미사에서 성체강복식 때 찬송된다.

다. 그의 목소리가 달라졌다.

"나는 알아. 우리 진정한 가톨릭 신자들은 이 모든 것을 분명히 해야 한다고 생각하지! 하느님의 아들은 말하기 위해 지상에 왔지만 아무것도 말하지 못하셨네. 고통 때문에 그분은 이성을 다소 잃어버렸지. 십자가에 못박히신 이후로 그랬을 거야……

하느님만이 성직에 부여되는 시련을 알고 계시네. 하지만 성직이 다시 어려운 일이 되어야 한다고 나는 생각하네……"

그러고는 잠시 후 이렇게 덧붙였다.

"아마 기독교도 각자의 삶처럼 말이지……"

상점들의 철문 위에서 나아가는 자신들의 뒤틀린 그림자를 바라보면서, 가르시아는 10월 30일에 던져진 열두 개의 폭탄에 대해 생각하고 있었다.

"가장 어려운 것은," 게르니코가 낮은 목소리로 다시 말했다. "처자식의 문제야……"

그는 더욱 낮게 덧붙였다.

"그래도 난 운이 좋네. 처자식이 여기 없으니……"

가르시아는 친구의 얼굴을 쳐다보았지만 잘 보이지 않았다. 여전히 전투 소리는 전혀 들리지 않았다. 하지만 초승달 모양으로 포진한 파시스트 군대는 마치 닫힌 방의 어둠 속 존재처럼 도시를 에워싸고 있었다. 가르시아는 카바예로와의 마지막 대화를 상기했다. '장남'이란 말이 대화 속에 나왔었다. 카바예로의 아들이 세고비아에서 파시스트들의 포로가 되었고 곧 총살되리라는 것을 가르시아는 모르지 않았다. 9월이었다. 그들은 각자 테이블의 양쪽에 앉았는데, 카바예로는 작업복을 입었고 가르시아는 군복 차림이었다. 메뚜기 한 마리가 늦여름의 활짝 열린 창문으로 들어왔다. 그들 사이의 테이블에 반쯤 죽어 떨어진 메뚜기는 꼼짝하지 않았고, 가르시아가 그 발들이 떠는 것을 바라보는 동안 두 사람은 침묵을 지키고 있었다.

7

진열창들 앞 안개 속에서 끈기 있게 일하는 어렴풋한 형체들은 포석 소리를 내며 분주히 움직였다. 그란 비아에서는 우울하면서도 얼빠진 모습의 종업원들이 거대한 방에 덜렁 앉아 있는 세 손님의 시중을 들고 있었다. 이들이 공화국의 마지막 손님이리라 생각하면서. 하지만 호텔의 홀에는 제5병단의 병사들 하나하나가 배낭에서 총알을 한 주먹씩 꺼내며 보도 위에 중대별로 대오를 짓고 있었다. 중무장을 한 채였다. 테투안과 쿠아트로 카미노스에서는 여자들이 있는 대로 모은 휘발유를 전부 집 맨 꼭대기 층으로 날랐다. 이 노동자의 구역에서 항복하거나 달아난다는 문제는 제기되지도 않았다. 트럭이나 도보로 제5병단의 병사들은 카라반첼, 서부 공원, 대학 기숙사 구역으로 내려갔다. 처음으로 스칼리는 50만 병사의 질서정연한 에너지와 마주하고 있음을 실감했다. 하이메의 아버지가 챙길 수 있는 것은 가방 하나뿐일 것이다. 자동차에 자리가 없기 때문이다.

문이 열리자 키가 매우 크고 건장한 노인이 나타났다. 창끝 같은 수염을 기른 얼굴은 넓고 구부정한 두 어깨 사이에 파묻혀 있었다. 복도의 전등 아래로 가자, 스칼리는 그의 수염이 바로크시대 화가의 모작 속 엘 그레코 초상 같은 이 인물의 얼굴을 다르게 만든다는 사실을 알 수 있었다. 매우 크고 강렬하지만 눈꺼풀의 두꺼운 주름 때문에 약간 흐릿한 두 눈 위로 대머리 뒤의 머리털이 소용돌이처럼 구불구불 흩어져 있었고, 꿈틀대는 날카로운 눈썹 끄트머리는 수염과 마찬가지로 쉼표 모양을 그리고 있었다.

"당신이 조반니 스칼리군요?" 그가 미소를 띠며 물었다.

"아드님이 이미 말씀드렸군요." 스칼리는 자신의 이름을 듣고 놀라며 말했다.

"그렇소, 하지만 나는 당신의 책을 읽었어요, 당신의 저서를 봤지요……"

스칼리도 하이메의 아버지가 미술사 교수였다는 사실을 알고 있었다. 그들은 긴 의자 양쪽에 높이 솟은 두 벽감을 제외하고는 책으로 둘러싸인 방으로 들어갔다. 벽감 하나에는 바로크적이고 원시적인 스페인-멕시코풍 조각상들이, 다른 하나에는 모랄레스*의 매우 아름다운 그림 하나가 놓여 있었다.

손에 들고 있는 외알 안경을 통해 알베아르는 이상한 물건을 마주한 사람처럼 집요하게 주의를 기울이면서 스칼리를 바라보았다. 그는 스칼리보다 머리 하나 정도 더 컸다.

"놀라셨나요?" 스칼리가 물었다.

"이런…… 옷차림을 하고서 생각을 하는 사람을 보면 난 언제나 놀

* 스페인의 종교화가.

라지요."

스칼리는 제복 차림이었다. 너무 긴 바지에 안경을 썼다. 커다란 가죽 안락의자 옆에 놓인 낮은 탁자에는 브랜디 한 병과 술이 가득찬 잔 하나, 그리고 펼쳐진 책들이 있었다. 알베아르는 마치 두 다리로 지탱하기에는 어깨가 버겁다는 듯, 매우 무거운 발걸음으로 방을 나갔다가 잔을 하나 가지고 돌아왔다.

"고맙습니다만, 들지 않겠습니다." 스칼리가 말했다.

덧문이 닫혔음에도 불구하고 달음질치는 소리와 어렴풋한 손풍금 소리가 들려왔다.

"당신, 실수한 겁니다. 헤레스산 브랜디는 아주 뛰어나거든요. 샤랑트산과 맞먹지요. 다른 걸로 드릴까요?"

"차를 아래 대기시켜놓았습니다. 즉시 마드리드를 떠나실 수 있습니다."

가장 가까이 있는 안락의자에 막 편히 앉은 알베아르는 강인하고 아들처럼 호감 가는 매부리코를 가졌지만, 깃털이 빠진 늙은 맹금류 같은 모습으로 스칼리를 올려다보았다.

"뭣 때문에 떠나지요?"

"하이메가 제게 부탁했습니다. 육군성에서 돌아올 때 당신한테 들러 모시고 오라고요. 저는 알칼라 데 에나레스로 돌아갑니다."

알베아르의 미소는 그의 육체보다도 늙어 보였다.

"내 나이쯤 되면, 이제 서재 없이는 여행을 못하지."

"무어족이 내일 당장이라도 이곳에 들이닥칠 수 있다는 것을 아시지 않습니까?"

"물론 압니다. 하지만 내가 거기 돌아가서 대체 무얼 하겠소? 우리는 참 뜻밖의 상황에서 서로 알게 되었군요…… 나를 도와준다고 하니 고마울 따름이오. 당신한테 부탁한 하이메한테도 고마움을 전해줘요. 하지만 마드리드를 왜 떠난단 말입니까?"

"파시스트들은 아드님이 저항군이라는 사실을 알고 있습니다…… 당신은 총살당할 위험이 매우 커요, 아시겠습니까?"

알베아르는 두터운 눈썹과 처진 볼을 움직이며 미소를 짓고는 손에 든 외알 안경으로 술병을 가리켰다.

"난 저 브랜디를 샀지요."

그는 하이메와 똑같이 구부러지고 가느다란 코를 가졌고, 하이메와 똑같이 얼굴이 울툭불툭했다. 그리고 이마 아래 그늘이 져 커다란 검은 안경을 쓴 듯 보이는 이 순간에는 눈마저도 하이메와 같아 보였다.

"위험하니까…… 벗어나야 한다는 말이군요." 그가 다시 말했다.

그는 책으로 가득한 벽을 가리켰다.

"한데 어째서입니까? 어째서? 이상하군요. 난 예술 속에서 그리고 예술을 위해 사십 년을 살았는데, 이대로 계속 지내겠다고 하니 예술가인 당신이 놀라다니……

스칼리 씨, 내 말 잘 들으세요. 난 여러 해 동안 화랑을 운영해왔습니다. 이 나라에 멕시코의 바로크, 조르주 드 라투르, 현대 프랑스 화가들, 로페스의 조각, 원초주의 화가들을 소개해왔죠…… 어떤 여자 고객이 도착해서는 엘 그레코, 피카소, 아라곤 원초주의 화가의 작품을 하나씩 쳐다보고는 '얼마죠?' 하고 물었어요. 일반적으로 그런 여자들은 호화로운 이스파노 차를 타고 다이아몬드로 치장한 욕심꾸러기 귀족이죠. '실례지만 부인, 무엇 때문에 이 그림을 사시려고 합니까?' 하고 질문하면 거의 언제나 '모르겠어요'라고 대답하곤 합니다. 그럼 난 이렇게 말했어요. '그렇다면 부인, 집으로 돌아가셔서 잘 생각해보세요. 이유를 알게 되면 다시 오십시오.'"

전쟁이 터진 이후로 스칼리가 만나거나 함께 생활한 모든 사람들 가운데 가르시아만이 정신의 규율에 익숙해 있었다. 그래서 스칼리는 자신의 일상이 보다 난폭했었기 때문에, 또 스스로 약한 지휘관이라고 느끼는 만큼 자신의 가치를 알아주는 세계에 끌렸기 때문에, 이 노인과 자신 사이에 확립되는 지적인 관계에 더 기꺼이 사로잡히고 있음을 느꼈다.

"그 여자들은 다시 왔나요?" 그가 물었다.

"그 여자들은 곧 이유를 알기 시작했습니다. '제가 이 그림을 원하는 것은 그림이 마음에 들기 때문이에요.' '그림이 좋다고 생각하기 때문이에요.' '제 친구도 한 점 가지고 있기 때문이에요.' 엘 그레코의 가장 아름다운 그림들이 나한테 있다는 것은 다들 알고 있었죠."

"언제 받아들이셨나요?"

알베아르는 털이 곱슬곱슬한 굵은 손가락 하나를 쳐들었다.

"'그 그림이 필요합니다'라고 대답했을 때죠. 그녀들이 부자일 경우, 난 그림을 팔곤 했어요—아주 비싸게요. 구매자가 남자든 여자든 가난한 경우에는 이익을 남기지 않고 넘겨주기도 했고요."

아주 가까운 곳에서 두 발의 총성이 울리더니 뒤이어 요란한 발걸음 소리가 부채꼴로 퍼졌다.

"안쪽에 쳐진 이 덧문 때문에 밖에서는 불빛이 전혀 보이지 않습니다." 알베아르가 무심한 표정으로 말했다. "스칼리 씨, 난 나의 진실에 따라 그림을 팔았어요! 팔았다고요! 한 인간이 이보다 더 멀리 자신의 진실을 끌고 갈 수 있을까요? 오늘밤 나는 그 진실과 함께 살고 있습니다. 무어족? 그래요, 나한테는 아무래도 상관없어요……"

"초연함 때문에 피살되고자 하시는 겁니까?"

"초연함이 아닙니다……"

알베아르는 안락의자 팔걸이에서 두 손을 떼지 않은 채 반쯤 일어서더니 마치 자기가 말하는 바를 강조라도 하려는 듯 다소 극적으로 스칼리를 쳐다보았다.

"멸시 때문에 그러는 거죠……

하지만, 하지만 이 책을 좀 봐요. 『돈키호테』입니다. 방금 이 소설을 읽고 싶어졌습니다. 사태가 좋지 않기에……"

"사람들이 싸웠던 남부 교회들에서 피로 커다랗게 얼룩진 그림들을 정면으로 본 적이 있습니다. 그림들이…… 힘을 상실하고 있는 거예요……"

"다른 그림들이 필요하겠죠, 그뿐입니다." 알베아르는 집게손가락으로 수염 끝을 말아올리며, 아파트의 그림들을 바꾸려는 화상의 어조로 말했다.

"좋아요, 그것이 예술작품의 위상을 결정하는 거군요." 스칼리가 말했다.

"작품이 아니라 예술입니다. 우리의 가장 순수한 세계, 그 세계로 이끌어주는 것이 항상 같은 작품들은 아니에요. 그래도 언제나 작품들이긴 하지……"

스칼리는 대화가 시작되고부터 자신을 불안하게 하는 것이 무엇인지 마침내 이해했다. 이 노인의 얼굴이 드러내는 강렬한 인상은 모두 눈 속에 있었다. 끔찍하게 어리석은 본능의 작용으로 스칼리는 부자가 닮았다는 점에 이끌려, 상대방이 외알 안경을 벗을 때마다 맹인의 눈을 기대하곤 했던 것이다.

"소설가도 도덕주의자도, 오늘밤엔 소리가 없군요." 노인은 말을 이었다. "죽음으로 보면, 삶을 사는 사람들은 아무런 가치가 없는 겁니다. 지혜는 아름다움보다 더 다치기 쉽지요. 지혜는 불순한 기교니까요. 하지만 시와 음악은 삶과 죽음 모두에 적용됩니다……「누만세」를 읽어야겠군. 당신 기억합니까? 아마도 줄달음질치는 이 둔탁한 발소리와 함께, 전쟁은 포위된 시가지를 가로질러 전진하는 거죠……"

그는 일어서서 세르반테스의 전집판을 찾았으나 찾아내지 못했다.

"이 전쟁통에 모든 게 뒤죽박죽이군!"

그는 서재에서 다른 책 하나를 꺼내 케베도의 소네트 세 행을 읽었다.

불행에 얽매인 하나의 영혼을
자비로운 마음으로 구하러 오는 여인의
때아닌 두려움은 무엇을 향하는가?

시구를 따라가는 집게손가락에서 교수의 면모가 드러났다. 앉아서 다시 어깨를 낮추고 이 닫힌 방 안에, 이 안락의자에 그리고 동시에 시 속에 피신한 늙은 새와 같은 그는 천천히 낭송했다. 그의 미소만큼이나 아무 울림이 없는 늙은 목소리로, 그래서 더 인상적인 리듬으로. 거리에서 들리는 도망자의 무딘 발걸음소리, 멀리서 들리는 폭발음, 스칼리에게는 여전히 자신에게 들러붙어 있는 듯 느껴지는 밤낮의 모든 소리들이 이미 죽음 속으로 들어간 이 목소리 주위를 불안한 짐승처럼 맴도는 것 같았다.

"물론 나는 아랍인들에게 피살될지도 몰라요. 그리고 또 나중에는 당신네들에게 피살될지도 모르지. 그건 중요하지 않아요. 스칼리 씨, 조용히 술을 마시고 경탄할 만한 시구를 읽으면서 죽음(어쩌면 오지도 않을지 모르지만!)을 기다린다는 것이 그렇게 어려운 일입니까? 죽음에 대한 매우 심오한 감정이 있는데, 르네상스 이후로는 어느 누구도 이것을 표현하지 않았어요……

젊었을 땐 나도 죽음을 두려워했지만요……" 그는 여담처럼 보다 낮은 목소리로 말했다.

"어떤 감정입니까?"

"호기심……"

그는 케베도의 시집을 선반 위에 놓았다. 스칼리는 자리를 떠나고 싶지 않았다.

"당신은 죽음에 대한 호기심이 없나요?" 노인은 물었다. "죽음에 대한 모든 단호한 견해는 매우 어리석지……"

"죽음에 대해 많이 생각해보았습니다." 스칼리는 곱슬곱슬한 머리털 속에 손을 집어넣고 말했다. "전투에 참여할 때부터는 더이상 생각하지 않지만요. 그것이 저한테는, 글쎄요, 모든 형이상학적 현실성을 상실해버렸습니다. 그래요, 제 비행기가 한 번 추락한 일이 있습니다. 기체 앞부분이 땅에 닿는 순간과 제가 아주 가벼운 부상을 입는 순간 사이—우지끈하는 소리가 나는 동안 저는 아무것도 생각하지 않았고 미친듯이 숨어 지켜보았습니다. 산 자의 잠복이었죠. 어떻게 뛰어내리지? 어디로 뛰어내려야 하지? 이제 저는 언제나 그런 식이라고 생각합니다. 결투와 같은 것이죠. 죽음이 이기거나 지거나. 그렇습니다. 나머지는 관념들 사이의 관계입니다. 죽음은 그렇게 중대한 것이 아닙니다. 고통은 중대하죠. 예술도 고통 앞에서는 대수로운 게 아니고, 불행하게도 그 어떤 그림도 얼룩진 핏자국 앞에서는 버티지 못합니다."

"그렇게 믿지 말아요, 믿으면 안 됩니다! 프랑스인들이 사라고사를 포위했을 때 척탄병들은 수녀원에 있는 대가의 그림들로 텐트를 만들었지요. 돌파 후에 폴란드의 창기병들은 삼각 텐트를 닫는 면에 장식된 무리요의 성모상 앞에서 무릎을 꿇고 기도를 낭송했어요. 그건 종교였지만 동시에 예술이었습니다. 왜냐하면 그들은 민중의 성모상 앞에서 기도를 올린 게 아니니까. 아! 스칼리 씨, 당신은 예술에 대단히 익숙하지만 고통에는 그렇게 익숙하지 않아요…… 그리고 당신은 아직 젊기 때문에 나중에 알게 될 겁니다. 고통을 더이상 바꿀 수 없음을 확신할 때, 그것은 마음을 덜 움직이게 되지요……"

무언가 긁는 소리로 가득한 침묵 속에서 기관총 하나가 홀로 격분하여 짧은 일제사격을 퍼붓기 시작했다.

"들리나요?" 알베아르가 무심히 물었다. "하지만 지금 사격을 하는 사람이 걸고 있는 그 자신의 부분은 대단한 부분이 아닙니다…… 경제적 해방이 가져다줄 그 이득이 새로운 사회가 가져올 손실보다 더 크리라고 누가 내게 확인시킬 수 있겠습니까? 그 사회는 사방에서 위협받을 테고, 불안 때문에 구속과 폭력 그리고 어쩌면 밀고를 피할 수 없을 겁니다. 경제적인 속박은 무겁지요. 하지만 그 속박을 무너뜨리기 위해 정치적 혹은 군사적 혹은 종교적 혹은 경찰의 속박이 강화되지 않을 수 없다면, 그게 나한테 무슨 의미가 있나요?"

알베아르는 스칼리 자신의 내면이 몰랐던 어떤 경험적 질서에 충격을 주었는데, 이 작은 곱슬머리 이탈리아인에게 그 질서는 비극이 되어가고 있었다. 스칼리에게 혁명을 위협하는 것은 미래가 아니라 바로 현재였다. 카를리치가 그를 놀라게 했던 그날 이후로 그는 많은 훌륭한 동지들에게서 전쟁의 심리적 요소가 그 힘을 발휘하는 모습을 목격했고 이로 인해 매우 놀란 터였다. 그리고 이제 끝나가는 이 만남도 그를 안심시키지는 못했다. 그는 자신이 어떤 상황 속에 있는지 잘 알 수가 없었다.

"스칼리 씨, 난 내가 무슨 생각을 하는지 알고 싶어요." 노인이 다시 말했다.

"그렇겠죠. 그게 삶을 제한하니까요."

"맞아요." 알베아르는 꿈꾸는 듯한 표정으로 말했다. "어쨌든 가장 덜 제한된 삶이란 역시 광인들의 삶입니다…… 내가 어떤 인간과 교제하고 싶은 것은 그의 본성 때문이지 그의 사상 때문이 아니에요. 난 우정에 깃든 충실함을 원하지 어떤 정치적 태도에 매달려 있는 우정을 원하는 게 아니에요. 한 인간이 대의명분—설령 억압받는 자들의 대의명분이라 할지라도—앞에서가 아니라 자기 자신 앞에서 책임을 질 수 있기를 바라는 겁니다. 스칼리 씨, 사람들이 뭐라 하든 이것이 가장 어렵다는 것을 당신은 잘 알고 있겠지요."

그는 여송연에 불을 붙였다.

"스칼리 씨, 남아메리카에서는—그는 한 모금 빨고서 말했다—아침이면—다시 한 모금 빨고서 말했다—원숭이들이 숲속에서 엄청나게 아우성을 칩니다. 전설에 의하면, 예전에 하느님이 새벽에 그들을 사람으로 만들어주겠다고 약속했다는군요. 그들은 매번 새벽을 기다리지만 자신들이 속았음을 알고는 온 숲을 뛰어다니며 운답니다.

인간에게는 무시무시하게 강렬한 희망이 있습니다…… 부당하게 단죄당한 자, 어리석음이나 배은망덕 혹은 비겁함을 너무도 많이 만났던 자는 희망을 미루어야 하지요…… 혁명이란 무엇보다 예전에 영원한 삶이 맡았던 역할을 하는데, 이것이 혁명의 많은 특징들을 설명해줍니다. 각자가 오늘날 정부의 형태를 위해 기울이는 노력의 3분의 1만 자기 자신에게 기울인다면, 스페인에서도 살 만해질 겁니다."

"하지만 그 일은 각자 혼자서 해야 할 것이고, 그게 바로 문제의 전부죠."

"인간이 어떤 행동에 거는 것은 자기 자신의 제한된 일부에 지나지 않습니다. 그래서 행동이 총체적이기를 바라면 바랄수록, 그렇게 걸었던 부분은 더욱 작아집니다. 스칼리 씨, 인간이 된다는 게 어렵다는 것을 당신도 잘 알고 있겠죠—그것은 정치인들이 생각하는 것보다 더 어렵습니다……"

알베아르는 일어서 있었다.

"요컨대, 마사초와 피에로 델라 프란체스카의 해석자인 당신, 당신이 어떻게 이 세계를 견딜 수 있단 말입니까?"

스칼리는 자신이 알베아르의 사상과 마주하고 있는지, 아니면 스스로의 고통과 마주하고 있는지 생각하고 있었다.

"그래요, 당신은 숱한 무식한 사람들 속에서 생활해보신 적이 있나요?" 마침내 스칼리가 말했다.

이번엔 알베아르가 생각에 잠겼다.

"없는 것 같군요. 하지만 아주 잘 상상이 됩니다."

"당신은 중세의 일부 위대한 설교들을 알고 계시죠……"

알베아르는 고개를 끄덕였다.

"그 설교에 귀를 기울인 사람들은 저와 함께 싸우는 자들보다 더 무식했습니다. 그들이 설교를 이해했다고 생각하십니까?"

알베아르는 손가락으로 쉼표 같은 수염을 말면서, 마치 '당신이 무슨 말을 하려는지 안다'고 말하듯 스칼리를 바라보고 있었다.

"아마도." 그는 이렇게만 대답했다.

"조금 전 희망에 대해 이야기하셨죠. 희망과 행동으로 하나가 된 인간들은 사랑으로 결합된 사람들과 마찬가지로 혼자서는 다다를 수 없는 영역에 다다릅니다. 이 비행 중대 전체는 그것을 구성하는 각각의 사람들을 합한 것보다 더 고귀합니다."

알베아르는 앉아서 손가락 사이에 안경을 끼운 채 스칼리의 얼굴만 바라보고 있었다. 그의 얼굴은 그것이 표현하도록 되어 있는 것, 즉 사상을 표현하고 있었기 때문에 아름다웠다. 이 순간 어떤 신비로운 조화가 가볍게 감긴 두 눈과 두꺼운 입술을 하나로 묶고 있었다.

"저는 제가 있는 곳에서 많은 것들에 지쳐 있습니다만 인간의 본질은, 글쎄요, 제가 보기엔 그런 영역들에 있다고 여겨집니다. '너는 네 이마에 흘린 땀의 대가로 빵을 얻으라'라고 하지요. 그래요, 우리에게도 역시, 특히 땀이 얼어붙을 때조차……"

"아! 당신들은 모두 인간 안에 있는 근본적인 것에 매혹되어 있군요……

스칼리 씨, 근본적인 것의 시대가 다시 시작되고 있습니다. 이성의 토대가 다시 설정되어야 합니다……"

"하이메가 싸우는 게 잘못이라고 생각하십니까?"

알베아르는 구부정한 어깨를 으쓱했다. 그의 두 볼은 약간 더 아래로 처졌다.

"아! 이 땅이 파시스트의 세상이 되더라도 하이메의 눈이 멀지만 않았다면……"

밖에서 자동차 한 대가 삐걱거리는 소리를 내면서 기어를 바꾸었다.

"그가 다시 볼 수 있을까요?"

"의사들이 확언하기로는 가능하다는군요."

"당신에게도! 당신에게도 역시 그랬군요! 그들은 당신이 하이메의 친구라는 걸 알고 있으니…… 그리고 제복도 입었고…… 그들은 지금 모든 장교에게 거짓말을 하고 있어요! 진실을 말하면 자신들이 파시스트라 여겨질까봐 두려운 거예요, 멍청이들 같으니!"

"어째서 그들의 말이 반드시 거짓이라 보십니까?"

"진실이 한 사람에게만 달려 있고 그 진실이 우리 행복의 형태를 취하고 있을 때, 그것을 믿기란 너무 쉬운 법이지요……"

그는 입을 다물었다. 그러더니 아마 자신의 불안을 물리치려는 듯 좀더 높은 톤으로 무심하게 다시 말을 이었다.

"스페인이 자신 안에 간직하려는 유일한 희망, 즉 당신과 하이메와 다른 많은 사람들이 싸우는 그 목적을 간직하려는 그 희망은, 우리가 여러 해 동안 최선을 다해 교육했던 가르침이 유지되도록 하는 것입니다……"

그는 바깥에서 들려오는 소리에 귀를 기울였다. 그가 창문으로 다가갔다.

"무슨 뜻입니까?" 스칼리가 물었다.

노인은 돌아서더니 '유감이로군!'이라고 말하고 싶은 듯한 어조로 대답했다.

"인간의 자질은……"

그는 다시 귀를 기울이더니 전등을 끄고는 덧문을 반쯤 열었다. 〈인터내셔널〉이 발걸음소리를 누르고 창문을 통해 들어왔다. 어둠 속에서 그의 목소리는 마치 보다 작고, 보다 슬프고, 보다 늙은 육체로부터 나오는 듯 더욱 약해져 있었다.

"잠시 후 무어족이 들어온다면 내가 들은 마지막 소리는 어떤 맹인이 연주하는 이 희망의 노래가 되겠지요……"

그는 과장 없이, 어쩌면 희미한 미소를 띠고 말했다. 스칼리는 덧문이 다시 닫히는 소리를 들었다. 한순간 방안이 칠흑 같았다. 마침내 알베아르는 전기 스위치를 찾아내 불을 켰다.

"왜냐하면 저들은 패배를 위해서도 우리의 세계가 필요하고, 즐거움을 위해서도 우리의 세계가 필요할 테니까요……" 노인은 말했다.

그는 막 긴 의자에 앉은 스칼리를 바라보았다.

"스칼리 씨, 음악을 만든 것은 신이 아니고 신을 만든 것이 음악입니다……"

"하지만 음악을 만든 건 어쩌면 밖에서 벌어지고 있는 일일지도……"

“근본적인 것의 시대가 다시 시작되고 있어요……” 알베아르는 재차 말했다.

그는 브랜디 한 잔을 채우더니 아무런 표정 없이 단번에 들이켰다. 램프 불빛의 테두리가 스칼리의 이마, 안경 그리고 곱슬머리를 간신히 비추고 있었다.

“방금 당신은 하이메가 올 때마다 앉았던 자리에 앉았군요. 그리고 당신도 안경을 쓰고 있고요…… 그가 안경을 벗으면, 난 그를 쳐다볼 수가 없을 겁니다……”

억양이 거의 없는 목소리 속에 처음으로 고통의 어조가 지나갔고, 그는 그 자신을 위해 프랑스어로 이렇게 말했다.

……오, 프리아모스여, 보람도 없이 참으로 오래도록 살았구나!……*

헝클어진 머리카락 밑으로 주름진 이마를 드러낸 채, 그는 스칼리를 향해 어린애 같으면서도 쫓기는 듯한 눈길을 쳐들었다.

“사랑하는 자의 육체가 훼손된 것보다 더 끔찍한 것은 아무것도—아무것도—없어요……”

“저는 그의 친구입니다.” 스칼리는 낮은 목소리로 말했다. “그리고 전 부상자들에게 익숙하지요.”

“마치 일부러 그런 것처럼, 저기 그의 눈 바로 맞은편 서재의 칸막이 선반에는 회화에 관한 모든 책들이, 그가 보았던 수천 장의 사진들이

---

* 빅토르 위고의 『유고 시집』에 나오는 표현. 프리아모스는 그리스신화에 나오는 트로이의 마지막 왕이다.

있군요……" 알베아르가 천천히 말했다. "하지만 만약 축음기를 틀면, 그래서 음악이 이곳에 들어오면, 설령 그가 안경을 쓰지 않았다 하더라도 난 때때로 그를 바라볼 수 있을 겁니다……"

8

마누엘 역시 꺼져가는 촛불들에 방치된 육군성의 모습을 보았다. 스페인의 마지막 왕들이 샤를 캥의 사치스러운 영화를 가련하게 모방했던 이 거대하고 음울한 방들, 권총을 턱밑에 놓은 채 소파에 누운 민병들로 가득차 있고 국무총리는 구석에서 소형 라디오를 듣고 있던—그리고 카바예로가 확립한 엄격하고 약간은 못마땅한 질서에 내맡겨졌던—이 익숙한 방들을, 마누엘은 그 동일한 질서 속에서 다시 확인한다. 창문들은 잔뜩 긴장한 도시를 향해 열려 있고, 그가 전기 스위치를 켜자—이미 모든 전구들이 켜진 곳, 프랑스인 소령이 홀로 남아 줄곧 대기하고 있는 육군성 장관 사무실을 제외하고는—안락의자들이 몸을 떤다. 층계의 촛불들은 가르시아와 게르니코가 보았던 극장 같은 불빛이 아니라, 완전한 어둠 직전의 교회 같은 불그스름한 불빛을 발한다. 아치형 통로 안쪽 복도 중간 여기저기 놓인 작은 램프들, 밤중에 차단된 길과 손수레를 비추는 것과 같은 램프들이 어둠 속에 사라져가는 웅장한 계단을 비추고 있다.

마누엘은 지붕 밑 높은 곳에 있는 미아하 장군의 방으로 올라간다. 복도들은 여전히 어둡다. 하지만 이 높은 층에서는 문들 밑으로 불빛이 새어나오고 있다. 그는 들어간다. 장군은 부재중이지만 방위위원회 참모부 인원의 절반이 이 시원찮은 호텔방 같은 곳에 앉아 있거나 이리저리 왔다갔다하고 있다. 다이너마이트반장, 지뢰반장, 미아하의 참모부 장교들, 제5병단의 장교들…… 제5병단 장교들 가운데 여섯 달 전까지 군인이었던 이는 한 사람도 없다. 그들은 의상 디자이너, 청부업자, 비행기 조종사, 기업 대표, 당 중앙위원회 위원 두 명, 야금공, 작곡가, 엔지니어, 카센터 주인 그리고 마누엘 자신이다. 더하여 엔리케와 라모스가 있다. 마누엘은 부상으로 두 다리가 마비된 채 아사냐 대통령을 만나러 온 맹인 민병을 떠올린다. "뭘 원하나요?" 대통령이 물었다. "아무것도 없습니다. 다만 인사를 드리고 용기 내시라는 말을 하러 왔습니다." 그러고서 그는 목발을 짚고 돌아갔다.

이건 방위 회의가 아니다. 하지만 오늘밤 모든 모임은 회의다. 전투를 통해 형성된 이들 모두의 운명은 마누엘의 운명과도, 스페인의 운명과도 유사하다.

"현재 소총은 병사 몇 명당 한 자루꼴이죠?" 엔리케가 묻는다.

"네 명입니다." 장교 하나가 대답한다. 마누엘의 동지로 의상 디자이너였던 자다. 그는 민간인 동원을 지휘하고 있다. 전날 밤 공산당은 노동조합의 총동원을 요구했던 것이다.

"소총을 주워모을 반을 조직해야 해요." 엔리케가 말했다. "앞에 가는 동지들이 쓰러지면 소총들을 후위로 가져와야 합니다. 들것 운반병 조직을 기준 삼아 오늘밤 조직하세요."

의상 디자이너가 떠난다.

"마드리드에선 아직도 무기 회수가 전혀 불가능한가요?"

이제 다른 사람이 대답한다.

“치안국을 제외하곤 근위대, 보초들, 호송대도 권총밖에 가지고 있지 않습니다. 오늘밤은 아무도 안전하지 못합니다.”

“우리가 마드리드를 잃는다면, 내각과 책임자들 또한 잃을 것이고, 만일 장관들이 남아 있다면 이들 장관들도 잃을 것입니다.”

“요새화 작업은 어느 정도 진척되고 있나요?” 미아하 장군의 참모장이 묻는다.

“2만 명의 병사가 훌륭하게 작업하고 있습니다.” 라모스가 말한다. “건설업의 모든 조합이 동원되었으니까요. 주위에서 열성이 대단합니다. 각각의 작업장이나 각각의 바리케이드에는 제5병단에서 한 사람씩 나와 지휘하고 있습니다. 현재 무어족은 1킬로미터에 걸쳐 참호 작업을 끝냈습니다. 모레면 말할 필요도 없이 마드리드 전체가 바리케이드로 둘러싸일 것입니다.”

“여자들이 만든 바리케이드는 상태가 좋지 않아요.” 한 장교가 말한다. “너무 작아요.”

“그것들은 이젠 없습니다.” 라모스가 대답한다. “남아 있는 것들은 제가 방금 말한 조건에서 구축된 것들이나 제5병단 동지들이 감독하여 좋다고 판단한 것들뿐입니다. 하지만 여자들이 만든 바리케이드들도 그렇게 작지는 않았습니다. 오히려 큰 편이었어요. 여자들이 필요 이상의 일을 하고 있었던 거죠!”

“여자들이 저마다 집에서 휘발유를 비축하며 하는 일은 별 의미가 없습니다.” 다른 목소리가 말한다.

“사기의 효과는 대단합니다.”

"말해보시오. 왜 이 모든 일을 좀더 일찍 할 수 없었던 거죠?"

"우리 편의 절반—아니 열 명 가운데 아홉 명!—은 마드리드를 마드리드 안에서 방어한다는 것밖에 모르고 있습니다. 오늘 아침, 어떤 친구가 거리에서 저에게 말했어요. '그놈들이 마드리드 앞에 당도한다면 본때를 보여줄 거야!' 제가 물었죠. '이봐, 자네 카라반첼이 어디 있는지 알고 있나?' 그랬더니 그 친구가 이렇게 대답하더군요. '마드리드는 마드리드지. 카라반첼은 마드리드가 아니야.'"

"그놈들은 지금 카라반첼로 진군하고 있죠?" 마누엘이 묻는다.

"제5병단이 그곳에서 놈들의 진격을 막고 있습니다. 적은 남부에서 올라오고 있어요. 곧 당신 부대를 공격할 겁니다."

마누엘은 밤에 과다라마를 향해 떠날 것이다. 그는 이제 중령이다. 그는 머리를 짧게 깎았고, 보다 어두워진 얼굴에서 푸른 두 눈은 더욱 맑아졌다.

"두루티의 병사들이 도착했다고 하던데?"

"철도가 끊겼습니다. 우리가 타란콘에 트럭들을 보냈습니다. 지금 달려가고 있을 겁니다."

"그래도 모레면 소련에서 구매한 비행기들이 도착하리라 기대할 수 있겠죠?"

아무도 대답하지 않는다. 조립이 끝나가고 있음은 모두가 알고 있다. 하지만 또 얼마만큼의 시간이 걸릴지……

"남부에서 놈들은 어떤 부대를 공격하고 있죠?" 마누엘이 묻는다.

"그때그때 다릅니다. 현재로선 국제여단이 발레카스에서 돌아오고 있습니다."

장교들이 한 사람씩 도착한다.

거대한 층계들에 있는 마지막 촛불이 꺼지고 프랑스 소령은 떠났다. 전에는 쇠창살문에 매달려 있던 몇몇 호화로운 램프들만이 드넓은 시야 깊숙이 사자死者들의 야등 같은 희미한 빛을 던져줄 뿐이다. 마드리드의 마지막 카페들처럼 인적이 끊기고 도심처럼 버려진 궁전은 도시에서와 마찬가지로 지하의 저항을 준비하고 있다.

9

서부 공원

티티새 한 마리의 울음소리가 올라오다가 뭔가 묻는 듯 멈추자—다른 티티새 한 마리가 응답한다. 첫번째 새가 다시 울더니 보다 불안한 질문을 제기한다. 두번째 새가 격렬하게 부르짖고, 폭소가 안개 사이를 지나간다. "자네가 옳아." 어떤 목소리가 말한다. "그들은 넘어오지 못할 거야. 못을 박아놓았거든!" 티티새들은 제1국제여단의 시리와 코간이다. 코간은 불가리아인이라 프랑스어를 모른다. 그래서 그들은 휘파람을 분다.

"조용히 해!"

열댓 발의 포탄이 응답한다.

독일인들, 폴란드인들, 플랑드르인들 그리고 몇몇 프랑스인들이 가까워오는 폭발음에 귀를 기울이며 기다린다. 갑자기 모두가 뒤돌아본다. 그들 뒤에서 사격하고 있는 것이다.

"산탄들인데 별거 아니야." 장교들이 외친다.

안개 속에서 탄환소리는 얼마나 분명하게 들리는지! 탄도까지 짐작할 수 있을 정도다…… 훈련 때부터 이 대대는 에드가르 앙드레* 대대로 불렸다. 오늘밤 독일인들은 히틀러의 포로인 에드가르 앙드레가 막 참수형을 당했다는 소식을 들었다.

거의 모든 독일인들이 여러 달 전부터 비참한 이주 생활을 하며 자기 회의에 빠져들고 있다. 그들은 기다린다. 그들은 석 달 전부터 기다렸다. 오늘 그들은 마침내 자신들이 혁명의 불청객이 아님을 보여주고자 하는 것이다.

폴란드인들은 모두 긴장한 얼굴로 명령을 기다린다.

프랑스인들은 이야기를 나누고 있다.

대포 소리가 접근해온다. 겉으로는 보이지 않지만 많은 병사들이 어깨며 다리로 옆 사람을 건드린다—마치 인간의 존재야말로 죽음에 대한 한 인간의 유일한 방어라도 되는 것처럼.

시리와 코간은 서로 붙어 있다. 전쟁을 겪었다고 보기에는 너무 젊지만 군복무를 하기에는 충분한 나이다. 따라서 보름 동안의 훈련을 마친 후 전선에 배치된 것이다. 시리는 아주 검고 큰 세모꼴 얼굴에 코미디언 같은 몸짓을 하는 땅딸막한 청년이다. 코간은 깃털 빗자루 같은 고수머리인데 그 머리 다발이 꼿꼿하다.

그들은 같은 모포 속에서 간밤을 보냈다. 11월의 추위 때문에 전투

* 벨기에계 독일인 공산주의자로 나치에 의해 11월 4일 참수되었다.

원들은 둘씩 잠을 잤던 것이다. 코간은 생각한다. '이처럼 짧은 시간에 한 인간한테 이토록 우정을 느껴본 적은 없어.' 포탄이 그들 곁에 떨어질 때마다 시리는 티티새의 언어로 동의하고 판단하고 반박한다. 155밀리 포탄이 터지지 않고 떨어지더니 진흙을 뚫고 대지 속으로 사라진다. 시리는 두 날개를 흔들며 정신없이 부르짖는다.

"무어족이다!"

아니다. 너무도 신경이 곤두선 한 전투원의 착각이다. 안개가 걷히기 시작하지만 아무도 보이지 않는다. 폭발음들, 인적 없는 숲.

"엎드려!"

그들은 모두 이끼 냄새와 유년 시절의 추억 속에 들어가 있다. 첫번째로 부상을 당한 병사들이 벌써 피가 흘러내리는 손가락들로 얼굴을 감춘 채 내려온다. 탄알이 날아오는데도 병사들은 일어서서 주먹을 들어 인사를 보낸다. 부상자들에게는 이들이 보이지 않는다. 피로 물든 주먹으로 응답하기 위해 전쟁의 얼굴을 그대로 드러낸 한 사람을 제외하고는 말이다. 사방에서 나뭇가지들이 떨어진다. 마치 병사들처럼. "이놈의 땅속으로 들어갈 수만 있다면!" 시리가 말한다.

"일어섯!"

그들은 몸을 낮추고 숲을 가로질러 전진하기 시작한다. 무어족 역시 전진해오는 소리가 들리지만, 외로운 나무들 외에는 아무것도 보이지 않는다. 안개 속에서 나무들은, 포탄으로 가득한 대지에서 분출하는 간헐천과도 비슷해 보인다. 티티새를 흉내내는 소리는 더이상 들리지 않는다. 보조를 맞추어 싸우러 나갈 때부터 그들은 무어족이 나타나는 순간만을 생각하고 있다. 하지만 이들 가운데 아무리 무식한 병사라

할지라도, 그 역시 이 안개 낀 아침 자신들이 역사 그 자체라고 생각한다. 시리의 오른쪽에서(왼쪽에는 코간이 있다) 오르던 플랑드르 병사가 다리에 총알 한 방을 맞더니 몸을 숙여 장딴지를 만지다가 가슴에 두 발을 맞고 쓰러진다. 무어족은 이제 십자포화를 퍼붓는다. '세상에 이렇게 많은 총알이 있고, 나를 노리는 총알도 이렇게 많을 줄이야!' 시리는 생각한다. 그러나 자신이 직분을 잘 수행하고 있는 것이 그는 무척이나 기쁘다. 두려움이 있긴 하지만 그것은 그가 걷거나 움직이는데 아무런 장애가 되지 못한다. 다 잘되어가고 있는 것이다. "프랑스인이 어떤 사람들인지 저놈들에게 보여줄 테다!" 지금 국제의용군의 각 병사는 자기 나라 국민의 군사적 자질을 보여주고 싶은 것이다. 장교 하나가 입에 총알을 맞고 두어 마디 소리를 지르더니 쓰러진다. 시리는 격분하기 시작한다. 그는 동지들이 살해당하고 있다고 생각한다. 요란스러운 포탄소리 아래 병사들의 갑작스러운 침묵이 느껴진다—여러 목소리로부터 나온 한마디가 침묵 속에서 아직도 맴돌고 있다.

"놈들한테 당했어……"

국제의용군은 안개 속에서 전진한다. 마침내 무어족을 보게 될까? 아닐까?

하인리히는 사령부의 전화벨소리와 소란 한가운데서 분주히 움직이고 있다. 회색빛 머리를 짧게 깎고 수염을 기른 한 민간인이 들어온다.

"무슨 일이오?" 장군의 부관인 알베르가 묻는다. 알베르는 헝가리계 유대인으로, 예전에는 학생이자 잠수부였다. 건장한 체구에 곱슬머리를 하고 있다.

"저는 프랑스 군대의 육군 소령입니다. 반파시스트 세계위원회 창립 멤버죠. 저는 육군성 의자에 온종일 앉아 있기만 했습니다. 하지만 보다 유익한 일을 할 수 있는 사람이지요. 그래서 이곳으로 보내졌습니다. 명령에 따르겠습니다."

그는 군사 수첩과 위원회 회원증을 알베르에게 내민다.

"확실합니다, 장군님." 알베르가 하인리히에게 말한다.

"폴란드 중대가 방금 두번째 중대장을 잃었으니." 장군이 말한다.

"좋습니다."

중대장은 알베르 쪽으로 돌아선다.

"군복은 어디에 있습니까?"

"그럴 시간이 없을 거네." 하인리히가 말한다.

"좋습니다. 병사들은 어디에 있습니까?"

"안내해줄 걸세. 그 진지는…… 심각하다는 걸 미리 말해두겠네."

"전 전쟁을 겪어보았습니다, 장군님."

"좋아. 훌륭해."

"전 운이 좋은 사람입니다. 총알도 절 싫어하죠."

"훌륭하구먼."

전투에는 어울리지 않는 서부 공원의 나뭇등걸 사이로, 이제 할일이 아무것도 없는 쓰러진 자들—죽은 자들—너머 마침내 시리는 커다란 비둘기들이 도망치듯, 첫번째 터번들이 지나가는 것을 본다.

"총검을 땅에 박아!"

그는 무어족을 본 적이 없다. 하지만 며칠 전 연락장교 노릇을 했을 때 최전방 전선, 무어족의 참호로부터 100미터 떨어진 곳에서 밤중에 한 시간 동안 있어보았다. 11월의 밤은 깊었고 안개에 싸여 있었다. 보이는 것이라곤 하나도 없었지만 임무가 지속되는 동안 그에게는 포성과 함께 오르내리는 그들의 북소리가 분명히 들렸다. 이제 그는 아프리카를 기다리듯 그들 무어족을 기다린다. 무어족은 공격할 때 언제나 취해 있다고 한다. 주변 도처에는 서 있거나, 누워 있거나, 죽었거나, 조준하고 있거나, 사격하고 있거나, 조준 사격을 하고 있는 이브리의 동지들이 있다. 그리고 그르넬의 노동자들, 라 쿠르뇌브와 비양쿠르의 노동자들, 폴란드의 이민자들, 플랑드르인들, 독일에서 추방된 자들, 부다페스트 혁명정부의 투사들, 앙베르의 부두노동자들—이들 모두의 피는 유럽 프롤레타리아 절반을 대표한다. 터번들이 미친듯이 달음질치며 구석차기 놀이를 하듯 나뭇등걸들 뒤에서 접근해온다.

그들은 멜리야에서부터 다가오고 있는 것이다……

총검인지 단검인지 모를 긴 쇳조각들이 안개 속에서 반짝거리지도 않고 지나가는데 길고 날카롭다.

백병전이라면, 무어족 부대는 세계에서 가장 우수하다.

"착검!"

국제여단의 첫 전투다.

국제의용군이 총검을 뽑는다. 시리는 한 번도 싸워본 적이 없다. 그는 자신이 피살되리라고도, 승리자가 되리라고도 생각하지 않는다. '저 북아프리카 녀석들은 뭘 모르는군!' 그는 생각한다. 연대의 총검술인가? 아니면 돌격? 그렇다면 지금 당장?

두 차례의 포성 사이에 나무 뒤쪽 멀리서 어떤 목소리가 말한다.

"……공화국, 제2……"

그다음은 무슨 말인지 들리지 않는다. 다가오는 무어족에게 모든 시선이 고정되어 있다. 훨씬 더 가까운 곳, 목소리 하나가 안개 속에서 처음으로 프랑스어로 외친다. 무엇을 말하고자 하는지 모두가 짐작한다. 말이 중요한 게 아니다. 흥분으로 떨리는 그 목소리가 몸을 구부리고 있는 이 모든 병사들을 일어서게 한다.

"혁명과 자유를 위하여, 제3중대……"

배코를 친 뒷덜미에 이마와 같은 주름을 잡은 채, 하인리히는 두 귀에 수신기를 대고 있다. 국제여단의 중대들이 차례차례 총검으로 반격을 편다.

알베르가 수화기를 내려놓는다.

"아무것도 이해가 되지 않습니다, 장군님. 메르스리 대위 말로는 '전리품이 상당하고 진지는 우리 수중에 들어왔으며, 우리는 적어도 2톤의 비누를 노획했다'고 합니다!"

메르스리는 국제의용군의 오른편에서 스페인 중대 하나를 지휘하고 있다.

"무슨 비누 말인가? 그 바보는 대체 뭐야?"

알베르가 다시 수화기를 든다.

"뭐라고? 무슨 공장? 어떤 공장이냔 말이오, 제기랄!

그자가 비누의 유용성에 대해 설명하는데요." 그가 하인리히에게 말한다.

장군은 지도를 들여다본다.

"어느 고지야?"

하인리히는 이미 다른 수신기를 귀에 대고 있다.

"저런, 그는 고지를 잘못 알고선 우리 편 비누 공장을 점령했군. 스페인 장군에게 이 바보를 당장 교체하라고 하게."

창검을 사용하자니 생각했던 것보다 더 길다.

마지막 십오 분 동안 시리가 목격하는 것이라곤 모조리 터져 산산조각나는 커다란 나무들과 덤불숲의 뒤죽박죽된 모습에, 폭발하는 총알들 위로 날아드는 포탄들의 소란스러운 소리에, 입을 벌린 채 소리 없이 다가오는 무어족뿐이다.

독일 중대가 시리의 중대와 교대하러 오고, 시리의 중대는 재편성을 위해 배후로 떠난다. 숲은 축제가 끝난 뒤 흩어진 종이들처럼 무어족으로 뒤덮여 있다. 대대가 포격하자 그들은 모습을 감춘다. 폴란드 중대는 만사나레스강을 건넜다고 한다.

"한데 폴란드 중대에 보낸 소령은 어찌됐나?" 하인리히가 묻는다.

"그가 상황을 보고 이렇게 말했답니다. '진지는 지킬 수 없으니 여러분은 진지를 포기해야 한다. 우리 편 전선에 도착하는 자들은 내 명령에 따라 떠나왔다고 말하면 된다. 뒤편 창문을 통해 나가면 포탄은 여전해도 총알은 덜 맞을 것이다. 자, 출발! 가서 나는 해야 할 일을 했다고 전하라.' 그는 폴란드 제2중대장의 군복 상의를 입고 내려가서는 끝까지 기관총을 붙들고 있다가 머리에 총알을 맞았습니다. 문에 가로로 쓰러졌습니다."

"생존자는 몇 명인가?"

"세 명입니다."

시리는 코간을 잃었다. 그의 양옆에 있는 두 사람은 프랑스어를 모르고(지휘관을 제외하고) 휘파람을 불 줄도 모른다. 자신들의 대대 뒤에는 무장한 이발사들밖에 없음을 시리는 알고 있다. 이들 예비군은 피가로*의 대대라고 불린다. 지옥같이 소란스러운 소리가 멈추자 두루티 부대의 소리—그들이 전진하는 소리와, '강철 연대'와 사회주의자들이 전진하며 쏘는 총격 소리가 들린다. 전진하면 할수록 전선은 확대된다. 공원의 피로 물든 대혼란 뒤에서 도시만큼이나 긴 공격 전선이 확대되어 전개된다. 가옥들 사이에서, 아침에 세 번의 공격을 저지시켰던 스페인인들은 이번엔 그들의 차례이니 공격하라는 명령을 막 받은 참이다. 그리하여 무어족이 점령한 집들은 수류탄으로 탈환되고, 탱크들은 다이너마이트로 저지되며, 무어족은 국제의용군의 총검에 격퇴되어 눈앞의 길거리에서, 공화군 대포들을 최전선으로 밀고 가는 무정부주의자들과 마주친다. 그들 뒤에는 동원된 노동조합원들이 먼저 죽은 자들의 무기를 취하기 위해 기다리고 있다.

파시스트들은 모로코에서부터 전진해왔지만 서부 공원에서부터는 후퇴하고 있다.

무어족이 제압되자, 국제의용군에서 전사자가 많은 중대는 후미로 돌아와 새로운 중대로 편성되어 재출격한다. 무어족은 급히 패주한다. 두루티의 무정부주의자들, 카탈루냐 지방의 모든 정당들이 구성한 부대, 사회주의자들, '강철 연대'의 부르주아들이 공격을 가하고 있다.

---

* 프랑스 희곡작가 보마르셰의 작품 「세비야의 이발사」와 「피가로의 결혼」의 주인공 피가로에서 딴 이름.

"여보세요?"

알베르가 수화기를 든다.

"적이 다시 반격하고 있다고 합니다, 장군님."

"탱크로 말인가?"

알베르는 질문을 전한다.

"아닙니다. 새로운 탱크는 없습니다."

"비행대는?"

알베르가 전한다.

"정상입니다."

그는 수화기를 내려놓지 않는다. 그가 자기 다리를 들여다본다. 움직이고 있다. 수화기가 떨린다.

"장군님!

됐습니다! 저들이 만사나레스강까지 후퇴하고 있답니다! 만사나레스강을 되건너려고 합니다, 장군님!"

여러 중대가 차례로 달려가면서 시리의 중대를 추월하여 돌격한다. 시리와 그의 동지들은 수척한 얼굴을 한 병사들이 깔려 있는 한 구역을 점령하고 있다. 국가별로, 중대들은 이제 폭발의 연기로 이루어진 듯한 안개 속에서 몸을 구부리고 소총을 앞으로 내민 채 지나간다. 영화 같지만 영화와는 얼마나 다른가! 이들 병사들 하나하나가 각자의 가족 중 한 사람이다. 그들은 주먹으로 얼굴을 가리거나 두 손으로 복부를 움켜쥔 채 돌아오고—혹은 돌아오지 못한다—이것을 그들은 받아들인다. 시리 역시 마찬가지다. 그들 뒤에는 마드리드와 이 도시의 모든 소총이 내는 음울한 소리들이 있다.

다시 공격의 물결, 그리고 나타나는 좁은 강……

"만사나레스강이다!" 목소리들이 외친다.

경탄한 티티새 한 마리가 노래를 부른다. 안개 속 어디선가, 넓적다리를 총검에 찔린 채 축축한 나뭇잎들 위에서 피를 흘리고 있는 코간이 부상자들과 죽은 자들을 위해 화답한다.

2 ‘좌익의 피’

1

그렇지 않아도 깊은 침묵이 더욱 깊어졌다. 게르니코가 느끼기에 이번엔 하늘이 가득찬 것 같았다. 비행기의 위치는 경주용 자동차와 같은 그 소리를 통해 탐지되는 게 아니었다. 낮게 지속되고 점점 더 깊어지며 매우 폭넓게 울리는 진동음으로 알게 되는 것이었다. 그때까지 그에게 들렸던 비행기 소리는 번갈아가며 올라갔다 내려갔다 했다. 이번엔 발동기들이 상당히 많아 모든 게 뒤섞인 채 냉혹하고 기계적으로 전진하고 있었다.

도시에는 탐조등이 거의 없었다. 정부의 전투기들 혹은 그 나머지 것들이 이와 같은 어둠 속에서 어떻게 파시스트들을 발견할 수 있단 말인가? 밤이 그러하듯 하늘과 도시를 가득 채운 이 깊고 낮은 진동음은 게르니코를 가볍게 자극하며 그의 머리털을 훑고 지나갔는데, 폭탄들은 떨어지지 않았기 때문에 더욱 견디기 힘들었다.

마침내 멀리서 터지는 지뢰처럼 둔중한 폭발음이 땅에서 올라왔다. 극도로 격렬한 폭발이 연속으로 세 번. 또하나의 둔한 폭발음. 그러고는 아무것도. 다시 폭발음. 게르니코의 머리 위에서 커다란 아파트 한 채의 모든 창문이 동시에 열렸다.

그는 회중전등을 켜지 않았다. 민병들이 신호로 오해할 수 있기 때문이었다. 여전히 발동기 소리가 들리지만 폭탄은 더이상 떨어지지 않는다. 이와 같은 완벽한 어둠 속에서 도시는 파시스트들을 보지 못했고, 파시스트들도 도시를 거의 볼 수 없었다.

게르니코는 달리려고 해보았다. 쌓여 있는 포석들 때문에 그는 끊임없이 비틀거렸고, 어둠이 너무 짙어 보도를 따라가는 것도 불가능했다. 자동차 한 대가 푸르스름한 헤드라이트를 켜고 신속하게 지나갔다. 다시 다섯 번의 폭발, 몇 번의 소총 사격, 기관총의 어렴풋한 일제사격 소리. 폭발은 여전히 땅에서 올라오는 것 같았고, 공중으로 10여 미터쯤 올라가 터졌다. 섬광은 전혀 없었다. 저승이 밀어붙이는 힘에 창문들이 열렸다. 보다 가까운 곳에서 폭발이 일어나자 창유리들이 산산조각나 높은 곳에서 아스팔트로 떨어졌다. 소음을 듣고서 게르니코는 자신이 2층까지밖에 볼 수 없다는 것을 깨달았다. 깨진 유리의 메아리처럼, 뭔가 울리는 소리가 들리더니 가까워졌다가 그의 앞을 지나쳐 어둠 속으로 사라졌다. 그가 조직한 이동 야전병원의 첫번째 앰뷸런스였다. 그는 마침내 위생본부에 도착했다. 어둠 속에서도 길은 사람들로 가득했다.

의사, 간호사, 조직자, 외과의 들이 게르니코와 동시에 도착하여 근무중인 동료들과 합류했다. 마침내 이동 야전병원을 갖춘 것이다. 의사 하나가 위생을 책임졌고, 게르니코는 구급 조직을 책임졌다.

“잘될 겁니다.” 의사가 말했다. “하지만 저놈들이 이런 식으로 계속한다면 더이상은 힘들겠죠. 부류별로 앰뷸런스를 보내야 합니다. 산헤로니모와 산카를로스 등지에 폭탄이 떨어지고 있어요.”

양로원과 병원. 게르니코는 부상자들이 산카를로스의 불 꺼진 홀을 뛰어다니는 모습을 상상해보았다.

“앰뷸런스에는 회중전등 꾸러미가 있겠죠?” 그는 조용히 물었다.

“저쪽이 불타고 있군요. 아마 파시스트들은 소이탄을 사용하고 있을 겁니다.”

의사가 안쪽 덧문을 잡아당겼다.

“보십시오.”

희미한 붉은빛이 집들의 형체 뒤에서 여러 방향으로 나아가고 있었다. 마드리드가 불타기 시작하는군, 게르니코는 생각했다.

“회중전등들은 분명 앰뷸런스 안에 있죠?” 그는 인내심을 갖고 재차 물었다.

“없는 것 같은데요. 하지만 말씀드리자면, 전등은 필요 없습니다.”

게르니코는 외과의사들이 놀랄 정도로 침착하게 조직을 정비했다. 그에게는 희극도 비극도 없었다. 그는 조수 하나에게 회중전등을 각각의 앰뷸런스로 운반하는 일을 맡겼다. 이처럼 완전한 어둠에서는 불빛이 구급의 첫번째 조건이었기 때문이다. 다시 폭탄이 터졌다. 유리창이 구슬픈 소리를 냈다. 여자 간호사 한 명이 덧문을 다시 닫는 동안 어둠 속을 내달리는 앰뷸런스 두 대의 경적소리가 들렸다.

다시 폭탄이 터졌다. 폭탄들, 아마 소형 폭탄일 텐데 비행기에서 투하되는 게 아니라 수류탄처럼 격렬하게 던져지는 것 같았다. 게르니코는 앉아서 자료 카드에 적어놓은 전화 통화 내용을 전달받고 있었다.

"저들이 팔라스 호텔을 포위한 채 공격하고 있군." 그가 말했다.

"부상자가 이미 천 명이고, 계속……" 의사가 말했다.

병원은 소련 대사관과 이웃하고 있었다.

"산아우구스틴 가, 레온 가, 코르테스 광장도." 게르니코가 말했다.

"이제 저들은 부상자 대신 산 자들을 칩니다." 의사 하나가 말했다.

의사가 덧문을 내려놓은 창문을 조수 하나가 살짝 열었다. 명령 소리, 전화 소리, 너무도 단호한 발소리 그리고 앰뷸런스의 지속적인 경적소리를 누르고 파시스트 비행 중대의 규칙적인 진동음이 방안으로 들어왔다.

한줄기 바람이 불어와 종이 몇 장이 날아갔다. 양로원에서 앰뷸런스를 타고 출발했던 여자 간호사 한 명이 들어온 것이다.

"아! 상황이 말이 아닙니다! 게르니코, 양로원에는 적어도 두 대의 앰뷸런스가 필요해요!"

"문 좀 닫아요, 메르세데스!" 의사는 나비를 잡듯 바람에 날리는 서류를 쫓아가면서 외쳤다.

"참으로 비열한 무리들이에요!" 그녀는 발동기들의 소음에 대해 이야기하는 듯 말했다. 소음이 들어오지 못하도록 창문을 닫았다. "저 아래서 끔찍한 혼란이 일어나고 있어요. 불쌍한 노인들은 층계에서 발만 동동 굴러요. 물론 미치다시피 되었고요!"

"부상자가 얼마나 됩니까?" 게르니코가 물었다.

"오, 부상자들은 앰뷸런스로 충분할 거예요, 후송용이니까요."

"앰뷸런스들은 부상자를 위한 겁니다. 부상자들은 줄지 않을 거예요…… 노인들은 현재 지하실에 있죠?"

"그럼요!"

"지하실은 견고한가요?"

"오! 지하 묘지 같아요."

"좋아요."

그는 조수 한 명을 시켜 수도방위위원회에 알리게 했다.

"게르니코, 아시다시피 미쳐가는 사람들도 있어요……" 메르세데스가 갑자기 낮은 목소리로 말했다.

"소이탄이 떨어졌나요?" 의사가 물었다.

"좀 아는 듯한 사람들은 칼슘탄이라 부르던데요. 녹색이고 압생트 빛깔과 똑같아요. 아시겠지만 끔찍해요. 끌 수가 없으니까요. 그래서 노인들은 맹인처럼 손을 앞으로 내밀거나 목발을 짚고서 그것을 뚫고 도망쳐요……"

"폭탄이 어디에 떨어졌나요?"

"공동 침실 사이의 복도였어요."

어떤 창문이 제대로 닫히지 않은 걸까? 비행기의 집요한 소음이 실내를 감돌다가 아마도 '사기 진작을 위한' 공화군의 기관총 소사로 중단되곤 했다. 하지만 그 아래서는 요란한 울림이 마치 땅과 벽에서 나오는 듯 둥둥거리는 흐릿한 북소리와 함께 오르내린다. 만사나레스강을 따라, 무어족을 향한 국제여단의 새로운 공격이 이루어지고 있는 것이다.

"어디서 싸움이 벌어지고 있는 겁니까?" 게르니코가 물었다.

"사방에서요." 메르세데스가 말했다.

"카사 델 캄포와 대학 기숙사 구역입니다." 의사가 말했다.

아주 가까운 곳에서 폭발이 일어나 테이블 위에 있는 펜대가 튀어올랐다. 기왓장들은 지붕 저쪽으로 다시 떨어졌다. 그리고 도망치는 무리의 쏜살같은 발걸음 위에도. 한순간 침묵이 흐르더니 지독하게 불쾌한 고함소리가 밤의 정적을 깼다. 그러고는 다시 침묵.

"프랑스 대사관에 소이탄이 떨어졌소." 게르니코가 다시 전화에 대고 말했다. "간섭하지 말라는 폭탄이오.

오토바이 부대는 제 위치에 잘 있는 거요?

두 개의 폭탄이 코르테스 광장 옆에 떨어졌소.

쿠아트로 카미노스*에 자전거 연락병 여섯 명을 보내겠소."

한 조수가 그의 귀에다 대고 뭐라 이야기했다.

"산카를로스에 앰뷸런스를 한 대 더 보내시오." 그가 다시 말했다. "부상자들이오…… 그리고 라모스에게 이 모든 것을 감독하라고 말해 주시오."

마드리드의 포위가 시작된 이후로 라모스의 임무는 가장 큰 위협 앞에 놓인 지점에 공산당의 지원을 보내는 것이었다. 그는 뢴트겐사진용 건판과 마취제가 부족한 위생 부서에 큰 도움이 되었지만 이동 야전병원에서는 별로 할일이 없었다. 하지만 이제부터 마드리드에서 부상자들을 돕는 일은 수도방위위원회의 주요 임무 가운데 하나가 될 것이다.

---

* 마드리드 북서쪽에 있는 서민 구역.

2

라모스는 푸르스름한 헤드라이트의 허용 범위 안에서 최대한 빠르게 차를 몰았다.

처음으로 나타난 커다란 화재 현장에서 자동차는 멈추었다. 희미한 외침, 달리는 소리, 폭발음과 고함소리, 그리고 전투의 쉴새없는 굉음을 뒤덮는 둔탁한 붕괴음으로 가득한 밤의 어둠 속에서 수도원 하나가 잔해들 사이로 무너지고 있었다. 검붉은 연기가 부글부글 피어오르는 가운데 섬광들이 수도원을 짐승처럼 돌아다녔다. 남아 있는 사람은 아무도 없었다. 민병들로 이루어진 소화반, 돌격대, 구호반은 격렬하게 타오르는 불투명한 불꽃에 매료되어 그 한없는 생명력을 지켜보고 있었다. 불에 취한 고양이 한 마리가 앉아서 고개를 쳐들었다.

공습은 끝난 것일까?

왼쪽에 가느다란 빛이 나타났다. 멀찌감치 들리는 희미한 비명으로 가득한 고요 속에 장화 소리가 울렸다. 빛에 이어 아티초크 같은 불꽃이 나타났다가 사라졌다. 불꽃은 하늘과 집들 위에 던져져 커다란 섬광으로 자리잡았다. 비행기들은 떠났지만(비행장들은 가까웠고 11월의 밤은 길다) 지붕 밑으로, 층계에서 층계로, 불은 계속해서 그 고유한 생명을 이어가고 있었다. 왼쪽에서 네 개의 새로운 불덩이가 타올랐다. 칼슘탄의 녹색과 청색 화염이 아니라 적갈색 불꽃이 분출했다. 라모스가 지나갈 때 화염 대신에 수많은 짤막한 불티가 조용한 집단 피란 행렬 앞에서 해충떼처럼 집들을 갉아먹고 있었다. 매트리스와 의자 다리가 손수레에서 비어져나왔고 노파들이 그 뒤를 따랐다. 구호대가 도착하고 있었다. 효과적이었다. 라모스는 구호대 중 열 명 정도를 지휘했다.

산카를로스에서 집들은 흑막처럼 보였고 광장에 인접한 길도 거의 모두 어둠 속에 완전히 잠겨 있었다. 그래서 라모스는 들것에 부딪치고 말았다. 운반원들이 소리를 질렀다. 반짝이는 한줌 색종이 조각처럼 소용돌이치는 불티가 땅바닥에 나란히 누워 있는 부상자들 위를 지나치며 그들의 다리를 아주 희미하게 비추었다. 겨우 세 걸음을 더 가서 라모스는 다시 두번째 들것에 부딪쳤다. 이번엔 부상자가 소리를 질렀다. 환한 귀퉁이에서, 그리고 지붕 한쪽에서 소방관들이 실루엣을 드러내며 작고 초라한 호스 주둥이를 타오르는 맹화에 조준하고 있었다. 마침내 라모스는 광장에 도착했다.

연기가 거품처럼 일어나며 빠르게 퍼지더니 섬광이 치솟았다. 줄지어 있는 부상자들의 솜털 모자와 고양이들까지 모든 것이 뚜렷해졌다. 발동기들의 깊은 진동음이 마치 치솟는 불길에 장단을 맞추듯 다시 한번 검은 하늘을 가득 채웠다.

차례차례 앰뷸런스에 실려 호송되는 이들 부상자들을 위해 너무도 강렬하게 평화를 기원한 나머지, 라모스는 자동차들이 도착하는 소리라고 믿고 싶은 심정이었다. 하지만 들보 무너지는 소리가 들린 후 한순간 화재는 불티 가득한 정적 속에서 약해졌고, 하늘에서 발동기들이 넓게 퍼지며 냉혹하게 다가왔다. 네 개짜리 폭탄 두 꾸러미가 떨어져 여덟 군데에서 폭발이 일어났고 어렴풋한 아우성이 뒤를 이었다. 도시 전체가 공포 속에서 깨어나는 것 같았다.

라모스의 곁에는 한 농부 민병이 붕대가 풀려 맨살이 드러난 자기 팔

뚝에서 피가 흘러내려 아스팔트 위로 방울방울 떨어지는 것을 바라보고 있었다. 이 어두운 빛 속에서 그의 피부는 붉었고 검은 아스팔트도 붉게 변했다. 피는 마디라산 포도주처럼 밝은 갈색이었으나 떨어지면서 마치 라모스의 담배 빛깔처럼 노랗게 빛났다. 라모스는 긴급히 이 민병을 후송시켰다. 다른 부상자들은 팔에 깁스를 한 채 음울한 발레처럼 미끄러지듯 지나갔는데, 처음엔 그림자처럼 검었지만 화재의 칙칙한 빛을 받으며 광장을 지나가는 동안 그들의 연한 잠옷이 점점 더 붉어졌다. 부상자들은 모두 군인이었다. 동요는 없었으나 피로, 무력감, 분노, 결의로 이루어진 사나운 질서가 있었다. 다시 두 개의 폭탄이 떨어졌다. 길게 누워 있는 부상자들의 열이 물결처럼 휘었다.

전화기는 100미터 떨어진 곳에, 화재의 불빛이 비치지 않는 거리에 있었다. 라모스는 어떤 육체에 부딪쳐 회중전등을 켰다. 한 남자가 입을 커다랗게 벌리고는 소리쳤다. 앰뷸런스 운전수가 그의 손을 만졌다.

"죽었군요."

"아니야, 소리를 지른다고." 라모스가 말했다.

폭탄과 비행기 소리, 멀리서 들리는 대포 소리 그리고 사위어가는 사이렌소리 때문에 소란스러워 두 사람은 서로의 말을 간신히 알아들을 뿐이었다. 과연 남자는 뭐라고 외치는 듯 입을 크게 벌린 채 죽어 있었다. 아마 죽기 전에 외쳤으리라…… 라모스는 다시 들것과 고함 소리에 부딪쳤다. 번쩍이는 섬광이 몸을 숙인 일단의 사람들을 어둠 속에서 끌어냈다.

그는 전화로 앰뷸런스와 트럭을 요청했다. 트럭으로 많은 부상자들을 후송할 수 있을 터였다. (그런데 어디로? 하고 그는 자문했다. 병원들은 차례차례 화염덩어리로 변해가고 있었으니까.) 게르니코는 그를 쿠아트로 카미노스로 보냈다. 마드리드가 포위되기 시작한 뒤 특별 표적이 된 곳으로 가장 가난한 구역 가운데 하나였다(프랑코는 살라망카 같은 상류층 구역은 폭격을 면하게 해주겠다고 장담했다고 한다). 라모스는 다시 자동차를 몰았다.

화재의 희미한 불빛 속에서, 푸르스름한 전등과 헤드라이트의 송장 같은 불빛 속에서, 칠흑 같은 어둠 속에서, 세기의 집단 탈출이 다시 시작되었다. 타호강가의 수많은 농부들은 각자의 가족과 나귀를 데리고 친척집에 피신해 있었다. 이불 사이에 자명종과 카나리아 새장을 끼워넣고 팔에는 고양이를 안은 채, 모두가 영문도 모르고—당황하지도 않고, 곤궁에 대한 오랜 습관에 의해—가장 부유한 구역을 향해 나아갔다. 폭탄이 연달아 떨어지고 있었다. 마치 그들에게는 그게 어울린다는 듯, 가난을 가르치는 것 같았다.

푸르스름한 헤드라이트 불빛은 시원찮았다. 부서진 집들 앞에서, 라모스는 잔해들 앞에 하나같이 비슷한 모습으로 나란히 혹은 어지럽게 누워 있는 20여 구의 시체 앞을 지나갔다. 그는 자동차를 멈추고는 호각을 불어 앰뷸런스를 오게 했다. 비행기들의 그칠 줄 모르는 요란한 소리는 지금까지 서로 적수라고 생각했던 무정부주의자, 공산주의자, 사회주의자, 공화주의자의 피를 형제애 가득한 죽음의 심연에서 뒤섞고 있었다…… 사이렌소리는 어둠 속에서 질주하며 서로 접근하고 교차하다가—출범하는 선박들의 뱃고동처럼 축축한 밤 속으로 사라져갔다. 사이렌 하나가 도중에 멈추었다. 고함소리들이 교차하는 가운데 그 한결같은 사이렌소리는 절망한 개의 울음소리처럼 다시 올라왔다.

달궈진 벽돌 냄새와 불에 탄 나무 냄새 사이로, 정신없는 순찰대처럼 거리를 질주하는 불똥의 소용돌이 속에서, 폭탄들의 끔찍한 폭발이 앰뷸런스의 종소리를 뒤쫓아 분노한 듯 요란한 소리로 뒤덮었고, 그러면 지칠 줄 모르는 종소리는 터널에서 빠져나오듯 그 요란한 소리에서 떨어져나와 미친듯 울어대는 사이렌소리에 뒤섞였다. 폭격이 시작된 때부터 닭들이 울고 있었다. 어뢰 같은 공중 폭탄이 터지자 미쳐버린 것이다. 시골 마을에서처럼 그 수가 많은 이 가난한 구역의 닭들은 모두 광기에 사로잡히고 격분하여, 죽을힘을 다해 가난의 야성적 노래를 부르짖기 시작했다.

라모스의 가느다란 회중전등 불빛이 곤충의 더듬이처럼 흥분하여 움직이는 가운데, 벽을 따라 누워 있는 시체들 앞쪽으로 현관 낮은 층계 위에 쓰러진 한 남자의 모습이 나타났다. 그는 옆구리에 부상을 당해 신음하고 있었다. 그리 멀지 않은 곳에서 앰뷸런스 한 대가 종을 울리고 있었다. 라모스는 다시 호각을 불었다. "앰뷸런스가 올 거요." 그는 말했다. 남자는 아무 대꾸 없이 계속해서 신음했다. 회중전등이 위에서 그를 비추자, 층계의 돌들 사이에서 자라나는 화본과 식물의 그림자가 그의 얼굴에 어른거렸다. 닭들이 지칠 줄 모르고 미친듯이 울부짖는 가운데 라모스는 떨리는 그 두 볼 위에 일본 그림처럼 세밀하게 그려진 무심하고 가냘픈 그림자를 측은하게 바라보고 있었다.

남자의 입가에 첫 빗방울이 떨어졌다.

3

국제여단의 독일인들 참호 뒤에서 마드리드 최초의 대화재를 알리는 섬광이 치솟는다. 의용군들에게는 비행기가 보이지 않는다. 하지만 밤의 침묵은 이제 전원의 침묵이 아니라 전쟁의 침묵이며, 마치 궤도를 바꾸는 열차처럼 떨고 있다. 독일인들은 모두 함께 있다. 그들은 마르크스주의자라는 이유로 추방당한 자들이거나 스스로를 혁명가로 생각한 몽상가라는 이유로 추방당한 자들이고, 혹은 유대인이라는 이유로 추방된 자들이다. 혁명가가 아니었다가 혁명가가 되어 지금 여기에 있는 자들이다. 서부 공원의 습격 이후로 그들은 하루 두 번의 공격을 물리치고 있다. 파시스트들은 대학 기숙사 구역의 전선을 돌파하려 했지만 허사로 돌아갔다. 의용병들은 비를 동반한 구름 속에서 올라오는 커다란 붉은 섬광을 바라본다. 전기 광고판의 번득이는 불빛처럼 거대한 모습을 드러낸 화재의 섬광으로 안개 낀 밤 속에서 도시 전체가 불타는 듯 보인다. 의용병들 가운데 어느 누구도 아직 마드리드를 보지 못했다.

한 시간도 더 전부터 부상당한 동지 하나가 부르고 있다.

무어족은 1킬로미터 떨어진 곳에 있다. 부상자가 어디 있는지 그들이 모를 리 없다. 아마 동지들이 부상자를 찾으러 오기를 기다리고 있을 것이다. 참호에서 뛰어나간 의용병 하나가 이미 사살되었다. 의용병들은 이와 같은 적의 미끼 사냥을 받아들일 준비가 되어 있다. 화재가 하늘밖에 비추지 않는 이 깊은 밤에 그들이 두려워하는 것은 나중에 자신들의 참호를 되찾지 못하는 것이다.

마침내 독일인 세 명에게 시커먼 안개 속에서 소리치고 있는 동지를 찾으러 가도 좋다는 허가가 막 떨어졌다. 그들은 한 사람씩 차례로 참호 앞 흉토를 넘어서 안개 속으로 몰려들어간다. 이를 지켜보는 참호의 침묵은 폭발 속에서도 똑똑히 느껴질 정도다.

부상자는 적어도 400미터 떨어진 곳에서 소리를 지르고 있다. 긴 거리다. 한 사람이 빨리 포복할 수 없으리라는 것을 모두가 알고 있다. 그래서 그를 운반해야 하는 것이다. 몸을 일으키지만 않으면 좋겠는데. 새벽이 너무 빨리 오지만 않으면 좋겠는데.

정적과 전투. 공화군 부대들은 파시스트 전선 뒤쪽에서 합류하고자 애를 쓰고 무어족은 대학 기숙사 구역을 돌파하고자 애를 쓴다. 어둠 속 어느 병원에서 적의 기관총이 사격을 가하고 있다. 마드리드는 불타고 있다. 세 명의 독일인은 포복해 나아가고 있다.

부상자는 2, 3분마다 도와달라고 소리친다. 조명탄이 발사된다면 세 의용병은 돌아오지 못할 것이다. 아마 이제 참호에서 50미터쯤 떨어졌을 것이다. 마치 그들과 함께하는 듯, 다른 병사들도 참호의 냄새와 비슷한 밋밋한 진흙냄새를 느끼고 있다. 부상자가 다시 도움을 호소하는데 걸리는 시간이 참으로 길구나! 그들의 방향이 틀리지 않기만 하면 좋겠는데. 그들이 적어도 부상자가 있는 방향으로 곧바로 가기만 하면 좋겠는데……

섬광이 번쩍이는 안개 속에서 세 사람은 배를 땅바닥에 깐 채 고함소리를 기다린다. 목소리는 잠잠해졌다. 부상자는 더이상 부르지 않을 것이다.

그들은 사나운 얼굴을 하고선 한쪽 팔꿈치로 몸을 일으킨다. 마드리드는 여전히 불타고 독일인 참호도 여전히 버티며 대포 소리가 북소리처럼 음울하게 울리는 가운데, 무어족은 밤안개 속에서 여전히 대학 기숙사 구역을 돌파하려고 애쓴다.

4

셰이드는 폭격으로 무너진 첫번째 집 앞에서 멈추었다. 비는 이미 그쳤지만 곧 다시 쏟아질 것 같았다. 축음기 나팔, 꾸러미, 작은 금고 따위를 잔해에서 끌어내는 구조반 민병들 뒤로 검은 숄을 걸친 여자들이 인간 사슬을 만들고 있었다……

무대장치처럼 절단된 집의 4층에는 침대 하나가 구멍 뚫린 천장에 다리를 건 채 매달려 있었다. 이 방은 초상 사진들이며 장난감들, 냄비들을 도랑 속으로, 거의 셰이드의 발밑으로 비워냈던 것이다. 1층은 비록 구멍이 나긴 했지만 온전한 모습으로 삶처럼 고요했고, 빈사 상태에 있던 거주자들은 앰뷸런스로 실려갔다. 2층의 피로 뒤덮인 침대 위에서 자명종이 울렸다. 소리는 황량한 회색빛 아침 속으로 사라졌다.

구급대 사람들은 손에서 손으로 물건들을 서로에게 넘겨주었다. 마지막 민병이 첫번째 여자에게 꾸러미 하나를 건넸다. 여자는 건네준 사람이 그랬듯이 손으로 가운데를 꽉 잡는 게 아니라, 두 팔로 그것을 보듬어 안았다. 어린아이는 죽어 머리가 뒤로 젖혀져 있었다. 여자는 인간 사슬 쪽을 쳐다보며 무언가를 찾다가 울기 시작했다. 아마 어머니를 보았을 것이다. 셰이드는 떠났다. 아침의 축축한 안개와 뒤섞인 불냄새, 가을숲에서 나무가 타는 행복한 냄새가 도시를 가득 채웠다.

그다음 집에는 희생자가 없었다. 거주자들은 변변찮은 임금 생활자로, 자신들의 찢기고 불탄 집을 조용히 바라보고 있었다. 셰이드는 주의를 끌 만한 것이나 비극적인 무언가를 찾기 위해 거기 있었지만 자신의 직업이 싫었다. 주의를 끌 만한 것은 가소로웠다. 그리고 평범한 것보다, 다른 모든 이들과 유사한 이 수천 명의 인간 존재들보다, 잠을 자지 못한 듯 고통으로 뒤덮인 이 얼굴들보다 비극적인 것은 아무것도 없었다.

"당신은 외국인인가요?" 그의 옆에서 집을 바라보던 자가 물었다.

섬세한 얼굴에 나이가 지긋한 사람이었다. 지식인 특유의 수직 주름이 잡혀 있었다. 그는 아무 말 없이 집을 가리켰다.

"저는 전쟁을 몹시 싫어합니다." 셰이드는 자신의 작은 넥타이를 잡아당기면서 말했다.

"전쟁을 실컷 겪었군요." 그러더니 그는 보다 낮은 목소리로 말했다. "말하자면, 전쟁은……

알칼라 가 근처에 있는 전기램프 공장이 불타고 있습니다. 산카를로스와 산헤로니모도 불타고 있고요…… 프랑스 대사관 주변의 모든 집들도…… 코르테스 광장의 주변, 팔라스 호텔 주변의 집들도, 국립도서관도 불타고 있습니다!……" 그는 셰이드를 쳐다보지도 않은 채 말을 이어갔다. 그의 시선은 하늘을 향해 있었다. "나 역시 전쟁을 몹시 싫어합니다…… 하지만 살인을 더 싫어합니다……"

"그 어떤 것도 전쟁보다는 낫지요." 셰이드가 완강한 태도로 말했다.

"제멋대로 휘두를 수 있는 권력을 그렇게 행사하는 자들에게 주는 것보다 말입니까?" 그는 여전히 하늘을 쳐다보고 있었다. "나 역시 전쟁을 받아들일 수 없습니다. 어떻게 이런 일을 받아들일 수 있겠습니까? 그래, 대체 어떻게 해야 한단 말입니까?……"

"제가 도움이 될 수 있겠습니까?" 셰이드가 물었다.

상대방은 미소를 짓더니 음울한 연기 아래 우중충한 아침의 창백한 불꽃을 내뿜으며 타오르는 집을 가리켰다.

"내 서류들이 전부 타고 있어요, 선생!…… 난 생물학자입니다……"

그들 앞으로 100미터 떨어진 광장에서 대구경의 폭탄 하나가 터졌다. 마지막 유리창이 굴러떨어졌다. 묶인 당나귀 한 마리가 유릿조각을 뒤집어쓴 채 도망치려고도 하지 않고 다시 쏟아지기 시작한 빗줄기 속에서 절망적으로 울기 시작했다.

셰이드가 양로원에 도착했을 때는 많은 수용자들이 지하실에서 올라와 있었다. 불은 꺼졌지만, 불구인데다 운신조차 힘들어 해를 끼칠 일도 없고 공격받기 쉬운 이들 노인들 주위에서 보이는 폭격의 흔적은 인간을 넘어선 부조리를 드러내고 있었다.

"어떻게 된 겁니까?" 그는 노인 한 명에게 물었다.

"아! 선생님! 우리 나이에 그렇게 달음질치는 건 할 수가 없어요! 특히 목발을 짚고 있는 사람들은……"

그는 셰이드의 소매를 잡았다.

"선생님, 우린 어디로 가지요? 난 이발사였어요. 특별한 손님만 받았지요. 장례 때의 화장化粧이나, 면도와 이발 등 모든 것을 나에게 맡겼는데……"

셰이드에게는 잘 들리지 않았다. 트럭들이 벽과 잔해를 뒤흔들며 끊임없이 지나갔기 때문이다.

"선생님, 인민전선 내각이 우리를 이곳에 보냈고, 여기서 우리는 잘 지냈어요. 수용된 채였지만 지낼 만했습니다!…… 폭격이 다시 시작될 테니까 가세요…… 저것도 끝나겠지, 아마 끝날 거야…… 다만 나 역시……"

2층에서는 보다 건강한 노인들이 작업을 돕고 있었는데 셰이드로서는 어떤 일인지 짐작할 수 없었다. 노인 열두어 명이 스페인 늙은이 특유의 무게를 드러내고 있었다. 그들은 귀를 쫑긋 세운 채 하늘을 관찰하면서, 마치 침묵을 선고받기라도 한 듯 조용히 일했다.

도시를 돌아다니는 앰뷸런스의 경적소리와 트럭의 끊임없는 소음 가운데, 3층에서 민병들이 폭격을 피해 침대 밑으로 숨은 노인들을 끌어내려 하고 있었다. 노인들은 반쯤 제정신이 아닌 상태로 철제 다리를 놓지 않으려 했다. 갑자기 앰뷸런스들의 위협적인 경보음이 길거리에 전속력으로 퍼져나갔다. 노인들은 붙들고 있던 침대 다리를 놓아버리더니 등에 모포를 지고는 지하실로 통하는 층계의 문을 향해 달려나갔다. 다만 노인 한 명만이 등딱지처럼 여전히 침대를 짊어지고 있었다.

10초도 채 지나지 않아 첫번째 폭발이 어둠 속에서 테이블 위와 창문 아래에 유릿조각들을 흩뿌렸다. 그러자 마치 마드리드 전체가 무심한 경종을 통해 대학 기숙사 구역의 대포 소리를 누르면서 응답하듯, 도시의 괘종시계들이 차례차례 아홉시를 울리기 시작했다.

"비행기가 보인다!" 한 민병이 소리쳤다.

셰이드는 병원 문으로 내려가 긴 파이프와 코를 내밀었다. 그가 유럽에서 자주 타곤 했던 독일 수송기를 닮은 폭넓은 융커기들이 전투기들을 거느린 채, 마치 오려낸 것 같은 어떤 지붕 귀퉁이에서 기수를 앞으로 내밀고 시커멓게 나타나더니, 비를 머금은 구름 아래 매우 낮게 거리를 통과해 반대편 지붕 뒤로 천천히 사라졌다. 운명이 소이탄을 안내하고 있었다. 그것들은 좌우에서 염주처럼 터졌다. 비둘기들이 날아올랐다. 무기력하게 날아가는 비둘기들 위로 비행기들은 준엄하게 되돌아와 숙명처럼 지나갔다. 마구잡이로 내려오는 이 죽음이 셰이드에게 공포를 불러일으켰다. 전선에서 단 한 대의 비행기도 딴 곳으로 유도할 수 없을 만큼 정부군에는 전투기가 충분하지 않단 말인가? 문 앞에선 여전히 트럭들이 지나가고 있었다. 덮어놓은 방수포에서 빗물이 흘러내렸다. 비는 아주 가까운 곳에서 내리고 있었다.

"지하실이 있습니다." 그의 뒤에서 어떤 목소리가 말했다.

문이 자신을 거의 보호해주지 못한다는 것을 알면서도 그는 그 아래 그대로 있었다. 어렴풋한 형체들이 벽들을 따라 걷다가 문이 나타나면 그 아래서 몇 분씩 멈추었다가 다시 출발하곤 했다. 그는 자주 전선을 방문했지만 여기서 느끼는 감정을 느껴본 적은 없었다. 전쟁은 전쟁이었다. 이것은 전쟁이 아니었다. 그가 끝나기만을 기다리는 것은 어뢰 같은 폭탄들이 아니라 도살장이었다. 예측할 수 없는 폭탄들이 계속해서 떨어졌다. 셰이드는 자신이 엿보거나 적어둔 것을 떠올렸다. 절단된 집들에 차려진 테이블 세트, 작은 핏자국 위에 별 모양으로 금이 간 유리 속 초상 사진, 가방 위에 걸린 여행복—저세상을 위한 준비물—발굽만 남기고 사라진 당나귀 한 마리, 팔라스 호텔의 부상자들이 쫓기는 동물처럼 인도와 벽에 남겨놓은 긴 핏자국, 부상당한 부위마다 얼룩진 채 비어 있는 들것. 대체 이 비는 얼마나 많은 피를 씻어내려

하는가! 이제 포탄은 폭탄과 교차하고 있었다. 폭발이 일어날 때마다 셰이드는 기왓장이 다시 떨어지는 소리를 기다렸다. 비가 쏟아지고 있음에도, 불냄새가 길거리에 퍼져나가기 시작했다. 트럭들도 여전히 지나다녔다.

"저건 뭐죠?" 셰이드가 자신의 작은 넥타이 양끝을 잡아당기면서 물었다.

"과다라마를 위한 원군이에요. '놈들이' 그곳에서 돌파를 시도하고 있거든요……"

5

비스듬히 쏟아지는 비의 장막 아래 마누엘 여단은 파괴된 종루들이 즐비한 1917년 같은 풍경* 속에서 시에라 데 과다라마로부터 전진하고 있었다. 어렴풋한 형체들이 진흙에서 무겁게 벗어나 느릿느릿 내려갔다. 훤한 아침인데도 저녁 같은 지평선이 보였고, 갈가리 찢긴 하늘에 닿은 낮은 골짜기를 향해 옛 경작지의 긴 열이 뻗어 있었다. 그 뒤로는 세고비아 평원이 마치 절벽 뒤의 바다처럼 경사를 이루며 무한히 펼쳐져 있을 것이다. 대지는 저 지평선에서 멈춰 있는 것 같았다. 그 위로 수면睡眠과 비의 보이지 않는 세계가 모든 포문을 연 채 노호하고 있었다. 그 뒤에 마드리드가 있다. 병사들은 점점 더 무거워지는 진흙 속에

* 러시아혁명을 상기시킨다.

서 점점 더 뒤뚱거리면서 행군을 이어갔다. 때때로, 폭발 가운데 불발탄이 부지지 소리를 내며 사그라들곤 했다.

마누엘의 지휘소는 전선과 아주 가까웠다. 다른 연대들이 그의 연대에 합류하여 그는 하나의 여단을 지휘하게 되었다. 오른쪽은 순조로웠다. 중앙도 마찬가지였다. 왼쪽이 좀 흐트러져 있었다. 지난번 전투에서 그의 연대에 속한 장교와 정치위원의 60퍼센트가 부상을 당했다. "여러분은 제발 자리를 지켜주시오. 부대의 선두로 가서 〈인터내셔널〉을 부르지 않았으면 합니다." 한 시간 전에 그는 이렇게 말했었다. 역공은 제대로 전개되었지만 왼쪽이 흐트러져 있었다.

왼쪽 부대는 아란후에스의 병사들도 아니었고, 그들을 보강한 제5병단의 병사들도 아니었으며, 이들을 중심으로 모인 새로운 의용병들도 아니었다. 그들은 오른쪽과 중앙에서 싸우고 있었다. 왼쪽의 병사들은 발렌시아 지역에서 온 중대로 무정부주의자로 불리는 자들이지만, 봉기가 있기 전에는 한 번도 조합에 속한 적이 없었다. 그저께부터 여단의 왼쪽에는 전역 중사가 남아 있지 않았다. 모두가 죽었거나 병원에 있었다.

이 왼쪽 부대 앞에서 마누엘의 탱크들이 전진하고 있었다. 전투중인데도 탱크들은 대작전 훈련의 면모를 보여주면서 조용하고 기계적으로 포병대의 탄막을 뚫고 나아갔다. 그 탄막은 탱크를 뒤따르는 보병들을 저지하려 시도하는 탄막과 마찬가지로 빽빽했다. 탱크들은 포격에 대항하면서 전진한다기보다는, 지뢰가 폭발한 땅 위를 전진하는 것 같았다. 탱크 하나가 마치 빗속에 녹아버린 듯 사라졌다. 대전차호對戰車壕를 파놓은 것이다. 또 한 대의 전차가 진흙과 자갈의 간헐천 옆에 무기력하게 나자빠졌다. 포탄들이 떨어져 갈아엎은 흙이 솟아올랐다가 줄곧 비스듬히 내리는 빗줄기처럼 무력하고 쓸쓸한 곡선을 그리며 다시 떨어지는 가운데 다른 전차들은 계속 전진했다.

여러 달 동안 마누엘은 탱크들이 그렇게 전진하는 것을 봐왔다. 다만 여러 달 동안 그것들은 적의 탱크였다. 언젠가 아란후에스의 여단은 나무로 탱크를 만든 적이 있다—그것은 진짜 탱크를 오게 하기 위한 주술 같은 작전이었다…… 오늘 그의 탱크들은, 오른쪽에서는 앞으로 나아가고 왼쪽에서는 뒤처져 있지만 들판 전체에 길게 늘어서 있었으며 그 뒤로는 보병들이 따라가고 있었다. 공화군의 중화기 포병대가 적의 전선을 폭격하자, 적은 응수했으나 반격을 저지하지는 못했다. 온통 회색빛 일색인 가운데 보다 짙은 회색의 작은 인간 얼룩들이 탱크들을 따라가고 있었다. 다이너마이트 병사들이었다. 그리고 기관총사수반은 진흙에서 한 걸음씩 전진하며 자신들의 진지—비에 잠긴 비참한 진지—를 점령해나갔다.

왜 맨 왼쪽에 탱크들을 원군으로 보낸 것일까? 왼쪽이 제자리걸음을 하고 있기 때문에? 탱크들의 전열은 맨 오른쪽부터 시작해서 마지막 전차에 이르기까지, 이제 초승달 모양으로 나아가고 있었다. 마누엘 왼쪽의 전차들은 후퇴하고 있는 것일까? 그가 바라보는 전차들은 파시스트들 쪽으로 가고 있는 게 아니라 그를 향해 오고 있었다!

원군이 아니라 적의 탱크들이었다.

그의 왼쪽이 약화되었다면 여단 전체가 무너진 것이고, 이런 구멍은 마드리드로 가는 적의 돌파구가 될지도 몰랐다. 왼쪽이 버티고 있다면 적의 탱크는 단 한 대도 파시스트 전선으로 되돌아가지 못할 것이다.

그의 예비 병력은 트럭 옆에서 대기하고 있었다. 이 병력 전체를 투입시킬 수도 있다. 또다른 예비 병력이 마드리드에서 트럭을 타고 오는 중이니까.

왼쪽의 연락 차량이 그의 앞에 멈추었다. 마누엘의 천연 모직 작업복을 멀리서도 알아본 것이다. 소령은 뒷좌석에 앉아 외투 위에 구부려 얹은 두 팔에 머리를 파묻고 있었다. 코를 고는 것 같았다.

"무슨 일이오?" 마누엘이 손에 들고 있는 소나무 가지로 장화를 두드리면서 물었다.

소령이 자신을 지휘소로 데려다달라는 명령을 내렸던 것이다. 그는 코를 고는 게 아니라 숨을 헐떡이고 있었다.

"소령한테 무슨 일이 있었나?" 마누엘이 운전병에게 물었다.

그에게는 부상 부위가 보이지 않았다.

"목덜미에요." 운전병이 말했다.

장교가 공격중에 목덜미에 부상을 입는 것은 드문 경우였다. 아마 뒤를 돌아본 모양이었다.

"그를 여기 내려놓고 저쪽으로 가서 가르트너를 데려오게." 마침내 마누엘이 말했다.

이미 전화로 정치위원과 연락하여 그를 보내달라고 해둔 터였다.

자동차는 갑작스럽게 덜거덕거리면서 빗속으로 사라졌다. 마누엘은 다시 쌍안경을 들었다. 맨 왼쪽에 있는 병사들이 몇몇 파시스트 탱크를 향해 달리고 있었는데, 아무도 쓰러지지 않는 것을 보니 이 탱크들은 포격하지 않는 것 같았다. 하지만—마누엘은 쌍안경의 조절기를 돌리면서 그 풍경을 지워버리고 비 뒤쪽에 초점을 맞추었다—그들은 허공에 손을 쳐들고 있었다. 적의 편으로 넘어가고 있는 것이다.

땅의 기복 때문에 그들과 떨어져 있던 후속 중대에게는 그 모습이 보이지 않았다.

곤충이 촉수를 흔들듯 팔을 흔들며 달려가는 그 작은 반점들 뒤로 지형은 내리막이었다. 내리막은 마드리드까지 이어졌다. 마누엘은 새로운 병사들이 도착한 이후 진영에서 팔랑헤당의 게시문이 발견되었던 일을 상기했다.

다른 중대는 뒤에서 사격을 가하고 있었다. 그들은 맨 앞의 중대가 전진하고 있으리라 생각하고는 살육을 향해 나아갔다. 중대장은 이탈리아의 탱크들을 알아보지 못한단 말인가?

그 중대장이 모포에 싸여 후송되었다(후송반은 마누엘의 지휘소 뒤에 있었다). 그 역시 죽었다. 허리에 총알을 맞았다.

여단에서 가장 우수한 장교 가운데 하나로 아란후에스의 전前 파견대장이었다. 회색빛 콧수염에 물방울을 가득 머금고, 그는 모포에 싸인 몸을 오그린 채 옆으로 누워 있었다.

새로운 병사들 가운데 팔랑헤당원들이 있었고, 그들이 배후에서 장교들을 사살한 것이다.

오른쪽은 여전히 전진하고 있었다.

"정치위원이 방금 한 녀석을 처치했습니다." 운전병이 말했다.

마누엘은 자신의 대리를 임명하고는 예비 병력 전체를 데리고 왼쪽으로 달려갔다.

'부대의 선두로 가서 〈인터내셔널〉을 부르지 말라'는 명령을 존중해서 여단 정치위원 가르트너는 첫번째 계곡 입구에 있는 소나무숲에 자신의 지휘소를 설치했다. 적의 탱크들은 이 입구를 향해 전진하고 있었다.

한 병사가 그를 만나기 위해 달려왔다. 퇴역병이었던 라몬이었다. 왼쪽 신병들 속에 마누엘은 아란후에스의 병사 50여 명을 배치했었다.

"위원님, 신병들 중에 대령님을 죽이려는 새끼들이 여섯 놈이나 있습니다.

여섯이나 된다니까요. 그놈들은 적의 편으로 넘어가려고 합니다. 제가 자기들과 한편이라고 생각하더군요. 제게 '다른 사람들을 기다리자'고 말했어요. 그리고 '중대장 일도 잘됐고, 소령 일도 잘됐으니 이제 흰 작업복을 입은 자에게 전념해야 한다'고도요. 중대장 일은, 아시는 대로입니다! 고약한 놈들 같으니!"

"알고 있네……"

"그놈들은 적의 편으로 넘어가려고 해요. 대령을 죽이기로 되어 있는 건 아마 다른 놈들일 겁니다. 그들이 말했을 때 전 이렇게 대답했어요. '기다려, 기다리라고. 넘어가려는 애들이 또 있으니.' 놈들은 좋다고 했어요. 그렇게 해서 제가 여기 온 겁니다."

"어떻게 그들을 따라잡겠나? 전선 전체가 전진하고 있는데……"

"아닙니다. 그들은 움직이지 않아요. 놈들의 탱크가 도착하기를 기다리고 있거든요. 틀림없이 어떤 계략이 있을 겁니다. 그리고 탱크는 못 당하니 도망가야 한다고 소리치는 녀석들도 있어요. 그들이 고함을 치는 게 이상합니다. 자연스럽지가 못해요. 그래서 동지들이 저를 보낸 겁니다."

"그럼 자네 연대의 정치위원은?"

"피살되었습니다."

가르트너의 곁에는 아란후에스의 병사 열 명이 있었다. 그가 말했다.

"여러분, 우리 전선에 배신자들이 있소. 놈들이 중대장을 죽였소. 놈들은 대령을 죽이고 파시스트 쪽으로 넘어가려 하고 있소."

그는 이곳에 남을 병사 한 명과 옷을 바꾸어 입었다. 면도한 그의 마름모꼴 얼굴은 표정이 없을 때면 거의 멍청하게 보였다. 가르트너가 무표정한 모습을 보이려고 애쓸수록 더더욱 그렇게 보였고, 제모를 벗어 빗물이 흐르는 머리에서 한 가닥 곤두선 금발 머리카락이 쭈뼛 솟을 때는 완전히 멍청해 보였다. 연대의 한 정치위원을 대리로 세워놓고 그는 부하들과 함께 떠났다.

기복이 심한 이 지형에서 모든 길은 마누엘의 지휘소와 후송반 쪽으로, 아니면 라몬이 가르트너를 안내하는 길로 수렴되었다.

빗물이 흥건한 작은 소나무숲 뒤에서 정말 두 명의 보병이 내려가고 있었다.

"자, 이보게들, 어서 가자고!"

"저기 저놈들입니다." 라몬이 정치위원에게 말했다.

"여섯 놈들 중 두 놈인가?"

"아닙니다. 저들은 도망가는 자들이죠. 누구나 이곳을 거치지 않을 수 없어요."

"어디로 가는 건가?" 가르트너가 그들에게 소리쳤다. "자네들, 머리가 돈 것 아닌가?"

여섯 명의 신병은 아마 그를 한 번도 본 적이 없었을 것이다. 자신들이 속한 연대의 정치위원밖에 모르고 있을 테니까. 이들 두 놈은 이 정치위원을 만난 적이 있겠지만 별다른 생각이 없었을 것이다. 그들은 아무것도 생각하지 않으니 말이다.

"내 말대로 도망가자니까! 여기서는 버틸 방법이 없어. 게다가 탱크들이야! 반시간 후면 차단되어 모두 죽을 거라고!"

"뒤에는 마드리드가 있어."

"내 알 바 아냐." 잘생긴 다른 놈이 얼빠진 모습으로 말했다. "지휘관들이 일을 제대로 하면 도망칠 필요도 없을 텐데. 자! 가자고!"

"중앙의 병사들은 버티고 있잖나!"

이 모든 것이 대화라기보다는 빗속에서 개가 짖는 소리 같았다. 가르트너는 너무나 넓은 얼굴에 비해 너무나 작은 입을 하고서 한 병사 앞에 섰다. 병사는 총신을 내렸다.

"가오리처럼 주둥이가 아주 납작한 자네 말이야, 진급을 하고 싶은 건가? 탱크에 깔려죽고 싶다면, 가게나. 하지만 동지들을 깔려죽게 만들 작정이라면, 내 자넬……"

그 병사는 라몬의 주먹에 옆구리를 맞더니 진흙 속에서 빙그르 돌아 나가떨어졌다. 동료와 마찬가지로 무장해제를 당한 그는 가르트너의 네 부하에게 둘러싸여 후방으로 끌려갔다. 가르트너는 이제 앞쪽으로 달려나가고 있었다. 부하들의 노란 외투는 빗줄기 속에서 잿빛으로 변해갔다.

라몬이 말했던 병사 여섯 명은 4, 5미터 되는 구덩이에 숨어 진흙투성이가 된 채 기다리고 있었다. 하지만 싸움을 해서는 안 되었다.

"바로 이들이야." 라몬이 마치 가르트너와 다른 병사들을 소개하려는 듯 그들에게 말했다.

"갈까?" 정치위원이 말했다.

"기다려." 여섯 명을 통솔하는 듯한 자가 말했다. "다른 친구들이 저 위에 있어."

"누구 말인가?" 가르트너가 얼빠진 모습으로 물었다.

"자넨 호기심이 너무 많군."

"알 게 뭐야. 내가 관심이 있는 것은 믿을 만한 친구들인가 하는 거야. 왜냐하면 난 무기가 있는데 아무에게나 무기를 줄 순 없거든. 무기를 얼마나 받겠나?"

"우리 여섯 명분."

"동지들과 나는 즉시 경기관총 열 자루를 확보할 수 있네."

"아니야, 우리 여섯 명분이면 돼. 그 이상은 필요 없어."

"대단한 거야. 대형 탄창이 있는 7.65밀리짜리라고."

상대방은 어깨를 으쓱하면서 자신의 소총을 두드렸다.

"그것들이 필요한 건 아니지만 매우 유용할 것 같긴 하군. 열 개라도." 여섯 명 가운데 하나가 말했다.

먼저 말한 자가 마치 복종이라도 하듯이 동의했다. 방금 말한 자의 두 손은 섬세했다. 이놈은 팔랑헤당원이군, 정치위원은 생각했다.

"하여튼 알겠지만 이것은 자네의 고물 같은 총과는 다른 거야." 가르트너가 먼저 이야기했던 자에게 다시 말했다. "7.65밀리 총은 이미 부인용 권총이 아니지. 그건, 좀 보게나, 이렇게 커다란 탄창을 끼우는 거야. 이렇게 무장을 하는 거지. 총알은 50발이야. 자네들이 여섯 명이니 한 사람당 여덟 발이군. 손들어!"

맨 먼저 대답한 녀석이 자기 소총으로 2센티미터 정도 손을 뻗는 동시에 머리에 총알을 한 방 맞고선 웅덩이에 굴러떨어졌다. 저물어가는 태양 아래 피가 물속으로 검게 퍼져나갔다. 적의 탱크들은 여전히 전진하고 있었다.

가르트너 휘하의 동지들은 다른 녀석들에게 총을 겨눈 채 이들을 연행했다. 농가에 도착하기 전에 그들은 마누엘과 그의 트럭들을 만났다. 가르트너는 마누엘의 자동차에 뛰어올라 자초지종을 알렸다. 마누엘은 예비 병력 가운데 대전차 소대를 이미 왼쪽에 보낸 터였다.

몇 분 후면 파시스트의 탱크들이 그 소대가 있는 곳에 도착할 것이다. 중앙이 버텨준다면 예비 병력은 왼쪽을 대신해줄 것이고, 오른쪽은 계속 전진하고 있으니 모든 게 순조로울 것이다. 만일 일이 틀어진다면……

중앙에는 아란후에스의 병사들, 그리고 그들과 합류한 모든 병사들이 있다. 이들 합류한 병사들은 마드리드, 톨레도, 타호강, 시에라 지방의 구舊 민병대들이었다. 도시의 노동자, 농민, 농업노동자, 소지주, 야금공과 미용사, 섬유공과 빵장수 들로 이루어져 있었다. 이제 그들은 참모부의 지도에 나타난 곡선들처럼 작은 돌담들이 비죽비죽 평행으로 솟은 풍경 속에서 싸우고 있었다. 거기서 볼 때, 적의 탱크들이 다시 2킬로미터(오 분에서 십 분) 전진한다면 그들은 자신들 가운데 한 사람도 살아 돌아가지 못하리라는 것을 알 수밖에 없었다. 마누엘이 저항하라는 명령을 내렸기에 그들은 돌에 매달리거나 기복이 심한 지면에 달라붙거나 자신들의 몸보다 좁은 나무들 뒤에 숨어서 저항하고 있었는데, 그 앞뒤에는 적의 박격포가 있었고 기관총들이 십자포화를 퍼부었으며 중무장 포병대의 포탄들이 빗속을 뚫고 그들을 쫓아왔다. 마누엘은 우선 중앙을 시찰했다. 그는 부하들이 연달아 쓰러지며 새로운 포탄이 떨어져 치솟는 흙더미에 매장되는 것을 보았다. 몇 킬로미터에 걸쳐 산산조각으로 갈라 터지는 대지는 격분하여 구름으로 돌진하는 듯했고, 치솟는 흙더미와 자갈과 상처의 소나기를 겨울비에 내던지는 것 같았다. 이와 같은 대지의 분노를 뚫고 총검을 든 적의 물결이 밀려오는 것을 마누엘은 보았다. 대지가 내던지는 모든 것을 비가 녹여버리는 이 풍경 속에서 총검들의 번득임 또한 없었으나, 마누엘은 마치 공격이라도 당하는 듯 그것을 피부로 느꼈다. 비가 퍼붓는 가운데 터무니없이 작은 무수한 벽들 주위에서 무언가 분명치 않은 일이 벌어졌다. 그리고 적의 물결이(이번엔 무어족이 아니었다), 마치 구 민병들이 아니라 영원한 비에 의해 패배당하기라도 한 듯 퇴각했다. 끊임없이 내리는 비가 죽은 민병들 중 많은 이들을 대지와 뒤섞으면서, 적의 해체되고 흩어진 공격 물결을 빗방울만큼이나 많은 포성이 배어든 비의 장막을 가로질러 보이지 않는 참호들 쪽으로 되돌려보내고 있었다.

파시스트 보병은 네 번이나 백병전을 거듭했으나 네 번 다 거대한 물의 장막 속으로 붕괴했다.

전선은 버티고 있었다. 하지만 파시스트의 오른쪽 탱크들이 마누엘의 왼쪽을 돌파하며 대전차 소대 쪽으로 다가갔다.

이 대전차 소대를 지휘하는 자는 페페였다. 8월의 다이너마이트 대원들 중 생존자는, 조금이라도 지휘 능력이 있는 경우 지금 지휘를 맡고 있었다. 페페는 투덜거렸다. "그의 친구 곤살레스가 여기 없는 게 유감이군. 그가 해보려 했고 시도해보고자 했던 작은 경험에 보탬이 되었을 텐데." 하지만 곤살레스는 대학 기숙사 구역에서 싸우는 중이었다. 동시에 페페는 매우 즐거워하고 있었다. "이번엔 놈들도 보게 될 거고, 깨닫게 될 거야!" 파시스트 전차 부대는 상당히 멀리서 뒤따르는 보병들을 거느리고 공화군 포병대가 잠복한 첫번째 계곡을 향해 전속력으로 돌진했다. 시에라 지방의 각 계곡에는 도로 혹은 길이 나 있기에 페페와 그의 부하들은 트럭을 타고 제때 도착할 수 있었다.

도로 양쪽은 차폐물이 거의 없는 지형이었다. 여기저기 검은 소나무숲이 빗속에서 모습을 드러냈다. 버섯냄새가 풍기는 가운데 페페의 부하들은 비가 흥건한 솔잎 위에 엎드려 진지를 구축했다.

첫번째 탱크가 도로의 오른쪽에서 계곡으로 들어섰다. 매우 빠르고 기동성이 뛰어난 독일 탱크였다. 끝없이 내리는 빗속에서 다이너마이트 대원 모두는, 그것이 녹슬 것 같다는 인상을 받았다. 들개가 되어 시에라 지방으로 도망쳐온 한 무리의 개떼가 탱크 앞에서 걸음아 나 살려라 달아나고 있었다.

다른 탱크들의 모습도 뚜렷해졌다. 엎드려 있는 페페에게는 덤불숲 사이의 지형이 보이지 않았기에 전차들이 튀어오르면서, 또 말 머리처럼 포탑을 숙였다 쳐들었다 하면서 전진하는 듯 보였다. 그것들은 이미 사격을 퍼붓고 있었다. 그 무한궤도 소리는 비 사이로 들리는 작은 기계음이 아니라 기관총들이 한꺼번에 내는 굉음 같았다. 페페는 기관총에 익숙했고 탱크에도 마찬가지였다.

그는 기다렸다.

적대적인 미소를 띠며 치아를 드러낸 채, 그는 사격을 시작했다.

기계도 얼빠진 모습을 할 수 있다. 기관총소리를 듣자 탱크들이 덤벼들었다. 탱크 네 대가 함께—세 대는 첫번째 열, 한 대는 두번째 열에 있었다—무슨 일이 닥쳤는지도 모르는 채, 악몽 같은 빗속에서 마치 신비한 위협을 만난 듯 뒷발로 우뚝 일어섰다. 두 대는 전복했고 한 대는 옆으로 넘어졌고 나머지 한 대는 키 큰 소나무 아래 공중에 그대로 있었다.

처음으로 탱크들은 대전차 기관총과 맞부딪친 참이었다.

두번째 탱크 물결은 방금 일어난 일을 전혀 보지 못했다—탱크라는 것은 거의 맹인이나 다름없으니. 그것은 전속력으로 다가오고 있었다. 엎드려 있는 제1열 기관총사수들 위로 제2열이 사격을 시작하자 탱크들은 비틀거리기 시작했다—그중 네 대가 페페를 지나쳐 그의 제2선으로 진격했다.

이런 경우를 미리 예측하고 마누엘은 부하들을 훈련시켰던 것이다. 제2선의 기관총사수들이 기관총 두 대의 방향을 돌리는 동안, 다른 기관총사수들과 제1선의 기관총사수들은 억수같이 쏟아지는 비 속에서 검은 소나무들을 가로질러 지그재그로 달아나는 전차 무리에 계속해서 사격을 퍼부었다. 페페 역시 돌아섰다. 운전병들이 결심을 했다면 이들 전차 네 대는 다른 나머지 것들보다 더 위험하기 때문이다. 그것들과 결국 부딪치게 될 여단은 그 뒤를 따라오는 병력이 있으리라 상정할 테니까.

세 대는 이미 제각기 소나무와 충돌했다. 운전병들이 죽었기 때문에 그것들은 스스로 나아간 셈이다.

마지막 네번째 전차는 기관총 두 대의 사격을 받으면서 계속 전진했다. 그것은 비어 있는 도로 위로 돌진해 대전차 기관총의 요란한 사격 소리 속에서 무한궤도를 덜거덕거리며 발포도 없이 시속 70킬로미터로 달리고 있었다. 점점 더 높아지는 경사면들 사이에서 전차는 아주 작고 부조리한 모습으로 보이더니, 희끄무레한 하늘을 반사하는 아스팔트 위에서 헤매기 시작했다. 이상하게 고적한 아스팔트는 빗물로 번들거렸다. 그것은 마침내 어떤 모퉁이에 이르더니 바위에 부딪혀 장난감처럼 정지했다.

충격을 받지 않은 전차들은 이제 공화군의 전차들과 동일한 방향으로 내려가면서, 공포에 사로잡혀 달아나기 시작하는 자기들 편의 보병들을 덮쳤다. 앞쪽 소나무들 사이 전쟁의 환영처럼 뒷발로 선 전차 주위에는 다른 전차들이 탄환에 잘린 작은 가지와 솔잎, 솔방울에 뒤덮인 채 온갖 모양으로 놓여 있었다—마치 여러 달 전부터 버려진 것처럼 비와 미래의 녹에 사로잡힌 모습이었다. 마누엘은 방금 도착했다. 마지막 포탑이 튀어오르는 모습 너머, 파시스트군의 오른쪽은 코끼리 무덤 같은 이 전쟁터를 뒤로한 채 패주했다. 그리고 공화군의 중무장 포대는 그 퇴각선을 폭격하기 시작했다.

마누엘은 곧바로 중앙부를 향해 떠났다.

페페의 부하들은 기관총도 없이 마치 공화군 전차를 따르듯 적의 전차들을 쫓아갔고, 다이너마이트 대원들과 마누엘의 예비 병력도 진흙 속을 구보로 달렸다. 앞에서 도주하는 적의 오른쪽은 파시스트 중앙부의 옆쪽 부대까지 끌어들이면서 패주했다. 마드리드에서 트럭을 타고 온 부대 중 일부로 보강된 마누엘의 중앙부는 적의 중앙부가 머뭇거리는 사이에 마침내 격정적인 질서를 드러내며 돌벽에서 빠져나왔다.

그들은 라몬타냐 병영 공격의 날 모든 창문들로부터 사격을 받으며 광장에 엎드려 있던 자들이었다. 그들은 1킬로미터당 기관총이 한 자루밖에 없어 공격할 경우 그것을 '서로 빌려주었던' 자들이었다. 그들은 엽총을 가지고 알카사르 요새를 공격하러 올라갔던 자들이었다. 그들은 병원에서 '우리 편이 버렸다'고 울먹이며 적의 비행기를 피해 달아났던 자들이었고, 탱크들 앞에서 도망친 자들이었고, 다이너마이트에 집착했던 자들이었다. 그들 모두는 세뇨리토들이 노예근성을 보고 '착한 백성'을 골라내곤 했다는 것을 알고 있던 자들이었다—그들은 미래에 총살당할 무수한 군중이었으며, 북소리와 함께 전선 이쪽에서 저쪽까지 그들을 공격하며 굉음을 울리는 대포와 마찬가지로 보이지 않는 군중이었다.

파시스트들은 오늘 과다라마를 점령할 수 없을 것이다.

마누엘은 코밑에 소나무 가지를 대고선, 끊임없이 단조롭게 내리는 비 속에서 자신의 최초의 승리, 여전히 진흙으로 끈적끈적한 그 최초의 승리가 전진하기라도 하는 듯, 아란후에스의 병사들과 페페의 부하들로 뒤섞인 전선을 바라보고 있었다.

두시에 파시스트의 모든 진지들이 점령되었다. 하지만 여기서 멈추어야만 했다. 세고비아로 전진해서는 안 되었다. 참호로 방어진지를 구축한 파시스트들이 그 너머에서 기다리고 있었고, 중앙 부대에는 전선에 배치된 병력을 제외한 다른 예비 병력이 없었다.

6

가로숫길을 따라 놓인 카페 그란하의 테이블은 텅텅 비어 있었으나 홀 안은 만원이었다. 시에라 지방에서 시작된 비가 마드리드에선 멎었다. 폭발소리는 귀에 익지 않은 것이었다. 폭탄의 울림보다는 약했지만 땅으로부터 10 내지 20미터 높은 곳에서 나는 소리였다.

"우리의 대공포는 도착했나?" 그 어느 때보다 멋져 보이는 모레노가 물었다.

아무도 대답하지 않았다. 여기서 술을 마시는 모든 사람들은 서로를 알고 있었다. 대학 기숙사 구역에서 울리는 끊임없는 대포의 굉음에 유리잔들이 흔들렸다. 카페에는 불이 켜져 있지 않았다. 오후 한시, 대낮의 빛이 홀 안쪽까지 지하실 같은 빛을 비춰주었다.

한 장교가 회전문을 돌리며 들어왔다. 11월의 눈부신 햇살이 새를 잡는 거울 덫처럼 반짝였다.

"불꽃이 사방에서 다시 오르고 있어. 이곳으로도 오고 있어."

"끄면 되지." 한 목소리가 말했다.

"말이야 쉽지! 산마르고스 가, 마르틴 데 로스 이호스 가……"

"우르키호 로路……"

"산헤로니모 양로원, 산카를로스 병원, 팔라스 호텔 주변의 주택들……"

다른 장교들이 들어왔다. 회전문은 카페 안으로 몹시 불에 탄 돌 냄새를 몰고 왔다.

"적십자병원……"

"산미겔 시장……"

"일부는 이미 껐어. 산카를로스와 산헤로니모는 끝났지."

"저 소리는 뭐지? 대공포 소리인가?"

"어이, 보이, 압생트 한 잔 주게." 초췌한 장발인, 모레노의 동료가 말했다.

"모르겠는걸. 대공포는 아닌 것 같은데."

"유산탄이야." 제일 나중에 들어온 장교가 말했다. "스페인 광장에 엄청나게 떨어지고 있지. 하지만 그놈들은 과다라마를 돌파하지 못했네."

그는 역시 제복을 입은 모레노 옆에 앉았다—말끔히 면도를 했기 때문에 오늘 모레노는 젊어 보였다. 머리도 이제 짧게 깎았다.

"거리에선 반응이 어떤가?"

"겨우 대피소로 내려가기 시작했어. 여전히 화석처럼 꼼짝 않는 자들이 있지. 특히 여자들이 그래. 혹은 그냥 쓰러지거나 고함치는 자들도 있고. 무턱대고 달음질치는 자들도 있지. 여자들은 어린애들을 끌고 뛰어가네. 구경꾼들도 있고."

"아침 내내 지진이 일어난 것 같은 느낌이더군." 모레노가 말했다.

그는 군중이 파시스트들이 아닌 재앙의 공포에 사로잡혔다고 말하고 싶었다. 지진에 항복의 문제가 제기될 수 없듯이, '항복'의 문제는 제기될 수 없었기 때문이다.

앰뷸런스 한 대가 종소리를 앞세우고 지나갔다.

벼락이 치는 듯한 소리가 나더니 유리잔들이 장난감 토끼처럼 튀어 올랐다가 받침 접시들, 엎질러진 아페리티프, 큰 상자처럼 구멍이 뚫린 유리창의 삼각 파편들이 널브러져 있는 사방으로 떨어졌다. 카페 앞 가로숫길에 폭탄 하나가 떨어진 것이다. 한 보이의 쟁반이 굴러떨어지며 침묵 속에서 심벌즈의 둔탁한 소리를 냈다. 작은 스푼들이 부딪쳐 울리는 가운데 손님의 절반이 지하 층계로 몰려들었다. 나머지 절반은 꼼짝 않고 그 자리에 있었다. 그렇다, 또다른 폭발은 없었다. 언제나 그렇듯 열 개쯤 되는 주머니에서 담배가 나오더니(하지만 아무도 다른 사람에게 담배를 권하지 않았다) 연기의 소용돌이를 만들며 일제히 불이 붙었다. 원래는 유리가 있었던 톱니 모양의 커다란 두 구멍으로 연기가 빠져나갈 때 보니, 시체 하나가 금이 간 회전문 유리들 사이 가로대에 기대어 있었다.

"우리를 노리고 있는 거야." 모레노의 동료가 말했다.

"그만 좀 해."

"당신들 모두 미쳤어. 당신들은 깨닫지 못하고 있다고! 당신들은 개죽음을 당할 거야! 내 말하지만 저놈들은 우리를 노리고 있다고!"

"상관없어." 모레노가 말했다.

"미안하지만 내 말 들어보게, 이 친구야! 물론 나도 싸웠어. 자네는 하고 싶은 대로 하라고. 하지만 나더러 비행기 폭탄에 맞아 개죽음을 당하라는 건 아니지. 난 지금까지 평생을 일했고 모든 꿈이 내 앞에 있단 말이야."

"그럼 여기서 뭘 하고 있는 건가? 자넨 지하실에도 내려가지 않았잖아."

"여기 남아 있긴 하지만 그건 어리석은 일이라고 보네."

"'내가 말하는 게 무엇인지를 보지 말고 내가 하는 것이 무엇인지를 보라.' 어떤 철학자가 말했지."

사방에서 떨어지는 포탄들의 요란한 노호 가운데 테이블과 마룻바닥에 남아 있는 유릿조각들에 반사된 겨울햇빛이, 흥건하게 쏟아진 만사니야*와 베르무트와 압생트 속에서 거의 감지할 수 없을 정도로 진동했다. 보이들이 지하에서 올라왔다.

"……우나무노**가 살라망카에서 죽었다더군."

한 민간인이 전화부스에서 돌아왔다.

"푸에르타 델 솔의 지하철에 폭탄이 떨어졌대요. 깊이 10미터짜리 구멍이 생겼답니다."

"가서 보자고." 두 목소리가 말했다.

"지하철에 대피자들이 있었소?"

"모르겠어요."

"구급대에 의하면 정오에 200명이 넘는 사망자와 부상자 500명이 나왔다던데."

"시작에 불과해!"

"……저놈들, 과다라마에서는 패배했다고들 하던데……"

전화를 했던 사람이 엎질러진 아페리티프의 잔해 앞에 다시 앉았다.

"지긋지긋하군." 모레노의 장발 동료가 말했다. "다시 말하지만 저놈들은 우리를 노리고 있다니까! 여기 도심 한가운데서 우리가 뭘 하고 있는 거냐고! 바보짓이야!"

"꺼져."

---

* 스페인산 포도주.

** 스페인 철학자, 작가로 살라망카 대학 총장이었다.

"그럴 거야. 중국이든, 오세아니아든, 아무데로나 말이야."

"……델 카르멘 시장이 불타고 있다." 바깥에서 어떤 목소리가 들려오다가 앰뷸런스의 종소리에 곧바로 묻혀버렸다.

"오세아니아에서 무얼 할 건데? 조개목걸이를 만들 건가? 종족들을 조직할 건가?"

"금붕어 낚시를 할 거야! 무엇이든 할 거야! 더이상 이런 이야기를 듣지 않을 수만 있다면 말이야!"

"자네는 여기 이들과 떨어지는 게 너무 싫어서 지하실에도 내려가려 하지 않잖아. 자네의 딱한 설교, 나 역시 그런 설교를 했지. 가엾은 친구 에르난데스에게 말이야!"

그는 갑자기 두려운 듯 동지를 쳐다보았다. 오늘 에르난데스는 모레노 그 자신이었다. 그리고 에르난데스는 죽었다. 하지만 미신은 그들 앞에서 연기처럼 흩어졌다.

"난 프랑스로 도망갈 뻔했지. 그런데 망설였네. 그러고는 동지애와 삶에 다시 붙들렸어. 포탄들 앞에서 이제 나는 심사숙고하여 얻은 생각을 믿지 않아. 심오한 진리도 믿지 않지. 아무것도 믿지 않아. 나는 두려움을 믿네. 진짜 두려움은 말하게 하는 것이 아니라 떠나게 하는 것이야. 자네가 도망친다 해도 난 할말이 없어. 지금 여기 머물고 있는 이상 결정이 난 셈이니 자넨 입을 다무는 게 상책이야.

감옥에서 난 볼 수 있는 모든 것을 보았고, 사내들이 동전 던지기로 자기 목숨을 점치는 소리를 들으며 일요일만 기다렸네. 일요일엔 총살이 없으니까. 난 죄수들의 뇌장덩어리와 머리카락이 그대로 붙어 있는 벽에다 대고 펠로타 놀이*를 하는 사내들을 보았네. 쉰 명이 넘는 사형수들이 감방에서 동전을 던져 점을 치는 소리도 들었어. 이런 말을 할 때 내가 무슨 얘기를 하는 건지, 나는 잘 알고 있어. 됐네.

이보게, 다만 이런 거야. 그러니까 다른 것이 있다는 거지. 난 모로코에서 참전했었어. 그때만 해도 여전히, 이를테면 결투에 의존했어. 여기 최전선에서는 전혀 다른 일이 일어나고 있네. 처음 열흘이 지나고 나면 몽유병자가 되는 거야. 너무 많은 사람들이 죽어가는 걸 보게 되니까. 포병, 탱크, 비행기는 너무 기계적이야. 모든 것이 운명으로 변하네. 그리고 이제 이 운명으로부터 벗어나지 못하리라 확신하게 되지. 지금 이 순간 처해 있는 사태, 즉 전쟁으로부터만이 아니야. 마치 몇 시간 후면 효과가 나타날 독약을 먹은 사람과 같고, 맹세를 한 사람과 같지. 삶은 과거의 것이 되네.

바로 그때, 인생이 변하지. 갑작스럽게 다른 진실 안에 있게 되고, 미친 자들은 다른 사람들이 되는 거야."

"자네는 언제나 어떤 진실 속에 있다는 거로군!"

"맞아. 있는 그대로의 현실은 이거야. 자네는 탄막을 향해 전진할 뿐 자기 자신에 대해선 아무것도 신경쓰지 못해. 수백 발의 포탄이 떨어지고 수백 명의 인간이 전진하지. 자네는 다만 자살자에 불과하지만 동시에 모든 사람 안에 있는 최상의 것을 소유하는 셈이야. 그들의…… 그러니까 그들이 지닌 최상의 것, 요컨대 카니발로 치자면 군중의 환희 같은 것을 소유하는 거지. 내 말을 제대로 이해했는지 모르겠군. 내 친구 하나는 이것을 죽은 자들이 노래하기 시작하는 순간이

* 공놀이의 일종.

라고 부르네. 한 달 전부터 나는 죽은 자들이 노래할 수 있다는 것을 알게 되었어."

"천만의 말씀이야."

"마르크시스트 장교 가운데 가장 고참인 내가 단 한 번도 의심해본 적 없는 것이 있네. 죽음의 반대편에만 존재하는 형제애가 있다는 거야."

"소총을 들고 비행기에 맞서 싸워야 했을 때 그 형제애를 실컷 맛본 자들이 있지. 소총으로 탱크에 맞서 싸워야 했을 때 실컷 맛본 자들도 있고. 나는 지금 맛보고 있는 중이네."

"나도 자네처럼 경련을 일으킨 적이 있어, 그런데 지금은……"

"자넨 죽게 될 때쯤엔 훨씬 더 평온해질 거야."

"그렇겠지. 다만 지금은 아무래도 상관없네."

모레노가 미소를 짓자 그의 기막힌 치아가 드러났다. 술집에 놓인 장식용 술병들이 한꺼번에 빈 유리잔 부딪는 소리를 내면서 굴러떨어졌다. 테이블들은 폭발 속에서도 굳어버린 듯했다. 베르무트 광고가 모레노의 등에 떨어지며 마치 손으로 잡아채듯 그의 미소를 끊어버렸다. 지하실에서 코를 내밀고 있던 자들은 다시 숨었다.

수염을 기른 민간인 부상자 한 명이 밖에서 문안으로 뛰어들었다. 있는 힘을 다해 요란하게 닫은 문짝이 폭발 뒤의 침묵 속에서 회전문에 기댄 죽은 자의 가슴에 부딪혀 둔중하게 울렸다. 부상자는 반쯤 부서진 창유리를 주먹으로 악착같이 치다가 결국 무너져내렸다.

사방에서 폭발이 다시 시작되었다.

7

대구경 포탄들이 중앙전화국과 알칼라 가 사이로 굴러떨어졌다. 그 중 하나는 터지지 않아 민병 두 명이 앞뒤에서 붙들고 가져갔다. 해질 녘의 티 없이 맑은 하늘이 불티와 불꽃으로 가득한 마드리드를 내리누르기 시작했고 폭격과 먼지의 냄새는 보다 불안한 다른 냄새와 뒤섞였는데, 이 냄새를 톨레도에서 맡아보았던 로페스는 사람의 살이 타는 냄새라고 생각했다. 이날 아침, 로페스가 배속된 문화재보호위원회는 소유주가 버리고 간 대저택에서 발견된 엘 그레코의 그림 두 점과 고야의 소품 세 점이 운반되지 않아 그것들을 기다리는 중이었다. 그는 이 그림들을 자기가 보는 앞에서 보내고 싶었다.

로페스는 전쟁에는 무능하다시피 했지만 예술작품의 보호에는 눈부실 정도로 탁월한 재능을 보여주었다. 그 덕분에 톨레도의 혼란 때에도 엘 그레코의 작품은 하나도 파괴되지 않았다. 가장 위대한 대가들의 그림을 수십 점씩 수도원 다락의 무심한 먼지 속에서 구해냈던 것이다.

상당히 멀리 떨어진 전방의 교회 앞에서 소구경 포탄 하나가 터졌다. 곧바로 비둘기들이 날아갔다가 호기심에 이끌려 되돌아와서는 교회 정면에 방금 생겨난 구멍들을 살펴보았다. 파괴된 한 가옥의 창문은 이제 무한을 향해 열려 있었고, 그 너머 중앙전화국의 높은 탑이 11월의 석양으로 창백한 바로크식 방패 모양을 하고 나타났다.

마드리드를 굽어보는 이 작은 마천루가 아직 산산조각나지 않은 것은 기적이었다. 한쪽 귀퉁이는 떨어져나간 채였다. 유리창은…… 탑

뒤에서 포탄 연기가 솟았다. 제기랄, 저러다간 포탄이 내 엘 그레코 작품에 떨어지겠네, 로페스는 생각했다.

공포에 질린 한 무리의 군중은 자신들이 무엇으로부터 달아나고 있는지는 알아도 어디로 달아나야 하는지는 모르는 채, 헛되이 거리를 돌아다녔다. 또다른 군중은 무심하거나 호기심에 사로잡히거나 아니면 흥분한 모습으로 고개를 하늘로 쳐들고서 걸어다녔다. 두번째 포탄이 근처에 떨어졌다. 여자들이나 노인들과 함께 있던 일부 어린아이들이 공포에 질려 달음질쳤다. 친척이 없는 다른 아이들은 '가볍게 이런 저런 이야기를 나누었다'.

"파시스트들은 얼간이들이야! 쏠 줄을 모른다니까. 그들이 노리는 것은 카사 델 캄포의 병사들인데 어디를 치고 있는지 좀 보라고!"

어느 날 아침 엘 프로그레소 광장의 탁아소 마당에서 세 명의 아이가 지금 로페스 앞에 있는 아이들처럼 턱을 쳐들고는 전쟁놀이를 하고 있었다. "폭탄이다! 엎드려!" 한 아이가 말한다. 세 명 모두 훈련된 병사처럼 엎드린다. 그런데 진짜 폭탄이 떨어진 것이다. 전쟁놀이에 끼지 않았던 다른 아이들은 서 있다가 죽거나 부상을 당한다……

포탄 하나가 왼쪽에 떨어졌다. 개들이 비스듬히 열을 지어 달렸다. 또다른 작은 무리가 이웃한 길의 반대쪽에서 나타났다. 버려진 개들의 희망 없는 순환이 인간들의 그 같은 순환을 예견하는 것만 같았다. 로페스는 동물들을 좋아하는 조각가로서의 시선을 되찾아 개들을 바라보았으나, 다른 동물들이 그를 기다리고 있었다.

알바 공작의 대저택처럼 징발된 거의 모든 대저택들과 마찬가지로, 로페스가 지금 향하고 있는 저택은 박제된 동물들로 풍부하게 장식되어 있었다. 스페인의 많은 귀족들은 그림보다 사냥을 좋아했다. 그래서 만일 고야의 그림을 가지고 있는 경우, 그들은 그것과 자신의 노획물을 뒤섞어놓곤 했다. 도주한 권문세가의 저택들—소유주들이 도망간 저택만이 징발되었다—의 목록에는 대가의 작품 10여 점(군사 반란이 일어나기 일주일 전에 외국에 반출되지 않았을 경우)과 예상을 뛰어넘는 양의 상아, 코뿔소 뿔, 박제된 곰과 여러 동물들이 흔하게 포함되어 있었다.

로페스가 100미터 떨어진 곳에 투하된 폭탄의 환영을 받으며 대저택의 정원에 들어서자 민병 하나가 그를 마중하러 왔다.

"그래, 거북이 친구." 로페스가 그의 어깨를 두드리면서 소리쳤다. "내 엘 그레코들은 어떻게 됐나, 빌어먹을!"

"뭐요? 그림들 말이오? 운반할 방법이 없었소. 당신 부하들이 달걀이라도 싸듯 포장하니까 너무 커져버렸소. 어쨌든 트럭은 가버렸소."

"언제?"

"반시간쯤 되었소. 하지만 저 짐승들은 싣고 싶어하지 않더군요."

차양 아래 조심스럽게 늘어놓은 상아들 근처 나무 밑에 '자연스러운' 자세로 흩어진 박제 곰들이 마구 떨리고 있었다. 포탄들이 대지를 가볍게 뒤흔든 것이다. 다리 하나를 공중으로 쳐들고 있는 버려진 곰들의 모습이, 마치 전쟁의 저녁을 축복하거나 위협하는 것 같았다.

"이건 쉽게 망가지지 않아." 로페스가 고요한 표정으로 말했다. 그는 보호위원회의 다른 부서에서 끌어모으는 이런 진기한 자연 수집품들에 대한 책임을 자신의 임무로 받아들이려 하지 않았다.

"이보게 동지, 들어보게. 포탄이 그림한테 좋지 않다면 상아한테도 좋지 않겠지…… 내가 이 모든 것을 어떻게 했으면 좋겠나? 곧 비도 올 텐데 말이야!"

포탄 한 발이 아주 가까이에서 터지자 잡다한 동물들이 튀어오르거나 앞뒤로 움직였고, 인도 회사의 황금색 새장에 남아 있던 카나리아 한 마리가 미친듯이 노래하기 시작했다.

"곰들을 가져가라고 전화를 하겠네."

로페스는 담배에 불을 붙인 뒤 새장을 손에 들고 떠났다. 그는 새장을 규칙적으로 흔들었다. 포탄이 떨어질 때마다 카나리아는 더욱 맹렬하게 노래했다가 조용해지곤 했다…… 한 건물이 영화에서처럼 위에서 아래로 불타고 있었다. 장식은 뒤틀려 있지만 부서지지 않은 정면 뒤로 모든 창문들이 망가진 채 열려 있었고, 각층에는 바깥으로 빠져나오지 못하는 불꽃들이 머물고 있었기에 건물은 마치 불의 화신이 살고 있는 듯한 모습이었다. 좀더 떨어진 곳, 두 길이 만나는 모퉁이에 버스 한 대가 기다리고 있었다. 로페스는 거리로 나온 뒤 처음으로 숨을 헐떡이며 멈춰 섰다. 그는 미치광이처럼 온몸을 흔들다가 카나리아가 든 새장을 돌멩이처럼 내던지고는 소리쳤다. "내려요!" 버스에 타고 있던 사람들은 수많은 다른 거리의 수많은 미치광이처럼 몸을 흔들어대는 그의 모습을 지켜보았다. 로페스가 땅바닥에 몸을 던지자 버스는 폭발해 날아가버렸다.

로페스가 몸을 다시 일으켰을 때, 벽에서는 피가 흥건히 흘러내리고 있었다. 폭발로 발가벗겨진 채 죽은 사람들 속에서 나체가 되기는 했지만 부상을 입지는 않은, 구레나룻을 기른 한 남자가 고함을 지르면서 일어났다. 폭격은 중앙전화국 방향으로 계속해서 거세졌다.

8

셰이드는 중앙전화국에 있었다. 기사를 보내야 할 시간이었다. 포탄들은 구역 전체에 투하되었다. 하지만 특히 이곳에선 모두가 표적임을 알고 있었다.

다섯시 반에 중앙전화국은 포격을 맞았다. 이제 포탄은 연달아 이곳을 집중적으로 공격했다. 그것들은 전화국에 명중되었다가, 빗나갔다가, 다시 날아왔다. 교환수, 사무원, 신문기자, 심부름꾼, 민병 들은 이곳이 전선임을 실감했다. 아주 미미한 시차를 두고 마치 천둥이 울리듯 포탄이 터졌다. 비행기들도 다시 합세한 것 같았다. 저녁이 다가오며 구름이 낮게 드리웠다. 하지만 온통 전화교환기의 소음뿐이라 발동기의 진동음은 전혀 들리지 않았다.

민병 하나가 셰이드를 찾으러 왔다. 가르시아 소령이 신문기자들을 전화국 사무실로 소집했던 것이다. 조금이라도 중요한 특파원이라면 모두 거기 와서 기다리고 있었다. '왜 하필 지금?' 셰이드는 의아해했다. 하지만 기자들과 관련한 일이 있을 때면 기자들이 가장 위험하다고 판단하는 곳에서 그들을 만나는 것이 가르시아의 습관이었다.

가죽과 나무와 니켈로 된 중앙전화국의 옛 국장실에서, 가르시아는 매일 마드리드에서 보내오는 기사의 복사본을 전달받고 있었다. 그것들은 그에게 '정치'와 '사건'이라는 두 개의 서류로 제시되었다. 특파원들을 기다리는 동안 두번째 서류를 훑어보던 그는 자신이 인간이라는 사실이 지긋지긋했다. 모든 기사들에 끔찍스러움이 넘쳐났다. 그는 읽어내려갔다.

〈파리수아르〉에 보낼 기사 : 중앙전화국에 오기 전에 나는 끔찍이도 아름다운 장면을 목격했다.

지난밤 푸에르타 델 솔 광장 근처 어둠 속에서 길을 잃은 채 울고 있는 세 살짜리 어린아이가 발견되었다. 한편 그란 비아의 지하실에 피신한 한 여자는 자기 아이의 행방을 모르고 있었는데, 푸에르타 델 솔 광장에서 발견된 아이처럼 금발에 나이도 같은 아이였다. 소식을 들은 그녀는 아이를 보호하고 있는 몬테라 가의 집으로 달려간다. 커튼이 쳐져 침침한 가게 안에서 아이는 초콜릿 조각을 빨고 있다. 어머니는 팔을 벌리고 아이에게 다가가다가 눈이 점점 더 커지더니 끔찍하고 미치광이 같은 시선을 움직이지 않는다.

그녀의 아이가 아닌 것이다.

그녀는 오랫동안 꼼짝 않는다. 길을 잃은 아이는 그녀에게 미소를 짓는다. 그러자 그녀는 아이에게 달려가서 꼭 껴안은 뒤 잃어버린 자기 아이를 생각하며 그애를 데려간다.

'이 기사는 통과되지 못하겠는데.' 가르시아는 생각했다.
유리창이 부서진 창문들은 저녁빛으로 가득했다.

〈로이터 통신〉에 보낼 기사 : 한 여자가 아래턱이 날아가고 없는, 겨우 두 살이 될까 말까 한 어린 딸을 안고 있었다. 하지만 어린 딸은 아직 살아 있었다. 두 눈을 크게 뜨고서, 아이는 누가 자신에게 이런 짓을 했는지 묻는 것 같았다. 다른 여자가 거리를 가로질러갔다—그녀의 팔에 안긴 아이는 머리가 없었다……

한 어머니가 자신의 아이에게서 남아 있는 것을 얼마나 끔찍한 몸짓으로 보호하는지, 가르시아는 직접 목격했기에 알고 있었다. 오늘도 그와 비슷한 몸짓이 얼마나 많을까?

멀리서 포탄 세 발이 연극에서 나타나는 세 번의 반전처럼 둔탁하게 터졌다. 문이 열리더니 특파원들이 들어왔다. 탁자 위에서는 유리로 만든 조화가 아직 깨지지 않은 채, 포성이 울릴 때마다 흔들렸다. 유리창이 산산조각났기 때문에 불타는 도시의 냄새가 연기와 함께 두 창문으로 들어오고 있었다.

"전화선이 비면 요청한 사람에게 즉시 알려줄 겁니다. 여러분도 아시다시피, 내가 여러분을 소집한 것은 오로지 자료를 전하기 위해서입니다. 여러분을 오시게 한 목적을 이행하기 전에 주의해주셔야 할 점이 있습니다. 다름이 아니라 파시스트들의 발표에 따르면, 전쟁이 시작된 뒤 우리는 아홉 개의 비행장에 있는 적의 비행기들을 파괴했습니다. 세비야의 비행장보다는 세비야를 폭격하는 것이 더 쉽습니다. 하지만 폭탄 몇 개가 군사적 목표에서 빗나가 민간인들에게 부상을 입힌 일은 있었을지언정, 적어도 스페인 도시 하나를 철저하게 폭격한 적은 결코 없습니다.

이제 자료를 드리지요. 제가 읽어드리겠습니다. 여러분 각자는 원본을 살펴보시기 바랍니다. 런던과 파리에서도 발표되도록 힘쓸 것이니 그리 생각해주시고…… 이것은 반군 고위급 장교들에게 보내진 회람장입니다. 사본은 7월 28일에 발견된 것으로, 장교 마누엘 카라체가 갖고 있던 것입니다. 그는 과달라하라 전선에서 포로가 되었지요."

승리의 본질적인 조건 가운데 하나는 적군의 사기를 꺾는 것이다. 적은 우리에게 저항할 만큼 충분한 부대도 무기도 가지고 있지 않다. 그럼에도 불구하고 다음과 같은 지시를 엄격하게 준수하는 것이 반드시 필요하다.

배후를 점령하기 위해서는 주민들에게 뭔가 영향력 있는 공포를 불러일으키는 것이 필수적이다.

하나의 법칙이 불가피하다. 즉 사용된 모든 수단이 괄목할 만해야 하고 인상적이어야 한다는 것이다.

적의 퇴각선상에 있는 모든 장소는, 그리고 적의 전선 뒤에 위치한 모든 장소는 공격 지대로 간주되어야 한다. 해당 장소에 적의 부대가 주둔하든 안 하든, 이 점에 대해서는 이견이 있을 수 없다. 적의 퇴각선상에 있는 주민들 사이에 퍼지는 공포는 적군의 사기 저하에 크게 이바지한다.

1차대전중 행해진 실험에 의해 입증된 바에 따르면, 적의 앰뷸런스와 부상자 후송 차량의 부주의로 야기된 피해 또한 부대의 사기 저하에 큰 효과를 낳는다.

마드리드에 입성하면 단위부대장들은 공공건물과 종루를 포함해 주요 구역이 내려다보이는 건물들의 지붕에 모든 인근 거리를 굽어볼 수 있는 기관총 진지를 즉시 구축해야 할 것이다.

주민들이 저항할 기미가 보일 경우, 저항자들에게 즉시 총격을 가해야 할 것이다. 적의 편에서 싸우고 있는 여자들의 수를 감안할 때 이들 전투원들의 성별은 고려할 필요가 없을 것이다. 우리의 태도가 엄격하면 할수록 주민들의 모든 저항을 진압하는 작업은 보다 신속해질 것이고, 스페인 혁신의 승리는 보다 앞당겨질 것이다.

가르시아는 말했다. "파시스트들의 관점에서 덧붙이자면, 저는 이것이 논리적인 지시라고 생각합니다. 개인적인 견해를 말씀드리면, 공포는 첫날부터 반란군에 의해 조직적·기술적으로 사용된 수단에 속하며, 여러분은 총연습장이 되었던 바다호스의 비극을 여기서 목격하고 있다는 것입니다. 하지만 개인적인 견해는 그만둡시다."

그러고는 기자들이 밖으로 나가는 동안 이렇게 말했다.

"여러분은 또 8월 16일자 프랑코의 인터뷰 내용도 받을 것인데 그것은 이렇게 시작됩니다. 나는 결코 마드리드를 폭격하지 않을 것입니다. 그곳에는 무고한 자들이 있으니까요……"

포탄들이 다시 떨어지고 있었지만 1킬로미터 떨어진 곳이었다. 중앙전화국에선 신경쓰지 않았다.

비서 하나가 들어왔다.

"마니앵 대령한테 전화가 왔나?" 가르시아가 물었다.

"아닙니다, 소령님. 국제의용군은 헤타페*에서 싸우고 있습니다."

"스칼리 중위는 오지 않았나?"

"알칼라에서 전화가 왔었습니다. 열시경에 들르겠다고 했습니다. 그런데 뇌부르 박사님이 와 계십니다, 소령님."

적십자 파견단장인 뇌부르 박사가 살라망카에서 와 있었다. 가르시아와는 예전에 제네바에서 열린 두 번의 학회에서 만난 적이 있었다.

---

* 스페인 중앙부의 마드리드 자치 지역.

소령은 뇌부르가 살라망카에서 경험한 일이 거의 없다는 것을 모르지 않았다. 하지만 그는 적어도 그곳에서 미겔 데 우나무노와 오랫동안 만났었다.

프랑코는 스페인의 가장 위대한 작가를 대학 총장직에서 파면한 참이었다. 그리고 그때부터 파시즘이 그 작가의 저명한 옹호자였던 이 인물을 얼마나 위협하고 있는지도 가르시아는 모르지 않았다.

9

"육 주 전부터 그는 작은방에 누워서 책을 읽고 있어요……" 박사가 말했다. "총장직에서 파면된 뒤 그는 이렇게 말했습니다. '죽거나 사형선고를 받기 전에는 이 방에서 나가지 않겠소.' 그러고서 드러누웠습니다. 지금도 계속 그러고 있어요. 그가 파면된 지 이틀 후에 성심회에서 대학 총장직에 취임했지요……"

도중에 뇌부르는 방에 있는 유일한 거울에 비친 자신의 면도한 갸름한 얼굴을 바라보았다. 재기 있어 보이고자 하는 그 얼굴은 그러나 파멸한 젊음처럼 보였다. 대화가 시작되었을 때 가르시아는 지갑에서 편지 한 장을 꺼내두었다. 그는 말했다.

"당신이 이곳에 오리라는 것을 알고는 전에 그와 주고받은 서신을 훑어보았습니다. 십 년 전 우나무노가 망명지에서 보낸 이 편지가 있더군요."

진리 이외에 다른 정의란 없습니다. 그리고 소포클레스가 말하길, 진리는 이성보다 더 많은 것을 할 수 있다고 했습니다. 삶이 즐거움보다, 고통보다 더 많은 것을 할 수 있듯이 말입니다. 따라서 나의 신조는 진리와 삶이지 이성과 즐거움이 아닙니다. 즐거움 속에서 추론하거나 이성 속에서 행복하기보다는 차라리 고통을 당하더라도 진리 속에서 사는 것이……

가르시아는 붉은 하늘을 반사하는 바로 앞 책상에 편지를 놓았다.

"그를 파면당하게 한 연설의 취지와 같군요." 의사가 말했다. "연설은 이러했습니다. '정치에는 그 나름의 까다로운 요구 사항이 있을 수 있으나 여기서는 말하지 않겠습니다. 이 대학은 진리에 봉사해야 합니다…… 미겔 데 우나무노는 거짓이 있는 곳에선 존재할 수 없습니다. 끊임없이 들려오는 좌파의 잔혹함에 대해선, 이 사실을 알아두십시오. 여자 민병들 가운데 가장 비천한 여자—남들이 말하는 창녀일지도 모릅니다—라도 자신이 선택한 것을 위해 소총을 들고 싸우면서 죽을 위험을 무릅쓴다면, 그녀는 내가 그저께 연회에서 보았던 여자들, 그러니까 값비싼 속옷과 꽃들이 끊임없이 스쳐간 팔을 드러낸 채 마르크스주의자들이 총살당하는 것을 구경하러 가기 위해 자리를 뜨던 그 여자들보다 정신적으로 덜 비참하다는 것입니다……'"

뇌부르는 흉내를 잘 내기로 유명했다.

"의사로서 말하자면," 그는 자신의 원래 목소리를 되찾으며 말을 이었다. "사형에 대한 그의 공포에는 병적인 면이 있습니다. 테르시오 보병 연대의 창설자인 장군*에게 답변을 명확히 해야 했던 상황이 그의 신경을 건드린 게 분명합니다. 그가 스페인의 문화적 통일을 옹호하자

야유가 시작되었습니다……"

"어떤 야유 말입니까?"

"우나무노를 사형시켜라, 지식인들을 사형시켜라!"

"누가 외쳤습니까?"

"대학의 젊은 바보들이죠. 그러자 밀란 아스트라이 장군이 일어서서 이렇게 외치더군요. '지성을 사형시켜라, 사형 만세!'"

"당신 생각에 그는 뭘 말하고 싶었던 겁니까?"

"보나마나 '썩 꺼지시오'라는 뜻이겠지요. '사형 만세'는 아마 총살에 반대하는 우나무노의 항의를 빗댄 얘기였을 겁니다."

"스페인에서 이 외침은 상당히 의미심장합니다. 왜냐하면 무정부주의자들도 예전에 그렇게 외쳤으니까요."

포탄 하나가 그란 비아에 떨어졌다. 뇌부르는 자신의 용기가 만족스러운 듯, 가르시아의 사무실을 성큼성큼 거닐었다. 화재로 붉어진 하늘이 그의 대머리에 희미하게 반사되었다. 정수리 양쪽으로 검은 고수머리가 불룩했다. 20년 동안 뇌부르 박사는 (그의 분야에서는 걸출했다 할지라도) '이봐, 뇌부르는 18세기 사제 같지 않아?'라는 말을 들어왔는데, 지금도 여전히 그런 흔적이 드러났다.

의사는 다시 말을 이었다.

"그러자 우나무노는 저 유명한 말로 대답했지요. '장군님, 비스카야와 카탈루냐가 없는 스페인은 당신과 비슷한 나라가 될 겁니다. 애꾸에 외팔이가 될 거란 말입니다.' 모든 사람이 알고 있다시피, 몰라 장

* 프랑스 외인부대를 본떠 테르시오 보병 연대를 만든 프랑코 장군을 가리킨다.

군에게 '이긴다는 것이 설득시킨다는 것은 아닙니다'라고 답변한 후에 나온 말이라 좋게 들릴 리가 없었죠……

저녁에 그는 카지노에 갔습니다. 사람들한테 모욕을 당했지요. 그는 자기 방으로 돌아와 다시는 외출하지 않겠다고 말했어요."

가르시아는 주의깊게 귀를 기울이면서도 두 눈을 책상 위에 놓여 있는 우나무노의 오래된 편지에 고정시키고 있었다. 그는 다시 큰 소리로 그것을 읽었다.

십자군과 복수復讐의 병사들은 리프 지방*을 교화시키는 일, 즉 이 지방의 문명을 파괴하는 일을 단념할까요? 그리하여 우리는 사형집행인이라는 그 명예로부터 벗어날 수 있을까요?

거기, 스페인에 대해선 난 아무것도 알고 싶지 않습니다. 다른 사람의 말은 듣지도 않고 외쳐대기만 하는 사람들이 대국 스페인이라 부르는 것에 대해선 더욱 알고 싶지 않습니다. 나는 반대쪽인 소국 스페인으로 피신합니다. 그리고 내가 결코 읽고 싶지 않은 것은 스페인 신문입니다. 그건 정말 끔찍하지요. 마음의 줄이 끊어지는 소리조차 없습니다. 들리는 것이라곤 우리의 거인인 풍차와 꼭두각시의 도르래가 삐걱거리는 소리뿐……

함성소리가 그란 비아에서 올라왔다. 한여름 햇빛에 반사된 강물의 그림자가 방의 천장에 어른거리듯, 화재의 섬광이 벽에서 떨리고 있었다.

---

* 지중해와 인접한 모로코의 북부 지방.

"마음의 줄이 끊어지는 소리조차 없다……" 가르시아는 파이프로 엄지손톱을 때리면서 되풀이했다.

"내가 알고 싶은 것은 그가 생각하는 것이 무엇이냐 하는 것입니다. 그가 흰올빼미처럼 놀란 듯 생각에 잠긴, 그 고귀한 표정을 하고서 밀란 아스트라이에게 호통을 치는 모습이 여기서도 눈에 선하군요. 하지만 이것은 하나의 에피소드에 불과합니다. 다른 것이 있으니까요."

"이후에 우리는 사적인 대화를 통해 많은 이야기를 나누었습니다. 아니, 그보다는 그가 많은 말을 했지요. 나는 거의 듣고만 있었으니까요. 그는 아사냐를 싫어해요. 그는 아직도 공화국이, 그리고 공화국만이 스페인의 연방적 통일을 가능케 하는 수단이라고 생각하고 있습니다. 그는 절대적인 연방주의에 반대할 뿐 아니라 힘에 의한 중앙집권주의에도 반대합니다. 지금 그는 파시즘이 바로 이와 같은 중앙집권주의를 나타낸다고 보는 겁니다."

오드콜로뉴 향기와 화재의 묘한 냄새가 깨진 유리창을 통해 들어와 사무실을 가득 채웠다. 향수 공장이 불타고 있었다.

"그는 파시즘에도 발이 있다는 것을 깨닫지 못하고 파시즘과 악수를 하고자 했지요. 연방적 통일에 대한 그의 의지는 그가 지닌 모순들을 상당 부분 설명해줍니다……"

"그는 프랑코의 승리를 믿고, 기자들을 만나서는 이렇게 말합니다. '무슨 일이 있어도 나는 결코 승리자의 편이 되지 않을 것이라고 쓰시오……'"

"기자들은 그 말을 믿지 않아요. 그가 자기 아들에 대해 당신에게 얘기했나요?"

"아무 말도요. 그건 왜 묻습니까?"

가르시아는 붉게 물든 저녁을 꿈꾸듯 바라보았다.

"그의 아들 모두 여기 있으며, 둘 다 전투원입니다…… 그가 아들들 생각을 전혀 안 하지는 않겠지요. 그리고 두 진영을 알 만한 인물을 만날 기회가 그에게는 별로 없어요……"

"그 연설이 있은 후 그는 딱 한 번 외출했습니다. 들리는 말에 의하면, 그가 여자들에 대해 말한 것에 대한 응답으로 어떤 방에 호출을 받았는데, 방의 열린 창문 앞에서는 총살이 집행되고 있었다더군요……"

"나도 그 이야기는 들었습니다만 신빙성이 별로 없어요. 그 일에 대한 명확한 정보라도 갖고 있나요?"

"그는 그 일에 대해 말하지 않았습니다, 당연한 일이죠. 짐작하겠지만 나 역시 말하지 않았고요.

그의 불안은 최근 많이 깊어졌습니다. 이 나라가 폭력과 비이성적인 측면에 끝없이 의지하고 있는 모습 때문이죠."

파이프의 어렴풋한 움직임으로 보아 가르시아는 이런 식의 정의定義를 어느 정도 진지하게 받아들이는 듯했다. 뇌부르는 자신의 손목시계를 쳐다보더니 일어났다.

"다만, 가르시아 선생, 우리가 한 이야기는 어쨌거나 다소 사태를 에둘러 말한 것 같군요. 우나무노의 반대는 윤리적인 반대입니다. 이에 대한 우리의 대화는 간접적이었지만 한결같았습니다."

"물론, 총살은 중앙집권주의의 문제가 아닙니다."

"쓰라리고 음울한 모습으로 책들에 둘러싸인 채 침대에 누워 있는 그와 헤어질 때, 나는 19세기와 결별하는 기분이었습니다……"

그를 배웅하면서 가르시아는 파이프 끄트머리로 손에 들고 있던 편지의 마지막 구절을 가리켰다.

살라망카의 비좁고 작은 연구실의 녹음 덮인 꿈—내가 그것을 얼마나 꿈꾸었는지!—을 빼앗긴 이후부터 번민의 지난 십이 년을 향해 내 마음의 눈을 돌리면, 그 시간은 마치 꿈속의 꿈처럼 나타납니다.

독서? 날이 갈수록 점점 친밀감을 느끼게 되는 바다에 관한 것을 빼면, 난 이제 책을 별로 읽지 않아요……

"십 년 전의 것입니다." 가르시아가 말했다.

10

파리와 연결되어 셰이드가 전화실로 부름을 받은 순간, 아주 가까운 곳에 포탄 하나가 떨어졌다. 다시 두 개의 포탄이 이번엔 훨씬 더 가까이 떨어졌다. 방에 있는 사람들 거의 모두가 창문 반대쪽 벽으로 몸을 날렸다. 전기램프들이 켜져 있음에도 바깥의 붉고 강렬한 섬광을 식별할 수 있을 정도였다. 마치 화재 자체가 중앙전화국을 향해 사격을 퍼붓는 것 같았고, 13층이나 되는 창문들에는 사람의 그림자 하나 없었다. 마침내 콧수염을 기른 한 늙은 기자가 벽에서 떨어지자 모두가 차례로 몸을 뗐다. 그러고서 그들은 마치 자신의 흔적이라도 찾는 듯 벽을 바라보았다.

다시 포탄들이 떨어졌다. 먼젓번 것만큼이나 가까운 곳이었다. 하지만 아무도 되찾은 자리를 떠나지 않았다. 집회에서는 이십 분마다 침묵이 흐른다고 한다. 그러한 무심함이 흐르고 있었다.

이윽고 셰이드는 구술을 시작했다. 아침나절의 메모가 구술되는 동안 포탄들은 가까이서 터지곤 했고, 폭발이 일어날 때마다 뾰족한 연필 끝이 속기록 위에서 튀어올랐다. 포격이 그쳤는데도 불안은 심해졌다. 저쪽 대포들이 사격 목표를 조정하고 있는 것일까? 사람들은 기다리고, 기다리고, 또 기다렸다. 셰이드는 구술을 이어갔다. 파리는 뉴욕으로 전신했다.

"오늘 아침, 쉼표, 천 명 이상의 부상자가 있는 병원이 집중 포격되는 것을 보았다, 마침표. 사냥에서, 쉼표, 부상당한 동물들이 남기는 피를 흔적이라 부른다, 마침표. 보도에도, 쉼표, 벽에도 흔적이 있었다……"

20미터도 채 떨어지지 않은 곳에 포탄이 떨어졌다. 이번엔 다들 지하실을 향해 몰려갔다. 텅 비다시피 한 홀에는 교환수들과 '통화중'인 특파원들만 남아 있었다. 교환수들은 통화에 귀를 기울이면서도 눈으로는 포탄이 날아오는 곳을 찾고 있는 것 같았다. 구술하던 기자들은 구술을 계속했다. 한번 통화가 끊어지면 다시 연결할 수 없고, 그러면 조간 시간을 맞출 수 없다. 셰이드는 팔라스 호텔에서 자신이 본 것을 구술했다.

"오늘 오후 폭발이 일어나고 몇 분 뒤 나는 한 푸줏간 앞에 도착했다. 여자들이 줄을 서 있었던 곳에 핏자국이 있었다. 죽은 푸줏간 주인의 피가 도마에서 쇠고리에 매달린 소고기와 양고기 사이를 지나 땅바닥으로 흐르고 있었고, 땅바닥에서 그 피는 파열된 수도관의 물에 씻겨 내려갔다.

이 모든 것이 헛된 일임을 이해해야 한다.

헛된 일임을 말이다.

마드리드 주민들의 마음을 동요시키는 것은 공포라기보다 혐오다. 포탄이 떨어지는 가운데 한 노인은 이렇게 말했다. '나는 정치라면 뭐든 경멸했습니다만, 아직 가지지도 않은 권력을 이처럼 남용하는 자들에게 권력을 내주는 것을 어떻게 받아들일 수 있겠습니까?' 한 시간 동안 나는 한 빵집 앞에 줄을 섰다. 몇몇 남자와 100여 명의 여자들이 있었다. 누구나 한 곳에 한 시간 동안 머무는 것이 걷는 것보다 더 위험한 일이라 생각한다. 빵집에서 5미터 떨어진 좁은 골목 맞은편에서는 파괴된 집에서 나온 시체들을 관에 넣고 있었는데, 이는 현재 마드리드에서 집이 부서질 때마다 일어나는 일이다. 대포 소리나 비행기 소리가 들리지 않을 때는 침묵 속에서 망치질소리가 들리곤 한다. 내 옆에서 한 남자가 한 여자에게 이렇게 말했다. '그녀는 팔 하나가 떨어져 나갔소, 화니타 말이오. 그런데도 약혼자가 그녀와 결혼할까요?' 저마다 각자의 문제에 대해 이야기하고 있었다. 잠시 후 한 여자가 외쳤다. '우리처럼 먹는 게 불행이 아니라면!' 그녀의 외침은 파시오나리아*의 엄숙한 표정과 스타일을 다소 흉내내고 있었다. 다른 여자 역시 그런 흉내를 내면서 대답했다. '당신은 먹는 게 시원찮죠. 우리도 먹는 게

---

* 본명은 돌로레스 이바루리 고메스. 스페인혁명의 전설적인 여걸로 활동했으며 반란군의 마드리드 포위 때 "네놈들이 지나가도록 내버려두지 않겠다"는 뜻으로 '못 간다'라는 슬로건을 만들어냈다. 프랑코의 승리 이후엔 소련으로 피신했다가 프랑코 사망 후 조국으로 돌아와 1977년 총선에서 국회의원이 되었다. 파시오나리아는 '정열의 꽃' 혹은 '수난의 꽃'이라는 의미의 별명이다.

시원찮아요. 하지만 전에도 우리는 제대로 먹지를 못했어요. 그리고 우리의 아이들은 이 나라에서 200년 동안이나 굶은 듯 먹어대고요.' 이 말에 모두가 동감.

배가 갈라진 이 모든 사람들, 목이 잘린 이 모든 사람들은 헛되이 고통받고 있다. 포탄이 터질 때마다 마드리드의 시민은 그들의 믿음 속으로 더욱더 빠져들고 있다.

대피호는 15만 명을 수용할 수 있는데 마드리드의 인구는 100만 명이다. 적이 최고의 표적으로 삼고 있는 구역들에 군사적 목표물은 단 하나도 존재하지 않는다. 폭격은 계속될 것이다.

내가 이 글을 쓰는 동안에도 빈민 구역에는 계속해서 포탄이 터진다. 어스레히 땅거미가 지는 시간인데도 화재의 섬광이 너무도 강렬해 이 순간 내 앞에 보이는 해는 포도주 빛깔의 밤으로 떨어지고 있다. 운명은 곧 다가올 전쟁의 리허설을 위해 연기 장막을 걷어올리고 있다. 미국의 동지들이여, 유럽을 타도하자!

우리가 원하는 게 무엇인지 알도록 하자. 공산주의자가 국제 집회에서 발언할 때, 그는 테이블에 주먹을 올려놓는다. 파시스트가 국가 집회에서 발언할 때 그는 테이블에 다리를 올려놓는다. 민주주의자—미국인, 영국인, 프랑스인—가 국제 집회에서 발언할 때 그는 목덜미를 긁으며 질문한다.

파시스트들은 파시스트들을 도왔고 공산주의자들은 공산주의자들을, 그리고 스페인 민주주의를 도왔다. 그러나 민주주의 국가는 민주주의 국가를 돕지 않는다.

민주주의자인 우리는 우리 자신을 제외한 모든 것을 믿는다. 하나의 파시스트 혹은 공산주의 국가가 미국과 영국과 프랑스의 힘을 갖게 된다면 우리는 공포에 떨 것이다. 그러나 그 힘이 우리의 힘이기에 우리는 그것을 믿지 않는다.

우리가 원하는 게 무엇인지 알도록 하자. 아니면 파시스트들에게 이렇게 말하자. '이곳에서 나가라, 그러지 않으면 당신들은 우리와 부딪치게 될 것이다!' 그리고 필요하다면 다음날 공산주의자들에게도 같은 말을 하자.

아니면 이번에야말로 '유럽을 타도하자'라고 말하자.

내가 이 창문을 통해 바라보는 유럽은 이미 상실한 그들의 힘도, 성심상을 흔드는 무어족과 같은 신앙도 이제 우리에게 가르칠 수 없다. 미국의 동지들이여, 우리 나라에서 평화를 원하는 모든 자들은, 도마위를 흐르는 푸주한들의 피로 투표용지를 지우는 자들을 증오하는 모든 자들은 이제 이 땅에서 멀어지도록 하자! 이성을 상실한 머리에 야만인 같은 정열을 가지고, 가스중독자 같은 얼굴을 하고서 우리에게 가르침을 주러 오는 유럽 아저씨는 이제 지긋지긋하다."

구술을 끝내자마자 셰이드는 마드리드 최고의 전망대인 꼭대기 층으로 올라갔다. 네 명의 기자가 거기 있었는데 긴장이 누그러진 모습이었다. 그도 그럴 것이, 우선 폐쇄된 장소에 있으면 불안이 더 심해지는데 그들은 지금 탁 트인 곳에 있었기 때문이고, 다음으로 중앙전화국의 옥상 누각은 탑보다 작아서 위험에 보다 덜 노출되어 있었기 때문이다. 마치 마드리드가 죽은 행성에 속해 있기라도 한 듯, 석양도 없이 화염만이 살아 있는 저녁은 하루가 끝나는 이 종말의 순간을 자연의 원소들로 회귀하는 시간으로 변모시켰다. 포탄에 찢기고 불꽃으로 다갈색이 된 11월의 안개 속으로 인간적인 모든 것이 사라지고 있었다.

타오르는 한 다발 불길이 작은 지붕 하나를 날려버렸다. 이 지붕이 어떻게 불길을 감추고 있었던 건지, 셰이드는 놀랐다. 불꽃은 이제 올라가지 않고, 꼭대기까지 치솟아 태웠던 집을 따라 내려갔다. 질서정연한 불꽃놀이에서처럼, 화재가 끝나자 불똥들이 소용돌이치며 안개 속으로 흩어졌다. 날아다니는 불티들 때문에 기자들은 몸을 숙이지 않을 수 없었다. 이미 타버린 가옥에 화염이 다시 번져 집들을 환상적이면서도 불길한 모습으로 뒤에서 비추며 폐허의 윤곽 뒤를 오랫동안 맴돌았다. 음산한 황혼이 불의 시대에 올라오고 있었다. 가장 큰 세 개의 병원이 불타고 있었다. 사보이 호텔이 불타고 있었다. 교회들이 불타고 있었다. 미술관들이 불타고 있었다. 국립도서관이 불타고, 내무성이 불타고, 시장이 불타고, 널빤지 장터들이 불탔다. 불똥들이 날아오르는 가운데 집들이 무너졌으며, 검은 벽이 길게 늘어선 두 개의 구역은 잉걸불 위의 석쇠처럼 붉게 물들었다. 이 모든 것들이 장중하면서도 완만하게, 하지만 불의 성난 집요함을 드러내면서 아토차역과 레온가를 거쳐 역시 불타고 있는 중심부를 향해, 푸에르타 델 솔 광장을 향해 전진했다.

'이게 첫날이야……' 셰이드는 생각했다.

포탄은 이제 보다 왼쪽에 떨어지고 있었다. 그리고 셰이드가 굽어보고 있지만 잘 보이지 않는 그란 비아의 안쪽 깊숙한 곳으로부터 거친 신도송信徒頌 소리가 올라오며, 끊임없이 길을 따라 내려가는 앰뷸런스의 종소리를 때때로 덮어눌렀다. 셰이드는 아주 먼 시간으로부터 찾아와 불의 세계와 야만스럽게 조화를 이루는 이 신도송 소리에 매우 주의깊게 귀를 기울였다. 규칙적인 간격을 두고 발음되는 하나의 구절이 끝나면 거리 전체가 답창 식으로 '동-통공-동' 하는 장례의 북소리를 흉내내는 것 같았다.

마침내 셰이드는 이해했다기보다는 판별했다. 그는 한 달 전에도 동일한 리듬을 들은 적이 있었다. 그에게는 들리지 않는 하나의 구절에 대한 답구로서 인간의 북소리가 박자에 맞춰 외치고 있었다. '노 파사란 *no pasarán*(못 간다)' 하고.

아스투리아스 지방 모든 피살자들의 과부인 파시오나리아가 검은 옷을 입고 준엄한 모습으로 엄숙하면서도 사나운 행렬의 선두에서 2만 명의 여자를 이끄는 모습을 셰이드는 보았던 것이다. 그때 붉은 깃발에는 '겁쟁이의 아내가 되느니 영웅의 과부가 되겠다'라는 그녀의 유명한 글귀가 새겨져 있었고, 이 2만 명의 여자는 잘 들리지 않는 또다른 긴 구절에 대한 답창으로서 노 파사란이라는 똑같은 구호를 박자에 맞춰 외치고 있었다. 셰이드는 그때보다 수가 적은 지금의 군중에 더 감동을 느꼈다. 보이지는 않지만 그들의 억척같은 용기가 화재의 연기를 뚫고 그를 향해 올라오고 있었다.

11

마누엘은 손에 소나무 가지를 든 채, 선출직으로 구성된 군법회의가 열렸던 시청에서 나오는 길이었다. 살인자와 도망자에게는 사형이 언도되었다. 도망자들에 대해서는 진짜 무정부주의자들이 가장 단호했다. 무산자 모두 책임을 지고 있기 때문이었다. 무정부주의자들이 팔랑헤당 스파이에게 속은 것이라 해도, 그들은 용서받을 수 없었다. 자동차 한 대가 비를 머금은 색색깔의 헤드라이트 불빛으로 두 개의 이중 세모꼴을 만들며 지나갔다.

'저놈들은 마드리드를 태연하게 폭격할 수 있겠지.' 마누엘은 생각했다. 아무것도 보이지 않았다.

복도의 불빛으로밖에 식별할 수 없는 작은 문 앞을 지나치는 순간 누군가 달려들어 그의 오금을 붙들었다. 가르트너와 그를 뒤따르던 병사들이 곧바로 회중전등을 켰다. 비가 가득한 불빛 속에서 여단 소속의 두 병사가 질척거리는 진흙에 무릎을 꿇은 채 마누엘의 두 다리를 꽉 잡고 있었다. 마누엘에게 그들의 얼굴은 보이지 않았다.

"우리를 총살할 수는 없습니다!" 그들 중 하나가 외쳤다. "우리는 자원한 의용병들이란 말입니다! 그분들에게 말해야 합니다!"

대포 소리는 잠잠해졌다. 병사는 얼굴을 들지 않은 채 진흙을 향해 외쳤다. 커다랗게 속삭이는 빗소리가 그의 외침을 감싸고 있었다. 마누엘은 아무 말도 하지 않았다.

"그럴 순 없습니다! 그럴 순 없다고요! 대령님!" 이번엔 다른 병사가 외쳤다.

목소리가 매우 젊었다. 마누엘에게는 여전히 얼굴이 보이지 않았다. 회중전등이 만들어내는 어렴풋한 얼룩 속에서, 땅에서 올라오는 듯한 작은 물방울들이 그의 허리에 매달린 두 사람의 작업모 주위에서 촘촘히 내리는 빗줄기들 사이로 흩날리고 있었다. 마누엘이 여전히 대답을 않자, 갑자기 두 사형수 가운데 하나가 얼굴을 뒤로 젖혀 그를 쳐다보았다. 자기를 내려다보는 마누엘을 보기 위해 무릎을 꿇은 상태에서 상반신을 젖힌 채 시대를 초월한 밤과 비를 배경으로 두 팔을 뒤로 내려뜨린 그는 늘 희생을 치르는 자의 모습이었다. 마누엘의 진흙투성이 장화에 자신의 얼굴을 거칠게 비벼대느라, 새하얀 눈두덩의 시체 같은 얼룩과 이마 그리고 광대뼈가 온통 진흙으로 뒤덮여 있었다.

"나는 군법회의가 아니야." 마누엘은 그렇게 대답할 뻔했다. 하지만 이와 같은 부인에 수치스러움을 느꼈다. 그는 아무런 할말을 찾아내지 못했다. 두번째 사형수로부터 벗어나려면 그를 발로 밀어내는 수밖에 없다는 생각이 들었으나 이것은 역겨운 일이었다. 그래서 마누엘은 숨을 헐떡이는 상대방의 광기 어린 시선 앞에서 꼼짝 않고 있었다. 마치 얼굴 전체로 울고 있는 듯, 병사의 얼굴에서는 세찬 빗줄기가 고랑처럼 흘러내렸다.

아침이 끝날 무렵 이 같은 빗속에서, 마누엘은 아란후에스의 병사들과 작은 벽 뒤에 있었던 제5병단의 병사들을 떠올렸다. 군법회의를 소집하겠다는 결심은 심사숙고 끝에 이루어진 것이었다. 하지만 그는 위선과 역겨움에 사로잡혀 어떻게 해야 할지 몰랐다. 총살이라는 건 도덕을 덧붙이지 않아도 힘든 일이다.

"그분들에게…… 말해야 합니다!" 그를 쳐다보던 병사가 다시 소리쳤다. "그분들에게…… 말해야 합니다!"

무얼 말할 수 있단 말인가? 마누엘은 생각했다. 이 병사들에 대한 변호는 누구도 결코 말할 수 없을 것 속에 있었고 마누엘로 하여금 늘 희생을 치르는 자의 얼굴과 마주하고 있음을 깨닫게 한, 입을 벌린 채 빗물로 흥건한 이 얼굴 속에 있었다. 이처럼 승리와 연민 사이에서 선택해야 하는 갈등을 그는 느껴본 적이 없었다. 그는 몸을 숙여 아직도 그의 다리를 꽉 붙들고 있는 병사를 떼어내려 했다. 그러자 병사는 마치 세상 전체에서 자신을 죽지 않게 해줄 것은 이 다리밖에 없다는 듯, 여전히 고개를 숙인 채 맹렬히 매달렸다. 마누엘은 넘어질 뻔했다. 이 병사를 떼어내려면 여러 사람이 필요하겠다고 생각하면서 그는 두 어깨에 더욱 힘을 주었다. 갑자기 병사는 두 팔을 내려뜨리더니 마누엘을 올려다보았고, 마누엘 역시 그를 바라보았다. 그는 젊었지만 마누엘이 생각했던 것보다는 아니었다. 그는 체념을 넘어서 있었다. 마치—단지 지금뿐만이 아니라 영원히—모든 것을 이해했다는 듯. 그러고는 이미 저세상에 대해 이야기하는 자의 무심한 쓰라림을 드러내면서 이렇게 말했다.

"결국, 당신은 우리를 위해서 해줄 말이 없다는 거군요?"

마누엘은 자신이 아직 한 마디도 하지 않았음을 깨달았다.

그가 몇 걸음을 떼었고 두 병사는 그의 뒤에 남았다.

나뭇잎과 나뭇가지에 내리는 비의 짙은 냄새가 제복에서 나는 양모와 가죽의 냄새를 덮어버렸다. 마누엘은 뒤돌아보지 않았다. 진흙 속에 무릎을 꿇고서 꼼짝하지 않은 채 머리로 자신을 뒤쫓는 두 병사가 등뒤에 느껴졌다.

12

섬광이 번쩍이는가 싶더니 전등불빛이 한순간 시원찮아졌다. 전등이 켜져 있었음에도 가르시아와 스칼리가 그것을 느꼈으니, 섬광은 매우 강렬한 불꽃에서 비롯된 것이리라. 두 사람 모두 창문으로 다가갔다. 지금 공기는 차가웠고, 옅은 안개가 올라오면서 소리 없이 불타는 수백 호 가옥들의 화재 연기와 뒤섞이고 있었다. 사이렌소리는 전혀 들리지 않았다. 다만 소방차들과 앰뷸런스들이 있었다.

"발키리*들이 죽은 자들 가운데 선별하는 시간이군요." 스칼리가 말했다.

"이 화재에 휩싸인 마드리드가 우나무노에게 이렇게 말하는 것 같군. '선생께서 나의 비극을 생각할 수 없다면, 선생의 사상으로 내가 어쩌길 바라는 겁니까!……' 내려가지. 다른 사무실로 갑시다."

가르시아는 뇌부르 박사와 나누었던 대화를 스칼리에게 막 전한 참이었다. 밤낮으로 그가 만나야 했던 사람들을 통틀어 스칼리는 모든 면에서 자신과 동일한 울림을 지닌 유일한 인물이었다.

"과거에 혁명가였던 지식인이 혁명을 공격하는 것은, 말하자면 늘…… 자신의 윤리를 통해 혁명 정책을 문제삼는 경우죠. 소령님, 진정으로 이런 비판이 제기되지 않기를 원하십니까?" 스칼리가 말했다.

"어찌 내가 그걸 바라겠소!"

"지식인들은 언제나 정당이 곧 하나의 사상을 중심으로 모인 사람들이라고 어느 정도 믿고 있지요. 정당이란 하나의 사상보다는 하나의 행동하는 기질과 훨씬 더 닮아 있는데 말입니다! 심리적인 것에 국한해 말하자면, 정당은 어떤 공동의 행동을 위해서…… 별처럼 흩어져 있는, 때로는 모순적인 감정의 조직입니다. 여기서 이 감정들은 가

---

* 스칸디나비아 신화에서 주신(主神) 오딘을 모시는 무장한 처녀들로, 죽은 영웅들 가운데 극락으로 갈 자들을 선별하여 인도하는 임무를 맡았다.

난—모욕—묵시록—희망을 포함하고, 공산주의자들의 경우는 행동과 조직과 제작 등의 취향을 포함합니다. 한 인간의 심리를 그가 속한 정당의 표현으로부터 추론하는 것은, 내가 페루인을 연구하며 그들의 종교적 전설로부터 심리를 끌어내고자 했던 경우와 다를 바 없죠!"

그는 자신의 군모와 권총을 집어들고 스위치를 돌렸다. 전깃불이 꺼졌다. 그 바람에 바깥에 머물러 있던 화재의 열기가 갑자기 안으로 들어오면서 그들은 목구멍 깊숙이 불에 탄 나무 냄새를 들이마셨고, 푸에르타 델 솔 광장을 향해 전진하던 연기는 저항할 수 없는 그 속도에 맞춰 사무실로 밀려들었다. 연분홍빛 하늘 전체가 불 꺼진 방을 짓눌렀다. 중앙전화국과 그란 비아 위쪽에는 검붉은 뭉게구름이 손에 쥘 수 있을 정도로 짙게 모여들어 있었다. 연기가 전보다 더 눈에 띌 뿐 짙어지지는 않았지만, 스칼리는 기침과 재채기를 하면서 창문으로 되돌아갔다. 거리의 바닥이 불타고 있었다. 아니다, 아스팔트가 짧은 불꽃을 반사하면서 불그스름하게 빛을 발하는 것이었다. 버려진 개떼가 세상의 종말 같은 이 황량함을 지배하기라도 하듯, 부조리하고 우스꽝스럽고 짜증스러운 모습으로 짖어대기 시작했다.

승강기는 아직 작동하고 있었다.

그들은 황갈색 하늘 아래 시커먼 길을 걸어서 프라도까지 갔다. 프라도의 완전한 암흑 속에서, 중앙전화국의 창문으로부터 들려오는 소리가 다시금 그들을 에워쌌다. 마드리드는 스스로 상처를 치료하고 있었다. 그리고 그들은 아스팔트를 때리는 수천 개의 작은 소리와 비슷한 또다른 소리를 향해 걷고 있었다.

"우나무노는 자신의 죽음을 그르칠 겁니다." 스칼리는 말했다. "운명은 이곳에 그가 생전에 줄곧 꿈꾸었던 장례식을 준비해놓았으니까요……"

가르시아는 살라망카의 방을 생각하고 있었다.

"그가 여기에 있었으면 또다른 비극을 만날 수도 있었겠지." 그는 말했다. "그가 이 사실을 깨닫고 있었는지는 확실하지 않지만 말이오. 위대한 지성인이란 뉘앙스, 정도程度, 질質, 진실 자체, 복잡성을 띤 인간을 말하지. 그는 정의상, 그리고 본질상 마니교적인 흑백논리에 반대하고 있소. 그런데 모든 행동은 마니교적인 흑백논리를 따르기 때문에 행동의 수단 역시 결국 이런 흑백논리의 성격을 띠게 되는 거요. 행동이 대중한테 옮겨가자마자 그것은 첨예한 상태가 되는 법이오. 대중한테 옮겨가지 않는다 해도 마찬가지지만. 진정한 혁명가는 모두 태어날 때부터 마니교적 흑백논리를 따르지. 그리고 모든 정치인도."

그때 허리 높이에서 사방으로 자신을 밀어붙이는 듯한 느낌이 들었다. 그토록 부상자가 많을 리는 없었다. 그는 손으로 더듬어보려고 했다. 개떼일까? 웬 시골냄새와 먼지 냄새일까!

점점 더 밀어붙인다. 앞으로 나아가기가 불가능했다. 아스팔트에서 울리는 소리는 개의 발소리보다 더 단단하고 다급했다.

"이게 대체 뭘까요?" 이미 그에게서 5미터 정도 떨어진 스칼리가 외쳤다. "양떼인가요?"

몇 미터 떨어진 곳에서 양의 울음소리가 들렸다. 가르시아는 열기에 휩싸인 채 회중전등의 단추를 찾는 데 성공했고, 그러자 빛의 다발이 연기보다 약간 짙을 뿐인 구름 같은 물체에 비스듬히 떨어졌다. 정말로 양들이었다. 회중전등의 빛이 그리 멀리 뻗어나가지 않아 그들을 둘러싼 양떼가 어디서 끝나는지는 볼 수 없었다. 하지만 양떼의 울음소리는 수백 미터에 걸쳐 서로 응답하고 있었다. 그런데 양치기는 그림자 하나 보이지 않았다.

"오른쪽으로 비스듬히 돌아가시오!" 가르시아가 스칼리에게 외쳤다.

전투 때문에 내몰린 양떼가 후퇴하여 마드리드를 가로질러 발렌시아 쪽으로 내려가려는 것이었다. 아마 양치기들은—지금 그들은 무장한 무리를 이루고 있었는데—짐승들 뒤에 있거나 가로숫길과 나란히 난 좁은 골목에 있을 것이다. 하지만 보이지 않는 양떼들은 이 순간이 마치 인간 종말 이후이기라도 한 듯 프라도의 주인이 되어, 여기저기서 가느다란 울음소리로 두터운 침묵을 깨뜨리며 화재가 난 곳들 사이로 격렬하고 다급하게 전진하고 있었다.

"자동차를 찾으러 갑시다. 그게 더 좋겠소." 가르시아가 말했다.

그들은 도심 쪽으로 다시 올라갔다.

"조금 전에 뭐라 말하셨지요?"

"스칼리, 이 점을 잘 생각해보시오. 모든 나라에서—모든 정당에서—지식인들은 반대파에 흥미를 느낍니다. 프로이트 대 아들러, 마르크스 대 소렐처럼 말이오. 다만 정치에서 반대파는 소외된 자들이오. 소외된 자들에 대해 지식인 계층은 매우 강한 흥미를 느끼지. 관대하기 때문이든 능란하기 때문이든 말이오. 어떤 정당에게 옳은 것이란 정당한 이유가 있다는 것이 아니라 무언가를 쟁취했다는 것이라는 점을 지식인들은 망각하고 있소."

"혁명 정책에 대한 비판을 인간적·기술적으로 시도할 수 있는 자들은, 말하자면 혁명의 소재를 모르고 있는 겁니다. 혁명에 대한 경험이 있는 자들은 우나무노의 재능도 없고 심지어 자신을 표현하는 수단조차 갖고 있지 못한 경우가 허다하지요……"

"그들이 말하듯이 러시아에 스탈린의 초상화가 너무 많은 것은, 어찌됐든 크렘린 한구석에 웅크리고 있는 냉혹한 스탈린이 그렇게 하라고 결정했기 때문이 아니오. 이곳 마드리드에서조차 배지를 가지고 미친 짓들을 하는 걸 보시오. 정부가 이런 일에 개의치 않는 게 틀림없지! 흥미로운 것은, 왜 초상화들이 거기 있는지 설명하는 일일 거요. 사랑에 빠진 자들에게 사랑을 이야기하기 위해서는 사랑을 경험해야 하지, 사랑에 대한 앙케트 조사가 필요한 게 아니오. 한 사상가의 힘은 동의도 항의도 아닌 설명에 있소. 지식인은 왜, 그리고 어떻게 사태가 이렇게 된 것인지 설명해야 하오. 그런 다음 필요하다고 여겨질 경우 항의를 해야지(더이상 그럴 필요도 없지만).

스칼리, 분석은 커다란 힘이오. 난 심리가 없는 도덕은 믿지 않소."

그들에게는 화재 소리가 전혀 들리지 않았다. 마드리드 전체가 불타고 있는 듯 하늘을 뒤덮은 무거운 연기와 찢긴 장막이, 다시 식어가는 연철처럼 강렬하고 칙칙한 붉은색을 띤 이 거대한 얼룩들로 퍼져나갔고, 그 아래의 침묵은 이따금 음산한 하늘의 둔탁하고 괴상한 소리, 프라도로부터 계속해서 올라오는 수천의 발굽소리로 장식되었다.

"하지만 머지않아 인간들은 삶의 방식을 다시 배워야겠죠……" 스칼리가 말했다.

그는 알베아르에 대해 생각했다.

"제게 인간이 된다는 것은 훌륭한 공산주의자가 되는 것이 아닙니다. 기독교도에게 인간이 된다는 것은 훌륭한 기독교도가 되는 것이겠죠. 그런데 저는 이를 경계합니다."

"사소한 문제가 아니군. 그건 문명의 문제요. 한때 현자—그래, 현자라고 합시다—는 다소간 명시적으로, 유럽에서 훌륭한 전형으로 간주되었소. 깨끗하거나 더러운 귀족계급이 정치를 통해 형성되는 세계에서 지식인들은 성직자 집단 같은 것이었지. 이론의 여지가 없는 성직자 집단 말이오. 인간들에게 삶의 방식을 가르치는 임무를 맡았던 자들은 이들 지식인이었지 다른 사람들이 아니었소. 미겔이었지 알폰소 13세가 아니며—심지어 미겔이었지 주교가 아니었다고 말할 수 있지. 그리고 이제 새로운 정치 지도자들은 정신의 지배를 주장하고 있소. 미겔 대 프랑코 그리고 어제의 우리 대 오늘의 우리, 토마스 만 대 히틀러, 지드 대 스탈린, 페레로* 대 무솔리니, 이건 사제들의 임명권 쟁탈전과 같은 거요."

거리는 비스듬해졌고, 그들 위로는 사보이 호텔의 화염덩어리가 거대한 불빛을 환하게 빛내고 있었다.

"페레로보다는 차라리 보르제세**겠죠……" 스칼리가 어둠 속에서 집게손가락을 들어올린 채 말했다. "전 이 모든 것이, 말하자면 전체성이라는 그 유명하고 터무니없는 관념을 중심으로 돌아가고 있다고 봅니다. 이 관념이 지식인들을 미치게 하고 있어요. 20세기에 전체주의적 문명이라는 건 의미가 없는 낱말입니다. 마치 군대가 전체주의적 문명이라고 말하는 것과 같아요. 사실을 말하자면, 진정한 전체성을 찾

---

* 이탈리아 역사가.

** 이탈리아 기자, 대학교수, 비평가로 반파시즘 운동을 전개하다 1931년 미국으로 망명했다.

는 사람은 분명 지식인밖에 없습니다."

"아마 전체성을 필요로 하는 사람이 지식인밖에 없을 테니까. 19세기 말엽은 온통 무기력했지. 새로운 유럽은 행위를 토대로 구축되고 있는 것 같소. 이것은 몇몇 차이를 함축하지."

"이런 관점에서 보면, 지식인에게 정치 지도자는 필연적으로 협잡꾼입니다. 삶의 문제를 제기하지도 않으면서 해결하는 방법을 가르치니까요."

그들은 어떤 가옥의 그늘에 있었다. 가르시아의 불붙은 파이프가 작고 붉은 반점으로 곡선을 그렸는데, 마치 이렇게 말하려는 듯했다. '이 문제는 우리를 너무 멀리까지 끌고 갈 것 같군.' 이곳에 도착하고부터 스칼리는 가르시아에게서, 뾰족한 귀를 지닌 이 확고한 소령에게서 평소 같지 않은 불안을 느끼고 있었다.

"소령님, 한 인간이 자신의 삶을 가지고 만들 수 있는 가장 훌륭한 것이 무엇이라 생각하십니까?"

앰뷸런스의 종소리가 경보 사이렌처럼 전속력으로 다가오더니 그들을 지나쳐 사라졌다. 가르시아는 생각에 잠겨 있었다.

"가능한 한 폭넓은 경험을 의식으로 전환시키는 것이오."

그들은 두 거리가 만나는 모퉁이 전체를 차지한 영화관 앞을 지나갔다. 비행기의 공뢰가 영화관을 파괴시키면서 두 길 중 보다 좁은 길에다가 벽을 무너뜨려놓았다. 구급대가 회중전등을 들고 잔해를 뒤지며 무언가를, 아마 희생자들을 찾고 있었다. 한때 인간들에게 꿈을 꾸라고 호소했던 종소리는 이제 같은 소리로 인간들에게 이처럼 죽은 자의 수색을 바라보라고 호소하는 듯, 이 겨울 저녁 아직 온전히 남아 있는 정면 뒤편에서 울리고 있었다.

가르시아는 에르난데스를 생각했다. 그리고 마드리드의 거대한 화재와 마주하자 마치 광인이라도 본 듯, 인간들의 드라마가 얼마나 서로 비슷한지, 또 그것이 얼마나 지옥 같은 조그만 원 안에서 돌아가는지를 불안하게 느끼고 있었다.

"혁명은 그 자체의 문제를 해결할 책임을 질 뿐, 우리의 문제를 해결할 책임은 없소. 우리의 문제는 오로지 우리한테 달려 있지. 망명자 무리 뒤에 숨어서 도망친 러시아 작가의 수가 보다 적었더라면 작가와 소비에트의 관계는 아마 지금과 같지 않았을 거요. 미겔은 그가 증오했던 군주제의 스페인에서 최선을 다해—그러니까 가장 고귀하게—살았소. 그는 그보다 덜 나쁜 사회에서도 최선을 다해 살았을 거요. 틀림없이 힘들게 말이오. 그 어떤 국가도, 그 어떤 사회구조도 고귀한 성격이나 정신의 품성을 창조하지는 못하는 거요. 기껏해야 우리는 유리한 조건을 기대할 수 있을 뿐이오. 그리고 그것도 대단한 거지……"

"당신은 저들이 주장하는 것을 잘 알고 있지요……"

"이 영역에서 하나의 정당이 주장하는 것은 그 정당의 선전자가 지닌 지성이나 어리석음만을 입증할 뿐이오. 내가 흥미를 느끼는 것은 정당이 무슨 일을 하느냐는 것이오. 당신은 왜 이곳에 있소?"

스칼리는 자신이 그 이유를 분명히 말하지 못하는 데 놀라서 걸음을 멈추고는, 생각에 잠길 때면 늘 그러듯 코를 추켜올렸다.

"저의 경우, 인민전선에서 가장 고귀한 자들의 정부를 기대하기 때문에 이 제복을 입고 있는 게 아닙니다. 스페인 농부들의 생활 조건이 변화되길 원하기 때문에 입은 거죠."

알베아르의 주장에 대해 생각하던 스칼리는 그것을 되풀이했다.

"만약 농부들을 경제적으로 해방시키기 위해서, 그들을 정치적으로 예속시킬 국가를 만들어야 한다면 어쩌겠습니까?"

"그렇다면 아무도 그 국가의 미래의 순수성을 확신할 수 없는바, 파시스트들이 하는 대로 놓아둘 수밖에 없겠지.

우리가 결정적인 요소, 즉 사실상의 저항으로 의견 일치를 본 이상, 이 저항은 하나의 행위요. 그것은 모든 행위, 모든 선택이 그렇듯 우리를 구속하지. 그것은 그 자체에 나름의 모든 숙명을 간직하고 있소. 어떤 경우들에서 이 선택은 비극적이며 지식인에게는, 특히 예술가에게는 거의 언제나 비극적이오. 그럼 어떻게 했어야 할까? 저항하지 않아야 했을까?

생각하는 인간에게 혁명은 비극이오. 하지만 그런 사람에게는 삶 또한 비극이지. 그렇다고 자신의 비극을 없애기 위해 혁명에 의지한다면 그는 잘못 생각하고 있는 것이고, 그뿐이오. 당신도 아마 그를 알겠지만, 에르난데스 대위도 당신이 제기한 거의 모든 질문을 제기했던 적이 있소. 게다가 그는 그 때문에 죽었지. 전투 방법이라는 건 쉰 가지나 있는 게 아니오. 단 한 가지밖에 없지. 그건 승리자가 되는 것이오. 혁명도 전쟁도 자기만족에 있는 게 아니오!

어떤 작가인지 모르겠지만 이런 말을 했지. '나에게는 오래된 묘지처럼 송장들이 가득하다……' 스칼리, 넉 달 전부터 우리 모두한테는 송장들이 가득합니다. 모두가 윤리로부터 정치로 가는 길 위에 있지. 행동하는 모든 인간과 행동의 조건 사이에는 주먹다짐이 있소(이기기 위해 필요한 행동 말이오! 우리가 보전하고 싶은 것을 잃지 않기 위해 필요한 행동이 아니고). 이건 사실과…… 말하자면 재능의 문제이지, 토론의 주제는 아니오."

그는 마치 자신의 파이프에 대고 말하듯 되풀이했다. "주먹다짐."

스칼리는 기체에 붙은 화염과 싸우던 마르첼리노의 비행기를 생각하고 있었다.

"정의로운 전쟁이 있소—지금 우리의 전쟁이 그런 것이지." 가르시아가 다시 말했다. "정의로운 군대는 없소. 한 지식인, 그러니까 생각하는 것을 직업으로 삼은 어떤 사람이 와서는 미겔처럼 이렇게 말한다고 합시다. '당신은 정의롭지 못하기 때문에 나는 당신을 떠납니다.' 나는 이런 행동이 비도덕적이라고 생각해요. 정의의 정치는 있어도 정의의 정당은 없지."

"정당은 모든 술책에 활짝 열린 문이군요……"

"모든 문은 그것을 부숴버리고자 하는 사람들을 위해 열려 있소. 삶의 품질과 정신의 품질은 같은 것이오. 민중의 정부를 통해 정신의 정치를 보장하는 일은 우리의 이론이 아니라 우리의 현존이오. 우리 정부의 윤리는 우리의 노력, 우리의 열성에 달려 있소. 스페인에서 정신은 뭔지 모를 신비한 필연성이 아니라 우리가 장차 만들게 될 그 무엇이오."

새로운 화재가 그들 가까이에서 타올랐다.

"이봐요, 프롤레타리아의 해방은 노동자들 자신의 작품이 될 것이오." 가르시아가 말했다.

13

격렬하게 뿜어져나오는 물줄기와 불타는 사보이 호텔 사이에서 목표물을 조준하는 사격수들처럼 꼼짝 않던 소방관들이 갑자기 물고기가 걸린 낚싯줄처럼 호스 주둥이를 흔들며 사다리 위에서 소스라쳤다. 지뢰가 터지는 듯한 소음 속에서 화재는 한순간 정지했다. 뒤쪽에서 공뢰 하나가 터진 것이다.

'놈들은 우리가 불을 끄는 속도보다 더 빨리 불을 붙이는군.' 메르스리는 생각했다.

그는 자신이 고문으로, 나아가 전략가로 스페인에서 유용하리라 생각해왔다. 비누 공장을 점령한 이후로 그는 다시 소방대장이 되어 있었다. 그리고 그가 이처럼 유용한 적은 결코 없었다. 그리고 이처럼 사랑을 받아본 적도 결코 없었다. 그리고 스무 시간 전부터 만난 적만큼이나 많은 적을 전선에서 만난 적 또한 결코 없었다. 그는 말했다. "불이라는 놈은 위선자야. 하지만 좋은 기술만 있다면야……" 그러고는 콧수염을 가볍게 두드렸다. 소방복 차림의 그는 맞은편 보도에 서서, 공격하는 적의 무리를 보듯 각각의 불꽃 무리를 바라보았다. 불덩이들은 끊임없이 되살아났다. 칼슘탄은 꺼질 줄 몰랐다. 하지만 확실하게 진화된 왼쪽의 발화 지점에서는 희고 두터운 연기가 피어나와 화염에 붉게 물든 채 시에라산맥의 바람을 타고 평행하게 흐르고 있었다.

세 곳의 발화 지점에 대항하는 네 개의 호스가 여전히 물을 뿜었으나, 이 지점들은 이웃한 가옥과 불과 4미터밖에 떨어져 있지 않았다.

왼쪽 발화 지점에 다시 불이 붙었다.

이 왼쪽 불덩이가 심각해지기 전에 오른쪽 끝에 있는 가장 불안한 지점에서 화염의 불길이 잡혔다. 한순간 경직된 화재 속에서 다시 호스 주둥이들이 튀어올랐다. 이번엔 앞에서 두번째 공뢰가 터졌다.

메르스리는 소리를 구분해내려 애썼다. 밤인데도 공중에는 파시스트 비행기들이 많았다. 마드리드에서 화재가 난 곳들은 이 비행기들에게 완벽한 좌표였다. 화재를 일으키는 네 개의 폭탄이 그보다 십 분 전에 투하된 터였다. 대구경 포탄들도 노동자 구역과 도시 중심부에 여전히 떨어지고 있었다. 그리고 보다 멀리서는 소구경 포탄이 야포와 뒤섞여 사격을 퍼붓고 있었는데, 때때로 그 소리는 울부짖는 사이렌소리, 앰뷸런스의 종소리, 간헐천처럼 불티를 튀기는 화재의 붕괴음으로 뒤덮이곤 했다. 하지만 호스의 보강을 알리는 경적소리는 들려오지 않았다.

비행기의 세번째 폭탄이 같은 경로로 떨어졌다. 메르스리가 불과 싸우고 있을 때는, 열다섯 대의 대형 비행기가 온다 해도 그를 단 1센티미터도 움직이게 할 수 없으리라.

중앙의 발화 지점이 갑자기 확대되었다가 거의 동시에 사그라들었다. '전쟁이 끝나면 도박사가 되어야겠어……' 메르스리는 생각했다. 맨 왼쪽의 발화 지점은 그대로였다. 보강 팀만 도착한다면…… 메르스리는 보나파르트파라도 된 것 같은 기분이었다. 그는 경쾌하게 콧수염을 잡아당겼다.

맨 오른쪽의 소방관이 호스 주둥이를 놓치더니 한쪽 발로 사다리에 매달렸다가 곧장 불속으로 떨어졌다. 그러자 다른 소방관들이 모두 한 계단 한 계단 차례차례 사다리를 내려왔다.

메르스리는 맨 먼저 땅을 밟은 소방관한테 달려갔다.

"누군가 위에서 우리를 쏘고 있어요." 소방관이 말했다.

메르스리는 뒤돌아보았다. 창문에서 쏠 수 있을 정도로 높은 집은 근처에 하나도 없었다. 하지만 누군가 멀리서 조준할 수도 있다. 소방관들의 윤곽은 뚜렷이 드러났고 마드리드에는 아직 파시스트들이 남아 있었으니까.

"이 더러운 놈, 내 손에 걸리기만 해봐라!" 다른 소방관이 말했다.

"내가 보기엔 아무래도 기관총 같아." 또다른 소방관이 말했다.

"자네 돌았나?"

"곧 알게 되겠지." 메르스리가 말했다. "자, 모두 올라가자고. 불꽃이 다시 번지고 있어. 민중과 자유를 위하여!"

"불멸의!" 그는 사다리에 손을 대기 전에 뒤를 돌아다보며 덧붙였다.

그는 불덩이 속으로 떨어진 소방관의 자리로 올라갔다.

사다리 꼭대기에서 그는 뒤돌아보았다. 총을 쏘는 사람은 없었다. 총을 쏠 수 있는 장소는 하나도 보이지 않았다. 기관총을 위장하는 것은 어렵지 않다. 하지만 기관총소리였다면 순찰대도 알아차렸을 것이다…… 그는 호스 주둥이를 조준했다. 그가 맞설 발화 지점은 가장 위협적인 곳이었다. 그것은 인간보다 더 살아 있는 적이었다. 세상의 모든 것보다 더 살아 있었다. 미친 낙지처럼 수많은 촉수로 끊임없이 움직이는 이와 같은 적을 앞에 두고서, 메르스리는 자신이 이상할 정도로 굼떠지는 듯—광물화되는 듯 느끼고 있었다. 하지만 그는 화재를 이길 것이다. 그의 뒤에서는 눈사태 같은 검붉은 연기가 다시 쏟아져 내렸다. 화염의 소음에도 불구하고, 거리에서 3, 40명의 기침소리가 들려왔다. 선명하게 빛을 발하는 건조한 열기 속에서 그는 분투하고 있었다. 발화 지점의 불이 꺼졌다. 마지막 연기가 사라지자, 어두운 구멍 속에서 메르스리는 멀찌감치 화재의 불빛을 통해서만 식별할 수 있는 불빛 없는 마드리드를 보았다. 붉은 망토 같은 그 불길은 지표면에 닿을락 말락 격렬하게 흔들렸다. 보다 나은 세상을 위해 그는 모든 것, 자기 아내와도 결별했다. 그는 첫영성체 데커레이션케이크처럼 장식된 어린이용 하얀 영구차들을 자신의 손으로 멈추는 모습을 상상해보았다. 지금 들리는 폭탄 소리 하나하나와 화재 하나하나는 그에게 이와 같은 끔찍한 작은 영구차들을 함축하고 있었다. 그가 그다음 불덩이 쪽으로 호스 주둥이를 정확하게 겨누려 할 때 경주용 자동차 한 대가 전속력으로 지나갔다. 공기의 격렬한 충돌이 일어나더니 다시 소방관 하나가 나가떨어졌다. 그러나 이번엔 메르스리는 깨달았다. 그들은 전투기의 기총소사를 받은 것이다.

두 대의 비행기.

메르스리는 그것들이 화재 위 10미터 상공에서 놀라운 저공비행으로 되돌아오는 것을 보았다. 사격은 없었다. 소방관들이 맨 아래쪽 선명한 불꽃 속에 있을 때만 그들을 볼 수 있었기에, 조종사들은 배후에서 공격할 수밖에 없었다. 메르스리의 권총은 작업복에 들어 있었다. 그것이 아무 소용 없다는 것을 알고 있었고 그것에 손도 닿지 않았지만, 그는 총을 쏘고 싶은 미칠 듯한 욕구를 느꼈다. 비행기들은 되돌아왔고 다시 두 명의 소방관이 하나는 화염 속에, 다른 하나는 인도에 떨어졌다. 너무도 증오를 느낀 나머지 오히려 처음으로 평온을 찾은 메르스리는 비행기들이 불붙은 마드리드 하늘을 배경으로 자신을 향해

진로를 바꾸는 모습을 바라보았다. 그것들은 지나가면서 그에게 거센 바람을 갈겨대고는 '가야 할 방향'으로 되돌아갔다. 그는 세 계단을 내려가서는 사다리에 몸을 꼿꼿이 세운 채 비행기들 쪽을 돌아보았다. 첫번째 비행기가 폭탄처럼 그의 위쪽에 다다르는 순간 그는 호스 주둥이를 흔들어 기체를 향해 격렬하게 물을 끼얹은 뒤 몸에 총탄 네 발을 맞고 사다리 위에 쓰러졌다. 죽었는지 살았는지, 그는 사다리의 두 가로대 사이에 걸린 호스 주둥이를 놓지 않았다. 땅에 일제사격이 가해지자 구경꾼들은 문턱으로 숨어들었다. 마침내 메르스리의 두 손이 천천히 벌어지더니 그의 몸은 사다리 위에서 두 번 튀어오른 뒤 텅 빈 거리에 떨어졌다.

14

지난날 별장이었던 한 건물의 홀, 한쪽 끝에서 다른 쪽 끝까지 지도가 펼쳐져 있는 가운데 장교들이 전화로 부름을 받은 마누엘을 기다리고 있다.

"팔랑헤당원 하나가 자살했군." 한 중대장이 말한다.

"하지만 다른 한 명은 전 조직을 털어놓았소." 가르트너가 대답한다.

"놀랍지 않소? 이런 일을 하러 오려면 비열해야 하지만 용기도 필요하지……"

"우리는 인간 존재에 대해 아직도 배워야 할 것이 많소. 그들이 어떤 상태에 있었는지 보지 않았소? 대령이 말했듯이, '사기가 지극히 떨어진' 경우엔 언제나 배반자가 나오는 법이오."

"당신들, 독일 탱크를 보았소?" 다른 목소리가 묻는다.

그들이 빗속에서 본 것이라곤 탱크의 어렴풋한 형체뿐이다.

"난 어떤 탱크에 들어가보았소. 뚜껑이 열려 있었거든. 한 녀석은 용케 도망간 뒤였고 다른 한 녀석은 죽어 있었소. 죽은 녀석은 탱크 속 자기 위치에 있었는데 주머니들이 뒤집혀 있더군. 비가 올 때면 그 일을 잊지 못할 거요……"

비가 유리창에 쉴새없이 흘러내린다.

"녀석의 동료들이 털어간 거요?"

"어떤 서류도 우리 수중에 떨어지지 않도록 뒤진 것 같은데, 뒤집힌 주머니들을 다시 집어넣을 시간이 없었던 거지."

"나도 그렇게 생각합니다. 물건들은 끄집어내야지. 하지만 그다음에 주머니를 도로 집어넣는 것까지는……"

"도망병들과 암살자들은 처형되었소?"

"아직 아닌 것 같소."

"진지에서는 무어라고들 합디까?"

"동지들은 매우 단호하더군. 특히 톨레도의 동지들이 그렇소. 무기도 지휘자도 없을 때 모두 다 가졌으면서도 도망친 자들을 용서하려 하지 않소."

"그래, 나도 그런 인상을 받았소. 그들은 다른 사람들보다 더 엄격하더군."

"……오늘의 도망병들이 그들에게 가장 잊어버리고 싶은 것을 상기시킨 거요……"

"……그들이 고생해서 쌓아올린 것을 허물어버린 거지!"

"그들은 겨우 살아났고 우리 가운데 몇몇도 그렇소…… 어쨌든 대위를 죽인 다른 더러운 녀석들의 이야기는 누구도 동정하지 않는다는 것을 잊지 말아야 하오."

마누엘이 또다른 소나무 가지를 옆구리에 끼고서 입을 늘어뜨린 채 도착한다.

벽에 붙은 지도들 사이에 나비 표본 상자가 걸려 있다. 포탄 하나가 별장 아주 가까운 곳에서 터진다. 폭격이 다시 시작된 것이다. 두번째 포탄이 터진다. 나비 하나가 빠져 표본 상자의 바닥에 떨어진다. 핀은 허공에 남아 있다.

"동지들, 마드리드가 불타고 있소……" 마누엘이 말한다.

그의 목이 심하게 쉬어 있는 터라 다른 사람들에게 소리가 제대로 들리지 않는다. 온종일 많이도 고함을 질렀던 것이다. 하지만 목소리를 잃을 정도는 아니다. 그가 낮은 소리로 말을 이어가면 가르트너가 보다 큰 소리로 반복한다.

"파시스트들은 서남쪽 전선 전역에서 공격하고 있소. 국제여단이 버티는 중이오. 그놈들은 지금 비행기와 대포로 동시에 포격하고 있소."

"그래, 무사한 거요?" 어떤 목소리가 묻는다.

마누엘은 소나무 가지를 쳐든다. 마드리드의 경우는 문제가 없다는 뜻이다.

"처형은 곧 집행될 거요. 민병대가 올 겁니다." 그는 다시 말한다.

가르트너가 되풀이한다. 하지만 이제 마누엘은 더이상 말을 할 수 없을 지경이다.

모두의 무관심 속에서 포탄이 터지고 있다. 가까운 곳에서 터질 때마다 표본 상자에서는 나비가 한두 마리씩 떨어진다.

마누엘은 앞에 있는 책상에 펼쳐진 참모부 지도의 여백에다 문장 하나를 적는다.

가르트너가 그것을 읽고는 동지들 하나하나를 바라본다. 납작한 그의 얼굴에서 작은 입이 갑자기 침을 삼키더니 마침내 승리나 패배, 혹은 평화를 알리는 어조로 말한다.

"동지들, 러시아 비행기들이 도착했소."

15

적은 세고비아로 퇴각하고 있었다. 그들을 뒤쫓기에는 정부군에 실질적으로 무장된 병사의 수가 너무 적었고, 마드리드에서 부대를 철수시키고 싶지도 않았다. 마누엘의 연대와 이 연대에 합류한 부대들은 휴식 시간에도 중대별로 훈련을 이어갔다.

비는 이제 내리지 않았지만 매우 낮게 깔린 여명에 넝마처럼 반쯤 해진 구름이, 돌벽과 기와도 그와 비슷한 잿빛으로 변해버린 카스티야의 가옥들 위로 흘러갔다. 시청 입구에 서서 마누엘은 휘하의 부하들이 도착하는 것을 바라보고 있었다.

정면에는 거대한 성 하나가 솟아 있었다. 이런 마을들 어디에서나 그렇듯이 그것은 절반 이상 무너진 모습이었는데, 부드러운 바위들 위에 세워져 있던 터라 바위들의 파편과 성의 부서진 조각들이 잘 구분되지 않았다. 오른쪽에는 오르막길이 있어 부대들은 이 길을 통해 올라와 시청과 무너진 성 사이에 있는 광장에서 분열행진을 하곤 했다. 간밤의 처형 이후로 마누엘은 아직 자신의 부대를 만나지 못했다.

제1중대가 정규군만큼이나 효율적인 대형을 이룬 채 장화로 보조를 맞추어 뾰족뾰족한 포석을 때리면서 그가 있는 곳으로 다가왔다. 중대가 현관 앞을 지나가는 순간 중대장이 명령했다.

"좌로 봣. 좌로!"

모든 얼굴이 일제히 마누엘 쪽을 향했다. 이와 같은 구령이 연대에 울려퍼진 것은 처음이었다. 아마 마드리드의 전선 전역에서 첫 구령이었을 것이다. 이처럼 경례를 명령함으로써 의용병들을 더욱더 그들의 지휘관에 결속시키는 자는 혁명적인 중대장들이었다. 그리고 마누엘은 이것이 간밤에 일어났던 일과 연관되어 있음을 느끼고 있었다.

제2중대가 도착했을 때도 열병은 같았다. 다른 모든 중대도 마찬가지였다. 마누엘은 이제 그들의 적만큼이나 강해진 부하들이 전투 대열을 이루어 지나가는 것을 바라보았다. 그들이 스페인 국민을 방어하듯이 모두로부터 그리고 그들 자신으로부터 그들을 보호할 책임이 있음을 느끼면서도, 뒤로 젖혀진 진흙투성이 얼굴들이 했던 말을 그는 잊을 수가 없었다. "당신은 우리를 위해서 해줄 말이 없다는 거군요!" 그렇지만 한 사람 한 사람 지나칠 때마다 그의 시선과 교차하는 이 눈길들은 무심하지도 흐릿하지도 않았다. 간밤의 일로 가득찬 그 눈길들은 비극적인 형제애를 드러내고 있었다.

성은 마누엘이 타호강 전선에서 히메네스의 이야기를 들을 때, 근처에 있던 성과 비슷했다. "결코 유혹해서는 안 돼……" 지금의 문제는 유혹과는 다른 것이다. 그는 앞을 지나가고 있는 부하들 각자의 삶 모두를 책임져야 했기에 적이 아니라 의용병이었던 부하들을 처형할 수밖에 없었던 것이다. 모든 사람은 자신에게 책임이 있음을 알고 있는 것에 대해 대가를 지불하는 법이다. 따라서 그는 이제 그가 책임진 생명에 대한 대가를 지불해야 하는 것이었다.

점점 더 슬프고 점점 더 고통스럽게, 마누엘은 그와 피로써 결속된 이 시선들을 차례차례 마주했다.

16

연대가 지나가자, 마누엘은 시선들이 사라진 텅 빈 광장에 홀로 남았다. 배회하는 몇 마리 개와 멀리서 들리는 대포 소리뿐이었다. 가르트너는 여단과 함께 있었다. 마누엘은 이토록 고독을 느껴본 적이 없었다.

여유 시간은 세 시간이었다. 그리고 성은 다시 한번 그의 생각을 히메네스에게로 돌려놓았다. 히메네스는 10여 킬로미터 떨어진 곳에 있었고 그 또한 휴식을 취하고 있었다. 마누엘은 전화를 걸게 했다. 늙은 오리는 마침 있었다. 마누엘은 지시를 내리고 차에 올랐다.

히메네스의 여단이 숙영하는 마을은 마누엘이 떠나온 마을 뒤편이었다. 피란길에 오른 농민들이 아직도 그곳을 지나가고 있었다. 마누엘은 줄지어 선 나귀들과 수레들, 그리고 혼잡한 온갖 종류의 가축떼를 뚫고 히메네스 대령이 있는 곳에 도착했다.

두 사람은 밖으로 나왔다. 반쯤 난청인 히메네스의 귀는 습기 때문에 더욱더 들리지 않았다. 적군은 오른쪽으로 상당히 멀리 떨어진 곳에서 포격하고 있었고 마드리드의 대포 소리도 들렸다. 시에라산맥의 벌어진 틈으로 세고비아의 평원이 나타났다.

"저는 어제 제 인생에서 가장 중요한 하루를 경험한 것 같습니다." 마누엘이 말했다.

"어째서, 아들?"

마누엘은 어제 일어난 일을 그에게 이야기했다. 그들은 조용히 걸었다. 마누엘의 변한 얼굴과 짧게 깎은 머리, 위엄 있는 태도가 처음부터 히메네스를 놀라게 한 터였다. 히메네스가 알던 젊은이에게서 이제 알아볼 수 있는 것은 그의 손에 들린 축축한 소나무 가지뿐이었다.

에스코리알궁전 근처에 커다란 화재가 발생했다는 이야기가 돌았다. 매우 칙칙한 구름들이 시에라산맥의 경사면에 걸려 있었다. 보다 멀리 세고비아 쪽에서는 마을 하나가 불타고 있었다. 쌍안경을 통해 마누엘은 농부들과 당나귀들이 달음질치는 모습을 보았다.

"저는 해야 할 일이 무엇인지 알고 있었고, 그래서 했습니다. 저는 당에 봉사하기로 결심했습니다. 심리적인 반작용 때문에 주춤하지는 않을 겁니다. 저는 후회하는 사람이 아닙니다. 문제는 다른 것입니다. 언젠가 당신은 개인이 되는 것보다 지휘관이 되는 것이 훨씬 더 고귀하다고 말씀하셨죠. 음악에 대해서는 말하지 맙시다. 지난주 저는 제가, 그러니까…… 여러 해 동안 헛되이 사랑했던 여인과 잠을 잤습니다. 그러고는 떠나버리고 싶었지요…… 이 모든 것에 대해 아무런 후회가 없습니다. 하지만 제가 그녀를 버린다면, 그건 무언가를 위해서입니다. 봉사하기 위해서만 지휘할 수 있습니다. 그렇지 않으면……

제가 그 처형의 책임을 지겠습니다. 그 처형은 다른 사람들, 그러니까 우리 부하들을 구하기 위해 이루어진 것입니다. 잘 들어주십시오. 다만 말입니다, 제가 보다 큰 효율성의 방향으로, 보다 나은 지휘의 방향으로 기어오른 사다리의 계단 중에서 저를 부하들로부터 더욱 멀어지게 하지 않은 것은 단 하나도 없다는 것입니다. 저는 매일같이 인간성을 조금씩 잃어가고 있습니다. 요컨대 당신도 필연적으로 부딪쳤겠지요. 이와 같은……"

"나는 자네가 알아들을 수 없는 것만을 말할 수 있네, 아들. 자네는 행동을 원하면서도 형제애를 전혀 잃지 않고자 하지. 하지만 그러기에 인간은 너무 작다고 난 생각하네."

그러한 형제애는 그리스도를 통해서만 만날 수 있다고 그는 생각하고 있었다.

"하지만 인간은 언제나 보기보단 스스로를 잘 방어하는 법이고, 자네를 병사들과 갈라놓는 모든 것이 자네를 자네의 당에 보다 가까이 가도록 해줄 거라고 생각하네……"

마누엘 또한 그렇게 생각했었다. 때때로 두려움이 없진 않았지만.

"당과 가까워지는 것이 당이 하는 일의 목표가 되는 사람들로부터 멀어지는 것이라면, 그건 아무런 가치가 없지요. 당의 노력이 어떤 것이든 아마 이와 같은 유대는 우리들 각자의 노력을 통해서만 존재할 수 있을 겁니다……

사형선고를 받은 두 명 중 하나는 나에게 이렇게 말했습니다. '당신은 우리를 위해서 해줄 말이 없다는 거군요?'"

그는 자신이 실제로 목소리를 낼 수 없었다는 것은 말하지 않았다.

히메네스가 그의 팔짱을 꼈다. 이 높이에서 평지에 있는 인간들의 모든 것은 하찮아 보였다. 모양이 일정치 않은 구름들이 천천히 전진하는 하늘을 배경으로 솟아오르는 완만한 불의 장막을 제외하곤 말이다. 신의 눈에 인간들은 다만 화재의 땔감에 불과하리라.

"음, 그럼 어떻게 하겠다는 건가, 아들? 평온한 마음으로 형을 선고하고 싶다는 건가?"

그는 모순적인데다 틀림없이 씁쓸했을 수많은 경험이 담긴, 애정 어린 표정으로 그를 바라보았다.

"자네는 그런 것에도 익숙해질 걸세……"

병자가 죽음에 대해 이야기하기 위해 다른 병자를 선택하듯이, 마누엘은 이런 세계에 익숙한 한 인간과 더불어 도덕적 비극에 대해 이야기하고 있었다. 하지만 이것은 이 인간의 대답이 지닌 의미보다는 대답 속에 있는 인간적인 측면 때문이었다. 공산주의자로서 마누엘은 자기 결정의 당위성에 대해 의문을 제기하지 않았으며, 자신의 행위를 문제삼지도 않았다. 그가 볼 때 이런 종류의 문제는 모두 자신의 행동을 수정하거나(그는 자신의 행동을 수정할 수 없었지만) 문제 자체를 거부함으로써 해결되기 마련이었다. 하지만 해결할 수 없는 문제의 속성은 말을 통해서 닳아 해지는 것이다.

"진정한 싸움은 자기 자신의 일부와 싸워야 할 때 시작되는 법이지……" 히메네스가 말했다. "그때까지는 너무 쉬운 거야. 하지만 우리는 그런 싸움을 통해서만 하나의 인간이 되는 걸세. 원하든 원하지 않든, 언제나 자기 자신 안에 있는 세계와 부딪쳐야 하는 것이네……"

"당신은 언젠가 이렇게 말하셨죠. '지휘관의 첫번째 의무는 유혹하지 않고 사랑받는 것이네.' 유혹하지 않고—자기 자신조차 말입니다—사랑받는다는 것은……"

커다랗게 갈라진 바위틈으로 시에라산맥의 다른 쪽 비탈이 나타났다. 회색빛 시야 속에서 거의 보이지 않는 마드리드 위로 거대한 검은 연기가 황량하게, 그리고 천천히 솟아올랐다. 마치 전함들이 포연의 장막 뒤로 사라지듯이, 도시가 화재 뒤로 사라지고 있었다. 붉은빛이라곤 조금도 새어나오지 않는 수많은 화염덩어리들에서 비롯된 연기 기둥들이 회색빛 하늘의 중심부까지 솟아올랐다가 흩어졌다. 모든 구름이 그 진행 방향으로 펼쳐진 이 유일한 발원점에서 나오는 것 같았고, 숲 사이로 드러난 마드리드의 하얗고 가느다란 윤곽 위에 쌓인 고통이 무한한 하늘을 채웠다. 마누엘은 쿠아트로 카미노스와 그란 비아의 불덩이 냄새를 실어오는 완만하고 무거운 바람에 간밤의 기억조차 휩쓸려가고 있음을 깨달았다.

히메네스 휘하의 한 장교가 자동차로 도착했다.

"마누엘 중령님을 찾는 전화입니다. 총참모부입니다."

그들은 서둘러 돌아왔다. 마누엘은 막연한 불안을 느꼈다. 그는 총참모부에 전화를 걸었다.

"여보세요! 저한테 전화하셨습니까?"

"최고사령부에서 최근 당신의 전투 지휘를 치하하고 있습니다."

"별말씀을요."

"민병들 가운데 도망쳤던 자들이 재편입을 위해 지원하고 있다는 것은 당신도 아실 겁니다."

"……"

"최고사령부는 이들 자원으로 새로운 여단을 편성하기로 결정했습니다. 이들은 우리의 병력 가운데 가장 다루기 힘든 자들입니다."

"……"

"참모장께서는 당신이 이들을 지휘하기에 필요한 자질을 지니고 있다고 생각하십니다."

"아!"

"당신이 속한 당도 같은 생각입니다."

"……"

"또한 미아하 장군의 의견도 같습니다. 당신은 즉시 이 여단을 책임지게 될 겁니다."

"하지만 제 연대는 어떻게 하고요? 제 연대 말입니다!"

"당신의 연대는 곧 사단에 편입되리라 봅니다."

"그러나 저는 연대 병사 하나하나를 알고 있습니다! 누가 대신할 수……"

"미아하 장군은 당신이 이 여단의 지휘에 적합하다고 생각하십니다."

전화를 끊었을 때 하인리히가 그를 기다리고 있었다. 국제의용군은 세고비아에서 반격을 계획하고 있었고 하인리히는 과다라마로 올라가는 중이었다. 그들은 함께 떠났다.

자동차는 시에라산맥을 내려갔다. 하인리히의 지휘 방식을 알고 있었기에 마누엘은 그가 매우 친숙한 느낌이었다. 그러나 전날, 하루의 일과 히메네스와의 대화를 그에게 요약해주면서, 그는 자신과 이 장군 사이에 존재하는 이 유일한 인간적 소통이 통역관과 통역 대상 사이에 확립되곤 하는 기묘한 유대에 불과하다는 생각이 들었다.

하인리히는 머리를 앞으로 숙이고 있었다. 그의 면도한 목덜미가 반들거렸고 생각에 잠긴 듯 뾰로통한 표정은 광택나는 늙은 얼굴을 어린애같이 만들었다.

"우리는 전쟁의 운명을 바꾸고 있네. 자넨 자기 자신을 바꾸지 않고서 세상을 바꿀 수 있다고 생각하나? 프롤레타리아 군대의 지휘를 받아들이는 날부터 자네에게는 자네 영혼에 대한 권리가 더이상 없는 셈이지."

"그럼 코냑은?"

마누엘은 하인리히가 자기 여단의 술꾼 모두에게 코냑 병을 나누어주도록 조치하는 것을 본 적이 있었다. 상표는 이렇게 쓰여 있는 것으로 바뀌어 있었다. '하인리히 장군으로부터―휴식중에는 어떤 짓이든 해도 좋으나 일할 때는 임무에만 집중할 것.'

"자네의 가슴은 간직해도 돼. 그건 별개니까. 하지만 자네는 자네 영혼을 잃어야 하네. 자네는 이미 자네의 장발을 잃었네. 그리고 자네의 목소리도."

어휘는 히메네스의 어휘와 거의 같았다. 그러나 어조는 하인리히 특유의 엄격한 어조였고, 눈썹이 없는 그의 푸른 눈은 톨레도에서처럼 고정되어 있었다.

"마르크스주의자로서 당신한테 영혼을 잃는다는 것은 무엇을 의미합니까?"

반말은 이제 일방적으로만 이루어졌다.

하인리히는 서글픈 햇빛 속에서 소나무들이 스쳐가는 모습을 바라보았다.

"모든 승리에는 잃는 것이 있네." 그는 말했다. "전쟁터에서만 그런 건 아니지."

그가 손으로 마누엘의 팔을 세게 쥐고는 너무도 강한 톤으로 말했기 때문에 마누엘은 그것이 쓰라림의 어조인지, 체험의 어조인지 아니면 결단의 어조인지 알 수 없었다.

"지금부터 자네는 가망 없는 인간에 대해 절대로 연민을 느껴서는 안 되네."

17

마드리드, 12월 2일

창문 앞에 두 구의 시체가 있다. 부상자는 발을 잡고 끌어 뒤쪽으로 옮겨놓았다. 그들 옆에서 동료 다섯 명이 손에 수류탄을 들고 층계를 지킨다. 30여 명의 국제의용병이 장밋빛 건물의 5층에 있다.

공화군 트럭이 선전을 위해 차량 한가득 거대한 확성기들을 운반하고, 그중 하나가 이미 기울어가는 겨울 오후에 이렇게 외친다.

동지 여러분! 동지 여러분! 여러분의 위치를 지키십시오. 오늘 저녁 파시스트들의 탄약은 동날 것입니다. 우리바리 부대*가 오늘 아침 그들의 화차 서른

* 동부 연안의 민병들로 구성된 부대로 민위대의 사회주의자 장교인 마누엘 우리바리 바루텔이 지휘했다.

두 량을 폭파해버렸습니다.

동지 여러분! 동지 여러분! 지키십시오……

응답이 없으리라는 것을 알면서도 확성기는 계속해서 되풀이한다.

파시스트들은 탄약이 떨어지겠지만 지금은 가지고 있다. 그들은 반격을 해 2층과 3층을 차지했다.

4층은 중립지대. 국제의용병들은 5층을 점령하고 있다.

"더러운 놈들!" 굴뚝 사이로 어떤 목소리가 올라와 프랑스어로 외친다. "네놈들 맥을 못 추게 할 만큼 탄약이 충분한지 아닌지는 곧 알게 될 거다!"

아래에는 테르시오 보병 연대의 병사들이 있다. 굴뚝은 훌륭한 통화관과 같다.

"일당 10프랑짜리 더러운 녀석들!" 팔다리를 쭉 뻗고 몸을 던지며 마랭고가 대답한다. 아파트 안쪽까지 총알들이 머리 높이로 날아들어오고 있었다. 한때 그에게는 프랑스 외인부대에 대한 낭만이 있었다. 반항자들, 강인한 자들로 이루어져 있었기 때문이다. 그의 아래 스페인 외인부대로 구체화되어 있는 부대는 무얼 하러 왔는지도 모른 채 전쟁의 허영에 취해 있다. 지난달 마랭고는 서부 공원에서 총검을 들고 싸웠다. 테르시오 병사들은 언제 공격할까? 피로 길들여지고 스스로도 무언지 모를 것에 예속되어 있는 이 사냥개 같은 무리에 혐오감을 느낀다. 국제의용군 또한 하나의 외인부대지만, 그들이 가장 증오하는 것은 이 테르시오 보병 연대다.

공화군의 155밀리 포들이 개인병원이었던 곳에 규칙적으로 포격을 가하고 있다.

깨진 유리 같은 투명한 소음 사이에서 마랭고와 동료들이 '사격 각도'를 찾고 있는 이곳은 어떤 치과의사의 아파트다. 문 하나는 열쇠로 잠겨 있다. 마랭고는 너무 땅딸막해서 뚱뚱해 보인다. 작은 코에 눈썹은 검고 짙으며 마치 카둠 비누 광고에 나오는 갓난아이처럼 포동포동한 얼굴을 하고 있다. 문을 부수자 진료실이 나타나고 무어족 하나가 치료용 의자에 길게 누워 있는데, 죽어 있다. 어제 이 건물의 아래를 점령했던 것은 공화군이었다. 이곳 창문은 다른 창문들보다 더 넓고 덜 높다. 적의 총탄이 부순 것은 치과의사의 유리 기구 가운데 마룻바닥에서 3미터 높이에 있는 것들뿐이었다. 여기서는 눈으로 보면서 총을 쏠 수도 있다.

마랭고는 아직 지휘권이 없다. 그는 군복무를 하지 않았기 때문이다. 그러나 자신의 중대에서 권위가 없는 것은 아니다. 그가 가장 큰 무기 제조업체의 공장장을 지냈다는 것을 중대의 사병 모두가 알고 있다. 이탈리아인들이 이 공장에 프랑코에게 갈 기관총 2천 자루를 주문했었다. 무기에 미친 공장 사장은 '이 기관총들의 영점이 맞지 않기 때문에' 상자에 넣지 못하게 했다. 매일 밤 작업이 끝나면 공장 한편의 불이 도심 위에 켜지곤 했고, 불 켜진 이 작업장에서 늙은 사장은 홀로 열정에 사로잡혀 작은 기계 위의 연결핀 하나를 수정하며 이 기관총들을 '다시없는 기관총들'로 만들어줄 결정적인 부품을 바로잡곤 했다. 그리고 아침 네시가 되면 노동자 전투원들은 마랭고의 지시에 따라 집요하게 공들인 그 부품을 줄로 몇 번 갈아 못 쓰게 만들어버리곤 했다. 여섯 주 동안이나 그랬다. 사십 일 밤도 넘게 이와 같이 기술적인 열정

(마랭고가 모신 사장의 아들들은 파시스트였지만, 사장은 파시스트가 아니었다)과 연대 간의 끈질긴 투쟁이 이어졌다.

여단의 모든 병사들은 그것이 헛되지 않았음을 그 보상을 통해 알고 있다.

마랭고의 동지들이 총알이 날아드는 위쪽에 와서 자리를 잡는다.

열흘 전부터 병사들이 공격을 하거나 포위된 채 싸움을 계속하고 있는 이 건물은, 다섯 명의 국제의용군이 수류탄을 가지고 교대로 지키는 층계를 통하지 않고는 난공불락이다. 시야가 좋지 않아 대포로 공격을 할 수 없고 총알로도…… 지뢰가 남아 있다. 그러나 테르시오 병사들이 아래에 있는 한 지뢰를 부설한다 할지라도 건물은 폭파되지 않을 것이다.

공화군의 155밀리 대포들은 여전히 포격을 가하고 있다.

거리는 텅 비었다. 열 채쯤 되는 가옥에서 굴뚝을 통해 욕설이 오간다. 때때로 아군이든 적군이든 거리를 장악하고자 공격하지만 실패하여 퇴각한다. 이제 사람을 죽여서 기분을 풀 수가 없는 저격병들은 창문 뒤에서 무료하게 기다리고 있다. 운나쁜 신문기자가 이곳을 관찰하러 온다면 곧바로 몸에 총탄을 맞을 것이다.

창문마다 그 뒤에는 소총이나 기관총이 있고, 굴뚝을 통해 올라오는 욕설은 확성기에서 나오는 목쉰 고함소리에 덮여버린다. 길거리는 영원히 그럴 것처럼 텅 비어 있다.

그러나 오른쪽의 개인병원은 마드리드 전선에서 파시스트 최고의 진지다. 이 땅딸막한 마천루는 초목 속에 고립된 채 빌라 구역 전체를 굽어보고 있다. 마랭고의 동료들은 5층에서 거리마다 진흙 위에 엎드려 기고 있는 공화군 병사들을 지켜본다. 그들에게는 이 병원이 보이지 않을 것이다. 그 어떤 살아 있는 자도 넘어설 수 없는 높이로만 그 존재를 짐작할 뿐.

사방에서 끊임없이 기관총을 쏘아대는 이 병원 역시 거리의 집들과 마찬가지로 버려진 것 같다. 폐허가 된 바빌론의 탑처럼 음산하고 살기를 품은 이 마천루는 자신을 파편들로 후려갈기는 포탄들 속에서 황소처럼 꿈을 꾸고 있다.

한 국제의용병이 장롱들을 죄다 뒤지더니 극장용 쌍안경을 막 찾아냈다.

층계에서 수류탄이 터진다. 마랭고는 층계참으로 간다.

"별일 아니야." 그곳을 지키는 한 국제의용병이 소란한 포성 속에서 말한다.

테르시오 병사들이 다시 한번 올라오려고 시도한 것이다.

마랭고는 쌍안경을 집어든다. 보다 가까이서 보니 병원은 색깔이 변해 붉어지고 있다. 그것의 형태가 선명해 보이는 것은 그 육중한 덩어리 때문이다. 155밀리 포에 폭격될 때마다 그것은 구멍이 생기거나 찌그러지거나, 망치질을 당하는 벌건 쇠처럼 약간 납작해지기도 한다. 보다 잘 보이는 창문들로 인해 이제 병원은 벌집—벌들이 떠난 벌집—같은 모양새다. 그러나 잔해로 변한 이 성채 주위 멀리서 사람들은 비에 젖은 포석과 녹슨 전차 레일 위를 기어다닌다.

"제기랄!" 마랭고가 굵은 두 팔을 공중에 벌리고 고함을 지른다. "좋아, 됐다고…… 우리 쪽이 공격하고 있어!"

치료용 의자 위에서 죽어 있는 무어족 병사와 창문 사이에서, 모두들 서로 붙어 있다. 다이너마이트 폭파병들과 수류탄 투척병들이 검은 반점처럼 병원 주변의 땅 위로 나타나더니 팔을 들고는 진흙 속으로 들어갔다가, 오 분 전 다이너마이트와 수류탄이 붉은 염주처럼 터졌던 곳에 다시 나타난다.

마랭고는 굴뚝으로 달려가 테르시오 병사들에게 외친다.

"병원에서 벌어지는 일을 좀 봐라, 멍청이들아!"

그러고는 자신의 자리로 다시 달려온다. 다이너마이트 폭파병들은 매우 가까이 있다. 파괴된 벌집에서 한 무리의 벌레 같은 인간들이 같은 편의 기관총들에 쫓겨 파시스트 전선 쪽으로 달려간다.

굴뚝은 대답이 없다. 다른 국제의용병들보다 더 깊숙이 몸을 숙인 체코 병사가 거총하고선 쏘고, 쏘고, 또 쏜다. 반대편 인도의 집들에 포위되어 있는 국제의용병들도 사격을 가한다. 테르시오 병사들이 벽을 스치면서 장밋빛 가옥에서 달아난다. 건물에는 지뢰가 부설되어, 곧 폭파될 것이다.

엘 네구스는 대갱도對坑道 안에서 전진한다. 한 달 전부터 그는 더이상 혁명을 믿지 않는다. 묵시록은 끝났다. 남은 것은 파시즘과의 싸움이고 마드리드 방어에 대한 엘 네구스의 존중이다. 정부에는 무정부주의자들이 있다. 바르셀로나에서는 또다른 무정부주의자들이 주장과 입장을 맹렬하게 옹호한다. 두루티는 죽었다. 엘 네구스는 오랫동안 부르주아지에 맞서 투쟁하며 살아왔기 때문에 파시즘과의 투쟁에서도 별 어려움을 느끼지 않는다. 부정적인 열정은 언제나 그의 것이었다. 하지만 이제는 더이상 통하지 않았다. 그는 자신의 동지들이 라디오를 통해 규율을 호소하는 소리를 듣고, 이 동지들에 이어서 이야기하는 젊은 공산주의자들을 부러워한다. 이들의 삶은 여섯 달 만에 변형된 게 아니었다…… 여기서 엘 네구스는 톨레도 앞에서 페페와 함께 이탈리아 탱크를 공격했던 뚱뚱한 동지 곤살레스와 같이 싸운다. 곤살레스는 C.N.T.전국노동연맹 소속이지만 이 모든 것은 아무래도 상관없다. 우선 파시스트들을 죽여야 하고, 토론은 그다음이다. 엘 네구스는 말한다. "자네도 알다시피, 공산주의자들은 일을 잘해. 난 그들과 함께 일하고 싶지만 그들을 좋아할 순 없어. 애써봐도 되질 않아, 어쩔 도리가 없다고……" 곤살레스는 아스투리아스 지방의 광부였고 엘 네구스는 바르셀로나의 운수노동자였다.

알카사르 요새의 화염방사기 사건 이후로, 엘 네구스는 그가 좋아하는 이 지하 전투 속으로 도피했다. 거의 모든 전투원이 죽음을 면할 수 없는 전투이기에 그 자신 또한 죽으리라는 것을 알고 있지만, 지하 전투는 개인적이고 낭만적인 무언가를 간직하고 있다. 스스로의 문제로부터 벗어나지 못할 때면 엘 네구스는 언제나 폭력과 희생 속으로 도피한다. 두 가지를 동시에 만나면 더욱 좋은 것이다.

몸이 마른 그가 앞장서고 뚱뚱한 곤살레스가 뒤를 따르며 대갱도를 전진한다. 장밋빛 집보다 더 먼 곳에서 끝난다. 땅은 점점 더 울림이 심해진다. 적의 갱도가 매우 가까이 있거나(하지만 두드리는 소리가 들리지 않는다), 그게 아니라면……?

그는 수류탄을 준비한다.

마지막 곡괭이질이 허공으로 나가는 바람에, 그 기세로 곡괭이를 든 자가 아래 있는 커다란 구멍으로 굴러떨어진다. 엘 네구스의 회중전등이 눈먼 손처럼 그의 주변을 더듬는다. 항아리들, 사람처럼 키가 큰 항아리들. 지하실이다. 엘 네구스는 전등을 끄고 뛰어내린다. 그의 맞은편에서 또다른 회중전등 하나가 역시 무언가를 찾고 있다. 전등을 들고 있는 자는 먼저 불을 끈 엘 네구스의 전등을 보지 못했다. 파시스트다. 총을 쏴버릴까? 엘 네구스에게는 사나이가 보이지 않는다. 장밋빛 가옥은 거의 그들 위에 있다. 곤살레스는 아직도 갱도 안에 있다. 엘 네구스는 수류탄을 던진다.

곤살레스의 회중전등 불빛 속에서 떠돌던 연기가 사라지자 두 명의 파시스트가 기름인지 포도주인지 모를 끈적끈적한 물웅덩이 밖으로 머리를 내민 채 쓰러진다. 물웅덩이에는 거대한 항아리의 파편이 삐죽삐죽 나와 있고, 전등의 고정된 불빛 속에서 액체가 그들의 어깨, 그들의 입, 그들의 눈까지 올라오고 또 올라온다.

공화군의 반격은 끝났다. 마랭고와 동지들이 구출되고, 곤살레스와 동지들은 여단 본부로 돌아간다. 마드리드의 한 구역을 통과해야 한다.

폭격은 익숙한 것이 되었다. 행인들은 포탄소리가 들리자마자 문 안쪽으로 사라졌다가 다시 길을 간다. 여기저기서 분출되어 부드러운 바람에 나부끼는 연기가 식사 시간에 마을 굴뚝 같은 평화를 비극 속에 잠기게 한다. 죽은 자 하나가 길을 가로질러 쓰러져 있는데 아직 아무도 감히 건드리지 않은 변호사 가방이 그의 옆구리에 꼭 붙어 있다. 카페들은 열려 있다. 지하철 출입구마다 음산한 밤의 피난처에서 나오듯 주민들이 나온다. 한 무리의 군중이 매트리스, 가방, 유모차, 부엌세간을 실은 손수레, 테이블, 초상화를 들고, 판지로 된 장난감 투우를 든 어린애들과 함께 내려간다. 농부 하나가 반항하는 당나귀를 그곳으로 밀어넣으려 한다. 21일부터 파시스트들은 매일같이 폭격을 했다. 살라망카 근처에서는 돈을 내지 않고 문 구석으로 슬쩍 들어가기 위한 비상한 술책들이 꾸며진다…… 때때로 잔해의 부스러기가 움직이고 기묘한 모양으로 손가락을 편 손이 나타난다. 하지만 가까이서 폭격이 이루어져 도망치느라 경황이 없는 얼굴들 사이에서 어린아이들은 전투기 놀이를 한다. 여자들은 아라비아의 이야기들에 나오는 여인처럼 유아용 침대나 매트리스에 몸을 싣고 마드리드로 돌아온다. 여단 본부로 가기 위해 병사들과 합류한 한 전차 운전사가 곤살레스에게 말한다.

"알겠나, 인생으로 말하자면 이것도 인생이지. 하지만 직업으로 말하자면 이것은 직업이 아니야. 출발해서 일을 하고, 종점에 도착하면 손님은 절반만 남아. 나머지는 도중에 죽으니. 그래서 난 이게 직업이 아니라고 말하는 거야……"

전차 운전사가 멈추자, 곤살레스도 멈추고 마랭고도 멈춘다. 모든 행인들이 멈추거나 문턱으로 달려간다. 융커기 다섯 대가 하인켈기 열네 대의 보호를 받으며 마드리드 상공에 나타난다.

"두려워할 필요 없어. 익숙해진다고." 어떤 목소리가 말한다.

그리고 곤살레스가 저녁의 회색빛 하늘에 무엇이 있는지 보기도 전에 엄청난 군중이 작업복 차림이나 양복 차림 혹은 파자마 바람으로 또는 담요를 뒤집어쓴 채, 입에는 담배를 물고 손에는 연장이나 신문을 들고서 대피소와 지하실과 문과 집과 지하철에서 쏟아져나온다.

"우리 편 비행기들이야!" 한 민간인이 말한다.

"어떻게 아는 거요?" 곤살레스가 묻는다.

"소리가 전보다 훨씬 잘 들리는걸!"

마드리드의 다른 쪽에서 처음으로 공화군 전투기 서른여섯 대가 나타난다.

소련이 불개입을 철회한 후, 그들로부터 구입해 마침내 조립된 비행기들이다. 몇몇 비행기는 이미 헤타페에서 전투를 치렀고, 국제의용군의 수리된 비행기들은 공화군 공군의 재편을 알리기 위해 마드리드에 삐라를 뿌렸다. 이제 아홉 대씩 구성된 이들 네 개의 비행 중대는 셈브라노의 지휘하에 마름모꼴로 나타나 처음으로 마드리드를 지키고 있다.

선두의 융커기가 오른쪽으로 왼쪽으로 기울어지면서 주춤한다. 공화군 비행 중대가 폭격대를 향해 전속력으로 덤벼든다. 남자들의 손은 여자들의 어깨나 허리에서 떨린다. 18일 전부터 시시각각 폭탄을 기다려온 사람들이 모든 거리에서, 모든 지붕에서, 모든 지하실 구멍에서, 모든 지하철 입구에서 바라보고 있다. 마침내 적군 비행 중대가 헤타페 방향으로 돌아서자, 마드리드의 비행기들이 돌진하는 회색빛 하늘을 향해 거칠고도 끔찍한, 해방된 50만의 함성이 솟아오른다.

밤이 오는 가운데 하인리히는 단위부대에서 떨어져나와 재편성되기 위해 도착하는 병사 무리를 창문으로 바라본다. 그는 통상 그러하듯이, 앞에 있는 지도에다가 알베르가 전화에 매달린 채 전달하는 지시사항들을 적는다. 사방에서 확인되는 것은, 파시스트들이 우리바리 부대에 탄약 열차를 빼앗겨 이제 탄약이 떨어졌다는 소식이다.

"포수엘로와 아라바카*에 걸친 공격은 격퇴되었습니다, 장군님."

하인리히는 지도에 새로운 진지들을 표시한다. 그의 하얀 목덜미에 잡힌 주름이 미소를 짓는 것 같다.

"라스 로사스에서의 공격도 격퇴되었습니다." 참모부의 또다른 장교가 전달한다.

다시 전화벨이 울린다.

"고맙소." 알베르가 대답한다.

몬클로아 광장의 공격도 격퇴되었다.

모두가 서로 축하하고 싶은 마음이다.

"다음번 승리를 위해 모두에게 코냑을!" 하인리히가 말한다.

육군성은 알베르의 전화로 순서대로 진지들을 전달한다. 여단들의 소식은 다른 전화기로 오고 있다.

"제게도 코냑을." 알베르가 말한다. "우리 군은 푸에르타 데 이에로 쪽으로 전진하고 있습니다. 코로냐 도로는 뚫렸습니다."

"비야베르데가 탈환되었습니다!"

"아군은 케마다와 가랄리토로 진군하고 있습니다, 장군님!"

---

* 카사 데 캄포 공원 서북쪽에 위치한 곳들이다.

제3부

희망

1

2월 8일

메델린 전투가 있던 저녁에 마드리드에서 만났듯이, 발렌시아의 공군성에서 마니앵은 바르가스를 다시 만났다. 장관들은 다른 사람들로 바뀌었고, 전투원들은 군복 차림이었으며, 프랑코는 마드리드를 점령할 뻔했고, 민중의 군대가 성립되고 있었다. 하지만 전쟁은 여전히 전쟁이었다. 그리고 그토록 많은 사람이 죽었을 뿐 아니라 그토록 많은 또다른 사람들이 자신의 운명을 만났지만, 바르가스도 마니앵도 별로 변하지 않았다. 마드리드에서처럼 바르가스는 위스키와 담배를 막 주문해놓은 참이었다. 마드리드에서처럼 두 사람 모두 밤을 새운 얼굴이었다.

"말라가를 잃었어, 마니앵." 바르가스가 말했다.

마니앵은 놀라지 않았다. 왜냐하면 공화군이 이탈리아와 독일 군대에 대항하여 중앙과 단절된 전선을 지킬 수 있으리라 생각하지 않았기 때문이다. 게다가 일주일 전에 가르시아는 그에게 말했었다. "나는 중앙에 모든 기대를 걸고 있지, 작은 전선들에는 아무것도 기대하지 않소. 그러니까 말라가는 톨레도인 셈이지요."

"엄청난 집단 탈출이야, 마니앵……"

"……10만 이상이 피란하고 있어…… 끔찍하군……"

부유한 상인의 호텔이었던 이 건물의 살롱 한복판 그들의 머리 위에서, 박제된 독수리가 샹들리에를 지탱하고 있었다.

"이탈리아 비행기들이 피란민들을 쫓고 있네. 그리고 트럭들도. 트럭들을 멈출 수 있다면, 피란민들이 알메리아에 도착할 수 있을 텐데……"

마니앵은 두 눈과 콧수염에 슬픈 표정을 드리우곤 '우린 언제 떠나지?'라고 묻는 듯한 몸짓을 했다.

"우리의 우수한 비행기들은 마드리드에 있겠지, 마니앵, 내가 알기로는……"

파시스트들은 하라마강*을 따라 철저히 공격하고 있었다.

"말라가 도로에 두 대의 대형 비행기가 필요해. 이곳에도 전투기가 거의 없네……

하지만 테루엘에도 임무가 있단 말이야. 국제의용군 가운데 자네보

* 마드리드 동남쪽으로 30킬로미터 정도 떨어진 강으로 타호강의 지류다.

다 테루엘을 잘 아는 사람은 없지. 내가 바라는 것은 자네가……"

그는 스페인어로 계속 말했다.

"자네가 가장 큰 위험 대신 가장 유용한 임무를 선택하면 좋겠네. 자네는 테루엘로 가고 셈브라노가 말라가로 가는 거지. 그도 여기 있거든."

그는 덧붙였다. "자네도 알겠지만, 테루엘 역시 전투기가 전혀 없지……"

두 달 전부터 국제비행대는 발레아레스제도, 남부, 테루엘 같은 레반트 전선에서 싸우고 있었다. 펠리컨의 시대는 끝났다. 테루엘 전투 내내 국제여단을 지원했던 비행 중대는 하루 두 번 출격하여 상당한 부상자를 내면서 싸우고, 수리하고, 전투중 폭격을 촬영했다. 비행사들은 비밀 비행장 근처 오렌지나무들 사이에 버려진 성에서 지냈다. 그들은 전투중에 대공 포화를 받으며 테루엘역과 참모부를 폭파했고, 폭파 사진을 확대해서 식당 벽에 핀으로 고정해두었다. 마니앵과 부하 조종사들은 이 전선을 지도보다도 더 속속들이 알고 있었다.

"새벽에 출격하나?" 마니앵이 물었다.

그들은 지도를 만들기 시작했다.

하이메와 스칼리, 가르데와 폴, 아티니에스, 국제여단에서 온 정비사 사이디, 그리고 카를리치는 도심에서 만사니야를 마시고 있었다.

그들 뒤편 카페 유리창 바깥쪽에서 작은 시장이 열렸는데, 그곳의 음악이 카페 홀까지 들려왔다. 복권판매소, 과자점, 사격장이 있었다. 아이들의 축제였다. 기관총사수들은 사격장에 와서 지칠 줄도 모르고 파이프를 깨뜨리거나 창자 가죽으로 만든 돼지들을 쓰러뜨렸다. 거기서 그들은 감탄하는 군중에 둘러싸인 카를리치를 다시 만났다. 가르데와 사이디는 사격보다는 아이들을 보러 온 것이었다. 그들의 돈은 모두 과자를 사서 나누어주는 데 쓰였다. 셰이드가 동물을 사랑했듯이 가르데는 쓰라린 감정으로 아이들을 사랑했다. 사이디는 자신 안에 있는 어린 시절의 추억과 이슬람교적 연민이 뒤섞인 그 모든 것 때문에 아이들을 사랑했다.

"미국인들 말이야, 괜찮더라고." 폴이 말했다.

미국인 공군 의용병 일진이 도착한 참이었다.

"내 마음에 드는 건, 그들이 매번 프로펠러를 돌릴 때마다 자신들이 민주주의를 구하고 있다고 믿지는 않는다는 거야." 가르데가 말했다.

"그리고 그들이 고용병들을 내쫓아버린 것도 잘한 일이지." 아티니에스가 말했다.

그는 고용병이라면 가리지 않고 싫어했다.

"한데 새로운 사령관은 멋진 얼간이 같아." 폴이 다시 말했다.

마니앵과 함께 비행장을 지휘하는 스페인인 사령관이 이렇게 까다로운 사람인 경우는 처음이었다.

"그건 개의치 말자고." 아티니에스가 말했다. "우리에게 완벽한 사람만 오리라고 생각할 수는 없지. 잠깐일 거야. 셈브라노가 돌아올 테니. 우리 일이나 하면 그만이야. 브레게기들을 지휘하는 스페인 대장은 멋지잖아."

"매주 신형 비행기들에 대항해 그자와 함께 싸우려면 인내가 필요하다고!"

“신기한 게 있어.” 스칼리가 말했다. “이 나라만큼 고유한 스타일에 대한 천부적인 재주를 가진 나라도 없을 거야. 농부나 신문기자 혹은 지식인을 붙잡아 그에게 임무를 주면, 그 일을 잘하고 못하고를 떠나서 그는 거의 언제나 유럽에 교훈이 될 만한 스타일을 드러낸단 말이지. 그런데 이 지휘관은 스타일이 없어. 스페인인이 스타일을 잃으면 이미 모든 것을 잃었다는 뜻이지.”

“간밤에 알람브라 주점에서 이런 것을 보았네.” 카를리치가 말했다. “반나체의 무희 하나가 무대에 올라오는 거야. 아주 가까이 말이야. 손에 닿을 정도로. 술에 취한 한 민병이 달려가더니 팔로 껴안고 애무하더군. 그러자 관객이 재미있다고 웃어대고. 민병이 돌아서는데 두 눈을 감고 손도 꽉 쥐고 있더라고. 마치 여자를 애무했을 때 그 아름다움을 빼앗아 손에 간직하고 있는 것처럼 말이야. 그러고는 관중 쪽으로 돌아서더니 그 아름다움을 관중에게 내던지는 거야. 관중을 경멸하는 표정으로. 멋졌어. 이곳에서만 가능한 일이지.”

그는 전보다 프랑스어가 훨씬 서툴렀다. 가볍고 잘 다듬어진 체격의 지휘관은 마치 오드콜로뉴 대신 장뇌유를 사용한 욕실에서 나온 것 같았다. 그가 중대장 모자를 벗을 때 스칼리는 그의 검고 단단한 앞머리 타래를 보았다.

“내가 이곳을 좋아하는 이유는 뭔가 배울 수 있기 때문이지.” 폴이 말했다. “이건 정말이야! 하지만 사령관은 하여튼 얼간이야.”

“사령관에 대해서 그런 식으로 말해서는 안 돼.” 카를리치가 거칠게 말했다.

그는 콧수염이 자라도록 내버려두었다. 그 때문에 그의 얼굴은 덜 어린애 같았고 보다 엄격해 보였다. 스칼리는 브란겔 장군 휘하의 옛 장교가 다시 나타난 것 같다고 생각했다.

폴은 어깨를 으쓱하고는 집게손가락을 쳐들었다.

"나는 멋진 얼간이라고 말하는 거야."

'이러다간 험악해질지도 모르겠는데.' 아티니에스는 생각했다.

"자네는 어떻게 여길 오게 되었지?" 그가 사이디에게 물었다.

"무어족이 프랑코를 위해 싸운다는 것을 알았을 때 난 내가 속한 사회주의 지부에 이렇게 말했지. '우리도 무언가를 해야 합니다. 노동자 동지들이 아랍인들에 대해 뭐라 말하겠습니까?'"

"빛이 보여." 하이메가 철사를 구부리면서 말했다. 그는 철사로 조종장치가 있는 비행기를 만들곤 했는데, 그러면 비행사들은 그것을 서로 빼앗으려 했다.

한 달 전부터 매일 그는 빛을 보았다. 처음에는 그의 친구들도 찾아보려 했지만, 결국 그들은 언제나 빛이 아니라 똑같은 슬픔을 찾아내곤 했다. 스칼리와 하이메는 나란히 있었고 다른 사람들은 그들과 마주하고 있었다.

"알바라신*을 점령했을 때 파시스트 고위 책임자 하나가 있었는데, 매우 젊어서 스무 살 정도밖에 안 되어 보였지.

숨어 있었어. 우리가 그곳으로 갔더니 노파 두 명밖에 없더군. 그 젊은 녀석은 아마…… 우리 편 쉰 명 정도는 밀고했을 거야. 우리 편이 아닌 다른 사람들까지도. 모두가 총살당했지." 카를리치가 말했다.

---

* 테루엘 서쪽으로 40킬로미터 정도 떨어진 곳.

"청년들보다 더 고약한 건 없지." 스칼리가 말했다.

"두 노파 가운데 하나가 이렇게 말하더군. '없어요, 없어, 아무도 없다고요. 내 조카뿐이에요……' 두 노파는 그 녀석의 고모들이었어. 그때 이런 일이 일어났지. 스타킹을 신고 모자를 쓴 청년 하나가 나오는 거야……"

카를리치는 머리 주위에 손으로 동그라미를 그려 납작한 밀짚모자를 표현하고자 했다.

"……선원 복장에 반바지 차림이더군. 노파들이 말했어. '보세요, 확실히 보셨죠?……' 그 녀석은 우리가 찾는 너절한 놈, 바로 그 녀석이었어. 노파들이 우리를 속이겠다고 어린애 옷을 입힌 거야……"

"빛이 돌고 있어." 선글라스를 벗은 하이메가 말했다.

카를리치는 웃음을 터뜨렸다. 지난 8월 스칼리의 신경을 건드렸던 그 웃음이었다.

"그 녀석은 총살되었지."

카를리치가 적의 포화를 뚫고 부상당한 동지들을 두 번이나 구하러 갔던 것을 모두가 알고 있었다. 그가 죽음을 무릅썼다는 것도. 봉사한다는 것은 그에게 하나의 열정이었고 그는 자신의 휘하에서 봉사하는 사람들한테서도 그 같은 열정을 만나고 싶었다. 무어족이 고문한 부상자를 처음 찾아냈을 때, 그는 무어족 장교들에게 결정타를 날리겠다고 혼자 그들에게 갔었다. 그 모든 것이 스칼리와 아티니에스를 불안하게 했다. 다른 사람들은 카를리치가 약간 돌았다고 생각했다. 사이디는 모든 것을 의심스러워했다.

스칼리는 카를리치가 처음 왔을 때를 회상해보았다. 그는 멋진 장화를 신고 있었다. 처음으로 나타난 구두닦이를 보자마자 그는 장화를 닦게 했는데, 러시아 기병의 아름다운 장화를 닦는 것은 일반적인 구두 한 켤레를 닦는 것과 달랐으므로 단체로 쓰는 군용차에서는 서른 명의 전문가가 반시간이나 카를리치를 기다려야 했다. 카를리치는 초조해하며 테이블을 톡톡 쳤고, 구두닦이는 결국 장화 한 짝을 마저 윤내지 못했다.

"빛이 멈추는군." 하이메가 말했다.

끊임없이 반복되는 이 희망은 매번 그의 주위에 끔찍한 불편함을 만들어내곤 했다. 맹인이 되었다는 사실을 수치스럽게 생각했던 만큼 그가 유머를 드러내려 애쓰고 있었기에 더욱 그랬다. 한번은 그가 굴을 사겠다고 약속한 일이 있었다. 기상천외한 계략으로 굴을 구할 수 있으리라 믿었던 것이다. 실수였다. 먼저 도착한 사람들(스칼리와 그는 맨 나중에 왔다)은 카페에서 이런 문구를 발견했다. '심사숙고 끝에 우리는 가지 않기로 했음—굴로부터.'

"이런 삶이 마음에 드나?" 아티니에스가 카를리치에게 물었다.

"내 아버지가 세상을 떠났을 때(난 형제가 셋이나 있었지), 나는…… 군대에 있었어. 그리고 아버지는 이렇게 말씀하신 적이 있지. '세 아들은 행복하길 바라고 나머지 하나는—승리해야 한다.'"

스칼리는 두 달 전부터 그를 불안하게 만들던 것과 다시 한번 부딪치고 있었다. 그것은 전쟁의 정비사들이 '전사'라고 부르는 것이었다. 스칼리는 투사를 좋아했지만 직업군인을 경계했고 전사는 싫어했다. 카를리치는 너무 단순했다. 하지만 다른 사람들은?…… 그런데 프랑코 군대에도 그런 전사 녀석이 수천 명이나 있었다.

"나는 전차 부대로 옮기고 싶어." 기관총사수가 다시 말했다.

전차병, 비행사, 기관총사수, 난폭한 군인은 유럽으로 돌아갈 수 있을까?

"카를리치, 자넨 전쟁에서 무엇이 두렵나?"

그 역시 공포나 연민에 대해 말하고 싶었다. 어쨌든 지나치게 섬세해질 필요는 없었다.

"두려움? 처음엔 다 두렵지."

"그럼 그다음엔?"

"모르겠는데."

"빛이 보이지 않아?" 하이메가 물었다.

"그래! 내가 두려워하는 게 하나 있어." 카를리치가 다시 말한다. "두려웠지. 교수형을 당한 시체들 말이야. 자네는 어떤가?"

"나는 그런 시체들은 본 적이 없어."

"운이 좋군……

그건 두렵더군. 알겠나, 이런 생각이 든다고. 그러니까, 피가 흐르면 모든 게 자연스럽다는 거야. 한데 교수형에 처해진 시체들은 자연스럽지가 않거든. 피가 없는 것은 자연스럽지 않아. 사태가 자연스럽지 않을 때 두려움이 생기지."

스무 해 동안이나 스칼리는 사람들이 '인간의 개념'에 대해 말하는 것을 들어왔다. 그래서 골머리를 앓았다. 생사를 걸고 있는 사람 앞에서 인간의 개념이란 보잘것없는 것이었다. 이제 정말이지 뭐가 뭔지 정신을 못 차릴 지경이었다. 용기, 관용이 있었고—대중이 있었다. 정치가 있었고—도덕이 있었다. 알베아르는 이렇게 말했었다. "난 내가 말하고 있는 게 뭔지 알고 싶어요."

"빛이 다시 사라지네." 하이메가 말했다.

입을 벌린 채 테이블에 두 주먹을 올려놓고 있던 스칼리는 철사 비행기를 3미터쯤 밀어버리면서 일어섰다. 가르데는 하이메의 두 어깨를 붙들었고, 두 사람은 카페 유리창 너머 막 다시 돌기 시작한 회전목마의 커다란 전구들을 바라보았다.

하이메와 동료들이 흥분에 휩싸여 꾀꼬리처럼 휘파람을 부는 와중에, 마니앵은 점호를 받기 위해—그리고 말라가 출격을 위해—다른 차량에 올라 비행장으로 향했다. 적의 비행 중대가 6킬로미터 떨어진 항구를 폭격하고 있었다. 이슬비가 발렌시아를 뒤덮으며 오렌지나무들 위로 조용히 흘렀다. 어린이 축제를 위해 노동조합은 전례 없는 행렬을 준비하기로 결정했다. 어린이 대표단에서 의견을 모아 만화 속 인물들을 요구했다. 노동조합은 두꺼운 판지를 이용해 거대한 미키마우스, 고양이 펠릭스, 도널드 덕을 만들었다(그래도 맨 앞에는 돈키호테와 산초를 세우기로 했다). 마드리드에서 피란 온 아이들을 위한 이 축제를 보러 각 지방에서 수천 명의 어린이들이 몰려들었는데 대부분 대피처가 없었다. 대로에는 승리의 개선을 끝낸 마차들이 버려져 있었다. 자동차 헤드라이트의 불빛 속에서 2킬로미터에 걸쳐, 인간에게 죽임을 당한 동물들이 모두 되살아나는 동화 속 세계의 말하는 동물들이 나타났다…… 대피처가 없는 아이들은 판지로 된 받침대에 세워진 생쥐와 고양이의 다리 사이로 피신했다. 적의 비행 중대가 쉼없이 항구를 폭격했다. 한밤중 돈키호테의 보호 속에 잠든 어린이들 위에서, 동물들은 비에 젖은 채 떨며 폭발의 리듬에 맞추어 고개를 끄덕이고 있었다.

*

아티니에스는 셈브라노가 조종하는 비행기의 폭격수였다. 두 대의 비행기에 탑승원들이 뒤섞여 있었는데 셈브라노의 비행기에는 정비사 폴과 아티니에스가 타고 있었다. 셈브라노는 부조종사로 바스크인 레이에스를 데리고 갔다. 남부의 마지막 비행장에서 그들은 폭탄들을 바꾸지 않으면 안 된다는 사실을 발견했다. 더불어 톨레도에서의 무질서에 견줄 만한 대혼란도. 말라가 조금 앞에는 15만 명의 피란 행렬이 해안도로를 따라 길게 늘어서 있었고 뒤쪽에서는 파시스트의 순양함들이 이 쾌청한 아침에 기다란 연기를 내뿜으면서 알메리아 쪽으로 올라오고 있었다. 마지막으로 이탈리아-스페인 기계화부대의 선발대가 보였다. 비행기에서 내려다보니 이 기계화부대는 몇 시간 안에 피란 행렬을 따라잡을 것 같았다. 아티니에스와 셈브라노는 서로 마주본 후 고도를 최대한 낮추었다. 기계화부대는 흔적조차 없어졌다.

보다 신속하게 돌아가기 위해 셈브라노는 지름길을 택해 바다로 들어섰다.

아티니에스가 뒤를 돌아보았을 때 정비사는 폭격장치 손잡이의 기름이 잔뜩 묻은 두 손을 마주 비비고 있었다. 아티니에스는 선명한 뭉게구름이 가득한 앞쪽 하늘을 다시 바라보았다. 적의 전투기 열여덟 대가—뒤늦게—두 편대를 이루어 나타났다. 아마 그 뒤에는 다른 전투기들도 있는 것 같았다.

총탄이 앞쪽 총좌를 뚫고 지나갔다.

셈브라노의 오른팔에 몽둥이로 때리는 듯한 강렬한 타격이 느껴지더니 팔이 축 늘어지기 시작했다. 그는 부조종사 쪽을 돌아보았다. "조종간을 잡아!" 레이에스는 조종간을 잡는 대신 두 손으로 자신의 배를 움켜쥐고 있었다. 그를 붙잡아 맨 안전띠만 없었다면, 한쪽 다리가 피투성이가 된 채 뒤로 나자빠져 기체 안에 드러누운 아티니에스를 덮칠 뻔했다. 아마 적의 전투기들은 비행기의 뒤로 지나가 본격적인 공격을 준비하고 있을 것이다. 어떤 방비도 불가능했다. 이 많은 적기들 앞에서 공화군의 전투기 다섯 대는 최선의 전투태세를 취해 다른 대형기 하나가 무사히 달아나도록 엄호해야 했다. 기체에 생긴 구멍들은 작은 포탄만했다. 이탈리아 비행기들이 속사 기관총을 지니고 있었던 것이다. 뒤쪽 기관총사수도 부상을 당한 것일까? 뒤돌아보려던 셈브라노의 시선은 오른쪽 모터로 옮겨갔다. 그것이 불타고 있었다. 셈브라노는 모터를 껐다. 기관총사수들은 더이상 아무도 사격을 하지 않았다. 비행기는 매초마다 하강하고 있었다. 아티니에스는 조종석에서 내려와 마실 것을 달라고 쉴새없이 요구하는 레이에스 쪽으로 몸을 숙였다. '배에 부상을 당했군.' 셈브라노는 생각했다. 적기들의 일제사격이 또 한차례 비행기 위를 지나갔으나 오른쪽 수평판만 타격을 입었을 뿐이다. 셈브라노는 두 발과 왼쪽 팔로 조종하고 있었다. 피가 그의 볼을 타고 조용히 흘러내렸다. 그 역시 머리에 부상을 입었을 테지만 고통스럽지는 않았다. 비행기는 여전히 하강하고 있었다. 뒤에는 말라가,

아래는 바다였다. 저 아래 10미터 너비의 모래 지대 위로 바위들이 둑처럼 늘어서 있었다.

적의 전투기들이 뒤쫓아오는데 비행기의 고도는 이미 너무 낮아서 낙하산을 사용할 수도 없었다. 다시 고도를 높이는 것은 불가능했다. 승강타가 파열탄을 맞았는지 부서져 거의 말을 듣지 않았기 때문이다. 바닷물이 이제 매우 가까워지자 역시 두 다리가 피투성이가 된 아래쪽 기관총사수는 자신의 관물통을 밀어넣고는 기체에 드러누웠다. 레이에스는 이미 두 눈을 감은 채 바스크어로 말하고 있었다. 부상자들은 마지막 총탄을 산발적으로 퍼붓는 적의 전투기들을 더이상 쳐다보지 않았다. 그들은 바다를 바라보았다. 이들 가운데 여러 명이 수영을 할 줄 몰랐고—게다가 발이나 팔 혹은 배에 파열탄을 맞은 채 수영을 할 수는 없는 노릇이었다. 그들은 해안으로부터 1킬로미터 떨어진 곳에, 바다 위로는 30미터 상공에 있었다. 수심은 4, 5미터 정도였다. 적의 전투기들이 되돌아와서 다시 모든 기관총을 동원해 사격을 가했다. 예광탄들이 비행기 주위에 붉은 거미줄 같은 것을 펼쳤다. 셈브라노 아래쪽에서 투명하고 고요한 아침의 파도가 무심한 행복을 드러내며 태양을 반사하고 있었다. 가장 좋은 방법은 두 눈을 감은 채 비행기가 천천히 내려가도록 내버려두는 것이었다…… 갑자기 그의 시선이, 피투성이가 되어 불안하지만 여전히 즐거워 보이는 폴의 얼굴과 마주쳤다. 총탄의 붉은 선이 피로 물든 기체를 둘러쌌고, 안에서는 아티니에스가 조종석에서 내려와 숨을 헐떡이는 듯한 레이에스 위쪽으로 몸을 숙였다. 셈브라노가 정면으로 본 유일한 사람, 폴의 얼굴에서도 역시 피가 흥건히 흘러내렸다. 하지만 항상 주위에 활기를 불어넣는 이 뚱뚱한 유대인의 매끈한 두 뺨에 삶을 향한 욕망이 너무도 강하게 나타나 있었기에, 조종사는 오른팔을 사용하고자 마지막 애를 써보았다. 하지만 그 팔은 이미 사라지고 없는 느낌이었다. 두 발과 왼쪽 팔로, 그는 온 힘을 다해 기체를 급상승시켰다.

폴은 비행기 바퀴를 내렸다가 이제는 접어놓았다. 동체가 수상비행기처럼 미끄러져내렸다. 기체는 한순간 서행하더니 고요한 파도의 거품 속에 처박히며 뒤집혔다. 비행기 안으로 돌연 솟구쳐 밀려드는 바닷물 속에서 모두가 물에 빠진 고양이처럼 발버둥쳤다. 아직 뒤집힌 기체 꼭대기까지는 물이 올라오지 않았다. 폴이 문으로 달려가 평소처럼 위에서 아래로 문을 움직이려 해보았으나 뜻대로 되지 않자 비행기가 뒤집혀 있다는 것을 깨닫고 위에서 손잡이를 찾았다. 그러나 파열탄을 맞은 문은 꿈쩍도 하지 않았다. 셈브라노는 거꾸로 된 비행기 안에서 뒤집힌 조종석을 코앞에 마주한 채 일어나 개가 자신의 꼬리를 뒤쫓듯이 물속에서 자신의 팔을 찾았다. 부상 부위에서 흐르는 피가 벌써 장밋빛으로 변한 기체 안의 물에 붉은 반점들을 만들고 있었지만 팔은 제자리에 있었다. 앞쪽의 기관총사수는 비행기가 전복될 때 열린 총좌의 운모판 하나를 부수었다. 그와 셈브라노, 아티니에스, 폴은 마침내 빠져나왔다. 자유로운 대기 속에 상반신을 드러내고 두 다리는 물속에 잠긴 채, 그들은 끝없는 피란 행렬을 마주했다.

아티니에스는 정비사에게 기대어 사람들을 불렀지만 파도 소리가 그의 목소리를 덮어버렸다. 기껏해야 피란중인 농부들이 그의 손짓을 보았을 뿐이다. 아티니에스도 알고 있었다. 군중 속의 각자는 그 부름이 자기가 아닌 다른 사람들을 향한 것이라고 여기리라. 농부 하나가 모래밭에서 걷고 있었다. 아티니에스는 기어서 모래가 있는 곳까지 갔다. "와서 좀 도와주시오!" 목소리가 들릴 정도로 가까워지자 그는 소리쳤다. "헤엄칠 줄 몰라요." 상대방이 대답했다. "물은 깊지 않아요." 아티니에스는 계속해서 앞으로 나아갔다. 농부는 움직이지 않았다. 아티니에스가 물에서 나와 옆으로 다가오자 그는 결국 "전 애들이 있어요"라고 말하고는 가버렸다. 아마 그 말은 사실일지도 모른다. 이 맹렬한 탈주 앞에서, 파시스트들이 다가오리라 끊임없이 생각하는 사람에게서 어떤 도움을 기대할 수 있단 말인가? 어쩌면 그를 경계했던 건지도 몰랐다. 아티니에스의 정력적인 얼굴과 그 금발은 말라가의 농부가 독일 조종사에 대해 품을 수 있는 인상과 너무 닮아 있었던 것이다. 동쪽 산 정상 아주 가까이에서 공화군 비행기들이 사라지고 있었다. "그들이 자동차를 보내주길 희망해보자……"

이미 폴과 셈브라노는 부상자들을 기체 밖으로 꺼내 해변으로 옮겨 놓았다.

흘러가는 군중 속에서 한 무리의 민병들이 나왔다. 그들은 둑 위에서 있어서 군중보다 훨씬 더 커 보였는데, 움직이지 않는 모습이 생물체라기보다는 바위나 무거운 뭉게구름 같아 보였다. 이곳에서 도망치지 않는 것은 무생물밖에 없었으니까. 그들의 시선은 마침내 다 타버린 비행기에 고정되었다. 물 밖으로 나온 짧은 불꽃들에 가려 비행기띠의 색깔은 보이지 않았다. 앞으로 나아가는 어깨와 허공에 흔들어대는 손의 흐름을, 이들은 전설을 지키는 자들처럼 굽어보았다. 바닷바람에 맞서기 위해 벌리고 선 그들의 다리 사이로 사람들의 머리가 낙엽처럼 움직였다. 그들은 마침내 아티니에스를 향해 달려내려왔다.

"부상자들을 도와주시오!" 그들은 물결 때문에 주춤거리면서 한 걸음 한 걸음 비행기까지 다가갔다. 마지막 민병은 아티니에스 곁에 남아 이 비행사의 팔을 자신의 어깨에 걸쳤다.

"전화가 어디 있는지 아시오?" 아티니에스가 물었다.

"압니다."

민병들은 마을 수비대 소속이었다. 이탈리아의 기계화부대에 맞서 시련에 처한 마을을 방어할 생각이었던 것이다. 나름껏 조직한 이 민병들과 함께, 도로에서는 말라가의 20만 주민 가운데 15만 명이 무기도 없이 '스페인의 해방자'*를 피해 달아나고 있었다.

그들은 비탈 중턱에 멈추었다. '총탄에 맞은 부상은 아프지 않다더니, 순 헛소리군!' 아티니에스는 생각했다. 바닷물도 전혀 고통을 덜어주지 못했다. 둑 위에서는 상반신을 구부린 자들이 여전히 걷거나 달리면서 서쪽을 향해 전진했다. 많은 사람들이 무언가 희미한 물건을 쥔 주먹을 입 안쪽에 대고 있었는데 마치 소리 없는 나팔을 불고 있는 듯한 모습이었다. 그들은 뭔가를 먹고 있었던 것이다. 짧고 넓적한 풀 같은 것, 아마 셀러리인 것 같았다. "밭이 있거든요." 민병이 알려주었다. 늙은 여자 하나가 소리를 지르면서 비탈을 내달려 아티니에스에게 다가와서는 병 하나를 내밀었다. "내 가련한 아들들, 내 가련한 아들들!" 그녀는 밑에 있는 다른 사람들을 바라보더니 아티니에스가 병을 잡기도 전에 그것을 다시 붙들고는 최대한 빨리 내려가면서 끊임없이 똑같은 말을 외쳤다.

---

* 프랑코 장군을 말한다.

아티니에스는 민병에게 의지해 다시 오르기 시작했다. 여자들이 줄달음쳐 지나가다가 멈추어 부상당한 비행사들과 불이 꺼져가는 비행기를 바라보고는 소리를 지르며 다시 달려가곤 했다.

'일요일의 거리 같군.' 아티니에스는 도로로 올라서며 씁쓸하게 생각했다. 파도 소리가 장단을 맞추는 피란민의 소음 속에서 아티니에스가 너무도 잘 알고 있는 또다른 소음이 올라오기 시작했다. 적의 전투기였다. 군중은 사방으로 흩어졌다. 그들은 이미 폭격과 기관총 사격을 받아봤던 것이다.

적기는 바다에서 마지막 불꽃이 꺼져가는 대형 비행기를 향해 일직선으로 내려왔다. 민병들은 이미 부상자들을 옮기고 있었다. 그들은 적기가 도착하기 전에 도로에 이르게 될 것이다. 군중에게 엎드리라고 소리를 질러야 했으나 아무도 듣고 있지 않았다. 셈브라노의 지시에 따라 민병들은 작은 벽을 따라 부상자들을 눕혔다. 적기는 아주 가까운 곳까지 내려와, 꼬챙이에 꿴 닭처럼 뒤집힌 모습으로 꺼져가는 불꽃에 뒤덮여 있는 대형기 주위를 맴돌았다. 아마 사진을 찍는 것 같았다. 그러고는 다시 사라졌다. '그러나 트럭들도 뒤집혀 있단 말이야.'

짐수레 한 대가 지나갔다. 아티니에스는 수레를 세우고는 민병의 어깨에서 벗어났다. 젊은 여자 농부 하나가 그에게 자리를 내주고 한 노파의 다리 사이에 앉았다. 짐수레는 다시 출발했다. 농부 다섯 명이 타고 있었다. 아무도 묻지 않았고 아티니에스 역시 한마디도 하지 않았다. 이 순간 그 많은 사람들 모두가 오로지 한 방향으로 흘러가고 있었다.

민병은 짐수레 옆에서 걸었다. 1킬로미터쯤 지나자 도로가 바다에서 멀어졌다. 들판에는 모닥불이 타올랐다. 그 모닥불들과 웅크리거나 누워 있는 사람들은 꼼짝하지 않았지만 피란 행렬의 사람들과 마찬가지로 극도의 불안을 뿜어내고 있었다. 그들 사이로 집을 잃은 사람들의 무기력한 무리가 알메리아를 향해 절망적인 이주를 계속 이어갔다. 차들이 뒤얽혀 빠져나오지 못하고 있었다. 짐수레도 더이상 나아가지 못했다.

"아직 멀었나요?" 아티니에스가 물었다. "3킬로미터 정도 남았습니다." 민병이 대답했다.

한 농부가 당나귀를 타고 그들을 추월해 갔다. 당나귀들은 끊임없이 도로를 벗어나 사방으로 미끄러지듯 훨씬 빨리 나아갔다.

"당신 당나귀를 좀 빌려주시오. 마을의 우체국 앞에서 돌려주겠소. 부상당한 비행사들 때문에 그럽니다."

농부는 아무 말 없이 내려 짐수레의 아티니에스 자리에 앉았다.

아마 대학생인 듯 세련미마저 풍기는 젊은 남녀가 짐도 없이 당나귀를 지나쳐 갔다. 그들은 서로 손을 잡고 있었다. 아티니에스는 자신이 그때까지 간혹은 노동자들이고 거의 언제나 농부들인 비참한 군중밖에 보지 못했음을 깨달았다. 그리고 언제나 등에 멕시코 담요를 지고 있는 군중밖에는. 대화는 없었고 외침과 침묵뿐이었다.

도로는 터널로 이어졌다.

아티니에스는 자신의 회중전등을 찾았다. 젖은 주머니에서 그것을 꺼낼 필요는 없었다. 온갖 종류의 램프, 성냥, 횃불, 깜부기불 등 무수한 작은 불빛들이 노랗고 불그스름하게 생겨났다가 꺼졌고, 아니면 후광에 둘러싸인 채, 사람과 짐승과 짐수레의 흐름 양쪽에 머물곤 했다.

비행기들을 피해 거대한 이주 야영지가 이곳 지하에, 햇빛에서 멀리 떨어진 푸르스름한 두 구멍 사이에 자리잡고 있었다. 수많은 어렴풋한 형체들이 횃불과 붙박이 안전램프 주변에서 분주히 움직였고, 다리들은 어둠 속에 잠긴 채 상반신과 머리만 한순간 실루엣으로 나타나곤 했다. 너무나도 강한 침묵에 동물들마저 사로잡힌 가운데, 짐수레의 소음이 바위 밑에서 지하의 강처럼 요란하게 울렸다.

터널은 운집한 군중에서 비롯된, 다시 말해 끓어오르는 열기에서 비롯된 더위로 아티니에스를 감쌌다. 물론 전화가 있는 곳에 가야 했다. 하지만 아티니에스는 도로에서 죽어버린 것이 아닐까? 짐수레와 당나귀는 감미로운 단말마 속에 나타난 꿈이 아닐까? 그를 뒤덮었던 바닷물로부터 그는 대지 깊숙이 틀어박힌 이 세계로 미끄러져 들어가고 있었다. 산 자들의 확신보다 더 강력하고도 명백한 사실이, 조금 전 기체에서 흥건히 흘러내렸던 피로부터 질식할 듯한 이 터널로 옮아오고 있었다. 삶이었던 모든 것이 비참한 추억처럼 깊고 음울한 마비 속으로 녹아들었다. 열기에 찬 이 어둠 속에서, 빛나는 점들은 연약한 물고기 같은 삶을 영위했고, 정치위원 아티니에스는 부동의 상태로 무게도 없이, 커다란 수면睡眠의 강을 가로질러 죽음 너머로 미끄러져갔다.

햇빛이 가까이 다가오다가 비스듬한 도로에 이르러 갑자기 펼쳐지더니, 마치 얼어붙은 듯 차가운 빛이 그의 육체 전체를 깨어나게 했다. 다리에 찌르는 듯한 통증이 느껴지고 두 다리 사이에 있는 당나귀를 보면서 전화에 대한 강박관념이 되살아나자 그는 소스라치게 놀랐다. 전투에서 벗어나듯이 비행기에서 벗어났을 때, 삶의 신비 앞에서 그는 생사의 모호한 경계로부터 되돌아오는 듯한 느낌을 받았다. 또다시,

피란중인 민중의 흐름 너머로, 저기 바위 위에 검은 염소들이 서 있는 스페인의 황토색 대지가 지중해까지 펼쳐졌다.

첫번째 마을이 나타나자 군중은 우왕좌왕하며 사위에서 들끓었고, 마치 파도가 물러가며 모래와 자갈과 잔해를 남겨놓듯이 담벼락 주위에 온갖 도구들을 내려놓았다. 몇몇 사람들은 무기들을 비죽비죽 드러낸 차림으로, 우리 안에 갇힌 가축떼처럼 담벼락 사이에 혼란스럽게 자리잡았다. 여기서 집단 탈출은 눈사태 같은 힘을 상실하고 있었다. 이제는 그저 군중일 뿐이었다.

민병의 도움으로 아티니에스는 여전히 당나귀를 탄 채 마침내 전화국에 도착했다. 전화선은 끊겨 있었다.

부상자들이 벽 아래 줄지어 누워 있는 가운데, 폴은 어디서 트럭들을 구할 수 있는지 민병들에게 물었다. "농가에 가면 있을 겁니다만 기름이 없어요!" 그는 첫번째 농가로 달려가서 트럭 한 대를 살펴보았는데 연료 탱크가 비어 있었다. 그는 계속 달리며 양동이 하나를 들고 되돌아가서 비행기의 온전한 연료 탱크에 남아 있는 기름의 일부를 퍼내는 데 성공했다. 아침에 그와 동지들이 폭파해버린 트럭들을 분명 뒤쫓아오고 있을 트럭들의 도착을 매 순간 기다리며, 그는 지칠 줄 모르는 농부들의 피란 행렬 옆에서 양동이의 평형을 유지하느라 어쩔 수 없이 천천히 걸어 농가로 다시 돌아갔다. 트럭의 시동을 걸어보았지만 점화플러그가 망가져 있었다.

그는 두번째 농가로 달려갔다. 셈브라노는 아티니에스가 이와 같은 대혼란 속에서 어려움 없이 문제를 해결하리라고는 생각할 수 없었고,

그래서 전화를 걸어 도착하게 될 트럭보다는 직접 찾아내는 트럭에 더 기대를 걸고 있었다. 반쯤 별장인 이 농가에 가구라고는 하나도 없었다. 무어 양식의 도자기들과 앵무새가 그려진 낭만적인 모조 프레스코화들은 마치 화재를 기다리고 있는 것만 같았다. 지하에서 울리는 듯한 피란민들의 소음이 순간순간 적의 도착을 위협적으로 알리고 있었다. 이번에는 셈브라노도 스페인인 기관총사수가 묶어준 오른팔을 왼손으로 붙든 채 함께 왔다. 트럭을 발견하자마자 셈브라노가 덮개를 들어올렸다. 연료 주입구가 부서져 있었다. 파시스트들이 사용하지 못하게 하려고 트럭들을 하나같이 망가뜨려놓은 것이다. 몸을 구부렸던 셈브라노는 입을 벌리고 눈은 반쯤 감은 채 다시 일어났다. 지쳐버린 볼테르의 모습이었다. 그는 그로기 상태의 권투선수 같은 발걸음으로 여전히 입을 벌린 채 다음 농가로 향했다.

들판 한가운데서 그는 자신의 이름을 부르는 소리가 들렸다. 얼굴이 아주 둥그런 스페인인 기관총사수가 여전히 피투성이 상태임에도 사과처럼 환희에 찬 모습으로 그를 향해 펄쩍펄쩍 뛰며 달려왔다. 아티니에스가 자동차를 타고 돌아와 있었다. 공화군 전투기들이 병원에 알린 것이다. 셈브라노와 폴은 부상자들을 자동차 뒤쪽 바닥과 의자에 눕혔다. 기관총사수가 그들과 함께 남았다.

캐나다인 수혈 담당 주임 의사가 자동차를 타고 함께 와 있었다.

비행기가 추락한 때부터 비행사들 가운데 어느 누구도 파시스트들이 접근해오고 있다는 것에 대해서는 이야기하지 않았다. 아티니에스와 마찬가지로, 아마 모두가 말라가의 외곽 관문에서 폭격당한 기계화부대를 끊임없이 머릿속에 떠올렸을 것이다.

자동차 앞쪽에는 사람들이 많이 탔지만 뒤쪽은 비어 있는 것처럼 보였다. 매 킬로미터마다 민병들이 차를 세우고 여자들을 태우려다가, 발판 위로 올라와 부상자들을 보고는 다시 내려가곤 했다. 처음에 군중은 위원회* 위원들이 도망가는 것으로 여겼다. 이제 겉보기엔 비어 있는 듯한 자동차마다 부상자들이 쌓여 있다는 것을 알고는 그들은 음울한 우정을 드러내며 자동차들을 바라보곤 했다. 레이에스는 숨을 헐떡이고 있었다. "수혈을 해보겠습니다." 의사가 아티니에스에게 말했다. "하지만 별 희망이 없는 것 같군요." 길가에는 너무도 많은 사람이 누워 있어서 잠을 자고 있는 자들과 부상자들을 구분할 수가 없었다. 여자들이 도로에 가로누워 있는 경우가 종종 있었다. 의사가 내려가서 이야기하면, 그녀들은 다가와 자동차를 확인하고는 조용히 길을 터준 뒤 다시 드러누워 다음 자동차를 기다렸다.

힘줄과 신경밖에 남지 않은 노인이 농부들 특유의 오그라들듯 늙은 모습으로, 왼팔에는 몇 달밖에 안 된 어린아이를 안은 채 호소하고 있었다. 도로를 따라가다보면 이 정도 비탄에 잠긴 모습은 얼마든지 눈에 띈다. 하지만 인간이란 다른 어떤 모습보다도 어린애에게 취약한 법이다. 레이에스가 숨을 헐떡거리고 있음에도 불구하고 의사는 자동차를 멈추게 했다. 농부가 차 안에 앉기란 불가능했다. 그는 여전히 아이를 왼팔에 안은 채 운전석 옆 발판에 자리를 잡았다. 하지만 손으로 잡을 만한 게 아무것도 없었다. 반대편 발판에 앉아 오른손으로 조수

---

* 인민전선 안에서 지방마다 공화파, 사회주의파, 공산주의파가 연합해 대표들로 구성한 위원회.

석 문을 잡고 있던 폴이 왼손을 내밀자 농부는 그 손을 움켜잡았다. 두 손이 앞유리창 앞에서 맞잡고 있었기에 운전수는 줄곧 몸을 반쯤 구부린 채 차를 몰아야 했다.

의사와 아티니에스는 두 손에서 눈을 뗄 수가 없었다. 의사는 연극이나 영화에서 사랑의 장면을 볼 때면 언제나 거북함을 느끼곤 했다. 여기서도 마찬가지였다. 곧 다시 싸우러 갈 이 외국인 노동자가 피란민들 앞에서 안달루시아의 늙은 노동자의 손을 잡고 있는 모습이 그를 동요시켰다. 그는 그들을 쳐다보지 않으려고 애썼다. 하지만 그의 가장 깊숙한 부분은 여전히 이 손들에 연결되어 있었다—바로 그 부분이 조금 전 그들을 멈추게 했고, 더없이 하찮은 그 표정 속에서 모성이나 어린 시절이나 죽음을 알아보게 했던 것이다.

"정지!" 길에서 한 민병이 외쳤다. 운전수는 속도를 늦추지 않았다. 민병은 자동차를 총으로 겨누었다. "부상당한 비행사들이야!" 운전수가 소리쳤다. 민병은 자동차의 발판으로 뛰어올랐다. "멈추라고, 제기랄!" "부상당한 비행사들이라니까, 이 얼간아! 이게 안 보여?" 두 마디가 더 나왔지만 부상자들은 들을 수 없었다. 민병이 총을 쏘자 운전수가 운전대에 쓰러졌다. 자동차는 나무를 들이받을 뻔했다. 민병은 브레이크를 밟고 뛰어내리더니 도로로 가버렸다.

이번에는 검붉은 군모를 쓰고 옆에 군도를 찬 무정부주의자 민병이 자동차로 뛰어올랐다. "저 머저리가 왜 당신들을 세운 거죠?" "모르겠군요." 아티니에스가 대답했다. 무정부주의자는 땅으로 뛰어내리더니 예의 민병을 쫓아 달려갔다. 두 사람 모두 태양빛을 받아 짙은 녹색을 띤 나무들 뒤로 사라졌다. 자동차는 여전히 방치되어 있었다. 부상자들 가운데 운전을 할 수 있는 자는 아무도 없었다. 마치 무대 뒤에서 나오듯 무정부주의자가 다시 나타났다. 손에 든 군도에 붉은 피가 묻어 있었다. 그는 자동차까지 다가와서는 죽은 운전수를 길가에 내려놓고 운전석에 앉아 아무것도 묻지 않고 시동을 걸었다. 10분이 지나자 그는 뒤를 돌아보며 피로 물든 군도를 보여주었다.

"더러운 자식. 민중의 적. 다시는 이런 짓을 하지 못할 겁니다."

죽음에 진절머리가 난 셈브라노는 어깨만 으쓱할 뿐이었다. 무정부주의자는 기분이 상해 얼굴을 돌렸다.

그는 더이상 옆 사람들을 보지 않는 체하면서 운전하고 있었다. 조심스럽게, 되도록이면 차가 덜컹거리지 않도록 애썼다.

"그 폼 잡은 민병을 두고 하는 말이군요!" 폴이 프랑스어로 말했다. 밖으로 내민 얼굴이 검붉은 군모와 아주 가까웠다. "그 녀석은 더이상 불만이 없게 되면 말하게 될 겁니다!"

아티니에스는 앞유리창에 꽉 달라붙은 무정부주의자의 두 손 뒤로 적의에 찬 그의 폐쇄적인 얼굴을 바라보았다.

그들은 마침내 병원에 도착했다.

병원은 텅 비어 있었지만 고통이 지나간 온갖 흔적들, 기구들과 붕대들로 가득했다. 종종 피로 물들었던 침대들의 흐트러지고 텅 빈 모습은 방금까지 사람들이 존재했음을 암시하는 흔적과 너무나 잔인하게 뒤얽혀 있었다. 마치 개별적인 얼굴을 한 산 자들이나 죽은 자들이 아니라 상처 그 자체—팔과 머리와 다리가 아닌 피 자체—가 누워 있었던 듯했다. 움직이지 않는 전등불의 갑갑한 모습이 홀 전체에 비현실성을 부여했다. 핏자국과 몇몇 시체들이 생명의 존재를 잔인하게 강제하지 않았더라면 온통 하얗게 통일된 홀의 모습은 마치 꿈과 같았을 것이다. 후송할 수 없었던 세 명의 부상자가 권총을 옆에 둔 채 파시스트들을 기다리고 있었다.

만약 후송기가 오지 않는다면 스스로든 적에 의해서든, 그들은 죽음밖에 기다릴 게 없었다. 세 사람은 몸집이 크고 머리가 곱슬곱슬한 폴, 입술이 튀어나온 셈브라노, 그리고 얼굴에서 고통밖에는 찾아볼 수 없는 다른 사람들이 조용히 들어오는 모습을 지켜보았다. 홀은 난파당한 자들의 형제애로 가득차고 있었다.

2

과달라하라

완전히 기계화부대로만 이루어진 4만 명의 이탈리아군, 그리고 그들의 탱크와 비행기가 비야비시오사*에서 공화군의 전선을 무너뜨렸다. 그들은 인그리아강과 타우나강의 계곡을 타고 내려와서는 과달라하라와 알칼라 데 에나레스를 점령하고, 아르간다에서 진격이 봉쇄된 프랑코의 남부군과 합류함으로써 마드리드와의 모든 소통을 차단시킬 생각이었다.

말라가에서 열정적으로 싸우길 기대했던 이탈리아군은 그들 앞에서

* 아스투리아스 지방에 있는 도시.

공화군 5천 명도 만나지 못했었다. 하지만 말라가에서 민병들은 톨레도에서처럼 싸웠다. 여기서는, 마드리드에서처럼 싸우고 있었다. 11일에 스페인인들, 폴란드인들, 독일인들, 프랑스-벨기에인들 그리고 제1여단 가리발디 장군 휘하의 장병들은 사라고사와 브리우에가 도로 양쪽에서—1 대 8로—이탈리아군의 기습을 막아내고 있었다.

희끄무레한 여명이 눈을 무겁게 머금은 구름 아래로 미끄러져 들어오자마자, 에드가르 앙드레 대대와 급파된 새 의용병들이 의지하고 있던 작은 숲과 듬성듬성한 삼림이 포탄을 맞아 파괴되기 시작했다. 포탄 한 방에 뿌리째 뽑힌 올리브나무들은 요동치며 금방이라도 눈이 쏟아질 듯한 하늘까지 솟아올랐다가 가지들을 앞으로 내밀고는 구겨진 종잇장 소리를 내면서 불화살처럼 떨어졌다.

이탈리아군의 제1차 공격진이 도착했다. "동지 여러분, 공화국의 운명은 십 분 후면 결정될 겁니다." 한 정치위원이 말했다. 중기관총 소대의 모든 기관총사수들은 그들의 자리에 남아서 죽음을 바로 눈앞에 둔 채 안전장치를 풀었다. 포화 속에서 공화군은 방어선을 구축하고 측면을 강화했다.

때때로 파시스트의 포탄들은 불발되었다.

또다른 중대의 위원이 일어섰다.

"포탄들을 못 쓰게 만들고 총살당한 밀라노의 노동자들 만세!"

모두가 일어섰지만 무기 공장의 노동자들은 주저했다. 포탄이 항상 불발되지는 않으리라는 것을 알고 있었던 것이다.

그때 파시스트 탱크들이 당도했다.

하지만 국제의용군과 다이너마이트 대원들은 하라마 전투를 통해 탱크들에 익숙해져 있었다. 전차들이 엄폐물이 없는 지역에 이르자, 독일인 부대는 숲속으로 후퇴하더니 나오지 않았다. 탱크들은 기관총을 달고 있었지만 그들 역시 기관총을 가지고 있었다. 빽빽한 나무 앞에서 전차들은 거대한 개들처럼 종횡으로 움직여보았지만 아무 소용이 없었다. 때때로 작은 떡갈나무가 눈을 머금은 구름까지 튀어오르곤 했다.

숲속에서 폭격을 받으며, 플랑드르인 기관총사수들은 파시스트 공격진을 지면에 묶어놓고 있었다. "리벳 기관총에 리벳이 남아 있는 한 버티는 거야." 기관총대 지휘관의 고함소리가 뇌우 같은 대포 소리, 소총소리, 기관총의 일제사격 소리, 파열탄 터지는 소리, 탱크의 포탄이 날아오는 날카로운 소리, 너무도 낮은 구름에서 빠져나오지 못하는 비행기들의 불안한 엔진소리와 뒤섞여 들려왔다.

저녁에 이탈리아군은 화염방사기로 공격했으나 화염방사기는 탱크들 앞으로 나올 수 없었다.

12일, 이탈리아군 돌격대가 다시 공격해와 마누엘의 여단, 프랑스인 부대, 독일인 부대를 포함한 제5병단에 속하는 여단들과 접전을 벌였다. 해질녘 이탈리아군은 좁은 지대에 모였는데, 그들의 접근로는 차단되어 있었다. 중화기 탄약과 식량이 더이상 전선에 도달하지 못하는 가운데 눈까지 내리기 시작했다. 도로는 위협받고 있었지만, 이탈리아군 역시 그 못지않게 위협받고 있었다.

13일, 눈은 그쳤고 전투원 일부는 얼어죽었다.

밤에 마드리드의 스페인인 여단, 국제의용군 원군 그리고 히메네스의 기병들로 이루어진 증원군이 도착했다. 공화군은 수적으로 2 대 1의 열세였다. 국제의용군은 잘 무장했다고는 할 수 없었지만 그래도 장비를 갖추고 전선으로 출동했다. 동시에 도로 반대편에서는 마누엘의 부하들과 리스테르* 여단 병사들이 운동화를 신고 따라붙었다. 함께 싸운 석 달 동안, 시리와 마랭고(이들은 이제 프랑스-벨기에 혼성부대 소속이었다)는 3월의 이 얼어붙은 저녁보다 스페인인들을 가깝게 느껴본 일이 없었다. 그날 밤 눈이 쏟아질 때까지 민중의 군대는 너덜너덜한 운동화를 신은 발걸음으로 포탄들에 요동치는 지평선을 향해 올라가고 있었다. 때때로 중형 대포가 빠르게 짖어대곤 했다. 그러면 다른 많은 대포들이, 예전에 과달라하라의 농가들에 있던 개들처럼 호응했다. 대포 소리가 크게 올라오면 올수록 병사들은 더욱더 몸을 바싹 붙였다.

14일, 제5병단의 부대들과 마누엘은 트리후에케를 공격하여 점령했다. 적군의 다른 쪽 측면은 이바라궁의 각 창문 뒤에 배치된 경기관총으로 방어되고 있었는데 프랑스-벨기에 혼성부대와 가리발디 부대가 오후 두시부터 이 궁전을 공격했다.

가리발디 부대의 60퍼센트는 45세가 넘은 노병들이었다.

숲속 나무들 아래 있는 그들에게 낮고 평평한 궁전으로부터 보이는 것이라곤 해질녘 다시 내리기 시작한 눈 사이로 드러나는 짧은 불꽃뿐이었다. 포성은 잦아들고 있었다. 하지만 산발적인 소총소리가 다시 들려왔다. 그러더니 소총소리와 대포 소리의 차이만큼이나 보통 사람의 목소리를 뛰어넘는 커다란 목소리가 이탈리아어로 요란하게 울리

---

* 소련에서 정치교육과 훈련을 받은 스페인의 공산주의자 장교.

기 시작했다.

동지 여러분, 이탈리아의 노동자와 농민 여러분, 무엇 때문에 당신들은 우리에게 대항해 싸우는 것입니까? 여러분이 이 확성기 소리를 듣지 않게 되는 때, 이 소리를 덮어버리는 모든 소리는 바로 죽음입니다. 여러분은 스페인의 노동자와 농민이 자유롭게 사는 것을 막기 위해 죽을 것입니까? 당신들은 속고 있습니다. 우리는……

대포와 수류탄 터지는 소리가 공화군의 확성기 소리를 덮어버렸다. 네모진 확성기는 그것을 싣고 있는 트럭보다 더 커다랗게 드러난 채, 쓰러진 채유採油장치 같은 모습으로 숲의 장막 뒤에 홀로 남겨졌지만 여전히 말을 하고 있으므로 살아 있는 셈이었다. 그리하여 2킬로미터까지 울려퍼지는 그 외침, 세상의 종말을 예고하는 것 같은 그 목소리는 내용을 알아들을 수 있을 만큼 매우 느린 어조로, 다가오는 밤과 총탄에 가지가 잘린 나무들과 끝없이 내리는 눈 속에서 고독하게 외침을 이어갔다.

동지 여러분, 우리에게 포로로 잡혀 있는 당신네 동지들은 여러분에게 이렇게 말할 것입니다. '공산주의 야만인들'이 여러분한테 입은 부상으로 피투성이가 된 팔을 그들에게 벌려주더라고 말입니다……

파시스트 정찰대가 확성기 소리로 가득한 숲과 눈을 가로질러 행진했다. 다시 한번 총성이 울렸다. 파시스트들 가운데 하나가 쓰러졌다.

"무기를 버려라!" 짧은 침묵 사이에 누군가 이탈리아어로 외쳤다.

"쏘지 마, 멍청아. 우리라고!" 장교가 말했다.

"무기를 버려라!"

"우리라고 말하지 않았나!"

"알고 있어. 무기를 버려."

"너희들이나 버려!"

"셋을 셀 때까지 버리지 않으면 쏘겠다."

정찰대는 대답하고 있는 이탈리아인들이 자기편이 아니라는 사실을 깨닫기 시작했다.

"하나. 항복하라!"

"절대 안 한다!"

"둘. 항복하라!"

정찰대는 무기를 버렸다.

가리발디 부대가 한쪽 측면에서, 프랑스-벨기에 혼성부대는 다른 쪽 측면에서 궁전을 공격했다. 조명탄 하나가 숲 위로 날아오르더니 소용돌이치는 눈 속에서 검은 나뭇가지들을 비추었다. 가지가 짧고 무성한 나무 한 그루가 튀어올랐다. 나무가 가지 부러지는 소리를 내면서 멀리 떨어지는 사이 시리는 달려가던 다섯 명의 동지 가운데 네 명이 쓰러지는 것을, 자신의 오른쪽에 있던 동지의 머리가 날아가는 것을, 총탄들이 사방의 지면을 우묵하게 구멍내는 것을, 무언가를 가리키던 동지 녀석 하나가 피투성이가 된 손을 거두어들이는 것을 보았다. 나무가 사라지자, 시리는 이바라궁전의 한 창문에서 자신에게 총격을 가하고 있다는 사실을 깨닫기도 전에 총탄이 들어가지 못하도록 등의 근육을 수축시킨 채 달아났다. 문득 어떤 상식이 떠올라 그는 누워 있던 한 중위 앞에 배를 깔고 엎드렸다. 중위는 몸을 일으켰다가 "오! 오……" 하는 당혹스러운 듯한 신음소리를 내면서 곧바로 다시 쓰러졌다. "무슨 일입니까?" 시리가 뒤쪽을 향해 물었다. "부상당한 거요?" "죽었소." 다른 목소리가 대답했다. 시리는 동지들과 함께 궁전 벽까지 접근했다. 하지만 나무가 뽑히며 생긴 기막힌 틈새로, 경기관총이 배치된 스무 개의 창문으로부터 집중사격이 쏟아지고 있었다. 병사들은 모두 배에 부상을 입기라도 한 듯 엎드린 채 포복하면서 후퇴했다. 동지 한 녀석이 공포에 질린 얼굴을 하고선 풍뎅이처럼 당혹스러운 몸짓으로 다른 동지 하나를 끌어가고 있었다. 그러나 그를 버리지는 않았다. 시리는 머리를 왼쪽 팔에 기댄 채 요란한 대포 소리와 소총소리, 기관총소리, 파열탄소리 속에서 거의 들리지 않을 정도로 똑딱거리는 시계의 초침 소리에 귀를 기울였다. 이 소리가 들리는 동안은 적어도 죽은 것은 아닐 터였다. 그는 예전에 과수원 배를 도둑질할 때 감시원에 대해 가졌던 두려움과 유사한, 뭔가 감춰야 할 잘못을 저지르고 있다는 막연한 기분을 느꼈다. 마침내 그는 부상자를 끌고 오던 동지와 동시에 차폐물이 있는 곳에 이르렀다.

마랭고는 궁전을 방어하고 있는 벽에서 10미터 떨어진 곳에 있었다. 이곳에서는 수류탄을 던질 수 있었다. 눈 내리는 밤 적의 사격소리는 마치 타닥타닥 튀는 불꽃처럼 벽 꼭대기로, 지면으로, 각각의 창문 뒤로 달려나갔다. 뚱뚱한 마랭고는 적갈색 섬광과 폭발음을 향해 쏘고 또 쏘면서 침착함이 돌아오는 것을 느꼈다. 누군가 그의 뒤에서 몸을 숙였다. 중대장이었다. "그런 식으로 고함을 지르면 안 돼. 자네의 위치가 드러나게 된다고." 국제의용병 하나가 두 손으로 궁전 벽에 매달려 있었는데 피살된 것 같았다. 마랭고는 사격을 계속하면서 전진했다. 그의 오른쪽에서 동지들 역시 경기관총과 수류탄, 부조리한 울부짖음 그리고 포탄의 요란한 소리를 뚫고 전진하고 있었다. 다시 한번 조명탄이 나무들 사이에 떨어졌다. 그 아래 수류탄과 나뭇가지의 경련하는 얼룩들, 잘린 팔 하나, 떨어져나간 손가락들이 드러났다. 마랭고의 소총이 불타고 있었다. 그는 그것을 눈 위에 내려놓고는 부상당한 한 국제의용병이 건네준 수류탄을 던지기 시작했다. 또다른 국제의용병은 헐떡이는 물고기처럼 계속해서 입을 뻐끔거렸다. 다른 세 병사는 사격을 퍼부었다. 아직도 2미터. 이제 그는 수류탄을 든 채 벽에 아주 가까이 있었다. 입에는 그가 피우고 있다고 상상하는 담배를 물었다.

"왼쪽에선 뭐하고 있는 거야?" 눈 속에서 누군가 명령조로 외쳤다. "좀더 빠르게 사격하라고!"

"그쪽 동지들은 죽었어." 다른 목소리가 대답했다.

가장 용감한 파시스트들이 벽을 방어하고자 애썼지만 정예 사격수들은 사격이 제대로 되지 않는다는 느낌을 받고 있었다. 전투와 흰 눈 때문에 광적으로 흥분한 가리발디 부대원들과 프랑스-벨기에 혼성부대원들이 벽을 향해 돌진하는데다, 총탄을 맞고도 한동안은 쓰러지지 않았기 때문이다. 갑자기 궁전과 숲에서 불안한 아우성이 올라왔다. 곧 한순간 침묵이 흐르는 사이 조명탄이 빛을 뿜자, 파시스트들과 시칠리아에서 모집된 부랑자들은 푸른빛을 띤 눈 속에서 잿빛 콧수염을 드러낸 채 자신들에게 사격을 퍼붓는 가리발디의 노병들을 보았다. 그러고는 요란한 굉음이 다시 시작되었다. 공격자들이 벽에 다다른 것인지, 아니면 카페와 집회의 신비한 침묵이 전쟁에도 존재하는 것인지, 폭발의 광란이 문득 성난 바람에 검은 하늘로 날아가는 눈송이의 소용돌이와 함께 올라가는 듯했다. 곧이어(확성기 담당자들은 이 침묵을 노리고 있었다) 파시스트들, 가리발디 부대원들과 프랑스-벨기에 혼성부대원들에게 이런 소리가 들려왔다.

동지들이여, 내 말을 들어보라! 사실이 아니다! 사실이 아니야! 나는 안젤로다. 우선 그들은 탱크들을 가지고 있으며, 내 눈으로 직접 보았다! 그리고 대포들도 가지고 있다! 그리고 장군들이 우리를 심문했다!

그리고 그들은 우리를 총살하지 않는다! 나다, 안젤로! 나는 총살당하지 않았어! 그 반대다. 우리는 속았고, 곧 희생당할 거다! 넘어오라, 동지들, 넘어와!

벽으로 되돌아온 시리는 귀를 기울였다. 가리발디 병사들도 귀를 기울이고 있었다. 마랭고와 프랑스-벨기에 병사들에게는 짐작했던 일이었다. 궁전 안에 있는 경기관총사수들이 일제히 답했다. 바람은 약해져 있었고 무심한 눈이 다시 무겁게 내리기 시작했다.

시리는 벽의 모퉁이에 있었다. 멀찌감치 나무들 아래 누추한 집들이 보였다. 오른쪽 집들은 공화군에, 왼쪽 집들은 파시스트들에 속해 있었다. 확성기에 이어서 부상자의 것처럼 약한 목소리가 시리에게 들려왔다. 전날 포로가 되어 지금은 가리발디 병사들과 함께 싸우고 있는 자들이 눈 속에서 외치는 소리였다.

"카를로, 카를로, 바보짓 하지 마. 그곳에 있지 마. 나야, 귀도. 걱정할 것 전혀 없어. 내가 다 해결해줄게."

"사기꾼 놈들, 배신자들!"

명령 소리가 들리더니 경기관총의 일제사격이 퍼부어졌다.

"브루노, 동지들이다, 쏘지 마!"

눈송이뿐 아니라 전투까지 휘젓듯, 바람의 요란한 소리가 커다란 소용돌이와 함께 올라왔다가 가라앉았다. 마랭고는 마지막 수류탄을 던지고는 소총을 집어들었으나 그것은 곧바로 손에서 떨어져나갔고, 동시에 그의 동지 세 명이 두 팔로 몸을 감싼 채 화염 속으로 사라졌다. 그는 벽으로 뛰어가 몸을 밀착시키고는 벽돌에 매달려 있는 동지의 소총을 두 손으로 주워 들었다.

눈은 그쳤다.

마치 자연의 힘이 전쟁보다 더 강하다는 듯, 더이상 눈송이들로 가려지지 않은 겨울하늘에서 내려오는 평온이 전투에 강요되기라도 한 듯, 다시 갑작스러운 침묵이 찾아왔다. 커다란 구름 사이로 달이 막 나타나자 조명탄 아래서 줄곧 푸른빛을 띠었던 눈이 처음으로 하얗게 드러났다. 국제의용군의 배후에는, 울타리가 쳐져 있고 작은 벽들이 층층이 쌓인 지대 전체에서 폴란드 부대가 백병전으로 공격하고 있었다. 일제히 공격하는 게 아니라, 작은 그룹을 이루어 눈 속에 반쯤 파묻힌 낮은 벽을 방패 삼아 공격했다. 프랑스-벨기에 병사들과 가리발디 병사들에게는 거의 보이지 않았지만, 총검 진격이 멈출 때마다 그들의 사격소리는 가까이서 똑똑히 들려왔다. 모습이 거의 보이지 않는 이 병사들의 소총소리는 포성과 폭발음이 맹위를 떨치는 가운데 집요하게 전진했다. 마치 달빛 아래 가냘픈 눈송이들로 이루어진 커다랗고 고요한 수직 장막을 뚫고 전진하는 지하의 공격 같았다. 이들은 전설 속 신이 보낸 비밀 군대처럼 언덕의 거대한 눈 계단을 기어오르고 있었다.

멀리서 확성기를 통해 마누엘과 가르시아의 오랜 동지인 바르카 영감이 스페인어로 말하는 소리가, 알아들을 수 없게 짖어대듯이 시리에게 들려왔다.

갑자기 시리와 마랭고, 프랑스-벨기에 병사들 그리고 이들과 나란히 싸우고 있던 가리발디 병사들은 자신들이 혹시 미쳐가고 있는 건 아닌가 생각했다. 궁전에서 그들이 잘 아는 노래가 흘러나왔던 것이다. 국제의용군이 삼면에서 공격하고 벽에서 저지당하는 동안 다른 중대가 궁전 안으로 침투한 것인지도 몰랐다. 하지만 하라마 전투에서 파시스트들이 속임수로 〈인터내셔널〉을 부르고는 그들의 참호로 덤벼들었던 일을 모두가 기억하고 있었다. 그들은 우선 "무기를 버려라!" 하고 외쳤다. 아무 대답이 없었다. 포격은 계속되었으나 사격의 강도는 약해져 있었다. 눈이 다시금 보다 강하게 소용돌이쳤다. 하지만 이같이 내리는 눈 속 저 깊숙한 곳 궁전 창문의 작고 붉은 불꽃들은 이미 꺼진 채 노래만 계속되고 있었다. 프랑스어로 부르는가, 이탈리아어로 부르는가? 한마디도 분간할 수가 없었다…… 그들은 더이상 사격을 당하지 않았다. 그때 가지가 사라진 나무들 사이, 확성기에서 스페인어가 들려왔다. 사격을 멈춰라. 이바라궁전이 함락되었다.

모두는 다음날 아침 공격을 하리라 생각했다.

3

다음날 저녁, 지중해 동부 연안 전선

비행장의 전화는 한 초소에 설치되어 있었다. 마니앵은 수화기를 귀에 댄 채, 석양에 먼지를 일으키며 착륙하는 카나르기를 바라보고 있었다.

"여기는 작전본부. 비행기 두 대는 준비되었나?"

"준비되었습니다."

비행기들은 테루엘 공격에 매일 사용된데다 그리 좋지 않은 교체용 부품으로 수리된 터라 탈라베라 공격 때처럼 안전도가 떨어져갔다. 수리반이 끊임없이 카뷰레터를 손보아야 했다.

"가르시아 소령이 간밤에 파시스트 전선을 통과한 알바라신 마을 북부의 농민을 보낸답니다. 그 마을 옆에 비행기들이 가득한 비행장이 있다는군요. 지하 격납고는 없고요."

"물론 지하 격납고는 없겠지. 우리도 마찬가지고. 난 그 사실을 어제의 보고서에 기록해두었소. 우리가 사라고사 도로에 있는 비행장을 폭격했지만 아무 소득이 없었던 것은 비행기들이 비밀 비행장에 있었기 때문이오. 지하에 있어서가 아니었지."

"농부를 보내겠습니다. 출격 임무를 구상하고 다시 전화를 주십시오."

"여보세요!"

"예?"

"농부는 어떤 증명서를 제시할 겁니까?"

"소령의 보증서. 그리고 그의 조합 증명서가 될 겁니다."

반시간이 지나자 농부가 작전본부 하사관의 안내를 받아 도착했다. 마니앵은 그의 팔을 잡고 비행장을 따라 걷기 시작했다. 비행기들이 마지막 햇빛을 받으며 시험비행을 마치고 있었다.

바다와 비행장의 광활한 공간에 저녁때의 평화가 언덕까지 이어지며 펼쳐졌다. 마니앵은 이 얼굴을 전에 어디서 보았을까? 도처에서 보았다. 그것은 스페인 난쟁이들의 얼굴이었다. 그러나 이 사람은 건장했고 마니앵보다도 키가 컸다.

"우리한테 알려주기 위해 전선을 넘어오셨다고요. 모두를 대신해 감사드립니다."

농부는 곱사등이 같은 미묘한 미소를 지었다.

"그들의 비행기들은 어디에 있나요?"

"숲속에 있습니다." 농부는 집게손가락을 쳐들었다. "숲속에요." 그는 올리브나무들 사이로 국제의용군 비행기들이 감춰져 있는 빈 오솔길을 바라보았다. "저런 오솔길입니다. 똑같아요. 하지만 진짜 숲이니까 훨씬 더 깊숙하지요."

"비행장은 어떻게 생겼나요?"

"비행기들이 뜨는 곳 말입니까?"

"그렇소."

농부는 주위를 살펴보았다.

"이렇게 생기지는 않았어요."

마니앵이 수첩을 꺼냈다. 농부는 비행장을 그렸다.

"아주 좁은가요?"

"넓지는 않아요. 하지만 병사들이 거기서 열심히 일하고 있어요. 비행장을 넓힐 건가봐요."

"어느 방향으로 말입니까?"

농부는 눈을 감고 풍향을 잡았다.

"동풍 방향입니다."

"음…… 그래요, 좋습니다. 그럼 숲은 비행장의 서쪽에 있겠군요? 확실합니까?"

"확실해요."

마니앵은 올리브나무들 위로 풍향기를 쳐다보았다. 지금 바람은 서쪽에서 불어오고 있었다. 그런데 작은 비행장이라면 비행기들은 바람을 마주하고 이륙해야 한다. 바람이 테루엘에서와 같다면 이 비행기들은 공격할 때 바람을 등지고 이륙해야 할 것이다.

"어제 바람이 어땠는지 기억나십니까?"

"북서풍이었습니다. 비가 올 것 같다고들 했지요."

그렇다면 비행기들은 아마 여전히 거기 있을 것이다. 바람이 바뀌지만 않는다면 일은 잘될 것이다.

"비행기는 몇 대나 있던가요?"

농부의 이마 한가운데에는 금강잉꼬처럼 며느리발톱 같은 머리 타래가 내려와 있었다. 그는 다시 집게손가락을 쳐들었다.

"제가—아시겠지만, 제가—세어보니 작은 비행기 여섯 대였습니다. 이를 확인한 친구들도 있죠. 그 친구들 의견은 달라요. 적어도 그만큼의 큰 비행기가 있다는 거죠. 적어도 말입니다. 어쩌면 더 있을지도 모른다는 거예요."

마니앵은 깊이 생각해보았다. 지도를 꺼냈지만 그가 예상했듯이 농부는 지도를 읽을 줄 몰랐다.

"이건 제가 만든 게 아니니까요. 하지만 비행기에 태워주시면 알려드리지요. 당장요." 마니앵은 왜 가르시아가 이 농부를 보증했는지 알 것 같았다.

"비행기를 타본 적이 있습니까?"

"아뇨."

"불안하지 않나요?"

그는 무슨 말인지 잘 이해하지 못했다.

"무섭지 않나요?"

그는 곰곰이 생각했다.

"안 무서워요."

"비행장을 기억해낼 수 있겠습니까?"

"그 마을에서 이십팔 년을 살았어요. 게다가 전 시내에서 일했고요. 사라고사 도로로 안내해주면 비행장을 찾아드리지요. 자신 있습니다."

마니앵은 농부를 성으로 보낸 다음 작전본부에 전화를 걸었다.

"대략 10여 대의 비행기가 있는 것 같소…… 물론 최선의 방법은 새벽에 폭격하는 것일 테지. 하지만 내일 아침에는 대형기 두 대뿐 전투기가 없소. 전투기는 모두 과달라하라에 출격중이오. 내가 이 지역을 잘 아는데 이건 아주 중대한 도박이오. 현재 그곳 날씨가 맑을 가능성은 낮지…… 그래서 내 의견을 말하자면, 내가 새벽 다섯시에 사리온의 측후소에 전화를 해보고 날씨가 다소라도 흐리다면 출격하는 것이오.”

“바르가스 대령이 결정을 당신한테 맡긴다는군요. 출격하면 모로스 대위의 비행기를 내주겠답니다. 사리온에 호위 전투기가 있을지도 모른다는 것을 잊지 마십시오.”

“알겠소, 고맙군…… 아, 또 한 가지, 저녁에 출격하는 것이 좋긴 하지만 비행장에 항공표지가 설치되어 있지 않소. 탐조등이 있소?”

“없는데요.”

“확실한 거요?”

“하루종일 부탁을 받고 있어요.”

“그럼 육군성에는?”

“마찬가지예요.”

“음…… 그럼 자동차는?”

“모두 사용중입니다.”

“알겠소. 내가 어떻게 해결해보도록 하지.”

그는 육군성에 전화를 했지만 대답은 마찬가지였다.

따라서 밤에 불빛도 없이 작은 비행장에서 출격해야 했다. 삼면에서 자동차들로 불빛을 비추면 출격할 수 있을 것이다…… 자동차들을 찾아내는 일이 남았다.

마니앵은 자신의 자동차로 밤의 어둠 속을 달려 맨 먼저 나타나는 마을의 위원회로 갔다.

홀 안쪽 테이블에 놓여 있는 램프의 강렬한 불빛 속에 재봉틀, 그림, 스프링, 침대 등 온갖 종류의 징발된 물건들이 들어차 1층은 약탈품 판매소 같은 모습이었다. 농부들이 테이블 앞을 차례차례 지나다녔다.

한 책임자가 마니앵 쪽으로 다가왔다.

“자동차가 필요합니다.” 마니앵이 그의 손을 잡으며 말했다.

농민 대표는 아무 말 없이 두 팔을 하늘로 올렸다. 마니앵은 이들 마을의 대표위원을 잘 알고 있었다. 그들은 젊은 경우가 드물고, 진지하며, 술책에 능하고(그들은 대부분의 시간을 불청객들로부터 위원회를 방어하는 데 보내고 있었다), 거의 언제나 유능했다.

“그러니까, 우린 새로운 비행장을 만들었어요.” 마니앵은 말했다. “하지만 아직 항공표지가 없습니다. 야간의 이착륙을 위한 조명 시설이 없다는 말입니다. 방법은 하나뿐인데 자동차 헤드라이트로 활주로를 비춰주는 것입니다. 육군성에도 자동차가 없습니다. 전쟁이라 그렇죠. 당신들에겐 자동차가 있어요. 오늘밤 그것들을 빌려야겠습니다.”

“여기에도 열두 대가 필요한데 다섯 대밖에 없어요. 그것도 세 대는 소형 트럭이고요! 어떻게 그것들을 빌려달라는 겁니까? 한 대, 그리고……”

“한 대론 안 됩니다. 우리 비행기들은 테루엘에 출격해서 파시스트들을 저지시킬 겁니다. 그러지 않으면 파시스트들이 그곳을 점령하고 민병들은 무너질 겁니다. 내 말 알아듣겠죠. 그러니 소형 트럭이든 아니든 자동차들이 필요합니다. 저 위에 있는 동지들에게는 생사가 걸린 문제예요. 내 말 들어봐요, 당신네 자동차들은 무엇에 쓰고 있죠?”

“그것만 아니라면!…… 다만, 그러니까, 우린 운전사가 딸리지 않은 채 자동차만을 빌려줄 권리가 없다는 것인데, 운전사들이 오늘 열다섯 시간이나 일을 해서 그들……”

“그들이 자동차 안에서 잠을 자겠다고 해도 상관없어요. 공군 정비사들에게 운전을 시킬 수 있으니까요. 내가 직접 그들에게 말해주길 원한다면 그렇게 하지요. 틀림없이 수락할 겁니다. 당신이 상황을 그들에게 직접 설명한다 해도 역시 수락할 거예요."

"몇시에 자동차들이 필요합니까?"

"내일 새벽 네시요."

대표위원은 석유램프가 놓인 테이블 뒤로 가서 다른 두 명의 대표위원과 상의한 뒤 되돌아왔다.

"할 수 있는 데까지 해드릴 겁니다. 세 대를 약속하죠. 가능하다면 더 빌려드릴 거고요."

마니앵은 밤의 어둠 속에서 이 마을 저 마을 돌아다니며, 검은 작업복을 입은 농민 대표위원들이 벽화 같은 그림자를 드리운 커다랗고 새하얀 석회벽 홀부터 잡동사니 고물 같은 홀까지 찾아다녔다. 점점 더 인적이 드물어지고, 무대장치 같은 색조를 띤 광장 너머로 술집들의 불빛과 마지막으로 남은 몇몇 가스등은 이제 그 쓰임새가 바뀐 교회들의 보랏빛 둥근 지붕에 커다란 인광 얼룩을 만들어내기 시작했다. 마을에는 스물세 대의 자동차가 있었다. 마니앵은 그중 아홉 대를 약속받았다.

그가 첫번째 마을로 다시 돌아온 것은 새벽 두시 반이었다. 위원회 건물 정면을 비추는 희미한 빛 속에서, 사람들이 배에 석탄을 실을 때처럼 차례로 줄을 서서 부대 자루를 옮기고 있었다. 그들이 면사무소로 들어가기 위해 길을 건너고 있었기 때문에 마니앵의 운전사는 차를 멈춰야 했다. 한 사람이 가죽을 벗긴 소 반 마리를 짊어진 채 허리를 구부리고선 자동차 보닛 바로 옆을 지나갔다.

"무슨 일이죠?" 마니앵이 문 앞에 앉아 있는 농부에게 물었다.

"자원자들입니다."

"무슨 자원자들입니까?"

"식량 때문입니다. 식량을 운반할 지원병들을 요청받았지요. 자동차들은 마드리드를 도우러 비행장으로 떠났거든요."

마니앵이 비행장에 돌아와보니 맨 먼저 온 자동차들이 도착해 있었다. 네시 반에는 열두 대의 자동차와 여섯 대의 소형 트럭이 운전사와 함께 그곳에 모이게 되었다. 여러 사람이 만일에 대비해 바람이 불어도 꺼지지 않는 램프들을 가져다놓았다.

"다른 할일은 없나요?"

자원자들 가운데 하나가 투덜거리고 있었는데 아무도 그 이유를 알지 못했다.

마니앵은 그들을 배치하고서 비행기들의 모터 소리가 들릴 때까지는 헤드라이트를 켜지 말라는 지시를 내리고 성으로 돌아왔다.

바르가스가 그를 기다리고 있었다.

"마니앵, 가르시아의 말에 의하면 그 비행장에는 열다섯 대 이상의 비행기가 있다는군."

"그거 잘됐군."

"그렇지 않아. 왜냐하면 그들이 마드리드를 향하고 있거든. 알고 있겠지만 그저께부터 과달라하라에서 전투가 벌어지고 있어. 그들은 비야비시오사 전선을 돌파했다고. 우리는 브리우에가 쪽에서 제지하고 있어. 그들은 아르간다를 기습하려 하고 있지."

"그들이 누구지?"

"이탈리아 기계화부대 4개 사단. 탱크와 비행기를 모두 갖췄어."

지난달 6일부터 20일까지, 이번 전쟁중 사상자를 가장 많이 낸 전투에서 독일군 참모부는 남쪽으로부터 아르간다를 점령하려 시도했던 것이다.

"난 새벽에 떠나네." 바르가스가 말했다.

"조만간 다시 보세." 마니앵은 손잡이가 나무로 된 자신의 권총을 만지면서 대답했다.

다섯시의 추위, 새벽이 오기 직전의 추위였다. 마니앵은 커피를 마시고 싶었다. 어둠 속에 잠긴 푸른 석회 성 앞에서 그의 자동차는 과수원 하나를 비추고 있었다. 과수원에는 이미 준비를 마친 국제의용군 병사의 그림자들이 나무 사이를 뛰어다니며 이슬처럼 반짝거리는 흰 서리 빛깔 오렌지를 땄다. 자동차들은 비행장 끝 어둠 속에서 대기중이었다.

마니앵은 점호하는 동안 기장들에게 비행중 탑승원에게 전달해야 할 임무를 설명했다. 그는 모든 기관총사수들이 장갑을 가지고 있는지 확인했다. 오렌지들을 비추던 자동차는 마지막 순간까지 비행기들 사이의 연락을 책임지게 되어 있었다. 자동차 뒤에서는 비행복 차림의 탑승원들이 강아지처럼 부자연스러운 몸짓으로 밤의 마지막 냄새가 가득한 비행장을 가로질러갔다.

하늘을 배경으로 겨우 보일 듯 말 듯한 날개들을 드러낸 비행기들이 기다리고 있었다. 대원들은 이 예기치 않은 불빛들에 놀랐다. 바람이 몰고 오는 얼어붙은 물방울을 얼굴에 흠뻑 맞은 통에 그들은 잠에서 깨어났다기보다는 의기소침해진 채 아무 말 없이 발을 질질 끌며 걸었다. 야간 출격의 추위 속에서, 각자는 스스로 자신의 운명을 향해 가고 있음을 알았다.

정비사들은 손전등을 켜고서 이미 작업을 시작한 터였다. 첫 비행기의 엔진은 최고 출력을 향해 돌고 있었다. 비행장 안쪽에서 헤드라이트 두 개가 무심한 밤 속에 켜졌다.

다시 두 개의 헤드라이트가 더 켜졌다. 자동차들이 엔진소리를 들은 것이다. 마니앵은 멀리 언덕의 모습, 그리고 그의 머리 위에 있는 한 대형기의 기수를 겨우 식별할 수 있었다. 이어서 프로펠러가 그리는 동그란 원 위로 또하나의 비행기 날개가 간신히 보였다. 다시 두 개의 헤드라이트가 켜졌다. 자동차 세 대가 비행장 한쪽 끄트머리를 드러냈다. 그 뒤에는 밀감나무밭이 있고, 테루엘도 같은 방향이다. 국제여단 하나와 무정부주의 부대가 그곳, 묘지 옆에서 혹은 얼어붙은 급류가 있는 산에서 어중간한 멕시코풍 외투 차림으로 공격을 기다리고 있을 것이다.

말린 오렌지를 태우는 불이 일기 시작했다. 미친듯이 타오르는 적갈색 불꽃도 헤드라이트 불빛 사이에서는 미약해 보였지만 바람에 실려오는 그 씁쓸한 냄새는 연기처럼 순간순간 비행장을 휩쓸었다. 다른 헤드라이트들도 하나하나 켜지고 있었다. 마니앵은 가죽을 벗긴 소 반 마리를 등에 짊어진 농부를 생각했고, 선박에 짐을 신듯 창고에 짐을 쌓던 모든 자원자들을 떠올렸다. 헤드라이트는 이제 삼면에서 동시에 켜져 있었고, 그 사이사이에서 오렌지 모닥불이 타올랐으며, 모닥불 주위에서는 망토들이 펄럭였다. 한순간 비행기들의 엔진소리가 끊기더니 마을에서 온 자동차 열여덟 대가 부르릉거리며 산만한 소리를 냈다. 빛줄기가 쏟아지는 중앙에 그대로 남아 있던 거대한 어둠덩어리 속에서, 숨겨져 있던 비행기들이 갑자기 동시에 요란한 소리를 냈다. 마치 오늘밤 스페인의 모든 농민들을 대표하여 과달라하라를 방어하기 위해 출격하려는 듯한 모습이었다.

마니앵은 마지막으로 출격했다. 테루엘의 세 비행기는 편대를 짓기 위해 각자 다른 비행기의 위치등을 찾으며 비행장 상공을 날았다. 아래에서는 사다리꼴 비행장이 이제 아주 작아진 모습으로 들판의 거대한 어둠 속에 사라져갔다. 마니앵에게는 들판 전체가 그 초라한 모닥불로 수렴하는 듯 보였다. 세 대의 대형기는 여전히 선회하고 있었다. 마니앵은 손전등을 켜고 농부의 약도를 지도에 옮겼다. 추위가 총좌의 구멍을 통해 들이쳤다. '오 분 후엔 장갑을 끼어야겠지. 연필은 사용할 수 없을 거야.' 세 대의 비행기는 일직선으로 움직이고 있었다. 마니앵은 테루엘 쪽으로 기수를 돌렸다. 아직도 바람 따라 실려오는 오렌지 모닥불 냄새 속에서 비행기 내부는 여전히 어둠에 잠겨 있었다. 총좌에 앉아 있는 기관총사수의 명랑한 진홍색 얼굴 위로 태양이 떠올랐다.

"안녕하신가요, 기장님!"

웃음으로 크게 벌어진 이 입, 떠오르는 태양 속에서 묘하게도 장밋빛을 띤 이 깨진 치아에서 마니앵은 눈길을 뗄 수가 없었다. 비행기 안이 조금씩 밝아졌다. 대지는 아직도 밤이었다. 비행기들은 아직 머뭇거리는 햇빛 속에서 첫번째 산맥의 장벽을 향해 전진했다. 아래서는 투박한 지도 같은 희미한 윤곽이 형성되고 있었다. '적의 비행기들이 아직 이륙하지 않았다면 우리는 때맞춰 이르게 될 거야.' 마니앵은 이제 몇몇 농가들의 지붕을 알아보기 시작했다. 태양이 대지 위로 떠오르고 있었다.

마니앵은 말레이반도처럼 남쪽으로 길게 뻗은 이 테루엘 전선에서 꽤나 자주 전투를 치렀기 때문에 아직도 이곳 기억이 생생하여 자각적 기억만으로 비행하고 있었다. 늘 그렇듯이 전투를 앞두고 긴장한 기관총사수들과 정비사들은 테루엘 쪽을 바라보다가 슬그머니 농부 쪽으로 얼굴을 돌렸는데, 그러면 눈길은 비행모들 사이에서 고집스럽게 숙인 머리의 금강잉꼬 볏 같은 머리털이나 혹은 입술을 깨물고 있는 불안한 얼굴과 마주치곤 했다.

적의 포병대는 포격하지 않았다. 구름이 비행기들을 보호하고 있었던 것이다. 아마 태양은 대지 위로 완전히 떠올라 있을 터였다. 마니앵은 오른쪽에서 가르데가 지휘하는 카나르 데셰네기와 왼쪽에서 모로스 대위가 이끄는 스페인 대형기를 지켜보았다. 둘 다 약간 뒤에서 하나의 몸에 달린 두 팔처럼 마라기에 연결된 채, 태양과 구름바다 사이의 고요하고 광대한 공간을 열지어 비행하고 있었다. 한 무리의 새떼가 기체 밑을 지나갈 때마다 농부는 집게손가락을 쳐들곤 했다. 여기저기서 검은 보습날 같은 테루엘산맥의 모습이 비죽비죽 튀어나와 있었다. 오른쪽에서는 비행사들이 설산이라 부르는 산괴山塊가 겨울의 태양빛을 받아 하얗게 반짝였고, 그 아래 보다 흐릿한 흰구름이 떠 있었다. 이제 마니앵은 인간들의 악착같음을 초월한, 이와 같은 태초의 평화에 익숙했다. 하지만 이번에 인간들은 패배자가 아니었다. 무심한 구름바다는, 이 고요한 하늘 아래 도처에 숨어 있는 위협만큼이나 강한 우정 속에서 날개를 맞대고 동일한 적을 향해 날아가는 이 비행기들보다 더 강하지 못했다. 그것은, 형제애의 동일한 숙명 속에서 나침반의 움직임을 통해 결합된 채, 그들 자신이 아닌 다른 것을 위해 죽기를 각오한 이 사람들보다 더 강하지는 못했다. 아마 테루엘은 구름 아래 나타나 있을 것이다. 그러나 마니앵은 하강하여 주의를 환기시키고 싶지 않았다. "조금 후에 통과할 겁니다." 그는 농부의 귀에다 대고 소리쳤다. 아무것도 보이지 않으면 어떻게 안내해야 하는지, 농부가 고민하고 있는 것이 느껴졌던 것이다.

멀리 피레네산맥의 눈부신 장벽까지, 눈 속의 어두운 호수들처럼 길게 늘어선 얼룩이 계속 이어지며 그들을 향해 다가왔다. 대지였다. 한 번 더 기다리기만 하면 되었다.

비행기들은 군용기의 위협적인 인내심을 드러내며 선회했다. 이제 적의 전선이었다.

마침내, 회색빛 얼룩이 구름 위를 미끄러져 지나가는 것 같았다. 몇몇 지붕이 얼룩을 가로지르더니 그것들 역시 움직이지 않는 금붕어들처럼 얼룩의 끝에서 끝으로 미끄러져 지나갔다. 이어서 혈관 같은 오솔길들이 입체감 없이 나타났다. 다시 몇몇 지붕과 거대하고 희끄무레한 원. 투우장이었다. 그리고 곧바로 납빛 속에서 거대한 비늘무늬 같은 노랗고 붉은 지붕들이 구름의 틈새를 채웠다. 마니앵은 농부의 어깨를 잡았다.

"테루엘이에요!"

상대방은 알아듣지 못했다.

"테루엘 말입니다!" 마니앵이 그의 귀에다 대고 외쳤다.

잿빛 틈새에서, 지평선까지 양털처럼 펼쳐진 구름 사이에서, 시골과

강 그리고 조금씩 선명해지는 철로 사이에서 시가지가 홀로 점점 더 커지고 있었다.

"저게 테루엘입니까? 저게 테루엘이에요?"

농부는 도가머리 같은 머리털을 흔들어대면서 이 낡고 불명료한 지도 같은 풍경을 쳐다보았다.

낮게 드리운 햇빛 속, 사라고사로 이어지는 희끄무레한 도로가 공화군이 공격하는 묘지 북쪽 어두운 들판을 배경으로 뚜렷이 드러났다. 위치를 확인한 마니앵은 곧바로 구름을 다시 통과했다.

기수를 정한 비행기들은 사라고사 도로를 보지도 않고 따라갔다. 농부의 마을은 40킬로미터 떨어진 곳 약간 오른편에 있었다. 전날 폭격했으나 아무 소득이 없었던 다른 비행장은 20킬로미터 떨어진 곳이었다. 어쩌면 지금쯤 그 비행장 상공을 날고 있을 것이다. 마니앵은 비행거리를 초 단위로 계산하고 있었다. 그들이 두번째 비행장을 신속하게 발견하지 못하고 적의 경보만 울린다면 사라고사와 칼라모차에서 온 적의 전투기들, 그러니까 비밀 비행장에서 온 전투기들이 배후에서 공격해올 것이고, 이곳에 적기들이 있다면 그들의 귀환 비행로를 차단할 것이다. 구름만이 그들을 보호하고 있었다. 테루엘로부터 31킬로미터, 36, 38, 40. 비행기는 급강하했다.

하얀 안개가 기체를 둘러싸기 시작하자 마치 전투가 시작된 것 같았다. 마니앵은 고도계를 쳐다보았다. 이 부근 전선에는 이제 구릉이 없다. 하지만 적의 전투기들이 구름떼 속에서 기다리고 있는 건 아닐까? 농부의 코는 유리창에 눌려 납작했다. 도로의 횡선이 마치 안개 위에 그은 듯 나타났고, 마을의 적갈색 집들이 너덜너덜한 붕대 같은 구름에 찍힌 마른 핏자국들처럼 보이기 시작했다. 아직 적의 전투기도, 포병대도 보이지 않았다. 하지만 마을 동쪽에 길게 늘어선 여러 개의 밭은 모두 같은 쪽이 작은 숲으로 막혀 있었다.

선회하느라 낭비할 시간이 없었다. 모두가 고개를 앞으로 내밀었다. 교회 하나를 지나쳤다. 비행기는 대로와 평행으로 날고 있었다. 마니앵은 농부의 어깨를 다시 붙잡고서 그들 아래 전속력으로 지나가는 양떼 같은 지붕들을 가리켰다. 눈물방울이 두 볼에 지그재그로 흘러내리는 가운데, 농부는 입을 반쯤 벌린 채 온 힘을 다해 고개를 내밀고서 쳐다보았다. 그는 아무것도 알아볼 수가 없었던 것이다.

"교회예요!" 마니앵이 소리쳤다. "길! 사라고사 도로예요!"

마니앵이 가리켰을 때 농부는 그것들을 알아보았지만 방향감각을 찾지 못했다. 눈물범벅이 된 채 움직이지 않는 두 볼 아래서 그의 턱이 경련을 일으키듯 떨렸다.

남은 방법은 하나뿐이었다. 그에게 익숙한 시야를 잡아주는 것.

대지는 마치 균형을 상실한 듯 좌우로 흔들리고 사방으로 새들을 풀어놓으며 거칠게 비행기로 접근했다. 마니앵이 30미터까지 고도를 낮춘 것이다.

카나르기와 스페인 비행기가 일렬로 뒤를 따랐다.

대지는 평평했다. 마니앵은 지상의 대공포를 그리 염려하지 않았다. 속사 기관총의 경우, 포대가 비행장을 보호하고 있다 해도 이처럼 저공으로 비행하면 쏠 수가 없을 것이다. 그는 기관총을 쏘라고 명령을 내릴 뻔했으나 농부를 당황시키지 않을까 걱정되었다. 그들은 초저공 비행으로 숲이 있는 곳에 이르렀다. 이제 앞은 경주용 자동차의 시야로 보였다. 그들 아래서 가축들이 정신없이 달아났다. 사람이 주변을 관찰하면서 무언가를 찾느라고 죽을 수 있다면, 농부는 죽었을 것이다. 그는 마니앵의 비행복 한가운데를 잡고는 손가락으로 무언가를 가리켰다.

"어떤 거죠? 어떤 거냐고요!"

마니앵은 비행모를 벗었다.

"저기요!"

"어떤 것 말입니까, 제기랄!"

농부는 마치 마니앵이 비행기라도 되는 듯 있는 힘을 다해 그를 왼쪽으로 밀고 구부린 손가락을 기체의 운모판에 옮겨놓으며 왼쪽, 검고 노란 베르무트 광고판을 가리켰다.

"어느 것 말입니까?" 마니앵이 소리쳤다.

전방 600미터 지점에 얼룩 같은 숲 네 개가 있었다. 농부는 그를 계속해서 왼쪽으로 밀어붙였다. 가장 왼쪽에 있는 숲이란 말인가?

"저것?"

마니앵은 미친 사람처럼 바라보았다. 농부는 눈꺼풀을 깜박이면서 한마디도 제대로 못하고 소리만 질렀다.

"저것이냐고요!"

여전히 내밀고 있는 팔은 움직이지 않은 채 농부는 머리 전체와 어깨로 그렇다고 긍정했다. 바로 그 순간 숲 가장자리에서 프로펠러 돌아가는 소리가 들리더니 눈부시고 둥그런 모습이 어두운 나뭇잎들을 배경으로 나타났다. 적이 전투기 한 대를 숲으로부터 끌어내고 있었다.

폭격수가 뒤돌아보았다. 그 역시 보았던 것이다. 폭격하기에는 너무 늦었을 뿐 아니라 그들은 너무 낮게 날고 있었다. 아무것도 보지 못한 앞쪽 기관총사수는 사격을 하지 않았다.

"숲에다 사격을 해!" 마니앵은 노출된 폭격기 한 대를 보자마자 총좌 기관총사수에게 소리쳤다.

기관총사수는 페달을 밟아 총좌를 회전시켜 사격을 시작했다. 이미 적의 전투기는 모퉁이 나무들에 가려 보이지 않았다.

그러나 이와 같은 임기응변식 즉흥 작전은 오로지 주의력을 기울일 때만 성공할 수 있다는 것을 가르데는 알고 있었다. 몇 분 전부터 그는 카나르기의 앞쪽 기관총을 붙든 채 마라기에서 눈길을 떼지 않았다. 그러다가 마라기의 총좌에서 사격을 가하는 것을 보자마자 검푸른 숲을 배경으로 나타난 빛나는 프로펠러를 식별하고는 "잠깐만!" 하고 중얼거린 뒤 쏘기 시작했다.

그가 쏜 예광탄이 카나르기의 총좌를 지키고 있는 스칼리에게 피아트기의 위치를 알려주었다. 자기만의 문제로 골머리를 앓은 때부터 그는 폭격수를 그만두고 기관총사수가 되어 있었다. 수동적인 역할을 받아들일 수가 없었던 것이다. 뒤쪽 총좌에 있는 미로는 꼬리 때문에 시야를 확보하지 못해 쏠 수 없었다. 하지만 모로스의 비행기는 세 대의 기관총으로 사격할 수 있었다.

고도를 높이며 선회하던 마니앵은 돌아오면서 적군 전투기의 프로펠러가 멈추는 것을 보았다. 한 무리의 사람들이 폭격기를 나무 아래로 밀고 있었다. 바로 그 순간 아마 숲에서는 파시스트들이 다른 비행장에 전화를 걸고 있을 터였다. 마라기는 자신이 투하한 폭탄에 격추되지 않도록 나선형으로 상승했지만 폭격수에게 조준할 시간을 주기 위해, 또 다라스가 숲 위로 통과할 때 진로를 막지 않기 위해 선회 반경을 넓혀야 했다. '기회는 한 번이야.' 마니앵은 생각했다. 숲은 분명하게 보이는 목표였고, 있을 법한 일이지만 만약 기름 탱크가 이곳에 있다면 모든 것이 폭발할 것이었다. 그는 아티니에스를 아쉬워하며 폭격수 곁으로 다가갔다.

"단번에 모든 폭탄을 투하해야 해!"

비행기는 폭격의 종류를 알리기 위해 두 번 오르락내리락했다. 고도 400미터에서 상승을 멈춘 다음 숲을 향해 직선으로 전속력을 내어 되돌아오면서 기관총 사격을 퍼부었다. 폭격수들은 400미터 고도에서 조준할 시간을 가졌을 것이다. 농부는 정비사 옆에 쭈그리고 앉아 아무도 방해하지 않으려 애썼다. 정비사는 두 손을 손잡이에 올린 채 폭격수의 쳐들린 손을 주시했고, 폭격수는 숲이 조준기 안으로 들어오는 모습을 바라보고 있었다.

모든 손이 내려졌다.

결과를 보기 위해 마니앵은 비행기를 90도로 선회해야 했다. 다른 두 대의 비행기도 뒤따르는 터라 회전목마가 비스듬히 돌아가는 모습이었다. 숲에서는 모두에게 익숙한 커다란 검은 연기가 솟아오르기 시작했다. 가솔린이었다. 회색빛 이른아침, 다른 모든 숲과 다를 바 없이 이 조용한 숲 아래 지하층이 불타고 있기라도 한 듯, 연기는 조그만 무더기를 이루어 부글거리며 신속하게 올라왔다. 열 명쯤 되는 사람들이 나무들에서 뛰쳐나갔고—이어서 몇 초 만에 100명가량이 역시 공포에 사로잡힌 채 부산하게 달려나갔다. 바람 따라 비행장 쪽으로 몰리던 연기는 유류 탱크 화재의 장중한 곡선을 그리며 퍼져나가기 시작했다. 이제 적의 전투기들은 틀림없이 이륙했을 것이다. 폭격수는 비행기의 조준기에 대고 하듯이 작은 사진기 파인더에 눈을 붙이고는 사진을 찍었다. 정비사는 폭탄투하기의 손잡이에서 막 벗어난 두 손을 닦았다. 농부는 운모판에 짓눌리는 바람에 코가 빨개져서는 기쁨과 추위에 겨워 기체의 바닥에 발을 굴렀다. 비행기는 다시 구름 속으로 들어가 발렌시아로 기수를 돌렸다.

재차 구름을 통과한 후 시야가 멀리까지 트이자, 마니앵은 사태가 잘못되어가고 있음을 깨달았다.

구름이 흩어지고 있었다. 게다가 테루엘 너머 거대하게 갈라진 구름의 틈새가 50킬로미터 길이로 하늘과 땅을 드러내놓았다.

구름에서 벗어나지 않은 채 귀환하려면 파시스트 전선을 크게 돌아야 했는데—그쪽 역시 구름이 빨리 흩어질지도 모를 일이었다.

남은 희망은 사리온의 우군 전투기들이 적의 전투기들보다 앞서 당도하는 것이었다.

폭격의 성공에 너무나 기뻤던 마니앵은 오늘만큼은 죽고 싶지 않은 강한 욕망에 사로잡혀 분 단위로 시간을 계산했다. 만일 앞으로 이십 분 안에 우군과 합류하지 못한다면……

그들은 탁 트인 하늘 한복판으로 들어섰다.

하나, 둘, 셋, 넷, 다섯, 여섯, 일곱 대의 적기가 차례차례 구름 속에서 나왔다. 공화군의 전투기들은 날개가 낮은 1인승이었기 때문에 하인켈기와 혼동될 수 없었다. 결심이 선 마니앵은 쌍안경을 내려놓고 세 비행기의 간격을 좁히도록 했다. '적당한 기관총만 있다면 어떻게

든 버틸 수 있을 텐데.' 그는 생각했다. 그러나 그가 가지고 있는 것은 여전히 루이스 기관총이었고 이중 총신도 아니었다. '1분에 800발을 세 대의 기관총이 쏘면 2400발. 하인켈기는 1분에 1800발이고 네 대면 7200발.' 이미 알고 있는 사실이지만 그것을 되풀이해 생각하는 것은 언제나 즐거운 일이었다.

파시스트들이 세 대의 대형기 편대를 향해 다가왔다. 그들은 왼쪽으로 방향을 잡고서 우선 폭격기 한 대만을 공격할 작정이었다. 하늘에 공화군 전투기는 한 대도 없었다.

비행기 아래로 철따라 이동중인 메추라기들이 지나갔다.

왼쪽 비행기는 가르데의 비행기였다.

주조종사 푸홀은 축하의 뜻으로 사이디를 시켜 추잉 검을 나누어주게 했다. 르클레르가 지녔던 좋은 습관을 그 역시 가지고 있었다. 수염은 한쪽만 면도를 하고(이것은 감상적인 소망의 표현이다), 폭격이 끝나자마자 붉은 깃털 장식의 정원사 모자를 다시 쓰곤 했으며, 들창코에다 F.A.I.이베리아무정부주의연맹의 스카프를(이 단체의 일원은 아니었지만) 두른 이 스물네 살의 청년은 파시스트들이 자처하는 붉은 산적의 이미지와 상당히 흡사했다. 비행모 밑에 감아둔 긴 양말들과 가르데의 조그만 소총을 제외하면, 다른 것들은 정상이었다. 보이지 않는 단호함으로 군사적 효율에 필요한 질서를 유지하면서도, 가르데는 자신의 나무총처럼 예쁘장한 물건들을 용납하곤 했다. 마니앵 또한 터무니없는 것이라 해도 행동을 무력화시키지만 않으면 특별한 관용으로 묵인했다. 특히나 그것이 부적 같은 것이라 여겨지면 말이다.

가르데도 독일기의 작전을 이해하고 있었다. 그는 마니앵이 다른 두 대의 비행기를 카나르기 밑으로 하강시켜 카나르기가 공격을 받자마자 기관총들이 협공할 수 있도록 조치하는 것을 보았다. 그는 자기 비행기의 기관총을 점검하고 앞쪽 총좌에 자리잡아 루이스 기관총이 마음에 들지 않는다고 다시 한번 생각한 뒤 조준점 위에서 점점 커지고 있는 하인켈기들을 향해 총좌의 방향을 돌렸다.

총탄 몇 발이 날아왔다.

“신경쓰지 마!” 가르데가 소리쳤다. “다른 쪽에서 또 날아올 거야!”

푸홀은 S자로 전진했다. 그로서는 정면으로 공격받으며 적의 전투기들이 전속력으로 다가오는 모습을 바라보는 것이 처음이었다. 빠른 비행기들로부터 공격당하는 무겁고 느린 비행기의 조종간을 잡은 조종사라면 누구나 갖게 되는 씁쓸함이 느껴졌다. 그들의 전투기 가운데 가장 좋은 것들이라면 적의 비행기를 어려움 없이 격추시킬 수 있으리라는 것을 펠리컨들은 알고 있었다. 그리고 전투 전에 언제나 그렇듯이, 모두는 자신들 밑에 있는 허공을 의식하기 시작했다.

기관총의 위치를 바로잡던 스칼리는 문득 대형 폭탄 하나가 왼쪽에 놓여 있는 것을 발견했다. 폭격하는 동안 투하되지 않아 그대로 놓아둔 것이었다.

“적기들이다!”

마니앵이 거리를 잘 잡아놓은 덕에 하인켈기들은 카나르기를 에워쌀 수가 없었다. 위에 두 대, 아래 두 대, 옆에 세 대. 적기들은 조종사들의 비행모가 보일 만큼 커졌다.

카나르기의 기관총들이 일제히 사격을 시작하자 기체 전체가 흔들렸다. 십 초 사이에 지옥 같은 소동이 일어났다. 적의 총탄 아래 터지는 숲의 작은 소음과 그물 같은 파열탄.

아래 있던 하인켈기 가운데 하나가 스칼리의 기관총에 명중되었는지 아니면 다른 대형기의 기관총에 맞은 것인지, 수직으로 떨어지는 모습이 가르데의 눈에 띄었다. 다시 한번 그는 허공을 의식했다. 미로가 입을 반쯤 벌린 채 뒤쪽 총좌에서 벗어났다. 그의 늘어진 팔에서 피가 물뿌리개 주둥이에서 흘러나오듯 기체 안으로 흘러내리고 있었다. 스칼리도 자신의 총좌로부터 올라와 드러누웠다. 구두 한 짝이 터져버린 것 같았다.

"다들 동여매!" 가르데는 소리치며 원반같이 생긴 구급상자를 미로 쪽으로 보냄과 동시에 총좌로 뛰어들었다. 사이디가 자신의 기관총을 붙들었고, 폭격수는 미로의 기관총을 붙들었다. 조종사들은 총탄에 맞지 않은 것 같았다.

하인켈기들이 되돌아왔다.

아래로는 더이상 오지 않았다. 수직으로 상승하며 공격을 시도하던 적기들은 마라기와 모로스 비행기의 총좌 기관총과 여섯 대 기관총의 사정권에 들었다. 이들 기관총으로 번갈아 쏘아대는 예광탄이 카나르기 밑에서 한줄기 연기를 피워냈다. 격추된 하인켈기의 동료기가 그 위를 지나갔다. 푸홀은 S자를 점점 더 길게 늘이며 전속력으로 날았다.

똑같은 예광탄, 똑같은 소란, 숲의 똑같은 작은 소음. 사이디는 아무 말 없이 뒤쪽 총좌를 떠나 스칼리의 머리 쪽에 와서 팔꿈치를 기댔다. 옆에는 미로가 누워 있었다. '녀석들이 오가면서 공격하지 않고 시계추 같은 대형으로 뒤에서 달라붙는다면……' 가르데는 생각했다. 어슴푸레한 가운데, 적의 총탄에 뚫린 구멍들 사이로 햇빛이 작은 불꽃처럼 반짝였다. 왼쪽 엔진이 작동을 멈추었다. 마라기와 스페인기가 와서 카나르기를 둘러쌌다. 푸홀은 여전히 깃털로 장식된 정원사 모자를 쓴 채 피투성이 머리를 기체 안쪽으로 숙였다.

"저들이 달아난다!"

하인켈기들이 도망치고 있었다. 가르데는 쌍안경을 집어들었다. 공화국 전투기들이 남쪽으로부터 도착한 것이다.

그는 총좌에서 뛰어내려 다른 사람들이 아직 건드리지 않은 구급상자를 열고는 미로(왼쪽 팔에 세 방, 어깨에 한 방을 맞은 걸 보니 일제 사격을 받은 것이다)와 스칼리(발에 파열탄을 맞았다)의 상처를 동여맸다. 사이디는 오른쪽 넓적다리에 한 방을 맞았으나 별로 고통스러워하지 않았다.

가르데는 조종석으로 갔다. 비행기는 엔진 하나로 지탱하면서 30도로 날고 있었다. 부조종사 랑글루아가 집게손가락으로 회전계를 가리켰다. 1800이 아닌 1400이었다. 비행기는 곧 활공에 의지할 수밖에 없을 것이다. 그리고 그들은 지금 눈 덮인 산에 다다르고 있었다. 아래 한 가옥으로부터 조용한 연기가 아주 똑바로 올라왔다.

피투성이가 되었지만 상처는 가벼운 푸홀은, 다른 사람들이 상처를 느끼듯 온몸으로 조종간을 느꼈다. 회전계는 1200에서 1100으로 떨어졌다.

비행기는 일 초당 1미터씩 추락하고 있었다.

아래는 눈 덮인 산의 지맥이었다. 그곳에 충돌하면 벽에 부딪혀 박살난 술 취한 말벌 꼴이 되어 협곡으로 굴러떨어질 것이다. 그 너머는 물결치는 드넓은 눈벌판이었다. 그럼 그 아래는?

그들은 구름 속으로 들어갔다. 사방이 온통 새하얀 가운데 기체 바닥에는 피투성이가 된 구두 발자국들이 찍혀 있었다. 푸홀은 상승하여 구름에서 벗어나려고 애썼다. 그러나 그들이 구름에서 빠져나온 것은 하강을 통해서였다. 이제 산에서 60미터 고도에 있었다. 대지가 그들에게 달려들었다. 쌓인 눈의 그 부드러운 곡선이…… 폭격에 성공하고 적의 총격으로부터 빠져나온 이상, 그들은 이제 난관을 벗어나고 싶은 욕망이 간절했다.

"폭탄을 던져!" 가르데가 소리쳤다.

이번에도 투하되지 않는다면 모두가 박살날 판이었다. 사이디는 두 개의 투하장치 손잡이가 부서져라 아래로 잡아당겼다. 폭탄이 떨어졌다. 마치 그것이 비행기에다 대지를 내던지기라도 한 듯, 모두가 복부에 눈덩이를 맞았다.

갑자기 활짝 열린 하늘 아래, 푸홀은 조종석에서 뛰어내렸다. 귀가 먹어버린 것인가? 아니다. 요란한 추락 뒤에 온 산의 고요였다. 왜냐하면 까마귀 소리와 고함을 지르는 목소리들이 들렸기 때문이다. 미지근한 피가 얼굴을 타고 천천히 흘러내리면서 그의 구두 앞에 있는 눈에다 붉은 구멍을 만들었다. 시야를 가린 이 피를 닦을 것이라곤 그의 두 손밖에 없었다. 울부짖는 소리로 가득한 시커먼 금속성 덤불 같은 것이 그 피 사이로 희미하게 나타났다. 부서진 비행기들이 빠져나올 수 없을 정도로 뒤얽힌 모습이었다.

*

마니앵과 모로스는 귀환할 수 있었다. 작전본부에서 비행장으로 전화를 걸어 부상자들이 모라시市의 작은 병원에 수용되었다고 알려주었다. 비행기들은 수리를 받아야 했기 때문에 그다음날에야 날 수 있을 것이다. 마니앵은 지시를 내리고는 곧바로 다시 떠났다. 앰뷸런스 한 대가 뒤따르를 터였다.

"사망 한 명, 중상 두 명, 나머지는 모두 경상입니다." 담당 장교는 전화로 말했었다.

그는 부상자들과 사망자의 이름을 모르고 있었다. 폭격 결과에 대해서도 아직 연락을 받지 못한 상태였다.

마니앵의 자동차는 거대한 오렌지나무숲을 달렸다. 여기저기 삼나무들로 둘러싸인 오렌지의 풍요로운 모습이 수킬로미터에 걸쳐 펼쳐졌고, 멀리 사군토와 이 도시의 폐허가 된 성채들이 이를 굽어보고 있었다. 로마의 성벽에다 쌓은 기독교도의 성벽, 카르타고의 성벽에다 쌓은 로마의 성벽, 곧 전쟁의 흔적을 간직한 성채들이…… 그 위로는 테루엘의 산을 덮은 흰 눈이 이제 활짝 갠 하늘 아래 떨고 있었다.

오렌지나무가 사라지고 떡갈나무가 나타났다. 산이 시작된 것이다. 마니앵은 다시 작전본부에 전화를 걸었다. 농부가 알려준 비행장에는 열여섯 대의 비행기가 있었고 모두 다 불타버렸다.

모라시의 병원은 한 초등학교에 설치되어 있었다. 비행사들은 없었다. 시내에 또하나의 병원이 있었지만 마찬가지였다. 인민전선위원회는 마니앵에게 리나레스읍에 전화를 해보라고 권했다. 그곳에서 부상자들의 치료를 위해 모라시의 의사 한 명을 요청했다는 것이다. 마니앵은 대표위원 한 명과 함께 나무 발코니들 밑으로 푸른색과 붉은색과 연초록색 집들을 통과하고, 모퉁이를 돌 때마다 8음절 서사시집에 나오는 성의 폐허들이 굽어보는 첨두아치식 다리를 건너 우체국으로 갔다.

우체국원은 나이든 사회주의 투사였다. 그의 어린 아들이 무전기 책상 위에 앉아 있었다.

"저 녀석도 비행사가 되고 싶어한답니다!"

벽에는 총탄의 흔적이 있었다.

"전임자는 C.N.T.전국노동연맹 당원이었죠." 우체국원이 말했다. "반란이 일어나던 날 그는 끊임없이 마드리드에 무전을 쳤어요. 파시스트들은 그 일을 몰랐지만 어쨌든 그를 죽이고 말았습니다. 저 흔적은 총알……"

마침내 리나레스에서 회신이 왔다. 아니다, 비행사들은 거기에도 없었다. 그들은 발델리나레스라는 작은 마을 곁에 추락했다는 것이다. 보다 높은 곳의 눈 덮인 마을.

또 어떤 마을에 연락을 해야 하는가? '보다 높은 곳의 눈 덮인 마을이라니!' 하지만 대답의 어조를 통해 마니앵은 그 어느 때보다 자신의 주위에 스페인이 함께하고 있음을 느꼈다. 마치 병원마다, 위원회마다, 우체국마다 형제애로 가득찬 농부가 기다리고 있는 것처럼. 마침내 전화벨소리. 우체국원이 손을 쳐들었다. 발델리나레스에서 응답이 온 것이다. 그는 귀를 귀울여 듣고는 돌아섰다.

"비행사들 가운데 하나가 걸을 수 있답니다. 그가 마을을 찾으러 온 모양입니다."

어린애는 더이상 감히 움직이지 못했다. 고양이 한 마리의 그림자가 창문 너머 조용히 지나갔다.

우체국원은 낡은 수화기를 마니앵에게 내밀었다. 흐릿한 목소리가 웅얼거리고 있었다.

"여보세요, 누구십니까?"

"마니앵이오. 푸홀 아닌가?"

"예, 접니다."

"누가 죽었나?"

"사이디입니다."

"부상자는?"

"가르데가 지독하게 중상입니다. 두 눈이 염려됩니다. 타유페르는 오른쪽 다리가 세 군데 부러졌습니다. 미로는 팔에 네 발을 맞았고, 스칼리는 발에 파열탄 한 발을 맞았습니다. 랑글루아와 저는 그럭저럭 괜찮을 것 같습니다."

"걸을 수 있는 자는?"

"산을 내려갈 정도로 말입니까?"

"그래."

"아무도 없습니다."

"노새를 탄다면?"

"랑글루아와 저입니다. 부축해준다면 아마 스칼리도. 확실치는 않습니다."

"치료 상태는 어떤가?"

"되도록 빨리 내려가는 것이 좋을 것 같습니다. 어쨌든 할 수 있는 데까지 최선을 다하고 있습니다만……"

"들것은 있나?"

"여기는 없습니다. 잠깐, 여기 의사가 있는데 뭐라고 하는군요."

의사의 목소리.

"여보세요?" 마니앵이 말했다. "부상자들 전체를 옮길 수 있을까요?"

"들것만 있으면 가능합니다."

마니앵은 우체국원에게 물었다. 그도 모르고 있었다. 아마 병원에는 들것이 있겠지만, 여섯 개는 분명 없을 것이다. 마니앵은 다시 수화기를 들었다.

"나뭇가지와 가죽띠와 짚을 넣은 매트를 가지고 들것을 만들 수는 없을까요?"

"전…… 알겠습니다."

"나도 구할 수 있는 대로 들것을 가지고 가겠습니다. 이제부터 들것들을 만들어 하산해주세요. 지금 여기서 앰뷸런스를 기다리고 있는데, 그걸 타고 올라갈 수 있는 데까지 올라가겠습니다."

"죽은 자는 어떻게 할까요?"

"모두 하산시켜주세요. 아, 여보세요! 여보세요! 적기 열여섯 대가 파괴되었다고 비행사들에게 전해주십시오. 잊지 마시고."

색색깔 집들이 늘어선 거리, 분수가 있는 광장, 노새의 등 같은 다리, 뾰족뾰족한 포석을 가로질러 다시 분주한 움직임이 시작되었다. 여전히 낮게 내려앉은 하늘 아래, 아침의 소나기로 포석은 여전히 반짝이고 있었다. 들것은 통틀어 두 개밖에 없었다. 이것들을 자동차의 지붕 위에 묶었다.

"마을 문을 지나기에 자동차가 너무 높지는 않을까요?"

마침내 마니앵은 리나레스로 출발했다.

이제 그는 영원한 스페인 속으로 들어가고 있었다. 난간 위 다락방 문을 열어놓은 첫번째 마을을 지나 자동차는 회색빛 하늘을 배경으로 놓인 푸르스름한 협곡 앞에 도착했다. 두 뿔 사이가 넓게 벌어진 황소가 몽상에 잠긴 실루엣을 드러내고 있었다. 쿠르드족의 이 마을을 화상처럼 얼룩지게 하는 대지로부터 원시의 적의가 올라오고 있었다. 마니앵이 오 분마다 시계를 들여다보면서 부상자들이 이미 그랬듯 그 바위들을 바라보았기 때문에 적의는 그만큼 더 냉혹해 보였다. 착륙할 만한 곳은 아무데도 없었다. 도처가 계단식 밭이었고, 바위들 아니면 나무들뿐이었다. 자동차가 비탈을 하나씩 내려갈 때마다 마니앵은 비행기가 이 희망 없는 땅에 접근했을 때의 광경을 상상하지 않을 수 없었다.

리나레스는 벽으로 둘러싸인 큰 마을이었다. 마을 문 양쪽의 성벽 위에 어린애들이 올라가 있었다. 들것을 실은 짐수레들로 1층이 혼잡한 여인숙 앞에서 노새들이 기다리는 중이었다. 골짜기에서 온 의사 한 명과 열댓 명의 젊은이들이 위원회에 있었다. 그들은 스페인 공군 제복 차림에 늘어진 콧수염을 기른 이 키 큰 외국인을 바라보았다.

"운반자들이 이렇게 많이 필요하지는 않아요." 마니앵이 말했다.

"다들 고집을 부립니다." 대표위원이 말했다.

"좋아요. 앰뷸런스는?"

대표위원이 모라시에 전화를 걸었다. 앰뷸런스는 아직 도착하지 않왔다. 노새 부리는 사람들이 주변에 짐수레를 반원 형태로 세워놓고 여인숙의 마당에 앉아 거대한 종을 뒤집어 마련한 솥 주위에서 식사를 하고 있었다. 솥에서는 올리브기름이 끓고 있었는데 그을음 때문에 솥에 새겨진 글씨는 보이지 않았다. 마을 문 위에는 1614라고 새겨져 있었다.

마침내 일행은 출발했다.

"그 높은 곳까지 얼마나 걸릴까요?"

"네 시간은 걸립니다. 그전에 그들을 만나겠죠."

*

마니앵은 산자락에 검은 실루엣—군모를 쓰고 가죽 망토를 입은—을 선명하게 드러내면서 200미터쯤 앞서 걸었다. 진흙은 거의 없었고 돌멩이들만이 발부리에 부딪혔다. 의사가 노새를 타고 그를 따랐다. 그리고 그 뒤에는 스웨터 차림에 바스크 베레모를 쓴 운반자들(이들은 축제 때나 노인들이 입는 민속 의상 차림이었다)이 따르고 있었다. 더 멀리 떨어져서는 들것을 실은 노새들이 따라왔다.

이윽고 황소와 밭은 더이상 보이지 않았다. 도처에 바위뿐이었는데, 태양빛을 받아 노랗고 붉게 변한 스페인의 바위는 그 커다란 수직의 그림자 속에서 하얀 하늘로 인해 희끄무레해지거나 납빛이 되기도 했다. 그림자들은 높은 하늘과 맞닿은 산에 쌓인 눈에서부터 골짜기의 바닥까지 두세 번씩 꺾이면서 내려왔다. 산 사면의 길에서는 조약돌이 발밑으로 굴러 바위들을 타고 내려가며 소리를 내다가, 멀어지며 묻히는 급류 소리처럼 협곡의 침묵 속으로 사라졌다. 한 시간이 지나자 골짜기는 끝났으나 골짜기 우묵한 곳으로 아직도 리나레스가 보였다. 한 산자락에 가려 리나레스가 보이지 않게 되자, 마니앵에게 더이상 물소리가 들리지 않았다. 오솔길은 수직으로 솟은 하나의 바위 뒤로 이어져 있었는데, 이따금 그 바위가 불쑥불쑥 길 위로 솟아나오곤 했다. 마니앵이 마지막으로 방향을 바꾼 곳에는 조그만 밭 한가운데 하늘을 배경으로 사과나무 한 그루가 일본 회화 같은 윤곽을 드러내고 있었다. 사과들은 아직 수확되지 않은 상태였다. 땅에 떨어진 것들이 사과나무 주위에 둥그런 고리를 만들었고, 그 고리는 조금씩 풀로 변해가고 있었다. 이 사과나무만이 바위 속에서 살아 있었고, 지질地質의 무심함 속에서 무한히 되풀이되는 식물의 생명력으로 삶을 이어갔다.

산을 오를수록 마니앵은 어깨와 장딴지의 근육에 피로를 느꼈다. 점차 온몸으로 노력해야 했고 생각을 하는 데도 노력이 필요하게 되었다. 들것들은 너덜너덜해진 팔과 부러진 다리를 싣고서 이처럼 통행하기 어려운 오솔길들을 따라 내려오고 있으리라. 그의 시선은 오솔길로부터 하얀 하늘 속에 묻힌 눈의 능선으로 옮겨갔다. 매번 새로운 힘을 짜낼 때마다 자신이 지휘관에 대해 품는 형제애적 관념이 가슴속까지 파고들었다.

부상자들 중 단 한 사람도 알지 못하는 리나레스의 농부들은 엄격하고도 조용하게, 단호한 모습으로 말없이 마니앵의 뒤를 따랐다. 그는 마을에서 동원되었던 자동차들을 생각했다.

적어도 두 시간쯤 올라갔을 때 산자락에 걸린 길이 끝났다. 오솔길은 이제 눈을 가로지르며 새로운 협곡으로 이어졌다. 비행기들이 테루엘로 출격했을 때 반대쪽에서 보였던 것보다 높긴 하지만 산세는 훨씬 덜 험한 산으로 향하는 길이었다. 이제 계곡의 급류는 얼어붙어 있었다. 길모퉁이에서는 조금 전의 사과나무처럼 하늘을 배경으로 검게 드러난 작은 사라센인 전사가 기다리고 있었다. 높은 받침대 위에 놓인 자그마한 입상 같아 보였다. 말로 보였던 것은 노새였고 사라센인은 비행모를 쓴 푸홀이었다. 그는 고개를 돌리더니 판화처럼 옆얼굴을 드러낸 채 깊은 정적 속에서 외쳤다. "마니앵이다!"

부조종사 랑글루아가 길고 뻣뻣한 두 다리를 자그마한 당나귀 양쪽으로 내려뜨린 채, 머리털은 동여맨 붕대 위로 면도솔처럼 하늘로 솟은 모습으로 나타났다. 푸홀과 악수하는 순간, 그의 가죽 망토가 혁대 아래 엉겨붙은 피로 어찌나 갈라져 있던지 마니앵은 그것이 마치 악어가죽 같다고 느꼈다. 어떤 부상을 당했기에 그처럼 피로 가죽을 물들였단 말인가? 가슴에는 솟았던 핏자국이 그물처럼 교차했는데, 너무도 직선적인 형태라 아직도 피가 분출하고 있는 것 같았다.

"이건 가르데의 가죽 망토입니다." 푸홀이 말했다.

마니앵은 이제 발걸이 없이는 몸을 일으킬 수가 없었다. 그는 목을 내밀고서 가르데를 찾았다. 하지만 들것은 아직 바위 저쪽에 있었다.

마니앵의 시선이 가죽 망토에 고정되었다. 푸홀은 이미 이야기를 하고 있었다.

랑글루아는 머리에 가벼운 부상을 입었으나 한쪽 발로 빠져나올 수 있었다. 다른 쪽 발은 접질린 상태였다. 토막난 긴 상자 같은 기체 안에 스칼리와 사이디가 누워 있었다. 뒤집혀 버섯 모양이 된 총좌 밑에 미로가 있었는데 사지가 총좌 받침대 옆으로 비죽이 튀어나와 있었고, 옛 고문 장면을 새긴 판화에서처럼 총좌 꼭대기가 그의 부서진 어깨를 짓누른 모습이었다. 폭격수는 잔해 속에 길게 누워 있었다. 소리칠 수 있는 자들은 모두가 임박한 화재에 대한 생각에 사로잡혀 산의 깊은 정적 속에서 고함을 질렀다.

푸홀과 랑글루아는 기체 안에 있는 자들을 끌어냈다. 푸홀이 미로를 짓이긴 총좌를 들어올리려 애쓰는 동안 랑글루아는 폭격수를 꺼내기 시작했다. 마침내 총좌가 뒤집혀 넘어가면서 쇠와 운모판이 소란한 소리를 내자 누워 있던 부상자들이 소스라쳤다가 이내 조용해졌다.

오두막집 하나를 발견한 가르데는 자신의 권총 손잡이로 깨진 턱을 누르고는(피가 흥건해 차마 손으로 누를 수가 없었다) 그 집을 향해 갔다. 멀리서 그를 본 농부 하나가 달아났다. 1킬로미터도 넘게 떨어진 오두막에는 말 한 마리뿐이었다. 말은 그를 쳐다보더니 망설이다가 울기 시작했다. '난 틀림없이 지독히 더러운 얼굴을 하고 있을 거야.' 가르데는 생각했다. '어쨌든 열정적인 말이라면 인민전선의 말일 수밖에 없겠지……' 오두막은 적막하게 쌓인 눈 속에서도 따뜻했기에 그는 드러누워 잠을 자고 싶었다. 아무도 오지 않았다. 가르데는 구석에 있는 삽을 한 손으로 집어들었다. 비행기가 있는 곳으로 되돌아가 사이디를 빼내고 걸을 수 있도록 하기 위해서였다. 발밑을 제외하곤 아무것도 제대로 보이지 않기 시작했다. 위쪽 눈꺼풀이 부어오르고 있었다. 그는 눈에 떨어진 자신의 핏방울을 따라서, 그리고 넘어질 때마다 뒤죽박죽이 된 기다란 발자국의 흔적을 따라서 되돌아왔다.

걸으면서 그는 카나르기가 외국 노동자들의 헌금으로 구입되었다가

시에라 전선에서 격추당한 비행기, 곧 파리코뮌기의 낡은 부품들로 만들어진 것임을 떠올렸다.

그가 비행기로 되돌아왔을 때 소년 하나가 푸홀에게 다가가고 있었다. '우리가 만약 파시스트들의 구역에 추락했다면 독 안에 든 쥐 꼴이었겠군.' 푸홀은 생각했다. 권총들은 어디에 있는 것일까? 기관총으로는 자살할 수가 없다.

"여기는 어느 쪽이지? 공산주의자들 쪽이냐, 프랑코 쪽이냐?" 푸홀이 물었다.

소년은—아! 양쪽으로 튀어나온 두 귀에, 정수리에는 머리털이 곤두선 개구쟁이였다—대답을 하지 않고 그를 쳐다보았다. 푸홀도 자신의 행색이 아마 믿을 수 없는 꼴이리라 자각했다. 무의식적으로 고쳐 쓰곤 했던 붉은 깃털 모자가 머리에 그대로 있었고, 한쪽만 면도한 수염에, 하얀 비행복에는 피가 흐르고 있었으니 말이다.

"어느 쪽이야? 말해봐."

그가 소년에게 다가갔지만 소년은 뒷걸음쳤다. 위협해보았자 아무 소용 없을 것이다. 게다가 이제 추잉 검도 없다.

"공화군이냐, 파시스트들이냐?"

멀리서 급류 소리와 서로를 쫓는 까마귀 소리가 들려왔다.

"여기는 모두 다 있어요, 공화군도 파시스트들도." 소년이 비행기를 쳐다보면서 대답했다.

"조합은?" 가르데가 소리쳤다.

푸홀은 짚이는 바가 있었다.

"가장 큰 조합은 어떤 것이냐? U.G.T.노동총연맹? C.N.T.전국노동연맹? 아니면 가톨릭이냐?"

가르데는 소년의 오른쪽에 있는 미로 쪽으로 갔다. 가르데의 등밖에 볼 수 없는 소년은 그의 등에 매달린 작은 나무총을 쳐다보았다.

"U.G.T.예요." 마침내 소년이 미소를 지으면서 말했다.

가르데가 돌아보았다. 여전히 권총 손잡이로 누르고 있는 그의 얼굴은 한쪽 귀에서 다른 쪽 귀까지 베인 모습에 코 아래쪽은 축 늘어져 있었고, 철철 솟던 피는 아직도 흐르며 비행복 위에 걸친 비행사용 가죽 망토 위에 엉겨붙어 있었다. 소년은 비명을 지르더니 고양이처럼 옆으로 달아났다.

가르데는 미로가 이리저리 벌어진 사지를 추슬러 무릎을 꿇고 일어서는 것을 도왔다. 몸을 굽히면 얼굴이 타는 듯이 화끈거렸기 때문에 그는 고개를 똑바로 세운 채 미로를 거들었다.

"우리는 아군 지역에 있어!" 푸홀이 말했다.

"이번엔 얼굴이 완전히 망가졌나봐." 가르데가 말했다. "그애가 도망치는 모습을 자네도 봤지?"

"엄청 망가졌어!"

"구멍이라도 뚫린 것 같아."

"사람들이 오는군."

과연 가르데를 보고 도망쳤던 녀석이 농부들을 데리고 그들 쪽으로 오고 있었다. 이제 소년은 혼자가 아니기에 과감히 되돌아왔다. 폭탄이 터졌을 때 마을 사람들 모두가 뛰쳐나왔는데, 그중 가장 용감한 사람들이 다가오고 있었다.

"인민전선이다!" 푸홀이 붉은 깃털 모자를 강철더미 속에 던지면서 외쳤다.

농부들은 달려오기 시작했다. 거의 무장하지 않은 모습으로 보아, 그들은 추락한 비행사들이 자기들 편이라고 생각한 게 틀림없었다. 비행기가 추락하기 전에 아마 그들 가운데 하나가 날개의 붉은 줄무늬를 보았을 것이다. 가르데는 푸홀의 앞쪽으로 장선과 철사가 뒤얽힌 가운데 제자리에 달려 있는 백미러를 보았다. '거울로 내 모습을 본다면 자살하고 싶겠지.'

조각난 날개에서 비죽비죽 튀어나온 강철더미며 망가진 엔진, 팔처럼 꺾인 프로펠러와 눈 위에 누워 있는 시체들을 볼 수 있을 만큼 가까이 왔을 때 농부들은 걸음을 멈추었다. 가르데가 그들 쪽으로 갔다. 농부들과 검은 숄을 쓴 여인들은 마치 불행을 기다리듯 무리를 지어 꼼짝 않고서 그들을 기다렸다. "조심해요!" 경기관총 손잡이로 누른 가르데의 깨진 턱을 맨 처음 본 농부가 말했다. 피를 눈앞에서 보자 여자들은 과거에 사로잡혀 성호를 그었다. 곧 남자들 가운데 하나가 주먹을 쳐들었다. 가르데나 뒤이어 다가오는 푸홀 쪽이라기보다는 누워 있는 시체들을 향해서였다. 그러자 부서진 비행기와 죽은 것으로 짐작되는 시체들을 향해 모두가 차례로 조용히 주먹을 쳐들었다.

"다 죽은 건 아니오." 가르데는 중얼거렸다. 그러고 나서 스페인어로 말했다. "도와주시오."

그들은 부상자들 쪽으로 돌아왔다. 누워 있는 자들 가운데 죽은 사람은 단 한 명뿐임을 알게 되자마자, 애정이 넘치면서도 서투른 움직임이 시작되었다.

"잠깐만!"

가르데는 질서를 잡기 시작했다. 푸홀이 분주히 움직였으나 아무도 그의 말을 듣지 않았다. 가르데가 지휘자였다. 그가 실제로 지휘자였기 때문이 아니라 얼굴에 부상을 입었기 때문이다. '만약 죽음의 신이 온다면 모두가 그 신에게 정신없이 복종하겠군!' 그는 생각했다. 한 농부가 의사를 찾으러 갔다. 매우 멀었다. 유감스럽지만 할 수 없었다. 스칼리와 미로와 폭격수를 운반하는 일은 간단해 보이지 않았다. 하지만 산에 사는 사람들은 부러진 다리에 익숙하다. 푸홀과 랑글루아는 걸을 수 있었다. 그리고 부득이한 경우에는 가르데 자신도.

남자나 여자나 모두 눈 위에서 아주 작아 보이는 모습으로, 그들은 작은 마을을 향해 내려가기 시작했다. 기절하기 전에 가르데는 마지막으로 백미러를 바라보았다. 그것은 이미 추락할 때 산산이 부서져 있었다. 비행기의 잔해 속에 거울 같은 것은 전혀 없었다.

첫번째 들것이 마니앵 앞으로 도착했다. 네 명의 농부가 각자 들것의 막대를 어깨에 메고 운반했고, 동지 넷이 그 뒤를 따르고 있었다. 들것에 실린 자는 폭격수였다.

그는 다리가 부러졌다기보다는 여러 해 동안 결핵을 앓은 듯한 모습이었다. 얼굴이 끔찍하게 움푹 꺼져 두 눈에 온 힘이 들어가 있었던 것이다. 작은 콧수염을 기른 땅딸막한 이 보병의 얼굴은 낭만적인 모습으로 변해 있었다.

그 뒤를 따르는 미로의 얼굴 역시 못지않게 변했지만 그 양상은 달랐다. 고통이 어린 시절을 찾으러 가는 듯한 얼굴이었다.

"위에서 내려올 때는 눈이 내리고 있었는데!" 마니앵이 악수를 하자, 미로가 말했다. "정말 이상한 일이에요!" 그는 미소를 짓더니 두 눈을 감았다.

마니앵은 리나레스의 운반자들을 뒤에 거느린 채 계속해서 앞으로 나아갔다. 그다음 들것은 분명 가르데의 것이었다. 붕대가 거의 얼굴 전체를 덮고 있었기 때문이다. 몸 전체에서 유일하게 드러난 부분은 터질 듯 부풀어 있는 두 눈꺼풀뿐이다. 창백한 연보라색을 띤 이 눈꺼풀은 그가 기어이 벗지 않은 비행모와 얄팍한 붕대 사이에서 부푼 채 딱 붙어 있었고, 그 아래의 코는 사라져버린 듯했다. 마니앵이 말을 하려는 것을 보고 앞쪽 두 운반인이 뒤쪽의 운반인들보다 먼저 들것을 내려놓는 바람에 순간 가르데의 몸은 싸우는 자의 모습처럼 비스듬히 기울었다.

그 어떤 몸짓도 할 수가 없었다. 가르데의 두 손은 담요로 덮여 있었다. 마니앵은 그의 왼쪽 눈꺼풀 사이로 그어진 금을 언뜻 본 것 같았다.

"눈이 보이나?"

"그렇게 잘 보이지는 않아요. 하지만 당신은 알아보겠습니다!"

마니앵은 그를 껴안고 흔들어주고 싶었다.

"우리가 뭔가 해줄 일은 없나?"

"저 할머니에게 수프 같은 것으로 저를 성가시게 하지 말라고 좀 말해주십시오! 아 참, 병원에는 언제나 당도할까요?"

"한 시간 반이면 아래 있는 앰뷸런스까지 갈 수 있어. 병원엔 오늘 저녁때쯤 도착하겠지."

들것은 다시 움직이기 시작했고 발델리나레스 사람들 가운데 절반이 그 뒤를 따랐다. 스칼리를 실은 들것이 마니앵을 추월했을 때, 머리에 검은 수건을 쓴 노파 하나가 잔을 들고 다가가 부상자에게 수프를 주었다. 그녀가 들고 있는 바구니 안에는 보온병과 그녀의 사치품인 듯한 일본식 찻잔 하나가 들어 있었다. 마니앵은 그 찻잔의 가장자리가 가르데의 들추어진 붕대 밑으로 들어가는 모습을 상상해보았다.

"얼굴에 부상을 당한 사람에게는 수프를 주지 않는 게 좋겠습니다." 그가 그녀에게 말했다.

"마을에 한 마리밖에 없는 암탉으로 만든 거예요." 노파가 엄숙하게 대답했다.

"그래도요."

"제 아들도 전선에 나가 있거든요……"

마니앵은 관을 실은 마지막 들것과 농부들까지 모두 먼저 보냈다. 관이 들것보다 더 빨리 만들어졌다. 아마 관습 때문이리라…… 농부들이 관뚜껑에 비행기의 휘어진 기관총 하나를 묶어놓았다.

운반자들은 들것을 땅에 내려놓지 않은 채 오 분마다 교대했다. 마니앵은 극도로 빈곤한 여자들의 모습과 그녀들 가운데 여럿이 바구니에 지닌 보온병의 대조에 어리둥절했다. 한 여자가 그에게 다가왔다.

"이 사람은 몇 살인가요?" 그녀는 미로를 가리키면서 물었다.

"스물일곱입니다."

몇 분 전부터 그녀는 자신이 뭔가 쓸모가 있었으면 하는 혼란스러운 바람으로, 게다가 동작을 통해서 섬세하고도 분명한 자애로움을 드러내며 들것을 따라오고 있었다. 또 운반자들이 매우 가파른 내리막길에서 발걸음을 확인해야 할 때마다, 그녀는 어깨를 받쳐주려는 몸짓을 하곤 했는데 마니앵은 이 행동에서 영원한 모성을 느꼈다.

계곡은 점점 더 경사가 심해졌다. 한쪽에서는 빛깔도 시간도 없는 하늘까지 눈이 치솟았고, 다른 쪽에서는 우중충한 구름이 능선 위를 미끄러져갔다.

남자들은 아무 말도 하지 않았다. 한 여자가 다시 마니앵한테 다가왔다.

"저 외국인들은 뭐죠?"

"벨기에인 한 명, 이탈리아인 한 명에 나머지는 프랑스인들입니다."

"국제여단 소속인가요?"

"그건 아니지만 그들과 비슷하죠."

"저 사람은……"

그녀는 그의 얼굴을 향해 막연한 몸짓을 했다.

"프랑스인입니다." 마니앵이 말했다.

"죽은 사람도 프랑스인인가요?"

"아니요, 아랍인이죠."

"아랍 사람이라고요? 저런! 정말 아랍 사람이에요?……"

그녀는 이 소식을 전하러 갔다.

행렬의 거의 뒤에 처져 있던 마니앵이 스칼리를 실은 들것까지 왔다. 팔꿈치를 펼 수 있는 자는 스칼리뿐이었다. 그의 앞, 얼어붙은 가느다란 급류 앞에 랑글루아가 서 있는 곳까지 오솔길은 규칙적으로 지그재그를 그리며 내리막으로 이어졌다. 푸홀이 뒤로 돌아왔다. 물 건너편에서 길은 직각으로 구부러졌다. 들것들 사이의 거리는 약 200미터쯤 되었다. 거의 1킬로미터 앞에 면도솔 같은 머리털을 한 기상천외한 척후병 랑글루아가 있었다. 당나귀를 탄 그의 모습이 막 피어오르기 시작한 안개 속에서 유령처럼 보였다. 스칼리와 마니앵 뒤에 오는 것은 이제 관뿐이었다. 들것들은 차례차례 급류를 건넜다. 행렬의 옆모습이 수직의 그림자를 드리운 거대한 바위 자락을 배경으로 펼쳐졌다.

"그런데 말입니다, 예전에 제가……" 스칼리가 입을 열었다.

"저것 좀 보게나. 정말 한 폭의 그림 같군!"

스칼리는 이야기를 하려다가 그만두었다. 그들이 보고 있는 광경을 그림에 비교한 말이 스칼리의 신경을 건드렸듯이, 그 이야기를 했더라면 아마 마니앵의 신경을 건드렸을 것이다.

제1공화국 때 한 스페인 사람이 스칼리의 누이동생을 쫓아다녔는데, 동생은 그를 마음에 들어하지도 안 들어하지도 않았다. 어느 날 그는 무르시아 근처에 있는 자신의 시골 별장에 그녀를 데리고 갔었다. 18세기 말에 지어진 별장으로 오렌지색 벽에 기둥은 크림색이었고, 화장 회반죽 장식들은 튤립 모양이었으며, 암홍색 장미들 아래 종려나무를 심은 정원에는 키 작은 회양목이 자라고 있었다. 이 별장을 소유했던 자들 가운데 한 사람은 예전에 그곳에 30석 규모의 작은 그림자연극 전용 극장을 짓게 했다. 그들이 들어갔을 때 그곳에는 환등기가 켜져 있었고, 놀이를 하는 그림자들이 작은 스크린 위에서 떨고 있었다. 스페인 청년은 성공했다. 그날 밤 누이동생은 그의 애인이 되었다. 꿈이 가득한 그 선물에 스칼리는 질투를 느꼈었다.

그는 급류 쪽으로 내려가면서 한 번도 본 적이 없는 연어 살빛과 황금빛으로 된 네 개의 방에 대해 생각했다. 오렌지나무의 어두운 잎들 사이로 석고 흉상들이 서 있는 꽃무늬 별장을…… 그가 실린 들것이 급류를 통과해서 모퉁이를 돌았다. 정면에 황소들이 나타났다. 그것은 청년기의 스페인이었고, 사랑과 장식이자, 비참함이었다! 이제 스페인은 아랍인의 관 위에 묶인 저 휘어진 기관총이며, 추위에 얼어붙은 채 협곡에서 울고 있는 저 새들이었다.

맨 앞에 선 노새들이 모퉁이를 돌아 사라지더니 다시 애초의 방향으로 향했다. 새롭게 아래로 깊어지는 곳에서 길은 리나레스를 향해 똑바로 이어져 있었다. 마니앵은 사과나무를 알아보았다.

어느 숲에 저토록 소나기가 퍼붓고 있는 것일까, 바위 저쪽일까? 마니앵은 노새를 속보로 달려 다른 사람들 모두를 제치고 앞으로 나아가 모퉁이에 다다랐다. 소나기가 아니었다. 그것은 바위가 시야를 가리듯 앞을 막아 다른 쪽 비탈에서는 들리지 않는 급류 소리였다. 마치 앰뷸런스들과 되찾은 삶이 골짜기 밑바닥에서 길게 이어지는 세찬 바람소리를 나뭇잎 위로 올려보내듯 그 소리는 리나레스로부터 올라왔다. 아직 저녁은 오지 않았으나 햇빛이 힘을 잃어가고 있었다. 안장도 없는 노새 위에 앉아 비스듬한 기마상 같은 모습으로, 마니앵은 땅에 떨어진 사과들 한가운데 서 있는 사과나무를 바라보았다. 랑글루아의 면도솔 같은 피투성이 머리가 나뭇가지 앞을 지나갔다. 갑자기 침묵을 가득 채우며 콸콸 흐르는 급류 소리 속에서 씨앗을 한껏 품은 채 썩어가는 그 동그란 고리는, 인간들의 생사를 넘어선 대지의 생사의 리듬 같았다. 마니앵의 시선은 사과나무 줄기에서 영원한 협곡으로 옮겨갔다. 들것들이 차례차례 지나갔다. 랑글루아의 머리 위에서와 마찬가지로 흔들거리는 들것들 위로, 타유페르의 송장 같은 미소 위로, 미로의 어린애 같은 얼굴 위로, 가르데의 평평한 붕대 위로, 스칼리의 갈라진 입술 위로, 형제애에 찬 흔들림 속에서 실려가는 피로 물든 모든 육체 위로 나뭇가지가 뻗어 있었다. 나뭇가지처럼 휘어진 기관총을 묶은 관이 지나갔다. 마니앵은 다시 출발했다.

어떻게 그렇게 되는지 깨달을 수 없었지만, 마니앵이 느끼기에 그들이 지금 대지 그 자체로 가라앉듯이 빠져드는 협곡의 깊이는 나무들의 영원성과 조화를 이루고 있었다. 그는 예전에 죄수들이 죽어가도록 내버려두었던 채석장을 떠올렸다. 하지만 근육이 제대로 붙어 있지 않은 조각난 저 다리, 축 늘어진 저 팔, 결딴난 저 얼굴, 관에 묶인 저 기관총, 동의되고 추구되었던 그 모든 위험들, 들것들의 엄숙하고도 원초적인 행진, 이 모든 것은 무거운 하늘에서 떨어지는 저 창백한 바위들만큼이나, 대지 위에 흩어진 사과들의 영원성만큼이나 절대적이었다. 다시 하늘 바로 밑에서 맹금들이 울었다. 얼마나 더 살게 될까? 이십 년?

"아랍인 비행사는 무엇 때문에 왔나요?"

여자들 가운데 하나가 다른 두 명과 함께 그에게 다가왔다.

저 높은 곳에서는 새들이 비행기처럼 날개를 고정시킨 채 선회하고 있었다.

"요새는 코도 고칠 수 있다던데, 정말인가요?"

협곡이 리나레스와 가까워짐에 따라 길은 보다 넓어졌다. 농부들은 들것 주위에서 걷고 있었다. 검은 옷에 머리에는 숄을 쓰고 팔에 바구니를 든 여자들은 부상자들을 중심으로 오른쪽에서 왼쪽으로, 계속해서 같은 방향으로 분주히 움직였다. 남자들은 들것들을 앞지르는 일 없이 뒤에서 따라갔다. 그들은 어깨에 짐을 막 짊어진 사람들이 그러하듯 몸을 꼿꼿이 펴고 나란히 나아갔다. 교대를 할 때마다 새로운 운반자들은 원래의 뻣뻣한 걸음걸이를 버리고 조심스럽고도 애정 넘치는 동작으로 들것의 막대를 잡은 뒤, 마치 방금 드러낸 마음을 곧바로 감추려는 듯 일상의 작업에서 외치는 '영차!' 소리를 내며 다시 출발하곤 했다. 그들은 오솔길에 깔린 돌멩이들에 줄곧 신경을 쓰면서, 동시에 들것들이 흔들리지 않도록 하겠다는 일념만을 간직한 채, 비탈이 나타날 때마다 느린 평보로 질서정연하게 전진했다. 그리하여 그토록 긴 길을 따라 고통과 조화를 이루는 이 리듬은 장례 행렬의 장엄한 북소리처럼, 마지막 새들이 하늘에서 울고 있는 저 거대한 협곡을 채우고 있는 것 같았다. 그러나 지금 산과 조화를 이루는 것은 죽음이 아닌, 인간들의 의지였다.

협곡 저 아래 리나레스가 언뜻 보이기 시작했고 들것들 사이의 간격이 좁아지고 있었다. 관은 이미 스칼리의 들것과 합류했다. 통상 화환이 있는 자리에는 기관총이 묶여 있었다. 이 행렬을 장례 행렬로 본다면 휘어진 기관총은 화환과 같았다. 저 아래 사라고사로 가는 도로 옆, 파시스트 비행기들의 주변에서 검은 숲의 나무들이 어두워져가는 햇빛을 받으며 아직도 타고 있었다. 적은 과달라하라로 진격하지 못할 것이다. 검은 옷을 입은 농부들과 어느 시대에나 다르지 않은 숄 아래 머리를 감춘 여자들의 이 모든 행진은 부상자들을 따라간다기보다는 엄숙한 승리 속에서 하산하는 모습이었다.

이제 비탈은 덜 가팔랐다. 그리하여 들것들은 길을 벗어나 풀밭으로 흩어지며 나아갔고 산山사람들도 부채꼴 모양으로 흩어졌다. 아이들이 리나레스에서 달려오고 있었다. 100미터쯤 떨어진 곳에서 그들은 비켜선 채 들것들을 지나가게 하고는 그 뒤를 따랐다. 산길보다 더 미끄러운 들판의 포장도로는 성벽을 따라 성문까지 오르막이었다.

총안들 뒤에 리나레스 사람들 모두가 모여 있었다. 햇빛이 약했으나 아직 저녁은 아니었다. 비가 오지 않았음에도 포장도로는 번들거렸고 운반자들은 조심스럽게 나아갔다. 성벽보다 높은 층 집들에 몇몇 희미한 불빛이 밝혀져 있었다.

선두는 여전히 폭격수였다. 성벽에 있는 여자 농민들은 심각한 표정이었으나 놀라지는 않았다. 부상자의 얼굴만이 담요 바깥으로 나와 있었는데 그 얼굴은 다친 곳이 없었던 것이다. 스칼리와 미로의 경우도 마찬가지였다. 머리에 동여맨 띠에서 피가 흐르고 발가락은 하늘로 향한(발 하나가 으깨져 신발 한 짝을 벗었다) 돈키호테 같은 모습의 랑글루아를 보았을 때 그녀들은 놀랐다. 가장 소설 같은 전투인 비행대의 싸움이 이렇게 끝날 수 있는 것일까? 분위기는 푸홀이 지나갈 때 더욱 무거워졌다. 왜냐하면 그들의 주의깊은 눈이 가죽 망토에서 넓은 핏자국들을 발견할 수 있을 만큼 햇빛이 아직 밝았기 때문이었다. 가르데가 도착했을 때, 이미 조용해져 있던 군중은 갑자기 멀리서 급류 소리가 들려올 정도로 너무도 깊은 침묵에 휩싸였다.

다른 부상자들은 앞을 볼 수 있었다. 그래서 군중을 보았을 때, 그들은 미소를 짓고자 애썼다. 심지어 폭격수까지도. 가르데는 군중을 볼 수 없었다. 그는 살아 있었다. 성벽의 군중은 그의 뒤에 오는 두꺼운 관을 알아보았다. 그리고 턱까지 담요를 덮은, 헬멧 비행모 아래 붕대가 너무나 평평해서 그 안쪽에 코가 있다고는 생각할 수 없는 이 부상자는 농부들이 오랜 세월 전쟁에 대해 품고 있던 이미지 그 자체였다. 아무도 그에게 싸우라고 강요하지 않았다. 한순간 농부들은 어떻게 해야 할지 모르면서도 무언가 해야 한다고 결심하고는 머뭇거렸다. 마침내 그들은 발델리나레스의 사람들처럼 조용히 주먹을 쳐들었다.

이슬비가 내리기 시작했다. 마지막 들것, 산에 사는 농부들 그리고 마지막 노새들은 저녁의 비가 그 형태를 갖추어가는 장대한 바위 풍경과 주먹을 쳐든 채 꼼짝 않고 서 있는 수백 명의 농부들 사이에서 전진했다. 여자들은 전혀 움직이지 않은 채 울고 있었다. 맹금들의 영원한 울음소리와 이 은밀한 오열 사이에서 행렬은 산의 기묘한 침묵을 피하려는 듯 나막신소리를 냈다.

앰뷸런스가 출발했다.

운전석과 연결된 창을 통해 스칼리는 네모난 밤 풍경을 바라본다. 여기저기 무너진 사군토 성벽 조각, 야간 폭격으로부터 지켜주는 안개 가득한 달빛을 받아 검게 빛나는 튼튼한 실편백들, 평화의 집들인 비현실적인 하얀 집들도. 어두운 과수원에서 빛나는 오렌지들도. 셰익스피어의 과수원, 이탈리아의 실편백…… '바로 이런 밤에 제시카는*……' 세상에는 행복도 있다. 차가 흔들릴 때마다 폭격수가 들것 위에서 신음한다.

미로는 아무것도 생각하지 않는다. 열이 엄청나다. 그는 몹시 뜨거운 물 속에서 힘겹게 헤엄친다.

폭격수는 자신의 다리에 대해 생각한다.

가르데는 자신의 얼굴에 대해 생각한다. 가르데는 여자를 좋아한다.

---

* 「베니스의 상인」 5막 1장 참조.

마니앵은 수화기를 통해 들려오는 바르가스의 말에 귀를 기울인다.

"마니앵, 이번 전투는 결정적이야. 할 수 있는 데까지 모두 동원해주게나, 할 수 있는 데까지……"

"마라기의 승강타 조종 장치가 거의 결딴나버렸는데……"

"할 수 있는 데까지 말이야……"

4

과달라하라, 3월 18일

이탈리아군이 브리우에가에서 반격중이었다. 그들이 이곳을 통과한다면 모든 공화군을 배후에서 공격하게 된다. 과달라하라는 다시 위협받았고, 중앙군은 마드리드와 단절되어 있었다. 마드리드는 거의 무방비 상태였고 디미트로프, 텔만, 가리발디, 앙드레 마르티의 각 대대 그리고 '2월 6일 대대'*는 퇴로가 끊겼다. 트리후에케와 이바라의 점령은 허사가 되었고, 캄페시노**는 숲속에 고립되었다.

텔만 대대와 에드가르 앙드레 대대가 또다시 적과 싸우고 있었다.

디미트로프 대대—크로아티아인, 불가리아인, 루마니아인, 세르비아인, 발칸인 그리고 파리의 유고슬라비아 대학생들로 구성됨—는 파

---

* 프랑스-벨기에 혼성대대.

** 발렌틴 곤살레스 고메스의 별명으로 유명한 민병대 지휘관이다.

시스트들 앞에서 동지들을 죽인 살인자들과 대적하고 있음을 느꼈다. 라 하라마에서 그랬던 것처럼, 그들은 숲속에 매복한 채 스물네 시간 동안 이탈리아 전차들에 욕설을 퍼붓는가 하면, 1킬로미터를 전진하여 장악하고도 미치고 팔짝 뛸 노릇으로 전열 정비를 위해 포기하기도 했으며, 추위를 이기기 위해 파리들처럼 서로 몸을 붙인 채 잠을 자기도 했다. 지금은 유산탄이 날아오는 가운데 공격하고 있었다. 몬테네그로인 소대장 한 명이 뒤로 물러서면서 소리쳤다. "나한테 신경쓰지 말고 자리를 지켜, 이 얼간이들아!" 그는 오른팔로 부서진 왼팔을 지탱하고 있었는데 파열탄 하나가 그의 머리를 소용돌이치는 눈 속으로 날려버렸다.

다시 눈이 내리기 시작했다. 모든 전선에서 머리를 양어깨 사이에 파묻고 부상을 입을까봐 복부의 근육을 수축한 채 전진하던 병사들은 눈발에 갇혀 있듯이 자신들이 마치 유산탄의 납 총알들 속에 갇혀 있다고 느끼고 있었다.

텔만 대대에서 들리는 것이라곤 두 마디 말뿐이었다. "식사 시간이다!" 그리고 "이봐, 희생 없는 전쟁은 없는 거야." 기관총 중대의 정치위원은 복부에 부상을 입어 착란을 일으키면서 외쳤다. "우리 탱크를 보내라! 우리 편 탱크를 보내라고!" 전투가 시작된 이래 열한번째 공격을 물리친 참이었다. 나무에는 아직 줄기가 남아 있었지만 가지들은 찾아볼 수 없었다.

"이건 전쟁이 아니야." 프랑스-벨기에 혼성부대의 시리가 외쳤다. "이건 임질이야! 끝나지 않을 거라고!"

그러고는 즉흥적으로 구제불능 티티새의 노래를 불렀다. 소총이 손을 뜨겁게 달구기 시작했다.

마누엘의 부대에서 페페의 병사들에게는 1분에 600발을 쏘는 기관총 한 자루당 750발밖에 남아 있지 않았다. 실탄의 절반이 저격병들에게 배분되었다. 쓸모없게 된 소총들을 앞에 놓고 신병들은 무기력함에 눈물을 흘렸다. "기관총은 여기로!" 소대장이 소리쳤다. 첫번째 포탄의 연기가 사라졌을 때, 그는 방금 손가락으로 가리켰던 장소에 죽어 있었다. 하지만 탄약이 도착했고 몇몇 여분의 소총도 같이 왔다.

마침내 브리우에가로 내려가는 숲과 평원에서, 막 다시 시작된 폭격을 뚫고 어떤 고함소리가 들려왔다. 올리브나무들로부터, 공화군 병사들이 곤충처럼 달라붙은 작은 벽들로부터, 파괴된 농가와 밭으로부터 올라오는 소리였다. 모든 파시스트 포대의 격렬한 폭발 속에서 지평선이 팽팽하게 당겨지는 것 같았다. 공화군의 탱크들이 도착한 것이다.

50대가 넘는 탱크들은 간헐적으로 내리는 눈 때문에 보였다가 안 보였다가 하는 지평선 끝에서 끝까지 열을 지어 공격하고 있었다. 얼어붙은 올리브나무 밑에서 이십 분 동안 고통스럽게 불안한 잠을 자던 병사들, 피곤해서 몸을 잔뜩 웅크리고 자다가 뻣뻣해진 몸으로 깨어난 병사들은 눈을 동반한 돌풍으로 인해 주기적으로 모습을 감추는 후미 전차들의 뒤를 따라 달리기 시작했다.

제5병단에서는 제1중대장이 맨 먼저 죽었다. 몇 분이 지나자 공화군 탱크들 가운데 하나가 화염과 함께 폭발하면서 눈송이가 잠시 멈춘 눈밭을 푸른빛으로 음산하게 비추었다. 여기서 병사들은 기관총의 십자포화에 옴짝달싹 못한 채, 나무그루 뒤에 배를 깔고 엎드려 탄창과 철모로(총검으로는 몸을 일으켜야 하니까) 땅을 파고 그 속에 자리잡았다가는 한순간 몸을 일으켜 수류탄을 던진 다음, 들판을 휩쓰는 기관총 세례를 받으면서 다시 납작 엎드리기를 반복했다. 부상자들을 데려오려던 여섯 명의 지원병 가운데 네 명이 쓰러졌다. 주위의 국제의용군들에게 들리는 것이라곤 뒤에서 터지는 파열탄 소리와 때때로 이렇게 외치는 목소리밖에 없었다. "그래, 아직 괜찮나?" 그리고 이에 대답하는 다른 목소리들. "괜찮아, 자네들은 어때?" 그리고 그 아래 들판 전체에서 합창하듯 외치는 침통한 소리들. "살려줘. 살려줘."

그럼에도 오후 세시가 되자 피로가 극에 달해 졸음이 찾아왔다. 다시 커피가 배급되었다. 병사들은 밤의 추위를 두려워하고 있었다. 그들은 망토 두건을 뒤집어쓰고는 마드리드의 참호를 떠올리기 시작했다. 거기서 그들은 먹으면서 총을 쏘았고, 익살꾼들은 생쥐를 길들이기도 했으며, 병사들은 포탄을 기다리며 아이들의 사진을 조용히 바라보곤 했다. 또 그들은 라 하라마를 떠올렸는데, 그곳에서 그들은 탄약이 고갈된 파시스트 탱크들을 뒤에서 공격했고, 어떤 녀석들은 기관총의 총신을 식히기 위해 소변을 보라며 외치고 다녔던 것이다.

"총탄 없이 탱크 없고, 탱크 없이 총탄 없다." 자신의 표현에 만족한 듯, 페페가 전진하는 부하들을 향해 말했다. 그의 오른쪽에서는 제5병단의 병사들이 총탄으로 가득한 대기를 느끼며, 한 스페인 장교의 훌륭한 지휘를 받는 포병대 전체의 포격을 뒤따라 전진하고 있었다. 구호반의 평화주의자들은 완장도 차지 않은 채 손에 수류탄을 들고선 부상자들을 구출해내기 위해 탱크들과 맞섰다.

몇몇 목소리가 〈인터내셔널〉을 노래하기 시작했지만, 곧바로 스페인 병사들 쪽에서 들리는 커다란 외침과 국제의용군 쪽에서 들리는 열 개의 언어가 뒤섞인 매우 짧은 고함소리가 성난 듯 그것을 덮어버렸다. "전진!"

"파시스트들은 공군의 지원을 받지 못하고 있어요." 공군 참모부 장교들 중 한 사람이 그렇게 말했다.

구름은 200미터 높이에 있었고 눈이 다시 내리려는 참이었다.

"저들의 비행장들은 산맥 건너편에 있습니다." 셈브라노가 대답했다. "그들이 산맥을 넘어올 가능성은 별로 없습니다."

그는 팔이 붕대에 감겨 있었기 때문에 조종할 수 없었다. 이탈리아 부대들은 공화군과 산맥 사이에 있었다.

바르가스는 아무 말도 하지 않았다.

"당연히, 우리가 출격한다면 우리 비행대 전체가 궤멸될 위험이 있습니다." 장교 하나가 말했었다. "날씨가 폭풍으로 변하기만 해도 그렇게 될 겁니다…… 어떤 군 당국도 그런 재앙의 책임을 지려고 하지 않을 거고요……"

바르가스는 부관을 불렀다.

"테루엘에 있는 저들의 비행기들은 이런 날씨에도 산맥을 우회할 수 있습니다." 셈브라노가 말했다.

"그들의 비행기가 남아 있다고는 생각지 않아요." 바르가스가 대답했다.

"여보세요!" 부관이 전화를 걸고 있었다. "알칼라죠? 그곳에 있는 모든 비행기를 과달라하라 제17비행장으로 즉시 보내세요. 여보세요! 제21비행장인가요? 그곳에 있는 모든 비행기를 과달라하라 제17비행장으로 보내세요. 여보세요! 사리온? 그곳에 있는 모든 비행기를 과달라하라 제18비행장으로 보내세요."

"이 전투에서 패배한다면 우리는 모든 것을 잃게 됩니다." 바르가스는 말했다. "궁극적으로 우리는 스페인 국민한테만 우리 비행대에 대한 책임이 있습니다. 파시스트들에게는 더 복잡할 겁니다…… 자, 갑시다."

그렇게 하여 그는 몇 달 만에 처음으로 자신의 비행모를 다시 썼던 것이다.

신병들이 공격했다. 아직 국가별 중대에 배치받지 못한 병사들로 이루어진 이 대대는 특히 최근에 도착한 먼 나라들의 지원병들로 구성되어 있었다. 그리스인, 유대인, 북아메리카의 시리아인, 쿠바인, 캐나다인, 아일랜드인, 남아메리카인, 멕시코인 그리고 중국인 몇몇. 처음에 그들은 마구잡이로 쏘아댔다. 첫 전투에서 소란을 피우지 않는 병사는 드문 법이다. 그들은 첫 교전 때 자신들이 부상을 입었다고 생각했다. 왜냐하면 부상을 당한다고 해서 당장에 아픈 것은 아니라는 이야기를 들었기 때문이다. 처음으로 총알이 날아왔을 때 몇몇 병사들은 단언했다. "그것은 스페인 새들의 소리였어." 총을 쏠 때마다 그들은 철모의 챙이나 목덜미 덮개에 부딪혀 거북스러워했고, 죽은 자들의 비현실적인 모습에 동요했으며, 첫 부상자들 앞에서는 침묵을 지켰다. 그럼에도 모두가 하나같이 부자연스러운 미소를 머금고선 공격 명령을 기다렸던 것이다. 그들은 오른쪽에서 귀청이 터질 듯한 함성을 들었다. 에드가르 앙드레 대대가 차폐물이 없는 곳으로 나온다는 뜻이었다. 그들은 수류탄을 들고 탱크들 뒤에서 달려내려갔다.

왼쪽 끝에서는 놀랍도록 신속하게 위치를 바꾼 기관총들의 사격이 마누엘의 각 대대들을 아연실색하게 했다. 게다가 그들의 참호 쪽에 경기관총으로 무장한 무어족 기병들이 도착하고 있었다. 효과는 즉각적이었다. 경기관총들과 처음으로 대적한 병사들이 도망치려 했다. 그러나 마누엘은 페페가 편성한 다이너마이트 담당 신병들을 배치한 터였다. 그들은 기병들이 달리면서는 조준할 수 없다는 것을 알고 있었고, 따라서 그들은 보호받고 있는 셈이었다. 그들은 첫 수류탄 공격을 받았다. 죽은 말들로 이루어진 두터운 장벽 뒤로 곧바로 몸을 피한 그들은 이제 상황을 파악한 신병들이 집결중인 적의 기병들을 향해 사격을 가하는 틈을 타 경기관총을 가져오려고 말들 밑으로 포복하기 시작했다. 뒤에 남아 있는 것은 농민 신병들뿐이었는데, 이들은 인간들과 싸울 준비는 되어 있었지만 그토록 훌륭한 말들을 감히 죽일 수가 없었다. 한 탱크 뒤에서 가르트너가 포탑보다 더 큰 폭으로 움직이지 않으려 주의하면서 그들에게 이야기를 하고 있었다.

모든 전선에서 간호병들의 손은 붉게 물들어갔다.

그때 공화군의 첫 비행기가, 마치 땅의 하얀 눈과 구름 속의 칙칙한 눈 사이로 미끄러져 오듯 나타났다. 이어서 8월 이후로 볼 수 없었던 낡은 비행기들이 부상당한 민병처럼 하나하나 그 엉뚱한 모습을 드러냈다. 세뇨리토의 경비행기, 수송기, 우편기, 연락용 비행기, 르클레르가 탔던 옛 오리온기 그리고 연습기들이었다. 스페인인 부대의 병사들은 아마 그때의 감정이 불러일으켰을 착잡한 미소로 비행기들을 맞이했다. 이 묵시록의 대표단이 이탈리아 부대 기관총들을 공격하기 위해 눈에 닿을 듯 도착하자, 그때까지 기다리고 있던 인민군대의 모든 대대들은 진격 명령을 받았다. 그러자 낮게 깔린 하늘과 위협적인 눈발에도 불구하고 처음에는 세 대씩, 이어서 중대 단위로 새들이 천장에 부딪히듯 구름에 부딪혔다가 다시 하강하며, 이제는 전투의 영역에 불과한 가시권의 모든 지평선을 굉음으로 채워 대지와 죽은 자들 위에 눈발을 날리며, 그리고 숲처럼 어두운 모습으로 비스듬히 놓인 황량한 들판을 가로지르며, 80대에 이르는 공화군 비행기가 전투대형으로 펼쳐졌다.

아래에서는 공화군 병사들이 외투로 몸을 감추고 머리에는 모로코인처럼 뾰족한 두건을 쓴 채 전진하고 있었다. 비행기 앞에서 실이 풀리듯 달아나는 가운데 한순간 흔들리는 도로가 나타났다. 이탈리아군 기계화부대였다. 바람이 공화군 전선 쪽에서 불어오는 터라, 오리온기에 있는 마니앵으로서는 이 기계화부대가 외투의 두건들 앞에서, 그리고 거대한 들판에 흩어져 있는 탱크와 비행기 앞에서 도망을 가는 것인지, 아니면 끝없는 구름과 세상 전체와 마찬가지로 바람에 휩쓸려가는 것인지 알 수가 없었다.

그럼에도 그는 전투에서 이런 정도로 긴장을 느껴본 적이 없었다. 마치 구름과 부대들이 어떤 동일한, 신비스러운 의지의 표현인 것 같았고, 마치 대포들과 파시즘과 폭풍이 모두 함께 그를 공격하는 것 같았으며, 마치 이 납빛 세계가 그를 승리와 갈라놓는 것 같았다. 거대한 구름이 너무도 흐릿해 비행사들은 맹인이 된 듯한 기분이었다. 구름이 관광용 비행기들에 몰려들었다. 날개 가장자리에 눈이 쌓인 이 비행기들은 기체를 뒤덮고 대지와 하늘을 가리면서 좌우로 죄어드는 눈송이들의 미친 듯한 질주 속에서 전율하기 시작했는데, 바람에 대항하는 힘 때문에 삐걱거리면서도 전혀 꼼짝하지 않는 것 같았다. 거의 검은색에 가까운 회색 반점으로 위치를 파악함으로써, 마니앵은 오리온기가 180도로 회전하고 있는 것을 알았다. 나침반은 움직이지 않았고 수평도를 가리키는 계기는 부서져 있었다. 추위에도 불구하고 다라스는 비행모를 벗어 비행기를 둘러싼 눈만큼이나 새하얀 머리털을 완전히 드러낸 채 고도계로 몸을 숙였으나 그것 역시 망가져 있었다. 어쩌면 비행기가 시속 300킬로미터로 대지로 덤벼들고 있는지도 모르는데, 그들은 고도 400미터도 안 되는 상공에 있었다.

아니다, 그들은 구름 위쪽으로 높이 벗어나고 있었다.

대지 위에서 흩어지는 누더기 같은 구름과 저 높이 커다란 그린란드처럼 평평하고 푸르스름한 두번째 구름바다 사이에서, 공화군의 모든 군용기들이 열을 지어 비행했다.

다라스는 눈을 떨어뜨리고자 기체의 날개를 흔들었다.

“폭탄을 조심하라고, 제기랄!”

그 말에 별로 개의치 않고 그는 다시 급강하했다.

눈 속에서 전투를 한다면 고약하겠지! 마니앵은 생각했다. 스페인의 모든 바람을 따라 흩어져 있는 그의 비행기들, 모든 묘지들에 흩뿌려진 그의 동지들이 헛된 것은 아니지만, 눈 폭풍에 성난 듯 요동치는 이 괴상한 오리온기나 재편성된 공화군의 항공대 앞에서 나뭇잎처럼 흔들리는 이 하찮은 비행기들 이상의 의미를 지닌 것은 이제 아무것도 없었다. 혼란스러운 구름 아래 두건들이 이룬 효율적이고 선명한 전열이 전날의 이탈리아 진지뿐 아니라 이미 끝나버린 한 시기를 감추고 있었다. 마치 미쳐버린 승강기에 탄 듯 오리온기 속에서 흔들리는 마니앵은 지금 그 아래 보이는 것이 무엇인지 확인했다. 그것은 다름 아닌 게릴라 부대의 종말이자 군대의 탄생이었다.

캄페시노는 숲에서 나왔고 가리발디 부대 병사들과 프랑스-벨기에 혼성부대 병사들은 돔브로브스키 부대 뒤에서 내려갔다. 기병총으로 무장한 보병들은 타후나강을 따라 올라갔다. 전선의 끝에서 끝까지, 기관총의 총신을 교체하던 기관총사수들이 화상을 입고 일어섰다가 곧바로 총탄에 쓰러지곤 했다. 전선의 끝에서 끝까지, 탱크들은 전진했고 그 뒤에서 병사들은 주기적으로 왕복하며 부상자들을 한없이 거두어 담요에 싸서 운반했다. 우묵한 땅 위 허공으로 무한궤도를 반쯤 드러낸 공화군의 탱크 한 대가 낮게 드리운 하늘을 배경으로 옆모습을 뚜렷이 드러냈다. 마침내 탱크 소대장이 된 카를리치는 적의 대전차 소대—손에 수류탄을 든 채 몸을 굽히고 있는 눈 없는 병사들의 그림자—에 끊임없이 포격을 퍼부으며 전진했다.

테루엘에서, 마니앵은 지나는 길에 거대한 사유지의 흔적을 본 일이 있었다. 전쟁중인 산속에는 황소들이 무사태평하고 고집스럽게 흩어져 있었다. 지금 이곳에서 그에게 보이는 흔적들은 보다 흐릿했다. 눈보라 속에서 그것들은 그의 아래쪽 마드리드의 국제의용군과 여단들이 공격하는 작은 석벽들과 뒤섞였고, 테루엘과 남부 지방의 거대한 옛 흔적들 사이에서 보았던 석벽들, 새로 쌓아 금세라도 무너질 듯한 낮고 자그마한 그 작은 석벽들과 뒤섞이고 있었다. 그는 가난 때문에 갑상선종을 앓는 농민노동자들에게는 경작할 권리마저 없는 그 황폐

한 땅들을 떠올렸다…… 저 아래서 성난 농부들은 자신들의 존엄성을 지키기 위한 첫번째 조건인 이 작은 석벽들을 쌓아올리기 위해 싸우고 있었다. 그리고 자신이 여러 달 전부터 몸부림쳐온 모든 꿈들 속에서 마니앵은 세습 지주에 대항한 경작자의 오랜 투쟁을 분만, 기쁨, 고통 혹은 죽음처럼 단순하면서도 근본적인 것, 도시에서 사용되는 어휘로는 표현할 수 없는 것으로 느끼고 있었다.

오리온기와 그의 낡은 편대가 다섯번째로 되돌아왔을 때 공화군 비행대는 구름 아래를 통과해 두건 쓴 병사들의 전열 앞에서 공격하고 있었다. 파시스트 비행대는 거의 모습을 나타내지 않았다. 밑에서는 공화군 탱크들이 붉은 광장에서 연습했듯이 질서 있게 공격했다가 되돌아갔다가 다시 공격하곤 했다. 이미 브리우에가의 수도원들과 교회들은 분지 바닥에 깔린 저녁 안개 위로 간신히 드러날 뿐이었고, 그 속에서 폭탄들이 번쩍거렸다. 이제 폭발은 이 도시를 둘러싼 공화군 군대의 모습을 말편자 모양으로 그려내고 있었다. 말편자의 두 갈래 끝에서는 다시 내리기 시작하는 눈에 대비해 쌓아놓은 장작더미처럼, 포병 진지들이 숨가쁘게 불타고 있었다. 두 갈래 끝이 합쳐진다면, 그것은 과달라하라의 모든 전선에서 이탈리아군의 퇴각을 의미한다.

그 두 끝을 갈라놓은 빈 공간의 전방에 신호 표지판이 펼쳐졌으나, 안개가 이제 모든 것을 가리고 있어서 제복 입은 병사를 찾아낼 수 없었다. 밤의 어둠이 이탈리아군을 구해준다면 그들은 트리후에케에서 반격을 시도할 것이다. 오리온기는(폭탄은 더이상 없었다) 비틀거렸고, 이제 싸우지도 않았다. 예전 마르첼리노의 귀환 때처럼, 그것은 스페인의 운명 위로 다가오는 이 밤에 맞서 그곳에 머무른 채 요동쳤다.

전투 지역에서 200미터도 안 되는 곳에서는 군 비행대의 거대한 전열이 바람을 마주하고 지그재그로 선회했다. 역시 아무것도 보이지 않아 떠나지 못하는 것이다. 타후나강 계곡에서 안개가 여전히 피어오르고 있었다.

비행대 밑에서는 지원병들의 원시적인 노력, 공화군의 창설을 굳건히 하거나 혹은 약화시킬 노력이 계속되고 있었다. 그리고 아마도 전투에서 승리를 거둔 이 비행대는, 적기의 출현이 아니라 승리의 도래를 기다리듯 선회했다. 그들은 다가오는 밤에 매혹되어 자신들의 비행장에 항공표지가 없다는 것조차 잊고 있었다.

마니앵은 오르카로 이어지는 길 위에서 말편자의 빈 공간을 날고 있었다. 이 지점에서 길은 상당히 넓었고 길가에는 버려진 트럭들이 늘어서 있었다. 그는 농부와 함께 테루엘의 비행장을 공격할 때처럼 저공비행으로 덤벼들었다. 공화군 부대들이 실수로 그의 비행기 날개에 총격을 가하는 동안, 그는 무정부주의자 메라*와 캄페시노 기병대의 표지판을 알아보았다.

5

멀리서 전투가 마지막 요동을 치며 노호하고 있었다. 전열을 정비한 뒤 마누엘은 트럭을 구하기 위해 개를 뒤에 데리고 마을을 한 바퀴 돌

* 건설노동자 출신으로 C.N.T.(전국노동연맹)의 지도자 가운데 한 사람.

았다. 그는 예전에 파시스트의 것이었다가 네 번이나 부상을 당한 훌륭한 이 늑대개를 입양아처럼 받아들였다. 인간들과 멀어지고 있다고 느끼면 느낄수록, 그는 더욱 동물을 사랑하게 되었다. 투우, 군마, 늑대개, 싸움닭. 이탈리아군은 많은 트럭을 버리고 갔다. 공식 분배를 기다리면서도 각 부대장은 (캄페시노가 나타나기를 기다렸다가는 단 한 대의 트럭도 남아나지 않을 것이라는 약삭빠른 주장을 하며) 가능한 한 많은 트럭을 확보하려 애쓰고 있었다. 그것들은 임시 수용이 가능한 넓은 건물들, 즉 교회나 면사무소 혹은 헛간들로 들어갔다. 기병총 보병들이 점령한 마을에서는 트럭들이 교회에 보관되었다. 그러나 마누엘은 히메네스가 그와 똑같은 의도를 가지고 그곳에 있다는 사실을 보고받았다.

그것은 붉은 돌로 된 높다란 교회였는데 종려나무 모양의 회반죽 장식이 총탄에 엉망으로 손상되어 있었다. 성당의 둥근 천장을 뚫고 들어오는 대각선의 빛줄기들이 뒤죽박죽 나뭇단 꼴이 되어버린 의자들 위에, 그리고 중앙홀 한가운데 정렬된 트럭들 위에 부서지고 있었다. 교회를 지키던 한 민병이 마누엘과 가르트너의 뒤를 따라왔다.

"대령을 보았나?" 가르트너가 물었다.

"저쪽 트럭들 뒤에 계십니다."

"고약하군." 가르트너가 투덜댔다. "그가 이미 트럭들을 차지했을 거야."

아직 어둠에 익숙해지지 않은 마누엘의 시선은 정면 현관 위 어둠 속에서 부동의 화염처럼 떨고 있는 무질서한 황금빛 무더기에 멈추었다. 공중으로 발을 비죽이 내놓은 천사들이 거대한 파이프오르간의 비스듬한 관들 주변 벽면 전체를 채우고 있었다. 마누엘은 나선형 계단을 보고는 호기심에 이끌려 올라갔다.

민병이 그를 뒤따랐다. 가르트너는 개를 뒤에 데리고 트럭들을 지키기라도 하려는 듯 밑에 남아 있었다.

"어떻게 이렇게 무사하지?" 마누엘이 민병에게 물었다.

"혁명예술위원회 덕이죠. 그 친구들이 와서 이곳 위원회에 말했습니다. '파이프오르간과 성가대는 중요합니다.'(그들 말이 옳습니다, 해야 할 일이 있는 거죠!) 그래서 조치가 취해진 겁니다."

"그럼 이탈리아군은?"

"이곳에선 전투가 별로 없었습니다."

얼마 전에 어떤 무정부주의자가 횃불로 교회의 예배당을 태워버리려고 한 일이 있었다. 그는 세르반테스의 묘 위에다가 온전한 예수 수난상을 향해 커다란 화살표를 그리고는 이렇게 써놓았다. '세르반테스, 그가 그대를 구했도다!'

"자네도 동의하나?" 마누엘이 물었다.

"저 조각들을 만든 사람은 자신이 하는 일을 좋아했지요. 이곳에서 저는 파괴라는 것에 대해 항상 반대해왔습니다. 물론 사제들에 대해선 동의하지 않습니다만 교회에 대해선 아무것도 반대하지 않아요. 저 나름의 생각이 있습니다. 저는 교회를 극장으로 만들어야 한다고 생각해요. 화려하고 소리도 잘 들리니……"

마누엘은 타호강의 전선에서 히메네스와 함께 질문을 했던 민병들을 떠올렸다. 그는 중앙홀을 주의깊게 관찰하다가 마침내 한 기둥 옆 어둠 속에서 병아리의 솜털처럼 빛나는 짧은 머리털을 발견했다. 마누엘은 히메네스가 음악을 이해한다는 것을 알고 있었다. 그는 이 늙은 오리의 후광을 다정하게 바라보고는 농담이라도 던지듯 미소를 지은 뒤 건반 앞에 앉았다.

그는 기억에 떠오르는 첫번째 미사곡인 팔레스트리나*의 〈키리에주여 긍련히 여기소서〉를 연주하기 시작했다. 텅 빈 중앙홀에서 고딕식 휘장처럼 팽팽하고 장중하게 퍼져나가는 이 성가는, 전쟁과는 별로 어울리지 않았지만 죽음과는 너무나 잘 조화되었다. 부서져 조각난 의자들과 트럭들과 전쟁에도 불구하고, 이 내세의 목소리는 교회를 다시 점령하고 있었다. 마누엘은 음악이 아니라 스스로의 과거 때문에 동요했다. 민병은 교회음악을 연주하기 시작한 이 중령을 어리둥절한 표정으로 바라보고 있었다.

"그래 괜찮군요, 여전히 상태가 좋습니다." 마누엘이 연주를 중단하자 그가 말했다.

마누엘은 다시 내려갔다. 그는 짖지 않고 얌전히 있었던 개를 쓰다듬어주었다. 그는 자주 개를 쓰다듬곤 했다. 더이상 오른손에 아무것도 들고 있지 않았으니까. 가르트너는 계단 입구에서 기다리고 있었다. 트럭들 옆의 포석은 커다랗고 검은 얼룩들로 덮여 있었다. 마누엘은 어떤 액체가 그런 얼룩을 만드는지 더이상 의문을 품지 않게 된 지 오래였다.

"〈키리에〉는 훌륭한 곡이지." 그는 착잡한 표정으로 말했다. "하지만 나는 다른 생각을 하면서 그 곡을 연주했네. 나는 음악과 결별했

---

* 이탈리아 작곡가로 교회음악의 선구자.

어…… 지난주 숙영지의 피아노 위에 쇼팽의 가장 훌륭한 악보 뭉치가 있는 것을 자네도 보았겠지. 나는 그것들을 대충 훑어보았는데, 그 모든 게 다른 삶에서 온 것 같더군……"

"아마 너무 늦었거나…… 아니면 너무 이른 것이었겠죠."

"그럴 수도…… 하지만 난 그렇게 생각하지 않아. 나에게 전투와 더불어 다른 삶이 시작된 거야. 내가 처음으로 여자와 함께 잤을 때 시작된 삶만큼이나 절대적인 삶이…… 전쟁은 순결함을 돌려주지……"

"할 얘기가 많을 겁니다."

마침내 그들은 앞에 있는 차량들의 엔진을 점검시키고 있는 대령을 발견했다.

"오, 아들, 그러니까 나를 위해 미사곡을 연주한 게 자네였군? 고맙네. 일부러 연주해준 거겠지, 안 그런가?"

"그렇게 해드리는 게 기뻤습니다."

히메네스는 그를 바라보고 있었다.

"자넨 서른다섯 살이 되기 전에 장군이 될 걸세, 마누엘……"

"저는 16세기의 스페인 사람입니다." 마누엘은 진지하면서도 겸손한 미소를 지으며 말했다.

"한데 말해보게. 자넨 직업 음악가가 아니잖나. 대체 어디서 오르간 연주를 배웠나?"

"협박의 결과죠. 제 라틴어 교육을 책임진 사제께서 두 시간 중 한 시간만 라틴어 공부를 시켰거든요. 나머지 한 시간은 제 즐거움을 위한 시간이었습니다. 처음엔 저의 즐거움이었던 게 곧 그분의 즐거움이 되고 말았지만요. 그분은 벼룩시장에나 있는 나팔꽃 모양 확성기가 달린 축음기에, 당시로선 대단한 사치품인 상아 바늘을 올려놓고는 베르디를 틀던 분이었거든요. 저는 〈아프리카 여인〉*을 외울 정도였습니다. 그다음엔 전술을 가르쳐달라고 떼를 썼죠(전술을 말입니다, 대령님!). 전술은 알지도 못하고 성격상으로도 맞지 않는다고 그분은 타이르시더군요. 대신 종이를 오려 만든 병정들이 가득한 신발 상자 하나를 가져다주셨지요……"

살아 있거나 죽은 병사들이 들것에 실려, 혹은 담요에 싸여 지나갔다.

"그다음엔 팔레스트리나의 음반들이 나왔어요. 전술을 가르치는 일에서 벗어나겠다는 헛된 소망을 갖고 그분은 그것들을 상아 바늘과 나팔꽃 모양 확성기 밑에 밀어넣은 겁니다. 대성공이었죠. 저는 전술을 단념하고 오르간을 배우겠다고 떼를 썼죠. 피아노를 제법 쳤어요."

"그러니 아들, 나쁜 사제들만 있는 게 아니라니까." 늙은 오리는 빈정거리듯 말했다.

마누엘은 교묘하게 트럭들로 화제를 돌렸으나 그가 이야기를 꺼내자마자 히메네스가 말했다.

"어떻게 해도 소용없네. 명령이 내려올 때까지 이 트럭들은 신성불가침이니까."

"물론입니다. 교회에서 발견된 것들이니까요. 하지만 대령님의 기병총 보병들은 작은 트럭들을 가지고 있던데요."

히메네스는 예전처럼 한쪽 눈을 감은 채 농담을 했다.

"뭐라 해도 소용없어. 자넨 서른 살에 장군이 되겠지. 하지만 내 트

---

* 자코모 마이어베어의 마지막 오페라 작품.

럭들을 갖지는 못할 걸세. 게다가 이것들만으론 아직 부족하네. 함께 다른 트럭들을 찾으러 가보세나."

"산에서 한 여자 민병에게 머릿결이 아름답다고 말한 적이 있습니다. 한 가닥 달라고 했더니 그녀는 저를 사정없이 내쫓더군요. 대령님은 그녀만큼이나 인색하군요."

"만능 스패너를 구해 오게. 그리고 그 얘긴 그만하세나."

그들은 출발했다. 브리우에가에 도착하기도 전에 그들은 각각 세 대의 트럭을 발견했다. 가르트너가 데려온 운전병들과 히메네스의 운전병들이 운전대를 잡고 그들을 뒤따랐다.

"안달루시아의 짤막한 결혼 축하곡이 마음에 드는군요." 마누엘이 말했다.

"마드리드에서 88킬로미터 지점까지 적군을 몰아냈다!" 전령 하나가 그들에게 외쳤다.

승리가 병사들의 입에 오르내리고 있었다.

브리우에가 광장에 있는 사령부(모든 책임자급 지휘관은 오전중 이곳에 들르게 되어 있었다) 앞에서 가르시아와 마니앵은, 커다란 나비넥타이를 매긴 했지만 여러 날 동안 면도를 하지 않은 모습으로 보아 지하실에서 나온 게 분명한 한 늙은 허풍선이의 말에 귀를 기울였다.

"그놈들은 우리를 내쫓기로 결심하고 모든 것을 다 깨끗이 치워버렸죠. 하지만 철삿줄만은 남겨놓길래 우리는 거기다 팬티를 걸 수 있었어요. 한데 안내원들이 그 철삿줄을 어떻게 설명해야 할지 전혀 몰랐던 겁니다. 한 사람만 빼고요. 늙은 친구였죠. 예술가인 그 사람 말입니다……"

그는 긴 머리를 빗질하는 듯한 몸짓을 했다.

"수채화도 그리고 시도 짓고 모든 것을 했지요. 예술가니까요. 그는 톨레도의 궁전에 온 관광객들에게 이렇게 말하곤 했어요. '신사 숙녀 여러분, 엘 시드 캄페아도르는 당연히 할일이 많았습니다. 자신의 모든 일, 즉 명령과 문서 작성과 원정을 끝내고 나면 그는 이 홀에 찾아오곤 했습니다. 홀로 말입니다. 그런데 휴식을 취하기 위해 그가 무슨 짓을 했는지 아십니까? 그는 철삿줄에 매달려서 자! 이렇게 몸을 흔들거리곤 했죠.'"

"저 친구는 과달라하라 궁전의 안내원이었죠." 가르시아가 마누엘과 히메네스에게 말했다. "그리고 전에는 톨레도에서요."

그는 짧은 구레나룻을 기른 노인으로 허구에서만 살아갈 수 있는, 타고난 배우의 얼굴과 몸짓을 하고 있었다.

"나 역시 첫번째 마누라를 잃기 전까지는 괴상한 것들이라면 모두 좋아했습니다. 서커스단과 함께 세계를 돌아다녔지요. 볼만한 것이 있을 때면 항상 달려갔습니다. 하지만 여기서 일어난 이 모든 이야기는……"

그는 엄지로 과달라하라 방향을 가리켰다. 낮은 구름 아래 바람 따라 송장냄새가 풍겨오는 곳, 그곳을 향해 이탈리아군 포로들이 가고 있었다.

"이 모든 이야기도, 그 추기경들도, 심지어 엘 그레코의 작품들도, 관광객들과 다른 사람들도 그리고 그 모든 기계들도 이십오 년이나 보고 나면, 또 전쟁을 반년 동안 보고 나면……"

그는 무심히 파리를 쫓는 듯한 몸짓으로 여전히 남서쪽, 과달라하라와 마드리드와 톨레도를 가리켰다.

장교 하나가 마누엘에게 와서 말했다.

"마드리드로부터 90킬로미터까지 적군을 몰아냈습니다!" 그는 개의 등을 두드리면서 외쳤다. "그들이 모든 장비를 버리고 있어요!"

"제가 한말씀 드릴까요?" 안내원이 다시 말했다.

그는 어깨를 으쓱하더니 마치 자기 생의 모든 경험을 요약이라도 하듯 말했다.

"돌 말이오…… 오래된 돌 말이오…… 그게 전부입니다. 좀더 파보면 그만한 대가가 있는 것들을 얻게 될 겁니다. 로마시대의 것들 말이에요! 기원전 30년도 더 전의 것들! 기원전이라니까요. 대단한 것이죠. 사군토는 위대합니다. 아니라면 바르셀로나의 신시가지에 대해 얘기해보세요. 한데 기념 건축물들은 또 어떻습니까? 전쟁과 마찬가지로 돌은……"

이탈리아군 포로들과 함께 몇몇 무어족 병사들이 지나갔다.

"싸우면 싸울수록 당신은 스페인 속으로 점점 더 깊이 들어갈 것이오." 가르시아가 마니앵에게 말했다. "내 경우, 일을 하면 할수록 스페인으로부터 멀어지고 있죠. 나는 무어족 포로들을 심문하느라 아침나절을 보냈소. 이곳에는 무어족이 별로 없었지만 어쨌든 있긴 있었소. 지금은 사방에 있어요. 마니앵, 바르가스가 나한테 '무어족은 1만 2천 명밖에 없다!'고 말한 것 기억하나요? 좋아요, 이곳 프랑스인 소유지엔 상당히 많은 무어족이 있소. 현재 이슬람교도로서, 정신적인 공동체로서 이슬람은 거의 무솔리니의 수중에 있죠. 프랑스인들과 영국인들은 아직 북아프리카의 행정관리들을 장악하고 있지만 이탈리아는 종교 지도자들을 손에 쥐고 있소. 그리고 그 첫번째 결과로 이곳 브리우에가에서 우리는 무어족 포로들과 이탈리아인 포로들을 갖게 된 겁니다. 프랑스령 모로코와 리비아에서 소요가 있었고, 팔레스타인과 이집트에서도 마찬가지요. 프랑코는 이슬람교도들에게 코르도바의 이슬람 사원을 돌려주겠다는 약속을 하고 있고……"

가르시아는 말하는 것을 좋아했다. 그리고 사람들은 그가 말하기를 원했다. 그들은 전시 검열을 받는 신문들밖에 읽지 못했고, 가르시아는 사정을 잘 알았다. 그러나 마누엘도 히메네스도 트럭을 잊은 것은 아니었다.

이탈리아군이 점령한 동안 안내원이 피신해 있던 집의 문 앞에서 한 여자가 그를 불렀다.

"이제 우리는 아사냐가 일을 시작하기를 기다리고 있어요." 안내원이 가르시아에게 말했다. "그가 무엇을 할까요? 그건 완전히 미지수입니다……"

그는 검지손가락을 낮은 하늘로 쳐들더니 방금 전까지의 신비스러운 말투를 버리고 더없이 무심하게 말했다.

"아무 일도.

그는 아무 일도 안 할 겁니다. 아무것도 할 수 없는 거죠…… 물론 프랑코는 고릴라 같아요. 하지만 이제 지하실에서 나온 이상, 나는 그를 제외하고 아사냐나 카바예로와 함께, U.G.T.와 함께, 혹은 C.N.T.와 함께, 혹은 당신들과 함께 고객들에게 봉사하고 바보들을 안내할 겁니다. 고객들에게 봉사하고 바보들을 안내하다가 과달라하라에서 죽을 거예요……"

여자가 다시 부르자 그는 떠났다.

"대단한 자군요." 마니앵이 말했다.

"아무리 격렬한 내전이라 해도" 하고 가르시아는 대답했다. "무관심한 자들은 얼마든지 있죠……

마니앵, 전쟁이 터진 지 여덟 달이 지났는데도 내 눈에는 여전히 상당히 신비스럽게 보이는 것이 있어요. 한 남자가 소총을 들기로 결심하는 순간 말입니다."

"그 점에 대해 우리의 친구 바르카는 꽤나 진지하게 생각했습니다." 마누엘이 말했다.

늑대개가 그렇다는 듯이 짖어댔다.

"싸움에 나서도록 고무하는 이유들에 대해선 그렇겠지. 하지만 내가 관심을 두는 것은 투쟁이 시작되는 바로 그 순간이오. 전투라든가, 묵시록이라든가, 희망이라든가 하는 것들은 전쟁이 인간들을 끌어들이기 위한 미끼요. 매독도 결국 사랑에서 시작되지. 투쟁이란 거의 모든 인간이 스스로에게 연출하는 코미디에 속하는 거요. 대부분의 코미디가 우리를 삶 속으로 끌어들이듯이, 그것은 우리를 전쟁으로 끌어들이는 거요. 이제 그 전쟁이 시작되고 있고."

이것이 바로 마니앵이 오리온기에서 생각했던 것이고, 아마 많은 다른 사람들도 생각했던 것일 터였다. 이 대화로 그는 메델린의 전투가 있던 날 저녁에 가르시아, 바르가스와 함께 나눈 대화를 떠올렸다. 그리고 국제비행대는 죽은 것이나 다름없다는 사실을 다시 한번 느끼고 있었다.

"가까운 시일 내에 일본이 싸움에 끼어들 겁니다……" 가르시아가 말했다. "대영제국과 거의 맞먹는 제국이 그곳에서 만들어지고 있어요……"

"우리가 스무 살이었을 때 유럽의 모습을 생각해보세요." 마니앵이 말했다. "그리고 오늘날 어떠한지를……"

마누엘, 가르트너 그리고 히메네스는 다시 트럭 찾기에 나섰다. 가르시아가 마니앵의 팔을 잡았다.

"그런데 스칼리는 어떻게 되었소?"

"테루엘에서 발에 파열탄 한 발을 맞았소. 어쩌면 발을 잃게 될지도……"

"그는 정치적으로 어떤 태도를 취했습니까?"

"음…… 그래, 그렇지요. 점점 더 무정부적이고, 점점 더 소렐주의자가, 거의 반反공산주의자가 되고 있어요……"

"그는 공산주의와 대립하는 게 아니라 공산당과 대립하고 있어요."

"아 참, 소령님, 공산주의자들에 대해선 어떻게 생각하십니까?"

다시 한번 가르시아는 생각했다.

"내 친구 게르니코는 이렇게 말했소. '그들 모두는 행동의 미덕을 지니고 있는데—오직 그것뿐이지.' 하지만 지금 문제가 되는 것이 바로 그 행동이오." 그는 대답했다.

씁쓸한 경험을 요약할 때면 늘 그렇듯이 그의 목소리는 낮아졌다.

"오늘 아침 나는 이탈리아군 포로들이 있는 곳에 있었소. 그들 가운데 젊지도 않은 한 녀석이 송아지처럼 울고 있었어요. 내가 그에게 무슨 일이냐고 묻는데 계속 울기만 하는 거예요…… 마침내 이렇게 말하더군요. '애들이 일곱이나 됩니다……' 내가 '그래서?' 하고 물었죠. 결국 알게 된 건, 그는 우리가 포로들을 곧 처형하리라 확신하고 있다는 사실이었소. 내가 그리되지 않을 것이라고 설명했더니 그는 나를 믿기로 결심하더군요. 갑자기 격앙되어 벤치 위로 뛰어올라가더니 아우성치며 연설을 하는 거요—열 마디쯤 했는데 이탈리아에서 자신들이 속았다는 등의 이야기였지. 그러고는 '무솔리니를 죽여라!' 하고 외쳤소. 반응은 시원찮았소. 그는 다시 시작하더군. 그러자 주위에 있던 포로들이 '죽여라!' 하고 대꾸하는데, 입을 다문 채 합창하는 것처럼 알아들을 수 없는 소리에, 겁에 질린 두 눈은 문을 향하고 있었죠…… 우리 진영에 있는데도 그들은……

마니앵, 거기서 포로들을 짓눌렀던 것은 결코 경찰에 대한 두려움이 아니었소. 무솔리니 자체도 아니었소. 그것은 파시스트당이었소. 그리고 우리 나라의 경우…… 전쟁 초기에 충실한 팔랑헤당원들은 '스페인 만세!'라고 외치면서 죽곤 했죠. 그러나 나중에는 '팔랑헤당 만세!……'라고 외쳤소. 당신네 비행사들 가운데 처음엔 '프롤레타리아 만세!' 혹은 '공산주의 만세!'라고 외치면서 죽은 공산주의자 친구가 이제는 같은 상황에서 '공산당 만세!……'라고 외치지 않으리라 확신할 수 있겠소?"

"그들은 이제 외칠 필요가 별로 없을 거요. 왜냐하면 거의 모두가 병원에 있거나 땅속에 묻혀 있으니까…… 그것은 아마 사람에 따라 다를 거요. 아티니에스라면 아마 '공산당 만세!'라고 외칠 테지만 다른 사람들은 다른 것을 외치겠죠……"

"게다가 당이라는 말은 사람을 속이죠. 본질적으로 투표를 통해 하나가 된 사람의 집합체와, 인간의 심원하고 비합리적인 요소들에 달라붙은 거대한 뿌리를 지닌 정당에 동일한 딱지를 붙인다는 것은 아주 어려운 일이오…… 바야흐로 정당의 시대가 시작되고 있소……"

어쨌든 가르시아는 소련이 개입할 수 없으리라고 나에게 단언했었지, 마니앵은 생각했다. 그는 흥미로운 인물이지만 신탁을 전하는 예언자는 아니다. 소령은 그를 붙든 팔에 힘을 준 채 놓아주지 않았다.

"우리의 승리를 과장하지 맙시다. 이 전투는 마른전투와는 전혀 다릅니다. 어쨌든 승리임에는 분명하지만 말이오. 이곳에서 우리에게 대항한 자들 중에는 무솔리니 체제의 파시스트 민병대원보다 실업자가 더 많았소. 그렇기 때문에, 당신도 알다시피 나는 확성기를 통해 선전을 하게 했죠. 그런데 결국 간부들은 파시스트였소. 우리는 이제 눈살을 찌푸리지 않고는 이 고장을 바라볼 수 없소. 여긴 우리의 발미*니까. 이곳에서 처음으로 두 개의 진짜 정당이 충돌한 거요."

장교들이 서로의 어깨를 두드리며 사령부에서 나왔다.

"92킬로미터!" 그들은 보이지 않는 사람들을 향해 외쳤다.

"이바라를 거쳐 오셨나요?" 마니앵이 가르시아에게 물었다.

"그렇소. 하지만 그곳은 전투중이었소."

"이곳에는 구석구석마다 밥 냄비가 있습니다. 우유로 지은 밥인 것 같아요. 가리발디 부대 병사들이 오래전부터 요구했는데(그들은 스페인산 기름을 싫어하거든요) 마침내 그들의 요구를 들어줄 수 있게 되었던 거죠. 그런데 냄비의 밥이 눈에 덮여 있지 않았겠소? 최초의 전사자들도 그랬고. 그들을 묻어주기 위해 눈을 치웠죠. 그런데 전사자들의 얼굴은 모두 행복한 모습이었소. 입가에는 만족한 미소, 식도락의

* 프랑스의 혁명전쟁 당시 프랑스군은 프로이센에 밀리다가 발미에서 1792년 처음으로 프로이센군을 격파하여 새로운 역사적 전기를 마련했다.

미소를 띠고 있었죠……"

"삶이란 정말 묘한 거요……" 가르시아가 말했다.

마니앵은 농부들에 대해 생각했다. 가르시아와 달리 그는 이념에 대해 친밀함을 느낄 수 없었다. 하지만 비행대에서의 실천적 경험으로 인해 그의 사상은 때로 깊이를 보충하는 매우 구체적인 상대성을 획득했다. 농부들에 대한 생각이 그를 사로잡았다. 가르시아가 그에게 보냈던 농부, 그가 마을에서 차량을 부탁했던 농부들, 산에서 내려올 때 줄곧 함께했던 농부들, 그 전날 비행기 아래서 싸우던 농부들.

"그럼 농부들은?" 그는 다만 이렇게 물었다.

"이곳에 오기 전에 과달라하라에서 아니스를 섞은(설탕이 항상 없었으니) 커피를 한잔 들었소. 술집 주인이 글을 읽을 줄 아는 손녀한테 신문을 읽히고 있더군요. 프랑코는 자신이 승리자가 되는 상황에서는 우리가 하는 일을 하겠지만, 그렇지 않으면 끝없는 게릴라전에 돌입할 거요. 그리스도는 콘스탄티누스대제를 통해서 비로소 승리를 거두었죠. 나폴레옹은 워털루에서 분쇄되었지만 프랑스 인권선언을 없앨 수는 없었소. 내 마음을 가장 불안하게 하는 것 가운데 하나는, 모든 전쟁에서 각자가 원하든 원하지 않든 적에게서 얼마나 지독하게 탈취하는가를 목도하는 것이오……"

안내원이 가르시아 뒤에 와 있었다. 가르시아는 그가 되돌아오는 소리를 듣지 못했다. 안내원은 집게손가락을 쳐들고는 눈살을 찌푸렸다. 술꾼 같은 코에도 불구하고 그의 얼굴은 신비롭게 다듬어져 있었다.

"여러분, 인간의 주된 적은 숲입니다. 숲은 우리보다 더 강하고, 공화국보다 더 강하며, 혁명보다 더 강하고, 전쟁보다 더 강하지요……

인간이 투쟁을 멈추면, 육십 년도 안 되어 숲은 유럽을 뒤덮을 것입니다. 그것은 여기에도, 거리에도 파고들 것이고, 그러면 집들을 뚫어 가지들이 창문 밖으로 나올 것이며—피아노들은 뿌리 속에 처박히고, 헤헤! 여러분, 바로 그렇게 될 것입니다……"

부서진 집들로 들어간 몇몇 병사들이 한 손가락으로 피아노를 치고 있었다.

"93킬로미터!" 창문에서 어떤 목소리가 외쳤다.

새로 잡힌 포로들이 광장을 가로질렀다.

"더러운 놈들!" 안내원이 말했다. "네놈들 나라에 머물러 있을 순 없었더냐?"

그는 두 눈을 내리깔고서 자신의 구두에 시선을 두었다.

"내 구두까지도 저놈들 것이라니까! 대체 저놈들이 물자를 얼마나 많이 놓아두고 갔는지!

녀석들 가운데는 좋은 놈들도 있지요. 그러니 노래를 불러보라고!" 그는 옆을 지나가는 자들에게 팔을 흔들면서 소리쳤다. 포로 중 하나가 한마디 대답을 했으나 안내원은 알아듣지 못했다.

"저자가 뭐라고 말하나요?"

"불행한 자는 노래를 부르지 않는다는군요." 가르시아가 통역했다.

"그렇다면 너의 괴로움을 노래해봐, 바보야!" 안내인은 스페인어로 대답했다.

포로들은 멀어져갔다. 그는 그들을 시선으로 좇았다.

"그건 중요하지 않아, 이 친구야! 중요하지 않다고!"

멀리 가리발디 부대에서 아코디언을 연주하는 소리가 들려왔다.

"정말 그건 중요하지 않다고!…… 과달라하라에서 나는 정원사였습니다. 도마뱀들이 나왔지요…… 서커스단과 함께 인도에 있었을 때 인도 음악 하나를 배웠어요. 내가 그 곡을 휘파람으로 불면 도마뱀들이 내 얼굴로 기어오른다니까요. 눈만 감으면 됩니다. 그리고 그 곡을 알기만 하면 되고. 그런데 뭡니까? 전쟁, 전쟁, 포로들, 시체들이라니…… 이게 끝나면, 난 평소처럼 벤치에 누워 휘파람을 불 테고 그러면 도마뱀들이 내 얼굴로 기어오를 겁니다……"

"나중에 그 모습을 한번 보고 싶군요." 마니앵이 콧수염을 잡아당기며 말했다.

안내인은 그를 바라보더니 다시 집게손가락을 쳐들었다.

"아무도 보지 못할 겁니다, 아무도."

그러고서 아까 자기를 불렀던 문 쪽을 집게손가락으로 가리키며 말했다.

"내 두번째 마누라라 해도 말입니다."

"94킬로미터!" 두번째 전령이 소리쳤다.

6

군 사령부에서 이탈리아군 트럭에 대한 징발 명령을 내리자, 마누엘은 히메네스와 헤어졌다. 그는 옆에 늑대개를 데리고서 자신의 여단 병영으로 걸어서 돌아왔다. 가르트너는 이미 거두어들인 트럭들을 돌려주러 가고 없었다.

병사들은 놀랍도록 한가해져 빈손으로 브리우에가를 배회했다. 장밋빛과 노란색 집들, 근엄한 자태의 교회들과 커다란 수도원들이 들어선 대로는 온통 잔해로 가득했다. 너무도 많은 집들이 파괴되어 가구들을 그곳에 쏟아낸 터였다. 대로가 전쟁과 너무도 밀접하게 연결되어 있기 때문에 전쟁이 멈춘 지금 그곳은 마치 이민족들의 사원이나 묘지처럼, 실업자라도 된 듯 총도 없이 돌아다니는 저 병사들처럼 비현실적이고 부조리한 풍경이 되어가고 있었다.

다른 길들은 반대로 멀쩡한 것 같았다. 가르시아는 마누엘에게 이런 이야기를 해준 적이 있었다. 인도의 자이푸르에는 모든 집의 정면에 실물 같은 착각을 일으키는 그림이 그려져 있고, 진흙 집들마다 앞에 가면 같은 장밋빛 장식이 있다는 것이다. 진흙 도시는 아니었지만, 그 많은 길들 속에서 브리우에가는 낮잠과 휴전이라는 겉모습 안쪽에, 황량한 하늘 아래 반쯤 열린 창문 안쪽에 감추어진 죽음의 도시 같았다.

마누엘에게 들리는 것은 샘물소리뿐이었다. 해빙이 시작된 것이다. 물은 돌로 된 기사상 밑이나 단순하게 만들어진 홈통으로 흘러들면서 오래된 스페인의 그 뾰족뾰족한 포석의 모든 도랑 속으로 흩어졌다가, 도로에 던져진 초상 사진이나 가구 조각, 냄비, 잔해 사이로 산에서나 들을 수 있을 법한 작은 급류 소리를 내면서 흘러내려갔다. 남아 있는 동물은 하나도 없었다. 그러나 물소리 가득한 이 고적함 속에서, 여기저기 길에서 길로 조용히 지나가는 민병들은 고양이처럼 미끄러지듯 움직이고 있었다. 그리고 마누엘이 시가지 중심부에 접근함에 따라 다른 소리가 물소리와 뒤섞이고 있었다. 물소리처럼 투명하고 물소리의 반주처럼 조화를 이루는 소리. 피아노 소리였다. 정면이 무너져 길에 내려앉고 모든 방의 천장이 날아가버린 아주 가까운 집에서 민병 하나가 한 손가락으로 연가를 연주하고 있었다. 마누엘은 주의깊게 귀를 기울였다. 물소리 너머로 세 대의 피아노 소리가 들렸다. 모두 한 손가락으로 치는 것이었다. 〈인터내셔널〉이 아니다. 오로지 브리우에가로부터 창백한 하늘을 향해 뻗은, 부서진 트럭들이 흩뿌려진 언덕의 영원한 슬픔을 위해 연주하듯이 손가락은 저마다 천천히 연가를 연주했다.

가르트너에게 음악과 결별했다고 말했었지만, 점령된 도시의 이 거리에 홀로 있는 지금 이 순간, 자신이 가장 원하는 것이 음악을 듣는 것임을 마누엘은 느끼고 있었다. 그러나 연주하고 싶지는 않았다. 그리고 혼자 있고 싶었다. 그의 여단 식당에는 축음기가 있었다. 그는 전쟁 초기에 가져왔던 음반들을 간직하고 있지 않았지만 커다란 축음기의 케이스에도 음반은 많았다. 가르트너가 독일인이었으니까.

마누엘은 베토벤의 교향곡들과 〈고별 소나타〉를 찾아냈다. 베토벤을 아주 좋아하는 것은 아니지만 그건 중요하지 않았다. 그는 작은 축음기를 방으로 가져가서 틀었다.

음악이 그의 내부에서 의지를 빼앗아가면서 그의 모든 힘은 과거로 향했다. 그는 알바에게 권총을 내밀었을 때의 동작을 회상했다. 히메네스가 말했듯이, 아마 그는 자신의 인생을 찾아냈는지도 모른다. 그는 전쟁에 눈을 떴고, 죽음에 대한 책임에 눈을 떴다. 지붕 가장자리에서 갑자기 잠을 깬 몽유병자처럼, 그 장중한 하강음이 그의 정신 속에 뛰어난 균형감—이 균형감으로부터 떨어지는 곳은 핏속뿐인 것이다—을 일깨웠다. 그는 어느 밤 마드리드의 카라반첼에서 만났던 눈먼 거지를 회상했다. 그때 마누엘은 치안국장과 함께 그의 자동차 안에 있었다. 갑자기 헤드라이트 불빛이 앞으로 내민 맹인의 두 손을 비추었는데, 그란 비아의 경사 때문에 거대하게 투영된 그 그림자는 포석으로 인해 울퉁불퉁했고, 인도 위에서 꺾였으며, 아직 드물게 돌아다니던 군용차량들에 의해 으스러졌고, 운명의 손처럼 길쭉했었다.

"95킬로미터! 95킬로미터!" 도시에 흩어진 병사들의 목소리가 동일한 음조로 외쳤다.

대포에도 꿈쩍 않는 낮게 깔린 저 구름 뒤에서 눈먼 운명들이 그를 기다리기라도 하는 듯, 그는 자신의 주위에서 전조들로 가득한 삶을 느꼈다. 늑대개는 저부조低浮彫에서처럼 누운 채 귀를 기울이고 있었다. 언젠가 평화가 올 것이다. 그리고 마누엘은 그 자신도 알지 못하는 다른 사람이 될 것이다. 산으로 스키를 타러 가기 위해 작은 중고차를 샀던 자에게 오늘의 투사가 미지의 존재였던 것처럼.

어제는 뾰족하고 무거운 외투 두건을 쓰고 싸웠지만 오늘은 거리를 지나가다가 천장 없는 방에서 한 손가락으로 고집스럽게 연가를 피아노로 연주하는 저 병사들도 모두 마찬가지일 것이다. 한때 마누엘은 자기 자신에 대해 깊이 생각해봄으로써 스스로를 깨닫곤 했다. 그러나 지금은 우연히 행동에서 벗어나 밀려오는 과거와 마주할 때 자신을 깨닫고 있었다. 그리고 그 자신처럼, 그리고 이들 각각의 병사들처럼 피를 많이 흘린 스페인은—죽음의 순간 갑자기 자문하는 자와 같이—마침내 스스로를 깨닫고 있었다. 인간이 전쟁을 발견하는 것은 단 한 번뿐이지만, 삶은 몇 번이고 발견하는 것이다.

그의 과거 속으로 구르듯 밀려가며 계속 이어지는 악장들은 지난 시절 무어족을 막아냈던 이 도시, 저 하늘 그리고 저 영원한 들판이 말을 할 수 있기라도 한 듯, 이야기를 건네왔다. 마누엘은 인간들의 피보다 더 엄숙하고 대지 위 그들의 존재보다 더 불안한 것—그들의 운명이 지닌 무한한 가능성—의 목소리를 처음으로 듣고 있었다. 그리고 그는 도랑을 흐르는 물소리와 포로들의 발소리에 뒤섞인 그 존재, 그의 심장의 고동소리처럼 깊고 영속적인 그 존재를 내면으로부터 느끼고 있었다.

혁명, 기독교 정신의 탐구와 정복

앙드레 말로의 삶에 대해선 독자가 작가 연보를 참고하기 바라면서, 여기서는 필자의 연구에 따른 말로 문학의 출발점과 그의 소설세계를 간략히 소개하고 『희망』에 대한 해설을 제시하고자 한다.

말로 문학의 진정한 출발점은 그가 인도차이나에서 모험을 마치고 스물다섯 살 때 내놓은 서간체 에세이 『서양의 유혹』(1926)이다. 그는 이 책에서 유럽과 중국을 교차적으로 여행하면서 서신을 교환하는 프랑스 청년 아데와 중국 청년 링을 등장시켜 제1차세계대전 이후 각기 총체적 위기에 처한 동·서양 문명에 대한 비판적 성찰을 시작한다. 이 작품에서부터, 그는 선구적으로 유럽 중심주의적 시각을 벗어나 세계적인 차원에서 인류의 정신적 문제에 대해 명상하는 순례의 닻을 올린다. 따라서 이 책은 이후 말로가 동·서양을 무대로 펼쳐낸 소설세계의 초석을 이루는 중요한 작품이다.

하지만 말로는 장르의 성격상 사유의 대상을 분명히 할 수밖에 없는 이 에세이에서와 달리, 소설에서는 말라르메의 시학을 극단으로 밀고 간 상징시학을 정치하게 구상해내 주요 인물들의 사상적 토대를 완벽하게 코드화한다. 말로 자신도 낭만주의가 아닌 상징주의를 계승했다고 밝힌 바 있다. 이는 곧 불연속성, 암시와 환기, 상징 그리고 유추로 정리되는 이 소설 시학에 접근하지 못하면 작품의 심층적 깊이에 이를 수 없음을 의미한다. 따라서 인물들의 불연속적 담화들을 해독하는 것이 소설 해석의 열쇠라 할 수 있다.

필자는 이 상징시학을 최초로 발굴해 말로의 소설세계에 대한 새로운 해석의 지평을 열었다. 이를 바탕으로, 프랑스에서 출간된 『앙드레 말로 사전*Dictionnaire Malraux*』(CNRS Editions, Paris, 2011)에 동양 3부작, 곧 『정복자』 『왕도로 가는 길』 『인간의 조건』에 대한 해제 세 편을 썼다. 말로의 예술관은 두번째 소설에서 그 윤곽이 잡히기 시작하는 '변모의 이론'으로 불린다. 첫 소설은 유교를 포괄하며 초월하는 노장사상을, 두번째는 신비주의적 에로티시즘이 가미된 탄트라불교를, 세번째는 노장사상과 불교를 결합하여 탐구하고 정복하면서 부활·변모시킨 작품이다. 반면에 서양 3부작을 보면, 『모멸의 시대』는 그리스신화를, 『희망』은 기독교를, 『알텐부르크의 호두나무』는 그리스신화와 기독교를 융합하여 명상하는 소설이다. 이와 같이 말로는 동·서양 문명의 정신적 유산에 대한 근원적 탐구를 모험과 혁명, 전쟁이라는 극한 상황 속에 실존적으로 포장해놓고, 독자가 능동적으로 참여해 그것을 해독하도록 하는 고도의 독서 놀이를 제안한다.

이후 출간된 회고록의 새로운 형태이자 팩션의 선구적 작품인 『반회고록』(1967)에서 말로는, 소설에서와는 달리 동·서양 문명의 대화를 다시 직접적으로 드러내면서 심화시킨다. 따라서 그의 문학의 출발점인 서간체 에세이에서 시작된 '대화'는 소설의 시기를 거쳐 팩션에 이르기까지, '중단 없는 명상'의 세계를 구축한다. 비록 그는 불가지론자로 남았지만 말이다.

『희망』 읽기

『희망』은 1936년 2월 선거에서 집권한 스페인 인민전선 정부에 대항해 프랑코 장군이 7월 반란을 일으켜 결국 1939년 3월 군부의 승리로 끝난 스페인 내전을 소재로 한다. 이 작품은 반란이 일어난 후 팔 개월만을 다루고 있으며, 혁명의 차원에서 내전에 접근하고 있다.

1. 코드화된 불연속성

소설에 나타나는 상징시학의 단면들 가운데 가장 많이 언급되는 것은 논리적 전후 맥락이나 연결을 생략하는 불연속성이다. 이 테마는 영화의 몽타주 기법에 착안해 소설의 서사 구조 차원에서 다루어졌지만 인물들의 담화나 묘사 차원으로는 전혀 접근하지 못했다. 하지만 후자의 불연속성은 텍스트의 의미망을 코드화하는 강력한 장치로 활용된다. 인물들의 비전을 담아내는 이 불연속성이 해독되지 않고는 전자 또한 유기적으로 해석될 수 없기 때문이다. 따라서 그들의 담화 속에 코드화되어 있는 은밀한 불연속성의 사례를 고찰해야 한다.

소설의 제2부 1장 〈존재와 행위〉에서 스칼리는 하이메의 아버지 알베아르를 방문해 예술, 죽음, 고통, 희망 그리고 인간의 품성 등에 대해 대화를 나눈다. 여기서 알베아르는 "근본적인 것의 시대가 다시 시작되고 있다" 혹은 "이성의 토대가 다시 설정되어야 한다"고 말하는데, 이와 같은 언급을 중심으로 대화는 의미적 불연속성을 드러낸다. 이 주제들에 대한 알베아르의 설명은 생략되어 있으며, 스칼리는 엉뚱한 말로 이것들을 비켜간다. 문제의 주제들은 소설의 전체적 의미 구조와 맞물려 있으며, 따라서 이것이 밝혀져야 소설의 해석이 가능해진다.

인물들의 담화 속에 나오는 이런 불연속성의 예를 한 가지 더 살펴보자. 제3부 「희망」의 거의 마지막 부분에 이르러, 마누엘은 교회에서 히메네스를 위해 팔레스트리나의 〈키리에〉를 연주한 뒤 대화를 나누면서 뜬금없이 "저는 16세기의 스페인 사람입니다"라고 말한다. 이 코드화된 문장은 전후 맥락으로부터 의미적으로 단절됨으로써 독자를 어리둥절하게 만든다. 이것을 해독하기 위해서는 팔레스트리나가 16세기 인물이라는 점뿐만 아니라, 독실한 가톨릭 신자로 명시된 히메네스와 마누엘의 관계는 물론 후자와 관련된 여러 암시적·환기적 장치들의 검토와 16세기가 어떤 세기였는지에 대한 역사적 고찰까지 필요하다. 물론 히메네스는 이 말의 참뜻을 알아차렸을 것이다. 문제의 표현은 기독교와 종교개혁 그리고 혁명이 의미론적 차원에서 밀접하게 결합되어 있음을 함축한다. 이 두 가지 사례 외에도 소설 속에는 불연속성을 표출하는 담화들이 여기저기 산재해 있지만, 다른 맥락에서 검토될 것이다. 이제 불연속성을 연속성으로 이어주면서 텍스트의 의미망을 재구성하고 해독하기 위한 열쇠를 제공하는 암시와 환기로 넘어가보자.

2. 암시/환기의 배치와 구도: 서사적 의미 작용

묵시록의 욕망

『희망』에서 기독교의 비전은 혁명과의 융합으로 구현된다. 이를 뒷받침하는 암시와 환기를, 인물들을 중심으로 집중 조명해보자. 암시와 환기가 함께 다루어지는 것은 그것들이 중첩되어 나타나기 때문이다. 하나의 낱말이나 표현, 묘사나 담화는 때때로 암시로도 환기로도 읽힐 수 있다. 이 시학적 장치들은 혁명의 전개 과정에 따라 인물들을 중심으로 리듬과 균형을 드러내며 세심하게 배치되어 있다.

먼저 제1부 1장 〈서정적 환상〉의 주요 인물들을 중심으로 살펴보면, 마누엘은 처음부터 문제의 암시 및 환기와 결합되어 나타난다. 마누엘Manuel이라는 이름 자체가 '우리들 가운데 신', 다시 말해 '하느님께서 우리와 함께하시다'를 의미한다. 그리스도의 메시아적 이름이 임마누엘이고 그 뜻이 히브리어로 '하느님께서 우리와 함께하시다'임을 상기할 때, 이 이름에서 나온 마누엘이란 이름은 암시적 장치다. 마누엘의 신체에 대한 묘사를 보면, "음향기사"였던 그의 외모는 "몽파르나스의 예술가"풍에도 불구하고 "프롤레타리아"적인 면을 지니고 있다. 하지만, 무엇보다 암시적인 것은 그가 "면도를 하지 않음에 따라, (…) 지중해 뱃사공의 얼굴"로 변해간다는 점이다. 이런 모습으로 인해, 바르카 영감으로 대변되는 농민들의 그에 대한 "친근감"은 깊어진다. 여기서 중요한 낱말은 '뱃사공'이다. 그것은 그리스도의 제자들이 어부였다는 점을 환기시키면서 마누엘이 사도들과 비슷한 역할을 수행하리라는 유추를 가능하게 하는 단초다. 뱃사공이라는 낱말의 의미는 배를 부리는 사람이며, 어선에서 일하는 자들을 포함해 배를 가지고 일을 하는 사람들 전체를 가리킨다. 따라서 그것은 어부의 뜻까지 함축한다. 혹은 시적 연상이나 '기의적記意的 미끄러짐'을 통해 뱃사공에서 어부로 자연스럽게 이동할 수 있다. 사도들이 고기를 낚듯이 민중들을 기독교로 개종시키면서 로마교회를 세워가는 과정은, 마누엘이 다른 인물들과 민중들을 교화시키고 훈련시키면서 공화국 군대를 창설하는 과정과 상응한다. 이 과정에서 기독교의 원초적 정신이 부활하는 것이다. 독자가 상기해야 할 점은 혁명 당시 스페인 국민의 거의 전부가 가톨릭 신도였다는 사실이다. 스페인혁명을 기독교와 분리할 수 없는 이유다.

마누엘의 기독교 의식과 관련한 암시적·환기적 장치는 함께 싸우다 부상당한 늙은 바르카를 문병하러 갔을 때 그가 드러내는 내면 풍경에도 나타난다. 그의 시선 속에서 부상자들은 "사순절에 입는 의상처럼 붕대를 감은" 모습으로 나타나는가 하면, 중상자들의 방은 중세 "종교재판소의 지하실"처럼 묘사된다. 그러니까 마누엘은 혁명에 참여해 싸우다 부상당한 민중 모두를, 진정한 신앙을 통해 참회하거나 혹은 그 때문에 박해받는 존재로 바라보는 것이다. 이와 같은 시선은 그의 순수한 신앙심을 암시하는 장치가 아닐 수 없다. 이러한 상황 속에서 그는 형제애적 사랑과 연민을 통해 환자의 고통을 자신의 고통처럼 느끼면서 농부 바르카의 이야기를 듣는다. 바르카는 내면에 "감추고 있는 고귀함"을 드러내며 인류와 평등과 형제애에 대한 자신의 사유를 마누엘에게 펼쳐낸다. 따라서 그와 마누엘의 대화는 기독교적 비전 내에서 이루어짐을 유추할 수 있다.

여기서 잠시 혁명군을 이끄는 최초 그룹의 개괄적 구성을 살펴보면, 공산주의자들과 무정부주의자들이라는 두 흐름으로 이루어진다. 도입부의 첫 두 개 단위 가운데 하나는 공산주의자인 라모스와 마누엘이 등장하면서 마드리드에서 시작되고, 다른 하나는 무정부주의자인 엘네구스와 푸취가 나타나면서 바르셀로나에서 시작된다는 사실에서 이 점이 드러난다.

〈서정적 환상〉에서 기독교적 비전과 관련한 두번째 암시적·환기적 대목은 무정부주의자 푸취가 히메네스와 나누는 대화에서 나타난다. 독실한 가톨릭 신자인 히메네스는 우선 푸취를 "샤를 캥 휘하의 장수"처럼 바라보며 그와 기독교에 대해 논쟁을 벌이는데, 여기서 샤를 캥(카를 5세) 역시 코드화된 중요한 장치로 등장한다. 그는 신성로마제국의 황제이자 스페인의 왕으로, 16세기 종교개혁이 한창이던 시기에 개혁으로써 가톨릭교회를 구하려 했던 인물이다. 그러니까 푸취는 종교개혁 당시, 즉 16세기에 부패한 가톨릭교회를 개혁하는 일에 동참했던 전사의 모습으로 그려지는 것이다. 이러한 묘사는 앞서 불연속성을 다루면서 언급한 마누엘의 수수께끼 같은 표명, 즉 "저는 16세기의 스페인 사람입니다"라는 코드화된 언급과 의미적 관계망을 형성한다. 그렇기 때문에 필자는 히메네스가 이 말의 참뜻을 이해했다고 본다.

하지만 히메네스는 푸취와 입장 차이를 분명히 한다. 그리스도를 "유일하게 성공한 무정부주의자"로 간주하면서 "접신론"을 내세우는 푸취에게 그는 "신은 도둑놈 주머니에 있는 성합聖盒처럼 인간의 놀이에 끌어들이라고 만들어진 게 아니"라고 대답한다. 전자는 "묵시록의 실천"을 통해 '지금 여기서'의 즉각적인 구원을 외치며, 따라서 16세기 교회 개혁의 차원을 넘어선다. 반면에 후자는 신의 의지를 알 수 없다는 태도, 다분히 이신론에 가까운 입장을 취한다. 식자공이었던 푸취는 "사백 년 전부터", 즉 16세기 이후로 민중의 "영혼들을 책임지는" 성직자들을 비판하면서 히메네스를 작가들과 나란히 놓고 이렇게 말한다. "제가 사제들에 대해 이야기하면, 당신들은 성녀 테레사에 대해 이야기하죠. 제가 교리문답에 대해 이야기하면, 당신들은…… 토마스 아퀴나스에 대해 이야기하는 거예요." 성녀 테레사는 누구인가? 그 역시 16세기에 성 프란체스코의 원시 기독교 정신으로부터 영향을 받아 카르멜 수도회를 개혁한 신비주의적 인물이다. 또 푸취의 언급은 교리문답의 기본 내용이 토마스 아퀴나스의 신학으로부터 나왔음을 암시한다. 아리스토텔레스의 계보를 잇는 토마스 아퀴나스의 신학은 플라톤으로부터 이어지는 아우구스티누스의 신학과 대비되며, 그리스도 대속의 의미를 적극적으로 해석함으로써 원죄에서 해방되어 무한을 꿈꾸는 '고딕적 인간'의 출현을 뒷받침한다. 12세기의 고딕시대로부터 16세기 종교개혁 당시까지의 400년은, 타락의 무거운 짐에서 해방된 자유로운 인간의 도래에서 성직매매로 인한 로마가톨릭의 위기까지를 담아낸다. 예수의 수난은 이 고딕적 인간의 이상을 향한 출발점이다. 그런데 400년 만에 이 인간상이 위협받고 기독교 자체가 흔들린 것이다. 따라서 가톨릭교 및 개신교의 개혁은 이 인간상의 회복을 향한 기독교 원초적 정신으로의 회귀를 함축한다. 하지만 그렇게 위기를 넘긴 기독교는 그로부터 다시 400년이 지난 20세기에 새로운 위기를 맞는다. 이 점은 뒤에 가서 게르니코가 가르시아에게 "우리의 교회는 이단이 아니라 성직매매의 죄를 짓고 있"다고 말하는 데서 확인된다. 푸취의 언급은 재현된 이 위기 상황을 함축적으로 담아내며 따라서 혁명은 이러한 위기의 극복과 맞물려 있음을 드러낸다.

1장의 세번째 암시적·환기적 장치는 마니앵의 신체 묘사와 관련하여 나타난다. "마니앵에게는 (…) 포부르 생앙투안(성 안토니오)의 고급 전통 가구 세공인 같은 면모가 있었다." 여기서 "생앙투안Saint Antoine" 이라는 표현에 주목할 필요가 있다. 말로의 소설에서 인물 묘사에 동원된 용어들은 중요한 전략적 암시라는 점을 상기할 때, 성 안토니오는 마니앵의 종교적 비전 혹은 방향을 감지하게 해주는 중요한 요소라 할 것이다. 그는 12~13세기의 스콜라철학자로서 역시 대속의 개념을 적극적으로 해석하여 그것을 '새로운 창조'로, '인류가 지녔던 최초의 삶을 총체적으로 복원시키는 회귀'로 간주한다. 또 그는 상실한 순수 신앙을 비롯한 '잃어버린 것들을 되찾아주는' 성인으로도 알려져 있다. 고딕적 인간관을 지닌 그는 '헌신'과 '연민'의 수도자이며, 따라서 마니앵의 종교적 비전 역시 그리스도의 순수 정신과 이 인간상이 결합된 틀 속에서 전개되리라는 추론이 가능하다. 이런 해석은 그가 특히 제3부 「희망」에서 농부들을 통해 되찾는 원초적이고 근본적인 인간의 모습에 의해 뒷받침된다. 이들은 마누엘을 통해 부각되는 농군 바르카 영감과 일체를 이룬다.

1장에서 기독교와 관련한 마지막 암시적·환기적 장치는 가르시아에 의해 제시된다. 그는 기독교의 '묵시록apocalypse'을 혁명과 관련시켜 최초로 언급하는 인물이다. 창문을 통해 감동적으로 들려오는 가톨릭 민중의 '형제애의 묵시록'이 지닌 폭발력을 직시하면서, 그는 마니앵에게 이렇게 말한다. "위험한 것은 모든 인간이 자신 안에 묵시록에 대한 욕망을 지니고 있다는 점입니다." 역사를 단번에 절멸시키고 기존 세계를 단번에 쓸어버린 뒤 무정부주의적이고 절대적인 자유를 보장하는, 잃어버린 낙원을 건설하고자 하는 욕망이 천복년설의 꿈처럼 혁명을 떠받치는 민중의 피 속에 강렬하고 위험하게 작용한다는 사실을 가르시아는 알고 있다. 성서를 보면 「다니엘」에서 최초로 나타나는 종말론과 천복년설은 그리스도를 거쳐 「요한의 묵시록」에서 구체화된다. 일반적으로 서양에서 혁명과 새로운 시대의 출현은 거의 언제나 이 천복년설과 연결되어 있으며, 소설 속에도 이와 같은 측면이 나타난다. 그리스도의 수난을 전후해서 기독교가 공인되기 전까지 천복년설은 강력한 힘을 발휘했으며, 중세의 종말과 함께 종교개혁이 이루어진 16세기에도 위세를 떨쳤다. 소설에서 가르시아는 이런 종류의 묵시록을 통한 새로운 세계의 창조가 환상이며 불가능하다는 것을 냉철하게 지적한다. 제1부의 제목 「서정적 환상」이 이러한 점을 이미 시사하는 셈이다. 가르시아는 "우리의 겸손한 직무는 묵시록을 조직하는 일"이라고 강조하면서 이 욕망을 미래를 건설하는 원동력으로 재편하고자 한다. 결국 소설은 묵시록을 통한 천복년설의 구조로 나아가는 것이 아니라 다른 골격으로 짜인다는 것을 알 수 있다.

이제 위와 같은 배치에 따른 구도를 서사적 차원에서 종합해보자. 우선적으로 생각해야 할 것은 혁명 주체 세력의 두 흐름인, 마누엘과 푸취(혹은 엘 네구스)가 차이를 드러내면서도 똑같이 기독교 정신의 울타리 안에 있다는 점이다. 그렇다면 차이는 무엇인가? 그것은 전자가 조직과 규율 속에서 미래의 지평 쪽으로 나아간다면, 후자는 기존 세계의 즉각적인 종말을 통해 절대적 자유와 해방을 갈구한다는 점이다. 기독교도로서 마누엘이 혁명에서 묵시록을 갈구하지 않는다면 그의 종교적 비전은 히메네스의 신관을 바탕에 깔고 있다고 봐야 할 것이고, 이는 나중에 두 사람이 사제지간으로 맺어지는 관계에 의해 뒷받침된다. 따라서 마누엘의 종교관은 당장에 문제될 게 없으며, 또 그렇기 때문에 그것은 보다 은밀하게 깔려 있다.

마누엘의 진정한 스승이 될 신비주의자 히메네스가 먼저 접하는 인물이 무정부주의자들을 대변하는 푸취이며 두 사람이 종교적 논쟁을 벌인다는 사실은 이들의 비전이 안고 있는 위험을 이미 함축한다. 문제는 가톨릭 민중의 대부분이 무정부주의자들의 편에 서 있다는 것이다. 이 점은 "무정부주의자가 아닌 수백만 사람들이 무정부주의자들과 함께" 생각하고 있는 것을 통해서 확인된다. 이것은 노약자와 어린이를 제외한 수백만 명의 민중(성인) 대부분이 "투쟁과 삶에 대해" 묵시록적 태도를 드러내고 있음을 말한다. 언급했듯이 푸취는 그리스도를 유일하게 성공한 무정부주의자, 다시 말해 묵시록의 선구적 체험자로 간주하면서 은연중에 모방하려 한다. 따라서 로마교회 성립사와 관련해서 볼 때 그와 무정부주의자들, 나아가 민중의 묵시록적 욕망, 곧

'서정적 환상'은 그리스도의 수난 이전의 단계에 대응한다. 그리스도는 수난과 부활을 통해 묵시록을 선구적으로 체험하면서 증거하고, 요한으로 하여금 「묵시록」을 남겨놓도록 했다. 즉, 종말과 죽음의 체험을 통한 부활 혹은 낙원의 욕망이 혁명의 초창기에 타오르는 불꽃에 에너지원 구실을 하는 것이다. 그러나 궁극적 의미를 낳는 극단적 '패러다임'—롤랑 바르트는 『중립』에서 의미와 갈등을 낳는 대립 쌍을 패러다임paradigme이라 부른다—의 갈등을 통한 극에서 극으로의 즉각적 이동 혹은 탈주의 길 자체가 과거에 위세를 떨쳤던 말세론과 천복년설처럼 '서정적 환상'인 셈이다. 이렇게 볼 때 1장 〈서정적 환상〉에서 혁명과 기독교의 융합을 코드화한 환기적·암시적 장치들은 한편으로 12~13세기의 고딕적 인간관을 재정복하기 위한 16세기의 개혁과 현재의 교회 개혁에, 다른 한편으로는 이와 같은 미래의 기다림을 거부하는 접신론과 묵시록적 욕망에 연결되어 있다. 전자가 마누엘과 공산주의자들의 방향이라면, 후자는 무정부의자들과 민중의 움직임을 떠받친다. 그러나 상징시학의 차원에서 볼 때, 텍스트는 현실주의적인 전자를 위한 적극적 활동보다는 몽상적인 후자의 상황에 더 비중을 두고 있다.

묵시록의 실천과 대응

제1부 2장 〈묵시록의 실천〉은 그 제목에서부터 혁명과 기독교의 떨어질 수 없는 관계를 암시한다. 먼저 마누엘과 관련한 암시적·환기적 장치를 보면, 그는 전쟁 문법의 '살아 있는 언어'인 히메네스로부터 지

휘를 처음 배운다. 이 가톨릭교도 스승으로부터 기독교적 지휘와 전쟁 방식을 터득하는 것이다. 히메네스는 오리처럼 절름발이로 묘사되는데 이는 기독교에서 치명적 위험을 안고 신과의 영웅적 싸움을 벌인 뒤 신의 비밀을 알게 된 야곱의 상처/흔적을 상징한다. 그는 하느님을 보았기 때문에 절름발이가 된 것이다. 그리스신화 속 불의 신이자 대장장이인 헤파이토스 역시 절름발이이며 그의 불구는 그가 최고 신 제우스의 감추어진 어떤 비밀을 보았다는 기호다. 따라서 히메네스의 절름발이 상태는 그의 비전이 신의 비밀과 맞닿아 있다는 점을 나타낸다. 그렇다면 그로부터 지휘를 지도받는 마누엘이 기독교 세계관 속에서 성숙해간다는 유추는 자연스럽다. 화재가 난 교회의 안과 밖에서 이루어지는 두 사람의 대화에서 드러나는 가르침, 그리고 그들과 농부들의 만남에서 주목할 만한 점들을 짚어보자.

먼저 히메네스는 마누엘에게 "이 순간 자신들을 보고 있는 분의 신성한 대의와 비열한 사제들의 대의를 혼동"해서는 안 된다고 말한다. 그는 대부분의 사람들이 종교—성서의 하느님과 그리스도의 말씀—와 교회—부패한 사목 권력—를 혼동하는 데서 비롯되는 혼란을 지적한다. 따라서 타락한 성직자 집단을 통해 하느님의 섭리를 헤아리는 오류를 저질러서는 안 된다는 점을 강조하며, 혁명은 이 교회 세력을 정화하는 과업과 한덩어리가 되어 있음을 시사하는 것이다. 한편 이 교회 세력과 정치권력 집단의 결탁을 비난하는 농부들 가운데 과거 수도사였던 무정부주의자 구스타보는 그리스도의 강림을 즉석에서 꾸며내 이야기한다. 이 그리스도 이야기는 에르난데스의 처형과 의미망을 형성하면서 민중의 묵시록적 욕망을 대변하며, 이것을 듣고 난 마누엘과 히메네스의 대화는 중요한 암시를 제공한다. 마누엘이 자신 안에 구스타보를 "다른 사람들보다" 더 잘 "이해하는 무언가"가 있다고 말함으로써 그리스도의 정신에 대한 심층적 이해를 드러내기 때문이다. 이로써 그는 원시 기독교 정신이 부활되어야 한다는 점에 공감하는 종교적 정신의 소유자임이 다시 한번 드러난다. 마누엘의 종교적 과거는 그가 톨레도를 떠나기 전에 회상하는 '그리스도 성체 행렬'에서도 암시된다.

두번째로 가르시아의 경우를 살펴보자. 톨레도의 산타크루스 미술관에서 그의 몇몇 동작들은 그의 종교적 내면을 암시하는 환기적 장치로 작동한다. 그가 "자신의 가죽 상의를 사도상이 앞으로 내민 집게손가락 끝에" 거는 몸짓이나 "성인의 손을 잡으면서 생각"하는 모습은 그가 미술관을 떠나기 전에 가죽 상의를 집어드는 세번째 행동과 더불어 그 심층적 의미가 확실하게 암시된다. 가르시아가 자신의 옷을 집어들려고 하지만 "안감이 걸려" 있고, 바라보니 "성인이 놓아주기를 거부하"는 것이다. 그가 이처럼 하나의 사도상과 연결되어 있음은 혁명의 전진이 초기 기독교 교회 성립사, 나아가 교회의 재탄생 과정과 결합되어 있으며, 이 인물의 역할 역시 한 사람의 사도 역할에 접근하고 있음을 다시 한번 유추하게 해준다.

세번째, 산타크루스 미술관에서 마누엘로 대변되는 공산주의자 그룹과 엘 네구스로 대변되는 무정부주의자 그룹(여기에는 에르난데스도 포함될 수 있다), 그리고 마누엘 편에 선 가르시아 등이 점심식사를 하면서 토론을 벌이는 장면은 매우 암시적이다. 그리스도를 흉내내는 엘 네구스에 초점을 맞출 때, 이 장면을 그리스도 최후의 만찬과 비교

할 수 있음은 잘 알려져 있다. 이러한 접근에 대한 필자의 새로운 관점에서 먼저 상기해야 할 것은, 주요 공산주의자들과 무정부주의자들이 모두 종교적 성향을 지니고 있으나 다만 혁명에서 이 종교적 성향이 서로 다르게 표현되고 있다는 점이다. 이런 지적은 앞서 밝혀낸 인물들의 비전을 통해서도 확인된다. 뿐만 아니라 토론이 '성 십자가Sainte-Croix'를 의미하는 산타크루스 미술관에서 이루어지고 있다는 점도 하나의 암시이며, 이를 뒷받침하듯이, 그것은 "보나퐁의 그리스도 수난도"가 내려다보는 가운데 두 개의 테이블에서 두 그룹 사이에 전개된다. 그러니까 십자가의 그리스도를 수렴점으로 두 세력이 양분되어 논쟁을 벌이고 있는 것이다. 이 점은 러시아인 공산주의자 프라다스의 말 "요컨대 당신들은 기독교도요. 그리고……"에서도 나타난다. 이 인용문에서 마누엘과 엘 네구스가 둘 다 기독교도라는 점을 고려해 생략 부호를 채워보면 "당신들은 노선만 다를 뿐이오" 정도가 될 것이다. 프라다스는 뒤에 가서 다시 한번 "기독교도들이……"라는 말을 암시적으로 언급한다. 여기서 독자가 오해해서는 안 될 부분은, 프라다스의 최초 주장에 엘 네구스가 "우리는 결코 기독교도가 아니오!"라고 반박하는 말이다. 이 대꾸는 그가 '접신론'을 옹호한다는 사실, 또 '그리스도 수난도'에 대한 그의 관심, "설교하는 그리스도의 몸짓"을 흉내내는 행동 등과 모순된다. 따라서 그의 말은 "성직자를 타도하라!"는 표현에서 알 수 있듯이 스페인 교회 세력, 곧 성직자들의 지배를 받는 기독교도가 아니라는 의미로 이해해야 할 것이다. 나누어진 두 식탁과 두 노선은 그리스도의 이상을 실현시키는 두 중심적 파벌의 갈등을 나타낸다. 양대 진영은 각기 미래지향적 '승리'와 묵시록적 '순교'로 그 가닥이 잡혀 있다. 이상적 공산주의자 마누엘과 무정부주의자 엘 네구스(나아가 에르난데스)는 똑같이 교회 세력, 곧 성직자 집단을 규탄하는 인물들이다. 그러나 전자가 혁명의 승리를 통해 교회를 정화시키고 원시 기독교 정신을 회복하는 방향으로 가고자 한다면, 후자는 그 어떤 조직도 거부하면서 '지금 여기서' 절대적 형제애를 통해 묵시록적 욕망을 달성하고자 한다. 그러나 마누엘의 지적처럼 "무정부주의자가 아닌 수백만 사람들"이 무정부주의자들 편에 서서 이 욕망에 동참하고 있다는 데 혁명의 어려움이 있다. 이 단계를 가르시아는 "혁명의 청년기"라고 규정한다. 결국 두 노선의 갈등은 기독교적 관점에서 볼 때, 그리스도의 수난을 둘러싼 해석의 차이와 관계된다 할 수 있으며, 이후 좀더 구체화되는 마누엘의 비전은 이를 확실하게 드러낸다. 말로 자신도 작품을 집필할 당시 절대의 문제가 행동에 연결될 것과, '종교적인 것과 공산주의자'의 관계가 세심하게 배려되어야 한다는 점을 분명하게 염두에 두었다. 참고로, 그리스도가 순교한 후 로마가톨릭교회가 성립되는 과정에서 주요 분파들의 갈등이 발생했음을 상기할 필요가 있다. 특히 기독교 신학의 핵심을 다지고 교회 성립에 중심적 역할을 한 바울로파가 공산당에 대응한다면, 어느 단체에도 속하지 않고 그리스도 안의 절대 자유를 주장한 그리스도파는 무정부주의자들의 노선에 대응한다 할 것이다.

끝으로 에르난데스 대위에게 나타난 주요 암시적·환기적 지표들을 지적해보자.

첫번째로, 〈묵시록의 실천〉의 도입부와 마지막에 나타나는 그의 등장 자체가 의미심장하다. 그는 무정부주의자들을 대표하여 묵시록적 삶의 전범을 보여주는 인물이다. 자유주의자로서 무정부주의적 성향을 지닌 그가 무정부주의자인 엘 네구스(실스)와 함께 등장한다는 사실이 이를 뒷받침한다. 또 그렇기 때문에 가르시아는 에르난데스에게 "공산주의자들은 무언가를 하고자 합니다. 당신과 무정부주의자들은 (…) 무언가 되고자 하지요"라고 말하면서 혁명군의 "조직화와 기독교 신화"가 모순됨을 지적한다. 혁명 속에 기독교 신화가 자리잡고 있음을 분명히 드러내는 언급이다. 이러한 전망에서 가르시아는 그에게 "당신이 하는 승부는 처음부터 진 겁니다"라고 단언함으로써 그의 묵시록적 죽음을 내다본다. 가르시아의 눈을 통해 드러나는 그의 모습은 "젊은 샤를 캥"을 닮아 있다. 앞서 언급한 샤를 캥을 상기하면, 이러한 묘사는 혁명의 종교적 성격을 다시 한번 암시하는 셈이다. 게다가 그의 묘사에는 "스페인 성인 조각상"이 나타나며, 이 역시 그가 그리스도를 본받는 성인과 같은 존재임을 함축한다.

두번째로, 톨레도에서 그가 구사일생으로 감옥을 탈출한 모레노와 나누는 대화의 한 대목을 살펴보자. 그는 "이 거리도 샤를 캥 치하의 어느 날 밤과 거의 같았을 거"라고 말하면서 "샤를 캥 이후 세상"의 변화와 '씨알'과 '싹'에 대해 이야기한다. 이 대목 또한 '샤를 캥'이 들어간 표현 앞뒤의 생략부호를 통해 그 의미적 불연속성을 드러낸다. 한편 에르난데스는 "자유로부터 당장 모든 것을 기대한다"고 말함으로써 자신의 묵시록적 욕망을 암시한다. 그러나 이 욕망은 민중의 삶을 구제하는 방향으로 잡혀 있고, 따라서 대화를 나누는 가운데 농부들, 곧 민중은 성서에 나오는 "이집트로의 탈주라는 아주 오래된 비탄"을 드러내면서 지나가는 것이다. 뿐만 아니라 '씨알'의 비유는 성서 속 그리스도의 말씀을 단번에 상기시킨다. 따라서 에르난데스는 성인들처럼 순교적 죽음을 통해 밀알이 되리라는 유추가 가능하다.

세번째로, 이러한 장면의 연장선상에서 포로가 되어 처형되는 그의 내면 풍경은 앞서 언급한 그리스도 강림 이야기와 맞닿아 있으며, 그가 '묵시록의 실천'을 구현하면서 그리스도와 마찬가지로 농부 두 명과 함께 처형되는 시퀀스는 그리스도의 수난과 연결된다. 이 점은 뒤에 가서 다시 다루기로 하자.

정리하자면 2장 〈묵시록의 실천〉에서 혁명은 분명한 두 갈래 선을 그린다고 할 수 있다. 한편에서는 공산주의자 그룹의 대변자인 마누엘의 신앙심이 그 깊이를 드러내며, 그가 신의 비밀을 간파한 히메네스로부터 민중의 조직화와 지휘를 배움으로써 혁명군 창설과 교회의 (재)탄생이 동전의 양면처럼 짝을 이루고 있음이 나타난다. 더하여 가르시아의 종교적 비전이 이와 같은 양면적 통일성을 뒷받침하고 있다. 다른 한편에서는 엘 네구스와 에르난데스의 담화가 '묵시록의 실천'을 대변하며, 구스타보와 관련한 상징적 일화가 암시하듯이 민중의 종말론적 욕망도 정점을 향한다. 이와 같은 두 진영의 대립은 산타크루스 미술관 장면에서 부각됨으로써 갈등의 해소와 새로운 전환이 임박했음을 예고하고, 마침내 그리스도의 수난을 상기시키는 에르난데스의 순교적 죽음은 작품의 분수령을 이룬다. 결국 한쪽에는 그리스도를 묵시록을 실천한 선구자로 간주하면서 그를 따라 순교의 절대적 선을 구현하는 무정부주의자들과 자유주의자들 그리고 많은 민중이 자리잡고 있으며, 다른 한쪽에는 예수의 가르침을 받아 민중을 조직하고 지휘하는 동시에 교회를 재탄생시키며 혁명을 이끌고자 하는 공산주의자들 그리고 이들과의 연합 세력이 자리잡는 셈이다. 다만 아직은 전자의 진영이 위세를 떨치는 가운데 '효율'과 '규율'의 문제가 제기되며 이야기는 국면의 전환점을 향해 전진하고 있다. 에르난데스의 소멸과 더불어 묵시록의 욕망은 진정되어 하향 곡선을 그리며 혁명 속에 흡수될 것이다. 교회의 재탄생은 예수의 수난과 같은 중심적 사건을 거침으로써만 새로운 전기를 맞이하며, 따라서 '묵시록의 실천'의 마감은 로마 교회 성립 과정에서 예수의 수난에 대응한다. 이와 관련해 에르난데스의 죽음과 제2부의 시작이 전체 텍스트의 중앙에 위치하고 있음을 유념해야 할 것이다. 이 점은 에덴으로부터의 추락에서 그리스도의 수난을 거쳐 묵시록에 이르기까지 기독교의 3원적 시간 구조에서 수난이 중심점을 이루고 있다는 사실과 일치한다. 이처럼 암시와 환기의 배치는 혁명의 단계가 초기 교회의 탄생 단계를 신화적으로 변형시켜 재현함으로써 교회를 재탄생시키는 수순을 밟아가도록 구도화되어 있다.

부활과 교회 재탄생의 서광

이제 제2부 「만사나레스강」으로 넘어가보자. 1장 〈존재와 행위〉는 종소리가 울려퍼지는 신비한 분위기 속에서 마누엘이 톨레도에서 도주한 민병들과 패잔병들을 재조직해 아군을 부활시키는 장면으로 시작한다. 이와 더불어 앞서의 중심점을 고찰하면, 그것은 「마태오의 복음서」에서 예수가 죽자 성소의 휘장이 위로부터 아래로 갈라져 양분되면서 벌어지는 성도들의 부활 장면을 연상시킨다. 에르난데스의 상징적 죽음이 그리스도의 수난에 대응한다면, 이처럼 아군의 부활은 예수의 부활에 대응한다. 우선 이를 보다 확실하게 뒷받침해주는 보완적 장치로서 암시와 환기를 검토해보자. 아란후에스의 한 수도원에 임시로 자리잡은 마누엘이 그의 지휘에 감동한 도망병들의 대표단을 맞이할 때 "성모상과 성심상에 둘러싸인" 모습은 그의 깊은 종교적 심성을 헤아리게 해준다. 그것들은 패잔병들을 "먹여주"고 "재워주"며 형제애를 통해 그들을 재조직하는 그의 근본적 심성의 뿌리를 암시한다. 이와 같은 그의 종교적 내면 풍경은 "황금빛 성상들 아래 탈진한 사람들" 곧 패잔병들이 잠자는 모습을 바라보는 그의 시선 속에서도 드러난다. 이러한 묘사는 혁명이 교회를 개혁해 새롭게 부활시키는 성전聖戰의 성격을 띠고 있음을 충분히 암시하며, 이로부터 마누엘이 가톨릭 민중을 조직해 기존의 부패한 성직자 집단을 추방하고 재편하는 전사戰士 성자의 위상을 차지함을 유추해낼 수 있다.

다음으로 가르시아와 열렬한 가톨릭 작가 게르니코의 대화는 혁명의 종교적 성격뿐 아니라 가르시아 및 마누엘의 기독교 정신까지 다시 한번 암시하고 환기한다. 마드리드가 위협받자 정부는 발렌시아로 이동하고, 파시스트들은 민중에 대한 무차별 공격으로 공포를 조장하는 가운데 게르니코는 이동 야전병원을 개편하고자 애쓰고 있다. 이와 같은 상황에서 가르시아가 게르니코를 자신이 "진정으로 사랑하는 유일한 사람"으로 간주하며 그의 사유를 묵묵히 경청하며 수용한다는 점은 주목할 만하다. 그가 다른 인물들과의 대화에서 드러내는 비판적·해명적 입장을 고려하면 이러한 태도는 더욱 분명해진다. 그가 게르니코를 하나밖에 없는 유일한 친구로 생각한다면 그가 이 작가의 종교적 정신을 누구보다 공감한다는 말이 될 것이며, 주요 인물들 가운데 당파를 초월하여 가장 지적인 그 역시 그런 내면세계를 지향하고 있다 할 것이다. 여기서 종교의 초월성이 세속적 이데올로기를 모두 넘어선다는 사실을 도출할 수 있다. 결국 말로는 게르니코라는 인물을 이용해 가르시아의 종교적 세계를 암시하는 셈이다. 게르니코는 혁명 속에, 다시 말해 민중 속에 "그리스도의 말씀은 살아 있다"고 말하면서 이렇게 단언한다. "이 나라에서 나의 교회를 위해 무언가 시작되고 있네. 어쩌면 교회의 재탄생일지도 모르는 무엇이 말이야." 교회의 재탄생이 혁명을 통해 이루어지고 있는 것이다. 그렇다면 혁명의 과정이 교회의 재탄생 과정과 일체를 이루며, 로마교회의 성립 과정과 나아가 기독교의 비전을 '차이와 반복'을 통해 신화적으로 재현하고 있음이 틀림없다.

대화에서 게르니코는 혁명이 터지기 전 가르시아 및 마누엘 등의 친구들과 함께 보낸 밤을 떠올린다. 마누엘은 게르니코를 위해 〈탄툼 에르고(오로지 찬양할지어다)〉를 불렀고, "사제들에게 교육받은 그들 모두는 라틴어로 합창하며 그 노래를 마쳤었다". 〈탄툼 에르고〉는 성 토마스 아퀴나스가 13세기에 작곡한 〈팡즈 린구아(나의 입이여 구세주를 노래하라)〉의 다섯번째 및 여섯번째 절을 구성하며 미사의 성체강복식 때 찬송된다. 특히 가르시아가 혁명이 발발하기 대략 한 달 전에 친구들과 함께 보낸 이 밤은, 가르시아의 혁명 참여와 관련하여 주목할 만하다. 그것은 "그가 어디론가 출발하기 전날 밤"이다. 문제는 그가 어디로 떠나는가다. 시점으로 보아 혁명 발발 직전이 아니므로 어떤 비평가는 이 출발이 군사적이 아닌 민족학적 사명을 띤 것이라고 추정한다. 물론 가르시아가 민족학자이기 때문에 그러한 추정도 가능하다. 그러나 이 밤을 추억하는 게르니코의 내면적 상황, 대화의 종교적 성격, 그리고 친구들이 "해가 뜨는 새벽에 마드리드가 굽어보이는 언덕으로 그를 데리고" 가서 노래를 불렀다는 점 등을 고려할 때, 그의 출발은 혁명과 관련이 있다. 마드리드가 굽어보이는 언덕에서 노래를 부른 것은 스페인의 운명과 관련한 상징적 의미를 띠지 않겠는가? 내전 발발 몇 달 전부터, 다시 말해 2월 총선에서 공화파와 좌파가 연합하여 가까스로 승리해 정권이 바뀐 이후 이미 스페인은 긴장 상태에 놓였고, 정치적 테러가 증가하고 군부의 음모가 진행되는 가운데 공화국은 전복될 위기를 맞이하고 있었다. 소설의 도입부에서도 "여러 날 전부터 (…) 파시스트들의 봉기가 임박"해 있다는 정보가 제공됨을 고려할 때, 이미 오래전부터 진행되어온 그들의 음모를 유추할 수 있다. 따라서 가르시아는 위험에 처한 공화국으로부터 혁명이 일어나기 이전에 어떤 부름을 받았을 것이며, 이러한 부름은 결국 스페인 교회 및 기득권 세력과의 투쟁을 예고한다 할 것이다. 그가 민족학자로서 학문 연구를 위해 외국으로 떠났던 것이라면, 혁명과 종교를 하나로 묶어 생각하는 게르니코가 이 밤을 추억할 이유가 없고 마누엘이 성가를 부를 이유도 없었을 것이다. 그러니까 가르시아의 출발에는 스페인의 교회 세력을 혁파해 개혁시키려는 사명이 담겨 있다는 유추가 가능하다. 마누엘이 선창하고 친구들이 합창한 성가는 고딕적 인간관의 신학을 확립한 토마스 아퀴나스가 작곡한 것이다. 대속의 개념을 심화시켜 원죄로부터 해방된 이 인간관에 대한 말로의 애착은 남다르다. 따라서 성가의 함축적 의미는 12세기에 개화한 이상적 인간관의 회복을 향한 초석으로서, 원초적 기독교 정신으로의 회귀와 교회 개혁을 위한 전투적 사도로서 가르시아의 사명이라 할 것이다. 물론 마누엘의 종교적 심성 역시 가르시아와 같은 맥락에서 이해할 수 있다. 요컨대 게르니코와 가르시아의 대화와 추억은 혁명이 교회의 재탄생과 결합되며, 소설에서 주요 인물들이 이와 같은 종교적 소명을 은밀하게 부여받고 있다는 사실을 암시·환기하고 있는 것이다. 이 같은 사실은 이후로도 계속 확인되며 이러한 재탄생을 통해 성직자들 역시 새롭게 탄생해야 함을 강조한다. 이 과정에서 신의 의지에 대한 게르니코의 입장은 "하느님만이 성직에 부여되는 시련을 알고 계"신다는 말에 나타나듯이, 히메네스의 입장과 동일하다. 요컨대 신의 의지는 인간의 인식을 초월한다는 예측 불가능성이야말로 작품에 깔린 인식론적 기저임을 알 수 있다.

〈존재와 행위〉에서 세번째로 혁명의 종교적·신화적 성격을 드러내는 인물은 예술사가 알베아르다. 스칼리와의 대화에서 "혁명이란 무엇보다 예전에 영원한 삶이 맡았던 역할을 하"고 있다는 그의 통찰력은 지금까지 필자의 논지를 압축하여 표현한다. 즉, 혁명은 종교적 구원과 동일한 탈주선으로 열려 있으며, 바로 이런 관점에서 알베아르는 "근본적인 것의 시대가 다시 시작되고 있"다고 단언한다. 상징시학의 불연속성 기법을 다루면서 인용한 이 문장은 바로 이러한 종교적 정신의 부활을 의미한다. 따라서 "이성의 토대가 다시 설정되어야" 한다는 말은 이와 같은 맥락에서 이해되어야 하리라. 여기에는 특히 데카르트의 코기토 이후로 종교의 껍데기만 남기고 서서히 권좌를 차지하게 되는 이성, 신격화되는 그 이성에 대한 비판이 담겨 있다. 그러니까 문제의 코드화된 표현은 이성의 한계와 위상이 데카르트를 비판한 파스칼식으로 재정립되어야 한다는 주장인 셈이다. 파스칼은 『팡세』에서 데카르트의 이성에 대해 "바람 따라 나부끼고 아무 곳으로나 휘청거리는 가소로운 이성"이라고 일갈했다. 니체로 거슬러올라가는 이성철학 혹은 주체철학에 대한 비판에서, 말로는 종교적 정신으로의 회귀를 통한 절대의 탐구로 방향을 잡고 있는 것이다.

결국 〈존재와 행위〉에서 암시와 환기는 아군의 부활을 통한 공화국 군대의 조직화 착수가 교회 재탄생의 시작과 결부됨을 드러내는 역할을 수행한다고 볼 수 있다. 뿐만 아니라 그것들은 가르시아와 게르니코의 관계를 통해 전자가 은밀한 종교적 사명, 곧 교회를 재탄생시키는 데 중요한 역할을 부여받았음을 코드화하는 장치로 작용한다. 많은 연구자들이 가르시아를 '사상가' 말로의 대변자로 간주하면서 가장 지적이고 현명한 현실주의자 정도로 해석하고 있으나, 이는 소설 속에 도입된 상징시학의 철저한 검토가 결여된 데서 비롯된 오해라 할 것이다. 그는 행동과 결과를 중시하면서 자신의 내면세계를 철저하게 감추는 인물이다. 그러나 이제 분명한 것은 이데올로기와 당파를 넘어선 그의 초월적 의식이 게르니코의 것과 동일한 차원의 종교적 정신에 뿌리내리고 있다는 점이다. 나아가 마누엘 역시 게르니코의 친구 중 하나로 설정됨으로써 그 역할을 추가적으로 암시한다. 끝으로 알베아르는 혁명에 대한 수동적 입장에도 불구하고, 혁명의 전환점을 넘어서자 "근본적인 것의 시대가 다시 시작되고 있"음을, 다시 말해 기독교 정신과 교회가 재탄생되고 있음을 직관적 통찰을 통해 암시한다. 로마교회 성립사의 관점에서 본다면, 〈존재와 행위〉는 그리스도의 부활에서부터 사도들이 전도를 통해 교회를 세워가는 초기 단계까지 해당한다

할 것이다. 요컨대 암시와 환기는 인물들의 종교적 세계를 보다 확고하게 뒷받침하는 한편, 공화국 군대의 조직화 착수를 부활을 통한 교회의 재탄생과 엮어내는 장치로 배치되어 있다.

내부 결속과 박해에 대한 저항

제2부 2장 〈'좌익의 피'〉에서 먼저 염두에 두어야 할 것은 좌파와 기독교가 전적으로 양립한다는 사실이다. 예수가 모럴리스트, 몽상적 이상주의자, 사회주의의 사자使者 혹은 혁명가로 다양하게 규정되어왔음을 고려할 때, 또 스페인 민중 거의 모두가 가톨릭교도라는 점을 고려할 때, '좌익의 피'는 곧 기독교 정신의 부활을 위한 순교적 피와 하나가 된다. 또한 마르크시즘의 메시아적 성격의 뿌리 역시 기독교에 있다는 점을 상기할 필요가 있다. 이런 전제를 토대로 마누엘의 종교적 입장과 관련된 암시적·환기적 부분을 보자. 마누엘은 배신한 부하들을 처형토록 하고, 자신의 새로운 연대를 사열하는 가운데 '피의 동맹'을 느끼면서 히메네스를 생각한다. 그는 이 스승에게 달려가 자기 "인생에서 가장 중요한 하루를 경험한 것 같"다고 고백하면서 이렇게 말한다. "저는 매일같이 인간성을 조금씩 잃어가고 있습니다. 요컨대 당신도 필연적으로 부딪쳤겠지요. 이와 같은……" 목소리를 상실할 정도로 자신의 생애에서 가장 중요한 사건을 겪은 후 히메네스를 찾았다는 것 자체가 마누엘의 종교적 심성을 함축한다. 특히 두번째 인용 문장에서 생략 부호로 불연속성을 드러낸 부분에 주목할 필요가 있다. 이 부분은 독자가 유추해 채워야 할 몫으로 남겨져 있다. 그 안에는 상

황 혹은 경험 같은 말이 들어갈 수 있을 것이다. 그러니까 마누엘은 히메네스가 지휘를 하고 군대를 조직해가는 과정에서 동일한 고뇌와 어려움을 겪었을 테지만 이를 독실한 신앙을 통해 자신보다 쉽게 극복했을 것이라고 생각하고 있다. 따라서 정신적 차원에서 마누엘은 신의 비밀을 꿰뚫은 신비주의자 히메네스와 스스로를 동일시하고 있는 셈이다. 그렇다면 이 신비주의자가 생각하는 것, 즉 마누엘이 조금씩 상실하는 "그러한 형제애는 그리스도를 통해서만 만날 수 있다"는 관념은 마누엘 자신의 것이 된다. 이 두 인물의 사제적·형제애적 일체감을 암시적으로 뒷받침하듯이 "히메네스가 그의 팔짱을 꼈다"는 표현이 나오고, 결국 마누엘은 지휘와 관련한 히메네스의 기독교적 가르침 모두를 받아들이면서 혁명군의 점진적 조직과 함께 성숙한 지휘자로 성장한다. 즉, 그는 히메네스를 통해서 기독교적으로 조직 윤리와 규율을 확립해가는 것이다. 나아가 이와 같은 전범적 사례를 통해서 혁명군 전체의 기강을 잡는 정신적 토대를 유추할 수 있다.

〈좌익의 피〉에서 혁명과 기독교의 재탄생을 결합시키는 두번째 장치는 게르니코와 관련된다. 파시스트들의 의도적 폭격으로 불타는 마드리드에서 구조 활동을 펴는 상황에서, 민중이 대피해 있는 지하실은 로마의 지하 묘지 같다는 언급과 함께 네로 황제가 저지른 대화재와 가톨릭교도 박해 사건을 떠올리게 한다. 말하자면 초기 기독교도들이 박해를 피해 모임을 가졌던 지하 묘지처럼, 지하실은 민중이 기독교 정신의 부활을 꿈꾸며 신앙으로 버티는 특수한 공간으로 자리매김하는 셈이다.

이러한 해석을 뒷받침해주는 것이 미국인 기자 셰이드가 '자신이 본 것'을 전문으로 보내는 내용이다. 그는 방화용 칼슘탄을 사용한 폭격으로 참혹하게 죽어가는 자들을 묘사하면서 "포탄이 터질 때마다 마드리드의 시민은 그들의 믿음 속으로 더욱더 빠져들고 있다"고 구술한다. 로마의 네로가 방화범으로 지목해 박해를 가하자, 더욱더 신앙을 굳건히 하면서 순교를 기꺼이 받아들였던 초기 기독교도들처럼, '불의 시대'를 연출하는 마드리드에서 민중은 신앙심으로 보다 깊이 무장한 채 순교의 피, 곧 '좌익의 피'를 흘리는 것이다. 기자의 눈에 비친 전화戰火의 마드리드 풍경이 먼 시대로 거슬러올라가 불타는 로마와 중첩되고 있음은 "이게 첫날이야……"라는 코드화된 불연속 문장을 통해서, 그리고 그다음에 나타나는 대목, 즉 "아주 먼 시간으로부터" 오는 '신도송'과 '답창'의 묘사 속에 암시되어 나타난다. "이게 첫날이야……" 라는 셰이드의 생각은 "화염만이 살아 있는" 마드리드가 "자연의 원소들로 회귀"하는 상황에서 나오는데, 이어서 셰이드는 그다음에 들리는 신도송을 '불의 세계'와 연결시키며 그것이 "아주 먼 시간으로부터" 오는 것처럼 귀를 기울이는 것이다. '답창'은 가톨릭에서 사용하는 용어다. 화염에 휩싸인 마드리드, 박해받는 가톨릭교도들, 그들의 깊어지는 신앙심, 신도송과 답창, 그 뿌리를 아주 먼 시대로 이동시키는 상상력 등 이 모든 것을 종합해볼 때, 셰이드에게 떠오른 '첫날'은 바로 네로가 로마를 불바다로 만든 그날로 유추된다. 그의 상상 속에서 마드리드의 가톨릭 민중은 로마의 초기 가톨릭교도들과 겹쳐지는 것이다. 그는 혁명과 기독교를 동전의 양면처럼 상상하고 있음이 분명하다.

여기서 우리가 알 수 있는 것은, 텍스트가 하나의 일관성 있는 세계를 구축하도록 부차적 인물들까지 그 역할이 배분되어 있다는 점이다.

말로의 소설에서 내용과 장면들이 먼저 구상되어 집필되고 이것들에 인물들이 배분되며, 때로는 인물들의 역할이 뒤바뀌는 경우가 종종 나타난다는 사실은 잘 알려져 있다. 『희망』의 경우도 예외는 아니다. 이러한 과정에 따라 셰이드라는 기자의 '객관적인' 눈을 통해서도 혁명은 기독교 정신의 부활 및 구원의 문제와 긴밀하게 결합되어 있어 일관된 구도를 형성한다.

〈좌익의 피〉는 공화국 군대가 조직을 갖추어가며 안팎의 이중적 시련을 겪는 과정을 부각시키고 있다. 마누엘이 배신자들을 처형하면서 정신적 위기를 겪는 사건은 혁명군 내부의 진통을 상징적으로 드러내며, 화염에 싸인 채 폭격당하는 마드리드를 탈환하기 위해 치러야 할 피의 대가는 외부의 적으로부터 오는 고난을 나타낸다. 따라서 혁명군은 내외의 도전과 역경을 극복함으로써 그 윤곽을 잡아가는 것이다. 여기서도 마찬가지로 암시적·환기적 장치들은 이와 같은 양면적 측면을 초기 로마교회가 조직을 확립해가면서 겪었던 안팎의 어려움 및 박해와 연결시킨다. 따라서 〈좌익의 피〉가 보여주는 혁명의 단계, 나아가 교회의 재탄생 단계는 원시 교회의 성립 역사에서 내부 결속 및 박해의 단계와 조응하도록 구성되어 있다. 이것이 암시와 환기의 치밀한 배치를 통해 드러나는 참다운 모습이자 실체다.

공화국 군대의 창설과 교회의 재탄생: 미래의 지평

이제 소설의 마지막 제3부 「희망」으로 넘어가보자. 공화국 군대의 탄생과 함께 '희망'이 농부들을 중심으로 한 민중에 주어져 있음은 어렵지 않게 읽어낼 수 있다. 원래 제3부의 제목은 「농부들」이었는데, 여기서 혁명의 전개 과정이 교회의 재탄생 과정, 보다 정확히 말하면 로마가톨릭이 박해를 극복하며 성립하는 과정과 맞물려 있다는 또하나의 결정적 암시가 발견된다. 일찍이 마누엘이 농부의 전형으로 떠오른 바르카 영감에게서 '고귀함'을 발견했듯이, 마니앵은 농부들의 위대한 모습을 줄곧 떠올리며 가르시아와의 대화를 이어간다. 하지만 가르시아는 엉뚱하게도 프랑코가 패할 경우 전개하게 될 '게릴라전' 등을 언급하며 불연속적 담화를 표출해낸다. "그리스도는 콘스탄티누스대제를 통해서 비로소 승리를 거두었죠. 나폴레옹은 워털루에서 분쇄되었지만 프랑스 인권선언을 없앨 수는 없었소." 대화를 자세히 보면, 의미적 불연속성이 이중으로 나타남을 알 수 있다. 우선 마니앵은 자신의 생각을 사로잡은 농부들에 대해 질문하지만, 가르시아는 전혀 다른 이야기로 이를 비켜간다. 게다가 그 이야기는 프랑코의 미래에 대한 예측에서 갑자기 그리스도와 기독교의 승리로, 나폴레옹의 패배로 넘어가는 것이다. 즉 가르시아의 담화는 앞뒤로 불연속성을 드러내며 코드화되어 있는데, 여기서 가장 중요한 것은 필자가 고딕체로 강조한 표현이며 이를 둘러싼 앞뒤의 문장들은 그것을 은폐하는 언어유희를 구성한다. 기독교가 로마교회의 탄생을 거쳐 공식적으로 국교로 인정된 것이 콘스탄티누스대제 시절이었음을 상기할 때, 혁명과 교회의 재탄생은 로마교회의 성립에 대응하되 운명으로부터 해방된 미래에 대한 '희망'이 정초되는 단계에 해당할 뿐이다. 결국 민중이 가야 할 투쟁의 길은 아직 멀다. 예술적 관점에서 로마교회는 국교로 인정된 후 로마네스크양식의 내세 지향적 인간관을 거쳐 고딕양식의 그리스도의 왕국과 '지금 여기서'라는 해방된 인간관으로 이동해간다. 이와 같은 해방까지의 기나긴 여정은 앞으로도 계속되어야 하며, 그 끝에 출현하는 근본적 인간, 곧 원죄로부터 해방되어 '운명이 지닌 무한한 가능성'을 추구하는 인간이 미래에 대한 마누엘의 의식을 통해 드러나는 것이다.

제3부의 마지막이자 소설의 대미를 장식하는 이 비전은 한편으로 그가 성당에서 히메네스를 위해 연주하는 미사곡 〈키리에〉와 이어지고, 다른 한편으로는 앞서 불연속성을 다루며 언급한 그의 코드화된 문장, "저는 16세기의 스페인 사람입니다"와 함께 하나의 의미망을 형성한다. 16세기에 팔레스트리나가 작곡한 이 성가를 듣는 마누엘의 내면 풍경은 이 곡의 의미 작용에 관한 해석에 깊은 사유를 요구한다. "텅 빈 중앙홀에서 고딕식 휘장처럼 팽팽하고 장중하게 퍼져나가는 이 성가는, 전쟁과는 별로 어울리지 않았지만 죽음과는 너무나 잘 조화되었다. 부서져 조각난 의자들과 트럭들과 전쟁에도 불구하고, 이 내세의 목소리는 교회를 다시 점령하고 있었다." 〈키리에〉는 '주여 긍련히 여기소서'라는 뜻을 가진 기도문에 곡을 붙인 것이다. 우선 팔레스트리나가 16세기 인물이라는 사실, 그리고 앞서 살펴본 바와 같이 혁명이 16세기의 샤를 캥 및 종교개혁과 연결되어 있다는 점을 고려할 때, 마누엘의 음악 선택이 텍스트의 의미 분절에 깊이 개입하고 있음을 알 수 있다. 샤를 캥은 개신교의 종교개혁 운동이 한창일 때 교황 바오로 3세에게 세계주교회의를 개최토록 요청했으며, 이에 따라 세 차례에 걸쳐 트리엔트공의회가 열렸다. 이 공의회에서 가톨릭 교리의 모든 근본적인 요점이 재검토되었고, 대부분의 성직 제도가 수정되었다. 더불어 교회음악의 대폭적 개편도 착수되었는데, 이때 팔레스트리나는 '미

사 음악을 정화하고 쇄신하는 임무'를 부여받았다. 이러한 역사적 상황을 검토함으로써 샤를 캥과 팔레스트리나의 미사곡의 관계 유추가 가능한즉, 〈키리에〉는 샤를 캥이 추진한 원시 기독교 정신의 회복 및 성직 개혁과 동일한 의미적 차원에 속하는 셈이다. 뿐만 아니라 이로써 "저는 16세기의 스페인 사람입니다" 라는 마누엘의 코드화된 문장 역시 다시 한번 분명하게 이해되는 것이다.

이러한 시각에서 볼 때, 성가와 '고딕식 휘장'의 관계 설정이 의미심장하다. 〈키리에〉는 원시 기독교 정신의 복원 쪽에 기울어져 있다. 따라서 그것이, 그리스도 대속의 의미를 심화시켜 현세에서 이미 구원된 인간을 내세운 고딕적 인간관보다는 내세 쪽으로 기울어진 인간관, 다시 말해 로마네스크양식에서 나타나는 금욕적 인간관과 조응함은 당연하다. 그렇기에 〈키리에〉는 현세의 '전쟁'보다는 초월로 가는 '죽음'에 훨씬 더 어울리며, '내세의 목소리'로 다가오는 것이다. 요컨대 성가와 '고딕식 휘장'은 십자가의 두 측면, 다시 말해 속죄와 구원처럼 양면을 이루며 긴장 상태를 나타내는 셈이다. 속죄하는 인간에서 구원된 인간으로의 변모는 미래에 이루어질 몫으로 남은 채, 소설의 대미에서 마누엘의 의식 속에 나타나는 미래의 시간 속에 자리매김한다.

제3부 「희망」에서는 대다수가 가톨릭 농민인 민중의 조직화로 탄생된 공화국 군대가 그 위용을 드러내고 사방에서 승리를 구가하면서 혁명의 역사를 빠르게 진행시킨다. 교회의 재탄생이 이루어져 전진을 계속하는 것이다. 그러나 최후의 승리까지는 갈 길이 멀다. 다시 말해 공화국 군대가 국가를 재정복하고 정화된 교회가 국가 종교로 재탄생하기까지는 아직도 험난한 여정이 남아 있다. 콘스탄티누스대제와 관련

한 가르시아의 암시적 표현 또한 이 점을 분명히 한다. 그러나 마누엘이 연주한 음악과 그의 내면에 나타나는 비전은 이와 같은 승리를 넘어 보다 먼 미래로 향한다. 소설의 마지막에 나타나는 그의 정신적 풍경은, 그 먼 미래에 속죄를 마친 고딕적 인간이 "저 하늘 그리고 저 영원한 들판"처럼 자유와 해방의 물결 속에 무한한 변모의 가능성을 향해 손짓하는 까닭이다.

*

『희망』은 혁명과 기독교가 하나로 융합되도록 창조된, 완벽하게 코드화된 작품이다. 그것은 상징시학의 뛰어난 운용능력을 통해 다층적 의미망을 형성함으로써 독자의 강도 높은 유추적 사유를 요구하며, 그들로 하여금 기독교의 비전과 역사를 탐구하지 않을 수 없게 만든다. 그뿐 아니라 소설에서는 혁명의 실제적인 전개와는 별도로 시간의 분절과 시제의 변주가 기독교적 시간관에 따라 절묘하게 이루어지기도 한다. 주제가 방대하여 기독교적 상징세계는 본 해설에서 제외했으나 그럼에도 필자가 읽어낸 『희망』은, 공화국 군대의 창설 과정이 로마교회의 탄생 과정을 창조적으로 재현하고 혁명과 교회의 재탄생을 동전의 양면처럼 결합되도록 짜놓은 정교한 작품이다. 그리하여 원초적 기독교 정신의 '부활'과 '변모'와 '정복'을 담아내는 동시에 작가의 종교적·신화적 명상이 혁명의 현장에서 펼쳐지는 장을 구축하는 것이다. 작가의 예술관에 따라 기독교라는 위대한 유산이 '탐구'되는 예술적 무대인 셈이다.

말로는 20세기 지구촌 문명의 탄생과 함께 해체된 정신의 공황 상태를 극복하기 위해 동·서양이 남겨놓은 문화의 정수들에 대한 탐구를 자신의 소설적 여정 속에 펼쳐낸다. 이와 같은 순례적 도정에서, 서양 3부작 가운데 두번째 작품인 『희망』은 서양 문화의 또다른 뿌리인 기독교 정신을 혁명 속에 녹여냄으로써 고도의 미학적 성취를 이룬다. 그것은 말로의 개인적 '에피스테메'인 절대로부터 솟아오른 하나의 예술적 봉우리다. 말로에게 종교적·신화적 정신은 한편으로 인간의 영혼을 숭고하게 고양시켜 인간 조건의 극복과 희생의 위대함을 낳게 하는 토대이며, 다른 한편으로 인간의 존재론적, 인식론적 그리고 윤리적 탐구를 그 어떤 철학보다도 고차원적으로 펼쳐내는 사유의 보고다. 동과 서를 아우르는 제3의 길을 모색하는 작가의 원대한 형이상학적 구도 내에 이 혁명소설이 자리하고 있다.

*

『인간의 조건』과 쌍벽을 이루는 혁명소설의 백미 『희망』을 새로 번역하는 일은 전공자로서 뜻깊은 작업이었다. 그의 소설세계가 해석상의 많은 난제를 야기하는 것은, 언급한 바와 같이 그것이 동·서양을 양대 축으로, 상징시학을 통해 그 의미 작용을 완벽하게 코드화시켜놓았기 때문이다. 소설은 영문학자인 고 이가형 교수에 의해 1991년 범우사에서 이미 번역된 바 있다. 역자는 이 훌륭한 번역본을 참고했지만 전공자로서 문제가 있다고 생각하는 부분들은 모두 바로잡았다. 『희망』을 번역하며 사용한 원전은 André Malraux, *L'espoir*, *Œuvres complètes*, vol. II, Gallimard, Bibliothèque de la Pléiade, 1996이며, 이 원전에 프랑수아 트레쿠르François Trécourt가 달아놓은 주석을 참조했음을 밝힌다. 끝으로 이 소설을 번역할 기회를 주신 문학동네에 깊은 감사를 드린다.

김웅권

앙드레 말로 연보

1901년 11월 3일, 파리의 몽마르트르 언덕 아래, 당레몽 가街 53번지에서 조르주 앙드레라는 이름으로 출생. 신분증에 기록된 이 이름 때문에 사십삼 년 후인 제2차대전중 레지스탕스 운동을 하다 체포되었을 때 게슈타포는 그를 결국 소설가 앙드레 말로와 다른 인물로 판단하고, 이로 인해 말로는 생명을 구함. 그의 부친 페르낭 말로는 파리에서 미국계 은행 대리점을 운영했으며, 모친 베르트 라미는 쥐라 지방 출신 아버지와 이탈리아 출신 어머니 사이에서 태어난 프랑스-이탈리아계이며 미모와 교양을 겸비함.

1902년 11월 25일, 파리에서 동생 레이몽 페르낭 말로가 태어났으나 생후 사 개월 되던 1903년 3월 18일 사망함.

1905년 부모의 별거. 앙드레는 어머니, 외할머니, 외숙모와 함께 파리 동쪽 근교의 소도시 봉디에서 성장하게 됨. 그들은 잡화 식료품점을 운영하며 생계를 유지함. 말로의 부모는 십오 년 후 정식으로 이혼함.

1909년 할아버지 알퐁스 말로(68세) 의문의 자살. 도끼로 자신의 머리를 쳐 자살한 것으로 전해지며, 말로의 소설 『왕도로 가는 길*La Voie royale*』 『알텐부르크의 호두나무*Les Noyers de l'Altenburg*』 『반회고록*Antimémoires*』에서 에피소드로 다루어짐. 동생의 죽음에 이은 두번째 죽음과의 만남으로 기억 속에 새겨짐.

1912년 5월 13일, 아버지 페르낭과 릴 출신의 마리 루이즈 고다르

사이에 이복동생 롤랑 말로 출생. 두 사람은 후에 정식으로 결혼함.

1914년 제1차대전 발발. 역사 및 죽음과의 만남.

1915년 에콜 프리메르 쉬페리외르(후에 튀르고 고등학교가 됨)에 입학. 책방과 극장, 박물관 등을 자주 드나들기 시작함.

1918년 에콜 프리메르 쉬페리외르를 마치고 콩도르세 고등학교에서 대학 입학 자격시험을 준비하려 했으나 받아들여지지 않음. 대학을 포기하고, 독학으로 다양한 독서를 함.

1919년 '라 코네상스La Connaissance'라는 이름의 독서 살롱 및 출판사를 경영하는 르네 루이 두아용 밑에서 고서적을 수집하는 일을 함. 막스 자코브, 모리아크, 갈라니 등 문인들, 예술가들과 교제를 시작함. 동양 예술품이 주종을 이루는 기메박물관과 루브르박물관에서 강의를 들으며 산스크리트어를 공부함. 동양 문화에 관심을 가지기 시작함.

1920년 문학과 사상 잡지 『라 코네상스』에 첫 평론 「입체파 시의 기원*Les Origines de la poésie cubiste*」 발표. 이 잡지와 『악시옹*Action*』지에 계속해서 다양한 글을 발표하며 출판일을 함.

1921년 4월, 최초의 '초현실주의적' 작품 『종이 달*Lunes en papiers*』을 자신이 출판 기획을 담당했던 갈르리 시몬사에서 펴냄. 『길들여진 고슴도치*Les hérissons apprivoisés*』 등 유사한 경향의 작품들을 잇달아 발표함. 10월, 클라라 골슈미트와 결혼함. 클라라와 함께 이탈리아 등 유럽 각지를 여행함.

1922년 문예지 『누벨 르뷔 프랑세즈*Nouvelle revue française* (N.R.F.)』와 『데*Dés*』지에 기고 시작. 화가 피카소, 앙드레 드렝, 갈라니, 샤갈, 브라크 등과 교제. 갈라니 전시회 카탈로그의 서문을 씀.

1923년 모라스의 『몽크 아가씨*Mademoiselle Monk*』의 서문을 씀.

10월 중순 죽마지우 루이 슈바송 및 아내 클라라와 인도차이나로 고고학적 탐사 여행을 떠남. 옛 크메르 왕국의 수도 앙코르와트와 메남강 하구를 잇는 '왕성의 길' 답사. 반테아이 스레이 사원에서 일곱 개의 돌조각 블록을 뜯어냄(이 경험을 소재로 『왕도로 가는 길』을 집필함). 조각작품 절도 혐의를 받아 프놈펜에서 기소되고 현지 소환 명령을 받음.

1924년 삼 년의 징역을 선고받음(슈바송은 십팔 개월, 클라라는 면소됨). 프랑스로 돌아간 클라라가 문학·예술·언론계에 구명운동을 호소해 저명인사들의 글, 편지, 탄원서가 잇달아 쏟아짐. 10월, 사이공의 항소법원은 말로와 슈바송에게 각각 일 년과 팔 개월의 집행유예를 선고함. 11월, 프랑스로 돌아옴.

1925년 클라라와 함께 인도차이나로 다시 떠남. 1월, 사이공에서 변호사 폴 모넹과 신문 〈랭도신느*L'Indochine*〉를 창간하여 반식민지 투쟁을 전개함. 8월에 탄압 때문에 신문 발행이 중단됨. 〈랭도신느 앙셰네*L'Indochine enchaînée*〉라는 이름으로 11월에 다시 나왔으나 이듬해 2월 결정적으로 폐간됨. 클라라와 함께 프랑스로 귀국함.

1926년 슈바송과 함께 호화판 출판을 전문으로 하는 출판사 알 라 스페르A la Sphère와 오 잘드Aux Aldes 설립. 프랑수아 모리아크의 『뇌우*Orages*』와 폴 모랑의 『살아 있는 붓다*Bouddha vivant*』 등 출간. 1928년에 폐쇄됨. 『서양의 유혹*La Tentation de l'Occident*』의 전신인 「중국 청년으로부터의 편지」를 『누벨 르뷔 프랑세즈』에 발표. 그라세 출판사에서 『서양의 유혹』 출간.

1927년 『에크리르*Ecrire*』지에 「유럽 청년으로부터」 발표. 『코메르스*Commerce*』지에 『괴상한 왕국*Royaume-Farfelu*』의 전신인 「행운의 섬에의 초대」 발표.

1928년 대성공을 거둔 첫 소설 『정복자*Les conquérants*』를 그라세사에서, 『괴상한 왕국』을 갈리마르사에서 출간. 갈리마르사 독서위원회 위원이 됨.

1929년 갈리마르사의 예술부장이 됨. 페르시아를 중심으로 중동 지역 여행.

1930년 중동과 인도 지역 여행. 아버지 페르낭 말로 자살. 두번째 소설 『왕도로 가는 길』을 출간하여 엥테랄리에상 수상. 발레리와 만남.

1931년 N.R.F. 화랑 설립. 고딕-불교 예술 전람회 개최. 고딕-불교 예술, 그리스-불교 예술, 중앙아시아 예술 전람회 등 다양한 동서 문화교류 전람회를 개최하고 보고서를 발표함. 『정복자』에 대해 트로츠키와 논쟁. 세계 일주 여행(페르시아의 이스파한에서 뉴욕까지. 러시아, 아프카니스탄, 인도, 버마, 중국, 일본, 캐나다 경유).

1932년 로런스의 『채털리 부인의 연인』 프랑스어 번역판 서문을 씀. 페르시아 벽화 전람회, 극동의 추상 예술 등 전람회 개최와 『누벨 르뷔 프랑세즈』에 기고 활동. 어머니 베르트 말로 사망. 레이몽 아롱, 클로델, 하이데거 등과 만남. 여성 잡지 『마리안*Marianne*』에서 일하던 조세트 클로티와 첫 만남. 후에 말로와 비극적 사랑을 하게 되는 조세트는 갈리마르사에서 첫 소설 『푸른 시절*Le Temps vert*』을 출간함.

1933년 포크너의 『성역』 프랑스어 번역판 서문을 씀. 혁명작가 및 예술가동맹에 참여하여 반파시스트 운동을 최초로 전개함. 딸 플로랑스 출생. 『인간의 조건*La Condition humaine*』을 출간하여 공쿠르상 수상. 루이즈 드 빌모랭과 잠깐 동안 관계함. 트로츠키와의 대담. 조세트 클로티와의 연인 관계 시작.

1934년 디미트로프, 포포프, 타네프의 석방을 위해 앙드레 지드와 함께 베를린 여행. 타엘만 석방위원회 설립. 코르니글리옹 몰리니에와 사바 여왕의 전설적 수도를 발굴하기 위해 예멘의 다나 사막을 비행함. 〈랭트랑지장*L'Intransigeant*〉지에 전보를 쳐 자신의 발견을 알림. 모스크바의 첫 소비에트작가회의에서 〈예술은 정복이다〉라는 제목으로 연설. 고리키, 파스테르나크, 스탈린, 예이젠시테인 등과 만남.

1935년 반파시스트 소설 『모멸의 시대*Le Temps du mépris*』 출간. 앙드레 비올리의 『인도차이나 S.O.S*Indochine S.O.S*』 서문을 씀. 지드와 함께 문화 보호를 위한 국제작가회의를 주재하고, 〈예술 작품〉이라는 제목으로 연설. 회의 후 국제연합회 창설. 조세트 클로티와 브뤼즈 여행.

1936년 스페인 내전에 참전해 국제비행대 '에스카드리유 에스파냐(이후 '앙드레 말로 비행대'로 다시 명명됨)'를 조직하고 지휘함. 65회 출격. 반프랑코 전선에서 전투중 부상당함. 스페인에서 네루를 만나고 파리에서 레옹 블룸과 만남. 아내 클라라와 별거하고 조세트 클로티와 동거 시작.

1937년 스페인 공화국 지원 호소를 위해 클로티와 미국 및 캐나다 방문. 헤밍웨이, 예이젠시테인, 오펜하이머 등과 만남. 스페인 내전 참전을 바탕으로 쓴 『희망*L'espoir*』 출간. 『베르브*Verve*』지에 〈예술심리학*La Psychologie de l'art*〉 연재 시작. 베르나노스와 만남.

1938년 소설 『희망』을 각색한 영화 〈시에라 드 테루엘*Sierra de Teruel*〉 촬영. 이듬해 4월 프랑스에서 촬영을 끝냄(1945년 〈희망〉으로 출시).

1939년 〈시에라 드 테루엘〉의 사적인 시사회. 9월, 검열에 의해 영화 상영 금지됨. 『17~18세기 프랑스 문학의 조망』에 라클로에 관한 글 게재. 1922년 부적격자로 병역이 면제되었으나 사병으로 전차 부대에 지원함.

1940년 전차병으로 프로뱅에 배치됨. 상스 부근에서 포로가 되었다가 탈출에 성공. 남부 자유 지역으로 빠져나와 조세트 클로티와 상봉. 그녀와의 사이에 태어난 피에르 고티에와 생면. 지중해 연안 니스 근처 로크브륀 캅 마르탱에 있는 라수코 별장에 클로티와 거처를 정함.

1941~1942년 강제된 휴식 속에서 『천사와의 싸움*La Lutte avec l'ange*』 『절대의 악마*Démon de l'absolu*』 〈예술심리학〉 집필. 사르트르, 지드, 라캉, 드리외 등을 별장에서 맞이함. 1942년 가을 레지스탕스와 첫 접촉. 생샤망으로 거처를 옮김.

1943년 『천사와의 싸움』 제1권인 『알텐부르크의 호두나무』가 전쟁중 로잔에서 출간됨. 클로티와의 사이에 둘째 아들 뱅상 출생. 코레즈와 도르도뉴의 레지스탕스 그룹과 관계함.

1944년 베르제(『알텐부르크의 호두나무』에 나오는 인물) 대령이 되어 지하 항독 운동 지휘 시작. 코레즈, 페리고르, 로, 도르도뉴 지역의 프랑스 국내군을 지휘함. 부상으로 그라마에서 체포됨. 툴루즈로 옮겨져 심문을 받고 모의 처형 대상이 됨. 조르주란 이름 덕에 신분이 확인되기 전 독일군이 도시를 버리고 후퇴하여 자유의 몸이 됨. 둘째 이복동생 클로드가 레지스탕스 운동중 체포되어 처형됨. '알자스로렌 여단'을 조직하여 베르제 대령으로 지휘. 단마리, 뮐루즈, 스트라스부르 등지에서 전투. 레클레르 장군과 만남. 조세트 클로티가 비극적인 사고사를 당함(어머니를 배웅하러 역에 나갔다가 기차 밑으로 떨어져 두 다리가 잘려 사망함).

1945년 레지옹 도뇌르 훈장을 받음. 레지스탕스 운동중 체포되어 포로수용소에 수용되었던 첫째 이복동생 롤랑 사망. 드골과 의 만남. 영화 〈희망〉이 루이 들뤼크상을 받음. 드골 정부의 기술자문위원에 이어 정보상이 됨(1946년 드골 장군이 물러날 때까지).

1946년 이복동생 롤랑의 부인 마들렌 말로와 함께 볼로뉴에 거처를 정함. 『영화심리학 개요』 『작품 선집』 「그러니까 그것뿐이었던가?」(토머스 에드워드 로런스, 이른바 '아라비아의 로런스'에 대한 전기적 연구 『절대의 악마』 일부) 출간. 소르본에서 〈인간과 문화〉라는 제목으로 강연.

1947년 프랑스 국민연합 창당에 선전부장으로 활동. 1953년 당이 해체될 때까지 다양한 연설과 기관지 〈르 라상블르망*Le Rassemblement*〉에 사설을 씀. 『프라도미술관의 고야 데생』의 서문을 씀. 〈예술심리학〉 시리즈 제1권인 『상상의 박물관*Le Musée imaginaire*』 출간.

1948년 플레옐 홀에서 〈지식인들에게 보내는 호소〉라는 제목으로 강연. 이 글은 이듬해 『정복자』의 후기로 수록됨. 『알텐부르크의 호두나무』가 정식 출간됨. 〈예술심리학〉 제2권 『예술 창조』 출간. 마들렌과 재혼.

1949년 〈예술심리학〉 제3권 『절대의 화폐』 출간. 클로드 모리아크를 편집장으로 『정신의 자유*Liberté de l'esprit*』 창간.

1950년 고야에 대한 에세이집 『사투르누스*Saturne*』 출간.

1951년 〈예술심리학〉 세 권을 묶어 『침묵의 소리*Les Voix du silence*』로 재출간. 제2부에 「아폴론의 변모」가 추가됨.

1952년 마네스 스페르베의 「대양 속의 눈물」 서문을 씀. 『레오나르도 다빈치 작품 전집』과 『베르미르 반 델프트 작품 전집』 출간 기획. 미셸 플로리손의 『반 고흐와 오베르의 화가들』 서문을 씀. 〈세계 조각의 상상 박물관*Le Musée imaginaire de* *la sculpture mondiale*〉 시리즈 제1권인 『조상술*La Statuaire*』 출간. 가보 홀에서 〈문화와 자유에 대하여〉 강연. 그리스, 이집트, 이란, 인도를 여행함.

1953년 자코 장군의 『망상 혹은 현실*Chimères ou réalités*』 서문을 씀.

1954년 〈세계 조각의 상상 박물관〉 제2권 『신성한 동굴의 저부조상』, 제3권 『기독교 세계』 출간. 뉴욕에서 연설. 알베르 올리비에의 『생쥐스트 혹은 사물의 힘*Saint-Just ou la force des choses*』 서문을 씀.

1955년 갈리마르사에서 〈형태의 세계〉 시리즈 간행 기획.

1956년 스톡홀름에서 렘브란트 탄생 350주년을 기념하여 〈렘브란트와 우리들〉이라는 제목으로 연설.

1957년 『제신들의 변모*Le Métamorphose des dieux*』 제1권 출간.

1958년 마르탱 뒤 가르, 모리아크 그리고 사르트르와 함께 고문을 고발하고자 대통령에게 보내는 〈엄숙한 건의문〉에 서명. 드골 정권에서 내각 총리실 장관 및 정보상. 언론계 강연. 프랑스, 서인도제도, 이란, 일본 등지에서 강연. 네루 및 일본 천황과 만남.

1959년 문화부 장관 취임(1969년 드골이 물러날 때까지). 알제리, 멕시코, 남아메리카 등에서 정치 연설. 아테네에서 〈그리스에 보내는 경의〉라는 제목으로 연설.

1960년 누비아의 유물 보호를 위한 연설. 만국이스라엘연합 100주년 연설. 〈인도 걸작품전〉 카탈로그 서문을 씀. 차드, 가봉, 콩고, 중앙아프리카 독립선언 연설. 슈바이처 박사 만남. 앙드레 파로의 『수메르*Sumer*』 서문을 씀.

1961년 〈이란 예술 7000년전〉 카탈로그 서문을 씀. 조세트 클로티와의 사이에서 출생한 두 아들이 바캉스에서 돌아오던 중

교통사고로 사망함.

1962년 알제리 독립을 반대하는 비밀 조직 오아에스O.A.S로부터 자택 저격을 받음. 미국 여행. 케네디와 만남.

1963년 〈모나리자〉를 가지고 미국 여행. 브라크 추도 연설. 핀란드, 캐나다 여행.

1964년 부르주 문화원 개원 연설. 위인의 전당 팡테옹에 유해가 이장되는 장 물랭을 위한 추도 연설. 마들렌과 결별.

1965년 중국 여행(싱가포르, 인도, 일본). 마오쩌둥 및 저우언라이 만남. 르코르뷔지에 추도 연설.

1966년 루이즈 드 빌모랭과 재회, 베리에르에서 함께 삶을 시작함. 아미앵 문화원 개원 연설. 다카르에서 레오폴 생고르와 함께 제1회 흑인예술 세계 축제 개막식 연설.

1967년 『반회고록』 출간. 영국 하원 연설. 옥스퍼드 프랑스 문화원 개원 연설.

1968년 그르노블 문화원 개원 연설. 유럽 고딕전(루브르) 개막 연설. 소련 여행. 코시킨과 만남.

1969년 드골 정권 퇴진과 함께 문화부 장관직에서 물러나 베리에르르 뷔송에 은거. 콩롱베에서 드골과 마지막 대담. 루이즈 드 빌모랭 사망.

1970년 『검은 삼각형』(고야, 라클로, 생쥐스트) 출간. 드골 사망. 루이즈 드 빌모랭의 『시집』 서문을 씀.

1971년 『추도 연설집』 『쓰러지는 떡갈나무』 출간.

1972년 닉슨 대통령으로부터 백악관에 초대받음. 호세 베르가민의 『불타는 못*El clavo ardiendo*』 서문을 씀. 『반회고록』 증보 출간. 라 살페트리에르 병원에 입원함.

1973년 『왕이시여, 나는 그대를 바빌론에서 기다리노라』(살바도르 달리 삽화) 출간. 샤를 드골을 기념하는 『회상집』과 『앙드레

지드 평론집』 제4권, 피에르 보켈의 『웃음의 아이*L'Enfant du rire*』 서문을 씀. 인도, 방글라데시, 네팔을 여행함. 〈앙드레 말로 기념 전시회〉 개막 연설. 유언장 작성.

1974년 『흑요석의 머리*La Tête d'obsidienne*』 『라자로*Lazare*』 『제신들의 변모』 제2권 『비현실의 세계*L'Irréel*』 출간. 일본 여행. 베르나노스의 『시골 신부의 일기』 서문을 씀. 뉴델리에서 네루 평화상 수상.

1975년 『과객*Hôtes de passage*』 출간. 샤르트르 성당 앞에서 강제수용소 유형수 해방 30주년 기념 연설. 드골 사후 5주년 기념 연설.

1976년 〈생존 페르스의 새와 작품전〉 카탈로그 서문을 씀. 국회에서 마지막 연설. 『교수대와 생쥐들*Les Cordes et les souris*』 『혼돈의 거울*Le Miroir des limbes*』 『초시간의 세계*L'Intemporel*』 출간. 『말로, 존재와 말』에 「신비평」이라는 제목의 서문을 씀. 11월 23일, 크레테유의 앙리 몽도르 병원에서 폐색전증으로 사망. 베리에르에서 개인장으로 장례. 루브르에서 국가적 추모 행사. 1977년 1월 23일 앵발리드의 생루이 교회에서 피에르 보켈 신부 집전 추도 미사.

1977년 『그리고 지상에……』(샤갈의 삽화)와 『초자연의 세계*Le Surnaturel*』(『제신들의 변모』 제1권 재출간), 그리고 마지막 저서 『불안정한 인간과 문학*L'Homme précaire et la littérature*』 출간.

1978년 『사투르누스, 운명, 예술과 고야』(1950년에 나온 책과 같은 것으로 말로가 재검토함) 출간.

1996년 사후 20주년을 맞이하여 자크 시라크 대통령이 참여한 범국가 행사로 말로의 유해가 팡테옹에 이장됨.

문학동네 세계문학전집 발간에 부쳐

세계문학은 국민문학 혹은 지역문학을 떠나 존재하는 문학이 아니지만 그것들의 총합도 아니다. 세계문학이라는 용어에는 그 나름의 언어와 전통을 갖고 있는 국민문학이나 지역문학의 존재를 인정하면서 그것을 넘어서는 문학의 보편적 질서에 대한 관념이 새겨져 있다. 그 용어를 처음 고안한 19세기 유럽인들은 유럽문학을 중심으로 그 질서를 구축했지만 풍부한 국민문학의 전통을 가지고 있는 현대의 문학 강국들은 나름의 방식으로 세계문학을 이해하면서 정전(正典)의 목록을 작성하고 또 수정한다.

한국에서도 세계문학 관념은 우리 사회와 문화의 변화 속에서 거듭 수정돼왔다. 어느 시기에는 제국 일본의 교양주의를 반영한 세계문학 관념이, 어느 시기에는 제3세계 민족주의에 동조한 세계문학 관념이 출현했고, 그러한 관념을 실천한 전집물이 출판됐다. 21세기 한국에 새로운 세계문학전집이 필요하다는 것은 명백하다. 우리의 지성과 감성의 기준에 부합하는 세계문학을 다시 구상할 때가 되었다.

문학동네 세계문학전집은 범세계적으로 통용되는 고전에 대한 상식을 존중하면서도 지난 반세기 동안 해외 주요 언어권에서 창작과 연구의 진전에 따라 일어난 정전의 변동을 고려하여 편성되었다. 그래서 불멸의 명작은 물론 동시대 세계의 중요한 정치·문화적 실천에 영감을 준 새로운 작품들을 두루 포함시켰다.

창립 이후 지금까지 한국문학 및 번역문학 출판에서 가장 전문적이고 생산적인 그룹을 대표해온 문학동네가 그간 축적한 문학 출판 경험을 바탕으로 새로운 세계문학전집을 펴낸다. 인류가 무지와 몽매의 어둠 속을 방황하면서도 끝내 길을 잃지 않은 것은 세계문학사의 하늘에 떠 있는 빛나는 별들이 길잡이가 되어주었기 때문이다. 우리가 자부심과 사명감 속에서 그리게 될 이 새로운 별자리가 독자들의 관심과 애정에 힘입어 우리 모두의 뿌듯한 자산이 되기를 소망한다.

문학동네 세계문학전집 편집위원

민은경, 박유하, 변현태, 송병선, 이재룡, 홍길표, 남진우, 황종연

지은이 **앙드레 말로**
1901년 파리에서 태어났다. 1928년 첫 소설 『정복자』를 출간하며 작가적 재능을 인정받았다. 그후 동서양을 무대로 자신만의 소설세계를 구축해나가며 동양 3부작과 서양 3부작을 완성했다. 1936년 스페인 내전에 참전하여 비행대를 조직·지휘하며 반파시스트 운동에 힘을 쏟았고, 1944년 나치에 대항하여 레지스탕스 활동을 펼쳤으며, 드골 정부에서 정보상과 문화부 장관을 역임했다. 1976년 폐색전증으로 숨을 거두었다.

옮긴이 **김웅권**
한국외국어대학교 프랑스어과를 졸업하고 프랑스 리모주 대학과 몽펠리에 3대학에서 앙드레 말로의 소설 연구로 문학 석·박사 학위를 받았다. 한국외국어대학교 학술연구교수, 한남대학교 객원교수를 역임했고, 프랑스의 『앙드레 말로 사전』 집필위원으로 참여했다. 지은 책으로 『말로와 소설의 상징시학』 『앙드레 말로의 문학세계: 동서 정신의 대화』 『타자와 나, 숨겨진 진실』 등이 있고, 옮긴 책으로 『말로와 드골』 『상상의 박물관』 『몽상의 시학』 등 50여 권이 있다.

세계문학전집 163
희망

초판 인쇄 2018년 3월 23일
초판 발행 2018년 3월 30일

지은이 앙드레 말로 | 옮긴이 김웅권 | 펴낸이 염현숙

편집 김수현 홍상희 오동규 | 모니터링 이희연
디자인 김현우 최미영 | 저작권 한문숙 김지영
마케팅 정민호 정진아 함유지 김혜연 강하린 | 홍보 김희숙 김상만 이천희
제작 강신은 김동욱 임현식 | 제작처 영신사

펴낸곳 (주)문학동네
출판등록 1993년 10월 22일 제406-2003-000045호
주소 10881 경기도 파주시 회동길 210
전자우편 editor@munhak.com | 대표전화 031)955-8888 | 팩스 031)955-8855
문의전화 031)955-1930(마케팅), 031)955-8868(편집)
문학동네카페 http://cafe.naver.com/mhdn
문학동네트위터 http://twitter.com/munhakdongne

ISBN 978-89-546-5082-3 04860
978-89-546-0901-2 (세트)

www.munhak.com

문학동네 세계문학전집

1, 2, 3 안나 카레니나 레프 톨스토이 | 박형규 옮김
4 판탈레온과 특별봉사대 마리오 바르가스 요사 | 송병선 옮김
5 황금 물고기 르 클레지오 | 최수철 옮김
6 템페스트 윌리엄 셰익스피어 | 이경식 옮김
7 위대한 개츠비 F. 스콧 피츠제럴드 | 김영하 옮김
8 아름다운 애너벨 리 싸늘하게 죽다 오에 겐자부로 | 박유하 옮김
9, 10 파우스트 요한 볼프강 폰 괴테 | 이인웅 옮김
11 가면의 고백 미시마 유키오 | 양윤옥 옮김
12 킴 러디어드 키플링 | 하창수 옮김
13 나귀 가죽 오노레 드 발자크 | 이철의 옮김
14 피아노 치는 여자 엘프리데 옐리네크 | 이병애 옮김
15 1984 조지 오웰 | 김기혁 옮김
16 벤야멘타 하인학교 – 야콥 폰 군텐 이야기 로베르트 발저 | 홍길표 옮김
17, 18 적과 흑 스탕달 | 이규식 옮김
19, 20 휴먼 스테인 필립 로스 | 박범수 옮김
21 체스 이야기·낯선 여인의 편지 슈테판 츠바이크 | 김연수 옮김
22 왼손잡이 니콜라이 레스코프 | 이상훈 옮김
23 소송 프란츠 카프카 | 권혁준 옮김
24 마크롤 가비에로의 모험 알바로 무티스 | 송병선 옮김
25 파계 시마자키 도손 | 노영희 옮김
26 내 생명 앗아가주오 앙헬레스 마스트레타 | 강성식 옮김
27 여명 시도니가브리엘 콜레트 | 송기정 옮김
28 한때 흑인이었던 남자의 자서전 제임스 웰든 존슨 | 천승걸 옮김
29 슬픈 짐승 모니카 마론 | 김미선 옮김
30 피로 물든 방 앤절라 카터 | 이귀우 옮김
31 숨그네 헤르타 뮐러 | 박경희 옮김
32 우리 시대의 영웅 미하일 레르몬토프 | 김연경 옮김
33, 34 실낙원 존 밀턴 | 조신권 옮김
35 복낙원 존 밀턴 | 조신권 옮김
36 포로기 오오카 쇼헤이 | 허호 옮김
37 동물농장·파리와 런던의 따라지 인생 조지 오웰 | 김기혁 옮김
38 루이 랑베르 오노레 드 발자크 | 송기정 옮김
39 코틀로반 안드레이 플라토노프 | 김철균 옮김
40 어두운 상점들의 거리 파트릭 모디아노 | 김화영 옮김
41 순교자 김은국 | 도정일 옮김
42 젊은 베르테르의 슬픔 요한 볼프강 폰 괴테 | 안장혁 옮김
43 더블린 사람들 제임스 조이스 | 진선주 옮김
44 설득 제인 오스틴 | 원영선, 전신화 옮김
45 인공호흡 리카르도 피글리아 | 엄지영 옮김

46 정글북 러디어드 키플링 | 손향숙 옮김
47 외로운 남자 외젠 이오네스코 | 이재룡 옮김
48 에피 브리스트 테오도어 폰타네 | 한미희 옮김
49 둔황 이노우에 야스시 | 임용택 옮김
50 미크로메가스·캉디드 혹은 낙관주의 볼테르 | 이병애 옮김
51, 52 염소의 축제 마리오 바르가스 요사 | 송병선 옮김
53 고야산 스님·초롱불 노래 이즈미 교카 | 임태균 옮김
54 다니엘서 E. L. 닥터로 | 정상준 옮김
55 이날을 위한 우산 빌헬름 게나치노 | 박교진 옮김
56 톰 소여의 모험 마크 트웨인 | 강미경 옮김
57 카사노바의 귀향·꿈의 노벨레 아르투어 슈니츨러 | 모명숙 옮김
58 바보들을 위한 학교 사샤 소콜로프 | 권정임 옮김
59 어느 어릿광대의 견해 하인리히 뵐 | 신동도 옮김
60 웃는 늑대 쓰시마 유코 | 김훈아 옮김
61 팔코너 존 치버 | 박영원 옮김
62 한눈팔기 나쓰메 소세키 | 조영석 옮김
63, 64 톰 아저씨의 오두막 해리엇 비처 스토 | 이종인 옮김
65 아버지와 아들 이반 투르게네프 | 이항재 옮김
66 베니스의 상인 윌리엄 셰익스피어 | 이경식 옮김
67 해부학자 페데리코 안다아시 | 조구호 옮김
68 긴 이별을 위한 짧은 편지 페터 한트케 | 안장혁 옮김
69 호텔 뒤락 애니타 브루크너 | 김정 옮김
70 잔해 쥘리앵 그린 | 김종우 옮김
71 절망 블라디미르 나보코프 | 최종술 옮김
72 더버빌가의 테스 토머스 하디 | 유명숙 옮김
73 감상소설 미하일 조셴코 | 백용식 옮김
74 빙하와 어둠의 공포 크리스토프 란스마이어 | 진일상 옮김
75 쓰가루·석별·옛날이야기 다자이 오사무 | 서재곤 옮김
76 이인 알베르 카뮈 | 이기언 옮김
77 달려라, 토끼 존 업다이크 | 정영목 옮김
78 몰락하는 자 토마스 베른하르트 | 박인원 옮김
79, 80 한밤의 아이들 살만 루슈디 | 김진준 옮김
81 죽은 군대의 장군 이스마일 카다레 | 이창실 옮김
82 페레이라가 주장하다 안토니오 타부키 | 이승수 옮김
83, 84 목로주점 에밀 졸라 | 박명숙 옮김
85 아베 일족 모리 오가이 | 권태민 옮김
86 폭풍의 언덕 에밀리 브론테 | 김정아 옮김
87, 88 늦여름 아달베르트 슈티프터 | 박종대 옮김
89 클레브 공작부인 라파예트 부인 | 류재화 옮김

90 P세대 빅토르 펠레빈 | 박혜경 옮김
91 노인과 바다 어니스트 헤밍웨이 | 이인규 옮김
92 물방울 메도루마 슌 | 유은경 옮김
93 도깨비불 피에르 드리외라로셸 | 이재룡 옮김
94 프랑켄슈타인 메리 셸리 | 김선형 옮김
95 래그타임 E. L. 닥터로 | 최용준 옮김
96 캔터빌의 유령 오스카 와일드 | 김미나 옮김
97 만(卍)·시게모토 소장의 어머니 다니자키 준이치로 | 김춘미, 이호철 옮김
98 맨해튼 트랜스퍼 존 더스패서스 | 박경희 옮김
99 단순한 열정 아니 에르노 | 최정수 옮김
100 열세 걸음 모옌 | 임홍빈 옮김
101 데미안 헤르만 헤세 | 안인희 옮김
102 수레바퀴 아래서 헤르만 헤세 | 한미희 옮김
103 소리와 분노 윌리엄 포크너 | 공진호 옮김
104 곰 윌리엄 포크너 | 민은영 옮김
105 롤리타 블라디미르 나보코프 | 김진준 옮김
106, 107 부활 레프 톨스토이 | 백승무 옮김
108, 109 모래그릇 마쓰모토 세이초 | 이병진 옮김
110 은둔자 막심 고리키 | 이강은 옮김
111 불타버린 지도 아베 고보 | 이영미 옮김
112 말라볼리아가의 사람들 조반니 베르가 | 김운찬 옮김
113 디어 라이프 앨리스 먼로 | 정연희 옮김
114 돈 카를로스 프리드리히 실러 | 안인희 옮김
115 인간 짐승 에밀 졸라 | 이철의 옮김
116 빌러비드 토니 모리슨 | 최인자 옮김
117, 118 미국의 목가 필립 로스 | 정영목 옮김
119 대성당 레이먼드 카버 | 김연수 옮김
120 나나 에밀 졸라 | 김치수 옮김
121, 122 제르미날 에밀 졸라 | 박명숙 옮김
123 현기증. 감정들 W. G. 제발트 | 배수아 옮김
124 강 동쪽의 기담 나가이 가후 | 정병호 옮김
125 붉은 밤의 도시들 윌리엄 버로스 | 박인찬 옮김
126 수고양이 무어의 인생관 E. T. A. 호프만 | 박은경 옮김
127 맘브루 R. H. 모레노 두란 | 송병선 옮김
128 익사 오에 겐자부로 | 박유하 옮김
129 땅의 혜택 크누트 함순 | 안미란 옮김
130 불안의 책 페르난두 페소아 | 오진영 옮김
131, 132 사랑과 어둠의 이야기 아모스 오즈 | 최창모 옮김
133 페스트 알베르 카뮈 | 유호식 옮김

134 다마세누 몬테이루의 잃어버린 머리 안토니오 타부키 | 이현경 옮김
135 작은 것들의 신 아룬다티 로이 | 박찬원 옮김
136 시스터 캐리 시어도어 드라이저 | 송은주 옮김
137 고독한 산책자의 몽상 장자크 루소 | 문경자 옮김
138 용의자의 야간열차 다와다 요코 | 이영미 옮김
139 세기아의 고백 알프레드 드 뮈세 | 김미성 옮김
140 햄릿 윌리엄 셰익스피어 | 이경식 옮김
141 카산드라 크리스타 볼프 | 한미희 옮김
142 이 글을 읽는 사람에게 영원한 저주를 마누엘 푸익 | 송병선 옮김
143 마음 나쓰메 소세키 | 유은경 옮김
144 바다 존 밴빌 | 정영목 옮김
145, 146, 147, 148 전쟁과 평화 레프 톨스토이 | 박형규 옮김
149 세 가지 이야기 귀스타브 플로베르 | 고봉만 옮김
150 제5도살장 커트 보니것 | 정영목 옮김
151 알렉시·은총의 일격 마르그리트 유르스나르 | 윤진 옮김
152 말라 온다 알베르토 푸겟 | 엄지영 옮김
153 아르세니예프의 인생 이반 부닌 | 이항재 옮김
154 오만과 편견 제인 오스틴 | 류경희 옮김
155 돈 에밀 졸라 | 유기환 옮김
156 젊은 예술가의 초상 제임스 조이스 | 진선주 옮김
157, 158, 159 카라마조프가의 형제들 표도르 도스토옙스키 | 김희숙 옮김
160 진 브로디 선생의 전성기 뮤리얼 스파크 | 서정은 옮김
161 13인당 이야기 오노레 드 발자크 | 송기정 옮김
162 하지 무라트 레프 톨스토이 | 박형규 옮김
163 희망 앙드레 말로 | 김웅권 옮김

● 문학동네 세계문학전집은 계속 출간됩니다